MAX SEECK
Teufelsnetz

Weitere Titel des Autors:

Hexenjäger
Feindesopfer


Titel auch als Hörbuch erhältlich

# MAX SEECK

# TEUFELS NETZ

## THRILLER

Übersetzung aus dem Finnischen von
Gabriele Schrey-Vasara

**lübbe**

Vollständige Taschenbuchausgabe
der bei Bastei Lübbe erschienenen Paperbackausgabe

Copyright © 2020 by Max Seeck
Titel der finnischen Originalausgabe: »Pahan verkko«
Original edition published by Tammi publishers, 2020
German edition published by arrangement with Max Seeck
and Elina Ahlbäck Literary Agency, Helsinki, Finland

Für die deutschsprachige Ausgabe
Copyright © 2023 by Bastei Lübbe AG, Köln
Textredaktion: Katharina Rottenbacher, Berlin
Einbands-/Umschlagmotive: © Alamy Stock Foto: Oula Heikkilä;
© shutterstock: Ann-Britt | brickrena | Resul Muslu
Umschlaggestaltung: Massimo Peter-Bille
Satz: hanseatenSatz-bremen, Bremen
Gesetzt aus der Adobe Caslon Pro
Druck und Verarbeitung: GGP Media GmbH, Pößneck
Printed in Germany
ISBN 978-3-404-18840-6

2   4   5   3   1

Sie finden uns im Internet unter luebbe.de
Bitte beachten Sie auch: lesejury.de

Für Otto und Frans

正義

# Prolog

Akifumi rollt die Ärmel ein paar Zentimeter höher und zieht in der Kücheninsel eine Schublade auf, in der in separaten Fächern Silberbesteck liegt. Kleine und große Messer und Gabeln für Vorspeise und Hauptgericht. Steakmesser separat. Dessertlöffel. Vier Paar Essstäbchen aus Metall. Einige Tee-Eier mit einer kurzen Kette. Stilvoll. Elegant.

»Hast du noch Hunger, Asuna?«, fragt Akifumi und hält sich eine Silbergabel vor die Augen. Die dunklere Stelle unten am Griff ist deutlich zu sehen. Ein ärgerlicher Schönheitsfehler in der eigentlich fast perfekten Umgebung – ein Fehler, den man leicht hätte beheben können, indem man den Gabelgriff zum Beispiel mit fluoridhaltiger Zahnpasta geschrubbt hätte.

»Nein«, antwortet das Mädchen und legt ein Bein über das andere. Sie hat sich auf Akifumis Aufforderung auf das Bett gesetzt, ohne sich den Mund abzuwischen. *Verdammt, wie jung sieht die kleine Hure aus.*

Akifumi holt einen Teller aus der Schublade und füllt ihn mit den Speisen, die auf dem Tisch stehen: Roastbeef mit grüner Pfeffersoße, gebeizter Lachs, Knoblauchkartoffeln, Salat und Brot. Das Essen könnte von einem mittelmäßigen Hochzeitsbüfett stammen, aber kleine Details wie das Arrangement, das hochwertige Besteck und die blendend weißen, nicht zerkratzten Teller machen das Ganze luxuriös. Akifumi stellt den Teller auf den Tisch, öffnet eine Flasche Champagner und

9

füllt sein Glas. Der doppelte Malt-Whisky, den er vorhin gekippt hat, brennt immer noch in seiner Kehle und gibt ihm vorübergehend das Gefühl, unbesiegbar zu sein, obwohl sein Gesicht unter der Plastikmaske schwitzt.

»Davon bekommst du nichts«, sagt er und klopft mit dem Fingernagel an das Glas. »Schulmädchen dürfen keinen Alkohol trinken. Das ist gegen das Gesetz.«

Seine eigenen Worte erregen ihn mehr und mehr.

Asuna ist kein Schulmädchen. Natürlich nicht. Aber jung genug, um so auszusehen. Akifumi spürt, wie seine Hand sich zur Faust ballt und seine Zähne sich zusammenpressen.

*Verdammte Hure.*

Akifumi dehnt seine Nackenmuskeln. Nein, er hat doch keinen Hunger. Er leert sein Glas mit einem Schluck.

»Wo gehst du zur Schule, Asuna?«

Das Mädchen scheint zu zögern. Als sie zu einer Antwort ansetzt, legt Akifumi einen Finger vor den Mund. *Ssh.*

»Wenn ich es mir genau überlege … Sprich nicht mehr«, flüstert er, krümmt den Zeigefinger und winkt das Mädchen zu sich. »Komm her. Komm jetzt her.«

Das Mädchen zieht den kurzen Rock glatt und stöckelt auf hohen Absätzen zu ihm.

Akifumi atmet den frischen Apfelsinenduft ein, der Assoziationen an Reisen nach Fernost weckt, an glühende Sonne und Sonnencreme. Dann fasst er das Mädchen an den Zöpfen und drückt es nach unten.

»Mach es noch einmal, Asuna. Verflucht, mach es noch einmal, aber diesmal mit Gefühl.«

*Und dann schlag ich dir da an der Betonwand den Kopf ein.*

# 1

# Samstag, 23. November

Lisa Yamamoto wartet, bis sich die verchromte Aufzugtür schließt. Dann atmet sie die Luft, die sich in ihrem Brustkorb angestaut hat, in einem einzigen langen Stoß aus. Sie nimmt die Prada-Sonnenbrille mit dem schwarzen Gestell ab und betrachtet sich in dem großen Spiegel an der Wand der Kabine. Das Make-up verdeckt Stress und Müdigkeit, vermag aber keine Freude in ihre Augen zu zaubern. Auf ihrem Gesicht liegt keine Spur von dem überschäumenden Jubel, den die Einladung zur Plattenveröffentlichung des angesagtesten Rappers in ganz Finnland – oder jedes anderen Künstlers – noch vor einigen Jahren ausgelöst hätte. Jetzt ist das vorherrschende Gefühl eher eine unangenehme Nervosität; sie bereut, dass sie vor dem Aufbruch nicht etwas genommen hat, das sie selbstsicherer gemacht hätte: etwas Stärkeres als Sekt. Allerdings wird irgendein Bekannter unter den geladenen Gästen schon dafür sorgen, dass sie bekommt, was sie braucht. Es wird genügen, dass sie den Betreffenden auf die richtige Art ansieht, dann kann sie mit einer aufputschenden Dosis zur Damentoilette gehen.

Lisa wirft im Spiegel einen Blick auf ihren Körper, der in dem beigen Criss-Cross-Kleid von Hervé Léger durchtrainiert und an den richtigen Stellen gerundet aussieht. Ihre äußere Erscheinung ist immerhin in Ordnung. In gewisser Weise ist ja auch alles ganz gut, und sie hat die Situation unter

Kontrolle: Sie braucht an diesem Abend nur ein paar hübsche Fotos von sich und der Hauptperson zu machen und vielleicht noch einige Videostorys von anderen VIPs. Wenn man bedenkt, wessen Platte veröffentlicht wird, kann man mit Sicherheit davon ausgehen, dass die absolute Spitzenprominenz von Helsinki anwesend ist.

Lisa hört das Handy in ihrer Handtasche vibrieren. Bestimmt wieder Jason. Der Typ hat schon drei Mal angerufen. *Gib's endlich auf.* Ihr Blick wandert vom Spiegel zur digitalen Nummerntafel. Eine rote Vier. Fünf. Sechs.

Der Aufzug summt eine kurze Melodie, dann öffnet sich die Tür. In die Kabine dringen ein dröhnender Bass und ein gewaltiges Stimmengewirr, durchsetzt von Ausrufen und Lachern.

Lisa mustert den roten Teppich vor der Garderobe, auf dem einige Gäste mit Blumensträußen oder Geschenkflaschen stehen. *Nobodys, Neverheards. Zum Glück muss ich die nicht kennenlernen.*

Der Portier Sahib, den sie schon seit Jahren kennt, sieht sie aus dem Aufzug kommen und nickt ihr unauffällig zu.

Lisa geht an den großen Glaswänden vorbei, die einen Panoramablick über die vom tagelangen Regen nassen Dächer bieten. Im Hintergrund ragt das festlich beleuchtete Hotel Torni über der niedrigen Silhouette von Helsinki auf wie ein kleines Empire State Building. Die Straßenlampen und das Licht, das aus den Fenstern der Gebäude fällt, lassen in der dunklen Stadt, die noch nicht durch eine Schneedecke erhellt wird, alles glitzern.

»Guten Abend«, grüßt der breitschultrige, glatzköpfige Portier, der sich in ein weißes T-Shirt und einen schwarzen Blazer geworfen hat, und hilft Lisa aus dem feuchten Mantel aus Kunstpelz und -leder. Ein Pärchen, das kurz zuvor seine Mäntel abgegeben hat, ist in einigen Metern Entfernung stehen geblieben und flüstert, offenbar über Lisa. Es gab eine Zeit, da hat sie die Blicke und die Aufmerksamkeit Wildfremder genossen. Jetzt sind sie ihr lästig. *Warum zum Teufel glotzen die?*

»Wie geht's?«, fragt Lisa Sahib und deponiert Handtasche und Schuhbeutel auf dem Garderobentresen. Sie stützt sich ab, zieht gewandt die schwarzen Superstars mit den weißen Streifen aus und schlüpft in glänzende beige Pumps mit Zehn-Zentimeter-Absätzen.

»Die Party ist schon im Gange«, antwortet Sahib gelassen, verstaut Lisas Mantel und ihre Sneakers und reicht ihr eine Garderobenmarke, die durch die verschwitzten Hände tausender Gäste gegangen ist und entsprechend aussieht.

Lisa hört trotz der Musik, dass ihr Handy wieder vibriert. Vielleicht hat es die ganze Zeit geklingelt. Sie nimmt es aus der Tasche und schaltet es nach einem Blick auf das Display leise. *Verdammt.*

»Danke«, sagt sie lächelnd.

»Vorsichtig, es sind viele böse Jungs da«, mahnt Sahib augenzwinkernd. Lisa lacht auf und zwinkert zurück, obwohl sie ihn in Wahrheit nicht ausstehen kann.

Der Weg, den der rote Teppich markiert, führt zwischen dunklen Vorhängen hindurch, hinter denen die Blitzlichter der Fotografen aufflammen. Im Foyer hängt der typische Geruch eines Nachtclubs: Im Fußboden, dem Teppich und den Vorhängen hat sich im Laufe der Jahre der Geruch von ranzig gewordenem Parfüm, Schnaps und Zigaretten eingefressen, der selbst durch Renovierung nicht zu eliminieren ist. Eine Türsteherin, die Lisa nicht kennt, hält ihr den Vorhang auf, und sie betritt den hohen, hallenartigen Saal des Nachtclubs, der voll von trendig-festlich gekleideten Helsinkiern ist. Flammend gefärbte Haare, rätselhafte Make-ups und aufgespritzte Lippen, maßgeschneiderte Anzüge und Blazer, die die trainierten Körper betonen, halb ironische Hipster-Schnauzer und getrimmte Bärte. Lisa bleibt kurz stehen und betrachtet die Fotowand, groß wie ein Fußballtor, zu der die Gäste geführt werden wie auf ein mittelalterliches Schafott.

»Yamamoto!«, ruft eine Frauenstimme. Lisas Blick fällt auf eine bebrillte, untersetzte Reporterin, deren Namen sie vergessen hat, obwohl sie ihr wahrscheinlich einmal ein Interview gegeben hat.

»Hallo!«, sagt Lisa und entblößt ihre weißen Zähne in einem sorgfältig eingeübten Lächeln.

»Wir dürfen sicher eine kurze Story über dich machen?«

Lisa wirft einen Blick auf den Fotografen, der hinter der Frau steht und den Presseausweis einer Abendzeitung umgehängt hat. Die Story ist bestimmt ganz *legit* und gute Werbung für ihren Blog.

»Wenn ich mich zuerst da an der Wand fotografieren lassen darf.«

»Natürlich. Wir sind hier.«

»Okay. Super«, sagt Lisa und dreht sich zur Seite, um einen Englisch sprechenden Jungen zu umarmen. Sie kann sich nicht erinnern, ihn zu kennen. *Hi! Good to see you. Yeah, talk to you soon!*

Nachdem sie sich aus der Umarmung des begeisterten, nach süßlichem Rasierwasser duftenden Unbekannten gelöst hat, schreitet Lisa auf die Fotowand zu und stellt sich ans Ende der kurzen Schlange.

Sie betrachtet den halbdunklen Raum und das Menschenmeer, das in ihm wogt. Einige Gesichter sind ihr bekannt, einige unbekannt, die meisten irgendetwas dazwischen. Blasse Erinnerungen, verschwommene Momentaufnahmen. *PTKV.* Plaudern, tanzen, küssen, vögeln. Typischerweise in dieser Reihenfolge, aber Lisa erinnert sich, dass sie ein paar Mal vom Plaudern direkt zum Vögeln übergegangen ist. Und bisweilen wurde der Endpunkt wohl auch ohne Plaudern erreicht.

Weiter weg, im hinteren Teil des Saals, sieht sie ein Gedränge, das sich vom übrigen Gewimmel abhebt, Blitzlichter und Männer und Frauen, die sich der Reihe nach Schulter an Schulter vor die Kamera stellen. Im Mittelpunkt des Trubels steht der Star des Abends in glitzerndem Smoking und mit Zylinder: Kex Mace's, mit richtigem Namen Tim Taussi, ein sechsundzwanzigjähriger Rapper, dessen im Vorjahr erschienenes, poppiges Hip-Hop-Album Spotify-Geschichte schrieb. Es stieg nicht nur in Finnland, sondern auch in den anderen skandinavischen Ländern und in Deutschland auf die Streaming-Listen auf.

»Geh ins Bild, Lisa«, ruft eine Frau, die eine Kamera mit langem Objektiv in der Hand hält, und Lisa stellt sich vor das Plattencover, das ein großes Spinnennetz zeigt. *Kex Mace's. Spider's Web.* Die Blitzlichter zucken nur einen Moment, vielleicht sogar frustrierend kurz. Die Fotografen haben Lisa nicht immer so leicht davonkommen lassen. Noch im vorigen Jahr hat das Blitzlichtgewitter sie sogar in den Schlaf verfolgt. *Vielen Dank!* Lisa ist frei. *Nett, dich zu sehen, Lisa! Einen schönen Abend!* Das Lächeln wirkt beinahe echt, und die Worte klingen aufrichtig, aber die Kälte dahinter entgeht Lisa nicht. Sie hat den sogenannten sozialen Blick, den Dutzende ähnlicher Veranstaltungen geschärft haben. Es interessiert keinen, wer du wirklich bist, interessant ist nur, wie du aussiehst und was du repräsentierst. Manche interessiert lediglich, ob sie beim Weiterfeiern früh um fünf, wenn alle Flaschen geleert und die Koks-Tütchen bis zum letzten Gramm leergesaugt sind, in deinen Mund ejakulieren dürfen.

Der nächste kurze Programmpunkt besteht darin, ein Glas Sekt von dem Tablett zu nehmen, das ein Kellner in schwarzem Hemd mit gelber Fliege in den behandschuhten Händen hält.

»Pass auf, dass du dich nicht im Netz verfängst«, sagt eine

Promoterin, die einen geschmacklos kurzen Rock und ein bis zum Brustansatz ausgeschnittenes Top trägt, reicht Lisa ein Programmheft und zwinkert ihr zu.

*Pass auf, dass du dich nicht im Netz verfängst.* Verdammt affektiert und durchgestylt. Lisa ist erst seit einigen Minuten im Saal, aber schon jetzt drängt es sie, kehrtzumachen und zu verschwinden. Früher als erwartet braucht sie eine Aufmunterung, *White Stuff, Schnee.* Ihr Blick sucht nach jemandem, der ihr helfen könnte. Teme, Sakke, Taleeb ... Die Typen sind vermutlich da, aber zwischen Hunderten von Gesichtern verborgen.

Und dann spürt Lisa, wie ihr Herz einen Schlag aussetzt. Dort ist er wieder: Der Mann hat die Hände in die Taschen gesteckt und steht vor den großen Fenstern zur Innenstadt. Der irgendwie anklagende, sich ins Bewusstsein bohrende Blick ist exakt derselbe wie beim letzten Mal. Rasch wendet sie sich ab und geht zur Bar, weiß aber, dass der Mann sie nicht aus den Augen lässt.

# 2

## Mittwoch, 27. November

Der Song *Free Your Mind* von En Vogue, der in den Kopfhörern dröhnt, setzt kurz aus, als die Lauf-App ihr Feedback gibt. Geliefert wird sie von einer an sich freundlichen Frauenstimme, die jedoch die gleiche Düsterkeit und Seelenlosigkeit verströmt wie Tonbanddurchsagen: *Strecke fünf Kilometer, Durchschnittsgeschwindigkeit zehn Komma zwei Stundenkilometer.* Dann setzt die Musik wieder ein. Jessica Niemi atmet die frische Luft ein. Ihr Duft ist typisch für den Morgen nach der ersten Frostnacht im Herbst: Sie riecht nach dem Reif, den die Strahlen der Morgensonne vom Laub auf der Erde wischen, und nach den schmelzenden Pfützen, deren dünne Eisschicht unter den geschmeidigen Sohlen der Laufschuhe zerbricht.

Jessica hat das Gefühl zu fliegen, ihre Schritte sind leicht. Vor einigen Monaten hat sie nach langer Zeit wieder begonnen, zur Arbeit zu joggen, eine Aktivität, die schon oft am qualvollen Widerspruch ihres kaputten Körpers gescheitert ist. An schmerzenden Gelenken, am Nervenschmerz im Knie, an der bis in die Waden und Zehen ausstrahlenden Pein, gegen die normale Schmerztabletten machtlos sind. Jetzt läuft sie jedoch mühelos, und der Schmerz ist nicht zurückgekehrt. Natürlich wird er sich irgendwann wieder einstellen, das hat er immer getan. Bis dahin will Jessica jeden Schritt, jede mit Endorphinausschüttung endende Strapaze genießen. Im Nachhinein erscheint es verwunderlich, dass eine plötzliche Eingebung den

Anstoß zum Laufen gegeben hat. Nach der Beerdigung ihres früheren Vorgesetzten Erne Mikson war Jessica wochenlang wie betäubt, sie saß zu Hause und dachte über die Ereignisse nach. Bis sie eines Tages die Laufschuhe anzog und nach draußen in die milde Frühjahrsluft stürmte. Wie Forrest Gump, witzelte ihr Kollege Jusuf später.

Der Weg von der Wohnung in der Töölönkatu zum Arbeitsplatz im Polizeigebäude im Stadtteil Pasila ist ungefähr dreieinhalb Kilometer lang, er führt am Ufer der Töölö-Bucht entlang und dann durch den Wintergarten und den Tiergarten in den Zentralpark. Um die Laufstrecke zu verdoppeln, biegt Jessica jedoch an den meisten Tagen – so auch heute – bei der Reitbahn in Laakso nach Westen ab und läuft kreuz und quer über die felsigen Waldwege bis zur Schrebergartenkolonie in Ruskeasuo.

Jessica läuft an der Reitschule vorbei, an deren nordöstlicher Seite auch die berittene Polizei von Helsinki ihren Sitz hat. Der von hohen Bäumen gesäumte Sandweg ist nur schwach beleuchtet, die Laternenpfähle stehen weit auseinander, und auf den hellen Hof der Manege folgt schlagartig die Dunkelheit des Waldes. Zwischen den Baumwipfeln fliegt ein großer Vogel.

*He! Hörst du mich?*

Jessica wirft einen Blick zurück, doch der Pfad ist leer. Es ist schwer zu sagen, ob sie den Ruf über die Musik hinweg tatsächlich gehört hat. Mitunter hört sie beim Laufen Worte und Ausrufe, die nur in ihrem Kopf existieren. Die Stimmen verfolgen sie schon so lange, dass sie oft gar nicht auf sie achtet.

*Bleib stehen!*

Jetzt klingt die Stimme allerdings zu real. Jessica zieht den Kopfhörer von einem Ohr und wirft erneut einen Blick über die Schulter. Sie sieht eine hochgewachsene Gestalt mit ausgestreckten großen Händen, die nach ihrer Windjacke greifen. Der Mann lehnt sich mit seinem ganzen Gewicht gegen sie und wirft sie zu Boden. Jessica spürt das Gewicht des Angreifers auf ihrem Rücken, ihre Wange drückt sich in den mit schmierigen Blättern vermischten, eisigen Schlamm.

»Hör mal«, sagt der Mann.

Schnapsgestank schlägt Jessica ins Gesicht. Oberschenkel klammern sich um ihren Hintern, der Mann sitzt auf ihrem Rücken, seine Finger winden sich um ihren Nacken. Der nach Salmiakschnaps stinkende Mund brummt direkt an ihrem Ohr. Dann dreht der Mann Jessica um. Nun sieht sie sein Gesicht, erkennt es aber nicht. Die geröteten, spitzen Wangen und der dichte Schnurrbart gehören einem vom Alkohol ausgezehrten Mann um die vierzig. Nun erinnert Jessica sich, dass sie vor einigen Minuten an einem Kerl in Lederjacke vorbeigelaufen ist, der auf einer Bank am Rand des Laufpfades saß und Terpentin trank.

»Heiligabend«, sagt der Mann fast flüsternd. »Heiligabend.«

Jessica starrt ihn verwundert an. Er muss übergeschnappt sein. Bis Weihnachten ist es noch ein Monat. Die Finger des Mannes pressen sich um ihr Kinn. Mit der anderen Hand hält er ihr rechtes Handgelenk fest.

Jessica sammelt ihre ganze Kraft und versucht, ihr Knie zwischen die Beine des Mannes zu rammen, aber der Mistkerl blockiert ihre Beine mit seinem Gewicht und ist wahrscheinlich so besoffen, dass er seine Eier nicht spürt.

Jessica hört ihren eigenen Puls und holt tief Luft. Der grobe Kies drückt sich tief in ihren Hinterkopf, aus den Augenwinkeln sieht sie den vereisten Sand und die modernden Blätter. Irgendwo in der Ferne ruft jemand nach einem bellenden Hund.

»Heiligabend«, schäumt der Mann nun mit gefletschten Zähnen. »Heiligabend.«

Jessicas Fingerspitzen fassen nach dem Pfefferspray in ihrer

Jackentasche, den das finnische Gesetz als Schusswaffe deklariert. Neuerdings trägt sie die Sprühdose immer bei sich. Und im nächsten Moment bekommt der Mann eine ordentliche Portion Pfefferspray in die Augen. Das besoffene Gebrabbel bricht ab, nach kurzer, ungläubiger Stille folgt ein Schmerzensschrei. Mit der freien Hand schlägt Jessica gegen das Kinn des Mannes, immer wieder, bis ihm die oberen Zähne abbrechen und Blut aus seinem Mund spritzt. Sein Griff lockert sich. Überraschend geschmeidig richtet er sich auf und rennt in den Wald.

Jessica schnappt nach Luft und kämpft sich mühsam auf die Beine. Die Fingerknöchel ihrer rechten Hand bluten.

Der Mann ist nicht mehr zu sehen, doch tief im Wald hört Jessica Zweige knacken.

Sie lässt die Hand nicht sinken, sondern hält die Spraydose für eine erneute Attacke parat. Sie wartet und lauscht auf Geräusche aus dem Wald. Aber der Mann kommt nicht zurück.

Jessica greift nach ihrem Handy und wählt den Notruf. Nachdem sie eine Beschreibung des Angreifers gegeben hat, läuft sie zurück in die Richtung, aus der sie gekommen ist. Diesmal ist sie auf der Hut. *Strecke sechs Kilometer, Durchschnittsgeschwindigkeit neun Komma ein Stundenkilometer.*

# 3

Jessica tritt über die Schwelle und lehnt sich mit der Hüfte an den Türrahmen. Die heiße Dusche im Waschraum des Polizeigebäudes hat ihr erneut den Schweiß aus den Poren getrieben, sodass ihre dunkelblaue Bluse am Rücken klebt. Sie zupft sie unauffällig zurecht. Die rechte Hand, mit der sie auf das Kinn des Angreifers eingehämmert hat, tut höllisch weh. Es wäre wohl ratsam, sie beim Betriebsarzt röntgen zu lassen.

»Mach die Tür zu, Niemi«, sagt Hauptkommissarin Helena Lappi und klopft mit dem Zeigefinger auf die kabellose Maus. Sie spricht Jessicas Nachnamen aus, als würde er schlecht schmecken. Jessica schließt die Tür hinter sich, was den Raum noch kleiner wirken lässt. Der Parfümgeruch im Zimmer erinnert an eine teure und aufdringliche Seife.

Helena Lappi, intern zwangloser Hellu genannt, starrt immer noch auf ihren Monitor, was Jessica Gelegenheit gibt, sich umzuschauen. Der Raum ist weitgehend noch so wie zu Ernes Zeiten: eine minimalistische, karge Zelle, deren weiße Wände geradezu nach Formen und Farben schreien, die das Einerlei durchbrechen. Die Jalousien baumeln oberhalb der Fenster, und Steckdosen ragen in Vierergruppen auch da aus der Wand, wo niemand Strom braucht. Das Dienstzimmer ist in seiner Uniformität und Trostlosigkeit eine Klasse für sich. Dennoch wirkt es erst jetzt, ohne Erne, beklemmend und leblos: Der

Mensch, der mit seinem großen Herzen die ganze Abteilung erhellt hat, ist nicht mehr da.

»Wir hatten noch keine Zeit, uns ausgiebig zu unterhalten«, sagt Hellu und bedeutet Jessica, Platz zu nehmen.

Jessica setzt sich, verschränkt die Hände im Schoß und sieht der etwas über vierzigjährigen Frau in die braunen Augen, die nicht ganz zu den blondgefärbten kurzen Haaren passen.

Auf dem Posten des Leiters des Gewaltdezernats ist es nach Ernes Ausscheiden im März turbulent zugegangen. Der erste Kandidat, ein auf das Rentenalter zugehender Bierbauch, hat die Einheit einige Monate lang geleitet, bis er eine Stelle in der Chefetage der Polizeiverwaltung ergattert hat. Der zweite verschwand stillschweigend, nachdem er ungefähr die gleiche Zeit im Dienst war. Einer zuverlässigen Quelle zufolge wurde er von Whisky lahmgelegt. Seine langjährige Freundschaft mit der Flasche hatte sich nach seiner Scheidung zur schicksalhaften Liebe vertieft. Ein klassischer Fall.

Bei Hellu dagegen hat man den Eindruck, dass sie nicht auf dem Absprung ist. Sie strotzt vor Eifer und Selbstsicherheit, was sie leider auch zu einer ätzend pedantischen Vorgesetzten macht. Jessica arbeitet erst seit ein paar Wochen unter Hellus Leitung, aber schon jetzt ist klar, dass die neue Chefin Präzision, Protokoll, halbmilitärische Disziplin und unbestechliche Bürokratie liebt. Die Spannung zwischen ihnen war vom ersten Tag an spürbar. Die Ursache ist Jessica nicht ganz klar. Jedenfalls sind die Flure im Polizeigebäude von Tag zu Tag schmaler geworden – als wäre es nicht vorgesehen, dass sie beide dort Seite an Seite gehen.

»Herzlichen Glückwunsch zu Kalasatama«, sagt Hellu trocken. Sie bezieht sich auf einen Mordfall in der Arcturuksenkatu im Stadtteil Kalasatama, dessen Ermittlung Jessica verblüffend schnell abgeschlossen hat. Die Tat an sich war kein großes Mysterium: Ein wegen Gewaltverbrechen vorbestrafter Mann hatte im Suff seinen alten Freund mit einem Baseballschläger totgeschlagen und die Leiche in einem persischen Teppich (oder vielmehr einer chinesischen Kopie eines Perserteppichs) in den Müllcontainer des Hauses geworfen.

»Danke«, sagt Jessica und versucht, neutral zu lächeln. Das ist die diplomatischste Form des Lächelns, aber schwieriger beizubehalten als jede andere. Hellu blättert in ihren Papieren und sieht Jessica von unten herauf an. Jessica schlägt ein Bein über das andere. Dabei stößt sie mit dem Knie gegen die Tischecke, und die Stifte im Ständer wackeln.

»Ich habe gerade mit der Staatsanwaltschaft gesprochen. Dort sind sie zufrieden, es wird eine leichte Arbeit für sie«, fährt Hellu fort.

»Sie können den Fall ja kaum vergeigen, immerhin haben wir ihnen die Waffe geliefert, das Motiv, die DNA, die den Täter ...«

»Wie gesagt, Glückwunsch«, sagt Hellu und lässt die Maus los. Die Art, wie sie das tut, wirkt wohldurchdacht. Die an sich unbedeutende Geste beendet gewissermaßen die Ouvertüre. Das Vorspiel. Den Smalltalk. *Du hast dein Lob bekommen, Niemi. Jetzt drehe ich dir den Hals um.* Die Hauptkommissarin lehnt sich in ihrem Stuhl zurück und schnalzt unheilverkündend mit der Zunge.

»Ich habe mich bemüht, mit allen zu reden. Das ganze Team kennenzulernen. Bei dir war das noch nicht möglich, weil du mit dem Kalasatama-Fall beschäftigt warst, aber jetzt ...« Hellu krümmt die Finger ihrer linken Hand. Den Ringfinger schmückt ein offenbar bewusst schlichter Ring, wohl aus Stahl oder Weißgold. Am Handgelenk trägt sie eine massive Smartwatch, mit der sie sicher versucht, sich das ewige Leben zu biohacken. Oder etwas in der Art.

»Ich habe verstanden, dass du Hauptkommissar Erne Mikson sehr nahestandest. Dass du lange mit ihm zusammengearbeitet hast. Wie viele Jahre?«

Als Jessica Ernes Namen hört, muss sie an sein pockennarbiges Gesicht denken. An seine grauen Bartstoppeln, seine freundlichen Augen. An den leicht komischen Akzent und den beißenden Zigarettengeruch, den er zurückließ, wenn er hinausging.

»Acht«, antwortet sie nach einer Weile, als hätte sie die verstrichenen Sekunden nur gebraucht, um die mit Erne geteilten Jahre zu zählen.

»Und ich habe auch gehört, dass du ihn schon vorher kanntest. Dass ihr Freunde wart.«

»Waren wir. Ja.«

Hellu mustert Jessica aufmerksam, als suche sie in ihrem Gesicht nach weiteren Informationen über die Beziehung zwischen ihr und ihrem verstorbenen Chef. Dann wird ihr Blick ein wenig milder.

»Ja, eine traurige Geschichte. Mein Beileid, nachträglich. Niemand von uns hat zu viele gute Freunde.«

»Danke.«

»Krebs ist eine beschissene Sache.«

»Ja.«

»Der Grund, warum ich jetzt über Mikson spreche und Wunden aufreiße, die wohl noch nicht ganz verheilt sind, ist der folgende: Ich glaube, dass ich mit dir viel Arbeit haben werde. Im Vergleich zu den anderen in der Abteilung.«

Jessica leckt sich über die trockenen Lippen und wartet darauf, dass die Hauptkommissarin weiterspricht. Das geschieht jedoch nicht. »Viel Arbeit?«

Hellu wirkt ein wenig enttäuscht, als hätte sie erwartet, dass Jessica ihre Gedanken lesen kann.

»Hör mal.« Sie holt kurz Luft, bevor sie fortfährt: »Ich weiß, dass du eine gute Polizistin bist, Niemi. Das habe ich so oft gehört, dass ich es nicht bezweifle. Aber ich habe auch gehört, dass du zu Ernes Zeiten eine gewisse Neigung hattest, na ja … aus der Reihe zu tanzen. Anweisungen und Befehle mitunter zu missachten.«

»Aha.« Jessica gibt sich Mühe, ruhig zu bleiben. Sie spürt das Pochen ihrer verletzten Hand, die sie unter dem Tisch verbirgt. Sie braucht bald ein paar Schmerztabletten.

»Diese Information kam übrigens nicht von deinen Kollegen, sondern von weiter oben«, erklärt Hellu.

»Das musst du wohl sagen.«

»Meine Frage an dich, Niemi, lautet: Hast du so gehandelt, *weil* oder *obwohl* Mikson und du eine lange und enge Beziehung hattet? Das ist nämlich ein großer Unterschied«, sagt Hellu und lächelt fast unmerklich. Dann fährt sie fort: »Denn die letztere Alternative stellt mich natürlich vor eine größere Herausforderung. Sie würde ja bedeuten, dass ich mich darauf einstellen muss, hart durchzugreifen. Ich dulde schlicht und einfach keine Alleingänge. Ich bin nicht Erne Mikson.«

*Zum Teufel, du kannst Erne ohnehin nicht das Wasser reichen, du aufgeblasene Kuh.*

Jessica betrachtet die Frau, deren glänzende Augen direkt in ihre eigenen stieren. In Momenten wie diesem brennt sie vor Verlangen, der Autorität den Stinkefinger zu zeigen, der Polizei den Rücken zuzukehren und ihre Kündigung einzureichen. Das Gewaltdezernat braucht sie dringender als umgekehrt. So war es immer schon.

Die Fensterfugen knacken irritierend, obwohl draußen gar kein Wind geht.

»Erne und ich hatten eine bestimmte Arbeitsweise«, beginnt Jessica. »Und die sah nach außen manchmal vielleicht schlimmer aus, als sie war. Wer immer dein Informant ist – für ihn war es sicher unmöglich, die Dynamik zwischen Erne und mir zu verstehen.«

»Es wird dir also nicht schwerfallen, auf meine Art zu handeln?«

»Das ist schwer zu sagen, solange ich nicht weiß, was deine Art ist«, gibt Jessica zurück, obwohl sie ahnt, dass Hellu bei dieser Antwort rotsieht. Die Hauptkommissarin schlägt mit der flachen Hand auf den Tisch – nicht wütend, aber fest genug, dass Jessica zusammenfährt – und stößt einen ätzenden Laut aus, bei dem man an den Buzzer und das große rote Kreuz an der Wand bei einem Fernsehquiz denken muss.

»Falsche Antwort, Niemi.«

»Ich meine bloß, wenn du als neue Chefin alles umkrempeln willst, dann gibt es natürlich negative Gefühle und Widerstand. Und nicht nur bei mir, sondern bestimmt bei allen. Unter Erne haben wir schließlich immer wirklich gute Ergebnisse erzielt. Warum etwas verändern, wenn es nicht …«

»Niemi«, unterbricht Hellu sie ruhig. »Du sagst gerade all das, was ich *nicht* hören will.«

»Aha.«

»Tatsächlich bestätigt dieses Gespräch das Bild, das ich von dir hatte.«

»Ich will keineswegs …«

»Wir kommen früher oder später auf die Sache zurück. Hoffentlich deshalb, weil ich dir für deine Fähigkeit, dich an die neue Situation anzupassen, Anerkennung zolle.«

»Hoffen wir es«, sagt Jessica müde und steht auf.

»Niemi.«

*Wenn du mich noch einmal beim Nachnamen nennst, reiße ich dich an deinen blöden Wasserstoffperoxidhaaren.*

»Ja?«

»Wir sind noch nicht fertig.«

Jessica setzt sich wieder und zählt in Gedanken bis zehn.

»Ich habe auch eine polizeiliche Angelegenheit zu bereden.« Hellu befeuchtet ihre Fingerspitze an der Zunge. »Sind dir die Gesichter bekannt?«, fragt sie und zieht zwischen ihren Papieren das Titelblatt einer Boulevardzeitung hervor. Jessica greift danach und betrachtet die Fotos, die zwei junge Menschen zeigen, eine Frau und einen Mann. Beide sind auf ihre Weise schön und trendy, die Bilder strahlen eine gewaltige Energie und Lebensfreude aus. Vorbilder, Trendsetter. In den letzten zwei Tagen hat Jessica die Fotos viele Male gesehen.

»Die Blogger.«

»Genau die.«

Lisa Yamamoto und Jason Nervander. Die populärsten Social-Media-Promis und Lifestyle-Blogger Finnlands. Zu beiden sind seit zwei Tagen besorgte Anfragen bei der Polizei eingegangen: Beide sind in der Nacht zum Sonntag nicht nach Hause gekommen, nachdem sie am Samstagabend auf einer Party zur Veröffentlichung des neuen Albums eines bekannten finnischen Rappers waren.

»Kriegen wir den Fall?«, fragt Jessica und legt das Blatt auf den Tisch. Die Möglichkeit, dass die Sache bei ihnen landet, ist ihr schon früher durch den Kopf gegangen. Vielleicht hat sie sogar insgeheim darauf gehofft. Vermisstenfälle sind oft faszinierender als normale Mordermittlungen. Sie sind wie eine Opernaufführung, bei der die Leiche vor der Pause gefunden werden muss. Der zweite Akt fällt aus, wenn die Vermissten lebend entdeckt werden. Manchmal werden sie nie gefunden.

»Noch gestern schien klar zu sein, dass es sich um irgendeinen Prank handelt, irgendeine Aktion, um ihre Followerzahlen in die Höhe zu treiben. Die beiden kennen sich nämlich, und sie haben massenhaft neue Follower bekommen, nur weil sie verschwunden sind. Aber heute Morgen ist dann was passiert, das den Verdacht weckt, es könnte sich um ein Verbrechen handeln.«

»Was denn?«

»Auf Lisa Yamamotos Instagram-Account ist ein neues

Bild aufgetaucht.« Hellu legt einen weiteren Bogen vor Jessica hin. Es ist ein Instagram-Bild, das einen hohen, aus gelbbraunem Stein gebauten Leuchtturm zeigt.

»Was ist das?«

»Der Leuchtturm von Söderskär. In den äußeren Schären vor Porvoo. Sieh dir den Text an.«

Jessica lässt ihren Blick nach unten wandern und sieht unter den Ziffern, die Tausende von Likes dokumentieren, einen Text. Sekundenlang hat sie das Gefühl, die Feuchtigkeit an ihrem Rücken sei kein Schweiß, sondern feinkörniger Reif, den der Frost auf ein Ahornblatt gelegt hat. Eine schneidende Kälte durchfährt sie.

*Ein stilles Grab tief drunten im Meer,*
*dort hilft der Prinzessin keiner mehr.*
*In ewigem Schlaf liegt sie so kalt,*
*Eis und Schnee bedecken sie bald.*

# 4

Jessica hört einen Schuss. Dann einen zweiten. Und kurz darauf noch acht weitere in immer kürzerem Abstand. Jeder neue Schuss folgt schneller auf den vorigen, bis das Magazin mit den zehn Patronen leer ist und der Schieber der Waffe geöffnet bleibt. Dichter Pulvergeruch umgibt sie.

Jessica nimmt ihren Gehörschutz ab.

»Viel zu hastig. Du wirst es nie so eilig haben, zehn Schüsse abzugeben«, sagt sie, während Jusuf das Magazin entfernt und die Waffe auf den Tisch legt. Seine Hand ballt sich kurz zur Faust.

»Alles Treffer«, erwidert er gleichgültig und macht sich auf den Weg zur Scheibe. Außer ihnen beiden ist niemand da. Auf dem Schießstand im Polizeigebäude in Pasila gibt es keine Zielscheiben, die sich auf Knopfdruck auf Schienen dem Schützen nähern wie in amerikanischen Fernsehserien. Stattdessen findet man hier bewegliche und sich drehende Scheiben, die man an das jeweilige Training anpassen kann.

Jessica bindet ihre Haare zum Pferdeschwanz und folgt Jusuf, wobei sie seinen muskulösen Rücken betrachtet. Jusuf war immer sportlich, doch in den letzten Monaten hat er mehr Zeit im Kraftraum zugebracht als gewöhnlich. Den Anstoß zum aktiven Training gab vermutlich seine Krankschreibung, die von Ende Februar bis in den Mai dauerte und während der seine langjährige Beziehung in eine Sackgasse geriet.

Seit Jusuf seine Arbeit wieder angetreten hat, ist er zurückhaltend und distanziert. Vielleicht ist die Trennung der Grund. Oder das, was im Februar in Kulosaari geschehen ist. Wahrscheinlich ist es eine Summe aus beiden oder noch mehr Faktoren.

»Guck doch mal«, sagt er, zieht eine kleine Rolle aus der Tasche und überklebt die Einschusslöcher mit braunen Aufklebern. »Kopf, Kopf, Brust, Kopf, Brust, Kopf …«

Die lakonische Art, wie er die Treffer in der entfernt an einen menschlichen Torso erinnernden Scheibe aufzählt, ist gruselig. Jessica weiß, dass Jusuf nicht er selbst ist und dass es ihm nicht besonders gut geht. Er ist zwar fähig, seine Arbeit zu tun und auch genau genug zu schießen, aber durch das Polizeigebäude geht nicht mehr der alte Jusuf, dessen sprudelndes Lachen mitunter andere im Großraumbüro in der oberen Etage angesteckt hat. Für einen flüchtigen Moment denkt Jessica wehmütig daran, wie sehr sich die Dinge in diesem Jahr verändert haben. Und doch ist vieles gleich geblieben. Nur Erne und Mikael sind nicht mehr da. Beide sind tot, sowohl der Engel als auch der Dämon.

Schweigend kehren sie zum Schießstand zurück.

Jusuf bückt sich, um die Hülsen der Neun-Millimeter-Patronen vom Steinfußboden aufzusammeln. Die Leuchtröhren an der Decke verbreiten die einzige ihnen bekannte Farbe: Klinikweiß.

»Wie geht's dir, Jessi?«

»Ein seltsamer Morgen. Irgendein besoffener Irrer hat mich beim Joggen angegriffen«, sagt Jessica kopfschüttelnd. Jusuf wirkt plötzlich besorgt.

»O Gott, Jessi. Bist du okay?«

Jessica hebt ihre rechte Hand, deren Fingerknöchel aussehen, als hätte sie sie einige Male gegen eine Backsteinmauer geschlagen. »*Ich* schon. Aber dem Mistkerl fehlt jetzt mindestens ein Schneidezahn.«

»Du lieber Himmel«, seufzt Jusuf und sieht Jessica prüfend an.

»Ich bin okay«, wiederholt sie nachdrücklich. »Und der Bekloppte wird sicher irgendwo gefunden.«

»Willst du auch schießen?«

»Nein«, antwortet Jessica. Im selben Moment fällt irgendwo auf dem Flur eine schwere Tür zu. Jessica streicht sich die Haare aus der Stirn. »Ich hab vorhin mit Hellu gesprochen.«

»Hauptkommissarin Lappi«, murmelt Jusuf. »Erne *hatte* Krebs. Die Frau *ist* Krebs.«

»Ja. Sie scheint mich nicht besonders zu mögen.«

»Die mag bestimmt keinen.«

»Da hab ich aber anderes gehört«, sagt Jessica und legt lächelnd den Kopf schräg.

»Was denn?«

»Dass sie dir immer auf den Hintern starrt, wenn du vorbeigehst. Oder wenn du im Besprechungsraum vom Stuhl aufstehst. Und dass du manchmal nur deshalb aufstehst.«

»Soweit ich weiß, ist sie mit einer Frau verheiratet.«

»Hintern ist Hintern.«

»Na, soll sie gucken. Ich tu mein Bestes«, sagt Jusuf und wischt sich den Schweiß von den Schläfen. Die Adern über den Oberarmen, die unter dem T-Shirt hervorlugen, treten durch das neue Trainingsprogramm und die Diät stärker hervor. Jessica hofft, dass Jusuf es mit dem Krafttraining nicht übertreibt. Leichtes Pumpen und Geschmeidigkeit passen besser zu ihm als breite Schultern und steife Riesenbizepse.

»Du bist doch jetzt frei, oder?«, fragt Jessica.

»Frei?«

»Ich meine, du hast gerade keine Ermittlungen am Laufen.«

»Ach so, ich dachte, du hättest eine Frau für mich. Nein, nichts am Laufen. Ich hab jetzt ein paar Tage Nina geholfen, einen Baustellenfall aufzudröseln, versuchter Totschlag.«

Jessica betrachtet die auf dem Tisch liegende Waffe und überlegt, ob Jusuf vorhat, noch eine zweite Runde zu schießen.

»Was hast du da?«, fragt Jusuf, der die Mappe unter ihrem Arm offenbar erst jetzt bemerkt. Eine der Hülsen rutscht ihm aus der Hand und rollt über den Boden.

»Die Blogger«, sagt Jessica.

Jusufs Miene hellt sich auf. Er richtet den Blick auf Jessica. »Sag bloß.«

»Du weißt von dem Fall?«

»Natürlich. Alle glauben ja, es wäre ein PR-Trick.«

»Das hatte ich auch gehört.« Jessica reicht Jusuf ihr Handy, auf dessen Display die Instagram-App mit dem Account der 25-jährigen Lisa Yamamoto zu sehen ist.

»Sieh dir den neuesten Post an«, sagt sie und zeigt auf das Bild mit dem Leuchtturm.

Jusuf klickt es an. Jessica beobachtet seine Reaktionen, sie hofft, das vertraute Aufleuchten in seinen Augen zu sehen. Die Verblüffung, die sich auf sein Gesicht legt, ist jedoch nicht so groß, wie sie erwartet hat. Sie will nicht glauben, dass Jusuf gleichgültig geworden ist, wahrscheinlich ist er nur chronisch müde. Jedenfalls ist es, als hätte die Palette seiner Gesichtsausdrücke einige ihrer Farben verloren, die hellsten und reinsten.

»*In ewigem Schlaf liegt sie so kalt, Eis und Schnee bedecken sie bald.* Was zum Teufel soll das heißen?«

Jusuf gibt ihr das Handy zurück.

»Für sich allein könnte es ein seltsamer Witz sein, Teil eines Pranks. Aber es gibt noch etwas, das hier ist noch merkwürdiger«, sagt Jessica und klickt auf Lisas Profilseite, auf der alle ihre Fotos zu sehen sind. »Sieh dir das an.« Sie zeigt auf die Biographie, die mit dem Pseudonym verlinkt ist.

*Lisa Yamamoto*
*Promi*
*Blogger/Influencer*
*R. I. P.*
*1994–2019*

# 5

Die Deckenlampen im Besprechungsraum sind ausgeschaltet, das Zimmer liegt im Halbdunkel. Nicht, damit das Bild, das der Projektor auf die Leinwand wirft, klarer zu sehen wäre, sondern lediglich deshalb, weil sich niemand aufraffen konnte, aufzustehen und das Licht anzuknipsen.

»Yamamoto?« Rasmus Susikoski hüstelt in die Handfläche. Dann kehren seine Hände auf den Tisch zurück, in die Gebetshaltung, die bei ihm eine Art Grundeinstellung ist. Die Ausgangsposition für seine typischen Gesten und Bewegungen, wie Nasekratzen und am Daumennagel kauen.

Rasmus ist der Kraftprotz des Gewaltdezernats, wenn man die Sitzmuskeln als Maßeinheit wählt. Der ausgebildete Jurist, der mit vierunddreißig immer noch bei seinen Eltern wohnt, ist sozial nicht sehr talentiert, dafür wurde er aber mit reichlich Grips geboren. Auf seinem Dienstausweis steht Sonderberater, und er bekleidet im Polizeigebäude in Pasila eine Zivilstelle. Jessica hat oft darüber nachgedacht, wieso Rasmus bei der Polizei und noch dazu im Gewaltdezernat gelandet ist. Vielleicht steht dahinter eine Art Berufung: der Versuch eines Jungen, der in der Schule gemobbt wurde, die Spirale des Bösen aufzuhalten. Oder etwas in der Art.

»Sie ist Halbjapanerin«, erklärt Jessica und klickt ein neues Bild an. Jusuf sitzt am Tischende, lässt seine Fingerknöchel knacken und betrachtet das Bild finster.

»Und eine Art Promi?«, erkundigt sich Rasmus.

»Ein Social-Media-Promi.«

»Nie von ihr gehört.«

»Hast du einen Instagram-Account?« Jessica klickt das nächste Foto an. Ein Bild nach dem anderen erscheint auf der Leinwand.

»Ich?« Rasmus sieht Jessica an, als wäre die Frage völlig absurd. »Nein. Aber ich bin bei Facebook.«

»Selbst wenn, würdest du sie trotzdem nicht kennen«, sagt Jessica. »Vier Fünftel von Yamamotos Followern sind junge Mädchen. Zehn Prozent junge Männer und der Rest wahrscheinlich Perverse oder asiatische Fake-Accounts.«

»Rasse würde also gut in das letzte Zehntel passen«, lacht Jusuf. »Und ich meine jetzt nicht die Fake-Accounts.«

»Ich bin auch sonst nicht aktiv …«

»Du hast garantiert einen Stalker-Account, über den du dir junge Mädchen anguckst, unter dem Namen Fasmus Nusikoski oder so«, sagt Jusuf und wirft seinem Kollegen einen Blick zu. Rasmus errötet zuerst, doch dann stiehlt sich ein kleines, anerkennendes Lächeln auf sein Gesicht. Der introvertierte Rasmus scheint es zu genießen, dass er seinen festen Platz als Ziel des groben Humors im Team hat. Außerdem versteht Jusuf sich darauf, intelligent zu sticheln, ohne boshaft zu werden, nie so weit zu gehen, dass sein Gegenüber unangenehm berührt wäre. Im Gegenteil, derjenige, den er verspottet, lacht immer mit. Jusuf ist ein Meister auf diesem Minenfeld, auch wenn Außenstehende sein Verhalten vielleicht als Mobbing einstufen würden.

»Na, Rasse?«, fährt Jusuf fort. »Ärsche, stimmt's? Oder doch Titten?«

»Schluss jetzt, Jusuf«, seufzt Jessica, muss aber unwillkürlich lächeln.

»Oder Füße? Bist du ein *feet guy*, holst dir einen runter und …«

»Wenn ich wählen müsste, dann …«, beginnt Rasmus vorsichtig.

»Es reicht, Jungs«, fällt ihm Jessica ins Wort. »Konzentriert euch.«

Jusuf und Rasmus tauschen ein schnelles Lächeln, dann richten sie den Blick auf die große Leinwand, wo die Bilder wechseln, als Jessica Hunderte Posts durchblättert. Auf den meisten Fotos posiert die Halbjapanerin Lisa Yamamoto allein vor der Kamera: Die Bildqualität ist gut, die Frau trägt Trendkleidung bekannter Marken, gelegentlich wurde auch ein scheinbar alltäglicher Look angestrebt. Ein Teil der Bilder wurde im Ausland gemacht, und auf vielen Aufnahmen ist unter Palmen oder auf den Plätzen mitteleuropäischer Städte auch eine Freundesschar zu sehen. Das Profil und die Marke der Frau wurden mit großem Geschick gestaltet: Ungeachtet der wechselnden Kleidungsstücke, Frisuren, Orte und Cliquen sind Stimmung und Stil der Bilder einheitlich. Die Follower wissen genau, was sie bekommen, wenn sie die *follow*-Taste anklicken.

»Die Vermisstenmeldung hat Lisa Yamamotos Mitbewohnerin erstattet, die keine Ahnung hat, wo Lisa sein könnte und mit wem«, sagt Jessica und lässt die Maus los.

»Und der andere, dieser Jason Nervander?«, fragt Jusuf.

»Seine Eltern wohnen in Lappland, sie stehen sich wohl auch nicht sehr nah, jedenfalls kam die Vermisstenmeldung vom Pastor der Gemeinde Kallio, einem engen Freund von Jason.«

»Und was hat dieser Pastor gesagt?«

»Nichts weiter, als dass Jason sich seit ein paar Tagen nicht hat blicken lassen«, berichtet Jessica.

»Es gibt also in beiden Fällen keine bekannte oder wahrscheinliche Erklärung für ihr Verschwinden?«

»Wir fangen bei Null an.«

»Verdammter Mist«, seufzt Jusuf und stützt die Ellbogen auf den Tisch.

»Wer gehört zum Team?«, fragt Rasmus.

»Wir drei«, antwortet Jessica schnell.

»Hä? Nicht mal Nina oder …« Jusuf schluckt.

»Hellu hat betont, dass wir zwar ein Verbrechen vermuten, aber noch nicht genug Anhaltspunkte dafür haben. Also beginnen wir zu dritt und bekommen Verstärkung, sobald feststeht, dass mindestens einer der beiden tot ist«, erklärt Jessica und reibt sich die Augen. »Die Technik hilft uns allerdings schon jetzt.«

»Was ist mit deiner Hand passiert?«, fragt Rasmus plötzlich. Er starrt auf Jessicas Hand, die auf dem Tisch liegt.

Jessica antwortet nicht gleich. Sie wirft einen Blick auf ihren geschwollenen Handrücken, auf die bläulich verfärbten Fingerknöchel und zuckt mit den Schultern.

»Ein Betriebsunfall«, sagt sie dann, lehnt sich zurück und schiebt die Hand unter die Achsel. Sie betrachtet das Foto auf der Leinwand, auf dem Lisa Yamamoto bis zu den Knien in türkisblauem Wasser steht, mit dem Rücken zur Kamera und dem Gesicht zu dem Wasserfall im Hintergrund. Die nassen schwarzen Haare zeichnen den gebräunten Nacken und die Schultern nach. Jessica hört beinahe, wie die auf dem Bild gefangenen Tausende Liter Wasser sich in Bewegung setzen. Die strahlende Sonne lässt das Wasser überall da funkeln, wohin die Kraft des Wasserfalls nicht reicht, wo er die Oberfläche nicht aufwühlt.

»Jessica?« Jusuf reißt sie aus ihren Gedanken.

»Was?«

»Die Arbeitsteilung?«

Einige Sekunden vergehen, dann beginnt Jessica die Aufgaben zu delegieren. »Rasse, du gehst zusammen mit den Technikern beide Instagram-Accounts durch. Such nach verdächtigen Dingen.«

»Wie zum Beispiel Kommentare?«

»In erster Linie. Und generell verdächtige Follower ...«

»... von denen die beiden insgesamt über vierhunderttausend haben«, setzt Rasmus Jessicas Satz fort. Jessica sieht ihn an, doch seine Miene verrät keine Spur von Aufmüpfigkeit, obwohl seine Bemerkung wie ein Protest klingt. So oder so, die Aufgabe ist riesig und gleicht der sprichwörtlichen Suche nach der Nadel im Heuhaufen.

»Fang mit den Kommentaren an. Wenn die Geschichte das ist, wonach sie aussieht, wenn also ein Irrer Lisa und Jason umgebracht und Lisas Account gekapert hat, finden wir da bestimmt irgendwas«, sagt Jessica und schaltet ihren Computer aus. »Jusuf und ich befragen Lisas Mitbewohnerin.«

»Was ist mit dem verdammten Leuchtturm?«, fragt Jusuf.

»Söderskär. Da hilft uns die Polizei von Ost-Uusimaa. Hellu hat gesagt, dass heute zwei Beamte mit dem Boot zu der Insel fahren und sich umsehen. Kann ja sein, dass sie etwas finden.«

»Leichen?«

»Ich glaub nicht, dass sie Froschmänner dabeihaben.«

»Wäre das nicht angebracht?« Jusuf blättert in den Papieren, die vor ihm liegen. »*In ewigem Schlaf liegt sie so kalt, Eis und Schnee bedecken sie bald ...* Sie sollten doch Taucheranzüge mitnehmen, wenn sie was finden wollen.«

»Die wissen schon, was sie tun. Sie haben dieselben Fakten vorliegen wie wir«, sagt Jessica, steht auf und zieht sich den Mantel an. »An die Arbeit, Rasse. Und wir fahren jetzt zu Lisas Wohnung, Jusuf.«

# 6

Die Ampel springt auf Grün, und Jusuf biegt von der Veturitie auf die Nordenskiöldinkatu ab. Jessica wirft einen Blick auf die Uhr an ihrem Handgelenk, eine Lady Panthère Vendôme von Cartier. Zwar sticht das Prunkstück aus sechzehnkarätigem Gold, das sie von ihrer Mutter geerbt hat, von ihrem ansonsten eher schmucklosen Stil ab, aber eigentlich ist es nicht einmal besonders teuer. Im Internet hat Jessica herausgefunden, dass man für die Uhr vielleicht zweitausend Euro bekommen könnte, vor allem wegen ihres Vintage-Status. Sicher auch mehr, wenn Jessica verraten würde, wem die Uhr früher gehört hat. Die Namen berühmter Ex-Besitzer treiben die Preise kräftig in die Höhe: Beispielsweise wurden vor ein paar Jahren für die Rolex Daytona des legendären Paul Newman fast achtzehn Millionen Dollar bezahlt. Jessicas Mutter war nicht so berühmt wie Paul Newman, ist aber bis heute die einzige finnische Schauspielerin geblieben, die den Aufstieg an den hellsten Sternenhimmel von Hollywood geschafft hat.

*Starring Theresa von Hellens.*

Der Geruch von Jusufs neuer Lederjacke steigt Jessica in die Nase.

Ein als Oldtimer registrierter Chevrolet Camaro rast mit dröhnendem Motor an ihnen vorbei.

»Oje, überhöhte Geschwindigkeit und bestimmt noch mit Sommerreifen.« Jusuf steckt sich ein Stück Kautabak in den

Mund und fährt fort: »Wenn wir jetzt ein Radargerät und freie Zeit hätten …«

»Wahrscheinlich 137«, meint Jessica.

»Was?«

Jessica mustert Jusuf und runzelt die Stirn. Er scheint nicht zu begreifen, wovon sie spricht.

»Erinnerst du dich etwa nicht an die 137? Als die Verkehrspolizei für jede zweite Geschwindigkeitsüberschreitung einen Strafzettel verteilt hat, auf dem ein Tempo von 137 Stundenkilometern angegeben war. Und aus irgendeinem Grund wurden die Dinger immer bei Regen verteilt.«

Jusuf schüttelt verwundert den Kopf.

»Es stellte sich heraus, dass die neuen Radargeräte die Geschwindigkeit der Scheibenwischer maßen. Immer 137 Stundenkilometer. Du glaubst nicht, wie viele Klagen deswegen eingereicht wurden«, sagt Jessica lächelnd.

Jusuf lacht schallend, dann hält er vor dem Zebrastreifen.

Jessica dreht am Knopf ihrer Uhr, während ihr Blick den in reflektierende Westen gekleideten Vorschulkindern folgt, die aufgereiht wie kleine Enten die Straße überqueren.

»Schön, dass wir zusammen ermitteln dürfen«, sagt Jusuf.

»Solange es nicht so läuft wie beim letzten Mal.«

Jessica beobachtet, wie die Kinder auf der Verkehrsinsel zwischen den beiden Zebrastreifen postiert werden. Die Kindergärtnerinnen schieben sie behutsam näher aneinander wie kleine Puppen, deren Vertrauen in die Erwachsenen und in die Gerechtigkeit des Lebens unerschütterlich ist. Die Köpfchen unter den Bommelmützen bleiben zum Glück noch viele Jahre von der Beklemmung verschont, die die Sinnlosigkeit der Welt auslöst. Ihre Schutzhülle würde platzen, wenn sie wüssten, dass Kindergärtnerinnen, Lehrer, Mütter, Väter, dass niemand der Erwachsenen den geringsten Schimmer vom Sinn des Lebens hat.

»Bist du okay?«, fragt Jusuf, als er wieder anfährt.

»Bist du's?«

»Na ja, es war … Es war eine ziemliche Mangel.«

Jessica blickt zum Fenster hinaus. Über das Thema zu reden fiel ihr im Frühjahr schwer, im Sommer erschien es ihr fast lustig und jetzt irgendwie überflüssig. Der Hexenbande, die zahlreiche Menschen getötet hat, war etwas gelungen, was ihr nie im Leben hätte gelingen dürfen: Sie hat sich wie eine giftige Schlange in den Kern der Ermittlungen gewunden und ihre Zähne in sie alle geschlagen. Obendrein hat sie es geschafft zu entkommen.

Jessicas Handy klingelt. Rasmus ruft an.

»Hallo, seid ihr schon in Lisas Wohnung?«

»Wir sind doch gerade erst losgefahren, Rasse«, seufzt Jessica.

»Vermisst er uns schon?«, fragt Jusuf und klammert die Finger um das Lenkrad. Jessica schaltet die Lautsprecherfunktion ein.

»Ich wollte mich gleich melden, weil ich auf Instagram was Interessantes entdeckt hab.« Rasmus spricht schneller als sonst, was in der Regel auf besonderen Eifer hindeutet.

»So schnell?«

»Na ja, eigentlich hab ich ja noch gar nicht richtig angefangen, aber …«

»Spuck's aus.«

»Zu dem neuesten und letzten Bild von Lisa Yamamoto …«

»Mit dem Leuchtturm?«

»Genau. Zu dem sind viel mehr Kommentare gekommen als zu irgendeinem der früheren, fast tausend. Hauptsächlich erschütterte und ungläubige, die Follower haben wahrscheinlich das Gedicht und den RIP-Eintrag gelesen und sind entsetzt und nehmen Anteil und …«

»Was hast du gefunden, Rasse?«, fragt Jessica. Jusuf stoppt an der nächsten Ampel und sieht sie neugierig an.

»Er stach mir ins Auge, als ich die Kommentare zu dem Leuchtturm-Bild überflogen habe. Er ist der einzige, der nicht auf Finnisch oder Englisch geschrieben ist, sondern auf Japanisch in der Kanji-Schrift.«

»Was steht da?«

»Ich hab die Zeichen in den Google-Übersetzer kopiert und rausgefunden, dass sie das Wort *Masayoshi* ergeben. Das bedeutet Gerechtigkeit.«

»Gerechtigkeit?«

»Ja. Gerechtigkeit, so wie *justice.*«

»Meint der Kommentator etwa, dass das, was Lisa zugestoßen sein könnte, gerecht ist? Dass sie es verdient hat?«

»So würde ich es verstehen«, sagt Rasmus.

»Wer ist der Kommentator?«

»Sein Pseudonym lautet Akifumi2511946. Das Profil ist nicht öffentlich, aber das Icon zeigt einen japanisch aussehenden jüngeren Mann.«

»Schick mir den Link zu dem Profil.«

»Okay.« Rasmus legt auf. Der Wagen setzt sich wieder in Bewegung, was Jessica, die ungeduldig auf das Display ihres Handys starrt, kaum registriert.

»Na sowas, Schneeregen«, sagt Jusuf und schaltet die Scheibenwischer ein. Als Jessica aufblickt, sieht sie große Schneeflecken, die schmelzen, sobald sie auf der Windschutzscheibe landen. Vor der Helsinkier Eishalle findet trotz des miserablen Wetters eine Art Basar statt. Zwischen den Buden laufen Scharen von Menschen herum, von denen viele die Kapuze über den Kopf ziehen. Die große Leuchttafel verkündet, dass die Eishockeymannschaft HIFK heute Abend gegen Ilves spielt. Jessica erinnert sich an die 90er-Jahre, als auch die zweite Helsinkier Mannschaft, Jokerit, ihre Heimspiele noch hier austrug. Damals gingen ihre Adoptiveltern regelmäßig mit ihr in die Eishalle, wenn die beiden Helsinkier Mannschaften gegeneinander spielten. Schon vor langer Zeit ist Jessica klargeworden, dass diese Jahre die einzigen waren, in denen sie ein normales Kinderleben führte. Davor lag die frühe Kindheit mit dem großen Haus und dem Chauffeur, den Palmen von Bel Air und dem trockenen Wind aus der Steppe. Und nach den wunderschönen Jahren mit den Niemis kehrte all das in ihr Leben zurück. Die Volljährigkeit und das Erbe. Der Tod der Adoptiveltern. Gerade, als wäre das Geld die Wurzel allen Übels, als läge ein Fluch auf den Summen, die auf ihre Konten überwiesen wurden.

»Jusuf«, sagt Jessica und sieht ihren Kollegen an.

»Ja?«

»Hast du jemals daran gedacht, dir Kinder zuzulegen?«

»Hä? Anna und ich haben uns doch gerade erst getrennt … So schnell geht das nicht.«

»Ja, ich weiß. Sorry.«

»Warum fragst du überhaupt?«

»Ich weiß nicht. Gerade jetzt habe ich das Gefühl, es wäre nicht fair, am allerwenigsten gegenüber dem Kind. Die Welt ist so krank«, sagt Jessica genau in dem Moment, als die Nachricht von Rasmus eintrifft.

# 7

Vor dem Haus, in dem Lisa Yamamoto wohnt, sind mehrere Stellplätze frei, und Jusuf parkt so nah an der Haustür wie möglich. Bevor Jessica aussteigt, zieht sie den Reißverschluss höher, damit die nassen Schneeflocken nicht auf ihrem Hals landen. Die blassgrüne Farbe des sechsstöckigen Eckhauses, das vor ihnen aufragt, erinnert an einen abgestandenen Gemüsesmoothie. Fast direkt neben der Haustür befindet sich eine kleine Rasenfläche, die ein einsamer kahler Baum schmückt. Dahinter rauscht der Verkehr auf der stark befahrenen Topeliuksenkatu vorbei.

»Da drüben hab ich mal gewohnt«, sagt Jusuf, als er die Autotür zuschlägt.

Jessica dreht sich zu Jusuf um, der in die Richtung zeigt, aus der sie gerade gekommen sind.

»Wo?«

»An der Ecke Minna Canth und Messenius.«

»Tatsächlich? Wann?«

»Vor zehn Jahren. Als Anna und ich aus Söderkulla in die Stadt gezogen sind.« Jusuf steckt die Hände in die Taschen seines Hoodies. Seine Jacke hat er im Auto gelassen, wahrscheinlich möchte er nicht, dass die nagelneue Lederjacke nass wird. Er schüttelt den Kopf und blickt mit wehmütiger Miene in seine Vergangenheit. Jessica weiß nicht, ob er die Absicht hat, über das Thema – über sich selbst und Anna und ihre gescheiterte Beziehung – zu reden, beschließt aber, keine weiteren Fragen zu stellen.

»Wo ist denn hier die Klingel?«, fragt Jessica, doch im selben Moment bewegt sich etwas hinter dem Türfenster, bald darauf öffnet ein alter Mann die Tür und hält sie Jessica und Jusuf im Hinausgehen auf.

»Haben die Handwerker sie noch nicht repariert?«, fragt er mit einer für sein Alter überraschend kräftigen Stimme.

»Was?«, fragt Jusuf den Alten, der neben ihnen stehen bleibt. Die Feuchtigkeit scheint ihn nicht zu stören.

»Die Klingel«, sagt der Mann und schwenkt den Arm. »Wird allmählich Zeit, verflixt nochmal.«

Jessica und Jusuf wollen gerade eintreten, als der Mann sie noch einmal anspricht.

»Moment mal, sind Sie von der Polizei?«

Er zeigt auf die Ausweise, die den beiden um den Hals hängen.

Jessica nickt. Im Regen, aus dem inzwischen ein Nieseln geworden ist, wird der Mantel des Mannes an den Schultern nass.

»Sind Sie wegen dem Lärm hier?«, fragt der Alte.

»Dem Lärm?«

»Ja. Heute früh hat wieder jemand kräftig gegen die Wände gedonnert.«

»Wieder?«

»Derselbe Lärm war in der Nacht zum Sonntag zu hören, verflixt nochmal.«


Die mit Raumspray gesüßte Luft hängt so schwer in der Wohnung, dass Jessica am liebsten ein Fenster öffnen würde. Das Wasser rauscht in den Leitungen, und aus dem Bad dröhnt das störend laute Rumpeln der Waschmaschine. In Momenten wie diesem sind lange Pausen im Gespräch eine Selbstverständlichkeit, man muss sie kommen und vergehen lassen, muss sie respektieren. In diesen Pausen achtet man ganz besonders auf die Geräusche in der Umgebung.

»Erzählen Sie das Ganze nochmal in eigenen Worten, von Anfang an«, bittet Jessica und lehnt sich mit verschränkten Armen an die Fensterbank.

Die junge Frau auf dem Sofa bürstet sich pausenlos die blonden Haare, ganz offensichtlich eine Ersatzhandlung, die das Gefühl der Hilflosigkeit durch eine nützliche Tätigkeit mildern soll. Während Jessica auf die Antwort wartet, blickt sie sich in dem gemütlichen Wohnzimmer mit der geräumigen und praktisch wirkenden Kochnische um. Die moderne Einrichtung, in der skandinavische Elemente dominieren, passt gut zu zwei jungen, urbanen Frauen. Die Dreizimmerwohnung hat zwei Schlafzimmer, für jede eins.

»Lisa ist am Samstag zur Party gegangen. So gegen sechs«, sagt Essi leise.

»Zu wessen Party?«, fragt Jessica, obwohl sie die Vermisstenmeldung zweimal gelesen hat. Jusuf setzt sich in sicherer Entfernung von Essi auf das Sofa.

»Zu Tims Veröffentlichungsfeier.«

»Tim?«

»Tim Taussi. Das ist dieser Rapper. Kex Mace's.«

Jessica wirft Jusuf einen Blick zu. Kex Mace's ist in Finnland jedem bekannt, der nicht völlig abgeschottet lebt. Die bis ins Letzte durchgestylten Songs und die übertriebenen, die amerikanische Gesellschaft verherrlichenden Texte finden jedoch vor allem bei jungen Frauen Anklang. Teilweise auch bei Männern, wie zum Beispiel bei Fubu, mit dem Jessica sich vor einiger Zeit gelegentlich getroffen hat. Fubus Musikgeschmack war zwar nicht der Grund für ihre Trennung, hat die gemeinsamen Abende aber auch nicht gerade schöner gemacht.

»Kennen Sie ihn?«, fragt Jusuf.

Essi sieht Jusuf aus glasigen Augen an, als wäre die Frage überflüssig.

»Tim? Ja.«

»Warum sind Sie nicht mitgegangen?«, fährt Jusuf fort.

»Ich war zu müde«, antwortet Essi und legt die Bürste auf den Tisch. »Ich hatte ein bisschen Schnupfen.«

»Okay«, sagt Jessica. Sie betrachtet die etwa zwanzigjährige Frau, eine hübsche Blondine mit Pagenkopf, einer kleinen Nase und großen braunen melancholischen Augen.

»Ich war unter der Dusche, so gegen neun oder zehn Uhr am Abend, als die Tür ging. Da dachte ich, Lisa wäre nach Hause gekommen, aber hier war niemand. Natürlich habe ich geglaubt, ich hätte mich verhört, aber jetzt ist alles so seltsam …« Essi presst die Lippen zusammen.

»Ist es möglich, dass jemand in die Wohnung gekommen ist? Haben Sie gemerkt, dass irgendetwas verschwunden ist?«, fragt Jusuf, aber Essi schüttelt den Kopf.

»Als ich dann am Morgen wach wurde«, erzählt sie weiter, »war es ungefähr acht. Auf dem Weg zur Küche habe ich gemerkt, dass die Tür zu Lisas Zimmer offenstand. Sie macht sie über Nacht immer zu, immer. Ich hab reingespäht und gemerkt, dass sie nicht im Bett lag. Hätte ja sein können, dass sie schon wach war. Aber die Tagesdecke lag auf dem Bett. Da ist mir klar geworden, dass sie überhaupt nicht nach Hause gekommen war. Ich wäre nämlich bestimmt wach geworden, wenn sie schon am Morgen wieder gegangen wäre.«

»Kommt das oft vor? Dass Lisa irgendwo anders übernachtet?«

»Nicht oft. Manchmal. Aber dann schickt sie mir meistens eine Nachricht. Damit ich mir keine Sorgen mache. Sie nimmt das ziemlich genau.«

»*Ziemlich* genau?«

»Na ja, manchmal treibt sie es eben zu wild, oder der Akku ist leer oder sowas. Aber irgendwie hab ich geahnt, dass diesmal was nicht stimmt.«

»Und Sie haben sie angerufen?«

»Zuerst hab ich ihr eine Nachricht geschickt. Aber als die bei WhatsApp nach einer Stunde noch nicht durchgegangen war, hab ich angerufen. Da war ihr Handy ausgeschaltet. Oder jedenfalls nicht zu erreichen.«

Jessica hört lautes Hupen auf der Topeliuksenkatu. In ihren Wimpern hängt ein Fussel, der sie am Auge kitzelt. Sie zupft ihn weg und betrachtet ihn einen Moment lang aus nächster Nähe, bevor er auf den Boden fällt.

»Und um halb fünf am Sonntagnachmittag haben Sie sich bei der Polizei gemeldet«, stellt Jusuf fest.

»Da hatte ich schon absolut alle Bekannten angerufen. Und keiner wusste, wann sie von der Party weggegangen ist und wohin. Bei der Nachfeier war sie nicht – jedenfalls nicht bei Tims Nachfeier in Ullanlinna. Das ist sicher.«

»Kennen Sie Jason Nervander?«, fragt Jessica.

»Ja, natürlich.« Essi seufzt verzweifelt auf. »Das ist so verdammt krank ...«

Jessica wartet einen Moment, während Essi sich die Nase putzt und einen Blick auf ihr Handy wirft.

»Wissen Sie, ob Jason auf der Party war?«, fragt sie dann.

»Keine Ahnung. Wahrscheinlich nicht. Jason war eher in anderen Kreisen zugange.«

»Halten Sie es für möglich, dass Lisa und Jason gemeinsam verschwunden sind?«, fragt Jessica und geht langsam in Richtung Kochnische. An den weißen Wänden des Wohnzimmers hängen große gerahmte Manga-Zeichnungen von Gestalten, die mit ihren riesigen Augen und minimalistischen Nasen an die Zeichentrickfilme von Hayao Miyazaki sowie an Ginga Nagareboshi Gin und Pokémon erinnern.

»Dass sie sich absichtlich irgendwo verstecken?« Essi putzt sich wieder die Nase, diesmal kräftiger. Das Geräusch erinnert an einen kleinen Elefanten.

»Ja«, sagt Jessica und bleibt vor einem der Bilder stehen. Es zeigt ein Mädchen mit großen Augen, das ein blau leuchtendes Schwert zum Himmel streckt.

»Na ja, theoretisch wäre das schon möglich. Aber dann ist heute bei Instagram dieses Bild aufgetaucht.« Essi blickt unruhig zum Fenster. »Lisa würde sowas nicht zum Spaß posten, nicht mal als Aprilscherz.«

»Kommen wir auf Jason zurück. Wie gut kennen die beiden sich?«, fragt Jessica mit ruhiger Stimme.

»Die hatten mal was miteinander.«

»Eine Beziehung?«, erkundigt sich Jusuf, plötzlich hellwach.

Essi nickt. »Vor einem Jahr oder so. Aber das haben sie nie publik gemacht. Damals war Jason ziemlich oft hier.«

»Haben sie noch miteinander zu tun?«

»Glaub ich nicht. Ihre Trennung war ziemlich schmutzig.«

»Inwiefern schmutzig?«, fragt Jessica und geht von dem Schwertbild zum nächsten.

»Jason hat Lisa betrogen. Er hat sie angelogen, als sie ihn danach gefragt hat. Und dann wurde er erwischt. Lisa hätte es mir erzählt, wenn sie wieder Kontakt hätten.«

»Und trotzdem gehen die Leute, die Jason und Lisa kennen, davon aus, dass sie gemeinsam verschwunden sind«, sagt Jusuf.

»Die Leute sind eben blöd«, murmelt Essi mit weinerlicher Stimme. »Sie glauben zu wissen … Ziemlich wenige kennen Lisa wirklich. Die Menschen sehen Social-Media-Fotos von irgendwem und glauben, sie wüssten alles über ihn.«

»Stimmt«, sagt Jessica so leise, dass sie nicht sicher ist, ob man sie hört. Sie betrachtet nun eine Filzstiftzeichnung im Manga-Stil, die ein lächelndes blauäugiges Mädchen zeigt. Auf den weißen Locken liegt ein Kranz aus roten Rosen, und bei der Kleidung handelt es sich offensichtlich um eine japanische Schuluniform: Kniestrümpfe, ein kurzer dunkelblauer Rock und ein weißes, an eine Matrosenbluse erinnerndes Oberteil mit roten Schleifen. Obwohl die Zeichnung an einen Comic erinnert, ist sie alles andere als lässig. Ihr fehlen Verspieltheit und Ironie.

Die auf dem Bild verewigten großen Augen halten Jessicas Blick gefangen. Ein seltsames Gefühl überkommt sie: die Vorstellung, dass sich hinter diesen Augen etwas Entsetzliches verbirgt. Das ist ihr auch früher schon passiert. Wenn sie zu lange auf ein Gesicht starrt, verliert es seine Form, gerade so wie Worte, die man zu oft wiederholt. Die gebräunte Haut des Mädchens auf dem Bild erblasst, die hellen Haare durchlaufen das ganze Farbenspektrum und werden schließlich schwarz. Die Gesichtsknochen werden hauchdünn wie Backpapier, das man im Ofen vergessen hat und das bei der leisesten Berührung zerfällt. Eine dunkelrote Flüssigkeit läuft vom Schädel auf die Stirn, aus der Nase in den Mund und hinter den Ohren hervor auf die Wangen. Die Augäpfel und die perfekte Zahnreihe bilden weiße Inseln in der rot gefärbten Haut. Und während der Metamorphose ist ein widerliches Rasseln zu hören, als würden aus Tausenden Spinneneiern gleichzeitig kleine Achtfüßler schlüpfen und sich auf den Weg ins Gehirn machen.

Jessica schließt die Augen, und als sie sie wieder öffnet, hat das Mädchen funkelnde Augen und weiße Haare wie zu Beginn. Ihre Fingerspitzen prickeln. Sie hat kein Wort von dem mitbekommen, was Essi offenbar gesagt hat.

»Sorry«, murmelt Jessica, richtet den Blick auf den Rahmen, um den Blickkontakt mit dem Mädchen auf dem Bild zu vermeiden, und bemerkt etwas, das sie beinahe übersehen hätte: Am unteren Bildrand steht in Großbuchstaben *L. Y. 2018*.

»Bedeutet die Signatur L. Y. Lisa Yamamoto?«, ruft Jessica.

Essi nickt und hüstelt. »Die hat alle Lisa gemalt«, sagt sie und zeigt auf die Bilder an den Wänden. »In ihrem Zimmer sind noch viel mehr. Alle Wände voll. Die meisten gerahmt, ein paar sind noch nicht fertig.«

»Versteht Lisa Japanisch?«, fragt Jusuf nach kurzer Stille.

»Ja. Ich hab manchmal gehört, wie sie es spricht.«

»Mit wem?«

»Mit ihrem Vater«, antwortet Essi. »Und neulich war irgendein Japaner hier. Der hat ein Bild bei ihr bestellt oder so …«

Jessica und Jusuf sehen sich an. Dann holt Jessica ihr Handy aus der Tasche und tippt darauf herum, bis auf dem Display eine Vergrößerung des Fotos erscheint, das Rasmus ihr vorhin geschickt hat. Es zeigt einen relativ jungen japanischen Mann vor weißem Hintergrund. Akifumi. Vielleicht ist das Foto echt, vielleicht stammt es vom Account eines anderen Mannes oder aus einem Fotoarchiv und hat mit dem Verfasser des Kommentars nichts zu tun. Vielleicht hat der ganze Kommentar nichts mit der Sache zu tun. Aber im Moment ist er die einzige Spur.

»Könnte es dieser Typ gewesen sein?«, fragt Jessica und reicht Essi das Handy.

Die junge Frau betrachtet das Foto eine Weile, schüttelt dann aber den Kopf. »Kann ich nicht sagen … Ich hab ihn nicht gesehen. Ich hab sie nur gehört, ich war in meinem Zimmer, als er kam. Und die Tür war zu.«

»Aber Sie haben trotzdem mitbekommen, dass die beiden Japanisch miteinander sprachen?«

»Na ja, es klang anfangs so ungewohnt, dass ich an der Tür gelauscht hab. Aus reiner Neugier.«

»Hörte er sich wie ein junger Mann an?«

»Ich weiß nicht. Vielleicht. Ich dachte, er wäre jung, weil er so ein starkes Rasierwasser hatte … Unser Wohnzimmer hat noch danach gerochen, als er schon wieder gegangen war.«

»Was für ein Rasierwasser? Können Sie es beschreiben?«

Essi wirkt nachdenklich. »Nein. Irgendwie süßlich. Sehr intensiv.«

Jessica schreibt *süßlich* in ihr Notizbuch.

»War das Gespräch friedlich?«, schaltet sich Jusuf ein.

»Sie haben nicht aufgeregt gewirkt, wenn Sie das meinen.«

»Okay. Wann war das?«, fragt Jessica.

»Vielleicht vor einer Woche.«

»Können Sie die Zeit möglichst genau eingrenzen? Vielleicht haben Sie gerade in dem Moment eine Nachricht oder eine Mail abgeschickt. Irgendetwas, wo man das Datum und die Uhrzeit sieht«, sagt Jusuf ruhig.

»Ich kann es versuchen. Aber warum? Glauben Sie, dass der Mann …«

»Wir glauben gar nichts. Aber wir würden den Mann gern befragen.« Jessica steckt das Handy wieder in ihre Jeanstasche. »Und die beiden haben also Japanisch gesprochen, sodass Sie nicht verstehen konnten, worüber sie geredet haben?«

»Genau.«

»Woher wussten Sie dann, dass es um ein Bild geht?«

»Lisa hat es mir erzählt, als der Mann gegangen war.«

»Dass er ein Bild gekauft hat?«

»Ja. Oder vielmehr bestellt.«

»Hat Lisa das Bild schon fertig?«

»Keine Ahnung.«

»Ist das oft vorgekommen? Ich meine, hat Lisa oft Bilder verkauft?«

»Ja, sie hat auf Instagram Werbung gemacht, und manchmal hat jemand eins gekauft.«

Die Wand zwischen dem Wohnzimmer und Lisas Zimmer ist komplett mit Dekoziegeln verkleidet. Auf dem Fußboden liegen eine Rolle Schutzpappe, ein Sack Mörtel und ein Spatel. Daneben eine Dose weiße Farbe und ein breiter Farbroller.

Die überzähligen dünnen Ziegelsteine sind säuberlich aufgeschichtet.

»Sie haben gerade renoviert?«

Essi nickt.

»Das hat Lisa gemacht. Sowas kann sie richtig gut«, sagt sie und zeigt auf eine Stelle zwischen dem Wohnzimmer und der Kochnische. »Hier war eine große Wand, davon hat Lisa einen Teil abgerissen, damit das Ganze geräumiger wirkt. Das hat sie ganz allein gemacht.«

»Ziemlich viel Arbeit«, meint Jessica und betrachtet den kniehohen Vorschlaghammer mit Holzgriff, der in der Ecke steht.

»Das ist das Tolle an Lisa«, fährt Essi fort. »Ihr Instagram-Account lässt die Leute glauben, dass sie im Luxus lebt. Aber in Wahrheit hat sie keine Angst davor, sich die Hände schmutzig zu machen. Wir haben wirklich keine Handwerker gebraucht.«

Essi lächelt, doch ihr Gesicht wird bald wieder traurig. Wahrscheinlich ist die Wirklichkeit in ihr Bewusstsein zurückgekehrt.

»Können wir uns mal in Lisas Zimmer umsehen?«, fragt Jessica.

Essi sieht sie aus glasigen Augen an. Schließlich nickt sie, trinkt ihren Milchkaffee aus und sagt: »Ich geh inzwischen eine rauchen.«

»Ach ja, Essi, es hat wohl nichts mit Lisa zu tun, aber … Ein alter Mann hat vorhin an der Haustür gesagt, dass im Treppenhaus in der Nacht zum Sonntag und heute früh heftiger Lärm zu hören war. Lautes Klopfen. Haben Sie das auch gehört?«

Essi zieht den Mantel an, zwischen Zeige- und Mittelfinger ist eine Zigarette aufgetaucht.

»Ja, hab ich. Aber ich weiß nicht, woher es kam, und es hat auch nicht lange gedauert.«

# 8

Die Wände in Lisas Zimmer sind voll von gerahmten Zeichnungen, Ölgemälden und Grafiken. Auf der Kommode stehen dutzendweise Puppen und Figuren im Manga-Stil.

»Nichts als Manga«, sagt Jusuf und pfeift leise. Sie hören, wie die Wohnungstür zugeschlagen wird. Durch die dünne Tür dringt ein hartes Dröhnen herein, als sich das Metallgitter des Aufzugs schließt.

»Pseudo-Manga«, korrigiert Jessica.

Jusuf sieht sie fragend an.

»Es sieht aus wie Manga, stammt aber nicht aus Japan. Also Pseudo-Manga«, präzisiert sie.

»Wird das so genau genommen?«

»Ich bin keine Expertin.« Jessica dreht mit dem Dimmer neben der Tür das Licht heller. Vor dem Fenster steht ein ordentlich gemachtes Bett mit Tagesdecke, darunter liegen flauschige weiße Pantoffeln. Auf dem Nachttisch liegt ein gelbes Buch, auf dessen Rücken in kleiner Schrift *Paul Auster* steht. Das gerahmte Foto neben dem Buch zeigt Lisa, offenbar mit ihren Eltern. Der Mann ist wohl Japaner, die Frau Finnin. Beide sind um die sechzig.

Auch die Eltern müssten möglichst bald befragt werden: Nach den Informationen, die die Polizei bekommen hat, sind sie auf Urlaubsreise in Brasilien und kommen erst am nächsten Morgen zurück.

»Du hast dir das Mädchen angesehen«, sagt Jusuf.

Jessica schreckt aus ihren Gedanken auf. »Was?«

»Das Mädchen auf dem Bild. Du hast es lange angestarrt.« Jusuf dreht eine Puppe zwischen den Fingern, unter deren stahlblauem Pony riesige Augen hervorlugen.

»Ich hab mir die Initialen angesehen«, erklärt Jessica und dreht sich zu Jusuf um. Eine Weile lassen beide den Blick durch das Zimmer wandern. Zwischen dem Bett und der Kommode steht ein Arbeitstisch, an dessen Rand sich ein runder Schminkspiegel mit Lampe befindet. Neben dem Spiegel liegen Make-up, Puder und Lidschatten.

»Verdammt«, brummt Jusuf leise.

»Was ist?«

»Hast du auch manchmal das Gefühl, dass … Wie soll ich es ausdrücken … Es ist irgendwie seltsam und schrecklich, einen Ort zu sehen, wo eine verschwundene Person gerade eben noch gewesen ist. Hier hat sie gesessen, sich geschminkt, geatmet. Alltägliche Dinge getan, ohne zu ahnen, dass bald alle nach ihr suchen werden.«

»Ich weiß, was du meinst«, sagt Jessica und setzt sich auf den weißen Holzstuhl am Tisch. Sie sieht ihre Augen im Spiegel und dreht ihn zur Seite. Neben dem Tisch steht eine Staffelei aus Holz, aber ohne Leinwand. Weiter hinten auf dem Tisch liegen ein Stapel Zeichenpapier im Format A 3, Skizzenblöcke, ein ganzes Sortiment an Tuben mit Ölfarben sowie zig Filzstifte in verschiedenen Farben. Terpentin und Leinöl. Direkt an der Wand steht ein halbes Dutzend Gläser mit Pulvern in leuchtenden Farben.

»Was ist da drin?«, fragt Jusuf.

»Pigmentpulver. Die mischt man mit Leinöl, wenn man die Farben selbst herstellen will«, erklärt Jessica und zeigt auf die Ölflasche.

»Macht richtig Spaß, mit Fräulein Wikipedia zusammenzuarbeiten.« Jusuf tritt an das Fenster, das auf die Topeliuksen-katu geht.

Jessica betrachtet ein Glas, in dem einige Pinsel stecken. Es enthält ein wenig Terpentin, das die Farbe aus den Pinseln löst. Die Flüssigkeit hat sich dunkelgrau gefärbt. Auch die getrockneten Farben auf der Palette zeigen Grautöne.

»Seltsam«, sagt Jessica.

»Was?«

»Alle Zeichnungen und Gemälde von Lisa sind ausgesprochen bunt … Eigentlich sind nur die Umrisse und bei manchen Gestalten die Haare schwarz.«

»Und?«

»Trotzdem hat Lisa zuletzt etwas Graues gemalt.«

Sie greift nach dem Stapel und blättert die Bögen einzeln durch. Auf allen sieht sie Manga-Zeichnungen, zum Teil mit Bleistift gezeichnete Skizzen, zum Teil fast fertig ausgearbeitete und kunstvoll kolorierte Tuschzeichnungen. Jede einzelne der unfertigen Zeichnungen zeigt ein anderes Arbeitsstadium. Jede vertritt eine andere Phase der schöpferischen Arbeit, sie zeugen von Lisas Genauigkeit und Professionalität als Zeichnerin. Sie spielen mit den Stereotypen der Unschuld, sie zeigen ausnahmslos junge Mädchen oder Frauen in kindlich bunten Kleidern.

»Hast du es gefunden?«, fragt Jusuf.

»Nein.«

»Es muss die Auftragsarbeit sein.«

»Denke ich auch«, sagt Jessica nachdenklich und legt den Stapel wieder an seinen Platz. »Zeichnen kann das Mädchen jedenfalls.«

»Dann müssen wir hoffen, dass der Mann bei Lisa ein Porträt von sich selbst bestellt hat«, lacht Jusuf und zieht die Jalousien hoch. Es ist absurd, dass vom Himmel, der nun sichtbar wird, nichts als Grau in das Zimmer fällt.

»Das wäre ein Lottogewinn für uns.«

»Offenbar hast du das Gefühl, dass der Mann irgendwie in die Sache verwickelt ist«, sagt Jusuf.

»Ich weiß nicht. Irgendwie finde ich es komisch, dass Lisa gerade jetzt einen Auftrag bekommen hat.«

»Genau. Andererseits … Vielleicht wollte er bloß ein Bild von ihr. Vielleicht ist es irgendein Perverser, der ein Bild von einem Mädchen in Schuluniform bestellt hat, so eins, vor dem er sich einen runterholen und sich gleichzeitig die Brustwarzen mit Sandpapier reiben kann.«

»Hast du gerade deinen Samstagabend beschrieben?«

»Das ganze Wochenende.«

Jessica schüttelt den Kopf und nimmt einen dunkelroten Spiralblock vom Tisch.

»Ich dachte sofort, dass es derselbe Typ sein muss, den Rasse auf Instagram entdeckt hat«, sagt sie, während sie den Block aufschlägt. Die ersten Seiten sind gefüllt mit Texten in finnischer Sprache, Ideen für Themen von Videoblogs und Notizen von Besprechungen mit Kooperationspartnern. Keine einzige Zeichnung.

»Den müssen wir wohl mitnehmen?«, fragt Jusuf. Er hält einen Laptop in der Hand, den er vom Fensterbrett genommen hat. Doch Jessica antwortet nicht. Sie blättert weiter bis zur Mitte des Blocks, zur letzten Seite mit Notizen. Im nächsten Moment spürt sie, wie ihre Sinne elektrisiert werden, als hätte man eine ordentliche Portion Strom durch ihren Körper gejagt.

»Jusuf …«, sagt sie leise.

»Was ist?«

»Guck dir das an.« Sie dreht den Block so, dass Jusuf ihn sehen kann.

Jusuf nähert sich dem Block vorsichtig wie einem scheuen Tier, das bei einer hastigen Bewegung die Flucht ergreift.

»Um Himmels willen«, flüstert er. Auf der Seite ist keine

fertige Zeichnung, sondern eine Bleistiftskizze. Das Blatt ist übersät mit winzigen Radiergummibröckchen, die das wegradierte Grafit aufgenommen haben.

Jessica hält sich die Zeichnung dicht vor die Augen und starrt auf das ernste Mädchen in Schuluniform, auf das felsige Gelände und auf den Leuchtturm im Hintergrund, der zum dunklen Himmel aufragt.

# 9

Kriminalhauptmeister Jami Harjula schlägt den Pelzkragen seines dicken Mantels hoch und blickt auf das Meer. Er stellt sich vor, es wäre Sommer, der Sand unter seinen Schuhsohlen wäre nicht steinhart und grau, sondern weich und goldgelb. Er malt sich aus, dass die Luft angenehm warm ist und die Sonne hinter einem dünnen Wolkenschleier gerade heiß genug scheint. Seine Töchter, acht und zehn Jahre alt, springen von dem Badetuch auf, das Sini am Strand ausgebreitet hat, und laufen um die Wette ins Wasser. Der Duft der Sonnencreme, die Schreie der Möwen und die zufrieden lächelnden Gesichter. Das strahlend warme Gefühl, das bei der Berührung mit sonnenwarmer Haut entsteht und große Ähnlichkeit mit der ersten Verliebtheit hat, als die Berührung noch neu und aufregend war.

Der Novembertag könnte jedoch nicht weiter weg von alledem sein. Kalter Nieselregen fällt vom grauen Himmel, und die Wellen des eisig aussehenden Meeres schlagen ans Ufer. Der starke Wind überzieht das Wasser mit einer Gänsehaut.

»Harjula!«

Die Stimme gehört der technischen Ermittlerin, die kurz zuvor den Leichenfundort untersucht hat. Der Tod ist offenbar irgendwo anders eingetreten, bevor die starke Brandung und die Strömungen die Leiche an diesen Ort getragen haben.

»Die Kutsche ist da!«

Mit der Kutsche meint die Ermittlerin den Leichenwagen. Er ist über die Promenade zu der Stelle gefahren, wo im Sommer die Eisbude steht. Der Krankenwagen hat sich längst auf den Weg zu einem neuen Einsatz gemacht. Zu einem, bei dem das Leben des Patienten vielleicht noch zu retten ist.

»Okay«, sagt Harjula und nickt zerstreut. Als er sich umblickt, sieht er an beiden Enden der Promenade Gaffer, die von den Polizeistreifen auf Distanz von der Leiche am Uferrand gehalten werden.

Schaulustige gibt es zur Genüge. Jede Tragödie fasziniert die Menschen so sehr, dass sie sie mit eigenen Augen sehen wollen. Von so nah, dass man Fotos und Videos machen kann. Mitunter sogar Selfies. Es kotzt Harjula an, dass die Leute Unfälle und Tote über das Display ihres Handys anstarren. Bei der Polizeiarbeit erlebt man so etwas bedauerlich oft: Smartphones an den Fenstern von Autos, die an einer Unfallstelle vorbeifahren, oder auf Hochhausbalkons flackernde Blitzlichter, die das Blut auf dem Asphalt röter aussehen lassen, als es ist, wie in alten Filmen. Der Mensch ist im Grunde ein Aasvogel auf der Jagd nach Tragödien, die seinen langweiligen Alltag durchbrechen.

Aber genau das tut auch Jami Harjula. Natürlich nur beruflich, doch er denkt oft darüber nach, warum er von Jahr zu Jahr weiter im Umfeld des Todes arbeitet. Manchmal hat er das Gefühl, dass er jeden Tag, wenn er zur Arbeit geht, die Toten anstelle der Lebenden wählt. Der Tod hat Vorrang vor allem anderen. Auch jetzt sind Sini und die Kinder beim Wissenschaftstag der Schule im Wissenschaftszentrum Heureka. Dort sollte auch er jetzt sein. Eigentlich hat er heute einen freien Tag, doch Helene Lappi hat ihn zum Einsatz gerufen, als vor gut einer Stunde die tote Frau gemeldet wurde.

Harjula zieht die Lederhandschuhe straffer und geht mit langsamen Schritten zu der am Ufer liegenden leblosen Gestalt. Er betrachtet die Frau auf dem gefrorenen Sand, die ein zufällig vorbeigekommener Jogger vor anderthalb Stunden aus dem Wasser gezogen hat. Sie ist so leicht bekleidet, dass man annehmen könnte, sie wäre direkt aus einem Innenraum ins Wasser geraten, so weit das überhaupt möglich ist. Vielleicht ist sie von einem Schiffsdeck gestürzt. Oder sie wurde in einer Wohnung getötet und dann ins Wasser geworfen, vielleicht von einer Brücke. Allerdings gibt es zwischen Kallahdenniemi und Uutela keine einzige Brücke, was diese Theorie unwahrscheinlich macht.

Harjula zieht seine dünne Baumwollmütze aus und reibt sich die von Psoriasis geplagte Stirn.

Der Fall wirkt suspekt. Auf den ersten Blick weist nichts darauf hin, dass die Frau verletzt wurde. Nirgendwo sind Spuren äußerer Gewalteinwirkung zu sehen: Würgemale oder ein anderes sichtbares Trauma wie Einschusslöcher oder Messerstiche. Oder die Bisswunde von einem Hai, das wäre doch mal was. Harjula lächelt über den Gedanken und spürt gleich darauf Schuldgefühle.

»Bis nachher!«, ruft die Ermittlerin. Harjula hebt als Antwort den Arm, ohne sich umzublicken, und setzt die Mütze wieder auf.

Er zieht den rechten Handschuh aus, hebt sein Handy hoch und macht noch einige Aufnahmen von dem Opfer, jede aus einem etwas anderen Winkel. An der Leiche ist nichts zu sehen, was er in den anderthalb Stunden, die er am Ufer verbracht hat, nicht schon bemerkt hätte. Dennoch schreit die Tote geradezu danach, etwas zu entdecken. Harjula weiß genau, dass ein Unfall die wahrscheinlichste Todesursache ist, dass die meisten Ertrinkungstode nicht auf ein Verbrechen zurückzuführen sind. Aber diese Leiche hat etwas Seltsames an sich. Vielleicht liegt es an der Kleidung: Die Schuluniform sieht an der erwachsenen Frau klischeehaft sexy und irgendwie pervers aus. Merkwürdig ist auch, dass die Frau, die anhand ihres Personalausweises als die 22-jährige Ukrainerin Olga Belousova identifiziert wurde, offiziell nie nach Finnland eingereist ist. Das hat der Grenzschutz soeben bestätigt.

Harjula seufzt und steckt das Handy in die Manteltasche. Es ist Zeit, nach Pasila zurückzukehren. Der Rechtsmediziner wird die Todesursache schon klären.

*Moment mal.*

Etwas an dem weißen Arm der Frau nimmt seinen Blick gefangen. Ein schwarzer Punkt, der unter dem hellen Ärmel kaum zu sehen ist. *Ein Tattoo?*

Harjula geht neben der Frau in die Hocke, pickt einen kleinen Zweig aus dem Sand und hebt damit den nassen weißen Ärmel so weit an, dass er den Punkt ganz sieht. Dabei bemerkt er einen zweiten und bald darauf noch einige weitere. Sie bilden einen nahezu perfekten Kreis unterhalb des Ellbogens. Die schwarzen Punkte sehen aus der Nähe wie Brandwunden aus, von der Größe her könnten sie vielleicht von glühenden Zigaretten stammen, doch dafür sind sie eigentlich zu symmetrisch und perfekt. Die Male müssen mit einem erhitzten stumpfen Gegenstand eingebrannt worden sein: vielleicht mit einem dünnen Rohr.

Harjula holt das Handy hervor und macht noch ein Foto. Hinter sich hört er die Schritte der Männer, die gekommen sind, um die Leiche zu holen.

*Die Frau ist markiert.*

Harjula blickt wieder auf das Meer. Irgendetwas an den rauschenden Wellen veranlasst ihn, an seine Familie zu denken und sich zu fragen, ob es im Heureka wohl noch Dinosaurier gibt. Gerade wegen ihnen wollte er selbst als Kind dorthin.

# 10

Rasmus Susikoski wirft einen Blick auf die Tür des Bespre-
chungszimmers. Nachdem er sich vergewissert hat, dass im
Flur kein Geräusch zu hören ist, nimmt er einen Golfball aus
seiner Aktentasche und legt ihn vorsichtig auf den Boden. Er
zieht den linken Schuh aus und stellt den Fuß auf den Ball.
Die Fußsohle schmerzt bei der rollenden Bewegung, die jedoch nach Ansicht des Physiotherapeuten eine positive Wirkung hat. Rasmus, der sein Leben lang mit krummem Rücken vor dem Monitor gehockt hat, leidet seit einiger Zeit
unter einer zunehmenden Muskelversteifung; die schlechte
Haltung und die ständige Anspannung haben allmählich
zu einer *ganzheitlichen Körperblockade* geführt. Das hat der
allwissende Medizinmann gesagt. Er habe noch nie so ver-
spannte Muskeln berührt, was insofern eigenartig ist, als Rasmus praktisch keinerlei Sport treibt. Wie ein Golfball unter
der Fußsohle die Anspannung des ganzen Körpers lockern
kann, ist Rasmus ein Rätsel. Die Übung ist jedoch so einfach
und so leicht durchzuführen, dass es zumindest eine Beleidigung gegenüber seiner Mutter wäre (die ihn zu der Behandlung geschickt und sie auch bezahlt hat), die Anweisungen
des Physiotherapeuten zu missachten. *Drei Minuten pro Fuß,
zweimal täglich.*

»Ins Besprechungszimmer«, sagt eine Stimme irgendwo in
der Ferne, und Rasmus zuckt zusammen. Hastig hebt er den

Ball auf und zieht den Schuh an. Er gilt an seinem Arbeitsplatz ohnehin schon als seltsamer Vogel, auch ohne Massage mit einem Golfball. Außerdem stinken seine Schuhe fürchterlich. Sogar er selbst kann das riechen.

»Hier bist du also«, sagt Hellu, als sie kurz darauf den Raum betritt. Rasmus nickt, schiebt seinen Laptop ein Stück weiter zur Tischmitte und schaltet mit der Fernbedienung den Beamer an der Decke ein.

»Haben wir eine Besprechung?«, fragt er unsicher.

»Ja. Eine Kurzbesprechung«, antwortet Hellu und streicht sich über die Haare, während sie sich Rasmus gegenüber hinsetzt. Zwar verhält sie sich in vielerlei Hinsicht deutlich offizieller und förmlicher als Erne, doch sie verwendet in vielen Situationen weniger Autoritätssymbole. Anders als Erne setzt Hellu sich im Besprechungsraum oder in der Kantine nie ans Tischende, sondern nimmt immer zwischen den anderen Platz, mal hier, mal da. Vielleicht handelt es sich um Bodenständigkeit oder um den bewussten Versuch, Solidarität zu zeigen. Die wahrscheinlichere Erklärung ist jedoch, dass sie sich aus kühler Berechnung so verhält, um sich keinerlei Rebellion auszusetzen, sich nicht zum Ziel von schrägen Blicken oder geflüsterten Witzen zu machen. Vielleicht war sie in ihrem früheren Leben eine Klassenlehrerin, die von den Zetteln, die in der Klasse kursierten, an den Rand des Wahnsinns getrieben wurde. Wenn man das Ganze von dieser Seite betrachtet, war Erne vielleicht einfach mutiger und stärker eins mit seiner Rolle als seine Nachfolgerin.

»Wer kommt noch?«, erkundigt sich Rasmus, nachdem er eine Weile erfolglos versucht hat, dem Blick seiner Chefin auszuweichen.

»Nina.«

»Nina?«

»Ist das ein Problem?«, fragt Hellu stirnrunzelnd.

Rasmus senkt den Blick. Seit den Ereignissen im Februar ist Nina nicht mehr dieselbe wie früher. Vermutlich verändert sich irgendetwas im Innern eines Polizisten dauerhaft, wenn er um ein Haar im Dienst sein Leben verloren hätte. Ein vorzeitiger, gewaltsamer Tod ist eines der Berufsrisiken, aber erst, wenn man ihm gerade noch entgangen ist, versteht man, dass dieses Risiko real ist.

Rasmus stellt Ninas Fähigkeit, ihre Arbeit zu tun, allerdings nicht in Frage. Eher beunruhigt ihn das, was zwischen Jessica und Micke vorgefallen ist. Dass Nina in all dem Chaos von der sexuellen Beziehung zwischen ihrem Freund und ihrer Kollegin erfahren musste. Einer Kollegin, die zugleich ihre Freundin war. *Was hat Jessica sich bloß dabei gedacht?*

»Natürlich nicht.« Zu seiner eigenen Überraschung bringt Rasmus die Antwort heraus, ohne zu stottern. Im selben Moment kommt Nina herein und schließt die Tür hinter sich.

»Setz dich«, sagt Hellu und klappt ihren Laptop auf.

Rasmus betrachtet unwillkürlich Ninas durchtrainierte Arme und ihren sehnigen Nacken. Sie hat immer schon sowohl psychische als auch körperliche Kraft ausgestrahlt, was jedoch vielen entgangen ist. Aus irgendeinem Grund hat Jessica, wenn auch unwillentlich, mit ihrem als Humor verkleideten Zynismus und ihrer zierlich-kantigen Erscheinung im Präsidium die Position des Alpha-Weibchens und der begehrtesten Frau erreicht. Aber für Rasmus war Nina immer die Frau und Kollegin seiner Träume. Die durchtrainierte, gefährliche Nina mit dem schwarzen Gürtel im Judo, die Rasmus in weniger als zehn Sekunden zu Boden werfen und mit einem Kissen ersticken könnte. Die Vorstellung ist ebenso erschreckend wie erregend.

»Rasmus?« Hellu knipst mit den Fingern. »Bist du wach?«
»Natürlich.«
»Ich muss gleich zu einer Besprechung in die obere Etage,

also ziehen wir das jetzt schnell durch«, sagt sie und gibt ihr Passwort ein. Die bekannte Windows-Melodie erklingt.

»Tagelang gar nichts, und dann gibt es plötzlich wahnsinnig viel zu tun. In Vuosaari wurde nämlich die Leiche einer jungen Frau aus dem Wasser gezogen.«

»Einer jungen Frau?«, fragt Rasmus. Hellu weiß, worauf er hinauswill.

»Ja, aber es ist nicht Lisa Yamamoto, sondern irgendeine Ukrainerin. Sie hatte ihren Personalausweis im Rucksack«, erklärt sie und starrt einen Moment lang wie abwesend auf ihren Monitor.

»Okay, zurück zu dem früheren Fall«, sagt sie dann plötzlich. »Jessica und Jusuf vermuten, dass die Person, die Lisa Yamamotos Instagram-Foto auf Japanisch kommentiert hat, vor rund einer Woche in ihrer Wohnung war.«

»Hat jemand diese Person gesehen?«

»Nur Lisa Yamamoto selbst«, sagt Hellu. »Aber ihre Mitbewohnerin hat die Stimme gehört. Ein Mann. Nicht sehr alt. Könnte durchaus der … Zeig's mir nochmal.« Sie knipst fordernd mit den Fingern. Rasmus klickt das Profil des Users mit dem Namen Akifumi251146 an, dessen rundes Icon einen asiatischen Mann in einem schwarzen Rollkragenpullover zeigt. Das Gesicht wirkt irgendwie seltsam, beinahe, als wäre es nachträglich in das Bild eingefügt worden.

»Wir wissen aber nicht, ob der Mann auf dem Bild etwas mit der Sache zu tun hat, es kann auch ein Troll sein«, erklärt Rasmus. Nina nickt zustimmend.

»Letzten Endes wissen wir ja nicht mal, ob überhaupt etwas Dramatisches passiert ist«, merkt Hellu lakonisch an, als wollte sie der gerade eingeleiteten Ermittlung den Boden entziehen.

»Da hast du auch wieder recht.«

»Was sieht man im Hintergrund des Fotos?«, fragt Hellu.

»Bilder. Gemälde?«

»Weiße Wände. Die Aufnahme könnte in einer Galerie gemacht worden sein.«

»Stimmt«, sagt Rasmus. Er kneift die Augen zusammen und mustert das Foto genauer. Hinter dem Mann sind zwei Bilder zu sehen, beide nur zur Hälfte. Vielleicht Ölgemälde. Dicke Pinselstriche und helle Farben. Ziemlich universal und schwer zu identifizieren.

»Kommen wir an die Daten zu dem Profil heran?«, will Hellu wissen.

»Wahrscheinlich. Im Prinzip können wir ohne Durchsuchungsbefehl den Namen, die Kreditkartendaten, die Mailadresse und die IP-Adressen bekommen, die in letzter Zeit zum Ein- oder Ausloggen verwendet wurden. Aber auch dafür brauchen wir Dokumente vom Gericht mit englischer Übersetzung. Und eine Art Notiz über die eingeleitete Vorermittlung.«

»Meine Güte«, seufzt Hellu kopfschüttelnd. »Okay, ich besorg dir das alles. Wie lange brauchst du, um die Anfrage loszuschicken?«

»Schwer zu sagen«, meint Rasmus. »Ich kann sie per Webformular schicken, und die Antwort kommt eventuell schnell, wenn ich die Sache als Mordermittlung klassifizieren kann.«

»Ich seh zu, was ich tun kann«, sagt Hellu und steht auf. »Du solltest jetzt Nina zu dem Projekt briefen. Wir treffen uns dann um vier alle wieder hier, wenn vorher nichts Außergewöhnliches passiert.«

# 11

Jessica steckt die Hände in die Manteltaschen und betrachtet den nassen Asphalt unter ihren Füßen. Der Nieselregen hat aufgehört, und die Luft riecht frisch, bis der Qualm der Zigarette, die Jusuf sich ansteckt, den Geruch restlos verdirbt.

»Letzten Mittwoch zwischen fünf und sechs«, sagt Jusuf und bläst den Rauch durch den Mundwinkel aus. Das haben sie gerade von Essi erfahren, die den Besuch des Bildkäufers doch zeitlich eingrenzen konnte, weil sie zur selben Zeit mit ihrer Mutter geskypt hat.

Jessica antwortet nicht. Sie blickt die Messeniuksenkatu hinunter und stellt sich den Rücken des Mannes vor, der das Bild bestellt hat und sich nun entfernt, eine leicht gebückt gehende Gestalt mit hochgeschlagenem Mantelkragen wie die Geheimagenten in alten Spionagefilmen. Ein Mann, der dorthin zurückkehrt, woher er kam. In Wahrheit wissen sie nichts über ihn. Abgesehen davon, dass er mit Lisa Japanisch gesprochen und ein starkes Rasierwasser benutzt hat. Das ist alles.

»Wir können ihn ja bitten, sich bei der Polizei zu melden«, schlägt Jusuf vor.

»Wenn der Typ irgendwas mit Lisas Verschwinden zu tun hat, reagiert er nicht darauf«, entgegnet Jessica leise und schließt die Augen. Sie denkt an ihre Begegnung mit dem blonden Schulmädchen auf Lisas Gemälde, daran, wie schnell das Bild zum Leben erwacht ist, nur um vor ihren Augen zu sterben.

»Das ewige Dilemma«, seufzt Jusuf.

»Die grauen Farbtöne, die Lisa verwendet hat ... Sie hat den Leuchtturm gemalt.« Jessica betrachtet das Foto, das sie von der Skizze gemacht hat. Die Skizze ist fast identisch mit dem auf Instagram geposteten Foto, mit dem Unterschied, dass auf der Skizze ein streng dreinblickendes Mädchen vor dem Leuchtturm steht. Der Bildwinkel und die Entfernung vom Leuchtturm sind ziemlich gleich.

»Lisa hat das Bild vielleicht nach einer Vorlage gemalt. Der Auftraggeber hat ihr dieses Foto geschickt und sie gebeten, den Leuchtturm genau so zu malen, aber das Mädchen davor zu platzieren«, überlegt Jusuf und wirft seine Kippe in den Gully.

»Das würde bedeuten, dass das auf Instagram gepostete Bild mindestens eine Woche alt ist.«

»Kann ja direkt bei Google kopiert worden sein. Ein Stockfoto.«

»Aber was zum Teufel hat es mit Lisa zu tun?«

»Vielleicht gar nichts.«

»Daran glaube ich keine Sekunde. Es muss einen Grund geben, weshalb der Mann wollte, dass gerade Lisa, die von Beruf gar keine Malerin ist, den Leuchtturm malt. Und dann das Foto auf Instagram. Das Gedicht. Und das R. I. P.«

»Scheiße«, sagt Jusuf, dem offenbar nichts anderes einfällt. Sie gehen zu ihrem Wagen. »Lisa hat das Bild sicher fertig gehabt. Und der Mann hat es entweder abgeholt ...«

»Als Essi nicht zu Hause war ...«

»... oder Lisa hat es ihm persönlich gebracht.«

»Nicht unbedingt. Vielleicht hat sie es ihm geschickt, zum Beispiel mit einem Boten«, wendet Jessica ein. Im selben Moment meldet ihr Handy eine Nachricht.

»Stimmt. Das müssen wir nachprüfen. Wir können uns

nachher gleich bei den größeren Firmen erkundigen«, sagt Jusuf und öffnet die Fahrertür.

Jessica starrt auf ihr Handy, seufzt tief und steckt es in die Manteltasche.

»Was jetzt?«, fragt Jusuf, als beide im Auto sitzen.

»In Vuosaari wurde die Leiche einer Frau um die zwanzig gefunden. Am Badestrand an der Bucht Aurinkolahti, im Uferwasser.«

»Kann das …«

»Nein. Sie hatte ihre Papiere im Rucksack. Eine Ukrainerin.«

Jusuf lässt den Motor an und legt den Kopf an die Nackenstütze.

»Verdammt düster, das alles«, seufzt Jessica.

»Ja. Mal sehen, ob wir auch diesen Fall untersuchen sollen.«

»Oder nur den, wenn wir zu den Bloggern nichts Konkreteres finden. Eine Leiche ist immerhin eine Leiche, und Vermisste sind nur Vermisste«, sagt Jessica, während Jusuf den Wagen zurücksetzt. Sie sieht ihn an und dann an ihm vorbei zur Haustür des Gebäudes.

»Warte mal!«, ruft sie, und Jusuf hält an.

»Was?«

»Hat der ältere Herr nicht gesagt, die Klingel wäre gerade erst repariert worden?« Jessica zeigt auf die Klingelknöpfe neben der Tür.

»Ja, hat er.«

»War sie womöglich am letzten Mittwoch kaputt?«

»Kann sein. Wieso?«

»Dann muss der Mann Lisa angerufen haben, bevor er sie besucht hat.«

# 12

Jusuf hält an der Ampel und dreht die Musik ein bisschen lauter. Der herrlich träge Song *Lahden Sininen* von der Band SMC Lähiörotat setzt ein, doch Jessicas Kopf bewegt sich nicht im Takt der Musik. Manchmal gefällt auch ihr der eine oder andere von Jusufs Lieblingssongs, aber im Allgemeinen ist seine Playlist zu tiefsinnig für ihren Geschmack. Jusufs Spotify-Mischung enthält vor allem Musik, die nicht bis zum Abwinken auf den Hitlisten der kommerziellen Sender läuft. Und es handelt sich keineswegs nur um finnischen Rap, vielmehr sind auch eine ganze Reihe Punk- und Rock-Songs dabei.

»Spiel was Poppigeres«, sagt Jessica, als der Song beim Refrain angekommen ist.

»Such selbst was aus.«

»Das ist dein Auto.«

»Eben«, versetzt Jusuf, als die Ampel umspringt.

Sie fahren in einer langen und nur langsam vorrückenden Schlange auf der vierspurigen Mechelininkatu, die am Sibelius-Park vorbeiführt. Jusuf betrachtet das in einiger Entfernung schimmernde Sibelius-Denkmal und die Menschenmenge, die sich dort versammelt hat. Die Touristenbusse, in denen die Leute hergekommen sind, stehen vermutlich weiter hinten an der Merikannontie und fahren anschließend weiter zur Felsenkirche. Auf einer Parkbank sitzt ein Penner, über dem die blattlosen Äste im Takt des Windes tanzen.

Jusuf schaut zu Jessica hinüber, die ihren Blick ebenfalls auf das Denkmal gerichtet hat. Das heißt, eigentlich blickt Jessica nur zum Fenster hinaus, ohne darauf zu achten, was sie sieht. Das tut sie immer, wenn sie einen Fall untersucht, sie heftet ihren nachdenklichen Blick auf die wirbelnde Welt hinter der Scheibe, blickt vielleicht durch das Gewimmel in eine andere Wirklichkeit, bis sie auf einen neuen Gedanken stößt. Sie liest die Welt, indem sie sie lange und genau betrachtet. Nach Jusufs Ansicht ist das ihre reizendste Eigenart.

Diesmal sagt Jessica jedoch nichts, sondern wendet den Blick zur Windschutzscheibe und seufzt tief.

»Alles in Ordnung?«, fragt er.

Jessica sieht ihren Kollegen von unten herauf an.

»Wieso?«

Darauf hat Jusuf keine Antwort parat. Er überlegt fieberhaft, was er sagen könnte, ohne bevormundend zu klingen. Jessica kann das vorsichtig tastende *Alles in Ordnung* nicht ausstehen.

Im selben Moment klingelt Jusufs Handy über den Lautsprecher. Auf der digitalen Anzeige am Armaturenbrett steht *Nina Ruska.*

Jusuf sieht Jessica fragend an. Als sie keine Miene verzieht, meldet er sich.

»Hallo Nina.«

»Hallo, stör ich?«

Ninas Stimme klingt ruhig, aber freudlos. Die Art, wie sie redet, entspricht der Stimmung, die in Pasila momentan herrscht.

»Nein. Wir sind gerade im Auto.«

»Bin ich auf Lautsprecher?«, fragt Nina.

Jusuf schluckt und wirft Jessica wieder einen Blick zu. Die Beziehung zwischen den beiden Frauen ist ziemlich eisig, seit herausgekommen ist, dass Jessica eine kurze Affäre – eher eine zwei Nächte dauernde Liaison – mit Ninas Freund und ihrem gemeinsamen Kollegen Mikael hatte.

»Ja.« Jusuf kneift die Lippen zusammen. Jessica verschränkt die Arme und schließt die Augen.

»Ich bin hier«, sagt sie schließlich. Ihre Körpersprache macht jedoch deutlich, dass Jusuf für den Rest des Gesprächs zuständig ist.

»Hellu hat angeordnet, dass ich mitarbeiten soll«, sagt Nina nach kurzem Schweigen.

»Bei dem Instagram-Fall?«

»Ja.«

»Aber … Ist nicht in Vuosaari gerade eine Leiche gefunden worden?«

»Na und? Willst du damit sagen, dass ihr mich nicht braucht?«

»Natürlich nicht«, beschwichtigt Jusuf und schaltet krachend einen Gang herunter, eine schlechte Angewohnheit, die Jessica manchmal nervt. »Ich hatte bloß angenommen, Hellu würde alle freien Kräfte dafür einsetzen.«

»Ich bin jetzt bei euch dabei, jedenfalls vorläufig«, sagt Nina. Im Hintergrund sind klickende Tasten und ein seltsames Räuspern zu hören, das vermutlich aus Rasmus' trockener Kehle kommt. Es ist unglaublich, dass dieser chronisch halbkranke 34-jährige Teenager von allen nur denkbaren Kinderkrankheiten geplagt wird.

»Gut.« Nun hustet auch Jusuf. »Sehr gut.«

Er fühlt sich wie ein Schlichter, der zwei streitende Katzen besänftigen muss. Warum in aller Welt soll er das tun? Er hat nicht mit dem Freund von irgendwem geschlafen. Genau genommen hat er in den letzten Monaten mit niemandem geschlafen.

»Na jedenfalls, ich habe gerade die ersten Informationen

über die Teledaten und Kreditkarten der beiden Vermissten bekommen«, fährt Nina fort.

»Schieß los.«

»Nervander war den Teledaten zufolge mindestens kurzzeitig im Nachtclub Fenix. Und er hat zwischen 18:01 und 19:32 Uhr immer wieder versucht, Lisa Yamamoto anzurufen. Beide Handys wurden in der Nacht zum Sonntag zwischen zwei und halb vier ausgeschaltet. Der Netzlokalisierung nach war Yamamotos Handy zu dem Zeitpunkt im Fenix.«

»Und Nervanders?«

»Das letzte Signal von Jason Nervanders Handy wurde um 02:04 Uhr im Stadtteil Vuosaari empfangen. Jetzt müssen wir herausfinden, was er am anderen Ende der Stadt gemacht hat.«

»Und danach?«

»Nichts mehr. Lisa Yamamotos Bankkarte wurde um 01:23 Uhr im Fenix zum letzten Mal benutzt. Nervander hat mit seiner Karte am Samstag um 12:16 Uhr im Lebensmittelladen in seiner Nachbarschaft bezahlt.«

»Okay, danke, Nina. Wir sind gerade auf dem Weg zum Fenix, um uns die Aufnahmen der Überwachungskameras anzusehen. Der Clubchef hat gesagt, dass zumindest ein Portier sich erinnert, Lisa und Jason an dem Abend gesehen zu haben«, sagt Jusuf. Über die Kreuzung rasen zwei Feuerwehrautos mit Blaulicht und Sirenengeheul.

»Ach ja, noch was: Hast du schon eine komplette Liste der Anrufe von und bei den beiden?«, fragt er.

»Noch nicht, die bekomme ich bald von Rasse.«

»Schickst du sie uns bitte gleich, wenn du sie bekommst? Sie könnte was Interessantes enthalten«, bittet Jusuf.

»Sobald ich am Rechner sitze.«

»Danke«, sagt Jessica leise, aber Nina hat schon aufgelegt.

Im Auto ist es eine Weile still.

Das Arsenal der orangen Lampen an der Baustelle der

Nebenspur spiegelt sich auf dem nassen Asphalt und leuchtet grell ins Wageninnere. Hinter den Baggern zerreißt ein schwerer Straßenbohrer den Asphalt so mühelos, als wäre er eine kross gebackene Brotkruste. Die meisten Bauarbeiter stehen scheinbar tatenlos um die riesigen Maschinen herum, rauchen und lassen die Thermoskanne kreisen. Im Zentrum von Helsinki wurden in jedem zweiten Viertel Straßen aufgerissen und sind oft monatelang eine einzige Baustelle. Deshalb sind die Menschen, die die Straßen benutzen, sauer, wenn sie die Untätigkeit sehen. *Macht wenigstens ein Stück Straße fertig, bevor ihr qualmt.*

»Einer arbeitet, die anderen passen auf«, motzt Jusuf, als der Verkehr stockt, weil mehrere Wagen vor der nächsten Baustelle die Spur wechseln. »Jessica?«

»Ja?«

»Das wird schon wieder. Nina braucht nur ein bisschen …«

»Warum habt ihr euch getrennt, Anna und du?«, fragt Jessica überraschend und sieht Jusuf an.

»Was hat das damit zu tun?«

»Du hast es mir nie erzählt.«

»Ich weiß nicht, ob ich darüber reden möchte. Jedenfalls nicht gerade jetzt.«

»Also vergessen wir Nina und Anna und konzentrieren uns auf den Fall«, sagt Jessica und richtet den Blick auf die orangen Lampen.

# 13

Helena Lappi öffnet an ihrem Handy eine App, die alle von ihrem Fitness-Armband gesammelten Daten leicht lesbar zusammenfasst. Sie betreibt das Biohacking ihres Körpers schon seit einem halben Jahr, und tatsächlich hat sich vieles verbessert: Sie hat zu einem vernünftigeren Schlafrhythmus gefunden, und der Regenerationsgrad ihres Körpers, der jeden Morgen auf dem Display erscheint, ist schrittweise aus der gelben in die grüne Zone aufgestiegen. Aber die verdammte HRV ist immer noch ungewöhnlich niedrig, und das treibt sie an den Rand des Wahnsinns. Die *Heart Rate Variability* oder Herzfrequenzvariabilität misst den Zustand des vegetativen Nervensystems und damit die Fähigkeit des Körpers, sich Belastungen anzupassen. Hellus durchschnittliche HRV ist so niedrig, dass sie innerhalb der gesamten Sport treibenden Bevölkerung zu den untersten fünf Prozent zählt. Der Entwickler der App weist allerdings in seinem scheinheiligen YouTube-Video darauf hin, dass die HRV individuell ist und nicht mit den Ergebnissen anderer Menschen verglichen werden sollte. Aber trotzdem. Verdammt. Im selben Atemzug wird auf dem Video erklärt, dass eine niedrige HRV ein Zeichen fürs Altern, für chronischen Stress, ein schwaches Herz und allerhand andere unangenehme Erscheinungen ist. Obendrein hat sich irgendeine Besserwisserin vor einigen Wochen in der Sauna der Schwimmhalle lauthals darüber ausgelassen, dass ein niedriger Wert zeigt, dass der Körper ständig im »Fliehen oder Kämpfen«-Zustand ist, der längerfristig chronisch wird. Die durchschnittliche HRV ist 70. Holopainen vom Rauschgiftdezernat hat 124. Hellu nur 22.

»Guten Morgen, Helena.« Der stellvertretende Polizeichef Jens Oranen betritt das Zimmer und geht zügig zu seinem Schreibtisch. Der knarrende Bürostuhl und der elektrisch verstellbare Tisch sehen genauso aus wie die entsprechenden Teile in Hellus Dienstzimmer. Oranens Zimmer ist größer als Hellus, das sich zwei Etagen tiefer befindet, aber auch hier blickt man vom Fenster aus nicht auf den Central Park in Manhattan, und in der Ecke steht kein Servierwagen mit Gläsern und teuren goldbraunen Schnäpsen. Natürlich nicht, es ist nur einfach so, dass Jens Oranen mit seinen dunklen Haaren und seinem massiven Kinn an Don Draper aus der Serie *Mad Men* erinnert. Allerdings wirkt Oranen irgendwie abgezehrt, und seine graue Haut weckt den Eindruck, dass seine besten Tage hinter ihm liegen. Vielleicht liegt es an all der Düsterkeit und Trauer, die er im jahrelangen Umgang mit schweren Verbrechen erlebt hat. Außerdem sieht er ohne seine blaue Offiziersuniform – und besonders jetzt im abgetragenen beigen Baumwollpullover und schwarzer Jeans – ausgesprochen gewöhnlich aus, wie ein biertrinkender Familienvater, der die Fernbedienung in der Hand hält und auf den Beginn das Eishockeyspiels wartet.

»Wie geht's?«, fragt er, ohne von seinem Handy aufzuschauen.

»Wir haben heute mit den Ermittlungen im Fall Yamamoto begonnen.«

Jens Oranen sieht Hellu bedeutungsvoll an. Dann schüttelt er den Kopf.

»Die Zeitungen«, sagt er und runzelt die Stirn. »Jede einzelne.«

»Tja.«

»Gut, dass der Fall jetzt bei euch liegt.« Er lehnt sich zurück und schiebt das Handy lässig auf den Schreibtisch.

»Jetzt können wir nur hoffen, dass wir bald etwas herausfinden.«

»Richtig.«

»Bis dahin ist es eher fragwürdig, die Ressourcen der Mordkommission dafür einzusetzen«, sagt Hellu, ohne recht zu wissen, warum sie sich selbst den Teppich unter den Füßen wegzieht.

»Aber ihr habt doch nicht viele offene Fälle?«

»Nein. Außer der Frau aus der Aurinkolahti-Bucht, natürlich.«

»Genau«, sagt Oranen beinahe zerstreut und greift erneut nach seinem Handy. Quälend lange starrt er darauf, ohne ein Wort zu sagen. Hellu schlägt die Beine übereinander und wirft einen Blick auf ihre Uhr.

»Wie kann ich …«

»Jessica Niemi.« Oranen legt das Handy auf den Tisch zurück.

Hellus Herz setzt einen Schlag aus. »Was ist mit ihr?«

Jens Oranen lehnt sich wieder zurück und sieht sie lange prüfend an. Er wirkt wie ein Chirurg, der nicht weiß, wie er seiner Patientin sagen soll, dass die Schere bei der Operation im Magen geblieben ist.

»Wie kommst du mit ihr aus?«, fragt er schließlich.

»Sehr gut. Natürlich«, sagt Hellu und schluckt. In Wahrheit findet sie Jessica Niemis Einstellung unerträglich und fürchtet, dass sie Jessica nicht in den Griff bekommt. Gerade deshalb muss sie jetzt lügen. Hellus Vorgänger Erne Mikson hat Jessica durch und durch gekannt, ihre Impulse kontrolliert und ihre besten Seiten zum Vorschein gebracht. Auch Hellu muss Jessica an der Kandare halten, sonst ist sie in den Augen aller eine schlechtere Vorgesetzte als Mikson, der estnische Sturkopf, der in seinem Grab lachen würde, sooft das niedliche Fräulein Niemi Hellus hart erarbeitete Autorität in Frage stellt.

»Natürlich?«, wiederholt Oranen fragend.

»Ich meine nur, dass … Ich habe keine Probleme mit Niemi. Wieso?«, entgegnet Hellu möglichst selbstsicher. Oranen lacht auf, als wüsste er, dass Hellu Unsinn redet.

»Hör mal. Ich kenne sie nicht gut … Sie ist eine außerordentlich gute Polizistin. Verdammt gut bei der Aufklärung von Gewaltverbrechen. Ein widersprüchlicher Charakter, habe ich gehört und vielleicht auch manchmal miterlebt. Aber die Besten sind oft ein bisschen seltsam. Sie arbeitet selbständig, ist intelligent und obendrein ein Team-Player. Ihre Kollegen scheinen sie sehr zu schätzen«, sagt Oranen. Hellu begnügt sich damit, unsicher zu nicken. Jessica Niemi kommt ihr vor wie ein Film, den alle Kritiker loben, den sie selbst aber verabscheut.

Wieder vergehen quälend lange Sekunden, in denen Oranen seine nächsten Worte besonders genau abzuwägen scheint.

Hellu wird plötzlich von unerträglicher Neugier gepackt. »Worum geht es?«

Jens Oranen sieht Hellu intensiv an. Die Antwort kommt nur zögerlich über seine Lippen.

»Ich habe lange überlegt, ob ich dir davon erzählen soll oder nicht, zumindest jetzt noch nicht. Aber da du die neue Vorgesetzte bist … Da du wohl noch mit keinem Freundschaft geschlossen hast, gehe ich davon aus, dass du es niemandem aus deinem Team weitersagst.«

»Natürlich nicht.«

»In diesem Jahr ist verdammt viel passiert. Gerade in eurer Einheit. Sagen wir mal so: Über viele Umwege bin ich an eine brisante Information gekommen. Als die Zentralkripo versucht hat, die okkultistischen Morde im letzten Frühjahr und die Hexenbande zu verstehen, den Fall Mikael Kaariniemi und die Frage, weshalb Jessica Niemi im Mittelpunkt des Ganzen stand ...«

»Was für eine Information?«, fällt Hellu ihm ins Wort und überlegt, weshalb der stellvertretende Polizeichef sie zwingt, nachzufragen und zu quengeln wie ein sechsjähriges Kind am Bonbonregal.

»Jessica Niemi dürfte eigentlich wegen ihrer Krankheitsgeschichte nicht unbedingt bei der Polizei arbeiten«, stößt Oranen rasch hervor.

»Dürfte nicht? Wie meinst du das?«, fragt Hellu und spürt, wie ihr Puls sich beschleunigt. Und die HRV sinkt.

»Natürlich ist das Material absolut geheim. Aber die Dokumente sind wohl echt, obwohl die Angaben nie in die Datenbank eingegeben wurden. Wahrscheinlich finden sie sich nicht in Niemis Krankheitsgeschichte.«

»Worüber reden wir hier eigentlich?«, fragt Hellu stirnrunzelnd.

»Hör zu, Hellu. Ich möchte noch einmal betonen, dass die Sache absolut vertraulich ist. Wir müssen behutsam vorgehen, und wenn wir beschließen, Maßnahmen zu ergreifen, müssen wir eine sichere Strategie entwickeln. Sonst fällt die Sache auf das ganze Präsidium zurück. Und das wollen wir doch nicht, oder?«

»Natürlich nicht, aber ...«, beginnt Hellu ungeduldig.

»Du weißt ja, dass die Sicherheitspolizei alle überprüft, die sich an der Polizeischule bewerben.«

»Natürlich.«

»Na, ich habe in den letzten zwei Wochen die Sache in aller Stille untersucht. Ich habe Niemi erneut überprüfen lassen, und dabei hat sich herausgestellt, dass bei der Überprüfung durch die Sicherheitspolizei im Jahr 2007 ziemlich viel Material fehlte oder absichtlich weggelassen wurde. Dinge, die Niemis Zulassung zur Polizeischule nicht unbedingt verhindert, aber in ihren Unterlagen nicht gut ausgesehen hätten. Und dabei hat Erne Mikson eine wichtige Rolle gespielt. Er hatte damals gute Kontakte zur Sicherheitspolizei und wollte Niemi offenbar den Weg bereiten.«

»Hat Mikson frühere Straftaten vertuscht?« Hellu klingt hoffnungsvoller, als ihr lieb ist.

Oranen schüttelt den Kopf. »Keine Straftaten, aber etwas anderes. Du kannst dich bald mit allem vertraut machen«, sagt er und schiebt ihr einen Ordner hin. »Und dann, als Krönung des Ganzen, die merkwürdigste Sache …«, fährt er fort und wirkt gleichzeitig bedrückt und verärgert. »Jessica Niemi wurde vor langer Zeit wegen einer psychischen Erkrankung untersucht.«

Hellu ist sowohl erschüttert als auch siegesfroh. Endlich hat sie etwas gegen Jessica in der Hand.

»Was für eine Krankheit?«

»Eine Art Schizophrenie.«

# 14

Nina Ruska hört noch das Heulen der Sirenen. Dann lässt sie das Handy sinken, berührt den roten Hörer, und Jusufs Name verschwindet vom Display. Sie wirft einen Blick auf Rasmus, der am anderen Tischende intensiv am Computer arbeitet und ständig in die Faust hustet, als hätte er einen Frosch im Hals. Bei genauerem Nachdenken fällt ihr ein, dass Rasmus, der immer noch bei seinen Eltern wohnt, einmal von seinen Katzen erzählt und erwähnt hat, alle drei hätten ganz unterschiedliche Wesensarten und Vorlieben.

»Schnupfen?«, fragt sie und öffnet ihre Wasserflasche.

»Nein, wieso?«

Vielleicht hat Rasmus tatsächlich im Schlaf den Schwanz einer seiner Katzen im Mund gehabt. Nina betrachtet ihn eine Weile und schüttelt dann den Kopf. »Schon gut.«

»War das Jusuf?«, erkundigt sich Rasmus.

»Ja. Sie sind auf dem Weg zum Fenix, um sich die Aufzeichnungen der Überwachungskameras anzusehen.«

»Okay«, sagt Rasmus, bevor er wieder zurücksinkt und auf den Monitor starrt. Nina schließt die Augen, stützt sich auf den Tisch und presst ihre Fingerkuppen auf die Nackenmuskeln. Die Sauferei am Samstag steckt ihr immer noch in den Knochen. Die vorige Woche war insofern eine extreme Ausnahme, als Nina kein einziges Mal im Fitness-Center war, sondern stattdessen nach der Arbeit in einer Bar gesessen hat.

An drei Abenden. In gewisser Weise der Gegenpol zu ihrem normalen Leben, mit dem Unterschied, dass der Sport meist jeden Tag auf dem Programm steht. Und es ist auch nicht jeden Abend spät geworden, zwei Bier am Mittwoch und ein paar am Donnerstag. Sechs Glas Bier und einige Pfefferminzdrinks am Samstag hatten sie dann so unternehmungslustig gemacht, dass sie das Taxi mit einem gutaussehenden Arzt geteilt hat, der aber an ihrer Haustür einen Rückzieher gemacht und beschämt seinen Ehering an den Finger gesteckt hat. *Das kann ich Minna nicht antun.*

*Aha. Toll. Schön, dass dir das auf meiner Fußmatte einfällt. Verpiss dich, du scheinheiliger Kerl.*

»Nina?« Rasmus' leise Stimme holt Nina aus ihren Gedanken. Das Hüsteln hat aufgehört.

»Ja?« Nina verschluckt sich an ihrem Wasser und hustet nun ihrerseits.

»Ich lese gerade Jami Harjulas Bericht über den Fundort der Leiche. Hier steht, dass die Frau keinen Mantel oder Jacke anhatte. Und dass an der Leiche auf den ersten Blick keine Spuren äußerlicher Gewalt zu sehen sind und dass sie höchstens einige Tage im Wasser gelegen hat«, berichtet Rasmus.

»Was hat das mit …« Nina hustet würgend in die Faust. Das Wasser, das sich in ihre Luftröhre verirrt hat, lässt sie ausgerechnet jetzt an Ertrinken denken. Wie schrecklich muss es sein, wenn sich das Wasser nicht heraushusten lässt, sondern unweigerlich in die Lunge eindringt. Der Frau in der Aurinkolahti-Bucht ist offenbar genau das passiert. Was für eine entsetzliche Art zu sterben.

»Solltest du dich nicht auf *diesen* Fall konzentrieren, Rasse?«, sagt Nina mit zusammengekniffenen Augen, als der Husten nachlässt. »Überlass die Frau dem Streifenpolizisten.«

»Aber mir geht der Rucksack nicht aus dem Sinn …«

»Der Rucksack?«

»Die Personalpapiere der Frau steckten im Rucksack. Den sie auf dem Rücken hatte, als sie gefunden wurde.«

»Na und?«

»Die Tote hat keinen Mantel an. Und trotzdem einen Rucksack. Findest du das nicht seltsam, wenn man bedenkt, dass die Temperatur da draußen bei null Grad liegt?«

»Seltsam? Ja. Unsere Sorge? Nein«, sagt Nina.

»Wie kann jemand im November ins Wasser geraten, ohne Straßenkleidung, aber mit einem Rucksack?«

»Vielleicht ist sie vom Deck eines Kreuzfahrtschiffs ins Meer gefallen.«

»Ich hab schon die Passagierlisten der größten Reedereien überprüft ... Und beim Grenzschutz ...«

»Rasse!«, fällt ihm Nina mit flehender Stimme ins Wort. Sie hat nicht genug Energie, um über einen Fall nachzudenken, der ihnen nicht zugeordnet wurde. Das Verschwinden von Yamamoto und Nervander gibt ihnen schon genügend Rätsel auf. Aber Rasmus will nicht nachgeben.

»Der Name findet sich da nicht. Außerdem, wenn ein Passagier verschwindet – ob auf einem großen oder kleinen Schiff – erfährt die Notrufzentrale und somit die Polizei davon. Und wenn man die Routen der Passagierschiffe an der Helsinkier Küste berücksichtigt, ist die Alternative praktisch ausgeschlossen. Die Leiche wurde in gutem Zustand gefunden und ...«

Nina bedenkt Rasmus mit einem Blick, der eisig genug ist, um Männer seiner Art – die nicht ganz so selbstsicheren und schlagfertigen – zum Schweigen zu bringen.

»Mensch, Rasse, du hast doch mit dem Instagram von diesem Akifumi alle Hände voll zu tun.«

»Schon, aber ...«

»Aber was?«

»Hier steht, dass die Frau Kniestrümpfe, einen lila Minirock, eine Bluse und eine Krawatte trägt.«

# DIE COLD-CASE-REIHE VON SCHWEDENS NEUER TOP-KRIMIAUTORIN

## ES ERMITTELT TESS HJALMARSSON: EMPATHISCH, HARTNÄCKIG, KLUG

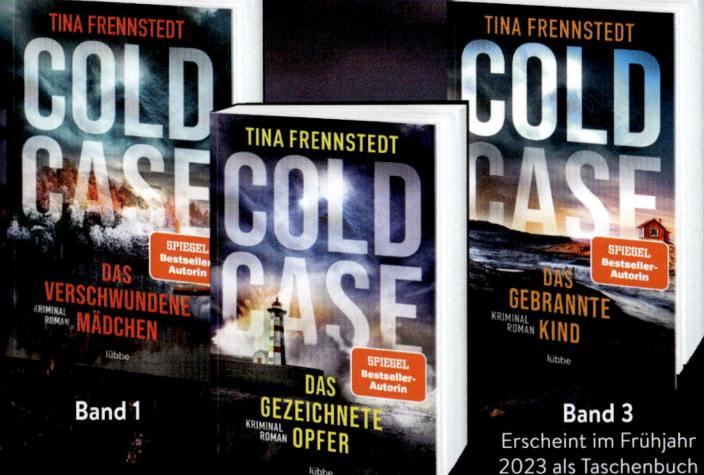

**Band 1**

**Band 2**

**Band 3**
Erscheint im Frühjahr
2023 als Taschenbuch

# DIE AUTORIN:
# TINA FRENNSTEDT

**Sie ist eine der renommiertesten Kriminalreporterinnen Schwedens.**

© Maria Östlin

## DER PERFEKTE ORT, UM DIE REIHE ZU LESEN:

Weit weg von Südschweden, während man sich aber gleichzeitig genau dorthin sehnt. Oder alleine in einem Haus am Meer, in einer dunklen, stürmischen Winternacht, in der der Strom ausgefallen ist ...

## WAS IST SCHÖNER: DEN LETZTEN SATZ ZU ENDE GEBRACHT ZU HABEN ODER DAS FERTIGE BUCH IN DEN HÄNDEN ZU HALTEN?

Ich würde sagen, Zweidrittel des Buches vollendet zu haben. Dann weiß man, dass man auf der richtigen Spur ist und fängt an, den Text auszuweiten, indem man lustige Dialoge oder spezielle Details hinzufügt.

## WER DIE REIHE LIEST, FÜHLT SICH NACH DER LETZTEN SEITE ...?

Hungrig nach mehr und nach dem nächsten Buch! Und glücklich, weil man eine neue Lieblingspolizistin gefunden hat und nicht abwarten kann, sie wiederzutreffen. Man möchte unbedingt noch mehr spannende, von der Realität inspirierte Cold-Case-Ermittlungen lesen.

**Erfahren Sie mehr unter luebbe.de/coldcase**

»Na und?«, fragt Nina und sieht, dass die ewige Unsicherheit, die Rasmus ins Gesicht geschrieben steht, einer bei ihm seltenen Entschlossenheit gewichen ist. Er sieht sie an, als wäre ihr etwas Wesentliches entgangen. »Woraus willst du hinaus, Rasse?«

»Kniestrümpfe, weiße Bluse, kurzer lila Rock und Krawatte. Und ein pinkfarbener Rucksack«, zählt Rasmus auf und schiebt seinen Laptop zur Seite, sodass Nina ihn genauer sieht. Die Schuppen auf den Schultern seines Pullovers sind aus zwei Metern Entfernung verblüffend deutlich zu erkennen. Und plötzlich versteht Nina, was Rasmus meint.

»Zum Teufel, Rasse. Denkst du, dass …«

»Die Frau könnte direkt aus einem Manga-Comic stammen.«

# 15

Jessica hört ein Klirren hinter sich und weicht einer tätowierten Frau aus, die eine Karre mit hoch aufgetürmten Getränkekästen schiebt. Die Vorbereitungen für den Abend sind schon in vollem Gange, obwohl es erst Mittag ist. Den leeren Saal füllt das Stimmengewirr der Angestellten und als gleichmäßige Geräuschkulisse das pausenlose Klappern der Flaschen, die aus den Kästen in die Kühlschränke unter der Theke wandern.

»Hier entlang«, sagt der schwarzhaarige Mann auf Englisch und öffnet eine Tür, an der STAFF ONLY steht. Der Restaurantchef, ein Mann mittleren Alters in Jeans und Pullover, dem Akzent nach Amerikaner, hat sich gerade selbstironisch im James-Bond-Stil vorgestellt. *Dominis. Frank Dominis.*

»Kennen Sie sich mit diesen Geräten aus?«, fragt Dominis, nach wie vor auf Englisch, und streicht sich die langen Locken aus der Stirn. Jessica blickt sich kurz in dem mit Aktenordnern gefüllten Raum um, auf dessen einzigem Tisch ein Computer und mehrere Monitore stehen. Das billige schwarze Ledersofa an der Wand könnte unter UV-Licht durchaus gefleckt sein wie ein Leopard. In den Personalräumen ist immer so manches passiert: Viele junge Menschen haben hier die Beine breitgemacht, um eine VIP-Karte für den Nachtclub zu ergattern.

»Ich denke schon«, antwortet Jusuf, geht an Jessica vorbei und setzt sich an den Tisch.

»Hier können Sie die Zeitspanne wählen und hier die Kamera. Unten am Eingang gibt es zwei, in den Aufzügen eine, an der Garderobe und im Restaurant ...«

»Danke, Frank«, sagt Jusuf abweisend. »*I think I'll manage.*«

»*All right, detectives.*« Frank Dominis verschränkt die Arme und schenkt Jessica ein rätselhaftes Lächeln. Sein Blick ist intensiv und forschend, aber seine Pupillen bleiben strikt auf Jessicas Gesicht geheftet. Er ist als Jäger zu erfahren, um Frauen mit den Augen auszuziehen, seine Agenda zu früh zu enthüllen. Frank Dominis ist unverkennbar ein Mann, dessen scheinbare Feinfühligkeit genau kalkuliert ist. Und gerade deshalb wirkt er bezaubernd ehrlich.

»Sie kommen mir so bekannt vor«, sagt er zu Jessica. »Feiern Sie manchmal hier?«

In ihren Haaren spürt Jessica den Luftzug des Ventilators an der Decke.

»Nein«, antwortet sie kühl, obwohl sie das leichte Geplauder in Wahrheit nicht stört. Der Mann ist wie Hank Moody aus der Serie *Californication*, dem die im nächtlichen Getriebe verbrachten Jahre eine Art weltmännisches Charisma verliehen haben. Trotz des ernsten Anlasses wirkt er harmlos und nett.

»Ich könnte schwören, dass ich Sie hier schon mal gesehen habe«, beharrt er.

»Kann schon sein. Vor zehn Jahren«, entgegnet Jessica, ohne eine Miene zu verziehen, während Jusuf darangeht, die Videodateien zu öffnen.

»Oder warum nicht am nächsten Wochenende? Oder in zehn Jahren. Die Situationen wechseln.« Dominis lacht auf und lässt seine geraden, vielleicht eine Spur gelblichen Zähne sehen. Da begreift Jessica, dass er eine Art stutzerhafte und extrovertierte Version von Erne ist.

»Mir wurde gesagt, dass wir den Portier befragen können«, wechselt sie das Thema.

»Sahib«, entgegnet Dominis leise und nickt zur offenen Tür hin, an der wie auf Bestellung ein großer Mann in weitem Hoodie und Trainingshose aufgetaucht ist.

»Sahib Alem«, sagt der Portier und hält Jessica die Hand hin. Während Jessica sie ergreift, betrachtet sie die widersprüchliche Erscheinung des Mannes: Sein Kopf ist kahlgeschoren, er hat Blumenkohlohren wie ein Ringkämpfer, aber sensible, kluge Augen. Die riesige Hand drückt behutsam zu, als hätte der große Mann Angst, Jessica wehzutun.

»Niemi, Polizei«, sagt Jessica und lässt seine Hand los.

»Frank hat mich gebeten herzukommen«, fährt Sahib fort. Jessica wirft einen Blick auf den Restaurantchef und auf Jusuf, der sich auf den Monitor konzentriert. Das Zimmer wird zu klein für sie alle.

»Danke, dass Sie gekommen sind. Gehen wir da hin.« Jessica deutet mit dem Kopf auf die großen Fenster und die verglaste Terrasse. Frank Dominis erklärt, er stehe jederzeit zur Verfügung, und marschiert quer durch den Saal zur Bar. Als Jessica auf die Fenster zugeht, blickt sie über die Schulter noch einmal zu dem Restaurantchef zurück, der sich unter die anderen Mitarbeiter hinter dem Tresen mischt.

# 16

»Frank Dominis meinte, Sie hätten uns etwas zu erzählen«, beginnt Jessica, als sie die große Terrasse betreten, von der aus man die Dächer des Bahnhofsplatzes sehen kann.

»Von der Garderobe aus sieht man einiges«, antwortet Sahib, holt eine Blechdose aus der Tasche und steckt sich eine Zigarette an. Jessica riecht das Butan des Feuerzeugs, dann schnappt es zu und verschwindet wieder in der Tasche der weiten Hose. Die vielleicht tausendfach wiederholte Bewegungsbahn ist die einfache, aber elegante Choreografie eines Rauchers.

»Sie kennen Lisa Yamamoto?«

»*Kennen* wäre zu viel gesagt. Aber ich weiß, wer sie ist.«

»Ist sie oft hier?«

Sahib zieht an seiner Zigarette, und als er zu sprechen beginnt, klingt seine Stimme vorübergehend tiefer als vorher.

»Ich steh seit fast fünf Jahren hier an der Tür. Jedes Wochenende. Wie soll ich es sagen, Lisa war früher öfter hier. In letzter Zeit seltener. Wenn überhaupt. Wahrscheinlich hat man irgendwann von allem genug«, sagt er und bläst den Rauch zu dem Heizstrahler, unter dem er eine kleine Wolke bildet und sich rötlich färbt.

»Aber am Samstag haben Sie sie gesehen?«

»Ja.«

»Erzählen Sie mal mit Ihren eigenen Worten.«

»Von Lisa?«

»Von der Party für Kex Mace's. Von dem Abend. Haben Sie irgendetwas Merkwürdiges gesehen oder gehört, was damit zu tun haben könnte, dass Lisa seitdem verschwunden ist?«

Sahib zieht erneut an seiner Zigarette. Jessica mustert die Tattoos auf seinem Handrücken und den Fingerknöcheln. Der Zigarettenrauch und die Zitrusnote des Rasierwassers rufen ihr eine lange zurückliegende Situation ins Gedächtnis. Die Tätowierungen. Sie erinnert sich, sie manchmal ganz aus der Nähe betrachtet zu haben, als sie bäuchlings auf dem Bett lag und einen irrsinnigen Orgasmus erlebte. Und später einen unerträglichen Schmerz. Die Hand, die ihr einmal himmlischen Genuss und dann unermessliche Qual bereitet hat, gehörte allerdings nicht dem Portier Sahib Alem, sondern einem ganz anderen Mann, in einem anderen Leben. Jemandem, den im Hinterzimmer eines venezianischen Konzertsaals der Tod ereilte. Als Jessica eine Sekunde lang die Augen schließt, verschwindet die Erinnerung so schnell, wie sie gekommen ist.

»Ob ich etwas Seltsames gesehen habe? Eigentlich nicht«, sagt Sahib und blickt über die Dächer von Helsinki. »Lisa ist allein zur Party gekommen und zur Sperrstunde gegangen.«

»Ist sie allein gegangen?«

»Schwer zu sagen, zu der Zeit standen sicher hundert Leute an der Garderobe und warteten auf ihre Mäntel. Ich erinnere mich dunkel, dass sie ihre Klamotten geholt hat, aber ich habe keine Ahnung, mit wem sie zusammen war.«

»Waren Sie den ganzen Abend an der Garderobe?«

»Mehr oder weniger. Ein paar Mal bin ich über die Tanzfläche gegangen, und gegen Ende des Abends habe ich einen Typen geweckt, der da drüben auf dem Sofa eingeschlafen war.«

»Sie können also nicht sagen, mit wem Lisa hier abgehangen hat.«

Sahib lacht auf und steckt die Daumen in die Taschen seiner Trainingshose, die qualmende Zigarette immer noch zwischen den Fingern.

»*Impossible*«, sagt er auf Französisch. »Aber auf den Bildern der Kameras ist bestimmt was zu sehen. Mindestens, ob sie allein oder mit jemandem zusammen weggegangen ist.«

Jessica fingert an dem Notizblock in ihrer Manteltasche. Bisher hat der Portier nichts gesagt, was notiert werden müsste. Bei einem kurzen Blick durchs Fenster sieht sie Frank Dominis, der einen Karton mit Champagnerflaschen trägt und über die Bemerkung einer Frau mit großer Oberweite lacht.

»Kennen Sie Jason Nervander?«, fragt Jessica, ohne Sahib anzusehen.

»Dasselbe wie bei Lisa. Ich kenne ihn nicht persönlich. Aber ich weiß, wer er ist«, lächelt Sahib.

»Und er war am Samstagabend auf der Party?«

»Nein«, antwortet Sahib.

Jessica sieht ihn fragend an.

»Nicht? Ich hatte den Restaurantchef so verstanden, dass Sie ihn hier gesehen haben.«

»Hab ich auch«, sagt Sahib und drückt die Zigarette aus. Er reibt sich die Hände, als wolle er den Geruch vertreiben. Dann fährt er fort: »Jason war nicht auf der Party, weil ich ihn nicht eingelassen habe. Ich hatte an der Garderobe eine Gästeliste, wo ich alle eingetragen habe. Diejenigen, die ich nicht kannte, habe ich nach ihrem Namen gefragt. Die Anweisungen waren klar und kamen von Kex' Plattenfirma: Reingelassen wird nur, wer auf der Liste steht. Ausnahmen werden nicht gemacht. Nicht mal, wenn der finnische Präsident oder die Band Fintelligens reingewollt hätte.«

»Und Jason Nervander stand nicht auf der Liste?«

Sahib schüttelt den Kopf und lehnt sich mit beiden Händen an das Terrassengeländer. Er blickt eine Weile zum Horizont, und aus irgendeinem Grund hat Jessica das Gefühl, dass er das oft tut. Nur irgendwohin schauen. Und nachdenken.

»Nein, er war nicht auf der Liste.«

»Aber er hat versucht reinzukommen?«

Sahib seufzt, dreht sich zu Jessica um und stützt die Hände in die Hüften.

»Er hat rumgetobt und gesagt, er kennt Kex und den Restaurantchef und Greta Thunberg. Ich hab ihm erklärt, das würde ihm nichts helfen. Liste ist Liste.«

»Hat Jason gedacht, er stünde auf der Liste?«, fragt Jessica und legt eine Hand auf das Terrassengeländer. Auf das Glasdach nieselt Regen. Sahib zuckt die Achseln.

»Offensichtlich. Aber ich kapier nicht, wieso.«

»Wie meinen Sie das?«

»Er ist ein Social-Media-Promi, das schon. Aber er bewegt sich in einem ganz anderen Genre als die Leute von Kex. Die haben keinen Respekt vor Jason. Deshalb wäre es seltsam gewesen, wenn er zu der Veröffentlichung eingeladen worden wäre, selbst aus PR-Gründen. Und das wusste er. Ganz bestimmt.«

»Um welche Zeit hat Jason versucht, eingelassen zu werden?«

Sahib steckt die Hände wieder in die Taschen und hebt ein wenig das Kinn. Es sieht fast so aus, als würde er für Jessica posieren.

»Das ist auf dem Video von der Garderobe zu sehen. Ungefähr eine Stunde oder anderthalb, nachdem die Party angefangen hat. Vielleicht gegen halb acht?«

»Und als Sie sagten, dass er keinen Zutritt hat, ist er brav gegangen?«

»Er hat eine Weile gemotzt, hat ein paar Mal versucht, irgendwen anzurufen, und mich, Kex und Frank zum Teufel gewünscht. Und dann ist er im Aufzug verschwunden, und ich hab ihn nicht mehr gesehen«, sagt Sahib und blickt auf seine Uhr, die unter dem weiten Ärmel hervorlugt. Sie ist aus Stahl, massiv und geschmacklos.

»Hat Jason über Lisa gesprochen oder nach ihr gefragt?«

Sahib schüttelt den Kopf und hüstelt.

Der Regen wird wieder stärker, und in den Scheiben der Terrasse heult der Wind. Jessicas Blick folgt einem vorbeifliegenden schwarzen Vogel, bis sie ihn aus den Augen verliert. Er verschwindet vom Radar. Wie Lisa und Jason, die noch vor einigen Tagen hier waren und jetzt unauffindbar sind. Jason hat wahrscheinlich von der Garderobe aus Lisa angerufen. Er wollte unbedingt mit ihr reden, sie vielleicht bitten, dafür zu sorgen, dass sein Name auf die Liste kam. Aber Lisa ist nicht ans Telefon gegangen. Und nun sind beide verschwunden.

»Sie wissen, dass Sie vielleicht der Letzte sind, der Jason Nervander gesehen hat, bevor er verschwand«, sagt Jessica.

Sahib zuckt mit den Schultern, die Hände tief in den Taschen seiner Trainingshose vergraben.

»Ja. Ist natürlich beschissen«, entgegnet er. »Aber Liste ist Liste. Ein erwachsener Mann, der muss doch zurechtkommen. Ich lass mir davon jedenfalls nicht den Schlaf rauben.«

Jessica schreckt auf, als jemand an das Fenster trommelt. Dann sieht sie, dass Jusuf sie hereinwinkt. Auf seinem Gesicht liegt eine Miene, die sie seit Langem nicht mehr bei ihm gesehen hat. Er wirkt eifrig und aufgeregt.

# 17

»Was ist?«, fragt Jessica, während Sahib ihr die Tür aufhält, als wäre er bei der Arbeit und sie ein Ehrengast.

»Komm und sieh es dir an«, sagt Jusuf und geht mit energischen Schritten in das Büro des Restaurantchefs. Aus den Lautsprechern kommt Tanzmusik, allerdings noch längst nicht so laut wie während der Öffnungszeiten. Jusuf eilt an den Schreibtisch und greift nach der Maus. Jessica beugt sich hinter ihn. Auf dem Monitor erscheint ein Fenster mit einer Schwarz-Weiß-Aufnahme, die von der Decke aus gemacht wurde.

»Die Kamera ist im großen Saal vor der Tanzfläche.«

»Aha.«

»Siehst du den Typ?« Jusuf zeigt auf einen Mann asiatischer Herkunft, der vor den Fenstern steht. »Der ist als einer der ersten Gäste gekommen. Der Portier hat ihn nach seinem Namen gefragt und ihn auf der Liste vermerkt. Der einzige Gast, der sich trotz Aufforderung nicht an der Spider's Web-Wand fotografieren ließ.«

»Na ja, er ist Asiate, aber viel älter als Akifumi.«

»Ich meine auch nicht, dass er es wäre«, sagt Jusuf und zoomt das grobkörnige Bild größer. Jessica glaubt, den Teergeruch eines Shampoos oder Haarbalsams zu riechen, obwohl Jusuf die Haare so kurz trägt, dass an beidem nicht wirklich Bedarf besteht.

»Sondern?«, fragt Jessica. »Derjenige, der bei Lisa ein Gemälde gekauft hat?«

»Genau. Guck dir das an.« Jusuf spult das Video vorwärts. Am unteren Rand laufen die Minuten so schnell wie Sekunden.

»Siehst du? Es vergeht fast eine Dreiviertelstunde, und der Typ rührt sich nicht von seinem Platz am Fenster. Die Bar füllt sich mit Gästen, die Leute plaudern und schlendern herum. Aber dieser Kerl steht die ganze Zeit buchstäblich wie eine Statue vor dem Fenster und guckt nur ein paar Mal auf sein Handy. Er hat ganz offensichtlich keine Bekannten auf der Party, niemand grüßt ihn.«

»Er wartet«, folgert Jessica.

»Genau. Und dann … Sieh dir das an.«

Auf der schwarz-weißen Videoaufnahme holt der Mann sein Handy aus der Tasche, tippt darauf herum und hält es ans Ohr. Die Digitaluhr am unteren Rand zeigt 18:41:12.

»Der Typ ruft jemanden an, aber sein Mund bleibt zu.«

»Weil der Anruf nicht angenommen wird.«

»Richtig. Er wartet eine Weile, schaltet das Handy aus und steckt es wieder in die Tasche. Und hier …« Jusuf klickt das Video von der Garderobe an. »Lisa gibt ihre Sachen an der Garderobe ab. Und wirft einen Blick auf ihr Handy.«

»Und die Uhrzeit ist …«

»18:41:18. Meiner Meinung nach kann kein Zweifel bestehen. Der Typ hat versucht, Lisa anzurufen.«

»Aber sie hat sich nicht gemeldet.«

»Vielleicht wusste sie nicht, dass der Typ sie da drinnen erwartet. Dass sie ihm auf jeden Fall bald begegnen würde. Ob sie wollte oder nicht.«

Jusuf holt das Bild des Mannes, der mit ernster Miene vor dem Fenster steht, erneut auf den Monitor. Die Aufnahme ist nicht besonders scharf, doch das Gesicht des Mannes ist verblüffend deutlich zu erkennen. Sein Gesicht sieht aus, als wäre es aus einem Gemälde ausgeschnitten und mit einem anderen zusammengefügt worden, mit einem, zu dessen Stimmung es überhaupt nicht passt.

»Spul mal vorwärts, zu der Stelle, wo Lisa den Saal betritt«, bittet Jessica.

Jusuf klickt auf die Spultaste, und am unteren Rand rast die Zeit wieder vorwärts. Nach einer Weile kommt Lisa in einem auffallenden Kleid ins Bild. Jusuf wechselt zum normalen Tempo. Auf der Aufnahme unterhält sich Lisa eine Weile mit einer Frau in mittleren Jahren, hinter der ein Fotograf steht. *Eine Reporterin.* Dann bleibt Lisa stehen, um einen dunkelhäutigen Jungen zu umarmen, und geht schließlich allein zur Fotowand. Blitzlichter zucken, als sie für die Fotografen posiert.

»Guck mal, wie der Typ Lisa anstarrt«, sagt Jusuf und zeigt auf den Mann, der immer noch an derselben Stelle steht, zehn Meter von der Fotowand entfernt.

»Der wirkt wie ein verdammter Geist«, flüstert Jessica. »Wie ein Gespenst.«

»Ein Gespenst«, wiederholt Jusuf leise. »Du sagst es.«

Lisa bekommt ein Glas Sekt und lässt den Blick durch den Saal wandern.

»Guck.«

Die Aufnahme zeigt Lisas Augen nicht, aber ihre Körpersprache und das zum Fenster gewandte Gesicht verraten Jessica und Jusuf, dass sie den Mann bemerkt und erkannt hat.

»Das Warten wird belohnt«, sagt Jusuf leise.

Eine Weile sehen Lisa und der Mann sich nur an. Dann stürmt eine Schar junger Frauen herbei, sie begrüßen Lisa und bilden eine Mauer zwischen ihr und dem Fenster. Eine von ihnen fasst Lisa am Handgelenk und zieht sie offenbar in die Menschenmenge. Lisa wirft jedoch noch einen raschen Blick auf den Mann, bevor sie aus dem Bild verschwindet. Und jetzt geht auch der Mann davon.

»Okay. Sie haben sich erkannt«, sagt Jessica.

»Eindeutig.«

»Und? Was ist danach passiert?«

»Ich muss mir die Aufnahmen vom ganzen Abend ansehen. Vielleicht reden sie irgendwann miteinander«, meint Jusuf.

»Fang am Ende an. An der Garderobe. Sieh dir an, mit wem Lisa die Bar verlässt. Und ob der Mann zur gleichen Zeit geht – oder vielleicht sogar mit ihr zusammen«, sagt Jessica und klopft Jusuf auf die Schulter.

»Das kann eine Weile dauern.«

»Macht nichts. Ich ruf Rasse an und bitte ihn um die Teledaten von Lisas Handy. Besonders interessant ist der Anschluss, von dem Lisa um zwanzig vor sieben angerufen wurde.«

»Hoffen wir, dass es kein Prepaidhandy ist, das jetzt irgendwo im Müll liegt«, sagt Jusuf, dehnt die Arme und fährt fort: »Und dann brauchen wir noch die Gästeliste.«

Jessica geht zur Tür und sieht, wie der breitbeinig auf der Terrasse stehende Türsteher sich die nächste Zigarette anzündet.

»Das dürfte kein Problem sein«, flüstert Jessica und merkt, dass sie lächelt. »Liste ist Liste.«

# 18

Sahib legt einen Stapel zusammengeheftete Blätter auf den Tresen. Die Namen stehen in zwei Spalten nebeneinander, offenbar mehrere hundert. Frank Dominis ist einmal vorbeigekommen, um sich nach dem Fortgang der Befragung zu erkundigen, und hat betont, dass die Namen absolut vertraulich zu behandeln sind.

»Möchten Sie was trinken?«, fragt Sahib und tritt hinter die Theke. Jessica wirft einen Blick auf den Gang zur Garderobe und auf die Vorhänge, bei denen Frank Dominis sich mit einer von Kopf bis Fuß tätowierten jungen Frau unterhält, deren Gesicht dank Botox zum chronischen Duckface geworden ist. Die Art, wie Dominis seine Finger über die Schulter der Frau wandern lässt, sagt mehr als tausend Worte.

»Ein Wasser, bitte«, sagt Jessica, und Jusuf verdoppelt die Bestellung mit einem Kopfnicken.

»Sie erinnern sich also an den Mann, aber nicht an seinen Namen?«, fragt Jusuf. Sie haben Sahib die Videoaufzeichnungen aus dem Saal und von der Garderobe gezeigt. Sahib sieht sich die Aufnahmen von dem asiatischen Mann noch einmal genau an, als wollte er ihnen eine zweite Chance geben.

Jessica fühlt, wie ihr Handy vibriert. Sie zieht es hervor und liest die eingegangene Nachricht. Zweimal, um sicherzustellen, dass sie versteht, was sie liest. *Was zum Teufel?* Sie muss gleich mit Jusuf reden.

»Ich erinnere mich, dass er als einer der Ersten kam. Und dass es kein finnischer Name war«, sagt Sahib, holt zwei Gläser unter der Theke hervor und lässt aus dem langen Hahn Wasser hineinlaufen. Jessica steckt ihr Handy in die Tasche zurück.

»Hat er Finnisch gesprochen?«

»Verdammt, das weiß ich nicht mehr. Er hat wohl nur seinen Namen genannt. Wie fast alle anderen, die ich nicht kannte«, antwortet Sahib.

»Auf der Liste stehen außer Yamamoto keine japanischen Namen. Oder andere asiatische, soweit ich sehe«, seufzt Jessica nach einer Weile und macht sich daran, die Liste noch einmal durchzusehen.

»Ziemlich engstirnig gedacht, es kann doch sein, dass er einen finnischen Namen hat«, kommentiert Jusuf und lacht ungläubig auf.

»Natürlich. Aber wenn der Typ ein Helsinkier der zweiten oder dritten Generation ist, warum hat er dann in Lisas Wohnung nicht Finnisch mit ihr gesprochen?«, wendet Lisa ein, als Sahib hinter der Theke verschwunden ist. »Als er das Bild bestellt hat.«

Jusuf trinkt einen Schluck Wasser und zuckt die Achseln.

»Sie haben wohl niemanden nach dem Ausweis gefragt?«, erkundigt er sich bei Sahib, der mit einem Bierkasten zurückkommt.

»Nur ein paar. Wenn ich sie nicht kannte und wenn sie jung aussahen. Aber der Typ, den Sie meinen, war so um die vierzig.«

»Sie erinnern sich also an gar nichts?« Jessica runzelt die Stirn.

Sahib schüttelt den Kopf und lächelt schief. »Glauben Sie, ich würde lügen?«

»Manchmal erinnert man sich erst, wenn man in die richtige Richtung geschubst wird«, antwortet Jusuf versöhnlich.

»Es herrschte von Anfang an ein ziemliches Gedränge. Da kommt man nicht zum Nachdenken. Der Ablauf ist ziemlich klar: Man grüßt, fragt nach dem Namen und streicht ihn auf der Liste durch. Dann nimmt man den Mantel und gibt die Garderobenmarke raus. Die Namen sind alphabetisch nach dem Nachnamen geordnet«, erklärt Sahib und öffnet eine Dose Coca-Cola Zero. »Vielleicht war es ein englischer Name.«

»Davon stehen hier ziemlich viele«, sagt Jessica mit einem Blick auf die Liste. »Sehen Sie noch einmal alle durch und versuchen Sie, sich zu erinnern. Wir müssen den Namen herausfinden. Streichen Sie die Namen aller Männer durch, die Sie persönlich kennen. Danach soll Dominis dasselbe tun. Mal sehen, wer dann übrigbleibt«, fährt sie fort, reicht Sahib die Liste und holt einen Kugelschreiber aus der Tasche.

»Okay«, sagt Sahib und trinkt langsam von seiner Cola.

Jessica fasst Jusuf am Ärmel seines Pullovers und dirigiert ihn zur Terrassentür.

»Was ist?«, fragt er, als sie außer Hörweite sind.

»Rasmus hat eine Nachricht geschickt.«

»Über die Teledaten?«

»Nein. Hör zu. Nina und Rasmus haben eine mögliche Verbindung zwischen der Frau aus der Aurinkolahti-Bucht und unserem Fall entdeckt«, sagt Jessica und wirft einen Blick über Jusufs Schulter, um sich zu vergewissern, dass niemand in der Nähe ist.

»Was?«

»Allem Anschein nach ist das Opfer, eine 22-jährige Ukrainerin, in eine Schulmädchenuniform gekleidet – oder vielleicht gekleidet worden.«

»Schulmädchen?«

»Wie aus einem Manga-Comic.«

»Was zum Teufel?«

»Du sagst es.«

»Wer ermittelt dazu?«

»Jami Harjula.«

»Glaubst du, dass er uns zugeschoben wird?«, fragt Jusuf und verschränkt die Arme.

»Der Fall oder Harjula?«

»Beide.«

»Vielleicht. Meiner Meinung nach macht die Manga-Frau von Aurinkolahti die ganze Sache eindeutig zu einem Mordfall. Und das ist noch nicht alles. Der Fundort der Leiche ist ziemlich genau da, wo Jason Nervanders Handy zuletzt lokalisiert wurde.«

»Ich brauch jetzt eine Kippe«, sagt Jusuf und streicht sich über den kurzgeschorenen Schädel.

»Nur zu.« Jessica nickt zur Terrasse hin.

Gedankenverloren sieht sie Jusuf nach, der auf die Terrasse geht. Dann wendet sie den Blick zu den offenen Vorhängen und der dahinter liegenden Garderobe. Sie sieht Frank Dominis, der sein Handy ans Ohr hält und sie anstarrt. Er beendet das Gespräch abrupt, lächelt Jessica zu und verschwindet hinter dem Vorhang.

# 19

Als Helena Lappi auf den runden Knopf drückt, schließt sich die Aufzugstür und lässt sie einen Moment allein mit ihrem heftig pochenden Herzen. Sie presst den Aktenordner, den Jens Oranen ihr gegeben hat, fest an sich und spürt die Macht, die er ihr bringt, geradezu körperlich. Wenn die Information zutrifft, wenn es in Jessica Niemis Vergangenheit tatsächlich irgendwelche psychischen Probleme gibt, wird für Hellu plötzlich alles leichter. Dann ist die aufmüpfige und rebellische Kriminalhauptmeisterin Jessica Niemi psychisch labil, was ihr unberechenbares Verhalten erklärt und einen hervorragenden Grund bietet, sie loszuwerden. Jens Oranen hat betont, dass die Sache hinter verschlossenen Türen gründlich untersucht werden muss. Wenn die Situation es erfordert, muss Jessica Niemi stillschweigend von ihren Aufgaben entbunden werden, ohne dass die Medien Wind davon bekommen, dass eine psychisch kranke Ermittlerin mehr als zehn Jahre mit Pistole und Dienstabzeichen bei der Polizei tätig war. Das ist natürlich leichter gesagt als getan. Aus Hellus Sicht fällt das Ergebnis auf jeden Fall positiv aus: Die erste Alternative ist die, dass Niemi bleiben darf, aber fürchten muss, dass Hellu alles enthüllt, und deshalb nach ihrer Pfeife tanzt. Die zweite Alternative bedeutet, dass Hellu sie stillschweigend und endgültig absägt. Und als dritte Möglichkeit das, wovor die oberste Etage Angst hat: eine öffentliche Entlassung, die Schlagzeilen macht und das Polizeipräsidium in ein schlechtes Licht rückt, Hellu aber als willkommene Whistleblowerin erscheinen lässt und demonstriert, dass Erne Miksons Epoche ein für alle Mal vorbei ist. Während der alte Querkopf Probleme unter den Teppich gekehrt hat, ist Helena Lappi diejenige, die Ordnung in die Sache bringt.

Die Aufzugstür öffnet sich in der dritten Etage, und Hellu macht sich resolut auf den Weg zu ihrem Zimmer. Da hört sie hinter sich eine tiefe Männerstimme mit einer ordentlichen Dosis Whisky-Bass.

»Entschuldigung, Helena ...«

Die Stimme gehört Kriminalmeister Jami Harjula, den Hellu ausgeschickt hat, um sich die Leiche der jungen Frau in der Bucht anzusehen. Der große, schlaksige Harjula ist unter den neuen Mitarbeitern in Hellus Einheit für Gewaltverbrechen eindeutig am empfänglichsten und am leichtesten zu behandeln: Er respektiert Autoritäten und ist außerdem der einzige Ermittler im ganzen Haus, der eine negative Haltung zu Jessica Niemi zu haben scheint. Und genau deshalb will Hellu ihn in ihrer Nähe haben.

»Harjula«, sagt Hellu und bleibt wartend stehen. *Harjula.* Die anderen werden am Arbeitsplatz mit dem Vor- oder einem Spitznamen angesprochen, Harjula nur mit dem Nachnamen. So wie bei der Armee, wo Hellu für alle Unteroffizier Lappi war.

»Die Frau aus Vuosisaari ist jetzt bei SS«, sagt Harjula. SS wird die berüchtigte Rechtsmedizinerin Sissi Sarvilinna genannt, die im rechtsmedizinischen Labor an der Kytösuontie fast immer im Dienst zu sein scheint, wenn die Polizei dort eine Leiche anliefert. Die Kollegen witzeln oft, dass Sissi Sarvilinna alle künftigen Morde für einen Monat im Voraus in ihren Kalender einträgt, damit sie nur ja keine Gelegenheit zur Obduktion verpasst.

»Okay.« Hellu wirft einen verstohlenen Blick auf den Ordner in ihrer Hand. Er enthält einen Schatz, eine unermesslich wertvolle Information.

»Gibt es etwas Besonderes?«, fragt sie.

»Vielleicht.« Harjula holt ein Foto auf das Display seines Handys und hält es Hellu hin. »Die Frau hat am rechten Ellbogen ein ziemlich frisches Branding. Punkte, die einen Kreis bilden.«

»Was bedeutet das?«

»Keine Ahnung.«

Hellu sieht Harjula von unten herauf an und scrollt durch die Fotos, die er am Ufer gemacht hat. Sie stoppt bei einem Bild, das die ganze Leiche zeigt. Am Ufer liegt eine schöne junge Frau, deren blonde Haare zu Zöpfen geflochten sind. Ihre Haut ist nicht bläulich, sondern eher schneeweiß. Die Kleidung, die einer Schuluniform gleicht, besteht aus Minirock, Bluse und Krawatte. Kniestrümpfe bedecken einen Teil der unter dem kurzen Rock sichtbaren Beine. An beiden Seiten des Brustkorbs verläuft ein pinkfarbener Gurt, der offenbar zu einem Rucksack gehört. Hellu spürt einen Stich in der Brust. Über Verbrechen und deren Opfer kann man im Kollegenkreis Witze reißen, aber beim Anblick von Leichenfotos vergehen einem die Worte. »Ein Branding? Könnte das eine Art Markierung sein?«

»Das habe ich auch überlegt.«

»Hast du mit Rasmus Susikoski gesprochen?«, fragt Hellu und misst mit dem Blick ihren zwanzig Zentimeter größeren Mitarbeiter, der unter der hellen Neonröhre steht und seinen Schatten auf sie wirft.

»Mit Susikoski? Nein. Wieso?«

»Die Kleidung«, erklärt Hellu und reicht ihm das Handy zurück. »Die vermisste Bloggerin, nach der Niemis Team sucht. Lisa Yamamoto. Die ist Manga-Künstlerin.«

»Das ist ja ein Ding«, sagt Harjula.

Hellu betrachtet seine langen, schmalen Finger, die sich um das Handy legen.

»Genau. Sag Niemi, dass du bei ihr mitmachst.«

Harjula wirkt skeptisch, was Hellu unbeschreiblich guttut. Jami Harjula ist tatsächlich ihr Verbündeter. Sie schenkt ihm ein fast unmerkliches Lächeln.

»Diesmal machen wir es so, dass Jessica die Ermittlung leitet. Obwohl du als Erster in Vuosaari warst«, sagt sie und wirft einen Blick auf ihre Uhr. »Mach dir keine Sorgen, ich kümmere mich darum, dass du alles bekommst, was du brauchst. Und wenn es Probleme gibt, komm sofort zu mir.«

# 20

Jessica setzt sich an den Computer und schlägt die Beine übereinander. Jusuf macht Zigarettenpause, aber der Monitor ist an. Jessica greift nach der Maus und zoomt auf das Gesicht des Mannes am Fenster. Sie nimmt das Handy aus der Tasche und fotografiert den Bildschirm, obwohl die Auflösung alles andere als optimal ist. Dann betrachtet sie die Aufnahme auf ihrem Handy und hofft, dass Jusuf einen anderen Bildwinkel entdeckt, der das Gesicht des Mannes aus größerer Nähe und genauer zeigt.

Plötzlich erscheint anstelle des Gesichts Rasmus' Name auf dem Display.

»Hallo, Rasmus.«

»Hallo. Jetzt habe ich alle Anrufdaten. Von einem Anschluss … Er beginnt mit +81, ist also ein japanischer Anschluss, und von ihm wurde Yamamotos Nummer innerhalb einiger Tage viele Male angerufen, und auch umgekehrt«, berichtet Rasmus.

»Und jetzt? Ist das Handy an?«

»Nein. Es war zuletzt gestern eingeschaltet, den Sendemastdaten nach kam das letzte Signal um zehn nach drei am Nachmittag aus Töölö. Nur dreihundert Meter von Lisas Wohnung.«

»Verdammt«, sagt Jessica, schnappt sich einen Stift vom Tisch und nimmt einen Bogen Papier aus dem Drucker. »Wann wurde Lisa angerufen und umgekehrt?«

»Neben der Uhrzeit, die du mir genannt hast, noch zwei Mal am selben Tag, also am Samstag, um 17:15 und 17:56 Uhr. Lisa hat keinen der drei Anrufe angenommen. Aber am Tag davor hat Lisa selbst um 09:30 Uhr diese Nummer angerufen, ebenso einen Tag vorher um 08:12 Uhr. Den letzten ... oder chronologisch gesehen den ersten Anruf bekam Lisa am 20. November um 17:12 Uhr.«

»Am 20. Am Mittwoch also«, murmelt Jessica nach einem Blick auf den Wandkalender im Büro. »Lisas Mitbewohnerin hat erzählt, dass ein japanisch sprechender Mann am Mittwoch zwischen fünf und sechs in der Wohnung war.«

»Das Gespräch hat nur fünf Sekunden gedauert.«

»Das macht Sinn. Am Haus war die Klingel kaputt, deshalb hat er Lisa von der Straße aus angerufen. Was bestätigt, dass es derselbe Typ ist wie auf dem Video aus dem Nachtclub.«

»Großartig«, sagt Rasmus. »Bisher habe ich schon festgestellt, dass die Nummer in Japan nicht öffentlich ist. Ich schreibe gerade eine Bitte um Amtshilfe nach Tokio, und wenn wir Glück haben, bekommen wir bald genauere Informationen über den Anschluss und den Besitzer des Handys.«

»Textnachrichten?«

»Nicht von diesem Anschluss.«

»Okay. Bitte den Provider um eine Karte der Bewegungen des Anschlusses«, sagt Jessica. »Und schick mir die Telefondaten jetzt gleich.«

Sie ist schon im Begriff, das Gespräch zu beenden, hebt das Handy dann aber schnell wieder ans Ohr. »Noch was, Rasse.«

»Ja?«

»Danke. Gute Arbeit.«

Jessica hört beinahe, wie Rasmus errötet.

»Da nich für. Du solltest dich auch bei Nina bedanken. Sie ...«

Jessica legt auf. Sie tritt gegen den Papierkorb unter dem

Schreibtisch und wirft das Handy auf die Tischplatte. *So weit sind wir noch nicht.*

Sie betrachtet die Daten und Uhrzeiten, die sie aufgeschrieben hat. Lisa und das Gespenst haben sich am Mittwoch getroffen. Danach hat Lisa den Mann am Donnerstag und am Freitag angerufen. Am Samstag hat das Gespenst seinerseits versucht, Lisa zu erreichen, doch sie hat die Anrufe nicht angenommen. Da der Mann nach dem Samstagabend kein einziges Mal mehr angerufen hat, weiß er vermutlich, dass Lisa sich nicht melden würde.

Jessica legt den Stift auf den Tisch.

Als es klopft, blickt sie auf und sieht Sahib, der mit dem Papierbündel an der Tür steht.

»Es gibt einige Namen, die weder Frank noch ich kennen«, sagt er und reicht Jessica die Liste. Der Daumen seiner freien Hand steckt wieder in der Tasche der Trainingshose. Nun bemerkt Jessica am Zeigefinger des Mannes einen schwarzen Ring, offenbar ein topmoderner, mit Sensoren ausgestatteter Oura-Ring.

»Ich würde vorschlagen, dass Sie mit Kex oder den Leuten seiner Plattenfirma reden. Die müssten ja jeden Gast auf der Liste kennen«, fährt er fort, während Jessica die Liste überfliegt. Die meisten Namen sind durchgestrichen.

»Okay«, sagt sie. Sie hat die Augen auf die Liste in ihrem Schoß gesenkt, spürt aber immer noch den Blick des großen Mannes. Nach einer Weile hebt sie den Kopf.

»Haben Sie mir sonst noch etwas zu sagen?«, fragt sie.

»Nein, und Sie mir?«, gibt Sahib lächelnd zurück. »Sie wollten mich doch hier haben.«

»Zwei Menschen werden vermisst. *Haben wollen* ist vielleicht nicht ganz der richtige Ausdruck.«

»Dann eben nicht«, brummt Sahib mit einem Blick auf seine riesige Uhr.

Jessica mustert seine faltenlose Trainingshose und die fleckenlosen weißen Turnschuhe. Der Mann ist auf seine Art elegant oder hat sein lässiges Outfit jedenfalls gut gewählt.

»Halten Sie Ihr Handy eingeschaltet«, sagt sie.

»Yes, Ma'am.«

Sahib trommelt mit den Fingern auf den Türrahmen und verschwindet.

Kurz darauf tritt Jusuf durch die Tür, als wolle er das Vakuum füllen, das Sahib hinterlassen hat. Der alte Zigarettengeruch weicht frischerem.

»Hast du ihn nach Hause gehen lassen?«, fragt Jusuf, die Hände in die Hüften gestemmt.

»Auf der Liste sind ungefähr zehn Männer, die wir überprüfen müssen. Ich rede mit dem Rapper und falls nötig auch mit seiner Plattenfirma.«

»*Du?* Nicht wir?«

»Du bleibst hier und siehst dir den Rest der Aufzeichnungen an. Aus Pasila kommt jemand und macht Kopien, dann kannst du notfalls im Dezernat weitermachen.«

Jusuf schüttelt den Kopf, aber nicht aus Protest. Die Geste ist eher eine Art Reflex, die nicht Jessicas Autorität in Frage stellt, sondern seine eigene Berufswahl. Er hat oft gesagt, wie sehr er es bereut, früher nicht hundertprozentig auf den Sport gesetzt zu haben. Allerdings würde er sich mit über dreißig wahrscheinlich inzwischen schon dem Ende seiner Karriere in der Unihockey-Liga nähern.

»Was ist mit der Liste?«

Jessica reicht ihm die Papiere.

»Verdammt, das ist keiner von denen«, flucht Jusuf, während er die Seiten überfliegt.

»Rasmus hat gerade angerufen, die Telefonnummer gehört zu einem japanischen Anschluss.«

»Aha. Liege ich falsch mit der Vermutung, dass die japanischen Behörden noch eine ganze Weile brauchen werden, um den Besitzer auszugraben?«

»Nein. Aber der Prozess wird wohl beschleunigt, weil eine der Betroffenen Halbjapanerin ist.«

»Wann bekommen wir weitere Infos?«, fragt Jusuf. Jessica zuckt mit den Schultern.

Sie stützt sich auf den Tisch, steht auf und wird plötzlich von einem seltsamen Déjà-vu-Gefühl erfasst, als wäre sie früher schon einmal in diesem Raum gewesen.

»Gehen Sie?«, fragt Frank Dominis, der neben Jusuf an der Tür aufgetaucht ist.

»Ich ja, Jusuf nicht«, antwortet Jessica und zieht sich den Mantel an.

Dominis streicht sich unsichtbaren Staub vom Hemd.

»Schade«, sagt er.

»Was ist schade?«

»Umgekehrt wäre es mir lieber gewesen«, grinst Dominis augenzwinkernd und eilt dann dahin, wo die Stimme der tätowierten Frau zu hören ist. Jessica sieht ihm angewidert nach.

*Was für ein Schleimer, verdammt.*

# 21

Die hohen, unbelaubten Bäume im Kapteeni-Park schwenken ihre Äste im Takt des Windes. Auf einer Holzbank sitzt eine Frau, die sich nach vorn gebeugt hat und mit ihren drei kleinen Hunden schimpft. Die Hundeleinen haben sich ineinander verwickelt, und die Frau ist unzufrieden.

Jessica betritt das Restaurant Sea Horse an der Ecke des Parks und trifft im Foyer auf einen Portier im dunklen Anzug.

Im Sea Horse herrscht auch zur Mittagszeit Garderobenpflicht – was es zu einem nach Helsinkier Maßstäben ungewöhnlichen Restaurant macht. Auch sonst ist das unter dem Spitznamen Sikala bekannte Restaurant eine exotische Erscheinung im Stadtteil Ullanlinna, dessen Bevölkerung in den 2010er Jahren jünger und trendbewusster geworden ist: Die Inneneinrichtung hat sich offenbar seit der Eröffnung 1934 kaum verändert. Wie Jusuf es einmal ausgedrückt hat, ist das Sikala so out, dass es fast schon wieder in ist.

Jessica zeigt dem Portier unauffällig ihren Dienstausweis und geht weiter, ohne ihren Mantel abzugeben.

Die Mittagszeit hat ihren Höhepunkt erreicht, und das Lokal ist entsprechend gut besucht. Vom Büfett steigt Jessica der Duft des Hackbratens einladend in die Nase. An der Bartheke wird Moscow Mule gemixt und in Kupferbecher gefüllt, die vermutlich für die Herrenrunde in der vorderen Loge bestimmt sind.

Jessica geht weiter zum Ende des Saals und sieht einen Raum, an dessen offener Tür »Schwarzes Pferd« steht. An einem kleinen Tisch neben der Tür sitzt ein muskulöser, tätowierter junger Mann, der von seiner Zeitung aufblickt, als sie sich nähert. *Der Bodyguard des Künstlers.*

Der Mann wirft einen Blick auf die Karte, die Jessica um den Hals hängt, und nickt herablassend, als würde sie seine Erlaubnis brauchen, um den Raum zu betreten.

Sie geht am Tisch vorbei hinein. An einem langen Tisch am Ende des Raums sitzt ein jüngerer Mann in schwarzem Hoodie und weißer Jeans, der auf seinem Smartphone herumtippt.

»Hallo«, sagt er lässig, als er Jessica sieht, legt das Smartphone auf den weißgedeckten Tisch, steht auf und gibt ihr die Hand.

Der Künstler, der unter dem Namen Kex Mace's rappt, hat in den letzten Jahren so viel Aufmerksamkeit in den Medien bekommen, dass sicher jeder sein Gesicht kennt. Doch die Stimme des Mannes klingt anders, als Jessica sie in Erinnerung hat, es ist nicht die Stimme, mit der er seine Texte rappt, und auch nicht die, mit der er im Radio oder im Fernsehen spricht.

Jessica stellt sich vor, holt erneut ihren Dienstausweis hervor und zeigt ihn dem Rapper.

»Tim«, erwidert der Mann, was an sich höflich ist. Jessica hat sich immer über Prominente geärgert, die sich nicht die Mühe machen, ihren Namen zu nennen, sondern davon ausgehen, dass ihn alle kennen. Und das ist ja oft auch der Fall. Es geht jedoch eher um die höfliche Geste als darum, das Gegenüber zu informieren.

»Der Portier achtet genau darauf, dass die Mäntel an der Garderobe bleiben«, sagt Tim lächelnd. Seine Stimme ist tief und charismatisch. »Nur Polizisten dürfen im Mantel rein.«

Jessica nimmt ihm gegenüber Platz.

»Jetzt wissen also alle, dass ich mich mit einer Polizistin treffe«, witzelt Tim und setzt sich wieder hin.

Jessica betrachtet eine Weile die Augen des Mannes, die trotz seines gelassenen Wesens unruhig und müde sind. Zu seinem schwarzen Hoodie von Oakland Raiders trägt er eine dicke Halskette aus Weißgold.

Jessica nickt zur Tür hin. »Sitzt da Ihr Bodyguard beim Kaffee?«

Tim lacht schallend. »Ein Freund. Ich hab ihn gebeten, eine Weile rauszugehen, damit wir ungestört sind.«

»Wie schön, wenn man Freunde hat«, sagt Jessica. Bei ihrem sarkastischen Tonfall wird Tim Taussi ernst.

Jessica mustert den Mann, sein eckiges Gesicht und das kräftige Kinn. Die blauen, klaren Augen wirken trügerisch ehrlich. Der Typ ist gleichzeitig ein Junge aus der Nachbarschaft und doch weltmännisch. Kex Mace's ist insofern eine Seltenheit unter den finnischen Promis, als er sich bewusst über die gewöhnlichen Sterblichen erhoben hat. Alles war von Anfang an eine Kopie der großen Welt: Chauffeure, Bodyguards, Hubschrauber. Den Klatschblättern nach hat er im vorigen Jahr seine Freunde im Privatjet zum Konzert von Eminem in Stockholm fliegen lassen. Trotzdem hat er, aus der Nähe betrachtet, nicht die Ausstrahlung einer großen Pop-Ikone, sondern wirkt wie ein ziemlich normaler Bursche, der nach mehrtägigem Feiern verkatert ist.

»Danke, dass Sie sich so kurzfristig Zeit für ein Treffen nehmen konnten«, sagt Jessica und schlägt die Beine übereinander.

»Wahrscheinlich würde ich sowieso hier sitzen, in meinem Wohnzimmer.« Tim gähnt. »Ich wohne fünf Etagen höher, im Loft.«

Er zeigt mit dem Finger zur Decke, und Jessica weiß nicht,

ob er erwartet, dass sie aufblickt und vor Bewunderung nach Luft schnappt. Sie hat den Eindruck, dass in diesem Raum und an diesem Tisch feuchtfröhliche Partys gefeiert und viele kurzfristige Freundschaftsbeziehungen geknüpft worden sind.

»Ich würde Ihnen gern ein paar Fragen zu Lisa Yamamoto stellen«, erklärt sie.

Als Tim den Namen hört, wird er schlagartig ernst. »Ich hab keinen Schimmer, wo sie ist. Die Sache macht mir richtig Angst«, sagt er.

Neben ihnen ist ein großes Fenster, hinter dem jemand Flaschen in den Recycling-Container wirft. Der Lärm ist ohrenbetäubend. Die Aktion ist bald beendet, aber das Geräusch von zerbrechendem Glas hallt noch eine Weile in den Ohren nach.

»Erzählen Sie mir von Samstagabend, von der Feier zur Veröffentlichung Ihres Albums. Haben Sie mit Lisa geredet?«

Tim Taussi runzelt die Stirn und blickt zum Fenster hinaus.

»Ja. Irgendwas bestimmt. Wir sind Freunde. Aber wenn Sie meinen, ob sie mir was gesagt hat, woraus man irgendwelche Schlüsse ziehen könnte ...« Er schüttelt den Kopf. »An so was erinnere ich mich nicht.«

»Hier oben wurde dann weitergefeiert. In Ihrer Wohnung.«

»Ja, wir sind aus dem Fenix direkt hierher.«

»War Lisa dabei?«

Tims Blick wandert vom Fenster zur Decke, dann zu Jessica und zum Schluss zu seinen eigenen Fingerknöcheln, über die er mit den Fingern der anderen Hand streicht. An seinem unbehaarten Handgelenk schimmert eine goldene Day-Date.

»Ehrlich gesagt, ich bin mir nicht sicher.«

»Sie sind sich nicht sicher?«

»Ich war total daneben. Wir waren vielleicht zwanzig ... Nein, ich glaub nicht, dass sie dabei war. Ich meine, ich hab darüber nachgedacht, als ich gelesen hab, dass sie verschwunden ist. Und ich hab mit ein paar Leuten darüber geredet, wer alles bei mir war. Niemand erinnert sich, dass er sie gesehen hätte. Aber wäre ja nicht das erste Mal, dass auch mehrere irgendwas übersehen.«

»Würden Sie mir einen Gefallen tun und alle anrufen, die Ihrer Erinnerung nach bei der Nachfeier waren? Ich muss Gewissheit haben, ob Lisa hier mitgefeiert hat oder nicht.«

»Na klar. Aber ich bin mir zu fünfundneunzig Prozent sicher, dass sie nicht hier war. Jedenfalls nicht lange.«

Jessica öffnet auf ihrem Handy den vergrößerten Screenshot von der Aufnahme der Überwachungskamera und zeigt ihn Tim.

»Wissen Sie, wer das ist?«

Tim Taussi sieht sich das Bild konzentriert an.

Hinter der Wand erschallen freudige Ausrufe. Offenbar haben die Moscow Mules ihr Ziel erreicht.

»Nein«, sagt Taussi schließlich.

»Erinnern Sie sich, ihn gesehen zu haben?«

»Wo? Bei der Feier? Nein …«

Tims Befremden erscheint Jessica echt. Das Gespenst ist mit den ersten Gästen zu der Party gekommen, hat sich aber nicht mit Kex Mace's fotografieren lassen. Der Künstler hat die erste Dreiviertelstunde an der Fotowand verbracht, und in dieser Zeit hat sich der Saal zusehends gefüllt. Es ist also durchaus möglich, dass sich die Blicke von Kex und dem Gespenst kein einziges Mal gekreuzt haben.

»Okay«, sagt Jessica, zieht den Reißverschluss ihres Mantels ein Stück herunter, holt den dünnen Papierstapel aus der Brusttasche und legt ihn dem Rapper hin.

»Sehen Sie sich die Namen an, die noch nicht durchgestrichen sind.«

Tim geht die Liste rasch durch. Auf seinem stumm geschalteten Handy gehen pausenlos Mitteilungen ein. Jessica fährt der Gedanke durch den Kopf, dass ein Mensch, der ständig im Mittelpunkt steht, leicht zum Dreckskerl werden kann.

»Okay«, sagt Tim und sieht Jessica an. »Was ist mit denen?«

»Kennen Sie alle?«

»Ja. Jeden Einzelnen.«

Jessica räuspert sich verwundert. *Wie ist das möglich?* Jusuf hat gesagt, auf der Aufnahme der Überwachungskamera sei zu sehen, dass Sahib die Ankunft des Mannes auf der Gästeliste vermerkt. Dennoch ist er nicht unter den Männern auf der Liste. Irgendjemand muss hier lügen.

»Und keiner von ihnen ist dieser Typ?«, fragt Jessica und legt einen Finger auf das Display ihres Handys. Sie muss immer wieder dieselben Fragen stellen. Bei polizeilichen Ermittlungen geht es oft in erster Linie darum, die Erinnerung der Menschen zu wecken, ihre Aufmerksamkeit auf winzige Details zu lenken, die man sonst leicht übersieht.

»Wie gesagt, ich habe keine Ahnung, wer das ist. Und er ist definitiv keiner von diesen Namen«, sagt Tim mit einem Blick auf seine Uhr.

»Okay.« Jessica gibt sich alle Mühe, ihre Frustration zu verbergen. Rasch geht sie alle drei Seiten der Liste durch, um sich zu vergewissern, dass Tim nichts übersehen hat. Alles scheint jedoch bedauerlich klar, an seiner Aussage gibt es nichts zu deuten.

»Und Jason Nervander?«, fragt sie dann und steckt die Liste in die Tasche.

Tim Taussis Miene verfinstert sich. »Was ist mit ihm?«

»Haben Sie irgendeine Idee, wo er vor seinem Verschwinden gewesen ist?«

»Ich hab das Arschloch seit einer Ewigkeit nicht mehr gesehen.«

Jessica verschränkt die Hände auf dem Tisch. Sie erinnert sich an Sahibs Worte. *Die Leute von Kex haben keinen Respekt vor Jason.* Die spontane Reaktion des Rappers scheint diese Einschätzung zu bestätigen.

»Arschloch?«, hakt sie nach und legt fragend den Kopf schräg.

»Genau.«

»Sie haben etwas gegen ihn?«

Tim blickt zur Tür, als wolle er sich vergewissern, dass er immer noch allein mit Jessica ist. Und auch, dass der als Freund titulierte Bodyguard immer noch vor der Tür sitzt.

»Und wie. Er hat Lisa schlecht behandelt.«

»Inwiefern?«

Tim seufzt, diesmal schwer.

Jessica weiß, dass es schwierig sein kann, mit der Polizei zu reden, vor allem, wenn es um die Angelegenheiten eines anderen Menschen geht. Schwierig und manchmal auch gefährlich. Bei einigen geht es gegen ihr Prinzip.

»Sie waren irgendwann mal zusammen. Vielleicht vor einem Jahr. Aber Jason, der Wichser …«

Tim verstummt. Jessica erinnert sich an Essis Aussage, Jason habe Lisa betrogen. Wenn man an Tims eigenen Ruf denkt, wirkt es allerdings ein bisschen albern und scheinheilig, dass er die lockere Moral anderer Menschen verurteilt.

»Er hat sie geschlagen«, sagt Tim nach einer Weile, und Jessica spürt, wie ihre Wachsamkeit wächst. Davon hat Essi kein Wort gesagt.

»Jason hat Lisa geschlagen?«

»Ich bin auch kein Heiliger«, meint Tim und lächelt melancholisch. »Aber als Jason bei einem Seitensprung erwischt wurde und Lisa ihn danach gefragt hat, ist er wütend geworden und hat ihr in die Fresse gehauen. Das ist wohl ein paar Mal passiert, ehe sie sich endgültig getrennt haben. Seitdem hat Jason auf unseren Partys nichts mehr zu suchen.« Tim klingt jetzt eher wie der aus den Medien bekannte Künstler als wie er selbst. Vielleicht ist Kex Mace's mehr als nur ein Rap-Name, vielleicht ist es ein dreistes Alter Ego, das in regelmäßigen Abständen an die Oberfläche dringt, mit großen Gefühlen und einer lauten Stimme.

»Hat Lisa das bei der Polizei angezeigt?«, fragt Jessica, obwohl sie weiß, dass sie inzwischen längst auf die Anzeige und die eventuelle Anklageerhebung gestoßen wäre.

Tim zuckt träge mit den Schultern und schüttelt den Kopf.

»Ich verstehe. Danke, Tim. Eine letzte Frage noch«, sagt Jessica. Sie holt ein anderes Foto auf das Display ihres Handys. Es ist eine bei Facebook kopierte sonnige Aufnahme von Olga Belousova, der Frau, die jetzt auf einem Untersuchungstisch im rechtsmedizinischen Labor liegt. Auf dem Bild steht Olga, eine Schiffermütze auf dem Kopf, an Deck eines kleinen Motorbootes, im Hintergrund schimmert eine Stadt, die in der Ortsangabe am Rand des Fotos als Odessa bezeichnet wird.

»Kennen Sie diese Frau?«, fragt Jessica und zeigt Tim das Bild.

Sie behält sein Gesicht im Blick, wie sie es immer tut, wenn sie versucht, bei einer Befragung den kleinsten Hinweis darauf zu entdecken, dass etwas ungesagt bleibt.

Und tatsächlich kommt die Reaktion diesmal eine Spur zu schnell, gerade so, als hätte Tim es eilig, die Frage so zu beantworten, wie er es im Voraus beschlossen hat.

»Nein«, sagt er und gibt ihr das Handy zurück.

»Sind Sie sicher?«

»Ja.« Tim verschränkt die Arme im Nacken. »Wer ist das?«

Jessica sieht ihn bedeutungsvoll an und steht auf. »Rufen Sie mich an, wenn Ihnen noch etwas einfällt. Egal was. Und fragen Sie alle nach Lisa. Ob sie bei der Nachfeier dabei war oder sich mit irgendwem ein Taxi geteilt hat. Wir müssen das wissen.«

Tim nickt und stemmt die Hände in die Seiten. Nicht trotzig, sondern irgendwie gelangweilt.

Als Jessica den Raum verlässt, bedenkt Kex' *Freund* sie mit einem langen, verächtlichen Blick.

»Braver Hund«, sagt sie und sieht aus den Augenwinkeln noch die plötzlich verblüffte Miene des Mannes.

Als sie zwischen den Tischen der Mittagsgäste hindurch zum Ausgang geht, ist sie absolut sicher, dass der momentan verkaufsstärkste Künstler Finnlands sie gerade angelogen hat.

# 22

Jessica steigt an der Ecke der Tehtaankatu und der Kapteeninkatu in ein Taxi und bittet die Fahrerin, zum Wendeplatz an der Eevankatu in Pasila zu fahren, einen Block vom Polizeigebäude entfernt. Sie nimmt oft ein Taxi, wenn sie dienstlich allein unterwegs ist, manchmal auch morgens, um rechtzeitig zur Arbeit zu erscheinen. Doch sie fährt nie direkt beim Polizeigebäude vor, damit ihre Kollegen nicht misstrauisch werden. Mitunter investiert sie auch ihr eigenes Geld, um Informanten zu bestechen. Bei Leuten, die etwas wissen, haben überzählige Fünfziger noch nie geschadet.

Es gibt Momente, in denen Jessica ein schlechtes Gewissen hat, weil sie Nutzen aus ihrem großen Eigentum zieht.

Es ist verdammt stressig und mühsam, ihren Reichtum vor den Kollegen zu verbergen. Keiner von ihnen weiß, dass Jessicas schäbige Einzimmerwohnung im Stadtteil Töölö nur Kulisse ist, dass ihr wirkliches Zuhause nebenan liegt, eine fast zehnmal so große, zweistöckige Wohnung voller Antiquitäten und unermesslich wertvoller Kunst. Dass die Aktien, die sie von ihren vor langer Zeit verstorbenen Eltern geerbt hat, irgendwann einmal zig Millionen Finnmark wert waren. Und dass die Ziffer heute noch höher ist, obwohl die Währung auf Euro umgestellt wurde.

Wenn sie ihre Kollegen in ihre Einzimmerwohnung einlädt, muss sie sorgfältig darauf achten, dass sich in der Wohnung alles Notwendige findet. Das ist ihr nicht immer gelungen. Zum Beispiel hat Jusuf sich einmal über den Gestank gewundert, der aus dem Abfluss im Bad stieg, weil die Dusche seit über einem Monat nicht benutzt worden war. Seitdem bemüht Jessica sich, vor dem Eintreffen der Gäste wenigstens einige Stunden in der Wohnung zu verbringen, damit sie halbwegs bewohnt erscheint.

Manchmal fragt sie sich, was dieses Versteckspiel überhaupt soll. Würde sich die Einstellung ihrer Kollegen wirklich verändern, wenn sie ihnen verraten würde, dass sie Millionärin ist? Würde Jusuf ihr die Freundschaft aufkündigen, wenn er es wüsste?

Erne war der Einzige, der Jessicas Hintergrund kannte, der vom tragischen Schicksal ihrer Familie und ihrem großen Vermögen wusste. Er wusste auch, dass Jessica angeschlagen war. Aber all diese Geheimnisse wurden im letzten April mit ihm begraben.

*Die seit zwei Tagen vermissten Influencer Jason Nervander ...*

Jessica braucht einen Moment, um zu begreifen, dass die leisen Worte kein Produkt ihrer Fantasie sind, sondern aus dem Lautsprecher im Taxi kommen.

»Sorry, könnten Sie das ein bisschen lauter stellen?«, sagt sie zu der Fahrerin, die den Knopf wortlos ein Stück weiter nach rechts dreht.

*... die Ermittlungsleiterin, Hauptkommissarin Helena Lappi vom Gewaltdezernat der Helsinkier Polizei, sagte, die Polizei gehe von einem Verbrechen aus. Lappi erklärte, in Anbetracht der Umstände sei es unwahrscheinlich, dass die beiden aus freiem Willen unauffindbar sind. Angaben über Jason Nervander und Lisa Yamamoto werden an die Helsinkier Polizei erbeten. Der gestrige heftige Wind über dem Finnischen Meerbusen ...*

»Danke«, sagt Jessica, worauf die Taxifahrerin das Radio wieder leiser stellt.

»... Prank«, murmelt sie. Jessica merkt erst nach ein paar Sekunden, dass die Worte an sie gerichtet sind.

»Bitte?«

»Ein Prank, um mehr Publicity zu bekommen. Die fischen nach Aufmerksamkeit, sage ich Ihnen«, fährt die Taxifahrerin fort, und Jessica begegnet ihrem verdrossenen und seltsam verbitterten Blick im Rückspiegel.

»Na, ich weiß nicht«, gibt sie zurück und holt ihr Handy hervor, in der Hoffnung, dem Gespräch damit ein Ende zu bereiten.

Die Fahrerin ist jedoch nicht zu bremsen. »So ein unverantwortliches Treiben. Die vermitteln jungen Mädchen und Jungen ein total unrealistisches Bild von der Welt. Es hockt ja wohl keiner die ganze Zeit beim Fine Dining und bei Drinks oder sitzt mit dem Boyfriend am Strand, die Zehen im Sand. Mein Gott nochmal. Früher war das anders, da hat man vielleicht mal eine Ansichtskarte aus Jalta geschickt …«

Jessica sagt nichts, sie hofft, dass die Fahrerin verstummt, hört aber, dass sie tief Luft holt, als wolle sie zu einem neuen Redeschwall ansetzen.

»Meine Tochter ist gerade zwanzig. Sie schwärmt auch von diesem neuen Gesundheits-Quatsch. Komba oder Kombo … Irgendwas total Unverantwortliches. Ich glaub, es war gerade diese verschwundene Yoko Ono, die es in den Social Media empfohlen hat.«

»Yamamoto. Lisa Yamamoto«, korrigiert Jessica seufzend. Jetzt entdeckt sie über dem Taxameter die Abiturfotos von zwei jungen Erwachsenen. Ein Mädchen und ein Junge.

»Ja, ja. Von mir aus auch Mitsubishi …«

Das Klingeln ihres Handys rettet Jessica.

»Hallo«, sagt sie leise, während die Fahrerin weiterredet.

»Hallo, wo bist du?«, fragt Jusuf.

Jessica dreht den Kopf zum Fenster und spricht so leise, dass die Taxifahrerin ihre Worte bestimmt nicht aufschnappen kann. »Gerade aus dem Sea Horse gekommen. Der Künstler ist sich ziemlich sicher, dass Lisa nicht bei ihm auf der Nachfeier war. Außerdem kannte er alle verbliebenen Personen auf der Liste, das Gespenst muss also an der Liste vorbei zur Party gekommen sein.«

»Seltsam. Ich hab auf der Aufnahme nämlich deutlich gesehen, wie der Sahib die Liste prüft ...«

»Ich weiß. Hast du sonst noch was entdeckt?«

»Lisa und das Gespenst reden gegen halb neun kurz miteinander. Ein paar Minuten in einer Ecke des Saals, unter vier Augen. Dann geht der Mann weg.«

»Ganz weg?«

»Ja.«

»Und Lisa? Mit wem geht sie?«

»Beim allgemeinen Aufbruch. Schwer zu erkennen, aber das Gute ist, dass es in der näheren Umgebung so viele Kameras gibt wie in Monaco, es gibt praktisch keine toten Winkel. Wir können sie ziemlich weit verfolgen, mindestens bis dahin, wo sie ein Taxi nimmt, falls sie eins genommen hat.«

»Ruf Rasmus an, er soll die Aufnahmen bei der Stadt besorgen.«

»Okay.«

Jessica wirft einen Blick auf ihre Uhr. Im selben Moment bremst das Taxi scharf an einer gelben Ampel. Die Fahrerin redet immer noch, obwohl Jessica in der letzten Minute kein einziges Wort registriert hat.

»Jusuf, es ist schon eins. Sehen wir uns Olga an. Schaffst du es in einer Viertelstunde zum Labor?«

»Ich brauch eine halbe Stunde.«

Jessica legt das Handy an ihre Brust und unterbricht die Fahrerin in ihrem Monolog. »Entschuldigung, eine kleine Änderung. Fahren Sie mich bitte in die Kytösuontie, zum Rechtsmedizinischen Institut.«

Jessica wartet die Bestätigung der Fahrerin ab. Dann hört sie Jusufs Stimme am Handy. »Hä? Fährst du Taxi?«

# 23

Sissi Sarvilinna öffnet eine Holzkiste, holt eine kleine, durchsichtige Packung Honig heraus und presst den Inhalt in eine Tasse mit dampfendem Wasser. Dann verschwinden ihre langen Finger erneut in der Kiste, eine weitere Packung wird geöffnet und ebenfalls ins Wasser entleert.

Sarvilinna öffnet den Mülleimer mit der Spitze ihres Holzschuhs und wirft die Plastikkapseln zum restlichen Abfall.

»Man gewöhnt sich an alles«, sagt sie und rührt mit einem kleinen Löffel ihr Getränk um. Jessica und Jusuf wechseln einen fragenden Blick.

»Honig«, fährt Savilinna düster fort. »Früher hat mir eine Kapsel gereicht. Jetzt sind es zwei. Bald brauche ich schon drei.«

Jessica nickt und lächelt vorsichtig. Die alltägliche Verrichtung, deren Zeugen sie gerade geworden sind, passt perfekt zu dem steifen und pragmatischen Wesen der Rechtsmedizinerin. Andere würden den Honig direkt aus dem Glas nehmen, aber dann wäre es schwieriger, die Menge abzuschätzen. Indem sie die Kiste mit kleinen Packungen füllt, die man wohl kaum im Supermarkt kaufen kann, verwirklicht Sissi Sarvilinna offenbar ihr Bedürfnis nach totaler Kontrolle. Vielleicht hat sie die Kapseln vom Servierwagen im Flugzeug oder beim Frühstücksbuffet im Hotel geklaut.

»Mögt ihr Honig?«, fragt Sarvilinna und führt die Tasse an den Mund.

Jessica will gerade etwas sagen, doch da spricht die Pathologin schon weiter: »Ich habe ihn immer gemocht. Immer, von Kind an.«

Es ist geradezu erstaunlich, wie schnell Sarvilinna die Flüssigkeit, die noch vor ein paar Minuten im Wasserkocher gebrodelt hat, herunterschluckt. »Aber gleichzeitig habe ich ihn für selbstverständlich gehalten. Den Honig – dass Honig immer erhältlich ist. Erst neulich habe ich gelesen, dass eine Biene in ihrem ganzen Leben ein Zwölftel eines Teelöffels Honig produziert. Könnt ihr euch das vorstellen?«, fährt sie fort, ohne eine Miene zu verziehen. »Für einen einzigen Teelöffel braucht es also den lebenslangen Arbeitseinsatz von zwölf Bienen.«

»Klingt ziemlich irre«, sagt Jusuf.

»Ziemlich irre?«, wiederholt Sarvilinna abschätzig und trinkt noch einen Schluck. »So eine Kapsel enthält fünfundzwanzig Gramm Honig. Ich trinke zweimal täglich heißes Honigwasser und nehme jeweils zwei Kapseln, das heißt, ich verbrauche hundert Gramm Honig pro Tag. Richtig?«

»Nach Adam Riese, ja«, antwortet Jessica und steckt die Hände in ihre Jackentaschen. Sie erinnert sich nicht, Sarvilinna jemals so gesprächig erlebt zu haben. Und sie hätte sich wahrhaftig nicht vorstellen können, dass es bei ihrem ersten nichtdienstlichen Gespräch um Blumen und Bienen gehen würde.

»Für meine Tagesdosis braucht man zweihunderttausend Landungen auf einer Blüte, achttausend Flugkilometer und das Lebenswerk von fünfundsiebzig Bienen.«

»Wie lange leben …«

»Kommen wir zur Sache?«, sagt Sarvilinna barsch, als wären Jessica und Jusuf diejenigen, die sich über Bienen unterhalten wollten. »Damit wir hier nicht bloß quasseln, auf Kosten der Steuerzahler.«

Sie stellt ihre Tasse auf den Tisch und geht dann zwischen ihnen hindurch zu dem Metalltisch, auf dem die mit einem Plastiktuch bedeckte Leiche liegt.

Einige Sekunden lang spricht niemand. Jessica lauscht dem Summen der Ventilation an der Decke, der es zu verdanken ist, dass der Kopfschmerzen verursachende Formalingeruch nicht unerträglich wird.

»Was wissen wir?«

»An dieser Stelle muss ich euch enttäuschen«, sagt Sarvilinna.

Jessica runzelt die Stirn.

»Die Todesursache ...« Sarvilinna streift sich Handschuhe über. »Es war nicht ganz leicht, sie festzustellen. Aufgrund der Kieselalgen-Untersuchung lässt sich aber definitiv ausschließen, dass die Frau ertrunken ist.«

Sie mustert Jessica, als wolle sie prüfen, ob die Hauptermittlerin weiß, wovon sie spricht. Und Jessica weiß es. Die in Finnland entwickelte Kieselalgen-Untersuchung ist eine erstaunlich zuverlässige Methode, um festzustellen, ob das Opfer ertrunken oder erst nach dem Tod ins Wasser geraten ist. Wenn ein Mensch ertrinkt, atmet er Wasser ein, und die darin enthaltenen Diatomeen oder Kieselalgen gelangen aus den Atemwegen in die Adern. Über den Blutkreislauf verbreiten sie sich blitzschnell im ganzen Körper. Für die Untersuchung entnimmt man Proben aus dem Gehirn, der Lunge, dem Herz, der Leber und den Nieren. Wenn sich in diesen Organen Kieselalgen finden, kann man davon ausgehen, dass es sich um Tod durch Ertrinken handelt. Und da es Millionen verschiedene Arten von Kieselalgen gibt, kann man obendrein schlussfolgern, ob das Opfer da ertrunken ist, wo es gefunden wurde.

»Die Lunge hat sich also erst nach dem Tod mit Wasser gefüllt?«, fragt Jessica.

Sarvilinna nickt und fährt nach einer kurzen Pause fort:

»Äußere Verletzungen ausschließlich am Brustbein und an den Rippen. Kleine Brüche.«

»Von einer Reanimation?«, schlägt Jusuf vor. Sarvilinna lächelt freudlos.

»Beeindruckend«, sagt sie und entfernt das Tuch vom Oberkörper der nackten Leiche. An beiden Seiten des aufgesägten und wieder zugenähten Brustkorbs von Olga Belousova sind dunkle Flecken zu erkennen. »Wie ihr seht, hat man energisch versucht, die Frau wiederzubeleben, und zwar nicht heute früh, sondern bevor sie im Wasser gelandet ist.«

»Professionell?«, fragt Jessica.

Sissi Sarvilinna zuckt die Achseln.

»Derartige Verletzungen entstehen oft bei festem Druck auf den Brustkorb. Auch dann, wenn ausgebildete und erfahrene Profis am Werk sind. Es lässt sich also unmöglich sagen, ob es ein erfahrener Sanitäter oder ein Amateur war. Angesichts des Endresultats dürfen wir wohl davon ausgehen, dass die Wiederbelebung nicht den gewünschten Erfolg hatte«, sagt sie mit einem schiefen Lächeln. »Sonst wäre die Frau nicht in meiner Sprechstunde erschienen.«

Sie geht um den Untersuchungstisch herum und lässt ihre Finger über das Tuch gleiten, das Olgas Unterleib verdeckt. Jessica wird seit Langem von dem Gedanken verfolgt, dass Rechtsmediziner eine ganz spezielle Einstellung zu Leichen haben: nicht gleichgültig oder gefühllos, wie viele glauben, sondern eher kameradschaftlich. Als würde der Tod die Menschen nicht trennen. Praktisch sind wir ja alle tot. Was uns unterscheidet, ist nur der Zeitpunkt des Endes. *Wir folgen dir bald nach, Olga.*

»Ein Punkt verdient allerdings Beachtung: Die Frau hat unter starkem Flüssigkeitsverlust gelitten«, sagt Sarvilinna schließlich mit einem Blick auf die Uhr, die unter ihrem weißen Kittel hervorschaut. »Nicht so wie ein Mensch, der längere Zeit nichts trinkt, sondern unter einer schnell entstandenen Dehydration. Sie hat sich vor ihrem Tod heftig übergeben, worauf auch die Befunde im Mund und in der Speiseröhre hinweisen. Die ersten Blutproben haben ergeben, dass das Hämoglobin und das Volumen der roten Blutkörperchen erhöht sind, was ebenfalls auf Flüssigkeitsverlust hindeutet.«

»Heftig übergeben … Die Todesursache hat also mit irgendetwas zu tun, was die Frau gegessen oder getrunken hat?«, fragt Jessica leise und hat das Gefühl, Olgas Gesicht würde sich bei ihren Worten verziehen.

»Wahrscheinlich, denn ich habe an der Toten keine Einstiche gefunden. Den Mageninhalt habe ich zur toxikologischen Untersuchung geschickt. Eine Blutprobe ebenfalls.«

»Wie lange …?«, setzt Jusuf an.

»Die Ergebnisse kommen, wenn sie kommen«, fällt Sarvilinna ihm ins Wort und blickt suchend zum anderen Ende des Raums. »Du heißt Jusuf, stimmt's?«, fragt sie dann plötzlich, als habe sie gerade eine ferne Erinnerung zu fassen bekommen.

Jusuf nickt, die Hände in die Seiten gestützt. »Jusuf Pepple.«

»Hör mal, Jusuf Pepple, könntest du mir das heiße Honigwasser bringen? Die Tasse, meine ich.«

Jusuf sieht sie ungläubig an und deutet mit dem Daumen fragend in die Richtung, aus der sie sich gerade der Toten genähert haben.

»Wenn du so freundlich wärst«, sagt Sarvilinna. »Ich will mit den Handschuhen nicht durch die Gegend wandern.«

Jusuf macht sich auf den Weg.

»Und das da?«, fragt Jessica und nickt zur Ellbogenbeuge der Toten hin.

»Brandwunden ersten Grades. Kein Zweifel. Sicher eine schmerzhafte Prozedur, falls die Frau bei Bewusstsein war. Ich habe Proben von dem verbrannten Gewebe entnommen, vielleicht findet sich da etwas. Zum Beispiel Spuren von dem Material, mit dem die Brandmale gemacht wurden.«

Jusuf kehrt mit der Tasse zurück und reicht sie Sarvilinna, die ihn dankend anlächelt.

»Danke, Jusuf Pepple. Und seht euch das hier an.« Sie berührt mit der Fingerspitze die unebene Haut um die Brandwunden herum. »An dieser Stelle ist in der Haut etwas passiert, was sich nicht allein durch die Brandwunden erklären lässt. Es muss sich um eine Art Entzündung handeln.«

»Was könnte die Ursache sein?«

»Zum Beispiel, dass irgendein Stoff in die Wunden gelangt ist.«

»Etwas, was eigens hineingestreut wurde?«, fragt Jessica.

Sarvilinna nimmt einen Schluck von ihrem Getränk, schwenkt ihn kurz im Mund und zuckt mit den Schultern.

»Geduld, Niemi. Das klärt sich bei der toxikologischen Analyse.«

Jessica hebt einen Fuß und streicht den Schlamm von der Seite ihres weißen Turnschuhs.

»Gibt es sonst noch was?«, erkundigt sie sich.

»Die Finger sind dunkel verfärbt. Auch unter den Fingernägeln habe ich eine kleine Menge schwarze Schmiere – vermutlich dieselbe – gefunden und ins Labor geschickt. Vielleicht hilft uns das weiter, oder dann eben nicht.« Sarvilinna hebt die weißen Finger der Toten vorsichtig an.

»Und die Todeszeit?«

»Ich würde sagen, dass die Frau seit drei bis vier Tagen tot ist.«

Jessica zählt die Tage im Kopf. Die Frau muss also in der Nacht von Samstag auf Sonntag gestorben sein. Jason Nervander war, soweit bekannt, zu dieser Zeit in der Nähe.

»Hast du eine Idee, wann wir mit den Ergebnissen rechnen können?«, fragt Jusuf.

Sarvilinna zaubert ein überraschendes Lächeln auf ihr Gesicht, dessen Bedeutung rätselhaft bleibt. »Ich arbeite noch bis

Freitag, dann fahre ich für zwei Wochen in Urlaub«, sagt sie, leert ihre Tasse und fügt hinzu: »Nach Bali. Da soll es schön sein. Jedenfalls möchte ich die Resultate vor meiner Abreise haben, ich werde also Druck machen. Aus irgendeinem Grund interessiert mich dieser Fall ganz besonders. Nicht zuletzt wegen der Kleidung der Frau und wegen dieser Brandmale. Ui, ein großes Rätsel.«

»Prima«, sagt Jessica mit einem Blick auf ihre Uhr. Es fällt ihr schwer, sich die Rechtsmedizinerin in einer sonnigen Gegend vorzustellen. Sarvilinna ist ein Mensch, dem die Regenwolken garantiert bis in die Sahara folgen würden.

Sissi Sarvilinna zieht sich die Handschuhe aus und geht zu dem verchromten Waschbecken. Sie wirft die Handschuhe in den Abfallbehälter, blickt sich um und schüttelt den Kopf. Dann rückt sie die grüne Schutzhaube über ihren aufgesteckten Haaren zurecht. Sie ist groß und schlank, auf klassische, wenn auch ein wenig furchterregende Art schön, aber ihr scharfes schneeweißes Gesicht strahlt keinerlei sexuelle Energie aus.

»Ich erinnere mich nicht, wann ich das letzte Mal zwei Wochen in Urlaub war«, sagt sie händereibend. »Was ihr in diesem Raum riecht, den Tod … Ich nehme ihn gar nicht mehr wahr, mein Geruchssinn ist längst abgestumpft. Aber ich fürchte, dass mich nach zwei Wochen Abwesenheit die Berufskrankheit der Rechtsmediziner packt, *desire cadaveris*.«

»Was ist das?«

Sarvilinna entblößt wieder ihre Zähne. »Die Sehnsucht nach einem Kadaver.«

# 24

Rasmus Susikoski nimmt die Brille ab und betrachtet sein verschwommenes Bild im Spiegel der Männertoilette. Er reibt sich die Nase und tastet mit der Daumenspitze über die höckerige Kante des Nasenbeins. Seit einem einseitigen Schlagabtausch auf dem Pausenhof vor langer Zeit ist es verformt. Keilerei, Gerangel, Klopperei: nette Worte, die sich im Auge des Gesetzes nur dadurch von einer Misshandlung unterscheiden, dass die Beteiligten minderjährig sind. Rasmus hat so oft die Faust zu spüren bekommen, dass er nicht weiß, ob er selbst damals in der Schulzeit mit Sicherheit hätte sagen können, wer ihn jeweils verprügelt hatte und warum. Eins steht jedenfalls fest: Rasmus trug in der Regel selbst die Schuld an den Gewaltausbrüchen seiner Mitschüler. Es ging immer um etwas, was er sagte oder was er ungesagt ließ. Er äußerte seine Meinung, wenn niemand danach gefragt hatte, und erstarrte andererseits zum Eiszapfen, wenn man eine vernünftige Erklärung für seine Äußerung von ihm forderte. *Was hast du grade gesagt, du Schwuli? Scheiße, nenn mir einen einzigen Grund, warum ich dich nicht gleich fertigmache.*

Rasmus setzt die Brille wieder auf und seufzt. Die schiefe Nase macht ihn nicht hässlich. Oder eher: Die Nase *allein* macht ihn nicht hässlich. Daran, dass er hässlich und abstoßend ist, kann kein Zweifel bestehen, denn sonst würde er ja nicht in der oberen Etage des Holzhauses seiner Eltern im Vorort Käpylä wohnen, in einem Zimmer, in dem seine Mutter staubsaugt und jeden Dienstag die Bettwäsche wechselt.

Mitunter hat Rasmus das Gefühl, dass nur ein kleiner Anstoß, ein Schubs in den Rücken nötig wäre, damit er in eine eigene Wohnung zieht: eine fast unmerkliche Anspornung von Vater und Mutter. Aber die Eltern scheinen nicht an Rasmus' Chancen zu glauben, als wüssten sie, dass seine Flügel angeknackst sind und er bei dem Versuch, das Nest zu verlassen, geradewegs gegen eine Felsspitze fliegen und sich das Genick brechen würde. *Die Welt da draußen ist hart, Rasse. Sehr hart. Was fehlt dir denn bei uns?*

Manchmal, meist nachts, begegnet Rasmus der Realität: Er will weinen und ins Kissen schreien, mit dem Lichtschwert den ganzen nutzlosen Plastikkram auf den Boden fegen, der sein Regal füllt. Und dann, nachdem er selbst aufgeräumt, den Fußboden gesaugt und zum Schluss blitzblank geschrubbt hätte, würde er seinen Koffer packen und in eine eigene Wohnung ziehen, möglichst weit weg. Mindestens ans andere Ende von Helsinki.

Aber so ist Rasmus Susikoski nicht. Er hat immer getan, was Vater und Mutter ihm gesagt haben, hat die Zähne zusammengebissen und seinen Ärger heruntergeschluckt. Man hat ihm eingeredet, dass nur wenig im Leben so läuft, wie man es sich wünscht, und dass es in aller Regel nichts bringt zu murren. *Lass sie schlagen, Rasse. Lass sie lachen. Sie sind im Grunde nur neidisch, und es reicht, wenn du das weißt.*

*Neidisch worauf?*

Die Toilettentür öffnet sich, und Rasmus erschreckt sich fast zu Tode. Ein großer und magerer, in vielerlei Hinsicht originell aussehender Mann tritt ein. Jami Harjula. Er hat schmale Finger und tellergroße Hände, mit denen er einen ganzen Basketball umfassen könnte.

Rasmus nickt grüßend. Harjula geht auf eine der Kabinen zu, dreht sich dann aber überraschend um.

»Hör mal, Susikoski«, sagt er, baut sich vor Rasmus auf und stemmt die Hände in die Seiten. »Was hältst du von der Manga-Sache?«

Rasmus hebt und senkt das Kinn, weil der intensive Blick des großen Mannes zu drückend wird.

»Ist eigentlich nicht so mein Ding …«, beginnt er, doch Jami Harjula unterbricht ihn mit einem herzlichen Lachen.

»Ich meine, glaubst du, dass die beiden Fälle zusammenhängen?«

Rasmus nimmt ein paar Papierhandtücher aus dem Halter und trocknet sich sorgfältig die Finger ab. Das Wasserrohr in der Wand rauscht, als auf der Frauentoilette abgezogen wird.

»Ja«, sagt er und schluckt. »Meiner Meinung nach ist das völlig klar.«

Eine Weile sieht Jami Harjula Rasmus an und nickt. Nicht kritisch oder misstrauisch, sondern eher interessiert. Harjula ist einer der wenigen männlichen Ermittler im Gewaltdezernat, die nicht versuchen, durch ihre physische Erscheinung Eindruck zu schinden. Harjulas Ego, sofern er eins hat, macht sich vielleicht eher zu Hause und in der Freizeit bemerkbar. Trotzdem fühlt Rasmus sich in Gegenwart des großen Mannes wie ein kleiner, mickriger Käfer.

»Spricht für diese Hypothese noch etwas anderes als die Kleidung, in der Olga Belousova gefunden wurde?«, fragt Harjula.

»Das wird sich wohl bei der Besprechung herausstellen«, antwortet Rasmus und wirft die zusammengeknüllten Papierhandtücher in den Abfallkorb. »In einer Viertelstunde.«

Er greift nach der Klinke, aber Jami Harjula tritt einen Schritt zur Seite und zwingt ihn stehenzubleiben.

»Okay, schon gut. Ich meine ja nicht, dass ich es nicht

glaube. Oder wer weiß …«, sagt er, merkt offenbar, wie unnötig seine Geste ist, und zieht sich ein Stück zurück. »Aber eigentlich wollte ich dich etwas anderes fragen. Über jemanden, den du viel besser kennst als ich.«

»Wen?«

»Niemi.«

Rasmus spürt, dass sich sein Puls leicht beschleunigt.

»Jessica?«

»Genau. Jessica. Weil ich eigentlich bisher noch nie mit ihr gearbeitet habe …«

»Unter ihr«, korrigiert Rasmus leise und bereut es sofort. Er sieht sich auf dem Schulhof, wo er vor einem Gleichaltrigen, der ihn um einen ganzen Kopf überragt, das Falsche sagt.

Jami Harjula schlägt jedoch nicht zu, natürlich nicht, sondern lächelt wieder freundlich. »Genau, unter ihr. In diesem Fall«, sagt er und kratzt sich am Kinn. »Und du hast offenbar schon öfter *unter ihr* gearbeitet.«

»Ja.«

»Ich dachte bloß, dass …«

Rasmus sieht Harjula fragend an. *Egal, was du gegen Jessica im Schilde führst, von mir hast du keine Hilfe zu erwarten.*

Harjula presst die Lippen zusammen und mustert die Türen der Kabinen, offenbar um sich zu vergewissern, dass sie ungestört sind. Dann öffnet er den Mund, um etwas zu fragen, bringt aber kein Wort heraus. Schließlich lacht er auf und schüttelt den Kopf. »Schon gut, Susikoski. Sorry. Hab nur so dahingeredet. Wir sehen uns bei der Besprechung.«

# 25

Jessica nimmt zwei Stufen auf einmal, wie sie es als Kind immer getan hat, und spürt die Milchsäure in ihren Beinen pochen, als sie sich dem Treppenabsatz im vierten Stock nähert. Mit 34 ist der Mensch noch nicht alt, aber auch nicht mehr jung. Es wäre wohl klüger, beim Joggen, das in letzter Zeit fast manisch geworden ist, eine kleine Pause einzulegen. Umso mehr, als sie auf der Strecke im Zentralpark komischen Käuzen begegnen kann, die Salmiakschnaps trinken, von Heiligabend faseln und sie erwürgen wollen.

Jessica bewältigt die letzten Stufen und öffnet mit ihrer Schlüsselkarte die Tür zum Gewaltdezernat.

Sie passiert ein Dutzend Schreibtische, an denen Polizisten sitzen, die ihre Dienstmarke um den Hals tragen. Bei einem klingelt pausenlos das Telefon. Finger eilen über Tastaturen. Meist versammeln sich einige am Tisch eines Kollegen, um dienstliche Dinge zu besprechen oder sich einfach nur komische Katzenvideos anzusehen. Jetzt ist jedoch nichts dergleichen im Gange, sondern alle hocken vor ihren Computern und heben grüßend das Kinn, als sie vorbeigeht. Es ist Jessica erst kürzlich klargeworden, dass fast alle von ihr Notiz nehmen und sie grüßen. Sie hat immer gewusst, dass sie Blicke auf sich zieht, obwohl sie sich bemüht hat, in der Masse unterzugehen. Dass die männlichen Kollegen ihr mehr Aufmerksamkeit schenken als den anderen Frauen, liegt nicht daran, dass sie sich so sehr von den anderen abhebt: Jessicas Art, sich zu geben, ist ungewollt auffällig. *Auf niedliche Art burschikos.* Die Idioten kapieren nicht, dass Jessica weiß, was in den Umkleideräumen hinter geschlossenen Türen geredet wird. Obwohl die Gesellschaft sich entwickelt, obwohl Zeiten und Sitten sich ändern, bleiben Männer offenbar immer Männer, zumindest im Polizeigebäude in Pasila. Offene sexuelle Belästigung ist allerdings auch hier passé. Warum soll man sich also beklagen? Außerdem hat Jessica im Laufe der Jahre ein paar Mal von der Konstellation profitiert. Wenn große Jungs A sagen, müssen sie auch B sagen, ob sie vergeben sind oder nicht.

Jessica nickt Marjut zu, der Expertin für Brandstiftung, die am Kaffeeautomaten steht und sich den Zeigefinger leckt.

*Wieder die ganze Woche draußen vor Ort, aber erst am Kaffee verbrenn ich mir die Finger.*

Jessica lacht auf und geht weiter zum Besprechungszimmer. Bei den Kolleginnen weckt sie keine negativen Gefühle, wie sie die ungeteilte Aufmerksamkeit der Männer an manchen Arbeitsplätzen auslösen kann. Hellu scheint Jessica allerdings nicht ertragen zu können, und Nina, na ja, Nina hat treffliche Gründe, Jessica nicht zu mögen.

*Wenn man vom Teufel spricht.*

»Es ist zehn nach«, sagt Hellu und klopft auf ihre Smartwatch. Nina, die gerade noch neben ihr gestanden hat, verschwindet wortlos durch die offene Tür.

»Wir sind direkt vom …«, setzt Jessica an.

»Wo ist Jusuf?«

»Der bringt den Wagen in die Garage. Er kommt gleich nach.«

»Dann fangen wir ohne Jusuf an«, sagt Hellu und winkt Jessica ins Besprechungszimmer.

Der Raum ist kühl und sachlich, aber wenn man ihn mit

geschlossenen Augen betreten würde, könnte man aufgrund des Geruchs glauben, man käme in eine gemütliche Bäckerei in Bromarv. Bei jeder Ermittlung gibt es zur ersten Besprechung Kaffee und Kuchen, und auch diesmal wird der Brauch eingehalten. An der Tür befindet sich jedoch keine hell klingelnde Glocke, und niemand heißt die Ankommenden willkommen. Unmöglich, sich Helena Lappi als freundliche, nach Kardamom duftende Bäckerin vorzustellen.

»Hallo«, grüßt Jessica in die Runde.

Rasmus, Nina und Harjula sitzen bereits am Tisch. Hellu nimmt zwischen den beiden Letzteren Platz und angelt sich eine Zimtschnecke.

*Ein tolles Team. Eine Löwenhöhle.*

»Hallo«, antwortet Rasmus auf seine typische Art, bei der man an eine Wühlmaus denken muss, die sich vor einer Atomexplosion unter die Erde geflüchtet hat. Gerade jetzt ist seine Anwesenheit jedoch Gold wert. Von den vier Menschen an der anderen Tischseite ist er der Einzige, der Jessica mag. Oder es jedenfalls in all dem Wirrwarr versucht.

Jami Harjula wiederum ist wahrscheinlich als Polizist und als Mensch ganz okay: ein vernünftiger Familienvater, zu dem aus irgendeinem Grund noch keine persönliche Beziehung entstanden ist. Manchmal hat Jessica das Gefühl, dass Harjula sie durchschaut und zu Recht vermutet, irgendetwas an ihr sei seltsam. Das hat sogar Erne vor Jahren gesagt: *Bei Harjula musst du auf der Hut sein, Jessica. Er ist wie ein schlauer, gut trainierter Hund. Er ist nicht böse, aber er ist nur einem Herrn treu, nämlich dem System.*

Nina Ruska dagegen ist eine wunderbare, warmherzige Person, deren Vertrauen Jessica im letzten Frühjahr verspielt hat, indem sie zweimal mit deren Freund Mikael ins Bett gegangen ist.

Dass Mikael sich bald danach als kaltblütiger Verbrecher

entpuppt hat, als fauler Apfel im Präsidium, ändert nichts an der Tatsache, dass Nina ihn geliebt hat.

Jessica begreift selbst nicht ganz, wie sie Ninas freundlich lächelndes Gesicht vergessen konnte, den selbst angesetzten Limoncello, den Nina ihren Kollegen zu Weihnachten geschenkt hat, und die liebevoll gebastelten Weihnachtskarten, in denen sich handwerkliches Geschick und eine kindlich-naive Winteridylle verbinden. Jessica hat beide aufgehoben, wagt aber nicht, sie anzusehen. Sie würde gern den im Kühlschrank wartenden Zitronenlikör probieren, doch sie weiß, dass sie ihn nicht verdient hat.

Andererseits haben Nina und Jessica sich nie wirklich nahegestanden, und niemand hätte es erfahren sollen, alles sollte so weitergehen wie zuvor. Für Jessica war es nur bedeutungsloser Sex, eine spontane Lust, die jede Rationalität ignoriert und auf die oft Reue folgt, vor allem, wenn die Gefühle anderer verletzt werden. Natürlich war das Ganze falsch und hätte nicht passieren dürfen, das steht außer Zweifel. Aber jetzt ist es auf jeden Fall zu spät, darauf herumzukauen.

Und dann ist da Helena Lappi: die böse Stiefmutter aus einem Disney-Film oder Annie Wilkes und Cersei Lannister in einer Person. Eine Frau, die sich ihrer beruflichen Position so beflissen und besitzergreifend zu widmen scheint wie einer neuen Zweierbeziehung, und zu spät erkennt, dass zu der neuen Familie auch eine Stieftochter gehört. Und genau da liegt das größte Problem: Ernes Geist ist überall, im ganzen Haus achtet und vermisst man ihn so sehr, dass es übermenschlich schwierig sein muss, in seine Fußstapfen zu treten. Er ist überall präsent. Das gerahmte Foto am Ehrenplatz neben dem Wasserautomaten, Ernes Sprüche, die Witze und Erinnerungen, die seine Untergebenen immer noch daran knüpfen. Mitunter auch die vergossenen Tränen. Sie alle erinnern an Erne, daran, wie ein Vorgesetzter dank seines Charismas und seiner

Menschlichkeit alle anderen überflügeln und an seinem Arbeitsplatz eine Art Heiligenrang einnehmen konnte.

Die anderen wollen sich erinnern, Hellu möchte, dass sie vergessen. Aber etwas erinnert Hellu unablässig an Erne: Jessica Niemi. Solange die Tochter im Schloss wohnt, bekommt die böse Stiefmutter nicht das, was sie sich wünscht: die ungeteilte Aufmerksamkeit und Achtung der ganzen Abteilung. Deshalb weiß Jessica, dass Hellu die erste Gelegenheit nutzen wird, um die lange Leine, die Erne ihr immer gelassen hat und die sie in aller Ruhe dehnen konnte, durchzuschneiden. Daran besteht kein Zweifel.

»Sorry, dass ich zu spät komme«, sagt Jusuf hinter ihr, und die Tür schließt sich.

Jessica spürt, wie die Beklemmung von ihr abfällt. Zum Glück gibt es Jusuf. Er ist Jessicas letzter echter Verbündeter und ihr zuverlässigster Freund in dieser Abteilung.

# 26

Hellu lehnt sich auf ihrem Stuhl zurück und mustert den Raum wie einen Banktresor, den sie nach langer Planung ausrauben will. Jessica glaubt, das Verhalten ihrer Vorgesetzten deuten zu können, außer in den Momenten, wo Hellu nur dasteht und geheimnisvoll vor sich hin starrt. Solche Momente hat es heute schon einige gegeben.

»Also dann. Alle sind da«, beginnt Hellu und drückt auf das Display ihrer Smartwatch. Misst sie während der Besprechung etwa ihren Puls?

Hellu streicht die Zuckerkrümel von ihren Fingerspitzen auf den kleinen Pappteller und lehnt sich dann nach vorn. Sie kaut langsam auf ihrer Zimtschnecke herum, bis sie plötzlich innehält.

»Seht euch um, hier ist das Kernteam der Ermittlung. Bei Bedarf bekommen wir zusätzliche Kräfte«, sagt sie.

Jami Harjula ist der Einzige in der Runde, der die anderen tatsächlich ansieht, einzig und allein, weil Hellu es angeordnet hat. *Okay, fügen wir seinem Profil noch etwas hinzu: ein Speichellecker.*

»Jessica ist die Hauptermittlerin«, erklärt Hellu und sieht Jessica, die ihr gegenübersitzt, bedeutungsvoll an.

Jessica nickt. Als sie vorhin bei Jusuf im Auto saß, hat sie kurz überlegt, ob Hellu die Leitung doch Jami Harjula übertragen wird. Er ist ja zu der Leiche in der Aurinkolahti-Bucht geschickt worden, die bisher die einzige Tote in dem ganzen wirren Fall ist. Aber als sie jetzt darüber nachdenkt, erscheint ihr die Sache einleuchtend: Hellu hat sie als Blitzableiter gewählt. Als Hauptermittlerin kann Jessica leichter scheitern. Einen Fehler machen, dumm dastehen, selbst wenn der Fall geklärt wird. Natürlich will Hellu, dass der Fall geklärt wird, es ist ja erst das zweite Kapitalverbrechen seit ihrem Amtsantritt. Aber wer weiß, vielleicht soll Jessica bei der Gelegenheit geopfert werden. Sodass der Fall nicht dank Jessica, sondern trotz Jessica gelöst wird.

»Wie ihr inzwischen alle schon wisst, handelt es sich insofern um eine ganz spezielle Ermittlung, als wir drei separate Fälle gebündelt haben, bei denen es nur in einem mit Sicherheit um einen Todesfall geht. Und auch hinter diesem Tod steht nicht unbedingt ein Verbrechen. Von diesen drei Fällen dürften zwei, nämlich die Vermisstenmeldungen zu Lisa Yamamoto und Jason Nervander, miteinander zusammenhängen, während die Verbindung zu Olga Belousova, die in der Bucht Aurinkolahti gefunden wurde, vorläufig locker ist und sich auf die Kleidung stützt, die die Tote trug. Ich habe trotzdem beschlossen, die Ermittlungen zu bündeln, weil ich grundsätzlich nicht an Zufälle glaube«, erklärt Hellu und öffnet ihren Laptop.

Der Beamer beginnt zu surren, und nach einer Weile erscheint ein Bild auf der weißen Wand.

»Jason Nervander war den Sendemastdaten nach zum mutmaßlichen Zeitpunkt von Belousovas Tod in der Bucht. Die technischen Ermittler, die wir inzwischen in die Wohnung geschickt haben, haben in Lisa Yamamotos Wohnung ein Manga-Gemälde gefunden, auf dem die Gestalt exakt dieselbe Kleidung trägt wie die ukrainische Frau«, fährt Hellu fort. Sie klickt eine Datei an, die zwei Bilder nebeneinander zeigt: Lisas Manga-Zeichnung und Olga Belousova, die auf dem gefrorenen Ufersand liegt. Die Kleidung ist identisch, bis hin zum Rucksack.

»O Gott«, sagt Rasmus.

»Ob Lisa Yamamoto Olga Belousova gezeichnet oder ob diese sich nach Lisas Zeichnung angezogen hat, ist zum jetzigen Zeitpunkt natürlich offen. Was war zuerst da, das Huhn oder das Ei?«, fügt Hellu hinzu.

»Aber das Mädchen auf der Zeichnung ist nicht Olga Belousova«, wendet Jusuf ein.

Alle blicken von einem Bild zum anderen, wie um sich zu vergewissern, dass die beiden Frauen ganz unterschiedlich aussehen.

»Nein. Aber das ändert wohl nichts«, sagt Hellu und schiebt die Kuchenplatte zu Harjula hinüber. *Nimm dir eine Belohnung.*

Jessica spürt einen starren Blick auf ihrer Schläfe und sieht zu Nina hinüber, die ihre Augen hastig auf die Bilder an der Wand richtet. Das Zimmer gleicht einem Pulverfass, das man mit einem einzigen Streichholz in die Luft jagen könnte.

»So, Jessica. Für den Rest bist du zuständig.« Hellu fummelt wieder an ihrer Smartwatch herum.

Jessica setzt sich gerade hin und verschränkt die Finger auf dem Tisch.

»Als Erstes möchte ich Rasse fragen, ob die Videoaufnahmen Aufschluss darüber geben, wie und wohin Lisa den Nachtclub verlassen hat«, beginnt sie.

»Sie ging zur U-Bahn-Station Kamppi. Die Kameras zeigen, dass Lisa sich in die Schlange am Taxistand eingereiht hat, bald aber offenbar keine Lust mehr hatte zu warten. Sie ist dann zu Fuß die Runeberginkatu in Richtung Töölö gegangen.«

»Nach Hause? Ist Lisa auf anderen Aufnahmen an der Strecke zu sehen?«

»Das wird schwierig, in Töölö gibt es nicht so viele Kameras.«

»Such weiter, okay?«, bittet Jessica und wendet sich dann an die ganze Runde. »Was eventuelle Verdächtige betrifft, haben wir zu diesem Zeitpunkt klare Hinweise darauf«, sie legt das ausgedruckte Foto auf den Tisch, »dass dieser etwa 45-jährige Mann asiatischer Abstammung mit dem Verschwinden von Lisa Yamamoto zu tun hat. Er ist mittelgroß, normalgewichtig und verwendet ein starkes Rasierwasser.«

»Ein starkes Rasierwasser? Woher stammt die Information?«, fragt Hellu amüsiert.

»Von Lisas Mitbewohnerin Essi. Sie hat ausgesagt, dass der Duft in der Wohnung hing, nachdem der Mann Lisa besucht hatte und wieder gegangen war.«

»Wir brauchen also nur noch einen geschulten Labrador«, lacht Harjula.

»Wir könnten dem Hund keinerlei Referenz geben«, entgegnet Jessica trocken.

»War nur ein Witz«, verteidigt sich Harjula, doch Jessica würdigt ihn keines Blickes.

»Der fragliche Mann, für den wir bei der Ermittlung vorläufig den Namen *Gespenst* verwenden, hat bei Lisa ein Leuchtturmbild bestellt, das sie offenbar vor ihrem Verschwinden noch bei ihm abgeliefert hat. Eine Skizze, die wir in Lisas Zimmer gefunden haben, deutet darauf hin, dass das Bild fast identisch mit dem Foto ist, das heute früh auf Instagram gepostet wurde. Mit dem Unterschied, dass auf Lisas Gemälde auch ein Mädchen abgebildet ist. Auf dem Foto sieht man nur den Leuchtturm.«

»Wer ist das Mädchen?«, fragt Hellu.

»Keine Ahnung.«

Eine Weile trinken alle schweigend Kaffee und essen ihren Kuchen.

»Was Olga Belousova angeht: Jusuf und ich waren gerade bei Sarvilinna«, fährt Jessica dann fort und zieht ein zusammengefaltetes Papier aus der Jackentasche. »Fest steht bisher, dass Belousova nicht ertrunken ist. Sarvilinna sagt, der Tod sei in der Nacht von Samstag auf Sonntag eingetreten.«

»Todesursache?«

»Konnte bei der Obduktion nicht geklärt werden. An der Leiche wurden einige innere Verletzungen festgestellt, aber keine tödlichen. Zwei gebrochene Rippen und ein Bruch am Brustbein.«

»Wurde die Frau geschlagen?«, erkundigt sich Hellu.

»Nein, meint Sarvilinna. Die Befunde wirken eher wie klassische Wiederbelebungsverletzungen. Allem Anschein nach hat jemand versucht, Olga durch starken Druck auf den Brustkorb das Leben zu retten, und dabei sind die Brüche entstanden.«

»Jemand, der nicht wusste, was er tat«, meint Harjula, aber Jessica schüttelt den Kopf.

»Wiederbelebungsverletzungen sind sehr häufig. Man findet sie bei zwei von drei Toten, bei denen eine Reanimierung versucht wurde«, erklärt sie und fügt hinzu: »Und zwar nicht nur, wenn Laien Erste Hilfe geleistet haben, sondern auch in Krankenhäusern. Auf den Intensivstationen entstehen weniger Verletzungen, weil das Personal dort viel mehr Erfahrung mit Wiederbelebung hat.«

»Die Frau ist also an Herzstillstand gestorben?«, folgert Harjula.

»Sterben wir nicht alle an Herzstillstand?«, lächelt Jusuf.

»Ach, zum Teufel«, sagt Harjula, wirkt aber weiterhin geduldig. »Ich meine natürlich, dass das Opfer nicht äußerlich misshandelt wurde und nur plötzlich aufgehört hat zu atmen.«

»Ja, darauf weist der Wiederbelebungsversuch hin«, sagt Jessica und beißt sich auf die Lippe. »Aber Sarvilinna konnte noch nicht sagen, *warum* das Herz stehengeblieben ist.«

»Eine Überdosis? Und dann hat jemand in Panik die Leiche ins Meer geworfen«, erklärt Harjula selbstsicher und beißt in eine Zimtschnecke.

»Theoretisch ist das natürlich möglich, aber in dem Fall wurde die Droge oral eingenommen. Olga hat sich nicht gespritzt, alle Adern sind heil. Auch auf Nasen- und Mundschleimhaut wurden keine Spuren von Kokain oder anderen schnupfbaren Drogen gefunden. Ob ihr Magen etwas Giftiges enthält, wird erst die toxikologische Untersuchung klären.«

»Wann?«, fragt Hellu.

»*As ASAP as possible*«, antwortet Jessica, und Jusuf lacht leise auf. Keiner der anderen lacht. Es handelt sich um ein Spiel, das Jusuf erfunden hat, um bei Einsätzen Spannung abzubauen. *Very important VIP person. RIP in peace.* Und so weiter.

Hellu klickt das nächste Bild an. Eine Vergrößerung der schwarzen Punkte in der Ellbogenbeuge der toten Frau.

»Das hier ist interessant«, sagt Jessica.

»Was ist das?«, fragt Hellu.

»Auf den ersten Blick sah es aus wie ein Tattoo«, erklärt Jessica. »Aber die Punkte wurden nicht durch Tinte eingebracht, sondern in die Haut eingebrannt.«

Jami Harjula wirkt merkwürdig zufrieden. Offenbar ist er stolz darauf, dass er die Brandmale entdeckt hat.

»Irgendein Zeichen? Der Stempel einer kriminellen Bande?«, schlägt Hellu vor.

»Möglich. Es wurde auf jeden Fall sorgfältig gemacht, die kleinen Kreise bilden einen symmetrischen Ring. Insofern gleicht es einer genau entworfenen Tätowierung. Nichts an dem Muster ist zufällig entstanden. Wenn man die Haut zum Beispiel mit Zigaretten verbrannt hätte, wären die Male nicht so gleichmäßig. Deshalb nimmt Sarvilinna an, dass irgendein harter Gegenstand verwendet wurde, wie etwa heißes Metall.«

»Konnte die Rechtsmedizinerin abschätzen, wann das Brandzeichen entstanden ist?«, fragt Hellu, und Jessica nickt.

»Es ist ziemlich frisch. Vermutlich am Todestag.«

»Es muss also irgendwie mit dem Grund zu tun haben, aus dem die Frau gestorben ist«, meint Hellu.

»Sehr wahrscheinlich.«

»Harjula«, wendet Hellu sich an den neben ihr sitzenden Mann. »Das alles unterstützt deine Theorie.«

Jami Harjula wirkt stolz.

»Deine Theorie? Möchtest du die mit uns teilen?«, fragt Jessica.

Harjulas Lächeln ist freundlich, aber auch ein wenig selbstgefällig. Er zuckt die Achseln. »Na ja, das ist nur so eine Vermutung … Es ist mir gleich durch den Kopf geschossen, als ich die Leiche am Ufer sah. Vielleicht geht es um Menschenhandel. Olga Belousova könnte ins Land geschmuggelt worden sein, wurde betäubt und gebrandmarkt.«

»Das würde die Überdosis erklären«, wirft Hellu ein.

»Auf eine Überdosis gibt es bisher keine Hinweise, eher im Gegenteil«, entgegnet Jessica, was ihr einen mörderischen Blick von ihrer Chefin einträgt.

»Vielleicht wurde die Frau in einem Boot nach Vuosaari oder zum Touristenhafen in Ost-Helsinki gebracht. Wenn das Boot auch nur ein bisschen größer ist, kann es aus Estland gekommen sein. In der Nacht zum Sonntag herrschte starker Wellengang, aber unmöglich wäre es nicht. Das habe ich nachgeprüft«, erklärt Harjula und trinkt einen Schluck Kaffee.

»Nur weiter, Harjula«, fordert Hellu ihn auf.

»Das Brandzeichen ist frisch, also wurde die Frau bestimmt im Boot markiert oder gefoltert, dabei ist irgendwas schiefgelaufen, und deshalb wurde die Leiche ins Meer geworfen.«

»Die Male sind sauber«, wendet Jessica ein. »Ich glaube nicht, dass man sowas zustande kriegt, wenn das Opfer bei Bewusstsein ist und sich wehrt. Nicht mal, wenn es von vier großen Männern festgehalten wird.«

Einen Augenblick lang herrscht völlige Stille.

»Na, das heißt doch nur, dass die Frau zu dem Zeitpunkt bewusstlos war. Wie ich schon sagte, sie wurde betäubt ...«

»Und dann ist sie plötzlich gestorben?«, fragt Jessica skeptisch.

»Vielleicht hat jemand, der auf einem dieser großen Ufergrundstücke wohnt, sich eine Frau bestellt, die nicht nur Kleidung trägt, die ihn erregt, sondern auch bewusstlos ist?«, wirft Jusuf in die Runde.

Nina blickt vom Tisch auf und wirkt plötzlich hochkonzentriert.

»Sleeping princess syndrome«, sagt sie und zieht alle Blicke auf sich. Zum ersten Mal seit Beginn der Besprechung nimmt sie wirklich teil. »Das gibt es wirklich. Somnophilie.«

»Dass jemand eine Bewusstlose ficken will?«, fragt Jusuf mit einem verstohlenen Blick zu Hellu, unsicher, wie sie auf den derben Ausdruck reagieren wird. Erne hätte tadelnd den Kopf geschüttelt, doch Hellu scheint uninteressiert, sie konzentriert sich ganz auf Ninas Erklärung.

»So ähnlich wie eine Puppe zu ficken?«, erkundigt sie sich. Aus ihrem Mund klingt der Satz regelrecht obszön, gerade so, als hätte die eigene Oma oder Tove Jansson ein schmutziges Wort gesagt.

Nina schüttelt den Kopf. »Nein, das ist was anderes. Ein Somnophiler genießt es, Sex mit einem lebenden Wesen zu haben, gegen dessen Willen natürlich, aber soweit ich informiert bin, erregt es ihn, dass die Person bewusstlos ist oder schläft und sich nicht wehren kann«, erklärt sie.

»Also ein Vergewaltiger, der sich die Sache leicht machen will«, meint Jusuf.

»Technisch ja«, sagt Nina. Jessica hat das Gefühl, dass sie sich an alle anderen wendet, nur nicht an sie. »Und wie man sich vielleicht denken kann, nimmt die Somnophilie manchmal neue Formen an und kann sich zur Nekrophilie entwickeln.«

Im Zimmer breitet sich eine Stille aus, die Rasmus unterbricht, indem er sich Kaffee aus der Thermoskanne in die Tasse pumpt.

»Wurde Olga sexuelle Gewalt angetan?«, fragt Harjula und sieht Jessica an.

Jessica nimmt das Papier vom Tisch.

»Nein. Sonst hätte ich es bestimmt schon erwähnt«, erwidert sie und bringt Harjula zum Lächeln.

»Gut, da haben wir ja einen hervorragenden Ansatzpunkt«, erklärt Hellu, aber Jessica schüttelt den Kopf.

Hellu sieht sie eine Weile an, als wolle sie den lautlosen Einspruch ignorieren und die Besprechung beenden. Doch dann verschränkt sie die Finger auf dem Tisch und schnalzt ein paar Mal mit der Zunge.

»Aber Niemi ist offensichtlich anderer Meinung«, sagt sie.

»Die Theorie hinkt«, erklärt Jessica mit einem verstohlenen Blick auf ihre Hand. Ihr Daumen blutet.

»Wie meinst du das?«, fragt Harjula. Er wird nicht laut, klingt aber frustriert.

»Versteh mich nicht falsch, der größte Teil deiner Schlussfolgerungen funktioniert. Eine schöne junge Frau wird als Schulmädchen verkleidet und heimlich aus Osteuropa nach Finnland gebracht. Sie wird im Boot betäubt, damit der Freier sie leichter vergewaltigen kann, entweder in seinem Haus, wohin man das Opfer vom Bootssteg trägt, oder gleich im Boot. Die Betäubung ist aber zu stark, und die Frau hört auf zu atmen. Die Menschenhändler sind ratlos, vielleicht sogar in Panik, versuchen, die Frau im Boot wiederzubeleben, und als sie nicht zu sich kommt, werfen sie sie in der dunklen Nacht über Bord. Die Leiche bleibt vielleicht kurz an der Oberfläche und wird dann von den kräftigen Wellen ans nächste Ufer getragen«, zählt Jessica auf und holt tief Luft.

»Klingt logisch«, sagt Hellu und sieht Harjula an, der zufrieden wirkt.

»Aber?«, fragt Jusuf, ohne aufzublicken. Er kennt Jessica besser als alle anderen am Tisch.

»Aber«, wiederholt Jessica und fährt fort: »Erstens haben wir keinen Hinweis darauf, dass die Frau überhaupt in einem Boot war. Im Touristenhafen in der Nähe der Fundstelle lagen keine Boote. Zweitens würden die Menschenhändler doch keine Frau ins Meer werfen, die sie am selben Abend als ihr Eigentum markiert haben. Da hätten sie dem Opfer ja auch gleich eine Telefonnummer auf die Stirn schreiben können, unter der sie für die Polizei erreichbar sind.«

»Jetzt übertreibst du aber«, protestiert Harjula. »Das Zeichen oder Symbol oder was auch immer ist der Polizei völlig unbekannt und führt nicht automatisch auf die Spur der Täter. Wir haben ja keine Ahnung, was es bedeutet.«

»Okay«, sagt Jessica und legt die Hände in den Nacken. »Drittens: Erklärt mir mal, wieso sie ihren Pass im Rucksack hatte. Nehmen Menschenhändler ihren Opfern den Pass nicht zuallererst ab, damit sie nicht fliehen können?«

Wieder wird es still im Raum. Der an die Decke geschraubte Beamer ist neu, sein leises Surren dominiert die Akustik nicht so sehr wie die alten, laut brummenden Geräte. Jessica mustert Hellu, aus deren Miene man den Schluss ziehen könnte, dass das Geräusch aus ihren Ohren kommt.

# 27

Jessica hält ihren Daumen unter eiskaltes Wasser, bis die Blutung aufhört. Dann füllt sie ihre Wasserflasche, steckt sich eine Schmerztablette in den Mund und spült sie mit einem Schluck Wasser herunter. Die gereizte Atmosphäre im Besprechungsraum hat ihr einen pochenden Schmerz in den Schläfen beschert, den die Tablette hoffentlich mildern wird.

Jessica betrachtet ihr Spiegelbild: die schwarzen, zum Pferdeschwanz gebundenen Haare und das fast ungeschminkte Gesicht. Den aufblühenden Pickel am rechten Wangenknochen und die Schramme darunter, die bei dem morgendlichen Ringkampf auf dem Joggingpfad entstanden sein muss. Obendrein schmerzen ihre Fingerknöchel, die sie dem Angreifer einige Male gegen das Kinn geschlagen hat. Sie wird wohl wirklich zum Betriebsarzt gehen müssen.

Hinter ihr geht die Tür.

»Niemi.«

Jessica schließt die Augen und denkt an die Zeit zurück, als sie auf der Toilette Zuflucht vor ihrem Vorgesetzten finden konnte. Mit dem Amtsantritt von Helena Lappi ist dieses Privileg auf die Männer übergegangen. Sofern Hellu sich nicht von ihrer Macht blenden lässt und beschließt, Unisex-Toiletten einzurichten. Dann wäre niemand mehr in Sicherheit.

»Ja?«, sagt Jessica und lässt warmes Wasser über ihre Hände laufen.

Hellu steht hinter ihr, die Hände in die Hüften gestemmt. »Was zum Teufel sollte das gerade?«

»Was?«

»Warum bist du so verflucht patzig zu Harjula?«

Jessica trocknet sich die Hände ab und dreht sich um. Hellu steht unangenehm nah bei ihr, vielleicht sogar zu nah, wenn man das finnische Verständnis von persönlichem Raum und sozialer Distanz bedenkt.

»Patzig? Ich hab nur gesagt, was ich denke.«

»Das heißt, du warst patzig, verdammt«, faucht Hellu, und die Art, wie sie *verflucht* oder *verdammt* sagt, hat etwas extrem Komisches. *War ich verdammt patzig, verflucht?*

»Tatsächlich? War nicht meine Absicht.«

»Ich erwarte von dir als Hauptermittlerin eine aufgeschlossenere Haltung. Künftig hörst du dir die Meinung aller Teammitglieder an und schießt ihre Ideen nicht sofort ab«, verkündet Hellu ruhig, aber nachdrücklich. »Harjula versucht wenigstens, ein klares Gesamtbild der Lage zu entwerfen. Von deinem alten Team habe ich das bislang nicht erlebt. Offenbar hat hier früher eine absurde Gesprächskultur geherrscht. Mikson spricht. Niemi spricht. Und ab und zu brummelt Rasmus etwas, und Jusuf reißt blöde Witze.«

Schon zum zweiten Mal an diesem Tag verspürt Jessica den brennenden Wunsch, Helena Lappi zu zeigen, was *patzig* in ihrer Welt wirklich bedeutet. Ihre Chefin hat sie noch nicht *patzig* erlebt.

»Alles klar«, presst sie hervor und nickt. »Ich nehme es mir zu Herzen. Machen wir weiter?«

Sie wirft das Papierhandtuch in den Abfallkorb und geht an Hellu vorbei zur Tür.

»Niemi«, sagt Hellu.

Jessica holt tief Luft, dreht sich um und sieht ihre Chefin an.

»Ich hätte Harjula zum Hauptermittler machen können.«

*Zum Teufel, warum hast du es nicht getan?*

»Das weiß ich«, antwortet Jessica. Sie stehen so nahe beieinander, dass sie jetzt zum ersten Mal Hellus schwarz nachwachsenden Haaransatz sieht, der verzweifelt unter dem Wasserstoffperoxid hervorlugt, als wolle er unbedingt bemerkt werden.

»Pass auf, dass ich es nicht bereue«, sagt Hellu, geht an Jessica vorbei und öffnet die Tür.

# 28

Jessica betritt den Besprechungsraum. Hellu sitzt bereits wieder auf ihrem Platz, Rasmus, Nina und Harjula tippen auf ihren Smartphones herum. Jusuf steht am Fenster und hält die Schnur der Jalousie in der Hand. Draußen dämmert es schon, die Lichter des Einkaufszentrums Mall of Tripla und der über ihm aufragenden Hochhäuser leuchten hell vor dem grauen Himmel.

»Entschuldigt die Unterbrechung«, sagt Jessica. Die anderen blicken von ihren Handys auf, Jusuf bleibt am Fenster stehen.

»Ich glaube, dass die Geschichte klarer wird, sobald wir Näheres über Olga Belousovas Todesursache erfahren. Bis dahin versuchen wir, eine Verbindung zwischen Olga und Lisa zu finden.«

»Was schlägst du vor?« Hellus Frage klingt, als wäre sie Teil eines Einstellungsgesprächs. Jessica hat sich an ihrem Arbeitsplatz noch nie so allein gefühlt. Sie richtet ihren Blick auf Rasmus, der an die Decke starrt, und räuspert sich.

»Rasse?«

»Ja?«

»Du hast den Instagram-Account und die Fotos darauf untersucht. Kannst du uns darüber etwas berichten?«

Rasmus rückt seine Brille zurecht, dann verbirgt er seine Hände unter dem Tisch. »Na ja«, beginnt er und legt eine kurze Kunstpause ein. »Als Erstes habe ich das Leuchtturm-bild auf Yamamotos Account untersucht, also dessen Metadaten …«

»Sprich Klartext, Rasse«, fällt ihm Jusuf ins Wort.

»Muss ich euch etwa erklären, was *Metadaten* sind?«, fragt Rasmus leise und würde wohl die Augen verdrehen, wenn er den Mut dazu hätte. Dass jemand in so unterwürfigem Tonfall aufbegehrt, hat Jessica noch nie erlebt.

Jusuf nickt. »Ja, das musst du.«

»Metadaten sind beschreibende Informationen über einzelne Daten. Über alles, was ins Internet oder generell digital geladen wird, gibt es massenhaft Informationen, egal ob es sich um ein Foto, ein Video oder eine Textdatei handelt. Mal sind es mehr, mal weniger. Zu Fotos gibt es in der Regel wer weiß wie viele Daten, solche, die für die Ermittlung weniger nützlich sind, wie zum Beispiel Form, Größe, Auflösung, Farbbestimmung und Urheberrecht, aber auch äußerst nützliche Angaben, etwa über den exakten Zeitpunkt der Aufnahme und sogar über Marke und Modell des Aufnahmegeräts.«

Rasmus öffnet den Laptop, der vor ihm auf dem Tisch liegt, und tippt darauf herum, während die anderen schweigend warten. Bald darauf erscheint ein neues Foto an der Wand.

»Meines Wissens sollten Fotos, die auf Social Media gepostet werden, heutzutage nicht mehr für Meta-Analysen abgespeichert werden können«, erklärt Hellu wissend. »Instagram, Facebook und Twitter verhindern das Abspeichern von geposteten Fotos, um die Privatsphäre zu schützen.«

Rasmus sieht die Ermittlungsleiterin an, als wäre ihre Behauptung absolut lächerlich. »Verhindern ist das falsche Wort. Sie haben es erschwert, das ja. Aber um die Barriere zu umgehen, braucht man bloß den Link zum Foto im Developer-Tool zu kopieren.«

Als er weiter auf seinem Laptop tippt, wird die Wand des

Besprechungsraums schwarz, und kurz darauf werden dutzendweise grüne Textzeilen sichtbar. Der Anblick erinnert an das MS-DOS-Betriebssystem, das irgendwann vor langer Zeit auf Microsoft-Computern installiert war. Rasmus führt das Team tief in seine eigene Welt.

»Du kannst also sehen, womit das Foto vom Leuchtturm gemacht wurde?«, fragt Jessica und setzt sich hin.

»Ja, weil es kein Screenshot ist, sondern das Original, zum Glück«, erklärt Rasmus. Er zeigt auf das Bit-Universum, das er an die Wand projiziert hat. »Da seht ihr es. *Device Manufacturer: OnePlus* und *Device Model: OnePlus 5*.«

»Herr im Himmel, warum erzählst du uns das erst jetzt?«

»Weil es keine genauere Information gibt«, sagt Rasmus. »Vom OnePlus 5 sind weltweit sicher Millionen verkauft worden. Wir wissen nur, dass das Foto mit einem davon gemacht wurde.«

»Das nützt uns einen Scheißdreck«, brummt Jusuf.

Rasmus wirkt niedergeschlagen, was Jusuf nicht entgeht.

»Ich meine es nicht böse, Rasse. Aber wenn wir das Gerät nicht identifizieren können ...«

»Kann man keinen MAC-Code oder sonst etwas herausfinden, das den Besitzer angibt?«, fragt Jessica.

»Nein. Aber wenn wir aus Japan die Informationen über den Anschluss des Gespenstes bekommen, erfahren wir auch, welches Handy-Modell er benutzt. Und falls es ein OnePlus 5 ist, darf es als einigermaßen sicher gelten, dass ...«

»Dass der Mann das Foto gemacht hat«, ergänzt Jessica. »Okay. Und hier sieht man, wann die Aufnahme gemacht wurde.«

»Ja. Wann und wo. Der Zeit-Code ist 20-11-19, also vorige Woche Mittwoch. Um 11:12 Uhr, was meiner Meinung nach ziemlich interessant ist.«

»Inwiefern?«, fragt Hellu.

Rasmus vergrößert eine Ziffernreihe an der Wand.

60° 06' 34« N, 25° 24' 36« O

»Die Koordinaten des Aufnahmeortes. Der Leuchtturm Söderskär. Das Foto ist also neu und wurde eigens für diesen Zweck gemacht. Anfangs war ich sicher, dass es ein Stockfoto oder ein Screenshot ist. Stimmt aber nicht. Derjenige, der in das Verschwinden der Blogger verwickelt ist, hat dieses Foto den Metadaten zufolge selbst vor Ort gemacht.«

Im Besprechungsraum wird es völlig still.

»Die Aufnahme wurde also um 11:12 Uhr gemacht. Und fünf Stunden später ist das Gespenst nachweislich zu Lisa marschiert und hat ein Gemälde nach diesem Foto bestellt«, sagt Jessica schließlich.

»Hast du dich mit dem Leuchtturm in Verbindung gesetzt? Dort haben sie vielleicht Informationen über die Besucher am letzten Mittwoch«, meint Jusuf.

»Das ist ja gerade das Seltsame«, antwortet Rasmus besorgt. »Söderskär liegt circa 28 Kilometer östlich von Helsinki. Mit einem normalen Boot braucht man ungefähr eine Stunde dahin. Von Porvoo aus wahrscheinlich genauso lange. In dieser Jahreszeit gibt es keine organisierten Exkursionen auf die Insel.«

»Der Fotograf muss also im eigenen Boot hingefahren sein?«

»Und die ganze Woche über hat ziemlich hoher Seegang geherrscht«, merkt Harjula an.

»Wir sollten klären, ob ein Bootsvermieter oder ein Fischer jemanden gegen Bezahlung hingebracht hat«, schlägt Jusuf vor und erntet zustimmendes Nicken.

»Das kann die Polizei von Ost-Uusimaa übernehmen. Ich kümmere mich darum«, sagt Hellu.

»Moment mal.« Jusuf sieht Jessica an und fährt dann wachsamer als zuvor fort: »Ist auf den Aufnahmen aus dem Nachtclub das Handymodell zu erkennen?«

»Der Gedanke ist mir auch gerade gekommen. Wenn man die Aufnahme vergrößert, wird sie ziemlich grobkörnig, aber sie könnte trotzdem einen Hinweis geben. Gibt es sonst noch was zu Instagram?«, fragt Jessica.

Rasmus sieht ihr in die Augen. Im Allgemeinen vermeidet er jeden Blickkontakt.

»Ich habe Akifumi gefunden«, sagt er.

Jessica stößt ihren Stuhl zurück. »Was? Warum hast du das nicht gleich gesagt?«

»Ich meine … Die Person selbst habe ich nicht gefunden, aber ich weiß jetzt, wen das Bild zeigt.«

»Und?«

»Wir haben ja früher überlegt, wieso das Gesicht so seltsam aussieht. Irgendwie unproportioniert und isoliert. Das kommt daher, dass es eine Maske ist«, erklärt Rasmus. »Sie zeigt einen japanischen Politiker von der sozialdemokratischen Partei. Über Google findet man im Internet einen Bericht darüber, dass vom Gesicht des Parteivorsitzenden Akifumi Sato zigtausend Masken für einen Studentenprotest hergestellt wurden.«

»Verdammter Mist«, flucht Jusuf.

»Na, allzu viel Hoffnung hatten wir auf die Aufnahme ja sowieso nicht gesetzt«, sagt Jessica.

»Wir sind mit anderen Worten wieder an dem Punkt, dass das Gespenst und Akifumi ein und dieselbe Person sein können?«, folgert Jusuf.

»Ja.«

»Gut. Machen wir weiter!«, sagt Hellu ungeduldig und blickt auf ihre Uhr. »Was passiert als Nächstes, Niemi?«

Jessicas Kopf ist plötzlich blockiert, sie fühlt sich wieder wie bei einem Einstellungsgespräch, in dem ihr eine unerwartete Frage gestellt wird. Um Zeit zu gewinnen, räuspert sie sich und blättert in ihren Notizen.

»Lisas Mitbewohnerin muss noch einmal befragt werden.

Danach, ob sie etwas über Olga weiß oder ob sie davon gehört hat, dass Lisa ein ukrainisches Mädchen kennengelernt hat. Oder ob Olgas Brandmal ihr etwas sagt«, beginnt sie dann.

Hellu nickt zustimmend und notiert sich irgendetwas.

»Da Jusuf und ich schon einmal bei ihr waren, ist es sinnvoll, dass wir das übernehmen«, fährt Jessica fort. »Rasmus, du machst mit Instagram und den Bildern weiter. Hellu kann dir hoffentlich Unterstützung besorgen, wenn das deine Arbeit beschleunigt.«

Rasmus nickt kurz, nimmt die Brille ab und poliert sie mit einem schwarzen Tuch, das sich bei genauerem Hinsehen als irgendwo abgerissenes Wildleder entpuppt.

Jessicas Blick wandert im Uhrzeigersinn, übergeht die intensiv zurückstarrende Hellu und macht bei Jami Harjula Halt.

»Was Olgas Tod betrifft, hältst du die Fäden zusammen, Harjula. Ich bitte Sarvilinna, dich zu kontaktieren, wenn neue Ergebnisse vorliegen.«

Jami Harjula wirft einen verstohlenen Blick auf die neben ihm sitzende Ermittlungsleiterin, bevor er nickt. Seine Miene ist immer noch ruhig und gelassen. Eine männliche Mona Lisa, in deren Augen an diesem Morgen etwas Allwissendes und Verschlagenes aufgeblitzt ist. *Der Kerl wird noch zum Problem.*

»Nina«, sagt Jessica. Nun kommt der schwierigste Teil der Besprechung. Sie hat kein einziges Mal mit Nina geredet, seit sie beide Anfang April aus dem Krankenurlaub zurückgekehrt sind.

»Am wenigsten wissen wir momentan über Jason Nervander. Übernimm du diesen Teil. Und versuch herauszufinden, ob Jason nur Lisa gegenüber gewalttätig war oder auch sonst.«

»Okay«, antwortet Nina, ohne Jessica anzusehen, und presst ihre Lippen zusammen.

Hellu sieht so aus, als würde sie die Kälte zwischen den beiden Polizistinnen genießen.

# 29

Es ist Viertel nach zwei, die Mittagszeit nähert sich dem Ende. Dennoch ist das vor allem für seine Take-away-Pizzen bekannte Restaurant voller Gäste. Trotz der etwas nachlässigen und vorwiegend aus Plastik bestehenden Inneneinrichtung herrscht eine lebhafte Stimmung, aus der Küche kommen türkische Worte, und auf das Büfett werden Fleischgerichte gebracht, die im Bratfett zischen wie Schlangen. In der Luft hängt der hartnäckige Geruch von Knoblauch, Koriander und süßen Tomaten.

Rasmus und Jessica sitzen sich in einer Vierernische am Ende des Restaurants gegenüber und bestellen Kebab mit Salat.

Vor fünfzehn Minuten hat Jessica Rasmus spontan zum Mittagessen eingeladen, und er hat freudig überrascht zugestimmt.

»Wie geht's dir, Rasse?«, fragt Jessica und gießt beiden Wasser ein.

Rasmus wirkt verlegen. Eine ganze Weile betrachtet er den Perserteppich an der Wand, bevor er sich zu einer Antwort durchringt.

»Gut.«

»Das freut mich. In letzter Zeit herrscht bei der Arbeit eine ziemlich seltsame Stimmung.« Sie lächelt.

»Ja. Zweifellos«, sagt Rasmus und verschränkt seine Finger auf dem Tisch.

»Ich hoffe, du hast das Gefühl, dass du unbehelligt arbeiten kannst. Dass dir niemand im Nacken sitzt. Und dass du weißt, wie wichtig du in unserem Team bist.«

Sekundenlang starrt Rasmus Jessica an, als ob sie beide nicht dieselbe Sprache sprechen. Und da wird Jessica klar, wie linkisch es ist, sich nach Rasmus' Befinden zu erkundigen, als wäre er ein Kind. Seine Distanziertheit und Verschlossenheit wecken mitunter die Vorstellung, er wäre unfähig, Situationen und die Gefühle anderer Menschen zu deuten. In Wahrheit verhält es sich genau umgekehrt. Einen unermüdlicheren Beobachter als Rasmus sucht man bei der Polizei vergebens. Und eben deshalb ist er für das Gewaltdezernat unersetzlich.

»Ist bei *dir* alles in Ordnung, Jessica?«, fragt er stirnrunzelnd, und Jessica lacht müde auf. »Wenn du dir nämlich Sorgen machst, dass …«, fährt er fort und lässt seine Augen über die Wände streifen, damit er Jessicas Blick nicht begegnen muss, »dass ich dir gegenüber nicht loyal wäre …« Er schüttelt den Kopf. »Die Sorge ist überflüssig, Jessica.«

Jessica senkt den Blick und schämt sich, weil sie in ihrer Unsicherheit Trost bei Rasmus gesucht hat – bei dem Mann, von dem sie weiß, dass er im Team gewissermaßen das Zünglein an der Waage ist. Wie peinlich, dass Rasmus den Grund für die Einladung zum Mittagessen erkannt hat.

»Außerdem, Jessica«, fährt Rasmus fort, »seit wann scherst du dich darum, was die anderen da oben von dir halten?«

Der Kellner bringt Brot und Tsatsiki.

Jessica sieht Rasmus an und nickt fast unmerklich. Sie hat das Gefühl, dass die Weltordnung sich für einen Moment umgekehrt hat, dass der unsicherste Junggeselle der ganzen Stadt sie gerade mit seinen Worten ans Licht geschubst und sie ermahnt hat, die Ohren steif zu halten.

»Danke, Rasse«, sagt sie verlegen und drückt den Rücken durch.

»Außerdem …«, beginnt Rasse. Jessica versucht sich zu erinnern, ob er je zuvor die Initiative ergriffen hat wie jetzt. »Jami Harjula. Die Clique hält ihn für einen netten Typ. Aber meiner Meinung nach ist er ein absoluter Arsch.«

Jessica reißt schockiert den Mund auf. »Rasmus Susikoski! Hast du gerade gesagt, Harjula ist ein *Arsch*?«

Rasmus legt einen Finger an die Lippen und lacht verhalten. »Ein *absoluter* Arsch.«

Jessica wird wieder ernst und sieht sich um. Am Nebentisch sitzen drei Frauen und ein Mann mit Krawatte. Hinter ihnen essen vier Bauarbeiter, die gleichzeitig konzentriert auf ihre Smartphones blicken. Ihre neongelben Jacken hängen über den Stuhllehnen. Auf der Straße dröhnt eine riesige Kehrmaschine vorbei, deren Lärm die orientalische Musik aus den Lautsprechern sekundenlang übertönt.

»Glaubst du, dass sich aus Akifumis Profil etwas herausfinden lässt? Oder dass er mit dem Fall zu tun hat?«

»Ich weiß es nicht, Jessica. Aber es gibt etwas, das ich eigentlich schon bei der Besprechung erwähnen wollte. Ein unausgegorener Gedanke, mit dem ich mich herumschlage.«

»Was denn?«

Rasmus bricht ein Stück von dem weichen Brot ab und steckt es sich in den Mund.

»Masayoshi«, sagt er. »*Gerechtigkeit*. Das Wort, das Akifumi zu Lisas Bild geschrieben hat. Ich habe im Internet unter verschiedenen Kriterien danach gesucht, ich wollte sehen, ob es sich auf irgendeine bestimmte Sache bezieht. Ein totaler Schuss ins Blaue, aber …«

»Du hast etwas gefunden?«

»Ich habe eine Seite namens *masayoshi.fi* gefunden, auch eine Art Blog.«

»*Punkt fi*? Ein finnischer Blog?«

»Darauf deutet der Ländercode natürlich hin, und erst recht die Tatsache, dass Lisa Yamamoto den Blog führt«, sagt

Rasmus, und Jessica spürt, dass ihr vor Aufregung die Fingerkuppen prickeln.

»Was? Lisa hat doch ihren eigenen Blog, der mit ihrem Instagram-Account verlinkt ist.«

»Aber dieser Blog ist anders«, antwortet Rasmus und fährt noch vorsichtiger fort: »Auf der Seite ist überhaupt kein Inhalt, weder Fotos noch Text. Nur die blogtypische Suchfunktion am Rand der Seite. Es ist also ein Blog, in dem absolut nichts geschrieben wurde. Oder aber …«

»Oder aber was?«

»Der Inhalt wurde gelöscht.«

»Warum hast du das bei der Besprechung nicht erwähnt?«

»Weil es da etwas gibt, das ich noch nicht verstehe«, gesteht Rasmus beschämt. »Lisa hat sich überraschend sorgfältig bemüht, die Spuren zu verwischen, die sie als Administratorin der Seite masayoshi.fi enthüllen könnten. Sie hat ihre IP-Adresse ausgeblendet, vermutlich über das TOR-Netz, was ebenfalls schon eine größere Vertrautheit mit den Geheimnissen der Informationstechnik voraussetzt.«

Jessica lehnt sich in ihrem Stuhl zurück, als der Kellner das Essen bringt. Das TOR-Netzwerk ist ein Programm, das zur Anonymisierung seiner Nutzer ein schichtweises Vorgehen verwendet, ein zwiebelartiges Routing, von dem auch sein Name abgeleitet wurde: *The Onion Router*. Viele verbinden das TOR-Netzwerk mit schweren Verbrechen wie Pädophilie oder Drogen- und Waffenhandel, aber tatsächlich ist es nicht illegal, das Programm hochzuladen, zu verwenden und die IP-Adresse zu unterdrücken. Allerdings kennt Jessica zahlreiche Fälle, in denen TOR Kriminellen Anonymität verschafft hat.

»Warte mal, Rasse«, sagt sie, als er nach seiner Gabel greift. »Lisa hat also diese Seite administriert und sich Mühe gegeben, um ihren Ursprung geheim zu halten. Sie hat alle Spuren verwischt.«

»Genau.«

»Wie zum Teufel konntest du dann herausfinden, dass sie die Administratorin ist?«

Rasmus lässt ein schüchternes Lächeln aufflackern und legt die Gabel zurück. Hinter der Theke ertönt schon seit gut einer Minute ein irritierender, an das Bellen eines Hundes erinnernder Klingelton.

»Da muss ich ein bisschen ausholen. Kennst du das Hacktivistenkollektiv *Anonymous*?«

»Natürlich.« Jessica steckt sich ein Salatblatt in den Mund.

»2011 haben zwei Hacker aus dieser Gruppe in Nuevo Laredo in Mexiko eine anonyme Webseite angelegt und gedroht, dort brisante Informationen über ein lokales Drogenkartell zu enthüllen. Bald darauf wurden sie an einer Autobahnbrücke erhängt. Diese jungen Leute waren geschickte Hacker, die ihre Spuren sorgfältig verwischt hatten. Das Kartell hätte sie nicht identifizieren können, wenn sie nicht ...«

»Was?«

»Wenn sie nicht einen fatalen Fehler gemacht hätten: Sie wollten mit Hilfe von Google Analytics den Nutzerverkehr beobachten. Dafür braucht man die eigene ID von Analytics, die man für die Analyse von mehr als nur einer Seite verwenden kann. Das Kartell hat über den Quelltext der Drohseite die ID von Analytics entdeckt, die der eine der beiden Hacker auch für seinen persönlichen Blog verwendet hat. Und über die ID kann man natürlich eine rückläufige Suche machen. So kann man zwei scheinbar voneinander unabhängige Seiten derselben Quelle zuordnen.«

»Das Kartell hat also das Foto und den Namen des Hackers mühelos gefunden?«

»Und aus ihm und seinem Freund ein abschreckendes Beispiel gemacht.«

»Und so bist du auf Lisa gestoßen? Mit der Analytics ID?«

Rasmus nickt stolz.

»Lisa wollte die Nutzerzahlen beider Seiten verfolgen, was verständlich ist, wenn man bedenkt, dass Blogger bei kommerzieller Zusammenarbeit gerade die Sichtbarkeit der Marken verkaufen. Aber es ist ein Fehler, dieselbe ID zu verwenden, wenn man eine der beiden Seiten anonym halten will. Jetzt hat also die öffentliche Seite die geheime enthüllt.«

Jessica betrachtet Rasmus und kaut ein Stück von ihrem Kebab, der diesmal überraschend stark gepfeffert ist. »Glaubst du, dass hier dasselbe passiert ist wie in Mexiko?«

»Dass jemand den Administrator der Seite masayoshi.fi gesucht, Lisa gefunden und ihr etwas angetan hat?« Rasmus zuckt mit den Schultern. »Kann sein. Und deshalb habe ich den Verdacht, dass der Inhalt der Seite gelöscht wurde.«

»Vor oder nach Lisas Verschwinden?«, fragt Jessica.

»Das weiß ich nicht. Deshalb wollte ich dir eigentlich erst dann davon erzählen, wenn das Bild klarer ist.«

»Okay«, sagt Jessica nach kurzem Überlegen. »Danke, Rasse. Und jetzt probier mal von deinem Kebab.«

# 30

Nina Ruska schiebt ihren Dienstausweis unter die Bluse zurück. Sie wartet geduldig, während die Hausmeisterin den Generalschlüssel heraussucht und die Tür zu Jason Nervanders Zweizimmerwohnung aufschließt. Der Immobilienservice hatte am Telefon gesagt, man werde den Hausmeister schicken, und Nina hatte daraufhin erwartet, im Treppenhaus einen rundlichen Mann mittleren Alters anzutreffen, mit Schnurrbart, Arbeitsschuhen mit dicker Sohle und verblichenem Flanellhemd. Stattdessen wird sie von einer deutlich jüngeren, durchtrainierten Frau eingelassen, die ein Schlüsselbund und Werkzeug am Gürtel ihrer engen Jeans befestigt hat. Die schlanken, aber zielstrebigen Finger sind ölverschmiert.

»So, bitte schön«, sagt die Frau. Ihre dunklen Augen lächeln, während sie Nina die Tür aufhält und sie dann hinter ihr schließt.

Nina steht allein in Jason Nervanders Diele und hört, wie die Hausmeisterin die Treppe hinuntergeht. Am Morgen ist bereits eine Streife in die Wohnung geschickt worden, daher weiß sie, dass nichts Dramatisches zu erwarten ist: kein hungriger Dobermann, kein Blut an der Wand, keine verwesende Leiche. Jason Nervander ist vermutlich seit Samstag nicht in seine Wohnung zurückgekehrt. Dennoch geht Nina vorsichtig durch die Räume, als hätte sie Angst, plötzlich angegriffen zu werden. Die Wohnung im zweiten Stock des Eckhauses an der

Castréninkatu und der Kirstinkatu ist irgendwie düster und gespenstisch. Die Vorhänge sind zugezogen, und das gelbe Licht der Spots an der Decke ist unglaublich fahl. Überhaupt sind die Räume extrem asketisch eingerichtet: Die weißen Wände sind ebenso leer wie der lackierte Dielenboden. Im Wohnzimmer stehen ein schwarzes Ledersofa, ein Fernsehtisch und ein großes Bücherregal, das nur einige Bücher enthält. An den Wänden stapeln sich Schuh- und Kleiderkartons, die Nervander offenbar von seinen Werbepartnern bekommen hat. Nina hat den ganzen Tag damit verbracht, Nervanders Accounts in den sozialen Medien zu untersuchen, und muss nun feststellen, dass der Kontrast zwischen den perfekten Fotos und der trostlosen Junggesellenbude nicht größer sein könnte. Realität versus Social Media.

Nina tritt ans Bücherregal und betrachtet die Buchrücken. Richard Dawkins: *God Delusion* und *Outgrowing God*. Sam Harris: *Letter to a Christian Nation*. Christopher Hitchens: *God Is Not Great: Why Religion Poisons Everything*.

Sie weiß, dass die Bücher allesamt religionskritisch und ihre Verfasser bekannte Atheisten sind. Tatsächlich hat sie das eine der beiden Bücher von Dawkins – in der Übersetzung unter dem Titel *Der Gotteswahn* – gelesen und an der logischen und pragmatischen Behandlung des Themas Gefallen gefunden. Allerdings erscheint es angesichts der kleinen Büchersammlung etwas seltsam, dass es sich bei dem Freund, der Jason als vermisst gemeldet hat, um einen Pastor handelt. Andererseits hat auch Nina Freunde, die nicht an die Polizei als Institution glauben.

Sie lässt die Bücher an ihrem Platz und geht durch die Küche ins Schlafzimmer, das so düster ist wie der Rest der Wohnung. Jason hat kein einziges Bild an die Wand gehängt, den grauen Gesamteindruck durchbrechen nur die bunten Kartons auf dem Fußboden und die dunkelrote Tagesdecke auf dem gemachten Bett. Auf dem Schreibtisch stehen säuberlich aufgereiht verschiedene Hautpflege- und Rasierprodukte, wahrscheinlich direkt aus der Packung. Die Wohnung ist nicht ungepflegt, die Oberflächen sind staubfrei und die Kartons ordentlich aufgestapelt. Sie ist einfach nur durch und durch ungemütlich.

An der Rückwand neben dem Kopfende des Bettes befindet sich eine kleine Holztür, die zum Wandschrank führen muss. Nina durchquert das Zimmer und fasst nach der Klinke, doch die Tür ist abgeschlossen.

Sie lässt die Klinke los. Ihre Fantasie macht Sprünge. Hat die Streife doch nicht die ganze Wohnung durchsucht? Sie hält die Luft an, die Schreckensmomente im Frühjahr kommen ihr in den Sinn, das Grauen, als sie Gefangene des Kults war und beinahe gestorben wäre. Sie ist durchgekommen, wieder gesund geworden und hat sich hoch und heilig geschworen, sich nie mehr so in Gefahr zu bringen. Nie wieder wird sie allein zu einem Einsatz gehen, der auch nur entfernt gefährlich wirkt. Und hier ist sie nun. Allein in einer beklemmenden dunklen Wohnung, vor sich eine abgeschlossene Schranktür. Hinter der wer weiß was steckt.

Nina tritt ein paar Schritte zurück und überlegt, ob sie die Hausmeisterin holen soll. Oder eine Streife alarmieren. *Scheiße.* Sie betrachtet das Schlüsselloch, dreht sich um, untersucht die Schreibtischschubladen und findet einen altmodischen Messingschlüssel. Zu leicht.

Sie kehrt zu der kleinen Tür zurück, steckt den Schlüssel ins Schloss, dreht ihn, hört ein leises Knacken und öffnet die Tür. Die Tür knarrt unheilvoll. Nina weicht instinktiv zurück und stößt einen Schrei aus, als sie begreift, dass von der Decke des Wandschranks eine menschliche Gestalt hängt.

»Herr im Himmel«, kreischt Nina, obwohl sie nicht an Gott glaubt.

# 31

Jusuf parkt den Wagen an derselben Stelle in der Messeniuksenkatu wie beim letzten Mal. Die Temperatur ist in der Nach-
mittagsdämmerung ein wenig unter Null gesunken, kleine
Schneeflocken schweben vom Himmel.

»Die Parkbucht ist offenbar für uns reserviert«, meint Jusuf,
als er die Tür öffnet. Diesmal zieht er seine Lederjacke an.

Auch Jessica steigt aus. In der Ferne sieht sie Essi, die zwei
Einkaufstüten schleppt.

»Genau richtig«, sagt Jusuf und zündet sich eine Zigarette
an.

»Wo zum Teufel bleiben die Koordinaten des Teleanbie-
ters«, sagt Jessica, während sie Essi zuwinkt.

»Das Handy des Gespenstes ist also ausgeschaltet?«

»Es wurde gestern um 15:10 Uhr in Taka-Töölö ausgeschaltet.«

Der Rauch, der Jusuf aus der Nase steigt, wird vom Wind
davongetragen. »Sollten wir Essi nach dem zweiten Blog fragen?«, überlegt er.

»Ich weiß nicht. Irgendwie hab ich das Gefühl, dass wir die
Information vorsichtig verwenden sollten. Wenn überhaupt«,
sagt Jessica.

Als Essi die Straße überquert, geht Jusuf ihr entgegen.
»Hallo, ich kann Ihnen eine Tüte abnehmen.«

Essi nimmt Jusufs Angebot lächelnd an. Sie wirkt müder

und erschütterter als am Morgen. Vielleicht ist ihr der Ernst der Lage allmählich bewusst geworden.

Zu dritt gehen sie zum Eingang. Als Essi die Tür öffnet, wirft Jessica einen Blick auf die kürzlich ausgewechselte Klingelanlage, von der heute ein paar Mal die Rede war.

Kurz darauf kommt der kleine, unangenehm enge Zwei-Personen-Aufzug in der dritten Etage an, und Essi öffnet das Gitter. Jusuf hat es vorgezogen, die Treppe zu nehmen. Sie treffen sich an der Wohnungstür.

»Alle sagen, ich müsste jetzt essen. Dabei habe ich wirklich keinen Appetit«, sagt Essi und steckt den Schlüssel in das Sicherheitsschloss. Jessica beobachtet, wie sie sich mit dem massiven Schlüssel abmüht: Wahrscheinlich wurde das Sicherheitsschloss bisher selten oder gar nicht benutzt. Nach dem mystischen Verschwinden der Mitbewohnerin hat sich die Lage tatsächlich verändert.

Dann macht Essi sich am zweiten Schloss zu schaffen, doch die Tür will nicht aufgehen.

»Mist«, schimpft sie. Jessica und Jusuf wechseln einen Blick.

»Ich bin nicht besonders …«, fährt Essi fort und beginnt wieder, sich mit dem Sicherheitsschloss abzumühen. »Ich sperre das jetzt immer zu …«

Eine ganze Weile versucht sie erneut, das Sicherheitsschloss zu entriegeln. Jessica wird den Gedanken nicht los, dass es die ganze Zeit offen war, dass Essi doch vergessen hatte, das obere Schloss zu verriegeln.

Endlich geht die Tür auf. Essi tritt ein und stellt die Einkaufstüte im Flur ab.

»Sie brauchen die Schuhe nicht auszuziehen«, sagt sie und geht zerstreut ins Wohnzimmer.

Jessica und Jusuf folgen ihr, noch im Mantel, und sehen sich um. Die Bilder sind von den Wänden verschwunden, das Wohnzimmer wirkt verwüstet und leer.

»Lisas Bilder sind abgeholt worden«, sagt Essi. Jessica nickt. Dass Helena Lappi angeordnet hat, alle Manga-Bilder als Beweismaterial zu beschlagnahmen, erinnert an eine totalitäre Diktatur.

»Erst jetzt«, fährt Essi fort und wischt sich über die Augen, »erst jetzt, seit die Wände leer sind, spüre ich, dass Lisa wirklich weg ist.«

»Sie bekommen die Bilder zurück«, erklärt Jusuf mit weicher Stimme, obwohl er weiß, dass das kein Trost ist. Essis Trauer gilt nicht den fehlenden Bildern.

»Die sind mir scheißegal«, schnieft sie. Sie nimmt ein Taschentuch aus der Schachtel und putzt sich die Nase. Dann lässt sie sich aufs Sofa fallen und sieht Jessica und Jusuf aus glasigen Augen an.

Sekundenlang hat es den Anschein, als würde Essi die Fassung schnell wiedergewinnen. Doch dann verändert sich ihr Gesichtsausdruck, an die Stelle der Trauer tritt Verwunderung und dann Entsetzen. Jessica sieht den Ablauf nicht zum ersten Mal. Schnell aufsteigende Panik im Gesicht einer jungen Frau. Essi hat gerade etwas Furchtbares bemerkt.

»Pfui Teufel«, stammelt sie und schlägt die Hand vor den Mund.

Jessica wirft einen raschen Blick auf Jusuf, der verwirrt und zugleich wachsam wirkt.

»Essi? Was ist?«, fragt sie und tritt einen Schritt näher.

Die junge Frau scheint zu hyperventilieren. »Er ist hier«, flüstert sie.

»Wer?«, fragt Jessica und greift instinktiv nach der Pistole unter ihrer Achsel.

Und da geht ihr auf, was Essi meint. Der süßliche Geruch, der am Vormittag nicht da war. Das Rasierwasser. *Das Gespenst.*

Im selben Moment fliegt die Tür zu Lisas Zimmer auf, und

bevor irgendwer reagieren kann, stößt eine Gestalt Jusuf aus dem Weg und wirft ihn auf den Sofatisch. Die Holzbeine geben nach, und die gläserne Tischfläche zersplittert.

Das Klirren des zerbrechenden Glases und Essis verzweifelter Schrei füllen den Raum.

»Stehenbleiben!«, ruft Jessica der Gestalt nach, die in den Flur läuft und mit raschen Schritten aus der Wohnung verschwindet.

»Schnapp ihn dir, Jessi!«, ruft Jusuf und versucht sich zwischen den Scherben und Holzsplittern hochzustemmen. Seine Hände bluten.

Jessica zieht ihre Waffe und stürmt ins Treppenhaus. Weiter unten auf der Treppe hört sie Schritte und rennt hinterher.

»Halt! Stopp!«, ruft sie und eilt die Treppe hinunter. Über das Geländer erhascht sie einen Blick auf einen Mann in schwarzem Mantel und breitkrempigem Hut, der erstaunlich schnell ins Erdgeschoss und zur Haustür rennt.

Sie hört, wie der Mann durch die Eingangshalle läuft. Dann schlägt die Haustür zu. In einer Wohnung im zweiten Stock bellt ein Hund.

Jessica eilt zur Tür, tritt hinaus und sieht ein altes Ehepaar vor dem Haus stehen. Der Mann schiebt einen Rollator. Beide blicken erschrocken auf die Waffe in Jessicas Hand.

»Wohin ist er gelaufen?«

Die alte Frau zeigt zur Topeliuksenkatu, und Jessica läuft weiter.

Sie kommt an einer kleinen Grasfläche und einem einzelnen Baum vorbei und beginnt, die Steintreppe herunterzusteigen, die zur Messeniuksenkatu führt. Die Stufen sind rutschig, sie muss sich mit der linken Hand an dem Eisengeländer an der Wand festhalten.

*Ich muss den Typ kriegen. Er hat was gesucht.*

Im selben Moment spürt sie einen Schlag gegen das

Zwerchfell, die Luft entweicht aus ihrer Lunge, sie krümmt sich und fällt zu Boden.

Sie sieht eine menschengroße Nische im Sockel und eine beschmierte Aluminiumtür. Ein schlaues Versteck. Jessica erwartet einen Tritt ins Gesicht, vielleicht sogar das Abfeuern einer Waffe, irgendetwas, das ihre Verfolgungsjagd abschließt. Doch nichts dergleichen passiert. Die dunkle Gestalt tritt über sie hinweg und verschwindet hinter der Ecke. Jessica schnappt nach Luft und kämpft gegen die Übelkeit. Ihre Wange liegt auf dem nassen Asphalt. Verdammter Mist! Zwei Demütigungen am selben Tag. Dann gewinnt der hämmernde Schmerz im Bauch die Oberhand, und der Mageninhalt sprudelt die Speiseröhre hoch. Als Jessica die Galle ausspuckt, hört sie, wie Jusufs Schritte sich nähern.

# 32

»BDSM«, sagt Nina Ruska, während sie an der Westseite der Kirche des Stadtteils Kallio einparkt, in der Itäinen papinkatu, wo sich das Pfarramt befindet. »So ein schwarzer Gummidress. Mit Reißverschluss vor dem Mund. Alles, was dazugehört.«

»In Jason Nervanders Wandschrank?«, fragt Hellu am Telefon, und Nina glaubt, eine leise Belustigung in ihrer Stimme zu hören.

»Ja. Da steckte eine verdammte Puppe drin. Die hing an Handschellen von der Decke.«

Jetzt hört Nina Hellu tatsächlich lachen.

»Entschuldige, Nina. Das ist schon ein spezieller Fall.«

»Da waren Kartons mit allem möglichen Sado-Maso-Kram. Zeitschriften, Bücher. Jason Nervander scheint voll darauf abzufahren«, sagt Nina und stellt den Motor ab.

»Aber nichts Illegales? Und kein Hinweis auf Manga?«

»Nein. Auf den ersten Blick scheint es ziemlich typisches SM-Zeug zu sein. Kinky, aber mehr auch nicht.«

»Gut. Du hast Jessica wohl noch nicht Bericht erstattet?«

»Nein.«

»Das dachte ich mir«, sagt Hellu, deren Stimme seltsam fröhlich klingt. Als wäre sie schon vor Ninas Anruf bester Laune gewesen. »Es lohnt sich wohl auch nicht, sie jetzt gleich anzurufen. Jessica und Jusuf sammeln in Töölö ihre Kräfte. Sie haben Prügel bekommen.«

»Von wem?«, fragt Nina und steigt aus.

»Vom Gespenst. Aber keine Sorge, es ist entkommen. Wir sprechen uns später«, sagt Hellu sarkastisch und legt auf. Nina runzelt nachdenklich die Stirn. Sie betrachtet eine Weile die Granitkirche, die der Architekt Lars Sonck entworfen hat und die zu Beginn des vorigen Jahrhunderts gebaut wurde. Die Kirche ist besonders beeindruckend, weil sie mit ihren zum Himmel ragenden Türmen auf einem Hügel steht und daher höher reicht als jedes andere Gebäude im Zentrum von Helsinki. Nina hat ihr ganzes Leben lang in Helsinki gewohnt, aber erst in den letzten Jahren begonnen, die Schönheit der Architektur ihrer Heimatstadt wahrzunehmen. Wie die Menschen überall auf der Welt übersehen auch die Helsinkier oft die Sehenswürdigkeiten ihrer Stadt.

Nina steigt die Steintreppe zu dem Absatz hinauf, der an der Kirchenwand entlangführt und an dessen Ende das Pfarramt liegt.

Sie hat gerade erst die Klingel entdeckt, da wird die Tür bereits geöffnet, von einem bärtigen lächelnden Mann, unter dessen dunkelrotem Pullover das weiße Pfarrersbeffchen hervorlugt.

»Nikolas Ponsi?«, erkundigt sich Nina.

»Ja, komm rein«, antwortet der Mann und streckt die Hand aus. Nina ergreift sie.

Ponsi ist schlank und ziemlich klein, doch sein Händedruck ist kräftig. Nina hat ihr Leben lang Kampfsport betrieben und dabei gelernt, unter einer zarten Schale verborgene Kraft zu erkennen, und genau die strahlt Nikolas Ponsi aus.

Nina folgt dem Mann ins Innere des Pfarramts. Sie gehen an einigen offenen Türen vorbei. In den Räumen sind Mitarbeiter der Gemeinde zu sehen.

»Möchtest du Kaffee?«, fragt Ponsi, während er Nina in das Zimmer winkt, dessen Tür er gerade geöffnet hat. Nina schüttelt dankend den Kopf und unterzieht das kleine Büro einer schnellen Analyse. Es ist sauber und ordentlich und riecht nach Kirche: nach altem Sägemehl und leeren Teertonnen. Der Geruch erinnert sie an uralte Bücher in einer Bibliothek und an Gesangbücher mit tausend dünnen Seiten. Hinter Ponsis Schreibtisch hängt ein geschnitztes Kruzifix. Obwohl Nina nicht an Gott glaubt, hat sie Kirchenbesuche nie missbilligt. Zum Gottesdienst zu gehen ist ein tief verwurzelter Brauch, wie vieles andere. Warum sollte sie gegen etwas sein, das den Menschen Hoffnung gibt, besonders solchen, denen das Leben hart mitgespielt hat.

»Danke, dass Sie Zeit für mich haben, Pastor ...«, beginnt Nina, doch Ponsi lächelt breit und hebt einen Finger.

»Zweiter Pfarrer«, sagt er.

»Bitte?«

Ponsi sieht sie verlegen an.

»Nein, nein, ich muss mich entschuldigen. Es ist natürlich Haarspalterei, aber ich bin in dieser Gemeinde als zweiter Pfarrer fest angestellt. Dafür muss man eine spezielle Prüfung ablegen«, erklärt Ponsi und lacht ungläubig auf, als halte er seinen Versuch, Eindruck zu schinden, selbst für kleinlich und lächerlich. »Jetzt war ich mal wieder eitel. Nenn mich einfach Niko, dann kommen wir weiter.«

»Okay, Niko«, erwidert Nina und nimmt auf dem Stuhl Platz. Ponsi setzt sich auf seinen Bürostuhl an der anderen Tischseite.

Nina betrachtet sein rundes blasses Gesicht, dessen Pockennarben nur zum Teil von dem dichten Bart verborgen werden. Seine ausdrucksvollen Augen sind außergewöhnlich blau und hell und scheinen das Lächeln seines freundlichen Mundes aufzugreifen. Als Nina sich umblickt, fällt ihr Blick auf ein gerahmtes Foto an der Wand, auf dem eine Gruppe von Menschen mit einem großen LGBT-Plakat posiert. Ponsi hüstelt.

»Das ist von der Pride-Parade im letzten Jahr. Ich mache seit bald zehn Jahren bei der Regenbogen-Tätigkeit der Kirche mit. Tatsächlich bin ich auch ausgebildeter Sexologe, aber … Na, das tut hier nichts zur Sache. Entschuldige, dass ich über mich selbst rede«, seufzt er lächelnd. Gleich darauf verdüstert sich seine Miene.

»Wie du sicher gemerkt hast, bin ich nervös, obwohl ich mich bemühe, positiv zu denken. Es kann ja sein, dass mit Jason alles in Ordnung ist«, erklärt er und faltet die Hände, als wolle er beten.

»Positives Denken ist gut«, sagt Nina und holt ihren Notizblock aus der Tasche. »Und es ist durchaus möglich, dass Jason gesund und munter gefunden wird.«

Dennoch kehrt das Lächeln nicht auf Ponsis Gesicht zurück. »Möglich, aber nicht wahrscheinlich, stimmt's?«, murmelt er und nimmt einen Füller aus dem Schreibtischständer, als könnte der ihm Sicherheit geben.

Nina blickt ihm in die Augen und wartet, bis die Frage verfliegt und keine Antwort mehr verlangt.

»Wer ist das?« Sie nickt zu einem Schwarz-Weiß-Foto an der Wand, hauptsächlich deshalb, weil sie ein wenig Zeit gewinnen will, bevor sie mit der Befragung beginnt. Das Foto zeigt einen attraktiven, jungen blonden Mann, dessen Militäruniform mit Orden geschmückt ist.

»Das«, beginnt Ponsi gewichtig und presst die Fingerspitzen gegeneinander, »ist Witold Pilecki. Er hat in der Geheimen Polnischen Armee gegen die Nazis gekämpft. Soweit bekannt ist Pilecki der einzige Mensch, der freiwillig in die Gefangenschaft des Konzentrationslagers Auschwitz gegangen ist, um der Widerstandsbewegung im Kampf gegen die Deutschen zu helfen. Gegen alle Wahrscheinlichkeit hat er es geschafft, an diesem gottlosen Ort mehr als zwei Jahre durchzuhalten, ein Funkgerät zu bauen und Informationen über das

Lager nach draußen zu schicken. Denk nur an all die Millionen, die in die Konzentrationslager und in den Tod geschickt wurden … Und Pilecki ist von sich aus dorthin, um anderen zu helfen.«

»Was ist aus ihm geworden?«, fragt Nina, die merkt, dass die Geschichte sie fasziniert. Sie hat noch nie von Pilecki gehört.

»Er hat im Lager eine Gruppe gegründet, die das KZ erobern und die Insassen befreien sollte. Aber im entscheidenden Moment konnte die Geheime Polnische Armee doch keine Unterstützung von außen anbieten, und der Plan scheiterte. Der Mann hatte also umsonst seine Freiheit geopfert und gelitten.«

»Ist er im Lager gestorben?«

»Aber nein!« Ponsi lacht auf. »Pilecki ist aus Auschwitz geflohen. Das war eigentlich unmöglich. Und doch hat er es geschafft. Aber die Geschichte hat trotzdem kein glückliches Ende, denn nach dem Krieg betrachteten die Kommunisten Pilecki als Westspion und richteten ihn im Sommer 1948 hin. Ein Justizmord im wahrsten Sinne des Wortes.«

»Eine interessante Geschichte.«

»Allerdings. Und der Grund, weshalb das Bild dort hängt: Es könnte ebenso gut das Foto von irgendeinem anderen mutigen Menschen sein. Die Geschichte ist übervoll von guten Menschen, die das Gemeinwohl über ihre eigenen Interessen gestellt haben. Für mich vertritt Pilecki dieselben Werte und Tugenden, die auch die Bibel fordert. Und ich sehe gewisse Übereinstimmungen …« Ponsi lächelt geheimnisvoll. Das schwache Licht, das durch das Fenster fällt, zaubert vorübergehend etwas Farbe auf seine blasse Haut.

»Mit Jesus?«, fragt Nina.

Nikolas Ponsi sieht das Foto lange an. »Sagen wir so: Die Welt braucht Menschen wie Pilecki.«

Nina blickt auf ihre Notizen. Es wird Zeit, zur Sache zu kommen. Nikolas Ponsi wirkt nach der kurzen Aufwärmrunde eher bereit, ihre Fragen zu beantworten.

»Ihr seid befreundet, Jason und du?«, beginnt sie.

»Wir stehen uns verdammt nahe, allerdings«, sagt Ponsi und streicht über den Füller. »Er stammt ja ursprünglich aus dem hohen Norden, aus Rovaniemi, und als er hier nach Kallio zog ... Wann war das noch gleich, vor vier Jahren?«

»Im Herbst 2014«, liest Nina von ihrem Notizblock ab.

»Genau. Jason war in der Jugendarbeit der Gemeinde aktiv. Dadurch haben wir uns kennengelernt und seitdem viel miteinander zu tun gehabt.«

»Ihr steht euch also nahe?«

»Sehr. Wir haben fast täglich Kontakt.«

»Hast du irgendeine Vorstellung, wo Jason sein könnte?«

Nikolas Ponsi schüttelt den Kopf, seufzt kraftlos und sieht zum Fenster hinaus, vor dem ein großer Ahorn steht.

»Fällt dir irgendjemand ein, der Jason Böses will?«, fragt Nina.

»Darüber habe ich auch schon nachgedacht, aber die Antwort ist nein.«

»Wann hast du Jason zuletzt gesehen?«, fährt Nina fort. Sie weiß aus Erfahrung, dass es ratsam ist, möglichst viele Fragen so schnell wie möglich zu stellen, ohne dabei den Befragten zu überrollen.

»Am Freitag.«

»Ist dir dabei irgendetwas aufgefallen? Hat Jason dir erzählt, was er am Wochenende vorhat?«

Der Pfarrer blickt nachdenklich vor sich hin. »Er wirkte tatsächlich irgendwie seltsam. Nervöser als sonst. Er hat gesagt, jemand hätte schlecht über ihn geredet.«

»Inwiefern?«

»Nur, dass irgendwer in der Stadt Lügen verbreitet. Aber

ich hatte nicht den Eindruck, dass es um etwas Ernstes ging. Ich meine, nach dem, was Jason gesagt hat, glaube ich nicht, dass die Geschichte etwas damit zu tun hat, dass er jetzt unauffindbar ist. Er hat sich einfach nur darüber geärgert, dass irgendwer sich etwas aus den Fingern sog, mehr nicht. Er wollte die Sache am Wochenende klären.«

»Aber du hast nicht erfahren, worum es ging oder mit wem er die Sache klären wollte?«, fragt Nina.

Ponsi schüttelt den Kopf. »Jason hat allerdings erwähnt, dass er versucht hat, Lisa zu erreichen, die aber nicht ans Telefon gegangen ist«, sagt er dann.

»Hat Jason gesagt, warum er mit Lisa reden wollte?«

»Danach habe ich ihn nicht gefragt«, antwortet Ponsi und sieht aus, als hätte er seine Pflicht vernachlässigt.

Nina schluckt ein paar Mal, ihre Kehle fühlt sich rau an. Hoffentlich wird sie nicht krank. Am Abend will sie wieder zum Training gehen, nach einer Woche Faulenzerei.

Sie blickt wieder zu dem Kruzifix an der Wand und erinnert sich an die Bücher, die sie in Jason Nervanders Wohnung vorgefunden hat.

»Ist Jason religiös?«

Ponsi scheint aus seinen Gedanken zu erwachen. Seine Miene verrät, dass die Antwort nicht so leicht ist. »Jason ist offen für verschiedene Deutungen des Lebens. Für alle. Deshalb ist er so ein interessanter Mensch«, sagt er ernst. »Ich habe mit ihm viele tiefschürfende Gespräche über all das geführt: über das Leben und über die Bedeutung der Existenz ganz allgemein.«

»Hat Jason in der Gemeinde Trost gesucht? Hatte er Probleme?«

Ponsi kneift die Augen zusammen, als würde er direkt in die Sonne blicken. »Ich darf eigentlich nicht über Jasons Gemütsleben sprechen«, erwidert er schnell und reibt sich die Stirn.

»Es kann hier um Leben oder Tod gehen. Sehr wahrscheinlich sogar, auch wenn wir das Beste hoffen«, drängt Nina. »Du musst mir alles sagen, was uns helfen kann, Jason zu finden.«

»Das ist mir klar, aber ...«

»In welcher Beziehung stand Jason zu Lisa Yamamoto?«

»Zu Lisa? Sie waren eine Zeitlang ein Paar.«

»Warum haben sie sich getrennt?«

Nikolas Ponsi sieht Nina beleidigt an, als wäre er verbittert, weil die Polizistin ihn in eine Situation gebracht hat, in der er eine unangenehme Entscheidung treffen muss. Dann scheint er wieder Unterstützung bei Pileckis Foto zu suchen. *Es gibt Schlimmeres, Nikolas.*

»Jason war Lisa untreu«, sagt er schließlich und streicht sich den Bart. Er schiebt seinen Stuhl ein Stück zurück und beugt sich halb unter den Tisch. Gleich darauf steigt Nina der Geruch von Fußschweiß in die Nase. Der Pastor oder was immer er ist, Zweiter Pfarrer oder Orakel, hat es sich bequem gemacht und die Schuhe ausgezogen.

»Wer war die dritte Person?«

»Das hat er mir nicht verraten. Er hat nur gesagt, er hätte Lisa betrogen.«

»War Jason jemals gewalttätig?«

Ponsi blickt verwundert von dem Füller auf, den er immer noch in der Hand hält, jetzt aber zurücklegt. »Warum fragst du danach?«

Nina antwortet nicht, sondern sieht Ponsi nur unverwandt an.

Er erwidert ihren Blick, vielleicht eine Sekunde zu lange. »Nein.«

»Nein? Bist du dir sicher?«

»Jason tut keiner Fliege etwas zuleide. Er hat seine Probleme, er trinkt ein bisschen zu viel, und das schadet manchmal seiner Selbstdisziplin. Aber das äußert sich nicht in Gewalt, sondern höchstens in einer Art moralischer Unzurechnungsfähigkeit, die dann Schwierigkeiten in seinen zwischenmenschlichen Beziehungen schafft«, sagt Ponsi traurig lächelnd.

Nina kann nicht umhin, an die Puppe in Jasons Wandschrank zu denken, die in einen glänzenden Latexanzug gehüllt ist.

»Und mit moralischer Unzurechnungsfähigkeit meinst du …«

»Sexuelle Beziehungen. Da gab es immer eine gewisse Hemmungslosigkeit.«

»Du hast also nie gehört, dass Jason Lisa geschlagen hätte?«

Ponsi verschränkt die Arme, seine Lippen sind ein dünner Strich. »Nein. Nie. Ich glaube nicht, dass so etwas je vorgekommen ist.«

»Okay, danke«, sagt Nina und steht auf. »Ach ja, eine Frage noch. Kannst du dir erklären, warum Jason Samstagnacht in Vuosaari gewesen sein könnte?«

Nikolas Ponsi erhebt sich ebenfalls und wirkt hinter seinem Tisch aus irgendeinem Grund kleiner als zuvor. »Keine Ahnung. Es tut mir leid.«

# 33

Der Zeiger der Wanduhr in Lisas und Essis Wohnzimmer springt auf die volle Stunde. Jusuf und Jessica sitzen auf dem Sofa und blicken ernst vor sich hin.

Helena Lappi hat sich von einem Streifenwagen zur Wohnung bringen lassen, weil sie ihren eigenen Worten nach Gewalt gegen Polizisten – und ganz besonders gegen Polizisten ihrer Einheit – ernst nimmt. Allerdings weiß Jessica genau, dass ihre Chefin die Demütigung, die sie erlebt haben, insgeheim genießt. Hellu ist hier, um persönlich das Messer in der Wunde herumzudrehen, bevor sie ins Polizeigebäude zurückkehrt und sich ihren Papagei Jami Harjula auf die Schulter setzt.

»*Gone baby gone*. Der Typ ist verschwunden«, sagt Hellu und setzt sich in den Sessel. Sie betrachtet den zerbrochenen Sofatisch, das Blut auf dem Teppich und den weißen Verband um Jusufs rechte Hand. Wie sie so entspannt dasitzt, die Hände auf den Sessellehnen, wirkt sie gefährlich, wie eine unberechenbare Königin, die jederzeit anordnen kann, einem der Anwesenden den Kopf abzuschlagen.

Die Tür zu Essis Zimmer öffnet sich, der junge Mann, den Hellu als Krisenhelfer alarmiert hat, kommt heraus.

»Wie ist die Lage?«, fragt Hellu ruhig.

»Besser. Die Gewissheit, dass die Schlösser heute noch ausgewechselt werden, hilft ihr«, antwortet der Mann und zieht sich den Mantel an. »Aber es ist natürlich ein Schock.«

Hellu nickt und wendet sich an Jessica und Jusuf, während der Mann durch die offene Wohnungstür verschwindet. Im Treppenhaus wird der Rücken eines Polizisten im Overall sichtbar. Die Wohnung wird mindestens für den Rest des Tages bewacht, obwohl es äußerst unwahrscheinlich ist, dass der Typ zurückkommt.

»Ihr habt gesagt, Essi hat es gerochen?«, fragt Hellu schließlich.

»Ja.« Jessica hebt den Blick vom Boden. »Es hing wieder in der Luft.«

»Dasselbe Rasierwasser wie …«

»Vorigen Mittwoch.«

»Das Gespenst, verdammt«, seufzt Hellu. »Und das Gesicht? Habt ihr es gesehen?«

Jessica und Jusuf schütteln den Kopf.

Hellu steht seufzend auf und tritt ans Fenster, die Arme dramatisch in den Rücken gelegt. Am Rücken ihrer Jacke hängen lange weiße Haare. Die locker sitzende Jeans mit den nach unten weiter werdenden Hosenbeinen stammt aus dem vorigen Jahrtausend.

»Seid ihr nicht auf die Idee gekommen, dass das Gespenst in die Wohnung zurückkehren könnte? Wenn der Typ Lisa hat, dann hat er wahrscheinlich auch ihren Hausschlüssel«, sagt Hellu.

Jessica sieht Jusuf an, der gequält wirkt. Der Tag war so ereignisreich, dass man die einfachsten Dinge vergisst.

»Das hört sich jetzt vielleicht dumm an«, seufzt Jessica, »aber es ist wohl nicht besonders wahrscheinlich, dass ein Entführer in die Wohnung der Entführten zurückkommt, wo andauernd die Polizei rumläuft. Er wäre fast geschnappt worden.«

»Ist er aber nicht, zum Teufel«, gibt Hellu in energischem Ton zurück und trommelt mit dem Finger auf den Fensterrahmen. Dann legt sie die Arme wieder in den Rücken und wandert in die Mitte des Wohnzimmers. »Was hat er hier gesucht?«

»Ich weiß nicht. Die Manga-Bilder und Lisas Laptop sind jedenfalls schon auf dem Revier«, antwortet Jessica.

»Hat er womöglich geglaubt, sie wären noch hier?«

»Wohl kaum. Ich vermute, dass er etwas gesucht hat, wovon er wusste, dass Lisa es sorgfältig versteckt hatte.«

»Sah es so aus, als hätte er etwas bei sich, als er wegrannte?«

Jessica schüttelt den Kopf.

Hellu lacht leise auf und lässt ihren Blick enttäuscht an die Decke wandern. »Die KTU kommt nochmal her und sucht nach Fingerabdrücken. Hoffen wir, dass es neue gibt. Und zwar nicht nur von euch beiden«, sagt sie. »Jusuf, was ist mit deiner Hand, kommst du zurecht?«

»Ist nur ein Klacks«, versichert Jusuf. Er gibt sich übertrieben tapfer, wie üblich. Jessica hat den langen Splitter in seinem Daumen gesehen, bevor der Sanitäter ihn herauszog und die Wunde nähte.

Hellu nickt und blickt auf ihre Smartwatch. »Kaum zu fassen. Mit etwas Glück wäre der Fall jetzt gelöst. Aber ihr wart ja nur zwei gegen einen.«

Dann geht sie zur Tür. »Ach ja, Nina hat angerufen. In Jason Nervanders Wandschrank wurde ein ganzes Arsenal an sadomasochistischen Requisiten gefunden.« Hellu lächelt, als Jessica und Jusuf sie verwundert ansehen. »Wer weiß, was dieser Fall noch zu Tage fördert.«

# 34

Jessica klopft an Essis Zimmertür und wird mit dünner Stimme hereingerufen.

Sie sieht die junge Frau, die im Bett liegt und deren Augen rot geweint sind.

Jessica holt sich einen Stuhl ans Bett. »Sie können ganz unbesorgt in der Wohnung bleiben. Die Schlösser werden bald ausgewechselt, und ein Polizist bleibt hier und bewacht das Gebäude.«

Essi setzt sich im Bett auf und putzt sich die Nase.

Jessica blickt sich um. Das Zimmer ist ganz anders eingerichtet als Lisas, in dem die Manga-Kunst dominiert. Hier sind die Wände dunkelblau gestrichen und mit großen Kopien von berühmten Fotos und Propagandaplakaten aus dem Zweiten Weltkrieg geschmückt. *Keep calm and carry on*. Und so weiter.

»Es war der Typ«, sagt Essi.

Jessica nickt. »Haben Sie eine Ahnung, was er hier gesucht hat?«

Essi schüttelt den Kopf.

»Okay. Ursprünglich waren wir noch einmal vorbeigekommen, weil ich Sie nach dieser Frau fragen wollte«, erklärt Jessica und hält Essi ihr Handy hin.

»Was wollten Sie fragen?«

»Kennen Sie sie?«

Essi zuckt die Achseln. »Nein. Wer ist das?«

»Sie heißt Olga Belousova. Ukrainerin. Sagt Ihnen der Name etwas?«

Essi scheint sich zu konzentrieren. Mit den Fingerspitzen zoomt sie das Foto größer. »Schön«, sagt sie und reicht Jessica das Handy zurück.

»Aber nicht bekannt? Auch nicht vom Namen her?«

»Nein.«

»Okay«, sagt Jessica und steht auf. »Noch eine andere Frage … Sie hat mit Jason zu tun.«

»Ja?«

Jessica legt eine kurze Pause ein und überlegt, wie sie das Thema zur Sprache bringen soll. Sie entscheidet sich dafür, geradeheraus zu fragen. »War Jason gewalttätig, als er mit Lisa zusammen war?«

Essi dreht das Taschentuch in ihrer Hand und gibt keine Antwort.

»Essi? Hat Jason Lisa geschlagen?«

Essis Kopf beginnt schnell zu zucken. Eine ganze Serie kurzer Nicker. »Ich glaube ja. Ganz zum Schluss«, flüstert sie. »Lisa hatte blaue Flecken im Gesicht und … Sie hat gesagt, sie hätte bei einer Party zu viel getrunken und wäre gestürzt, aber … So fällt keiner hin. Ich war mir sicher, dass Jason sie geschlagen hatte.«

»Warum haben Sie das nicht gleich erzählt?«

»Na, weil … Lisa ist eine starke Frau, sie würde nicht wollen, dass es bekannt wird. Und es kann ja mit dieser Sache gar nichts zu tun haben. Jason ist selbst verschwunden. Außerdem ist das schon ein ganzes Jahr her.«

Jessica greift nach der Klinke und schiebt die Tür auf. »Wenn Ihnen noch irgendwas einfällt, Essi. In einer Stunde, heute Abend oder morgen. Oder wenn Sie merken, dass hier etwas fehlt. Oder dass etwas aufgetaucht ist, was Sie noch nie gesehen haben. Dann müssen Sie mich sofort anrufen, okay? Jede Information ist wertvoll.«

»Okay.« Essi nickt.

»Jetzt ruhen Sie sich erstmal aus«, sagt Jessica und schließt die Tür hinter sich.

# 35

Jessica setzt sich ins Auto, schlägt die Tür zu und schnallt sich an. Jusuf steht mit einer halb aufgerauchten Zigarette draußen und betrachtet den weißen Verband um seine Hand. Die Dunkelheit hat sich klammheimlich über die Stadt gelegt, und die im Wind treibenden Schneeflocken wirken im Licht der Straßenlampen wie gelbe Feuerkäfer. Der Himmel spiegelt sich im nassen Asphalt der leeren Gehwege.

Kurz darauf steigt auch Jusuf ein und lässt den Motor an. Jessica befällt ein Déjà-vu – diese Situation hat sich auch in der Realität viele Dutzend Mal wiederholt. Die Fahrertür geht auf, der Geruch der gerade aufgerauchten Zigarette, gemischt mit Jusufs Rasierwasser, dringt herein, und der Motor des Golfs brummt auf. Musik füllt das Auto wie ein riesiger Wespenschwarm.

»Wir hätten uns denken müssen, dass er zurückkommt«, sagt Jusuf.

»Hinterher ist man immer schlauer«, seufzt Jessica.

»Glaubst du, das Gespenst hat Olga Belousova vergiftet?«

Jessica sieht Jusuf an. »Bist du jetzt zu dem Schluss gekommen, dass sie vergiftet wurde?«

»Wenn sie nun mal nicht ertrunken ist.«

»Schwer zu sagen.«

»Überleg doch mal, die Manga-Bilder, die Klamotten, die Brandmale. Vielleicht handelt es sich um irgendeinen seltsamen Kult, vielleicht hat Olga die Sachen freiwillig angezogen und irgendeine Designerdroge genommen, die das Gespenst aus Japan nach Finnland gebracht hat«, sagt Jusuf und schnallt sich an. »Vielleicht haben wir Glück und Sarvilinna findet in Olgas Blut irgendeine neue Droge, der wir nachspüren können.«

»So ähnlich wie Jiminy Cricket?«

»Genau.«

Jessica zuckt mit den Schultern. Unter dem Namen Jiminy Cricket lief bei der Polizei eine rumänische Bande, die vor ein paar Jahren eine neuartige Designerdroge nach Finnland gebracht hatte und der man auf die Spur kam, nachdem ein junger Mann an einer Überdosis gestorben war. Eine große Rolle spielte dabei eine brandneue Entwicklung in der toxikologischen Forschung: die Vorhersage der Molekülstruktur.

Üblicherweise braucht die Rechtsmedizin eine Referenz, nämlich die fragliche Droge, um sie mit der Probe vergleichen zu können, die dem Toten entnommen wurde. Zoll und Polizei schicken die Stoffe typischerweise in das rechtsmedizinische Labor. In den letzten Jahren ist es den Toxikologen jedoch gelungen, eine Methode zu entwickeln, mit der man bei jedem beliebigen Stoff aufgrund der Molekülmasse die Molekülstruktur ableiten kann. So lässt sich bei einer unbekannten Droge zum Beispiel die Grundstruktur des Amphetamins erkennen, dem der Hersteller irgendetwas hinzugefügt hat. Dadurch ist es leichter als bisher, sowohl die Droge als auch die Distributionskette zu suchen, obwohl der Stoff selbst den Behörden noch unbekannt ist.

»Auf Söderskär wurde nichts gefunden«, seufzt Jusuf und setzt aus der Parklücke zurück.

»Nein. Überhaupt nichts. Obwohl das Ufer sogar von Tauchern abgesucht wurde.«

»Verdammt. Überall nur Sackgassen. Rasmus hat eine

Nachricht geschickt, dass in den letzten vier Wochen kein Transportunternehmen ein Paket bei Lisa abgeholt hat. In der umgekehrten Richtung waren dagegen dutzendweise Sendungen unterwegs.«

»Kann ich mir vorstellen. Die ganzen Sachen, die Influencer für Werbezwecke bekommen«, sagt Jessica kopfschüttelnd. Sie erinnert sich noch gut an die vielen leeren Pakete in Lisas Zimmer.

»Und dann noch Jason Nervanders Vorliebe für härteres Zeug. Glaubst du, das hat irgendwas mit den Manga-Geschichten zu tun?«

»Nein. Das sind ganz unterschiedliche Dinge. Wenn Nervander sich an Manga aufgeilen würde, hätte Nina in seinem Schrank Manga gefunden und keinen schwarzen Latex.«

»Wahrscheinlich. Was nun?«

»Ich muss eine Weile die Augen zumachen und nachdenken. Schaffst du es, mich nach Hause zu bringen?«

»Das schaff ich doch immer, verdammt«, sagt Jusuf und lächelt müde.

Irgendwo hinter all dem Grau geht die Sonne unter und färbt die niedrig hängenden Wolken fahlgelb. Es ist vielleicht der schönste Moment des Tages, ein Schimmer Leben und Neuanfang vor der fast zwölf Stunden anhaltenden, gnadenlosen Dunkelheit.

# 36

Jessica dreht den Schlüssel im Schloss, öffnet die Tür und betritt die Einzimmerwohnung.

Auf dem Fußboden liegen zwei Briefe und die Lokalzeitung des Stadtteils Töölö.

Sie lauscht einen Moment auf die Geräusche im Treppenhaus, wo jemand in den zweiten oder dritten Stock geht und klingelt. Gleich darauf wird eine Tür geöffnet, und fröhliche Kinderstimmen füllen das Treppenhaus. Dann schlägt die Tür zu, und die Rufe verwandeln sich in leises Murmeln.

Jessica schließt die Tür und zieht ihren Mantel aus. Sie hebt die Post vom Boden auf und geht durch die kompakte Einzimmerwohnung ans Fenster, das auf den Innenhof geht, der so aussieht wie die meisten Höfe in Töölö: Fahrradständer, Mülltonnen und ein aus dicken Rohren geschweißter Ständer zum Teppichklopfen. Verputzte Mauern, die im Licht der Hoflampen und der vielen beleuchteten Wohnungen beige aufleuchten. Schwarze und metallfarbene, gefährlich glatt wirkende Blechdächer, auf denen die gefrorene Feuchtigkeit glitzert. Riesige, mit Blech verkleidete Schornsteine, von denen einige grauen Rauch in den Himmel aufwehen lassen.

Jessica setzt sich auf die Fensterbank und betrachtet ihre kleine Wohnung, deren einzige Funktion darin besteht, als Kulisse für die Außenwelt zu dienen. Im Kühlschrank schimmelt möglicherweise etwas vor sich hin, und im Bett hat lange niemand mehr geschlafen. Genau genommen wurde das Bett zuletzt für etwas anderes verwendet als zum Schlafen: Vor rund fünf Wochen sind Jessica und Fubu gemeinsam zu dem Schluss gelangt, dass sie keine gemeinsame Zukunft haben, und haben zum letzten Mal gevögelt, um ihre Trennung zu besiegeln. Der Sex war nicht besser, schlechter oder dramatischer als sonst, mit Fubu ist er immer gleichbleibend entspannt gewesen. So war es auch, als sie beide wussten, dass es das letzte Mal war.

Im Nachhinein scheint es absurd, dass Fubu so oft hier zu Besuch war, ohne die Wahrheit zu kennen. Als Jessica nach Fubus Abschied auf dem Bett lag, wurde ihr plötzlich klar, dass es nahezu unmöglich sein kann, jemandem die volle Wahrheit zu sagen, den man in einem Geflecht aus Halbwahrheiten kennengelernt hat. Selbst wenn man zu diesem Menschen genug Vertrauen hat, um ihm die Wahrheit zu enthüllen, vertraut man doch nicht darauf, dass er nicht weggeht, nachdem er sie gehört hat. Gerade das treibt einen dazu, sein Geheimnis zu wahren.

Jessicas Handy klingelt in der Tasche ihrer Jeans.

Die Nummer ist unterdrückt.

Jessica zögert einen Moment. Sie ist an diesem Tag vielen neuen Leuten begegnet, unter anderem dem Irren beim Joggen. Wenn sie sich jetzt meldet, hört sie womöglich wieder das Wort, das er gesagt hat: *Heiligabend.* Andererseits kann sie es sich als Hauptermittlerin momentan nicht leisten, Anrufe unbeantwortet zu lassen, denn jede Information kann wichtig sein.

Also drückt sie auf den grünen Hörer und hebt das Handy ans Ohr. Im Hintergrund läuft Musik.

Dann hört sie eine Männerstimme. Sie spricht Englisch, doch die Worte sind nicht an sie gerichtet.

»Hallo?«, ruft Jessica.

»*Sorry! Hi, detective*«, antwortet die Stimme, und Jessica braucht nicht lange, um zu begreifen, dass am anderen Ende der Restaurantchef aus dem Fenix ist. Der Mann, der sie früher am Tag auf besondere Art angesehen hat: vielleicht lüstern, zugleich aber warmherzig wie ein alter Freund.

»Hier ist Frank Dominis«, sagt der Mann. In seiner charismatischen Stimme schwingt ein Lächeln mit. »Sorry, die Telefonnummer des Büros wird nicht angezeigt. Ihre Visitenkarte liegt hier auf meinem Tisch.«

Jessica geht, das Handy am Ohr, zurück ans Fenster. Zwei Etagen tiefer auf der anderen Hofseite machen ein Mann und eine Frau in ihrem Wohnzimmer Yoga-Übungen, während in ihrem Fernseher eine Natursendung läuft. Jessica setzt sich auf die Fensterbank und stößt die Luft aus. Sie kann wohl für eine Weile ihre Deckung verlassen und etwas anderes sein als die kühle Polizistin, die Angst hat, sich dem Leben auszusetzen.

»*How can I help you, Frank?*«

# 37

Von ihrer Haustür bis zum Restaurant Manala sind es nur zweihundert Meter, doch der kalte Wind hüllt Jessica ein, als sie mit zügigen Schritten über den Zebrastreifen geht.

Zum Abend hin ist die Temperatur ein paar Grad unter den Gefrierpunkt gesunken, und der Regen, der tagsüber gefallen ist, hat sich auf dem Asphalt in Eis verwandelt. Kleine Schneeflocken wirbeln im Wind, sodass Jessica die Augen zusammenkneifen muss.

Am Taxistand stehen ein paar Taxis. Den Fahrern macht der Wind nichts aus, sie sind ausgestiegen, um sich zu unterhalten und zu rauchen. Vor der Grillbude an der Ecke der Töölönkatu und der Dagmarinkatu steht ein Dutzend Menschen.

Die kleine Schar strahlt trotz – oder vielleicht gerade wegen – der Dunkelheit, die sie umgibt, eine Wärme aus, die zeigt, dass es den Helsinkiern gelingt, selbst in der dunkelsten und deprimierendsten Zeit des Jahres eine gemütliche Stimmung zu schaffen. Über das Rauschen des Windes hinweg ertönen Ausrufe, Gelächter und angeheiterte Kommentare. Unter den langen, dicken Wintermänteln sieht man dunkle Anzughosen oder Rocksäume, Strumpfhosen und High Heels. After-Work. In der Luft liegt die Elektrizität des Winteranfangs, Entzückung, Spannung, Warten auf Neues und die Hoffnung, dass es irgendwann wieder Sommer wird. Eine nach Glühwein duftende Adventsstimmung, die man als ferne, aber angenehme Erinnerung empfindet, wenn man in der Juli-Hitze beim Flow-Festival Sekt trinkt.

Jessica öffnet die schwere Tür des Manala und betritt die Bar. Aus der Küche dringt eine Kavalkade starker Gerüche, unter denen Käse und Knoblauch dominieren.

Sie entdeckt Frank Dominis da, wo sie ihn vermutet hat: an einem Ecktisch mit dem Gesicht zur Tür, vor sich ein Glas und eine Flasche Cola.

»Ich war schon lange nicht mehr hier«, sagt Dominis auf Englisch und steht höflich auf, als Jessica sich dem Tisch nähert. »Das muss vor der Renovierung gewesen sein.«

»Ich wohne hier in der Nähe«, erklärt Jessica, zieht ihren Mantel aus und hängt ihn über die Stuhllehne. Dann nehmen beide Platz. Aus den Lautsprechern dringen die ersten Takte eines Songs von Eppu Normaali.

»Deine Stammkneipe also«, sagt Dominis und hebt sein Glas an den Mund.

»Nicht wirklich.«

»Was möchtest du trinken? Ich lade dich ein.« Dominis hebt die Hand, um die Bedienung auf sich aufmerksam zu machen.

Jessica betrachtet die leere Flasche auf dem Tisch und das mit Eiswürfeln gefüllte Glas, in dem sich noch ein Rest der dunkelbraunen Flüssigkeit befindet. Frank Dominis bemerkt ihren Blick.

»Kümmer dich nicht darum. Bestell dir, was du möchtest«, sagt er und lächelt breit. Dann wird er eine Spur ernster und spricht aus, was Jessica schon vor einigen Sekunden erraten hat: »Acht Jahre, fünf Monate und zwei Tage.«

»Seit dem letzten Schnaps?«

»Dem letzten Schnaps, der letzten Linie, der letzten Kippe, seit allem.«

Jessica sieht den Mann beeindruckt an. Es gibt wohl so etwas wie das Klischee oder sogar die romantische Vorstellung, dass der Held ganz tief nach unten sinken muss, um groß zu werden. Die Menschen feiern Künstler und Sportler, die Alkoholsucht und Drogenabhängigkeit überwunden haben, während diejenigen, die nie abhängig geworden sind, im Abseits bleiben. Dieselbe seltsame Anziehungskraft findet man bei ehemaligen Kriminellen. Wenn sie ihre Autobiografien veröffentlichen, stehen die Menschen Schlange, um sie sich signieren zu lassen. *Toll, dass Sie die Verbrechen und den Alkohol hinter sich gelassen haben. Mein Respekt! Machen wir ein Selfie.*

»Hat es sich verändert?«, fragt Jessica. Natürlich fasziniert die dunkle Vergangenheit auch sie. Es wäre scheinheilig, sich das Gegenteil einzureden.

»Was?«

»Das Leben«, sagt Jessica und bestellt bei der Kellnerin ein Glas Weißwein.

Frank Dominis starrt zum Fenster hinaus. Es ist, als wären die im Licht der Straßenlampen tanzenden Schneeflocken und ihre unberechenbaren Bewegungen eine wunderschöne Performance, die jederzeit enden kann und die man deshalb gerade jetzt betrachten muss.

»Nein«, sagt er schließlich und lässt den Blick vom Fenster über sein Glas zu Jessica wandern. »Es ändert sich absolut nichts. Mit Ausnahme der Clique, mit der du gesoffen hast, bleibt alles gleich, das Leben und die Menschen um dich herum. Feste, Freude, Trauer, Dramen, Krisen, Kriege, Verrat, Betrug, Liebe ... Das Einzige, was sich verändert, ist die Art, wie du selbst die Welt betrachtest. Oder eher deine Einstellung zu alldem«, erklärt er und krempelt seine Hemdärmel auf.

Jessica schlägt die Beine übereinander und legt die Hände in den Schoß. Sie kennt viele Alkoholiker und Drogenabhängige, bei denen Nüchternheit garantiert den größten Teil ihrer Probleme lösen würde. Andererseits sind viele, die sich aus ihrer Abhängigkeit befreit haben, deprimiert, wenn sie merken, dass das Aufhören allein nicht genügt: Man muss nicht nur bereit sein, der Welt ohne den schützenden Rausch zu begegnen, sondern auch wiedergutmachen, was man versaut hat. Sonst lockt die Flasche bald wieder. Im Suff Dreck machen und verkatert putzen. Das eine ist lustig und leicht, das andere genau das Gegenteil.

»Weißt du, wo Anchorage liegt?«, unterbricht Dominis das Schweigen und leert sein Glas.

Jessica schüttelt den Kopf.

»Anchorage ist die größte Stadt in Alaska.« Er zeigt mit dem Finger auf den Boden, als befände sich die Stadt exakt auf der anderen Seite der Erde. »Da komme ich her.«

»Wow. Weit weg von zu Hause«, sagt Jessica, während die Kellnerin ihr den Wein bringt.

»Mein Zuhause ist jetzt in Lauttasaari, gar nicht so weit weg.« Dominis bestellt sich noch eine Cola. »Acht Jahre, fünf Monate und zwei Tage.«

»Du bist nach Finnland gezogen und hier nüchtern geworden? Oder umgekehrt?«

»Nüchtern geworden bin ich im Flugzeug. Beim Einsteigen war ich betrunken. Ich bin vor dem Suff geflohen, vor mir selbst, vor Anchorage. Ich hätte in jedes beliebige Land ziehen können.«

»Warum Helsinki?«

»Wenn man alles hinter sich lässt, was man kennt, kann man trotzdem irgendetwas Bekanntes bewahren.«

»Das Wetter?«

»Das Wetter«, sagt Dominis, lehnt sich mit verschränkten Armen zurück und fügt ein wenig rätselhafter hinzu: »Und die Dunkelheit.«

Jessica probiert den Wein. Ihre Lippen sind immer noch so kalt, dass das kühle Glas sich an ihrem Mund beinahe warm anfühlt.

»Die beiden Städte sind ganz verschieden«, fährt Dominis fort, »aber das Klima ist fast identisch. Schöne, helle, ziemlich warme Sommer und lange, kalte und höllisch dunkle Winter.«

»Du fühlst dich im Dunklen wohl?«

»Sagen wir so, ich fühle mich in *Innenräumen* wohl. Und dann kann es draußen ebenso gut dunkel sein. Weißt du, was ich meine, *detective*?«

»Jessica.«

»Na gut, *detective*«, sagt Dominis, bedankt sich bei der Kellnerin und füllt sein Glas. »In Alaska wird viel Schnaps getrunken. Man meint immer, dort würden gelangweilte Soldaten saufen. Ehemalige Soldaten. Es stimmt zwar, dass es in Alaska verdammt viele Soldaten gibt, aber man trinkt dort aus demselben Grund wie hier. Mit dem Alkohol will man vor der Dunkelheit fliehen und die Pracht des Sommers feiern. In südlicheren Breitengraden weiß man von beidem einen Scheißdreck. Sommer und Licht sind dort selbstverständlich. Und absolute Dunkelheit ist so absurd, dass man sie sich nicht einmal vorstellen kann, wenn man nicht Frank Millers Comics gelesen oder die Verfilmungen gesehen hat.«

»Warst du mal Soldat, Frank?«, fragt Jessica.

Dominis bricht in Gelächter aus. »Sehe ich aus wie ein Soldat?«

»Du siehst aus, als hättest du alles Mögliche sein können, bevor du mit dem Trinken aufgehört hast und nach Helsinki gezogen bist.«

»Ich nehme das als Kompliment.«

»Vielleicht solltest du das nicht tun. Ich spreche von etwas, das du vor langer Zeit gewesen sein kannst.«

»Stimmt«, sagt Dominis und lächelt wieder.

Eine größere Gruppe von Gästen betritt das Restaurant und klopft sich auf der Fußmatte am Eingang die Schuhe ab.

Jessica wirft einen Blick auf ihre Uhr. Sie hat zwar Feierabend, ist aber dienstlich hier, also darf sie die Arbeit nicht vergessen.

»Du wolltest mir etwas erzählen. Etwas, das mit Yamamoto und Nervander zu tun hat«, sagt sie und bemüht sich, gelangweilt zu wirken. In Wahrheit ist sie alles andere als gleichgültig, sie kennt sich zu gut, um sich etwas vorzumachen. Aber Frank Dominis braucht nicht zu wissen, was sie denkt. Er hat etwas ungewöhnlich Authentisches: Die Art, wie er sich durch seine Worte entwaffnet, wirkt anziehend. Er gibt viel von sich preis, obwohl sie sich gerade erst kennengelernt haben. Jessica ist vielen Männern begegnet, hat Fehler gemacht und ist oft genug auf Geschwafel hereingefallen, um zu erkennen, ob Sensibilität echt ist oder nur vorgetäuscht. Das sagt natürlich noch nicht die ganze Wahrheit über einen Menschen. Auch hinter Sensibilität können sich falsche Motive und böse Absichten verbergen. Aber das ist eine andere Sache.

»Ich bin ganz Ohr«, fährt Jessica fort.

Sekundenlang wirkt Frank Dominis überrascht, vielleicht auch ein wenig enttäuscht.

»Richtig«, antwortet er und fährt sich über die dichten, an den Schläfen leicht ergrauten Haare. »Ich hatte allerdings geplant, die Information so lange für mich zu behalten, bis du deinen Wein ausgetrunken hast«, fügt er lächelnd hinzu.

»Warum? Was wäre dann passiert?«

»Du hättest vielleicht noch ein Glas bestellt.«

»Wenn es recht ist, trinke ich das erste, während ich mir anhöre, was du zu sagen hast.«

»Es ist nämlich keine sehr lange Geschichte.«

»Aber wichtig genug, dass du mich persönlich treffen wolltest.« Jessica trinkt einen größeren Schluck. Der Fuß des Glases ist nass, vielleicht hat sie den Wein überschwappen lassen, ohne es zu merken.

»Das ist wohl kein Verbrechen«, sagt Dominis.

Jessica antwortet nicht. Sie stellt das Glas auf den Bierdeckel und trocknet sich an einer Papierserviette die Hände.

Gelächter erschallt. Die Gruppe, die vorhin hereingekommen ist, hat sich einige Meter entfernt von ihnen an einen Ecktisch gesetzt.

»Was ich dir erzähle … Ich möchte nicht, dass es gegen mich gekehrt wird, ist das klar?«, sagt Dominis. Jetzt hat seine Stimme die Sorglosigkeit verloren, über die Jessica sich schon früher am Tag gewundert hat.

Jessica nickt. Sie könnte versichern, dass sie immer alles tut, um ihre Quellen zu schützen, und dass jedes andere Verhalten gegen ihre Berufsethik verstoßen würde. Aber das kommt ihr gekünstelt vor. Dominis hatte schon beschlossen, sich ihr anzuvertrauen, bevor er sie angerufen hat.

»Lisa ist ein nettes Mädchen. Sie ist intelligent und steht irgendwie über dem ganzen oberflächlichen Scheiß. Sie spielt mit, bewegt sich in diesen Gesellschaftskreisen wie ein Fisch im Wasser, aber nur, um zurechtzukommen. Lisa genießt es nicht wirklich, sie braucht die Anerkennung der Clique nicht im gleichen Maß wie viele andere. Und deshalb habe ich sie immer gemocht.«

»Wie gut kennst du Lisa eigentlich?«, fragt Jessica mit einer Stimme, die keinen Zweifel daran lässt, was sie meint. Frank Dominis lacht auf, trinkt einen Schluck Cola und kaut auf einem Eiswürfel herum, der ihm in den Mund gerutscht ist.

»Ich weiß, dass du mich durchschaust, *detective*. Aber Lisa ist eine von zehn. Mit den anderen neun habe ich geschlafen.«

Schweigend trinkt Jessica einen Schluck Wein. Es ist

schwer zu sagen, ob die indirekte Frage für den Fall relevant ist. Möglicherweise bewegt sie sich auf dünnem Eis, wenn sie sich nach Details über Franks Sexleben erkundigt.

»Aber Lisa hat mir verschiedene Dinge erzählt«, sagt Dominis leise, obwohl der Lärm der Barbesucher jedes normale Gespräch übertönt. »Dinge, die ich unter normalen Umständen mit niemandem teilen würde.«

»Die Umstände sind jetzt alles andere als normal, Frank«, erwidert Jessica und lehnt sich ein Stück vor.

Dominis lässt die Eiswürfel in seinem halbleeren Glas kreisen. Er ist wohl im Begriff, eine Grenze zu überschreiten, seine Komfortzone zu verlassen, in der man die Geheimnisse seiner Freunde normalerweise nicht ausplaudert.

»Lisa hat mir erzählt, dass ihr Vater eine zwielichtige Vergangenheit hat. Dass er deshalb damals seine Koffer gepackt und Japan verlassen hat, um irgendwohin zu gehen, wo ihn niemand sucht.«

»Nach Finnland.«

»Genau. Und er nahm Lisa mit, die damals erst ein paar Monate alt war.«

»Moment mal«, fällt Jessica ihm stirnrunzelnd ins Wort. »Lisa ist doch in Finnland geboren.«

Dominis schüttelt den Kopf.

»Lisas Vater hat hier eine Finnin geheiratet. Lisas biologische Mutter ist offenbar in Japan an irgendwelchen Komplikationen nach der Geburt gestorben.«

Jessica denkt an das Foto, das sie in Lisas Zimmer gesehen hat. Sie hat angenommen, dass Lisa eine finnische Mutter haben muss. Lisa ist keine Halbfinnin, sie ist ganz einfach eine Finnin, deren biologische Eltern Japaner sind.

Das Gespräch ist ein Musterbeispiel dafür, wie eine Polizistin einen unprofessionellen Eindruck auf ihren Informanten machen kann.

»Okay. Lisas Vater hatte also einen Grund, sich sorgfältig zu verstecken. Aber vor wem? Vor der Polizei?«

»Das weiß ich nicht. Lisa wusste es auch nicht. Und auch das, was ich gerade gesagt habe, ist nur Lisas Vermutung. Ihr Vater hat sich immer geweigert, über seine Vergangenheit zu sprechen. Darüber, warum sie Japan verlassen mussten.«

»Das war … Ende der 90er Jahre? Und du glaubst, es hat etwas mit Lisas Verschwinden zu tun.«

»Ich glaube nicht … Das heißt, ich weiß nicht, ob es etwas damit zu tun hat. Aber ich weiß, dass Lisa Angst vor ihrem Vater hatte.«

»Wie meinst du das?«

»Sie hat gesagt, es fing an, als sie auf Instagram populär wurde. Lisa hat in den letzten Jahren Hunderttausende Follower in Finnland und im Ausland gewonnen, und ihrem Vater gefiel das nicht. Sie haben sich deshalb zerstritten.«

Jessica blickt auf Franks Lippen, die englischsprachige Worte formen. Sie versteht jetzt, warum er die Sache für relevant hält.

»Bezog sich die Meinungsverschiedenheit auf die Präsenz in den sozialen Medien überhaupt oder darauf, welches Material Lisa auf Instagram teilt?«, fragt sie.

»Das weiß ich nicht. Lisas Vater hat ihr schlicht und einfach befohlen, nichts mehr zu posten. Er hat gesagt, wenn sie nicht gehorcht, könnte es schlecht für sie ausgehen.«

»Und das bedeutet …«

Frank Dominis zuckt die Achseln und leert sein Glas. »Vom eigenen Vater so bedroht zu werden. Ohne triftigen Grund.«

»Und jetzt ist Lisa verschwunden«, sagt Jessica leise. In Gedanken sieht sie das Gespenst vor sich, das im Fenix auf Lisa gewartet hat. Kennt das Gespenst Lisas Vater? Ist das der Kern des Ganzen?

»Ich dachte mir, dass es dich interessieren könnte«, sagt

Dominis und legt seine Hand auf den Tisch. Nachdem er seine Geschichte erzählt hat, wirkt er wieder so ruhig wie vorher.

»Unbedingt. Danke, dass du dich gemeldet hast. Wann ist das passiert? Ich meine, wann hat Lisa dir davon erzählt?«

»Als wir uns zuletzt unter vier Augen gesehen haben. Im Club, nach Ladenschluss. Vor zwei Monaten.«

»Alles klar«, sagt Jessica und trinkt den restlichen Wein aus. »Nimmst du noch ein Glas?«

Jessica holt einen Zwanziger aus ihrer Manteltasche, legt ihn unter ihr Glas und steht auf. »Nimm du. Die dritte Cola.«

Frank Dominis wirkt enttäuscht. »Ich bin extra aus Lauttasaari gekommen.«

»Danke, Frank.« Jessica zieht sich den Mantel an. »Vielleicht kannst du eine von den neun anrufen.«

Er lacht fast melancholisch auf und schwenkt die Eiswürfel in seinem Glas.

»He, *detective*?«, sagt er, als Jessica ihm gerade den Rücken zugekehrt hat, um zu gehen.

»Ja?«

»Glaubst du, dass Lisas Vater etwas mit ihrem Verschwinden zu tun hat?«

Jessica mustert den Mann, dessen Gesicht in dem fahlen gelben Licht beinahe malerisch wirkt.

»*Have a good night, Frank*«, wünscht sie ihm mit einem zurückhaltenden Lächeln.

»*You too, detective.*«

Jessica wickelt sich den Schal um den Hals, als sie in die eisige Kälte tritt. Auf dem Zebrastreifen holt sie das Handy aus der Tasche.

Widersprüchliche Gedanken gehen ihr durch den Kopf. Lisas Vater, der morgen aus Brasilien zurückkehrt, trägt wohl nicht die Verantwortung für das Schicksal seiner Tochter, aber er muss die näher rückende Bedrohung gespürt haben, welcher Art sie auch sein mag.

Jusuf meldet sich überraschend schnell.

»Hallo! Stell fest, um wie viel Uhr die Maschine mit Lisas Eltern morgen früh landet. Wir holen die beiden am Flughafen ab. Und bitte Rasse oder sonst wen, sich über Lisas Vater zu informieren.«

»Hast du was Neues?«, fragt Jusuf.

»Vielleicht, ja. Ich erzähl es dir morgen.«

»Wo bist du?«

»Gerade auf dem Heimweg.«

»Allein? Bist du sicher?«

Jessica seufzt vernehmlich.

»Gute Nacht!«

Jusuf lacht schallend.

»Ich meine ja bloß, Jessi. Sei vorsichtig. Dieser Dominis ist ein Raubtier. Ein Womanizer, der …«

»Scher dich zum Teufel, Jusuf«, faucht Jessica und legt auf.

# 38

Jusuf betrachtet das Display seines Handys, von dem Jessicas Foto und ihr Name gerade verschwunden sind. Dann steckt er das Telefon in die Brusttasche, zieht den Reißverschluss seiner Lederjacke hoch und atmet die frische Luft des kühlen Waldes ein. Vor einer Viertelstunde war er auf dem Weg zum Parkhaus, hat es sich dann aber anders überlegt und beschlossen, einen kleinen Spaziergang zu machen. Vom Polizeigebäude aus ist er zuerst die Pasilanraitio entlang nach Süden gegangen, von dort weiter zur Winqvistinkatu und schließlich von der Fanninpenger zum Joggingpfad im Wald. Zuerst Lichter, Hupen, brummende Motoren, das Rattern der Straßenbahnen und dann: nichts. Es ist erstaunlich, wie schnell die urbane Umgebung in Natur übergeht, die allen Lärm ausschließt und besonders jetzt, in der Dunkelheit, wie eine andere Welt ist, wie der rabenschwarze Hexenwald im Märchen von Hänsel und Gretel, in dessen Tiefe das Pfefferkuchenhaus steht.

Der schmale Sandweg in dem dichten Tannenwald gleicht einem Pfad in einem Labyrinth: An vielen Stellen stehen die Bäume so nah beieinander, dass ihre untersten Äste vertrocknet sind. Da die Sonne sie nicht erreicht, sind sie zum Tod verurteilt. An diesem Novemberabend hat sich auch auf die toten Äste eine dünne Schneeschicht gelegt: Für eine Weile dürfen sie wie die lebenden einen weißen Schleier tragen.

Jusuf hat sich nie vor dem dunklen Wald gefürchtet. Im

Gegenteil, er ist in Söderkulla bei Sipoo zwischen Bäumen aufgewachsen, hat Frösche gefangen, mit einer Schleuder auf einen Wolf geschossen, in einem selbstgebauten Unterstand übernachtet und Würste so schwarz gebraten, dass ihre krosse Haut ausschließlich nach Kohle schmeckte. Jusuf hat Bäche gedämmt und zwischen den Ästen von zwei Eichen eine Baumhütte gebaut, so hoch oben, dass seine in der Stadt wohnenden Cousins sich nicht getraut haben hinaufzuklettern. Jusuf ist ein Junge vom Land, den die pulsierende Stadt sich für eine kurze Lebensphase geliehen hat. An manchen Tagen überlegt er, ob es zu früh ist, die Hektik der Stadt und die schwere Polizeiarbeit hinter sich zu lassen. Zu seinen Wurzeln zurückzukehren und etwas anderes zu tun.

Er schließt die Augen, riecht den erdigen Geruch des Moors, hört den klangvollen Gesang der Kraniche und ist plötzlich wieder acht Jahre alt. Zusammen mit Basse, Sebu und Jeppe radelt er auf dem Sandweg, sie reden darüber, wie das Monster aussieht, das nachts aus dem Morast steigt. Ob es grün oder braun ist. Und ob unter seinem Nacken Glieder mit langen Krallen wachsen wie bei einem Krokodil oder vielleicht die Fangarme eines Tintenfischs.

All das kehrt sekundenschnell in seine Erinnerung zurück: der Fluss Sipoonjoki, der Söderkulla wie ein Schwert durchschneidet und dessen wuchernde Vegetation man bis ins Ruderboot riecht, und der süßliche Duft der mit Holz geheizten Saunen, den die diesige Wasserfläche hartnäckig trägt.

Die Frühlingsblumen und der Blütenstaub. Der Geruch des Weichspülers, den seine Mutter verwendet. Die roten Rosen und das Mädchen. Sie tragen beide Studentenmützen, und die Welt existiert nur für sie.

Annas Familie wohnt nicht weit von Jusufs Haus entfernt. Sie haben sich schon als Kinder gekannt, aber erst in der letzten Zeit auf dem Gymnasium angefangen, miteinander zu gehen. Sind solche Geschichten nicht dazu geschaffen, glücklich zu enden? Zwei Menschen kennen sich, vertrauen sich und finden sich schließlich. Oder sind sie gerade deshalb zum Scheitern verurteilt, weil alles zu früh zu perfekt ist?

Jusuf bleibt stehen, er atmet den Waldgeruch tief ein, als wäre es das letzte Mal. Und das ist es wohl auch für diesen Abend.

Das Feuerzeug klackt in der Dunkelheit, und der Geruch der Zigarette überdeckt alles andere. Vielleicht ist das Jusufs Methode, die Nostalgie auszuschalten, diesem Gefühl, das mehr sein will als reine Erinnerung, die Flügel zu stutzen.

Vielleicht werden Anna und er tatsächlich irgendwann wieder aufs Land ziehen und am Flussufer oder wenigstens in Flussnähe ein weißes Haus bauen, sofern das Geld reicht. Sie werden Kinder bekommen und miterleben, wie die Sprösslinge sich über dieselben Dinge freuen, an denen sie selbst in ihrer Kindheit Spaß hatten, dieselben Fehler machen und mit blauen Flecken davonkommen wie ihre Eltern damals. Sie werden mit einem großen Wagen zu einem großen Supermarkt fahren und unter schlanken Birken im Garten grillen. An der einen Seite des Gartens wird eine Sauna stehen, an der anderen ein Trampolin für die Kinder. Vielleicht. Warum nicht. Aber all das werden sie nicht miteinander tun, sondern getrennt, mit anderen. Mit Menschen, denen sie noch nicht einmal begegnet sind. Und diese Tatsache ist schmerzlicher als jede Erinnerung.

# 39

Jami Harjula schließt das Kipptor der Garage, dreht sich um und betrachtet den engen Raum, an dessen Wänden sich allerhand Kram stapelt, Werkzeug, blaue Taschen von Ikea und diverse Geräte mit Akkuantrieb. Die Sachen sind dem Anschein nach gut geordnet, aber so überflüssig, dass das Ganze dennoch chaotisch wirkt. Harjula hat im Laufe der Jahre Unmengen von Werkzeug in seiner kleinen Werkstatt angesammelt – nicht, weil er je geglaubt hat, es zu benötigen, sondern weil es zum Traum der Mittelschicht gehört, so etwas zu besitzen.

Harjula zieht seine beigen Lederhandschuhe aus und legt sie auf die mattschwarze Motorhaube. Der als Oldtimer registrierte Wagen ist ein Rambler American, Baujahr 1965, Harjulas Augapfel und sein liebstes Hobby. *Der Schwarze Mann.* Die industrielle Herstellung des Modells, das vor langer Zeit auch in Finnland sehr populär war, wurde schon 1969 eingestellt. Danach wurde es noch zwei Jahrzehnte lang in Lizenz in verschiedenen Ecken der Welt produziert. Heute ist es so gut wie unbekannt. Obwohl Harjulas Vater irgendwann einmal gesagt hat, es sei das zuverlässigste Auto der Welt.

*Rambler ist als Erster auf die Idee gekommen, Autos mit einem Lenkrad auszustatten* – mit dieser Behauptung brilliert Harjula besonders gern, wenn Sini und er Gäste haben, die er am späten Abend in die Garage führt. Dort stoßen sie mit rauchigem Islay-Whisky an, treten vorsichtig, in Strümpfen, gegen die

Reifen, nehmen kurz auf den vor zwei Jahren neu gepolsterten Sitzen Platz, schnuppern den marzipanartigen Geruch nach Motoröl und Leder und streichen über das schmucklose Armaturenbrett. *Es ist kein Porsche, aber er hat Charakter.*

*Der Whisky schmeckt übrigens gut.*

Solche Abende sind neuerdings selten geworden.

Dasselbe gilt für die Spazierfahrten: Harjula war zuletzt im Juni mit dem Schwarzen Mann unterwegs. Nun betrachtet er das Auto und stellt sich vor, wie er sich ans Steuer setzt und den Motor anlässt. Er würde das Aufbrummen des 3.2-Liter-Benzinmotors hören, wenn die Kolben in den sechs Zylindern ihren Tanz beginnen. Dann würde er das Garagentor öffnen und sich von dem Wagen mit Hinterradantrieb und Sommerreifen davontragen lassen. Oder er könnte das Tor einfach wieder schließen, die Augen zumachen und darauf warten, dass sich der kleine Raum allmählich mit Abgasen füllt. Noch vor einigen Jahren wäre seine Leiche vielleicht noch am selben Tag gefunden worden, heute würde Sini ihn frühestens am nächsten Morgen vermissen, wenn überhaupt. Als die Kinder klein waren, nahm Sini ihm seine langen Arbeitstage übel. Sie war beleidigt, weil *für Jami die Arbeit immer vor der Familie kommt.* Jetzt wünscht sich Harjula, diese Worte von ihr zu hören. So egoistisch es klingt, er möchte spüren, dass Sini sich etwas aus ihm macht, er möchte die Verzweiflung und Enttäuschung in ihrer Stimme hören, wenn er wegen einer wichtigen Ermittlung das Abendessen ausfallen lassen muss. Doch inzwischen werden Aufbrüche, distanziertes Verhalten und Vernachlässigung der Angehörigen mit einem Achselzucken abgetan. Ein Teufelskreis ist entstanden.

Harjula nimmt seine Handschuhe und öffnet die Tür an der Garagenwand.

Hinter der Tür zieht er die Schuhe aus und hängt seinen Mantel an die Garderobe. Aus der Küche dringt das Surren der Abzugshaube und der Geruch nach angebratenen Zwiebeln und frischen Kräutern in den Flur.

»Hallo«, sagt Harjula an der Küchentür. Sini wirft einen Blick über die Schulter, während sie Wasser in den Kochtopf laufen lässt. Ein rascher Blick und ein zerstreutes Lächeln müssen reichen. Die Zeit der Umarmungen und Küsse ist wohl vorbei. Die gab es, als die Mädchen klein waren. Vor der Geburt der Mädchen. Sie haben sich umarmt und geküsst, weil sie es wollten, nicht, weil sie es voneinander erwarteten. Jetzt tun sie es überhaupt nicht mehr.

»Das Essen ist bald fertig«, sagt Sini und rührt in der Pfanne.

»Gut.« Harjula stemmt die Hände in die Hüften und geht ins Wohnzimmer.

Er weiß, dass er die Arme um Sini legen, ihr einen Kuss auf die Wange drücken und ihr sagen könnte, dass er sie liebt. Aber irgendeine rätselhafte Macht hindert ihn daran. Es erscheint ihm vielleicht überflüssig, eine seit Langem erstarrte Leiche wiederzubeleben, obwohl er sich womöglich weniger wie ein Versager fühlen würde, wenn er es täte.

Das Fernsehen läuft vor dem leeren Sofa. Die Mädchen sind in ihren Zimmern, sie machen Hausaufgaben oder spielen an ihren Smartphones herum. Für Letzteres haben Sini und er wohl ein allzu intensives Beispiel gegeben.

Harjula setzt sich auf das Sofa und schaltet den Fernseher aus. Er horcht eine Weile darauf, wie das Fett in der Pfanne zischt und der Geschirrschrank sich schmatzend schließt. Und da überkommt ihn eine seltsame und widersprüchliche Erkenntnis: Das Haus ist voller Leben, alle Familienmitglieder sind da, und doch wirkt es verlassen. Das Essen, das Sini gekocht hat, wird bald auf dem Tisch stehen, die Mädchen werden hungrig in die Küche stürmen und ihren Vater begrüßen. Sie werden alle vier um den Tisch sitzen, jeder an seiner Seite, und friedlich das Abendessen teilen. Und dennoch glimmt die

Vorstellung in seinem Kopf nach, dass er sich auf den straffen Ledersitz des Rambler setzt und den Schlüssel umdreht. Nach Hause fährt, was immer das bedeutet.

Harjula dreht die Fernbedienung in der Hand und starrt auf den schwarzen Bildschirm. *Ein Teufelskreis.* Vielleicht hat Sini sich ja ursprünglich in seinen unerbittlichen Ehrgeiz verliebt. Und ihr Interesse verloren, als sie merkte, dass ihr Mann in der Polizeihierarchie nie aufsteigen würde. *Verdammt.* Der Gedanke ist nicht völlig neu, aber so klar ist er ihm noch nie zu Bewusstsein gekommen: Sini sieht, dass er keinen Biss mehr hat. Hier sitzt er auf dem Sofa und wartet auf das Abendessen, dabei waren es gerade seine Sturheit, seine unnachgiebige Arbeitsmoral und seine nächtlichen Einsätze, die ihre Beziehung lebendig gehalten haben. Wann hat er kapituliert?

»Wohin willst du?«, fragt Sini ausdruckslos, als Harjula durch die Küche geht und kurz darauf in Mantel und Mütze an der Tür steht.

»Ich fahr ein Stück durch die Gegend«, antwortet er und öffnet die Tür zur Garage. »Ich liebe dich.«

# 40

Jessica wirft einen Blick auf ihre Armbanduhr, es ist fünf vor neun. Sie schließt die Augen und lauscht auf das Rattern und Klappern des alten Aufzugs, der sie in den sechsten Stock trägt. Das Treppenhaus ist dunkel, Jessica hat das Licht nicht angeknipst, als sie das Haus betrat, und die vorbeiziehenden Treppenabsätze werden nur von dem blassgelben Licht des Aufzugs beleuchtet.

Das über hundert Jahre alte Haus hat zwei Weltkriege miterlebt, es steckt eine riesige Menge an Wissen, Erfahrungen, Sinneseindrücken, Geschmackserlebnissen und Gerüchen, gelebten Leben, Verliebtheit, Trennungen, Geburten und natürlich auch Todesfällen in den alten Mauern.

Auch in Jessicas Wohnung ist der Tod gewesen. Erne hat in ihrem Gästezimmer seinen letzten Atemzug getan, während Jessica seine knochige Hand gestreichelt hat. Das alles liegt ein halbes Jahr zurück, aber es kommt ihr so vor, als wäre Erne erst gestern noch im Haus gewesen. Und gleichzeitig scheint zwischen dem gegenwärtigen Moment und Ernes Tod ein ganzes Menschenleben Platz zu finden.

Manchmal verwischt sich die Zeitrechnung, die das Leben misst, und Jessica hat das Gefühl, alles wäre gerade eben erst passiert – sie glaubt sich an den Geruch zu erinnern, der an jenem Morgen im Auto lag, als ihre Mutter es vor den Laster auf der Gegenspur lenkte. Wie sich Toffes weiche Finger in ihren eigenen anfühlten, wie ihr Vater brüllte wie ein Raubtier, als ihre Mutter das Steuer herumriss und damit das Schicksal ihrer kleinen Familie besiegelte.

Und daran, wie Jessica zu Toffe gesagt hat – sie will glauben, will sich erinnern, es gesagt zu haben, auch wenn sie nicht sicher sein kann, dass sie es getan hat –, wie sie also gesagt hat, dass alles wieder gut wird. Dass ihr kleiner Bruder sich nie Sorgen machen muss. Ganz gleich, was geschieht, Jessica und er würden zusammenhalten und sich gegenseitig helfen. Und doch wurde dieser schöne Gedanke Sekunden später unmöglich.

Toffes kleiner unschuldiger Körper wurde bei dem Unfall zerstört. Jessicas Körper ebenfalls. Aber sie durfte weiterleben. Nein, sie *musste* weiterleben, das war kein Privileg, sondern eine schwere Last, die sie von Jahr zu Jahr mitschleppen musste.

Jessica spürt, wie ihr eine Träne über die Wange zum Kinn rollt und auf den Boden tropft.

Die Zeit scheint stillzustehen.

Der Aufzug hat im sechsten Stock Halt gemacht und die schwache Glühbirne an der Decke ist erloschen. Jessica weiß nicht genau, wie lange sie reglos dagestanden hat.

*Jessica.*

Sie öffnet die Augen, nicht, weil die Stimme ihr Angst einjagt, sondern weil sie hofft, sie dadurch zum Schweigen zu bringen. Die Stimme kommt aus einer anderen Welt, einer anderen Zeit und von einem anderen Ort, doch sie ist mehr als nur eine Erinnerung.

*Nicht jetzt.* Die nächste Träne rollt über Jessicas Wange, folgt zuerst dem Weg der vorigen, findet dann ihren eigenen.

*Jessica.*

Meist tut sich die andere Wirklichkeit im Schlaf auf, manchmal aber auch im Wachzustand, wenn die Müdigkeit hinter den geschlossenen Augenlidern tobt.

In einer Wohnung im dritten Stock kläfft der Pudel der grantigen alten Frau, die dort wohnt. Dann wird es wieder still.

Jessica spürt die Finger ihrer Mutter an ihrer Schulter. Ihre Kälte dringt durch den dicken Mantel und die Bluse bis auf die Haut. Jessica weiß, dass das Gefühl nicht real ist, das kann es ja nicht sein, aber wie jedes Mal überkommt sie auch jetzt ein leiser Zweifel: Wie kann etwas, das so konkret und gleichzeitig sowohl schön als auch schrecklich ist, ein Produkt ihrer Fantasie sein?

*Jessica.*

Sie dreht sich langsam um, bis sie die Gestalt im Spiegel an der Rückwand des Aufzugs sieht. Das Gesicht ihrer Mutter ist heil, es ist symmetrisch und schön, die Gesichtsknochen sind nicht durch den zerstörerischen Zusammenprall verformt. Aber kurze Streiflichter enthüllen die Wahrheit, sie erinnern daran, wo das geronnene Blut die zersplitterte Stirn dunkelrot, fast schwarz färbt. Das Blut ist vom zerlöcherten Scheitel über das eine Auge zum Kinn gelaufen. Jessica schließt eine Sekunde lang die Augen, und als sie sie wieder aufschlägt, ist ihre Mutter wieder sie selbst. So schön wie immer.

*Weine nicht, Jessi. Du schaffst es, mein Schatz.*

Die Mutter seufzt liebevoll und lässt Jessicas Schulter los. Als sie ausatmet, klingt es irgendwie endgültig, wie der letzte Atemzug vor der ewigen Kälte. Die Mutter ist dabei, den Aufzug zu verlassen.

*Die Wahrheit ist immer mehr oder weniger sichtbar, liebe Jessica. Die Wahrheit, das sind die Umrisse, die mit Farben ausgemalt werden müssen, und die Farben liegen nicht immer griffbereit auf dem Tisch. Manchmal muss man sie mühsam ausgraben.*

*Ich verstehe nicht.*

*Manche erzählen nichts, obwohl man sie fragt. Andere erzählen ungefragt etwas.*

Wieder schließt Jessica die Augen, und als sie sie aufschlägt, ist ihre Mutter verschwunden. Unten im Erdgeschoss schließt jemand die Haustür auf, und kurz darauf geht im Treppenhaus das Licht an.

Jessica wischt sich die Tränen am Ärmel ab und öffnet die Aufzugtür.

# 41

Jessica betritt ihre Einzimmerwohnung. Ohne die Schuhe auszuziehen, geht sie zum Bett, setzt sich darauf und schließt die Augen. Sie hat kein Licht gemacht, und mit geschlossenen Augen wirkt die Dunkelheit vollkommen. Das Licht aus dem Innenhof dringt nicht durch den Vorhang der Augenlider.

*Andere erzählen ungefragt etwas.*

Jessica spürt einen eiskalten Stich in der Schulter und steht auf. Hastig geht sie zur gegenüberliegenden Wand, in der sich die zweite Tür befindet.

*Komm nach Hause.*

*Ich komme.*

Mit dem Schlüssel in der Hand betritt sie das Treppenhaus.

Das dunkle Treppenhaus, das irgendwann zu Beginn des vorigen Jahrhunderts für die Dienstboten vorgesehen war, ist wie eine Zwischenzone, die zwei Welten voneinander trennt, ein Tor zwischen zwei Wirklichkeiten. Jeden Abend kommt Jessica von der Arbeit, ist einen Moment lang Jessica Niemi, bis sie die Tür zu der anderen Wirklichkeit öffnet und mit dem Namen am Briefschlitz im Treppenaufgang A eins wird. *Von Hellens.*

Sie betritt die Wohnung, in der Erne seine letzten Tage verbracht hat. Die Wohnung, die sie trotz ihrer Größe als sicher und anheimelnd empfindet.

Als sie den Code in die Alarmanlage eingibt, gehen automatisch die Lampen in der großen Diele an. Sie schließt die Tür hinter sich und legt die Schlüssel auf die Kommode.

Dann geht sie durch die Diele in das Wohnzimmer, dessen riesige Fenster zur hell beleuchteten Innenstadt von Helsinki liegen. Irgendwo in der Nähe des Museums Amos Rex zeigt ein starker Lichtstrahl zum Himmel und scheint den Mond zu suchen, ohne ihn zu finden.

Jessica geht in die Küche, klappt ihren Laptop auf, der auf dem Tisch liegt, und schaltet den Wasserkocher an.

Eine Weile herrscht absolute Stille.

Aus irgendeinem Grund lässt sie Jessica an Erne denken. Sie erinnert sich an sein stoppelbärtiges Gesicht, dem die Falten Verspieltheit und Charisma verliehen. Jessica muss Erne so sehen, wie er gelebt hat, nicht so, wie er gestorben ist. Im letzten Frühjahr war er so mager, dass die Falten in den eingefallenen, hohlen Wangen verschwanden. Seine Arme waren so dünn, dass sie nicht mehr fähig gewesen wären, irgendwen zu retten, die junge Jessica aus der Dunkelheit wieder ins Licht zu heben.

Jessica schließt die Augen und wartet, bis das Wasser im Kocher zu rauschen beginnt.

Dann holt sie einen Beutel Hagebuttentee aus der Holzkiste und legt ihn in eine Tasse.

Das Wasser kocht. Jessica knipst den Kocher aus.

Das Wasser fließt in die Tasse und färbt sich sofort rot, es ist wie das Blut, das sich entschlossen in das Badewasser eines Menschen mischt, der sein Leben mit einer Rasierklinge beendet hat. Jessica denkt oft an die Ähnlichkeit dieser beiden Vorgänge, ohne genau zu wissen, warum. Sie hat nur ein einziges Mal an Selbstmord gedacht, vor langer Zeit. Damals, als pechschwarze Wolken über den Kanälen von Murano hingen und ihr geschändeter Körper wie ihre Seele vor Trauer und Scham zerspringen wollte.

Jessica setzt sich an den Tisch, holt einen USB-Stick aus der Tasche und steckt ihn in den Laptop.

Sie öffnet mehrere Bilddateien. *Lisa Yamamoto. Jason Nervander. Die Latexkleidung im Wandschrank. Das Gespenst im Fenix. Akifumi25 11946. Das Foto vom Leuchtturm. Lisas Skizze des Leuchtturms. Olga Belousova.*

»Zwei Blogs«, flüstert sie und schreibt beide auf.

*www.thelisayamamoto.fi*

*www.masayoshi.fi*

»… von denen einer geheim ist.«

In dem Moment klingelt ihr Handy. Die Nummer auf dem Display ist merkwürdig kurz. Jessica erinnert sich, sie schon einmal gesehen zu haben.

Sie hebt das Handy ans Ohr. »Niemi.«

»Du hörst dich aber müde an. Die Bürozeit ist vorbei, aber die Sache eilt doch, oder?«, sagt eine lakonische Frauenstimme.

Im ersten Moment kapiert Jessica gar nichts.

»Sorry. Natürlich«, erwidert sie rasch, sobald ihr klar wird, dass die nasale Stimme, die pikiert und zugleich provozierend klingt, der Rechtsmedizinerin Sissi Sarvilinna gehört, die von ihrem Büro aus anruft.

Im Hintergrund hört Jessica Tasten klicken.

»Ich hab dem Labor Beine gemacht, und das Blutbild ist auch schon analysiert. Die Resultate sind interessant. Allem Anschein nach wurde in die Brandwunden der Toten etwas eingerieben, als sie noch lebte«, erklärt Sarvilinna.

»Was?«, fragt Jessica.

»Es handelt sich um eine Art Cocktail von Peptiden: vor allem Dermorphin und Deltorphin. Beide sind Opioidrezeptoragonisten, wirken also schmerzlindernd wie Morphin, sind aber wesentlich effektiver. Dazu weitere Peptide, wie zum Beispiel Dermaseptin und Adenoregulin. Das sagt einem Laien vermutlich nichts, aber es geht, kurz gesagt, um Folgendes:

Diese Peptide oder kleinen Proteine treten in einer interessanten Form auf.«

»In welcher?«

»Im Gift eines Tieres namens *Phyllomedusa bicolor*.«

»Einer Meduse?«

»Es ist keine Qualle, sondern ein Frosch, der im Regenwald lebt.«

Jessica trinkt einen großen Schluck Tee und gibt den Namen des Froschs in das Google-Suchfeld ein. *Phyllomedusa bicolor*.

»Bist du noch dran, Niemi?«, erkundigt sich Sarvilinna, nachdem sie ihr Publikum für zwei Sekunden verloren hat.

»Ja. Ich seh gerade nach …«

»Du liest bestimmt gerade den Wikipedia-Artikel, in dem berichtet wird, wie der Stamm der Marubo das Gift verwendet, um das Jagdglück zu verbessern.«

»… *der Schamane brennt mit einem glimmenden Ast ein Loch in die Haut der Männer und gibt das aus dem Frosch entnommene Gift hinein. Das Gift verursacht Erbrechen. Der Schamane wirft die Kinder in den Fluss, aus dem sie bald in besserer Verfassung aufsteigen*«, liest Jessica laut vom Bildschirm ab und spürt, wie alles an seinen Platz fällt. »Pfui Teufel.«

»Genau. Was nicht in dem Artikel steht, Niemi, ist der Fakt, dass diese Tradition schon vor Jahren als eine Art Alternativbehandlung in der westlichen Welt Fuß gefasst hat. Ich habe sogar einmal etwas darüber gelesen. Verdammt, ich hätte es sofort begreifen müssen, als ich die Brandlöcher in der Haut der Leiche gesehen hab«, schimpft Sarvilinna leise. »Man glaubt, dass das Froschgift Geist und Körper reinigt. Das Verfahren ist unter dem Namen Kambo bekannt.«

*Kambo.*

*Manche erzählen nichts, obwohl man sie fragt. Andere erzählen ungefragt etwas.*

Und jetzt kommen ihr die Worte der Taxifahrerin in den Sinn.

*… meine Tochter, die ist gerade zwanzig, schwärmt von so einem neuen Gesundheits-Quatsch. Komba oder Kombo. Irgendwas total Unverantwortliches. Ich glaub, es war gerade diese verschwundene Yoko Ono …*

»Scheiße. Lisa hat in den sozialen Medien für Kambo Reklame gemacht«, sagt Jessica leise, eher zu sich selbst als zu Sarvilinna.

»Was?«

»Wie … Ich meine: Kann man daran sterben?«

»Darauf wollte ich gerade kommen, Niemi. Als Medizinerin bin ich strikt gegen so eine Quacksalberei. Es gibt keinerlei wissenschaftliche Beweise für den gesundheitlichen Nutzen von Kambo. Und selbst wenn die Bestandteile möglicherweise Euphorie auslösen, handelt es sich immer noch um ein Gift, das der Frosch absondert, um sich gegen seine natürlichen Feinde zu verteidigen. So ein Zeug würde ich nicht mal in die Nähe meines Blutkreislaufs lassen.«

Jessica hört Sarvilinna zu und gibt gleichzeitig *Kambo* in das Suchfeld ein. Die Bildsuche liefert dutzendweise Fotos von grünen Fröschen und von dunkelroten Löchern, die mit dünnen Zweigen in die Haut gebrannt wurden. Manche sind in gerader Linie eingebrannt, andere in Kreisform. Um die Wunden herum ist die Haut leicht geschwollen und gerötet, wie in Olga Belousovas Ellbogenbeuge. Jeder Zweifel ist ausgeschlossen: Die Ukrainerin hat an diesem seltsamen Ritual teilgenommen.

»Aber ist es möglich, dass …«

»Hast du es eilig, Niemi?«

Nach dieser Frage herrscht ein paar Sekunden Stille.

»Nein, aber …«

»Die kurze Antwort: Es ist möglich. An Kambo zu sterben, meine ich. Weltweit gibt es vereinzelte Berichte über Todesfälle, die durch die Kambo-Behandlung verursacht wurden. Sie hat bei den *Patienten* zum Herzstillstand geführt.«

»Genau das scheint Olga Belousova passiert zu sein.«

»Ich habe die Statistiken im Blick, Niemi. Deshalb halte ich es trotz allem nicht für besonders wahrscheinlich. Aber ich habe noch Informationen für dich, die die Frage klären könnten. In den Wunden wurden nämlich auch Spuren von Stoffen gefunden, die keineswegs von einem Frosch stammen. Nicht mal von einer Qualle«, erklärt Sarvilinna, und Jessica hört sie leise auflachen. »Beim ersten handelt es sich um Codein, das als Schmerzmittel verwendet wird. Es wurde dem Cocktail vielleicht hinzugefügt, um den Schmerz zu lindern, den das Ritual verursacht. Ich habe übrigens eine kleine internationale Umfrage veranstaltet und eine Kollegin in London angerufen, die meinen Verdacht im Hinblick auf Kambo und die Zusammensetzung des Giftes bestätigt hat, aber noch nie davon gehört hatte, dass andere Mittel unter das Gift gemischt worden wären. Nicht einmal zur Schmerzlinderung. Aber bei Olga Belousova wurde Codein in die Wunde gerieben, und zusätzlich haben wir in ihrem Blut eine ziemlich große Menge Morphin gefunden.«

»Okay. Was noch?«

»Tja, jetzt wird es interessant. Im Blut wurde auch Buprenorphin festgestellt.«

»Subutex?«, fragt Jessica.

Buprenorphin, der Wirkstoff von Subutex oder *Subu*, ist Jessica – und allen anderen Polizeikräften – hinlänglich bekannt. In Helsinki bevorzugten die Konsumenten harter Drogen noch zu Beginn des 21. Jahrhunderts Heroin, aber der Krieg in Afghanistan hat die dortige Opiumproduktion reduziert. Bald fanden die Konsumenten einen Ersatz: das hauptsächlich aus Frankreich nach Finnland eingeführte Buprenorphin, das eigentlich als Substitutionsmittel bei der Therapie von Opioid-Abhängigen dienen soll.

»Ja. Wie du vielleicht weißt, führt Buprenorphin wegen des Sättigungseffekts für sich allein nicht zum Tod, aber in Verbindung mit Froschgift und Morphin kann es, denke ich, Atemlähmung und Herzstillstand auslösen«, erklärt Sarvilinna.

Jessica lehnt sich zurück. Schweiß tritt auf ihre Hand, die das Telefon umklammert.

»Dem Cocktail wurden also drei verschiedene Opioide hinzugefügt?«

»Ja.«

»Aber warum?«

»Um der *Patientin* Euphorie zu bescheren?«

»Oder einfach nur, um sie abhängig zu machen«, sagt Jessica und schließt die Augen.

Sarvilinna murmelt etwas über die Abhängigkeit von Honig, dann beenden sie das Gespräch. Jessica legt das Handy auf den Tisch, umfasst ihre Teetasse mit beiden Händen und betrachtet ihr Spiegelbild in der Fensterscheibe, die als einzigen Hintergrund Dunkelheit bietet. Schwarz in Schwarz.

Draußen legt sich der kalte Wind um das Gebäude und lässt den Rauchabzug des Kamins in der Küche heulen, als wäre er eine große Flöte.

# 42

An der Nyyrikintie im idyllischen alten Stadtteil Käpylä, der in den 1920er Jahren in Nord-Helsinki erbaut wurde, steht ein weißes Holzhaus mit anderthalb Etagen. Im oberen Stock befindet sich ein kleines Zimmer unter den Dachschrägen, dessen großes Fenster abends erleuchtet ist. Diese gemütlichen fünfzehn Quadratmeter sind seit 34 Jahren das Reich von Rasmus Susikoski.

Es ist Abendbrotzeit. Unten klirren die Löffel, aber Rasmus Susikoski ist zum Essen nicht bei seinen Eltern geblieben. Er steigt die knarrende Holztreppe vorsichtig hinauf, damit die heiße Wurstsuppe ihm nicht auf die Finger schwappt.

Mit dem Fuß stößt er die Tür auf und geht gebückt durch den niedrigen Raum. Mit geradem Rücken konnte er zuletzt durch sein Zimmer gehen, als er zwölf war.

Er stellt den dampfenden Teller neben den Computer auf den Tisch und zieht den superergonomischen Gaming-Stuhl unter sich. Die Katze, die unter dem Tisch liegt, reibt sich an seinem Bein.

Hier wird Rasmus das Abendessen, das seine Mutter gekocht hat, zu sich nehmen, wie fast jeden Abend. Umgeben von Filmpostern an den Wänden und Regalen mit Sammelobjekten: eine schwarze Spielkonsole von Atari, ein View-Master mit den dazugehörigen Pappscheiben und in militärischer Ordnung aufgereihte Transformers- und Masters of the

Universe-Figuren. Zum Teil in der ungeöffneten Originalverpackung, damit sie ihren Sammlerwert behalten. Im Regal mit den Brettspielen finden sich Klassiker wie Kongman, Ghost Castle und Hero Quest. Rasmus' Zimmer würde bei jedem, der in den Achtzigerjahren zur Welt gekommen ist, Nostalgie und Bewunderung wecken. Das Tragische an der Sache ist allerdings, dass außer ihm selbst noch nie jemand aus dieser Altersgruppe den Raum betreten hat.

Tatsächlich wird die Zeitreise in die Vergangenheit nur durch den Computer beeinträchtigt, der alles andere als retro ist: zwei 24-Zoll-Monitore mit HD-Auflösung und G-Sync-Modul, der eine zum Surfen, der andere zum Spielen. Ein in verschiedenen Farben leuchtendes, großes ATX-Gehäuse mit Fenster, ein auf 5.1 GHz übertakteter, mehrkerniger Intel Core i9-9900K und modierte SLI-Grafikkarten RTX 2080 TI, deren Temperatur natürlich durch *custom-loop*, also selbst gefertigte Wasserkühlung, im sicheren Bereich gehalten wird. Den letzten Schliff erhält das Ganze durch die besten Spielkopfhörer auf dem Markt, eine Gaming-Maus, eine Tastatur und den Stuhl von Secretlab. Alles in allem hat das Set-Up eine beträchtliche Summe verschlungen, Rasmus hat konsequent sparen müssen, um es sich leisten zu können. Andererseits zahlt er seinen Eltern keine Miete, obwohl Putzen und Halbpension inbegriffen sind. Eigentlich sind das Futter, die Katzenstreu und die obligatorischen Impfungen für die drei im Haus lebenden Katzen die einzigen laufenden Kosten, die Rasmus aus eigener Tasche begleicht.

Als Gegendienst erledigt Rasmus als ausgebildeter Jurist die rechtlichen Angelegenheiten der Firma seines Vaters, die in den letzten Jahren nicht besonders umfangreich waren. Das Exportvolumen des vom Handel mit Großbritannien abhängigen Kleinunternehmens ist stark gesunken, seit die Bewohner des Inselreichs für den Brexit gestimmt haben. Manchmal überlegt Rasmus, wann seinen Eltern wohl das Geld ausgeht. Wann der Tag kommt, an dem sie ihn bitten, sich an den Kosten für den Unterhalt des alten Holzhauses zu beteiligen. Das würde Rasmus natürlich tun, sie brauchen nur darum zu bitten. Aber bis dahin steckt er sein Geld in die Ausstattung dieser unvergleichlichen *Boy Cave*.

Wenn er als Jurist tätig wäre, könnte er sich noch bessere Spielgeräte leisten, aber er wird seinen Arbeitsplatz wohl nie wechseln, zumindest nicht freiwillig. Es gibt zwei Gründe, aus denen er bei der Polizei arbeitet. Der eine ist das offene und inspirierende Betriebsklima, das sich allerdings nach Ernes Tod und Hellus Dienstantritt verschlechtert hat. Rasmus würde es keine Minute lang in einem Job aushalten, in dem man die eigenen Vorzüge hervorheben und die Ellbogen einsetzen muss. Zweitens ist er seit jeher fasziniert von Rätseln, vor allem von solchen im verschlossenen Raum, bei denen der Ermittler nicht nur die Lösung finden muss, sondern auch die Elemente, die sie unterstützen. Rasmus scheut vor Gewalt und Tod zurück, doch er liebt Herausforderungen. Solche, die seinen Verstand auf Hochtouren bringen.

Normalerweise würde er sein Essen schnell herunterschlingen und sich dann intensiv dem Spielen widmen. *Apex Legends, PUBG, Escape from Tarkov* oder *CoD*, je nach Stimmung. Aber jetzt kann er sich nicht darauf konzentrieren, *Everglazer85* zu sein, der große Kriegsheld der virtuellen Realität. Die laufende Ermittlung ist einfach zu interessant.

Rasmus klickt sein Mailprogramm an, wo gerade eine Nachricht von Helena Lappi eingegangen ist.

Der Nachricht sind zwei Dokumente in englischer Sprache angehängt: der Gerichtsbeschluss und die Bestätigung über die Einleitung der Vorermittlung. Die Mail selbst ist kurz und bündig. *Hier das Material für Facebook. Gruß, Hellu.*

Rasmus braucht fünf Minuten, um die amtliche Anfrage

an Facebook zu erstellen. Da es um eine Mordermittlung geht, ist es durchaus möglich, dass sie in Irland vorrangig behandelt wird und das Ermittlerteam in Pasila schon morgen die Daten des Instagram-Nutzers *Akifumi2511946* erhält.

Er vergewissert sich, dass er die digitalen Formulare vollständig ausgefüllt hat, bevor er auf *submit* drückt. Eine Weile starrt er auf den Monitor und beginnt dann, die Suppe zu löffeln. Sie ist schon ein wenig abgekühlt und hat gerade die richtige Temperatur.

Irgendwo in der Ferne heult die Sirene eines Einsatzfahrzeugs, und Rasmus blickt nach draußen. Die Schneeflocken tanzen und wirbeln rastlos durch die Luft, die Welt hinter dem großen, zugigen Fenster sieht zum ersten Mal in diesem Herbst winterlich aus. Rasmus mag den Winter und seine Dunkelheit. Es gefällt ihm, dass er kein schlechtes Gewissen zu haben braucht, weil er drinnen sitzt und spielt, anders als im Sommer, wenn die anderen jungen Leute im Park sind. Er liebt es, dass das kalte Wetter ihn zwingt, sich in dicke Mäntel, Hosen und Pullover zu hüllen, während er an heißen Sommertagen nicht weiß, wie er seinen plumpen, rundlichen Körper verbergen soll.

Allerdings hat der Winter auch seine schlechten Seiten: Bei starkem Frost wird es im Zimmer eiskalt, und Rasmus hat sich schon als Kind angewöhnt, im Winter in einem dicken Schlafanzug und mit Wollsocken zu schlafen. Jetzt ist ihm jedoch nicht kalt, eher im Gegenteil: Die warme Suppe lässt seine Kopfhaut schwitzen und jucken. *Ich muss daran denken, sie einzufetten.*

Rasmus stellt den Teller auf den Tisch und tippt kurz am Computer herum, bis das Bild des jungen Japaners auf dem Monitor erscheint. Noch am Morgen war er davon überzeugt, dass der Nutzer, der das Foto kommentiert hat, nichts mit dem Verschwinden von Lisa Yamamoto oder Jason Nervander zu tun haben kann. Doch nachdem er im Internet die masayoshi-Seite gefunden hat, ist er sich sicher, dass alles mit allem zusammenhängt.

Schon seit heute früh denkt er fieberhaft darüber nach, was die Zahlenreihe 2511946 bedeutet. Auf den ersten Blick wirkt sie wie ein Geburtsdatum, doch dafür enthält sie eine Ziffer zu viel. Oder zu wenig. Es sei denn, sie bezeichnet den fünfundzwanzigsten Januar 1946.

Vielleicht handelt es sich um eine zufällige Zahlenkombination, mit der Akifumi sein Nutzerprofil individualisieren wollte. Andererseits hätten dafür auch weniger Ziffern gereicht. Es gibt viele Akifumis, aber die höchste Zahl, die Rasmus bei seinen Stichproben entdeckt, ist Akifumi145.

Rasmus lehnt sich in seinem teuren Stuhl zurück und seufzt. Nein, *2511946* ist keine laufende Nummer und kein Zufallsprodukt. Unmöglich. Wenn er nur an das herankäme, was auf Lisa Yamamotos masayoshi.fi-Seite stand, bevor sie geleert wurde.

Sein Handy klingelt. Jessica ruft an. Rasmus betrachtet den Namen auf dem Display und denkt daran, wie nett und gemütlich es war, mit ihr in dem nach Fett stinkenden und lauten Restaurant beim Mittagessen zu sitzen. Dort hat er vorübergehend geglaubt, wenn er nur genügend Selbstvertrauen aufbringen und seine Komplexe bezüglich Aussehen und Auftreten vergessen würde, könnte er so sein wie andere Männer. Echte Freunde finden, sich verabreden, Sex haben. All so was.

»Hallo?«

»Sorry, dass ich so spät noch anrufe«, entschuldigt sich Jessica.

»Macht nichts. Ich sitze gerade vor dem Monitor und sehe mir Akifumis Foto an.«

»Immer im Dienst, wie wir alle«, sagt Jessica schnell. Sie klingt irgendwie nervös. »Ist dir das Kambo-Ritual ein Begriff? Dabei wird über Brandwunden Froschgift in den Organismus eingespeist.«

Rasmus lässt sich Jessicas Worte durch den Kopf gehen.

»Kambo? Nein. Darum handelt es sich also? Die Verbrennungen an Olga Belousovas Leiche …«

»Alles weist darauf hin. Und außerdem haben wir Grund zu der Annahme, dass Lisa Yamamoto in den sozialen Medien für diese Behandlung geworben hat.«

»Aha. Klingt merkwürdig.«

»Ich habe alle Insta-Fotos von Lisa durchgesehen, aber Kambo wird da nicht erwähnt.«

»Und die Storys?«

»Das ist ja das Problem. Die sind nur 24 Stunden zu sehen.«

»Auch die könnten wir ausgraben, wenn wir die Möglichkeit hätten, uns in Lisas Instagram-Account einzuloggen.«

»Wie kann das so schwierig sein, Rasmus? An Lisas Benutzerdaten heranzukommen. Ich meine, es geht doch immerhin um eine Mordermittlung.«

»Es hat auch seine guten Seiten, Jessica. Dass die Behörden nicht alles in die Finger bekommen. Es muss ja auch Privatsphäre geben«, sagt Rasmus und löffelt noch ein wenig Suppe, während er auf Jessicas Antwort wartet. Er zerbeißt ein Pfefferkorn, das in der Brühe schwimmt, und genießt den Stoß, den es ihm versetzt.

»Rasse, du hast gesagt, dass die masayoshi.fi-Seite geleert worden ist. Und jetzt hat es den Anschein, dass Lisa alle Hinweise auf Kambo entfernt hat. Sie hat vor ihrem Verschwinden also aufgeräumt.«

»Entweder sie selbst oder jemand, der Zugriff auf ihr Handy hat.«

»Gerade jetzt glaube ich, dass es auf der masayoshi.fi-Seite etwas gab, das mit Kambo zu tun hat. Wenn wir herausfinden könnten, wer das Kambo-Ritual bei Olga Belousova gemacht hat, würden wir vielleicht erfahren, mit wem sie am Abend ihres Todes zusammen war.«

»Kambo«, wiederholt Rasmus leise, während er googelt. Frösche und in die Haut gebrannte Löcher erobern seinen 24-Zoll-Monitor. »Ich werd das mal klären«, sagt er. »Auf den ersten Blick hat es den Anschein, dass Kambo nicht illegal ist, im Internet wird jedenfalls ganz offen dafür geworben. Und da man das nicht im Verborgenen tun muss, glaube ich, dass wir herausfinden können, wo es gemacht wurde. Zumal es ja nicht sehr viele Stellen geben kann.«

»Danke, Rasse«, sagt Jessica. »Es wird eine lange Nacht.«

Sie seufzt und will sich vermutlich gerade verabschieden, doch Rasse kommt ihr zuvor.

»Jessica …«

»Ja?«

»Danke für das Mittagessen. Es war … schön.«

»Danke dir, Rasse. Das sollten wir öfter tun.«

# 43

Helena Lappi parkt auf dem Hof des roten Reihenhauses im Helsinkier Vorort Konala und zieht die Handbremse an. Sie schaut zu einem der Fenster in der oberen Etage hinauf und erhascht einen Blick auf die große blonde Frau, die sich in der Küche zu schaffen macht. Hellu hat am Morgen, bevor sie zur Arbeit ging, den Speiseplan an der Kühlschranktür überflogen, den die pedantische Hanna immer für die ganze Woche aufstellt: Heute gibt es indischen Linseneintopf zum Abendessen. Ganz gut, aber für Hellus Geschmack ein bisschen zu gesund. Außerdem weiß sie, dass sie in der Nacht immer hungrig aufwacht, wenn das Abendessen aus Tofu oder Hülsenfrüchten besteht.

Sie zerknüllt das Papier des doppelten Cheeseburgers und stopft es ins Handschuhfach. Dann öffnet sie ihr Laptop-Etui und zieht die Mappe heraus.

Der Motor läuft noch, als sie mit der Zunge ihren Zeigefinger befeuchtet und in dem dünnen Papierstapel blättert. Zuoberst liegt der Prüfbericht der Sicherheitspolizei aus dem Jahr 2007. Es handelt sich um eine routinemäßige Überprüfung, die bei allen vorgenommen wird, die sich für die Polizeihochschule bewerben. In dem Bericht heißt es, dass die damals 22jährige Jessica Niemi unbescholten und tauglich ist.

Das nächste Dokument ist der geheime Bericht, den Jens

Oranen kürzlich bei der Sicherheitspolizei angefordert hat und der erheblich mehr Text enthält.

*Unfall ... Tod der Eltern.* Hellu spürt, wie ihr Herz schneller schlägt. Sie hält sich das Blatt näher vor die Augen, um den Text in dem schwachen Licht entziffern zu können.

*Die Mutter Theresa von Hellens (260560-1521), der Vater Axel Koski (040158-113A) und der Bruder Kristoffer von Hellens (241289-1412) kamen bei einem Verkehrsunfall am 4. Mai 1993 ums Leben. Laut dem Bericht der Unfallkommission des Los Angeles County deuten die technische Untersuchung der Unfallstelle sowie die Aussagen des zweiten in den Unfall verwickelten Fahrers und der Angehörigen darauf hin (was allerdings nicht lückenlos nachgewiesen werden konnte), dass Theresa von Hellens den Wagen vor den schweren Lastzug auf der Gegenspur gelenkt hat, in der Absicht, sich selbst und ihre Familie zu töten.*

Hellu schreckt auf, als sie eine Bewegung im Rückspiegel wahrnimmt. Bald sieht sie durch das Fenster den kleiner werdenden Rücken eines Nachbarn, der seinen Hund ausführt, und konzentriert sich wieder auf den Text.

*Adoptiert im Juni 1993. Raimo und Paula Niemi, Adoptiveltern. Schwester des Vaters. Verstorben 2002 (Gehirntumor) und 2004 (Herzinfarkt).*

Kopfschüttelnd blättert Hellu um. *So viel Tod, Jessica Niemi. Jessica von Hellens. Bist du deshalb so geworden, wie du bist? Hast du in zu jungen Jahren zu viel verloren? War Erne dein dritter Vater? Und jetzt ist auch er von dir gegangen.*

*Schwere Rückenmarksverletzung. Wird vermutlich lebenslang motorische Probleme verursachen ...*

Hellus Handy klingelt. Es ist Hanna, die mit dem Telefon am Wohnzimmerfenster steht und winkt. »Ich komm ja schon«, murmelt Hellu, zeigt auf den Papierstapel auf ihrem Schoß und schaltet den Motor aus.

Hanna ist daran gewöhnt, dass Hellu lange arbeitet, auch zu Hause noch. Hannas Arbeit als Krankenschwester ist psychisch vielleicht noch belastender, aber sie braucht wenigstens keine Patientenakten mit nach Hause zu schleppen.

Hellu zieht das letzte Dokument hervor. Es handelt sich unverkennbar um die Fotokopie eines älteren Schriftstücks: eine auf der Schreibmaschine getippte Diagnose aus dem Jahr 1998, unterschrieben von dem Kinderpsychiater Olli Vuonamo. Am oberen Rand klebt ein Post-it von Jens Oranen: *Das hier findet sich in keiner Datenbank! Mikson hat es die ganze Zeit gewusst.* Die Epikrise nimmt fast die ganze Seite ein, und Oranen hat einzelne Sätze gelb markiert.

*Es kann sich durchaus um eine Erstsymptom-Phase handeln, die durch seltsame subjektive Wahrnehmungen und unspezifische Symptome wie Beklemmung und Depressivität geprägt ist … symptomatisch sind uneinheitliches Denken und Verhalten, Assoziationsstörungen (Lockerung der Verknüpfung von Denkinhalten) und Wahnvorstellungen beispielsweise in der Beziehung zur Umgebung oder zu anderen Menschen …*

»Jetzt hab ich dich an den Eiern, Niemi«, flüstert Hellu und legt die Papiere in die Mappe zurück. Der indische Linseneintopf erscheint ihr plötzlich gar nicht schlecht. Außerdem hat sie Lust auf Sex, hoffentlich ist auch Hanna heute in der richtigen Stimmung.

# 44

Das Telefon hat mindestens schon zehnmal geklingelt, aber niemand meldet sich. Jessica will gerade aufgeben, als sie die zarte Stimme einer jungen Frau hört.

»Krista.«

»Hallo, hier ist Jessica Niemi von der Polizei.«

»Hallo«, antwortet die Frau verunsichert. Es handelt sich um Krista Günsberg, die Tochter der Taxifahrerin. Jessica hat kurz zuvor die Taxiquittung hervorgekramt, die sie früher am Tag, ganz gegen ihre Gewohnheit, in ihre Brieftasche gestopft hatte. Ein glücklicher Zufall, der bei Ermittlungen leider selten vorkommt.

Jessica will sich gerade wegen des späten Anrufs entschuldigen, doch aus dem Stimmengewirr im Hintergrund schließt sie, dass sie Krista nicht aus dem Schlaf gerissen hat.

»Ich habe Ihre Nummer von Ihrer Mutter bekommen, bei der ich heute im Taxi gesessen habe.«

»Ja?«

Kristas Stimme klingt angespannt. Kein Wunder, wer freut sich schon, wenn er einen Anruf von der Polizei bekommt.

»Kein Grund zur Sorge«, sagt Jessica ruhig. »Ich möchte Sie nur nach einer Bloggerin fragen, der Sie offenbar auf Instagram folgen. Lisa Yamamoto. Und nach Kambo. Ich muss herausfinden, wie und wo Lisa Kambo erwähnt hat. Sie hatten Ihrer Mutter davon erzählt.«

Eine Weile ist nur das Gelächter der Menschen im Hintergrund zu hören. Dann scheint Krista »Pst« zu sagen, und die Stimmen werden leiser. Eine Tür wird geschlossen.

»Worum geht es?«, fragt Krista, die nun, nach der Stille zu schließen, allein in einem anderen Zimmer ist.

»Ihnen wird nichts vorgeworfen. Aber Sie haben offenbar mitbekommen, dass Lisa Yamamoto in den sozialen Medien über Kambo berichtet hat. Erinnern Sie sich vielleicht, in welchem Zusammenhang? In einer Insta-Story? Oder auf ihrer Webseite?«

Krista Günsberg schweigt. Ein paar Sekunden lang lässt sie Wasser aus dem Hahn laufen.

»Krista?«

»In einer Insta-Story, ja«, sagt die junge Frau schließlich. »Und ein paar Fotos hat sie auch gepostet …«

»Sehr gut, danke. Erinnern Sie sich, wann das war?«

Krista Günsbergs Stimme verändert sich ein wenig, offenbar hat sie die Lautsprecherfunktion eingeschaltet und hält sich das Handy jetzt vors Gesicht.

»Warten Sie mal … ich seh nach.« Eine quälend lange Stille folgt. »Anscheinend hat sie die Fotos gelöscht.«

Jessica presst ihre Finger gegen die Stirn. »Ja, ich weiß. Deshalb frage ich ja, ob *Sie* sich erinnern, wann sie die Fotos gepostet hat.«

»Vor zwei Wochen ungefähr.«

»Und hat Lisa ihren Followern einen bestimmten Kambo-Anbieter empfohlen?«

»Ja.«

Jessica hält sich das Handy ans andere Ohr und legt die Finger der rechten Hand auf die Tasten ihres Laptops. »Wen?«

»Ich … ich war da zur Behandlung«, fährt Krista fort.

»Zur Kambo-Behandlung? In dem Laden, den Lisa empfohlen hat?«

»Lisa war selbst da gewesen. Sie hatte ein paar Fotos auf Instagram, wo sie den Verlauf der Behandlung gezeigt hat.«

»Wie heißt der Laden?«, fragt Jessica und merkt, dass ihr Tonfall ungeduldig geworden ist. Sie starrt auf das leere Google-Feld, das geradezu nach einem Suchwort schreit.

»ALH. *Alternative & Liebe Helsinki*. In Kallio, an der Toinen linja. Es ist ein kleines Studio, nur ein Raum. Aber ganz sauber. Der Typ heißt Jose, glaub ich.«

Jessica tippt »ALH Kallio« in das Suchfeld und findet das Studio schnell. Auf den ersten Blick wirkt es unverdächtig, neben der Adresse sind auch die Website und die Telefonnummer angegeben.

Rasch kopiert sie die Angaben auf den digitalen Notizzettel.

»Sagt Ihnen der Name Olga Belousova etwas?«, fragt sie dann.

Krista schweigt einen Moment.

»Nein.«

»Okay. Hätten Sie morgen Zeit, für eine Blutprobe zum Arzt zu gehen? Kein Grund zur Sorge, aber wir müssen wissen, was genau man Ihnen dort verabreicht hat.«

»Froschgift. Das ist der …«

»Ich weiß, aber trotzdem. Ich schicke die Anweisungen per SMS. Es ist auch in Ihrem Interesse. Kein Stress, Sie haben nichts zu befürchten. Uns interessiert lediglich die Zusammensetzung des Kambo.«

Jessica wartet, bis Krista zustimmt, dann verabschiedet sie sich und legt auf.

Sie wirft einen Blick auf ihre Armbanduhr, es ist fünf nach zehn. Die vorliegenden Indizien reichen aus, um die Räume des ALH noch heute Nacht zu durchsuchen.

# 45

Jami Harjula umklammert das mit Leder bezogene Lenkrad des Rambler American. An der Ampel an der Kreuzung der Meripellontie und der Rusthollarintie schaltet er in den Leerlauf und bringt den Motor auf Touren: Der V6 heult laut, wenn auch ein bisschen verstimmt auf. Die Novembernacht im Osten von Helsinki ist nicht die richtige Umgebung für den Klang des Motors, der eher dazu geschaffen ist, an hellen Sommerabenden im Stadtteil Kaivopuisto zu schnurren. An solchen Abenden füllt sich dort die Merikatu mit Sportwagen unterschiedlichsten Alters, die Leute stehen an den Eisdielen Schlange, und die Jetskis kreuzen um die Wette zwischen den Inseln Liuskaluoto und Sirpalesaari. Dass eine Stadt zwei so verschiedene Gesichter haben kann.

Die Fahrt von Harjulas Haus in Vartiokylä nach Aurinkolahti dauert mit dem Auto nur zehn Minuten. Harjula parkt an der Ecke des Aurinkolahti-Platzes, hundert Meter von der Stelle, wo er am Morgen den Wagen abgestellt hat, nachdem er zum Fundort der Leiche gerufen worden war. Da war er nicht im Schwarzen Mann unterwegs, sondern im Dienstwagen, einem Octavia.

Harjula nimmt die Taschenlampe vom Beifahrersitz und steigt aus. Der starke, zum Meer hin wehende Wind scheint ihn zum Tanz aufzufordern. Das Wasser gleicht einem großen schwarzen Acker.

Er blickt sich um. Die überall aufragenden weißen, sechs- oder siebenstöckigen Wohnhäuser sind unmittelbar am Ufer gebaut, und alle Wohnungen haben einen verglasten Balkon. Elegant. Er erinnert sich noch gut daran, wie man um die Jahrtausendwende daranging, das Image der Gegend aufzupeppen. Der Stadtteil, der damals Mustalahti, »Schwarzbucht«, hieß, wurde in Aurinkolahti, »Sonnenbucht«, umgetauft. Ein ziemlich kühnes, aber offenbar erfolgreiches Rebranding.

In den meisten Wohnungen brennt Licht, obwohl es schon halb elf Uhr abends ist. Hier wohnen mehr als 8000 Menschen, aber im Fall Olga Belousova hat sich kein einziger Augenzeuge gemeldet. Wenn die Frau in der Kleidung einer japanischen Comic-Figur durch den Stadtteil gegangen wäre, würde sich zweifellos jemand an sie erinnern. Und eben deshalb muss die Leiche vom Meer gekommen sein.

Harjula bleibt an der Wasserlinie beim Bootshafen stehen. Der Hafen besteht aus vier langen Anlegern und bietet Platz für mehr als hundert Boote. Jetzt sind hier nur ungefähr zehn Boote vertäut, von denen einige in so schlechtem Zustand sind, dass sich vermutlich niemand die Mühe machen wird, sie für den Winter aufzubocken.

Zwischen dem Bootshafen und dem Sandstrand befindet sich ein massiver, rund dreihundert Meter langer Wellenbrecher, was die Möglichkeit ausschließt, dass Olga Belousovas Leiche aus einem der am Anleger vertäuten Boote ins Meer geworfen wurde.

Harjula blickt in die Gegenrichtung. Einen halben Kilometer weiter, am anderen Ende des Sandstrandes, hat man in der Einbuchtung einen zweiten Bootshafen angelegt, der ebenfalls durch einen Wellenbrecher geschützt ist.

Laternenpfähle beleuchten die Promenade. Harjula geht unmittelbar am Wasser über den Sandstrand, sodass die Wellen beinahe seine Schuhe nässen. Dann klettert er auf einen

Felsblock in der Mitte des Strandes und späht eine Weile um sich, als könnte man aus einigen Metern Höhe alles viel deutlicher sehen.

Die Stelle, an der Olga Belousovas Leiche gefunden wurde, liegt etwa zehn Meter vor dem Felsen. Im hartgefrorenen Sand sind immer noch die Fußspuren zu sehen, die Harjula und die Tatortermittler hinterlassen haben.

*Von wo zum Teufel bist du hierher geschneit, Olga?*

Harjula betrachtet die kleine, bewaldete Landzunge zwischen dem Strand und dem zweiten Bootshafen und zieht sein Handy aus der Manteltasche. Laut Google Maps heißt die gut hundert Meter lange und fünfzig Meter breite Landzunge Suorttio.

Nach dem Expertengutachten, das sie früher am Tag in Auftrag gegeben haben, ist es zwar möglich, doch in Anbetracht der Strömung nicht besonders wahrscheinlich, dass eine Leiche, die außerhalb der Bucht ins Wasser geworfen wurde, zwischen dem Felsblock und Suorttio ans Ufer getrieben wird. Der Experte hält es für nahezu sicher, dass die Leiche an der Fundstelle oder in ihrer Nähe, innerhalb der Bucht, ans Ufer gelegt wurde.

Aber dann hätte irgendwer etwas sehen müssen.

*Verdammt.*

Harjula geht weiter bis ans Ende des Sandstrands und bleibt am Rand des Hafenbeckens stehen. Rechts von ihm erstreckt sich die Landzunge ins Meer und begrenzt den Hafen. Ihr Ufer ist nur ungefähr zehn Meter von den äußersten Anlegern entfernt.

Der Wind nimmt zu und bringt die Boote zum Schaukeln.

Harjula kneift die Augen zusammen. Wenn Olga zwischen den Bäumen auf der Landzunge ins Wasser gelegt wurde, hat es nicht unbedingt jemand gesehen. Aber dann hätte die Leiche zuerst mit einem Auto an die Stelle gebracht oder von einem Boot aus auf die Landzunge gezogen werden müssen.

Harjula beschließt, die Landzunge zu untersuchen. Er spürt den harten Felsboden unter seinen Füßen und wundert sich darüber, dass die hohen Kiefern auf so felsigem Grund wachsen können. Langsam, den niedrig hängenden Ästen ausweichend, nähert er sich der Spitze der Landzunge. Rechts schimmert das Wasser, hinter dem Olgas Fundstelle liegt, die Entfernung beträgt vielleicht hundertfünfzig Meter. Die vollständige Dunkelheit über dem Meer und die Straßenlampen an der Promenade bilden einen gewaltigen Kontrast, als würden sich zwei Welten begegnen. Und wenn man genauer darüber nachdenkt, wurde Olga Belousovas Leiche da gefunden, wo Licht und Dunkelheit sich kreuzen.

Plötzlich spürt Harjula unter seiner Schuhsohle etwas anderes als Moos und Fels.

Er hebt den Fuß und sieht ein kleines, halb in den Erdhügel gedrücktes Buch. Ein Notizbuch, bei genauerer Betrachtung.

Harjula holt Gummihandschuhe aus der Manteltasche und zieht sie an. Er hebt das Buch auf und öffnet es. Die knochenweißen Seiten sind nass und eiskalt. Rasch blättert er das Notizbuch von vorn bis hinten durch. Am Anfang sind einige Seiten herausgerissen, aber auf der ersten kompletten Seite sind in sauberer Handschrift drei Namen vermerkt.

# 46

Es ist eine Minute vor elf. Jessica sitzt auf der Rückbank eines Streifenwagens an der Ecke der Toinen linja und der Castréninkatu. Der Wind lässt die Zweige der kahlen Bäume auf dem leeren Spielplatz tanzen, und weiter weg, hinter dem Ilola-Park, ragt das Helsinkier Stadttheater weiß vor dem dunkelgrauen Himmel auf. Im Autoradio läuft ausgerechnet die Nummer eins der Charts: Spider's Web, der Titelsong des neuen Albums von Kex Mace's.

Der Text ruft Jessica den etwas trotzigen und ungemein selbstbewussten Rapper in Erinnerung, den sie gegen Mittag im Sea Horse getroffen hat. Sie öffnet Instagram auf ihrem Handy und besucht seinen Account. Bei dem Profilbild und dem Namen @kexmaces ist ein kleines blaues Zeichen zu sehen, das Instagram dem Account als Zeichen seiner Authentizität verliehen hat. Im Namen von Superstars werden oft unzählige Fake Accounts eröffnet, und der blaue Punkt verrät den Followern, dass dieses Konto echt ist.

Der Rapper hat fast eine Million Follower. Auf seinem Account sind über tausend Bilder. Fotos von Partys, Galas, Auftritten, Urlaubsreisen, Joggingstrecken, Jachten, Hubschraubern und dem Zuhause des Stars. Viele Bilder zeigen eine Spinne. Wenn man sie anklickt, erfährt man, dass es sich um Escobar handelt, das neue Haustier des Rappers. Jessica überlegt, ob Escobar den Künstler zu seinem Album inspiriert hat oder ob das achtbeinige Haustier nur ein Werbegag für die neue Platte ist.

Jessica blättert weiter, stoppt die über das Display huschenden Bilder aber, als sie Lisas Gesicht entdeckt. Auf dem Schwarzweißfoto posieren Kex und Lisa Wange an Wange, mit strahlendem Lächeln. *Die heißeste Bloggerin Finnlands. Folgt ihr! @thelisayamamoto.* Die Aufnahme wurde in einem Innenraum gemacht, im Hintergrund sieht man eine dunkelgraue Wand und die Ecke eines gerahmten Gemäldes. Das Foto wurde vor zwei Monaten, im September, gepostet.

»Ruhig hier«, sagt der Polizist, der am Lenkrad sitzt, und dreht seinen Schnupftabak zwischen Daumen und Zeigefinger. Jessica steckt ihr Handy in die Manteltasche.

Dann klappt sie den Spiegel in der Sonnenblende herunter und mustert sich. Sie hat ihre schwarzen Haare zum Pferdeschwanz gebunden und ein dunkelblaues Basecap mit der Aufschrift New York Yankees aufgesetzt. Jetzt merkt sie, dass sie aussieht wie eine der kaltschnäuzigen Polizistinnen in den amerikanischen Serien.

Schräg gegenüber auf der anderen Straßenseite, zwischen einem Gebrauchtwagenhandel und dem Café 23, befindet sich ein kleines Geschäftslokal, an dessen Schaufenster in verschnörkelten Buchstaben *Alternative & Liebe Helsinki* steht. Einige Gäste des Café 23 stehen rauchend auf dem Bürgersteig, aber ansonsten ist vor dem Gebäude alles ruhig.

»Gehen wir?«

»Warte noch«, sagt Jessica.

Jusuf ist gerade mit einer zweiten Streife an der Wohnung des Geschäftsinhabers Jose Rodriguez, die sich nur fünfhundert Meter weiter in der Alppikatu befindet.

Als Jusuf endlich anruft, schließt Jessica die Augen.

»Jose Rodriguez scheint nicht zu Hause zu sein«, sagt Jusuf

mit müder Stimme. »Wir haben einen Nachbarn getroffen, der sagt, er hätte ihn heute früh zuletzt gesehen.«

»Okay«, seufzt Jessica.

»Hat Hellu die Razzia nicht genehmigt?«

Jessica betrachtet ihre Hand, die rote Verfärbung an den Fingerknöcheln hat wieder eine neue Schattierung angenommen. Für den Einsatz von Zwangsmaßnahmen werden heutzutage strenge Kriterien gefordert, was aus der Sicht der Privatsphäre und Rechtssicherheit der Bürger wohl ganz gut ist. Mitunter ist die Folge aber eine unnötige Verzögerung, selbst dann, wenn es sich um einen bombensicheren Fall handelt, der schnelles Eingreifen erfordern würde.

Gerade jetzt liegt die Genehmigung auf Eis: Überraschenderweise gibt es in Helsinki mehrere Kambo-Praxen, sodass vorläufig keine direkte Verbindung zwischen ALH und Olga Belousova aufgezeigt werden kann. An sich ist alles klar, aber auf dem Papier zu wacklig.

»Nein«, sagt Jessica. »Wir haben die Erlaubnis noch nicht.«

»Was hast du vor?«

Sie schiebt das Basecap hoch und kratzt sich an der Stirn. »Wir gucken mal durchs Fenster. Ruf an, wenn sich was tut«, sagt sie und legt auf.

# 47

Aus den Kopfhörern dringt der lärmende Refrain von *Killing in the Name* der Band Rage Against the Machine. Nina Ruska legt die Gewichte auf die Gummimatte und wartet darauf, dass ihr Atem gleichmäßiger wird. Sie hat den Blick auf den großen Wandspiegel geheftet und sieht sich im ärmellosen Top in der Mitte des asketischen Raums, in dem weißes Eisen, schwarzes Leder und bunte Gewichtsscheiben dominieren. Ihre Schulter- und Brustmuskeln sind geschwollen, und die Haut über ihnen ist hochrot. Sie spürt, wie ihre Muskeln zucken und zittern.

Außer ihr ist niemand im Fitnessraum. Die wenigen, die üblicherweise am späten Abend trainieren, sind wohl gerade im Einsatz oder machen eine Trainingspause. Die meisten Kolleginnen und Kollegen stürmen morgens in den Kraftraum, sofern ihr Dienstplan es erlaubt. Und dann gibt es Jusuf, der zu den verschiedensten Zeiten auftaucht, manchmal sogar zweimal am Tag. Nina, die schon seit zwanzig Jahren diszipliniert trainiert, findet das impulsive und ziellose Verhalten von Menschen, die urplötzlich ihre Liebe für den Kraftsport entdecken, unerträglich. Jusuf ist ein Paradebeispiel für diesen Menschentyp: ein unbestritten sportlicher Kerl, an dessen Körper die Wirkung der schweren Gewichte anfangs zu schnellem Muskelwachstum führte und der von den raschen Ergebnissen so begeistert ist, dass er ohne vernünftiges Trainingsprogramm immer nur noch mehr Gewicht auflegt. Und wenn die erste Begeisterung vorbei ist, verschwinden die Muskeln so schnell, wie sie gekommen sind. Trotzdem hat Nina das merkwürdige Gefühl, dass sie nach der wilden Kneipenwoche nur deshalb in den Fitnessraum zurückgekehrt ist, um Jusuf dort zu begegnen. Irgendetwas an der Metamorphose des Mannes spricht sie an. Vielleicht hat es damit zu tun, dass Jusuf wieder Single ist: Vielleicht hat Ninas Unterbewusstsein sie zum Aasvogel gemacht.

Nina greift nach den Gewichten und lehnt den Rücken an die Bank, die in einem Winkel von fünfundvierzig Grad eingestellt ist. Bei den langsamen Wiederholungen mit schwerem Gewicht brennen Brust und Schultern. *Neun, zehn, elf, zwölf …*

Nina möchte, dass jede Muskelfaser in ihrem Körper sich bis aufs Äußerste zusammenzieht, jede Zelle soll alles geben, nicht weniger. Wenn ihre Arme vor Anstrengung zittern, sieht sie alles klarer. Der Kraftaufwand klärt den Kopf und vertreibt die Störfaktoren. So kann ihr Geist sich darauf konzentrieren, mit dem fertigzuwerden, was ihr passiert ist.

*Dreizehn.* Sie sieht sich auf dem Boden des dunklen Kellers, hilflos und nackt, nur in ein weißes Laken gewickelt. Um sie herum sind die Männer der Spezialtruppen im Einsatz.

Ihre Arme heben sich langsam, und der herrliche, brennende Schmerz in der Brust ist so stark, dass Nina sich vorstellt, ihr Herz würde zerreißen.

*Vierzehn.*

*Ich habe dir in die Augen gesehen, Micke, und gesagt, dass ich dich liebe. Und du hast dasselbe zu mir gesagt, obwohl du Arschloch keine verdammte Ahnung von der Liebe hattest.*

Noch eine Wiederholung. Vielleicht zwei. Scheiße!

*Fünfzehn!*

*Jessica Niemi. Wir haben nie gesagt, dass wir Freundinnen sind. Aber wir sind Kolleginnen, die einander vertrauen müssten. Ver-*

*fluchte Jessica. Die wunderbare Jessica, der man alles verzeiht, die hinter meinem Rücken mit Micke gevögelt hat und die trotzdem alle lieben.*

Nina spürt, wie die Adern an ihrer Stirn hervortreten.

Der Verrat wird auch dadurch nicht gemildert, dass Micke sie beide betrogen hat.

*Sechzehn.*

Noch eine. Die Fäuste mit den Gewichten strecken sich zur Decke, ihr Körper will aufgeben, ihr stockt der Atem, aber sie muss verdammt nochmal die letzte Wiederholung schaffen, weil sie es so beschlossen hat.

*Jessica hätte eine ordentliche Abreibung verdient. Die Faust aufs Auge und Punkt.*

*Siebzehn!*

Nina brüllt wie eine Löwin. Die Hanteln fallen auf den Boden, und die Gummimatte lässt sie hochhüpfen, bevor sie zur Seite rollen.

Nina schließt die Augen. Ihr ist schwindlig. Ihre Arme sind wie abgestorben. Sie schüttelt den Kopf, hebt ihr Handy vom Boden auf und knipst sich im Spiegel. Sie sieht furchtbar aus, ihr Gesicht ist feuerrot und schweißnass, unter der Haut sind geplatzte Äderchen zu sehen. Aber so soll es ja sein. *Authentische Training-Posts.*

Instagram. Der New York-Filter. *#Abendtraining #Maximum #Strandlöwe #stralöo1072020*

Nina will das Foto posten, doch ihr zitternder Finger macht über dem Display Halt. Sie braucht einen Moment, um zu begreifen, was ihr gerade aufgegangen ist. Es ist etwas sehr Simples, etwas, das noch niemand überprüft hat.

»Verdammt nochmal«, flüstert sie und nimmt schnell den Kopfhörer ab.

# 48

Die Gäste, die rauchend vor dem Restaurant stehen, beobachten aufmerksam, wie die Polizisten die Straße überqueren. Jessica geht in Zivilkleidung voran und ignoriert das verächtliche Getuschel von zwei Männern mittleren Alters, die auf der Terrasse stehen. An diesem Ort und zu dieser Tageszeit schätzt niemand ihre Anstrengungen für die öffentliche Sicherheit.

Jessica und die Streifenpolizisten bleiben an der Tür des Geschäfts stehen. An den großen Schaufenstern zu beiden Seiten der Glastür hängen weiße Rollos.

Sie rüttelt an der Tür, die jedoch erwartungsgemäß abgeschlossen ist. Die Metallklinke fühlt sich an ihrer bloßen Hand eiskalt an. Sie hat vergessen, Handschuhe mitzunehmen.

»Hier«, sagt der kahlköpfige, bärtige Polizeimeister und reicht ihr eine Taschenlampe mit langem Griff.

Jessica ergreift sie, richtet das Licht durch die Glastür und sieht einen Raum, der ungefähr so groß ist wie ihre Einzimmerwohnung in Töölö. Zimmerpflanzen, ein paar Sitzsäcke, zum Thema passende Froschbilder und ein hoher Tisch mit einem Laptop. Auf dem Fußboden zusammengerollte Yogamatten, Kerzen, Bücher und einige Eimer. An der Wand hängt eine gelbe Regenjacke.

Und dann ist da noch etwas, das Jessicas Aufmerksamkeit fesselt. Es liegt auf dem Boden, halb hinter einem Sitzsack.

»Kommt mal gucken«, sagt sie. »Ist das ein Handy?«

Der eine der beiden Streifenbeamten greift nach der Taschenlampe und kneift die Augen zusammen.

»Könnte sein«, sagt er, die Stirn an die Glastür gepresst.

»Mach die Taschenlampe mal kurz aus«, befiehlt Jessica und holt ihr Handy hervor. Sie wählt die Nummer, die sie vor einer halben Stunde Jusuf gegeben hat. Einige Sekunden vergehen. Dann beginnt das schwarze Ding auf dem Fußboden zu blinken.

Jessica spürt, wie ihr Puls sich beschleunigt. Sie weiß, dass es keinen vernünftigen Grund dafür gibt, dass das Handy um elf Uhr abends auf dem Boden des Studios liegt. Schon gar nicht an einer so sichtbaren Stelle: Wenn der Besitzer zurückgekommen wäre, um es zu suchen, hätte er es sofort gefunden.

Sie klopft an die Glasscheibe, doch niemand kommt an die Tür. Sie wartet einen Moment, dann klopft sie erneut, diesmal noch heftiger.

Nichts rührt sich.

Die Möglichkeit, dass Jose Rodriguez, der Kambo-Behandlungen anbietet, am Ende des Arbeitstages in seinem Geschäft eingeschlafen wäre, wird zusehends unwahrscheinlicher.

»Wir müssen rein«, sagt Jessica. »Hol das Werkzeug.«

Der ältere Streifenpolizist starrt sie an, blickt zu den Restaurantbesuchern hinüber, die aus zehn Metern Entfernung die Situation beobachten, und mustert schließlich das Schloss der Glastür. Dann hebt er den Griff der Taschenlampe. Jessica sieht ihn fragend an.

»Ich würde es damit versuchen«, schlägt er vor.

»Okay, ich übernehme die Verantwortung«, sagt Jessica und tritt zur Seite. »Leg los.«

Der Polizist zögert nicht lange, sondern zerschlägt die Glasscheibe mit dem Ende der Taschenlampe. Die beiden Männer, die immer noch auf der Terrasse herumlungern, feuern sie spöttisch an.

Der Polizist schlägt mit der Taschenlampe die spitzen Glassplitter vom Rahmen, schiebt seine durch den Handschuh geschützte Hand durch das Loch und öffnet die Tür. Kein Alarm ertönt. Nur das unter den Schuhen knirschende Glas zerbricht die Stille.

Jessica greift nach ihrer Waffe, der Polizist ebenfalls. Der zweite Uniformierte bleibt an der Tür.

Sie schaltet das Licht ein. In der Luft hängt ein seltsamer Geruch nach Räucherstäbchen und verbranntem Fleisch.

An der Rückwand stehen Regale mit Tontöpfen, Einmachgläsern und Geräten, über deren Zweck Jessica nur Vermutungen anstellen kann. Auf den ersten Blick ist in dem Raum nichts, was sie nicht schon durch die Glastür gesehen hätten.

Mit der freien Hand hebt sie das Handy von Jose Rodriguez auf und drückt auf die Home-Taste. *12 llamadas perdidas.*

*12 verpasste Anrufe.* Das Handy hat schon eine ganze Weile auf dem Fußboden gelegen.

Jessica nickt zu der schwarzen Tür an der Rückwand.

»Jose Rodriguez?«, ruft sie, obwohl es ihr überflüssig erscheint. »Hier ist die Polizei.«

Der Polizist greift nach der Klinke. In der anderen Hand hält er immer noch die Pistole.

*»Hello, anyone?«*

Als keine Antwort kommt, nickt Jessica, und der Kollege öffnet die Tür.

Es scheint eine Weile zu dauern, bevor das Licht in die Dunkelheit der Toilette vordringt. Die Augen des rastalockigen jungen Mannes, der mit heruntergelassener Hose auf dem Klo sitzt, sind leuchtend blau. Sie sind weit aufgerissen, obwohl die zwischen die Augen geschossene Kugel ihn schon vor einiger Zeit in ewigen Schlaf versetzt und einen Teil seines Schädelinhalts an die hellblauen Wandkacheln geschleudert hat.

# 49

Rasmus Susikoski wirft einen Blick auf die Uhr am oberen Rand des Monitors. Sie zeigt 00:12, und seine Augenlider werden schon eine Spur schwer. An sich bedeutet Mitternacht in seiner Welt gar nichts, manchmal sitzt er selbst werktags bis zwei oder drei Uhr morgens vor seinen Internetspielen. Er war nie besonders athletisch, nicht einmal annähernd. Aber er besitzt eine nützliche Superkraft: minimalen Schlafbedarf. Während viele andere im Ermittlungsteam sich bei rund um die Uhr andauernden, intensiven Arbeitseinsätzen in Zombies verwandeln, kommt Rasmus notfalls eine Woche lang mit einigen Stunden Schlaf aus und bleibt trotzdem einigermaßen wach und denkfähig. Und dazu braucht er nicht einmal unbedingt Energy Drinks, die er allerdings unter normalen Umständen literweise trinkt.

In dieser Nacht hat er auf seinem Computer allerdings nicht Apex Legends oder Call of Duty gestartet. Stattdessen hat er Unmengen an Informationen und Bildern über Frösche, Kambo, Jose Rodriguez und Manga-Kleidung über den Bildschirm laufen lassen.

Durch das kleine Zimmer wabert der Geruch des säuerlichen Energy Drinks und der kalt gewordenen Suppe.

Aus dem Bluetooth-Kopfhörer kommt ein leiser Signalton, und Rasmus öffnet das Browserfenster für Messenger. Die Nachricht kommt von Nina.

Von Nina!

Rasmus spürt, dass sich sein Puls beschleunigt. Er öffnet das Chatfenster.

**Nina Ruska**: *Wach?*

**Rasmus Susikoski**: *Ja. =)*

**NR**: *Ich hab gesehen, dass du online bist. Hast du schon von der Sache in der Toinen linja gehört?*

**RS**: *Ja. Hellu hat eine Nachricht geschickt.*

**NR**: *Mir auch.*

Rasmus lehnt sich zurück und trinkt einen Schluck Limo aus Mate-Extrakt. Es ist strengstens verboten, sich in den sozialen Medien über berufliche Dinge zu unterhalten, selbst in privater Kommunikation. Aber die Kommunikation ist genau das: privat, und niemand hat das Recht oder auch nur die Möglichkeit, sie zu kontrollieren.

**RS**: *Jessi und Jusuf fahren offenbar gerade da weg. Und die technische Untersuchung geht los.*

**NR**: *Okay. Himmel nochmal, was für ein chaotischer Fall.*

**RS**: *Ja.*

**NR**: *Ich hab über diesen Akifumi nachgedacht. Über die Nummer.*

**RS**: *2511946?*

**NR**: *Anfangs dachte ich, es wäre eine rein zufällige Ziffernreihe. Sicherheitshalber eine lange, damit bestimmt niemand dieselbe Chiffre hat. Es gibt nämlich wahnsinnig viele Akifumis. Aber ich hatte das Gefühl, dass doch irgendwas dahintersteckt.*

**RS**: *Ich weiß, was du meinst.*

**NR**: *Aber dann ist mir gerade eine Idee gekommen. Unsere Trainingsgruppe hat ihren eigenen Hashtag. #stralö010720, was bedeutet, dass wir am ersten Juli alle fit für den Strand sind. Stralö wie Strandlöwe. LOL.*

**RS**: *Und?*

**NR**: *Und weil diese ganze Sache auf Instagram läuft, hab ich da nach der Ziffernreihe gesucht.*

**RS**: *Was hast du gefunden?*

**NR**: *Hashtags. #2511946. Es gibt fast zwanzig.*

Rasmus spürt einen Stich im Herzen. Hashtags? Wieso hat er nicht daran gedacht?

Sofort öffnet er Instagram und gibt als Suchbegriff *2511946* ein. Es gibt 18 Fotos mit dem Hashtag *#2511946*.

Die Sache ist zu heiß, um sie im Chat zu besprechen. Rasmus greift nach seinem Handy und wählt Ninas Nummer. Gleich darauf meldet sich seine Kollegin mit munterer Stimme.

»Sorry, ich weiß nicht, ob du reden kannst …«

»Ich hab mir schon gedacht, dass du anrufst«, sagt Nina.

»Hast du dir die Bilder angesehen?«, fragt Rasmus und scrollt über die Seite.

»Ja. Auf den ersten Blick haben sie nichts Gemeinsames, sie sind alle an verschiedenen Orten aufgenommen und von verschiedenen Nutzern gepostet worden. Aber wenn man sie eine Weile untersucht, merkt man, dass …«

»Dass sie alle Bars zeigen?«

»Genau, und Restaurants, Hotels, Motels. Und auf keinem einzigen sieht man Menschen. Außerdem ist zu jedem Foto der Ort vermerkt.«

»Sind sie alle …«

»In Schweden«, sagt Nina, und Rasmus spürt eine gewisse Enttäuschung.

»In Schweden?«, fragt er und rückt die Lehne seines Stuhls in eine bequemere Position.

»Ja. Die meisten in Stockholm, aber auch in Uppsala, Örebro, Helsingborg, Malmö, Göteborg. Es sind sowohl Bruchbuden dabei als auch hochkarätige Lokale. Schäbige Motels und Fünf-Sterne-Hotels. Einfache Bars und feine Nachtclubs. Ich hab mir die Bilder ziemlich lange angesehen und überlegt, warum die Leute solche nichtssagenden Fotos von Gebäuden und ihren Namenschildern machen, den Ort taggen und ein

Bündel Hashtags hinzufügen, unter anderem *#2511946*. Das steht immer am Schluss«, erklärt Nina. Dann macht sie eine längere Pause.

»Immer am Schluss … Das weist ja ganz klar darauf hin, dass es sich um eine Art Protokoll handelt.«

»Genau. Ich dachte mir sofort, dass irgendetwas diese Orte verbindet und sie deshalb mit dieser Ziffernreihe markiert wurden. Denk doch mal nach, Rasmus. Wenn das zutrifft, kann der Instagram-User eine Liste dieser Orte suchen …«

»Wenn er die Ziffernreihe kennt«, ergänzt Rasmus. Er nimmt die Brille ab, und im selben Moment bekommt das Rätsel in seinem Kopf eine neue Bezeichnung. »Es ist ein Suchbegriff.«

»Ja«, sagt Nina. »Es ist verdammt nochmal ein Suchbegriff, Rasse!«

Rasse spürt, wie die Spannung vom Nacken her zu seinen Fingerspitzen wandert. Die Entdeckung beweist eigentlich gar nichts, und die in Schweden getaggten Orte haben bisher keinerlei Verbindung zu ihrem Fall. Dennoch wirkt gerade jetzt alles klar und deutlich.

»Vielleicht ein geheimer Suchbegriff, dann wäre er gleichzeitig auch …«

»Ein Kennwort«, führt Nina Rasmus' Satz zu Ende.

»Aber wofür?«

»Das kommt gleich. Ich bin nämlich noch einen Schritt weitergegangen.«

*Wundervolle Nina. Kluge, schöne, scharfsinnige Nina. Starke Nina. Nina, die ihre Erkenntnisse einzig und allein mit ihm teilen will.*

»Na?«

»Ich hab überlegt, warum nur Schweden. 18 Fotos von schwedischen Gaststätten und Hotels. Und dann hab ich es kapiert: 46.«

»46?«

»Die beiden letzten Ziffern. 2511946. Vier. Sechs. Das ist die Vorwahl von Schweden. Ich hab sie durch die 358 für Finnland ersetzt, rate mal, was dabei herauskommt.«

Rasmus hält die Luft an und tippt *25119358* in die Instagram-Suchleiste.

Als er auf Enter drückt, erscheinen neue Fotos auf dem Bildschirm: 10 Stück, um genau zu sein.

»Ansonsten dasselbe Schema, aber diese Orte sind in Finnland. Und rate mal, welcher Nachtclub dabei ist«, sagt Nina.

»Das Fenix.«

»Genau.«

»Herrje«, stößt Rasmus hervor. »Und ... Und die anderen Vorwahlnummern? Hat jedes Land seinen eigenen Hashtag?«

»Genau das hab ich auch überlegt. Ich hab es auf die Schnelle mit einigen ausprobiert, und allem Anschein nach funktioniert das System zumindest in Skandinavien, mit Ausnahme von Island. In Norwegen gibt es fünf Tags und in Dänemark 14. Mit demselben System habe ich zum Beispiel in Deutschland, Frankreich oder Estland nichts gefunden.«

»Ein skandinavisches ... was? Hat das irgendwie mit Kambo zu tun?«

»Meines Wissens ist Kambo in keinem dieser Länder illegal.«

»Mit Drogen?«

»Alles ist möglich, Rasse«, sagt Nina, womit sie ausgesprochen recht hat.

Rasmus denkt an das TOR-Netzwerk, an die Untersuchungen der letzten Jahre, die gezeigt haben, dass man im Internet alles Mögliche suchen kann, ob Drogen, Elfenbein, Waffen oder Kinderporno, wenn man das richtige Suchwort eingibt, das nur den Mitgliedern des Rings bekannt ist. Deshalb ist es für die Polizei schwierig, ihnen auf die Spur zu kommen.

»Weiß Jessica schon davon? Oder Hellu?«, fragt er.

»Noch nicht. Ich wollte erst mit dir reden.«

Rasmus spürt Wärme aufsteigen. Er ist Ninas ICE-Person. *In case of emergency.*

»Ich würde vorher gern wenigstens einen kleinen Hinweis darauf finden, wer Akifumi ist. Und warum er die Vorwahl von Schweden in seinen Instagram-Namen aufgenommen hat«, seufzt Nina.

»Vielleicht ist er ein Whistleblower? Jemand, der die Polizei auf etwas aufmerksam machen will?«

»Warum hat er der Polizei dann nicht einfach eine Nachricht geschickt und erklärt, worum es geht? Warum sollte er so einen vagen Hinweis geben, den womöglich niemand richtig deutet?«

»Ich weiß nicht. Aber das Gute an der Sache ist, dass wir nur einen einzigen von denen aufzuspüren brauchen, die diese Fotos gepostet haben, und aus ihm herausholen, worum es hier …«

»Daraus wird nichts, Rasse.«

»Wieso denn nicht. Wir …«

»Alle Accounts sind Fake-Accounts. Und auf jedem wurde nur ein einziges Foto geladen«, erklärt Nina, und Rasmus fühlt sich plötzlich unsäglich müde. Vielleicht hat ihn bisher die Hoffnung wachgehalten, aber Ninas Worte lassen sie schlagartig erlöschen. Je tiefer sie in dem Rätsel versinken, desto trüber scheint die Sicht um sie herum zu werden.

# 50

Jusuf lehnt sich an die Motorhaube und steckt sich eine Zigarette an. Vor dem Kambo-Studio auf der anderen Straßenseite ist ein Mannschaftswagen der Polizei vorgefahren, und das Gebiet vor dem Geschäft ist mit blauweißen Bändern abgesperrt. Die Wände der grauen Hochhäuser zu beiden Seiten des niedrigen Gebäudes flackern hellblau. Auf den Balkons stehen Neugierige.

Jusuf saugt das Nikotin in die Lunge, hält einen Moment die Luft an, als wollte er dem Gift die Chance geben, gründlich in seinen Kreislauf einzudringen. Dann lässt er den Rauch als dünnes Band durch den Mundwinkel entweichen.

In letzter Zeit hat er mehr geraucht als je zuvor. Er hat allmählich alle Sportarten aufgegeben, die Ausdauer erfordern – Joggen, Unihockey und Futsal – und sich auf Krafttraining konzentriert.

Nach der Trennung im Frühjahr hatte er das Gefühl, nur beim Gewichtheben innere Ruhe zu finden. Die Musik im Kopfhörer, das Poltern der Gewichte, das Magnesiumpulver an den Händen und der Schweißgeruch. Die in den Muskeln rumorenden Lactate und das brennende Gefühl, das den Körper bei den letzten Wiederholungen langer negativer Serien erfasst. Die von der Anstrengung geschwollenen und zitternden Muskeln. Die vergleichsweise schnelle und sichtbare Entwicklung. Die Adern, die schon nach einem halben Jahr auf dem Bizeps hervorgetreten sind und die vor allem die Frauen zu betrachten scheinen.

Vor allem geht es wohl die ganze Zeit darum, sich neu zu erfinden. Jusuf wollte im Spiegel nicht mehr denselben, allen bekannten sportlichen, schönen dunkelhäutigen Jungen sehen, der auf dem Spielfeld mühelos einen Hattrick hinlegt, schnell duscht und dann nach Hause zu seiner Verlobten eilt. Es ist Zeit, etwas anderes zu sein. Er möchte mehr Eckigkeit und Glaubwürdigkeit. Er will wissen, wie es ist, mehr Alphamann zu sein: im nächsten Sommer so superfit zu sein, dass alle Frauen sich nach ihm umdrehen.

Und gleichzeitig weiß Jusuf: Scheiße, wie albern. Trotz allen Eifers und trotz der heiligen Versprechungen vor dem Spiegel hat er in den letzten Monaten keine Frau kennengelernt. Vielleicht hätte er sogar Chancen gehabt, aber Sex interessiert ihn nicht. Der Frust hat seine Libido zerstört.

Er blickt von seinen Schuhspitzen auf. Von der Innenstadt her kommt ein langer Lkw, der langsam vorbeifährt, und als er aus dem Blickfeld verschwindet, sieht Jusuf Jessica die Straße überqueren.

»In der Vorratskammer sind einige Flaschen«, sagt Jessica, als sie bei ihm angekommen ist, und fügt hinzu: »Sie werden zur Untersuchung ins Labor gebracht. Kann sein, dass sich alle Stoffe finden, unter das Froschgift gemischt oder einzeln.«

»Davon gehe ich aus. Wenn der Schütze sie nicht mitgenommen hat.«

Um die Ecke biegt eine Straßenbahn, die gemächlich an ihnen vorbei zum Marktplatz Hakaniemi und zur U-Bahn-Station rappelt. Hinten im Wagen steht ein Dutzend Feiernde in dunkelgrünen Studentenoveralls.

»Was denkst du über das Ganze?«, fragt Jessica und setzt sich neben Jusuf auf die Motorhaube.

Jusuf zieht an seiner Zigarette und blickt in den dunkelgrauen Himmel. Eine dicke Wolkendecke hat sich vor den Mond geschoben.

»Olga Belousova war am Samstag hier. Vielleicht allein, vielleicht mit jemandem. Vielleicht hat dieser *Jemand* heute erfahren, dass wir in Vuosaari eine Leiche gefunden haben. Dass es Olga sein muss. Und dass die Brandmale an ihrem Arm dazu führen, dass die Polizei hier nach ihr fragt«, meint Jusuf und rümpft die Nase, weil ein Teil des Rauchs sich in die Nasenhöhle zu verirren scheint. »Und dann ist er hergekommen und hat Jose Rodriguez erschossen, damit der nicht reden kann.«

»Das Gespenst?«, flüstert Jessica.

»So muss es sein.«

»Mich stört nur ein bisschen …«, beginnt Jessica, und Jusuf richtet den Blick auf sie. »Ich hab auf der Fahrt im Internet über den Besitzer des Ladens, über diesen Jose gelesen. Er scheint eine Art Pionier im Kambo-Geschäft gewesen zu sein. Jedenfalls in Finnland. Er hatte viele zufriedene Kunden, die schreiben, die Kambo-Behandlung hätte ihr Leben verbessert.«

»Und?«

»Es ist nicht möglich, dass er in die Kambo-Dosis aller Kunden Morphin und Buprenorphin gemischt hat. Die Wirkung wäre zu stark geworden, und er wäre früher oder später aufgeflogen. Außerdem ist die Mischung ziemlich teuer, und ich glaube nicht, dass alle für sowas zahlen wollen.«

»Du meinst also, er hat es nur bei einigen untergemischt?«

»Genau. Er hatte zwei verschiedene Kundengruppen.«

»Interessant.«

»Überleg doch mal, Jusuf. Wenn du jemanden davon überzeugen willst, dass er regelmäßig zur Behandlung kommen muss, ist es der perfekte Trick, das Gift mit etwas zu würzen, das nicht nur Kicks gibt, sondern auch süchtig macht. Aber wie ich schon sagte, hat Jose das nicht bei allen tun können und wollen«, sagt Jessica, während Jusuf die Kippe auf die Straße fallen lässt.

»Mach weiter, Jessi. Du bist voll im Flow.«

»Es muss noch mehr Mädchen wie Olga Belousova geben. Sie wissen vielleicht nicht, dass sie drogenabhängig sind, aber sie sind es trotzdem. Sie begreifen es nicht, weil sie an Kambo glauben und denken, dass bestimmte Empfindungen dazugehören.«

»Jemand peppt das Gift auf, damit die Kunden zurückkommen und mehr wollen? So ähnlich wie die Tabakfirmen?«

»Genau.« Jessica blickt auf die Kippe, die Jusuf gerade weggeworfen hat.

»Okay«, sagt Jusuf. »Wer organisiert diesen Mist?«

»Jemand, der junge Frauen ins Land bringt. Das ganze Schema – den Pass wegnehmen und ein Schuss in die Vene – ist in Zuhälterkreisen vielleicht veraltet. Außerdem sind Verzweiflung und Angst im Gesicht einer Sexarbeiterin zu sehen. Das ist schlecht fürs Geschäft. Und deshalb hatte auch Olga Belousova ihre Papiere bei sich. Die Frauen sind Gefangene, ohne es zu wissen. Es ist sozusagen eine offene Strafanstalt.«

»Deren unsichtbare Mauer die Kambo-Abhängigkeit ist?«

»An diesem Punkt müsste es wohl heißen: Abhängigkeit von aufgeputschtem Kambo, oder?«

»Scheint so.«

Zwischen den beiden Polizeifahrzeugen vor dem Gebäude hält der weiße Lieferwagen der KTU.

»Du glaubst also, dass bei Olga Belousova irgendeine Komplikation eingetreten ist?«, fragt Jusuf, als ein Mann und eine Frau aus dem Wagen aussteigen und weiße Schutzkleidung anlegen.

»Hier oder anderswo. Vielleicht erst in dem Boot, von dem Harjula gesprochen hat. Jedenfalls hatte niemand damit gerechnet. Man hat versucht, Olga wiederzubeleben, aber ins Krankenhaus konnte man sie nicht bringen, denn dort hätte man sich dafür interessiert, wo eine Frau, die sich illegal im Land aufhält, mit verschiedenen Chemikalien vollgepumpt wurde. Also hat man sie kurz entschlossen ins Meer geworfen, und ein paar Tage später hat ein Passant die Leiche gefunden.«

»Und Harjulas Theorie, irgendjemand hätte sich eine bewusstlose Frau bestellt, um sie zu vergewaltigen?«

»Daran glaube ich nicht. Das heißt, ich glaube schon, dass es in dieser kranken Welt Nachfrage nach so etwas gibt, aber meiner Meinung nach passt es irgendwie nicht zu der Geschichte«, sagt Jessica und zieht die Ärmel über ihre Finger.

»Gut, Jessi. Morgen lösen wir den Fall.« Jusuf steckt sich die nächste Zigarette an.

Eine Weile sitzen sie schweigend nebeneinander auf der Motorhaube. Der leichte Schneefall hat dem Asphalt schon einen dünnen weißen Schleier beschert. An den Fenstern der Hochhäuser sind Kerzen und Adventsschmuck zu sehen. Aber der Mann, der in seinem kleinen Laden tot auf der Toilette sitzt, hält Jusufs Gedanken gefangen, und er kann sich kaum vorstellen, dass es nur noch knapp einen Monat bis Weihnachten ist.

# 51

Jusuf hält in der Töölönkatu vor Jessicas Treppenaufgang.

Jessica steigt nicht gleich aus, sondern legt den Kopf an die Kopfstütze. Es ist eine Art Tradition, dass sie einen Moment gemeinsam schweigen, bevor sie sich trennen. Zu diesem Moment gehören das knackende Geräusch, das entsteht, wenn Jusuf die Handbremse anzieht, der im Leerlauf brummende Motor, die Scheibenwischer, die den Schnee beiseiteschieben, und die leise laufende Spotify-Liste, die Jessica nicht ausstehen kann. Der Stadtteil Töölö lag eigentlich nie auf Jusufs Heimweg, aber er besteht trotzdem regelmäßig darauf, Jessica nach Hause zu bringen.

Manchmal, wenn auch selten, hat Jessica ein schlechtes Gewissen, weil sie begonnen hat, das Arrangement als Selbstverständlichkeit zu betrachten. Bei Jusuf im Auto zu sitzen ist Teil eines Schauspiels geworden, das Jusuf signalisieren soll, dass Jessica so ist wie alle anderen: angewiesen auf kleine alltägliche Handreichungen. Kannst du mir einen Hunderter leihen? Hast du Zeit, mich nach Hause zu fahren?

Gelegentlich, vielleicht nur ein oder zwei Mal, hat Jessica überlegt, ob Jusuf vielleicht gern den Motor abstellen, den Wagen stehen lassen und mit ihr ins Haus gehen würde.

Würde sie selbst es wollen? Eher nicht. Jusuf ist schon seit Langem ein guter Freund, und sie möchte diese Freundschaft nicht für Sex aufs Spiel setzen. Außerdem haben sie sich immer gerade deshalb so gut verstanden, weil es zwischen ihnen keinerlei sexuelle Spannung gibt. Auf dem Papier würden sie zusammen gut aussehen. Aber Jessica hat gemerkt, dass sie Jusuf in Gedanken mit Toffe verbindet, dem kleinen Bruder, den sie vor langer Zeit verloren hat. Außerdem hatte Jusuf bis zum Frühjahr Anna. Das jahrelange Glück der beiden, die sich im Gymnasium ineinander verliebt hatten, hat allen Hoffnung gemacht, dass beileibe nicht jede Beziehung scheitert. Und jetzt ist auch dieses Wolkenschloss zerfallen.

»Danke fürs Mitnehmen«, sagt Jessica.

Sie weiß, dass sie diese Worte zu selten ausspricht.

»Nichts zu danken«, sagt Jusuf und lächelt müde. »Morgen machen wir weiter.«

Bevor Jessica die Tür zuschlägt, hört sie noch, wie er den Song der Band Gasellit mitsingt. *Nee, mit Malaga hab ich nichts am Hut. Mir geht's zu Hause verdammt gut.*

# 52

Jessica prüft mit den Fingerspitzen die Wassertemperatur und steigt in die Badewanne. Das heiße Wasser streichelt ihre Haut und putscht sie auf. Sie lässt sich langsam ins Wasser sinken, lässt jede Pore ihrer Haut den Moment genießen, in dem das Wasser sie umfängt. Bald geschieht dasselbe wie bei jedem Genuss: Der Körper gewöhnt sich schnell daran, und die Herrlichkeit wird zur neuen Normalität. Die angenehme Wärme wird sich schon bald lauwarm anfühlen, deshalb muss man jeden Sinneseindruck dann genießen, wenn das Erlebnis direkt ist, man muss hier und jetzt leben. Leichter gesagt als getan.

Jessica schließt die Augen, und als sie sie wieder aufschlägt, sind ihre Augenlider leichter geworden. Sie lässt den Blick durch das große Badezimmer wandern. Vor einigen Jahren wurde Mikrozement auf die weißen Kacheln an den Wänden aufgebracht. Jessica erinnert sich, wie Erne die einfache Eleganz des rauen, mattgrauen Aufstrichs bewundert hat, während er sich von Jessica beim Waschen helfen ließ. Manchmal vergaß er den Druck und die Scham, die seine Pflegebedürftigkeit in ihm weckte, und schaffte es, sich zu entspannen und sein Kontrollbedürfnis zu verdrängen. Dann lehnte er den Kopf an die weiche Nackenstütze der Wanne und schloss die Augen, während Jessica ihm mit Teershampoo die Haare wusch. Erne mochte den Geruch, der ihn an seine Kindheit erinnerte, an die Speicher auf der Insel Saaremaa, wo die bei der Jagd erlegten Wildschweine in der Herbstkühle hingen.

Erneut schließt Jessica die Augen, sie spürt Ernes Anwesenheit und die Sicherheit, die er ihr gibt, als wäre er bei ihr im Badezimmer.

»Ich bin so froh, dass du das hast«, sagt Erne eines Abends in der Wanne und schließt die Augen, als Jessica seine Haare mit lauwarmem Wasser spült. Er spricht langsam, seine Stimme ist brüchig, aber entschlossen. Sein Körper liegt im Sterben, doch sein Kopf funktioniert noch so wie immer. Im Guten wie im Schlechten.

»Was?«

»Na, das hier«, lacht Erne, lässt seinen Finger kreisen und bekommt eine kurze Hustenattacke. Danach schluckt er ein paar Mal, als wolle er sicherstellen, dass seine Stimme noch trägt, und fährt fort: »Aber vielleicht könntest du … Vielleicht solltest du dir überlegen, deinen Freunden die Tür zu deiner richtigen Wohnung zu öffnen. Den anständigen Typen, solchen, denen du vertraust. Jusuf. Oder Rasse. Dieser Fubu weiß ja auch nicht …«

»Erne«, seufzt Jessica. »Allmählich bereue ich, dass ich dich hergeholt habe.«

Erne nickt entschuldigend. »Sorry. Wenn man alt wird, gibt man dauernd Ratschläge, hast du das schon gemerkt? Oder vielleicht geht es nicht allein ums Altwerden, sondern darum, dass man bald stirbt. Dann glaubt man, dass man so weise geworden ist, wie man nur werden kann.«

Jessica trocknet sich die Hände ab und steht auf. Es ist so still, dass sie hören, wie aus dem Hahn noch ein paar Tropfen ins Badewasser fallen.

»Du solltest nicht darüber nachdenken müssen, ob sie dich wegen alldem nicht mögen würden. Oder ob die Tatsache, dass du Geld hast, dich irgendwie zu einem schlechteren Menschen macht. Zu einem anderen …«

»Vielleicht möchte ich das lieber nicht herausfinden«, sagt Jessica.

»Ich fürchte nur, Jessi, dass du grundlos einsam bist. Viele sind es, weil sie keine andere Möglichkeit haben. Weil sie hässliche, vertrocknete und grantige Hutzelmännchen sind, so wie ich. Weil all die Geheimnisse und Fehler, die sich im Laufe des Lebens angesammelt haben, Körper und Seele fast zum Platzen bringen. Du hast noch Zeit, dein Leben jemandem zu öffnen, dem du vertraust, Jessi.«

»Vielleicht fühle ich mich hier in meinem Märchenschloss ganz allein wohl«, sagt Jessica. »Vielleicht finde ich es schön, zwischen zwei Welten hin und her zu springen. Vielleicht ist das Freiheit.«

»Die Heimlichtuerei?«

»Nein, sondern die Möglichkeit zu wählen, was und wer man ist. Jeden Tag von neuem.«

Erne nickt erschöpft, er begreift, dass er aufgeben muss. Jessica geht ans Waschbecken und reibt sich die Hände mit Feuchtigkeitscreme ein. Im Spiegel sieht sie sich selbst und den in der Badewanne liegenden Erne. Sie weiß, dass ihm nur noch Tage, höchstens zwei Wochen bleiben. Gerade jetzt ist Erne relativ munter, fast sein altes Ich, aber gegen Ende des kurzen Bades wird er so müde sein, dass er die Augen nicht mehr aufhalten kann. Seine Zeit läuft ab, das weiß Jessica. Der Arzt hat ihr gesagt, dass Erne unter dem Einfluss der starken Schmerzmittel zum Ende hin immer müder wird, dass er mehr und mehr schläft. Bis er eines Morgens nicht mehr aufwacht. Jessica hat schon begonnen, ihre Gedenkrede für Erne zu entwerfen. Sie möchte unbedingt, dass er sie hört. Erne wird das Publikum der Generalprobe sein.

Als Jessica sich mit dem Rest der Creme die Stirn einreibt, sieht sie im Spiegel, dass Ernes Gesicht zuckt.

»Erne? Was ist los?« Sie dreht sich schnell um.

Das Gesicht des mageren Mannes ist von trostlosem, stummem Weinen verzerrt. Er sieht Jessica in die Augen, tiefer als je zuvor.

»Versprich mir, dass du zurechtkommst, Jessi. Sonst muss ich zurückkommen ... und dann nochmal sterben«, sagt er und wischt sich mit der seifigen Hand die Augen ab. Jessica beugt sich vor und trocknet ihm das Gesicht.

*Ich verspreche es, lieber Erne.*

Jessica holt tief Luft und sinkt tiefer in die Wanne, lässt ihren Körper langsam bis auf den Grund gleiten. Sie hört, wie das Wasser in die Gehörgänge eindringt, und sieht die Luftbläschen, die aus ihrem Mund entweichen. Ihre schwarzen Haare steigen nach oben wie die Fangarme eines Tintenfischs. Sie hält die Luft an und zählt die Sekunden, bis ihre Gedanken abzuschweifen beginnen. Dann verliert sie das Zeitgefühl. Sie war wohl eine Minute unter Wasser. Vielleicht auch länger. Sie spürt den Druck in der Lunge und der Luftröhre. Hat sich Erne im Bett in Jessicas Gästezimmer so gefühlt, als seine Lunge ihre Tätigkeit einstellte? War es unmenschlich, tatenlos dabeizustehen, als er allmählich erstickte wie ein Fisch an Land? Hätte eine wahre Freundin Ernes Wunsch erfüllt zu sterben, als er noch halbwegs bei Kräften war, ohne Qual und ohne Verwirrung stiftende Hilflosigkeit?

Jessica schließt die Augen und sieht das Schwarzweißfoto von Tim Taussi und Lisa Yamamoto vor sich. Es scheint nichts Besonderes oder Verdächtiges an sich zu haben, aber es will ihr nicht aus dem Sinn. Gleich am nächsten Morgen wird sie Taussi danach fragen.

# 53

*Jessica.*

Das Flüstern schwebt durch den Raum.

Die runde Uhr an der Wohnzimmerwand zeigt Viertel vor vier. Vor fünfzehn Minuten ist Jessica vom Sofa aufgestanden. Um halb vier. In der Stunde der Wahrheit. Die Lampen, die auf der Straße im Wind schaukeln, hängen niedriger als die Fenster, ihr Licht dringt nicht durch die Fenster dieser Etage des alten Hauses. Nur das in einiger Entfernung unermüdlich leuchtende Lichtermeer der Innenstadt von Helsinki gibt den Möbelstücken und anderen Gegenständen klare Umrisse und hindert sie daran, in der völligen Dunkelheit der Nacht unterzugehen.

Jessicas Hand bewegt sich mühelos über das Papier, sie schreibt die Buchstaben so sorgfältig, wie ihre Mutter es ihr beigebracht hat. Aber ihre Mutter hat nicht lange genug gelebt, um zu sehen, wie die Hand, die den Stift hält, gewachsen ist, und um zu hören, welche Gedanken sich hinter Jessicas schöner Handschrift verbergen. Die Gedanken der erwachsenen Jessica. Der Jessica, die etwas zu sagen hat und fähig ist, ihre Gedanken in gewandte Sätze zu kleiden.

*Manchmal vergisst das Mädchen bewusst, was der Mann ihr angetan hat, und erinnert sich an Venedig in der Junisonne. An die Tage, als Colombanos starke Finger sich noch nicht um ihren Hals gelegt hatten, als er seine Maske noch nicht abgenommen hatte. An die Momente in den Armen des schwer atmenden Mannes, wenn die Geräusche der erwachenden Stadt in die Stille der ersten Morgenstunden dringen. Der heraufdämmernde Morgen setzt die Stadt, ihre Menschen und die Vögel als Instrumente ein. Die kreischenden Möwen und die Geige eines Straßenmusikanten. Die sich öffnenden Sonnenschirme der Terrassen und die nach unten rollenden Markisen, die die Feuchtigkeit, die sie während der Nacht gesammelt haben, auf das Kopfsteinpflaster tropfen lassen. Die auf den Kanälen kreuzenden Boote mit ihren kleinen Motoren, die Rufe der Kutscher, das Stimmengewirr der Touristen. Venedig ist so schön wie ihre Liebe, denn in dem Moment, als Colombano sie verächtlich ansieht, scheinen sich Wolken vor die Sonne zu schieben, und der modrige Geruch, der von den Kanälen aufsteigt, dringt dem Mädchen in die Nase. Und als der Mann seine Finger tief in die Haut an ihrem Hals drückt, ihr den Atem abschnürt und seine Hand mit Gewalt dahin schiebt, wo sie früher willkommen war, wo das Mädchen sie wollte, mehr als irgendetwas auf der Welt, spürt das Mädchen, dass etwas in ihrem Inneren stirbt.*

Jessica legt den Stift auf den Tisch und wartet.

Trotz der schwachen Beleuchtung hebt sich der dunkelblaue Text deutlich von dem weißen Papier ab. Es dauert eine Weile, bis ihre Mutter die Sätze gelesen hat. Oder vielleicht liest sie sie zweimal. Um genau zu verstehen, was ihre Tochter sagt.

*Jessica, Liebling …*

Als ihre Mutter spricht, wird es Jessica kalt, als würde sie eine Sekunde lang an der offenen Tür stehen und die eisige Luft hereinlassen. Sie zieht den Gürtel ihres Bademantels fester und bedeckt ihre nackte Brust.

*Er hat dich immer noch im Griff, nicht wahr?*

Die schwarz lackierten Fingernägel streichen über Jessicas

Zeilen, die erstaunlich gerade sind, als wären sie auf liniertem Briefpapier geschrieben.

Jessica hebt den Blick vom Papier und lässt ihn über die mageren Finger zu dem weißen Arm wandern, zu dem schwarzen Abendkleid, das die spitzen Brüste nur teilweise bedeckt, zum Halsausschnitt und schließlich zum Gesicht. Es ist schwierig, das verunstaltete Gesicht zu betrachten. Blut hat es erobert, die helle Haut lugt nur hier und da zwischen der eingedrückten Stirn und den zertrümmerten Wangenknochen hervor.

*Ich hatte dich für stärker gehalten, Jessi.*

*Entschuldigung, Mama.*

Ein röchelnder Seufzer folgt. Jessicas Mutter nimmt das Papier in die Hand, ihre Finger rascheln auf dem Bogen wie die Beine eines großen Insekts. Dann faltet sie den Bogen in der Mitte zusammen. Einen Moment lang glaubt Jessica, ihre Mutter würde ihn in ihre Handtasche stecken, die an der Stuhllehne hängt. Aber plötzlich wird er in der zitternden Hand der Mutter zusammengeknüllt und verschwindet auf Nimmerwiedersehen hinter dem Handrücken. Die Mutter hebt ihre Augenlider, und ihre weißen Augen in der roten, formlosen Masse scheinen größer zu werden.

*Manchmal verletzen mich deine Gedanken, Jessi. Ich habe versucht, dich zu einem starken Menschen zu erziehen.*

Ihre Stimme ist kalt und tadelnd.

*Entschuldigung, Mama.*

*Geh jetzt ins Bett und vergiss den Mann. Benimm dich so, wie es sich für eine von Hellens gehört.*

Jessica senkt den Blick und steht auf. Der Stuhl macht kein Geräusch, und das alte Holzparkett knarrt nicht unter den Füßen, anders als tagsüber. Der Moment, der die dunklen Nuancen der Nacht vereint, wählt seine eigene Klangwelt. Die Stimme der Mutter. Jessicas Stimme. Das leise Säuseln des

Stifts auf dem dicken Briefpapier. Das Geräusch des zerknüll-
ten Papiers.

Jessica bleibt an der Treppe stehen.

*Aber ich habe ihn getötet.*

Ihre Mutter seufzt.

*Er hatte den Tod verdient, Jessi.*

Die Stimme der Mutter klingt verächtlich.

*Ich habe ihn getötet, Mama.*

Jessica schließt die Augen und spürt, wie sie auf eine andere Realität zuschwebt, auf eine andere Zeit und einen Ort,
an dem das Licht zu den Fenstern hereinfließt und die endlose
Dunkelheit des Winters überflutet. Doch sie schlägt die Augen wieder auf, sie muss die Szene zu Ende bringen, muss jeden Satz sprechen, der für sie vorgesehen ist. Und auf eigenen
Beinen in die obere Etage gehen, wo ihr Bett steht.

*Konzentrier dich auf die Gegenwart, Jessi. Richte deine Energie
auf das, was du noch beeinflussen kannst.*

Jessica sieht ihre Mutter an, die aufsteht.

*Erinnerst du dich an den Kartentrick, den dein Vater dir und
Toffe vorgeführt hat? Immer wieder und wieder.*

Jessica nickt.

*Der Zauberer muss die Karte, die du wählst, nicht kennen, Jessi.
Nur die Karte neben deiner.*

Jessica spürt, wie ihre Lippen sich bewegen, als sie die
Worte ihrer Mutter lautlos wiederholen.

*Gute Nacht, Mama.*

*Gute Nacht, Schatz.*

Jessica betrachtet noch eine Weile das Sofa, auf dem sie vor
einigen Stunden eingeschlafen ist. Der Timer hat den Fernseher ausgeschaltet. Als sie die Treppe in die obere Etage der
Wohnung hinaufgeht, hört sie ihre Mutter weinen. Jede Stufe
führt sie weiter weg von ihrer Kindheit und näher an die Gegenwart. Als Jessica noch einen letzten Blick auf den langen

Tisch wirft, ist ihre Mutter nicht mehr dort. Es gibt nur noch gespannte Stille, den Füller und den Brief. In der Nase spürt sie jedoch immer noch den starken Geruch, der sie geweckt hat: verbranntes Holz wie von einem Lagerfeuer und ein Parfüm, das nach Blumen duftet.

*Der Zauberer muss die Karte, die du wählst, nicht kennen, Jessi. Nur die Karte neben deiner.*

# 54

## Donnerstag, 28. November

Das leise Weinen der Mutter wird allmählich von der Sirene des Polizeifahrzeugs übertönt.

Jessica spürt, wie der Traum sich mit wirklichen Wahrnehmungen vermischt, wie die Menschen und die Geräusche um sie herum verschwinden, je mehr sie sich des Gewichts ihres Körpers bewusst wird, wie ihre Wangen, ihre Hüfte und ihre Beine von den Knien bis hinunter zu den Füßen das Satinlaken berühren.

Es ist Morgen. Endlich.

Langsam schlägt Jessica die Augen auf. Sie wirft einen Blick auf ihre Hand. Das Zimmer liegt im Halbdunkel, aber auf dem Handrücken sieht sie dennoch getrocknete Tinte. Sie fühlt sich kraftlos und verkatert, obwohl sie am Abend nur ein Glas Weißwein getrunken hat. Die Nächte, die sie ganz oder zum Teil im Gespräch mit ihrer Mutter verbringt, zehren an ihren Kräften: Es ist, als würden sie ihr auch noch die wenige Energie entziehen, die sie trotz ihres chronisch schlechten Schlafs ansammeln konnte.

Vorsichtig setzt Jessica sich auf und bleibt am Rand ihres breiten Bettes sitzen. Diese Angewohnheit stammt aus den Jahren, in denen zu abrupte Bewegungen oft qualvolle Schmerzattacken auslösten. Morgens war es am schlimmsten, ihre Fersen und Knie schienen sich während der Nacht mit kleinen Nadeln gefüllt zu haben, die heftig kreisten wie eine wildgewordene Kompassnadel. Ein Reißen im Kreuz, in den Schultern und Handgelenken, wie Schwerthiebe, wieder und wieder, als würde die Hand, die das lange Schwert schwenkte, niemals müde.

Es wäre unmöglich, irgendwem zu erklären, was der Verkehrsunfall vor fast zwanzig Jahren in ihrem Körper angerichtet hat, wie er ihr Rückgrat und ihre Nervenbahnen beschädigt hat. Wenn sie nach einer schweren Operation oder einer Bluttransfusion im Krankenhaus lag, wünschte sie sich oft, sie wäre tot. So wie Papa, Mama und Toffe. Warum musste gerade sie den Unfall überleben? Und wenn es so bestimmt war, wäre es dann zu viel verlangt, dass sie mit leichteren Verletzungen davongekommen wäre? Damit sie ihrem Schicksal wenigstens teilweise dankbar sein könnte.

Und selbst wenn Jessica eines Tages lernen wird, ihr Leben zu schätzen, wird sie nie vergessen, was sie getan hat. Sie hat einen Mann getötet, sie hat mit einem Messer zugestochen und gesehen, wie das Leben aus seinen Augen verschwand. War Colombanos Leben weniger wert, weil er ein Vergewaltiger und Sadist war? War es reine Selbstverteidigung oder doch vorsätzlicher Mord? Jessica erinnert sich, dass sie das Messer mitgenommen hat, als sie das Hotel verließ. Sie hat den Kampf gewählt statt der Flucht. So hatte Erne es ausgedrückt. Erne hat nie von Rache gesprochen, aber Jessica weiß, dass er die Sache nur beschönigt hat.

*Du hast getan, was du tun musstest, Jessica.*

Jessica räuspert sich und zieht ihre Armbanduhr an. Es ist Viertel vor sieben.

Sie gähnt, steht auf und schaukelt auf Ballen und Fersen vor und zurück, wie um sich zu vergewissern, dass ihre Beine sie tragen. *Alles ist in Ordnung.*

Jessica nimmt das Handy vom Nachttisch und geht nackt durch das große, mit schwarzem Teppichboden ausgelegte Zimmer ins Bad.

Sie hebt den Deckel und setzt sich auf die Toilette.

Auf ihrem Handy findet sie eine WhatsApp-Nachricht von Rasmus.

*Nina hat herausgefunden, was Akifumi25 1 1946 bedeutet. Ein Schritt vorwärts, aber eine Sackgasse.*

Jessica schließt die Augen. Sie denkt an die vergangene Nacht. Das Gespräch am Tisch kommt ihr vor wie ein Traum, aber sie weiß, dass sie auf dem langen Esstisch unten im Wohnzimmer Stift und Papier finden wird. Wie bisher jedes Mal ist alles quälend wirklich. Die Menschen, die Gerüche, die Zeit und der Ort. Morgens gleicht die Wohnung einer verlassenen Theaterbühne, auf der die Schauspieler beim Weggehen die Requisiten zurückgelassen haben.

Jessica spürt das Parfüm ihrer Mutter in der Nase.

Sie betätigt die Spülung und ruft Rasmus an.

# 55

Im Autoradio laufen die Nachrichten. Jusuf lehnt den Kopf ans Lenkrad und tut so, als ob er schnarcht. Die Bauarbeiten am Flughafen Helsinki-Vantaa beeinträchtigen den Verkehr, und in den Stoßzeiten bilden sich lange Autoschlangen. Es geht quälend langsam vorwärts. Der Lärm der startenden und landenden Flugzeuge dringt in den Wagen.

Jessica entnimmt der App auf ihrem Handy, dass das Flugzeug, in das Lisas Eltern nach einer Zwischenlandung in London eingestiegen sind, vor fünf Minuten gelandet ist. Zum Glück pünktlich.

Aus dem Wagen vor ihnen steigen ein älterer Mann und eine junge Frau. Der Mann holt einen Koffer aus dem Kofferraum. Vielleicht Vater und Tochter, vielleicht etwas anderes. Jessica beobachtet, wie sie sich zum Abschied umarmen und die Hände des Mannes kurz auf den Schultern der verweinten Frau liegen bleiben.

»Alles geht gut«, sagt Erne und drückt sanft ihre Schultern. Jessica hat einen Kloß im Hals und bekommt kaum Luft. Sie sind gerade am internationalen Terminal des Flughafens Venedig-Tessera aus dem Taxi gestiegen. »Hörst du, Jessica. Alles geht gut«, wiederholt Erne und blickt sich verstohlen um. Weiter weg, beim zweiten Eingang, stehen zwei Männer in schlechtsitzenden Uniformen. *Polizia*. Ihr Anblick hat der 19jährigen Jessica den Atem verschlagen.

»Sie wissen nichts«, flüstert Erne, tritt einen Schritt zurück und zündet sich eine Zigarette an. Jessica spürt den stechenden Geruch in der Nase. Er beruhigt sie. Genauso sehr wie das Wesen des estnischen Mannes, der vor ihr steht.

»Der Mann war ... Er war überhaupt kein Mann, Jessica«, sagt Erne, während der Zigarettenrauch aus seiner Nase entweicht und sich mit der frischen Luft des norditalienischen Frühherbstes mischt.

»Ich will nach Hause«, murmelt Jessica und zieht ihre Strickjacke enger um sich.

»Gut.« Ein freundliches Lächeln legt sich auf Ernes Gesicht. »Aber zuerst frühstücken wir.«

Jessica schließt die Augen, von irgendwoher dringen das Rauschen der automatischen Türen und Durchsagen in italienischer Sprache an ihre Ohren. Sie spürt Ernes Hand auf ihrer Schulter. Dann hört sie Jusufs Stimme. *Jessica.*

»Hallo, Jessica?«

»Was?«

»Dein Handy klingelt.«

Jessica sieht Jusuf an und blickt dann auf ihr Handy. Die Nummer kennt sie nicht.

»Niemi«, meldet sie sich. Die junge Frau ist inzwischen vor dem Terminal angekommen. Der Mann ist verschwunden. Die Schlange ruckelt ein Stück voran.

»Hallo.«

»Wer ist da?«, fragt Jessica.

»Krista.«

Jessica braucht einen Moment, um zu begreifen, dass es sich um die Tochter der Taxifahrerin handelt. Sie wirft einen Blick auf ihre Uhr. So früh am Morgen ist es unwahrscheinlich, dass Krista schon im Labor gewesen ist.

»Hallo, Krista.«

»Ich bin gerade auf dem Weg zur Blutprobe.«

»Gut.«

»Aber eigentlich ruf ich aus einem ganz anderen Grund an.«

»Ja?«

»Ich hab doch gestern gesagt, dass Lisa Yamamoto die Kambo-Fotos auf ihrem Account gelöscht hat.«

»Ja. Haben Sie was gefunden …«

»Eher im Gegenteil«, sagt Krista. »Ich hab gemerkt, dass sie auch andere Bilder entfernt hat.«

»Was für welche?«

»Das weiß ich nicht. Ich erinnere mich nur, dass sie so ungefähr tausend Fotos auf ihrem Account hatte. Aber jetzt scheinen es bloß neunhundert zu sein.«

»Okay, danke für den Anruf«, sagt Jessica, wünscht alles Gute für die Blutprobe und legt auf. Dann starrt sie nachdenklich vor sich hin.

»Na?«, drängelt Jusuf und lenkt den Wagen in eine Parkbucht.

»Von Lisas Account sind vor Kurzem hundert Fotos entfernt worden«, sagt Jessica langsam.

»So viele Kambo-Sachen waren da doch wohl nicht?«

Jessica schüttelt den Kopf.

»Es wurde also noch anderes gelöscht.« Jusuf lässt die Stirn wieder auf das Lenkrad sinken. »Aber was?«

»Wir müssen Rasse fragen, ob Instagram gelöschte Bilder zurückholen kann«, meint Jessica und betrachtet eine Frau im Overall von Finavia, die vor den Türen des Terminals eine lange Reihe von leeren Gepäckkarren schiebt, wie einen riesigen, klappernden Tausendfüßler.

»Gehen wir«, sagt sie dann, und Jusuf hebt den Kopf vom Lenkrad.

»Auf zu neuen Abenteuern«, brummt er, steckt sich eine Zigarette zwischen die Lippen und öffnet die Tür. Der kalte

Wind zieht durch den Wagen, als Jessica die Beifahrertür öffnet.

Seite an Seite gehen sie zum Ankunftsterminal. Jusuf raucht in kurzen Zügen und zieht den Reißverschluss seiner Lederjacke zu. Es ist nur eine Frage der Zeit, wann er auf sie verzichten und einen weniger schicken, aber warmen Wintermantel anziehen muss.

Jessica wirft einen raschen Blick auf den schwarzen Skoda, der auf der Parkfläche vor dem Terminal steht, und auf die beiden Männer auf den Vordersitzen.

»Wie geht's deiner Hand?«, fragt sie, als sie das Terminal betreten.

»Mit dem Gewichtheben muss ich wohl ein oder zwei Wochen pausieren.«

»Das tut dir gut. Geh stattdessen joggen«, sagt Jessica und weicht einer Touristengruppe aus, die den Gang in voller Breite für sich beansprucht.

Jusuf räuspert sich skeptisch.

»Ich hab mich noch nie so toll gefühlt«, sagt er.

Jessica antwortet nicht. Sie glaubt Jusuf nicht ganz. Aber es steht ihr nicht zu, über die Hobbys anderer Leute zu urteilen.

Im Gehen bindet sie sich die Haare zum Pferdeschwanz und vergewissert sich, dass ihre blau-weiß gestreifte Bluse nicht aus der Jeans gerutscht ist.

Sie bleiben in der Ankunftshalle stehen, durch deren Schiebetüren eine scheinbar endlose Menschenschlange kommt. Die Passagiere, die man als Finnen identifizieren kann, sehen erholt und ein wenig niedergeschlagen aus. Der Urlaub ist vorbei. Draußen wird sie gleich die nördliche Dunkelheit empfangen. Die vielen ausländischen Touristen erwarten vermutlich, die verschneite Landschaft zu sehen, die sie von Ansichtskarten kennen, und sind enttäuscht, weil sie sich mit der hauchdünnen Schneeschicht begnügen müssen, die sich in der Nacht gebildet hat und schmelzen wird, noch bevor die Sonne aufgeht. Die Vorausschauendsten sind nur nach Helsinki geflogen, um mit der nächsten Maschine nach Levi oder Ylläs oder in ein anderes Urlaubsressort in Nordfinnland weiterzureisen. Dort können sie das Winterwunderland sehen. Und den Weihnachtsmann. Sogar die Mumins, wenn sie Glück haben.

»Jessi«, sagt Jusuf leise und nickt zur Schiebetür hin. »Da sind sie.«

Jessica blickt hin und sieht das Ehepaar, dessen Bild sie auf ihrem Handy gespeichert hat. Zwischen den beiden, die auf Lisas Foto zufrieden lächeln, und den blassen, unverkennbar erschöpften Gestalten, die jetzt in die Ankunftshalle treten, besteht ein ziemlicher Kontrast.

Jusuf und Jessica folgen den beiden, die große Koffer hinter sich herziehen.

»Entschuldigung«, sagt Jessica, die neben den Mann getreten ist, und zieht ihren Dienstausweis hervor. Jusuf tut es ihr gleich.

Der Mann und die Frau sehen sie verwirrt an. Sie wirken unendlich müde, denn sie waren vierundzwanzig Stunden unterwegs, ohne Neues über den Verbleib ihrer Tochter zu erfahren. Jessica versteht, was für ein Gefühl es ist, im Flugzeug aus dem Fenster zu starren in dem Wissen, dass man seinen liebsten Menschen verloren hat. Wie klein sich der Mensch in zehn Kilometer Höhe fühlen kann, ohne die geringste Möglichkeit, auf den Ablauf der tragischen Ereignisse Einfluss zu nehmen.

Lisas Vater nickt knapp. Er ist ein breitschultriger Mann mit großem Gesicht und einem enormen Brustkorb. Das weiße Hemd, der Pullover und der dunkle Anzug sind sicher nicht die bequemste Kleidung für einen langen Flug, aber der Mann scheint auch auf Reisen nicht von seinem Stil abweichen zu wollen.

»Wissen Sie, wo …«, beginnt Lisas Mutter – oder Stiefmutter – und lässt ihren Koffer los. Ihr Blick ist unruhig und besorgt. Sie ist blond, zierlich und erheblich alltäglicher gekleidet als ihr Mann.

Jessica presst die Lippen zusammen und schüttelt den Kopf.

»Noch nicht. Aber jede Stunde ist wertvoll. Deshalb würden wir gern jetzt gleich mit Ihnen sprechen. Genauer gesagt, mit jedem einzeln«, sagt sie dann.

In den Augen des großen Japaners flackert Wut auf, aber er bleibt äußerlich ruhig.

»Ich verstehe. Wo? Hier?«, fragt er. Er hat einen fremden Akzent, doch seine Aussprache ist klar und deutlich. Jessica hatte bis jetzt keine Vorstellung davon, wie Finnisch mit japanischem Akzent klingt.

»Nein, nicht hier. Wir dürfen die Räume des Zolls nutzen, sodass wir uns in aller Ruhe unterhalten können«, sagt sie. »Bitte folgen Sie uns.«

# 56

Helena Lappi starrt auf die App, die eine grafische Zusammenfassung ihrer Schlafqualität in der letzten Nacht und des Regenerationsgrades erstellt hat. Der Schlaf war ganz okay, allerdings ist sie gegen zwei Uhr aufgewacht, nachdem sie zuerst von dem Fall geträumt und gleich darauf im nächsten Traum Jessica Niemi von den Unterlagen erzählt hat, die sie besitzt. In diesem Traum wurde Niemi total wütend, zog ihre Dienstwaffe und bedrohte Hellu mit harten Worten. Schließlich streckte Hellu Jessica mit einigen Kungfu-Tritten zu Boden und legte ihr Handschellen an. Es war keineswegs ein Albtraum, im Gegenteil.

Der Regenerationsgrad ihres Körpers ist jedoch trotz des relativ guten Schlafs niedrig, was an der stark gesunkenen HRV liegt. *Dreizehn. Was zum Teufel fehlt mir bloß?*

»Hellu?«, meldet sich Harjula, der ihr gegenübersitzt, voller Ungeduld.

»Sorry.« Hellu richtet den Blick auf das Notizbuch, das Harjula auf den Tisch gelegt hat. »Ich hab schlecht geschlafen.«

»Da sind handschriftlich drei Namen eingetragen«, sagt Harjula und fügt hinzu: »Medeya Lazakovich, Miep Loos und Tamara Jugeli.«

Hellu schüttelt den Kopf, um ihm zu signalisieren, dass sie keine Ahnung hat, worum es geht.

»Ich hab gleich angefangen, die Sache zu klären. Es war nicht besonders kompliziert. Ich habe die Namen gegoogelt, und jetzt rate mal, was ich gefunden habe?« Harjula legt eine kurze Pause ein, als warte er auf Hellus Antwort. Als sie ausbleibt, fährt er fort: »Alle sind Prostituierte.«

»Die in den Nachrichten erwähnt wurden …«

»Weil sie gestorben sind«, sagt Harjula.

»Gestorben? Wie das?« Plötzlich hat sie ein schlechtes Gewissen, weil sie den Beginn der Besprechung herausgezögert hat, um nachzusehen, wie ihr Schlaf war.

Harjula legt drei Ausdrucke auf den Tisch.

»Lazakovich, 21 Jahre, russische Staatsbürgerin. Wurde am 12.11.2018 in St. Petersburg tot aufgefunden.« Er schiebt den Bogen zur Seite. »Loos, 28, am 4.2.2019 in ihrer Heimatstadt Amsterdam tot aufgefunden. Und die letzte: Jugeli, 27, eine ukrainische Prostituierte, deren Leiche am 6. Juni dieses Jahres in Lwiw in der Ukraine gefunden wurde. In allen Fällen geht man von einem ungewöhnlich brutalen Gewaltverbrechen aus.«

»Und die Namen dieser Frauen wurden also in das Buch da geschrieben?« Hellu überfliegt die Zeitungsberichte, die Harjula im Internet entdeckt und ausgedruckt hat. Jeder zeigt das Bild einer schönen, lächelnden jungen Frau.

»Wieso wurde das nicht schon am Morgen gefunden?«, fragt sie dann und klopft auf das Notizbuch. Harjula wirkt ein wenig beleidigt.

»Ich habe es jetzt gefunden, Hellu«, sagt er.

Sie blättert die leeren Seiten durch, als wäre das Notizbuch die Zeitung von gestern. »Entweder gibt es eine Verbindung zwischen diesen Todesfällen, oder Olga hat diese Frauen persönlich gekannt.«

»Ist das in der Praxis nicht dasselbe?«, sagt Harjula selbstsicher. »Jetzt sind sie alle tot.«

»Gab es bei diesen Todesfällen Manga-Kleidung oder Kambo-Behandlungen?«, fragt Hellu.

»Das geht aus den Artikeln nicht hervor. Auch anderswo in Europa verrät man den Medien keine Einzelheiten der Ermittlungen, wenn es für die Aufklärung nicht unbedingt notwendig ist«, entgegnet Harjula ernst. Hellu weiß nicht recht, was sie von seinem Benehmen halten soll. Bei seinen letzten Worten steckte in seinem Tonfall zu viel Belehrung.

»Aber wir müssen uns unverzüglich bei den Stellen erkundigen, die diese Morde untersucht haben«, fährt er fort.

»Gut. Das kann ich übernehmen. Je höher der Rang, desto schneller kommt die Antwort«, sagt Hellu und steht auf. »Gute Arbeit, Harjula. Bewundernswerter Einsatz. Und wenn ich bitten darf …«

Harjula ist ebenfalls aufgestanden, seine Hand liegt schon auf der Türklinke.

»Was denn?«

»Behalte diesen Fund noch eine Weile für dich. Es gibt jetzt so viele bewegliche Teile, dass Niemi womöglich den Überblick verliert. Warten wir ab, was wir aus dem Ausland erfahren, erst dann informieren wir alle.«

# 57

Jessica stellt zwei Pappbecher auf den Tisch. Sie hat sich am Automaten Tee geholt. Lisas Vater hat um Wasser gebeten. *Nicht eiskalt, sondern lauwarm. Danke.*

Sie sitzen in einem Raum, den der Zoll für Befragungen verwendet, Jusuf spricht auf der anderen Seite des Flurs mit Lisas Mutter.

»Nehmen Sie bitte Platz«, sagt Lisa und wirft einen Blick auf den Pass, den der Mann auf ihre Bitte hin vorgelegt hat. *Hirokazu Yamamoto.*

Hirokazu streicht sich über die Fingerknöchel. Von Minute zu Minute wirkt er nervöser, misstrauischer und impulsiver. Dennoch kann Jessica sich schwer vorstellen, dass er die Beherrschung verliert: Sein gepflegtes Erscheinungsbild deutet auf einen Charakter hin, zu dem es einfach nicht passt, seine Gefühle offen zu zeigen.

»Lisa«, sagt Hirokazu und setzt sich, wobei die Beine des Aluminiumstuhls auf dem glatten Betonfußboden scharren. Seine schwarze Anzugjacke hat er über die Lehne gelegt. »Wo ist Lisa?«

»Wir tun unser Bestes, um …«

»Wir waren zwei Wochen weg«, erklärt Hirokazu, die Hände in den Schoß gelegt.

Jessica verschränkt die Finger auf dem Tisch und betrachtet den Mann. Hirokazu Yamamoto ist tatsächlich eine irgendwie bedrohliche Gestalt, nicht nur wegen seiner Körpergröße. Sie muss zwangsläufig an das denken, was Frank Dominis ihr erzählt hat: dass Lisa Angst vor ihrem Vater hat. Die Augen des Mannes sind wie bei einem Hai, sie sind tot und seelenlos. *Wer sind Sie, Herr Yamamoto?*

»Ich weiß«, sagt Jessica. »Es muss sehr schwer für Sie sein.« Hirokazu nickt ein paar Mal.

»Ja«, sagt er und kratzt sich am Kopf. An der Schläfe ist eine dünne, lange Narbe zu sehen.

»Haben Sie irgendeine Idee, was mit Lisa passiert sein könnte?«, fragt Jessica und merkt, dass sie gespannt auf die Reaktion des Mannes wartet, darauf, was er als Nächstes sagt und wie.

Hirokazu scheint sich von der Frage jedoch nicht provozieren zu lassen, sondern schüttelt nur langsam den Kopf.

»Haben Sie oder Lisas Mutter Feinde?«, fährt Jessica fort.

Hirokazu sieht sie kurz an. »Die Lisa angegriffen hätten?«, fragt er zurück.

»Vorläufig wissen wir noch nicht, ob irgendwer irgendwen angegriffen hat«, antwortet Jessica und fügt hinzu: »Aber wir müssen es herausfinden.«

»Kennen Sie die Firma SuperServis?«

Jessica nickt. Sie hat sich gestern Abend mit den Informationen über Hirokazu vertraut gemacht.

»Eine Reinigung«, sagt Hirokazu. »Sieben Filialen. Helsinki, Tampere, Lahti, Kouvola, Oulu.« Er zählt die Städte an den Fingern seiner linken Hand ab. An sehr dicken Fingern.

»Ich bin ein Reinigungsunternehmer. Sagen Sie mir, wer einen Reinigungsunternehmer hasst«, fügt er hinzu und breitet die Arme aus. »Ich sage es Ihnen: Niemand. Es gibt keine Feinde.«

Jessica nickt. Diese Karte ist ausgespielt. Zeit, das As auf den Tisch zu legen.

»Sie sind 1998 nach Finnland gezogen, als Lisa drei war, nicht wahr?«, fragt sie.

Hirokazu nickt, langsam und nachdrücklich. Auf eine Art, die Jessica erst vor einigen Minuten zum ersten Mal gesehen hat, die sie von nun an aber immer wiedererkennen würde.

»*Kondo*«, sagt sie. In den Augen des Mannes stirbt etwas. Sie verlieren schlagartig ihre Selbstsicherheit, und die Pupillen färben sich leicht rötlich. Dann lächelt Hirokazu zum ersten Mal, gibt aber keine Antwort.

»Das ist der ehemalige Familienname von Lisa und Ihnen, nicht wahr?«, fährt Jessica fort.

Der Mann schweigt immer noch, lässt Jessica aber nicht aus den Augen. Sein Stolz verbietet es ihm wegzuschauen, selbst wenn er den Kampf verloren hat. Genau wie Jessica erwartet hat, wird Hirokazu keinem die Genugtuung geben, seine Niederlage einzugestehen.

»Nicht wahr?«, hakt sie nach.

»Was hat das damit zu tun, wo Lisa ist?«, fragt Hirokazu schließlich und kratzt sich am Handgelenk, an dem er eine goldene Uhr trägt.

»Das weiß ich nicht«, antwortet Jessica ruhig. »Aber wir müssen mögliche Verbindungen ausschließen können, auch wenn es vielleicht unangenehm erscheint. Deshalb bitte ich Sie, meine Fragen möglichst offen zu beantworten.«

Hirokazu blinzelt, als wären seine Augen bei dem langen Blickduell trocken geworden. Dann greift er nach seinem Becher und leert ihn. Es kracht, als der Pappbecher in der riesigen Faust verschwindet wie ein Schrottauto in einer hydraulischen Presse.

»Ein langer Flug. Zwei Flüge«, sagt er.

»Warum sind Sie mit Lisa nach Finnland gezogen? Und haben Ihren Nachnamen geändert? Hatten Sie in Japan Schwierigkeiten mit der Polizei?«

Hirokazu antwortet nicht. Jessica weiß, dass die Antwort trotzdem nicht lange auf sich warten lässt. Spätestens um die Mittagszeit werden sie von der japanischen Polizei Informationen über Hirokazu Kondo erhalten. Aber gerade jetzt ist jede Minute wichtig. Möglicherweise ist Lisa noch am Leben, und das müsste ihr Vater begreifen.

»Herr Yamamoto.« Jessica verwendet den Namen, den der Mann in Finnland für sich gewählt hat, um ihm Achtung zu erweisen. »Alle Fragen, die ich Ihnen stelle, dienen einzig und allein dem Zweck, Lisa zu finden. Was vor zwanzig Jahren in Japan passiert ist, interessiert mich oder die Polizei nicht im Geringsten.«

Der Mann antwortet nicht. Hinter der Tür ist eine Durchsage zu hören, in der die Reisenden ermahnt werden, ihr Gepäck im Auge zu behalten. Jessica nippt an ihrem Tee, der aber immer noch zu heiß ist.

*Die Karten auf den Tisch, Hirokazu Yamamoto.*

»Sie haben Lisa gesagt, dass sie nicht in den sozialen Medien aktiv sein soll. Warum?«

Hirokazu schüttelt den Kopf und räuspert sich. »Das stimmt nicht«, sagt er und hebt das Kinn einige Zentimeter höher.

»Wirklich nicht?« Jessica senkt den Blick auf ihre Notizen und bemüht sich um einen härteren Tonfall. »Sie haben also Ihre Tochter mitgenommen und sind ans andere Ende der Welt gezogen. Sie haben Ihren Namen gewechselt. Als Erstes haben Sie ein großes Blockhaus in Järvenpää gekauft. Ein gediegenes Zuhause, aber passenderweise ein wenig abseits gelegen. Sie haben geheiratet, eine Reinigung gegründet. Dann eine zweite. Kein Rampenlicht, nur Familie und Arbeit. Ihre Tochter wurde erwachsen und zog nach Helsinki. Fing an, ihren Lebensunterhalt als Influencerin zu verdienen. Zehn-, fünfzig-, hundert-, zweihunderttausend Follower. Sie begannen sich Sorgen zu machen. Warum? Mir scheint, Sie haben befürchtet, dass die moderne Informationstechnik alles zerstören würde, was Sie mühsam aufgebaut hatten. Dass Lisas Aktivitäten in den sozialen Medien Sie enthüllen würden. Dass irgendwer in Japan Lisa erkennen könnte. Natürlich nicht ihr Gesicht, sie war ja noch ein kleines Kind, als Sie Japan verlassen haben. Aber jemand konnte womöglich eins und eins zusammenzählen. Eine 24jährige Bloggerin, geboren in Japan. 1998 nach Finnland gezogen. Unwahrscheinlich? Ja, sehr. Möglich? Warum nicht. Und deshalb haben Sie Lisa befohlen aufzuhören. Warum ein unnötiges Risiko eingehen? Wieso könnte nicht einer von hunderttausenden Followern eine potenzielle Bedrohung sein …«

Im selben Moment spürt Jessica, wie der Aluminiumtisch unter ihren Händen wegrutscht und auf die weiße Betonwand zufliegt. Es knallt laut, und der rote Tee spritzt auf den Boden wie Blut aus einer Schusswunde. Jessica weicht zur Wand zurück, ihr Stuhl kippt um, und sie stolpert über ihn.

Ihre Hand tastet nach der Waffe.

»Sie wissen nicht, wovon Sie reden!«, brüllt Hirokazu. Er steht direkt vor Jessica und zeigt mit seinem dicken Zeigefinger auf sie. »Sie verstehen nichts!«

Jessica versucht aufzustehen, aber der Schatten des riesigen Mannes über ihr lässt sie zögern. Wenn Hirokazu jetzt zuschlägt, wenn er seine großen Hände um ihren Hals legt, würde er es zweifellos schaffen, sie zu erwürgen oder ihr das Genick zu brechen, bevor Jusuf oder irgendwer sonst ihr zu Hilfe eilen kann.

»Suchen Sie nur Lisa! Suchen Sie Lisa, verdammt!«, schreit Hirokazu. Speichel spritzt ihm aus dem Mund.

Aber er schlägt nicht zu. Und erwürgt sie nicht. Er wischt sich unsichtbaren Staub vom Hemd, weicht langsam zurück und greift nach seiner Anzugjacke.

Schwer atmend wie ein wütender Stier geht er zur Tür, reißt sie auf und steht Jusuf gegenüber, der gerade hereinstürmen will. Jusuf betrachtet Hirokazu, den umgefallenen Tisch, die an der Rückwand lehnende Jessica und die Teepfütze auf dem Fußboden.

»Was geht hier vor?«, fragt er, und einen Augenblick lang hat es den Anschein, als wolle Hirokazu ihn über den Weg rennen. Die beiden Männer sehen sich an wie Hähne im Hühnerstall, kampfbereit.

»Wir sind fertig, Jusuf. Bring Herrn Yamamoto nach draußen«, sagt Jessica und bemüht sich, ihren Atem unter Kontrolle zu bringen.

Und da sieht sie etwas, was ihr bisher völlig entgangen ist: Einer der dicken Finger ist kürzer als die anderen. Hirokazu fehlt mindestens die Hälfte des kleinen Fingers an der rechten Hand.

# 58

Jessica richtet den Tisch auf und schiebt ihn an seinen Platz. Sie ist allein im Zimmer, aber die explosive Stimmung liegt weiterhin in der Luft. Immer noch spürt sie das Adrenalin, das durch ihren Körper rauscht. Zu viel *action* innerhalb kurzer Zeit. Zuerst wurde sie beim Joggen angegriffen, dann auf der Treppe in Töölö. Und jetzt ist sie wieder physisch bedroht worden, von einem 140 kg schweren, wütenden Mann, einem nach seiner Tochter suchenden Vater, den sie mit ihren Fragen auf die Palme gebracht hat.

Jusuf kehrt ins Zimmer zurück und schließt die Tür hinter sich. Er lehnt sich mit verschränkten Armen an die Wand.

»Was zum Teufel war los, Jessica? Bist du okay? Wir hätten ihn festnehmen können«, sagt er ruhig.

»Dafür, dass ihm der Kragen geplatzt ist? Und was dann?«

»Was hast du ihm gesagt?«

»Ich hab sein Gedächtnis ein bisschen aufgefrischt.« Jessica reibt sich die Schläfen. »Und die Mutter?«

Jusuf schüttelt den Kopf.

»Gar nichts?«, fragt Jessica und setzt sich hin.

»Nein.« Jusuf tritt an den Tisch und legt die Finger um die Lehne des zweiten Stuhls.

Jessica betrachtet die gerahmten Vorschriften an der Wand. Sie informieren darüber, was man in die Koffer packen darf und ab welcher Menge was verzollt werden muss. Man könnte sagen, dass es für Passagiere, die in diesem Raum sitzen, zu spät ist, die Vorschriften zu lesen.

»Hirokazu Yamamoto ist ein ehemaliger Krimineller«, sagt Jessica rasch, als hätte sie kurz den Atem angehalten.

»Hast du das aus Japan erfahren?«

»Nein.«

Jusuf runzelt die Stirn. »Woher denn dann? Hat er dir etwa erzählt, dass er in Japan zur Mafia gehört hat?«

Jessica hebt die rechte Hand, greift nach dem kleinen Finger und tut so, als würde sie ein Stück davon abschneiden.

»*Yubitsume.* Ein alter Brauch der Kriminellen in Japan. Wenn ein Mitglied der dortigen Mafia, der Yakuza, einen Fehler macht, muss er sich den kleinen Finger abschneiden. Der Brauch ist heute wohl nicht mehr so verbreitet, aber Ende der Neunziger war er es bestimmt noch.«

»Ihm fehlt ein Stück vom Finger?«

Jessica nickt. »Anfangs war ich sicher, dass er vor der Polizei geflohen ist. Oder vor dem Finanzamt oder so. Er scheint wahnsinnig viel Geld gehabt zu haben, als er nach Finnland kam. Vielleicht hat er ja die Yakuza übers Ohr gehauen.«

Jusuf setzt sich an den Tisch.

»Ist das Gespenst ein Abgesandter der Yakuza? Hat sie Lisa entführen lassen, um sich an ihrem Vater zu rächen?«, überlegt er. »Vielleicht hält das Gespenst Lisa als Geisel, um ihren Vater hervorzulocken.«

Jessica nickt. »Ich finde, das ist gut möglich.«

»Herr im Himmel.« Jusuf lächelt zufrieden, wird dann jedoch wieder ernst. »Aber warum hat das Gespenst zuerst ein Bild bei Lisa bestellt? Und sie immer wieder angerufen? Und was hat Jason Nervander mit dem Ganzen zu tun?«

»Oder Olga Belousova. Oder Kambo«, sagt Jessica und vergräbt ihr Gesicht in den Händen.

»Andererseits, wenn das alles stimmt … Wenn das Gespenst wirklich hinter Lisas Vater her ist, müssen wir ihn im Auge behalten! Jetzt kann es ja ...« Jusuf zeigt mit dem Daumen zur Tür.

»Tun wir ja«, antwortet Jessica und hebt den Kopf.

Jusuf breitet fragend die Arme aus.

»Ich hab Leute von der Sicherheitspolizei vor das Terminal bestellt«, erklärt Jessica. »Sie observieren Hirokazu den ganzen Tag.«

Jusuf nickt beeindruckt. Er holt eine Schachtel aus der Tasche und steckt sich ein paar Pfefferminzdrops in den Mund. »Woher wusstest du es?«

»Was?«

»Dass bei Lisas Vater was faul ist.«

Jessica antwortet nicht.

»Hallo? Was hat dieser Frank Dominis dir gestern erzählt?«

»Er hat gesagt, dass Hirokazu versucht hat, Lisa unter Druck zu setzen, damit sie die sozialen Medien aufgibt. Es schien mir irgendwie klar, dass er irgendwas zu verheimlichen hat. Lisas Job ist in seinen Augen zu öffentlich. Und zu riskant«, sagt Lisa und steht auf.

Sie überlegt, ob sie den Fußboden putzen sollten, bevor sie das Zimmer wieder dem Zoll überlassen.

»Das hat Dominis gesagt? Und er wusste es, weil ...«

»Lisa hatte es ihm anvertraut.«

Jusuf schlägt triumphierend die Hände zusammen. »Dominis hat Lisa gefickt.«

»Angeblich nicht.«

»So naiv kannst du nicht sein, Jessi.«

»Ob Dominis und Lisa miteinander geschlafen haben, ist ihre Privatsache. Wir müssen jetzt weiterarbeiten«, sagt Jessica und geht zur Tür.

Kopfschüttelnd folgt Jusuf ihr auf den Flur.

»Verdammt nochmal. Du hast dich auf die dunkle Seite begeben, Jessi. Das Scheusal hat dich im Griff!«, lacht er, aber Jessica hört ihm nicht zu. Sie hat Tim Taussis Nummer gewählt und hält sich das Handy ans Ohr. Nach einer Weile meldet er sich mit müder Stimme.

»Jessica Niemi hier.«

»Ich weiß. Ich habe Ihre Nummer gespeichert. Bei unbekannten Anrufern melde ich mich nicht«, sagt Tim Taussi. Er klingt, als würde er gleichzeitig Dehnungsübungen machen.

»Eine kurze Frage: Auf Ihrem Instagram ist ein Selfie von Ihnen und Lisa. Von September.«

»Was ist damit?«

»Wo wurde es gemacht?«

»Bei Lisa.«

»In Töölö?«

»Ja, in ihrem Zimmer. Was hat das mit irgendwas zu tun? Brauch ich einen Anwalt?« Tim Taussi lacht auf.

»Nein. Vorläufig nicht«, sagt Jessica und legt auf.

Sie gehen durch das Terminal zum Ausgang. Jusuf muss sich beeilen, um mit Jessica Schritt zu halten.

»Wer war das?«

»Der Slim Shady des Nordens.«

»Kex Mace's? Gibt's was Neues?«

Jessica bleibt bei den Schiebetüren stehen und betrachtet die Männer in gelben Westen, die draußen den Taxiverkehr dirigieren.

»Ich hab gestern auf seinem Instagram ein Foto von ihm und Lisa gefunden. Darauf sehen sie irgendwie zu eng miteinander aus. Keine Ahnung, warum es mich gestört hat. Aber ich wollte Kex selbst danach fragen.«

»Jessica, auf Fotos zu posieren gehört für die Typen zum Beruf. Daraus kannst du keine ...«

»Ich weiß, aber der Rapper hat mich trotzdem gerade angelogen. Er hat gesagt, das Foto wäre in Lisas Zimmer gemacht worden, aber das hat weiße Wände, keine dunklen«, entgegnet Jessica und zeigt Jusuf das Foto. Er betrachtet es, wirkt aber nicht überzeugt.

»Ziemlich wacklig, Jessi. Außerdem hast du doch selbst gesehen, dass bei Lisa und Essi massenhaft weiße Farbe rumsteht. Wahrscheinlich hat sie die Wände in der Zwischenzeit gestrichen«, meint er. Jessica merkt, dass sie wütend ist, weiß aber nicht, auf wen.

»Rasse kann es auch bei diesem Bild mit seinem Metazauber versuchen«, sagt sie und geht hinaus.

# 59

Die Stimmung im Besprechungsraum ist gespannt, von dem lockeren Teamgeist, der zu Ernes Zeiten hier geherrscht hat, ist nichts mehr zu spüren. Jessica weiß, dass Hellu nur zur Hälfte daran schuld ist. Mit dem Freund einer Kollegin zu schlafen vergiftet das Arbeitsklima nämlich auch.

Es ist sonnenklar, dass sie irgendwann unter vier Augen mit Nina darüber reden muss, aber es ist schwierig, Zeit für dieses mit Sicherheit peinliche Gespräch zu finden. Vielleicht steckt sie aber auch nur den Kopf in den Sand, wann immer es möglich ist.

Jessica betrachtet Nina, die einen Löffel und zwei in Küchenkrepp gewickelte Eier aus ihrem Rucksack holt. Ein merkwürdiger Imbiss, und gleichzeitig so typisch Nina.

Jessica lächelt unwillkürlich, als Nina die Eier auf den Tisch legt. Das Judo, das Nina seit ihrer Jugend betreibt, und das zielstrebige Krafttraining ist nicht nur an ihren sehnigen Armen zu sehen, sondern auch an der Art, wie sie sich hält, wie sie ihren Körper beherrscht und alltägliche Beschäftigungen erledigt. Von ihren physischen Eigenschaften her ist Nina ein echtes Kraftpaket, aber im Team fällt ihr gerade die Aufgabe zu, die vielleicht am wenigsten körperlichen Einsatz erfordert: Mit dem Vergrößerungsglas nach Beweisen zu suchen.

»Na dann, werte Gäste«, sagt Hellu und zupft sich am Ohrläppchen. »So ähnlich wie es in dem Song von Kex Mace's heißt, *the web is getting tighter*. Das Netz zieht sich zu.«

Jessica wischt sich das Lächeln aus dem Gesicht, indem sie sich auf die Lippe beißt. Es überrascht sie, dass die Hauptkommissarin sich den Text von Kex Mace's so genau eingeprägt hat.

Im Zimmer sitzen außer Hellu, Nina und Jessica auch alle anderen Mitglieder des Ermittlungsteams: Rasmus, Jusuf und Harjula, der ausgeblichene Jeans und ein schwarzes Poloshirt trägt. Jusuf hat gleich zu Beginn der Besprechung seinen Teil zur Wahrung der gespannten Atmosphäre beigetragen, indem er gefragt hat, ob Harjula bei der Sitzung ein neues iPhone vorstellen wolle. Harjula schien ihm den Vergleich mit Steve Jobs nicht übelzunehmen, sondern hat sein altbekanntes Mona-Lisa-Lächeln aufgesetzt. *Witzig, Jusuf. Gut beobachtet.*

»Jessica, du hast das Wort. Erzähl uns, wo wir stehen«, sagt Hellu.

Jessica schlägt ihr Notizbuch auf und überfliegt ihre handschriftlichen Aufzeichnungen.

»Krista Günsberg, die uns über das Kambo-Studio informiert hat, war gleich heute früh bei der Blutprobe und hat die Ergebnisse sofort bekommen. In ihrem Blut wurden nicht dieselben Rauschgifte gefunden wie bei Olga Belousova.«

»Nicht *dieselben*?«

»Na ja, es wurde Cannabis gefunden, aber das ist für die Ermittlung wohl unerheblich«, meint Jessica.

Hellu sieht aus, als handle es sich um ein schweres Verbrechen, übergeht die Bemerkung aber mit einem tiefen Seufzer.

»Das stützt also die Vermutung, dass Rodriguez in seinem Studio zwei verschiedene Pakete verkauft hat. Was er wem angeboten hat und ob einige seiner Kunden bewusst den härteren Cocktail bestellt haben, ist noch ungeklärt«, sagt Jessica, sucht kurz Blickkontakt zu den anderen am Tisch und kehrt dann zu ihren Notizen zurück.

»Jose Rodriguez, der gestern in seinem Studio ermordet wurde, ist bisher nicht auffällig geworden. In den Räumen wurden keine Drogen gefunden, aber sie wurden durchwühlt, und aus den Regalen wurde ganz offensichtlich etwas entfernt, außerdem fanden sich in einigen Gefäßen Spuren von Rauschgiften.« Jessica projiziert Fotos vom Tatort an die Leinwand. »Alles war vorhanden: das Handy auf dem Fußboden, die Brieftasche in der Tasche und ein paar Hunderter in der Kasse. Einen Raubmord können wir also ausschließen.«

»Wurde in den Räumen sonst noch etwas gefunden?«, fragt Hellu.

»So gut wie nichts. An der Garderobe hing eine gelbe Regenjacke, in deren Tasche eine Sprühflasche mit Reinigungsmittel steckte.«

»Weckt das irgendwelche Ideen?«, erkundigt sich Hellu, nachdem sie Jessica eine Weile in die Augen gesehen hat.

»Insofern ja, als die gelbe Regenjacke nicht so ganz zum Stil des Opfers passt. Außerdem deutet das Reinigungsmittel darauf hin, dass Rodriguez – falls die Jacke ihm gehört – seine Spuren beseitigen wollte. Wo und warum, das ist ein Rätsel.«

»Aber in der Tasche war kein Putztuch?«, will Hellu wissen. Jessica schüttelt den Kopf.

»Gibt es Beobachtungen zum Täter?«, fragt Nina, klopft mit dem Teelöffel gegen eins der Eier und beginnt es zu schälen. Jessica sieht ihre Kollegin überrascht an. In Ninas starken Fingern verliert das hartgekochte Ei rasch seine Schale.

»Nein«, antwortet Jessica. »Es haben sich keine Augenzeugen gemeldet, und am Haus gibt es keine Kameras. Auf dem Tisch lag allerdings ein Reservierungsbuch, in dem Rodriguez alle vereinbarten Termine vermerkt hatte.«

»Vielleicht steht der Name des Mörders in dem Buch«, wirft Hellu ein.

Jessica sieht ihre Vorgesetzte von unten herauf an und denkt an den Refrain des zweiten Hits von Kex Mace's, *Euthanizing Her Softly*.

»In dem Fall hätte der Schütze es bestimmt mitgenommen«, erwidert Jessica so diplomatisch wie möglich, doch der Versuch misslingt. Hellu bedenkt sie mit einem mörderischen Blick. *Mach mich hier bloß nicht zum Affen, Niemi*, scheint sie zu denken.

Als Jessica heute in Pasila angekommen ist, hat sie ein seltsames Gefühl befallen: Etwas hat sich verändert. Sie ist sich sicher, dass in Hellus Blick nicht mehr nur Verachtung und Hass liegen, sondern auch Siegessicherheit und Schadenfreude.

»Der Schütze ist das Gespenst«, sagt Harjula, und niemand widerspricht ihm.

Rasmus sieht allerdings so aus, als ob ihm der Gedanke nicht behagt.

»Raus mit der Sprache, Rasse«, fordert Jessica ihn auf.

Rasmus hebt erschrocken den Kopf. »Ich? Ich hab nichts …«

»Sprich ruhig«, wiederholt Jessica. Rasmus redet wenig, aber was er sagt, hat Hand und Fuß. Deshalb hat Jessica gelernt zu erkennen, wann man ihn dazu drängen muss, seine Überlegungen zu teilen. Sie sind wie die Einfälle, die einem Schriftsteller mitten in der Nacht durch den Kopf schießen: Wenn man sie nicht sofort notiert, können sie in Vergessenheit geraten und für immer verschwinden.

Rasmus schluckt vernehmlich und sieht Nina hilfesuchend an. Aber vielleicht starrt auch er nur auf das Ei, von dem Nina gerade die Hälfte abgebissen hat. Ein unangenehmer Geruch breitet sich aus.

»Wir wissen ja eigentlich nichts über das Gespenst«, beginnt er. »Wir wissen nur, dass es mit Lisa Kontakt hatte und ein Bild von dem Leuchtturm bestellt hat und …«

»Na, macht ihn nicht schon das zum Mörder?« Harjula lacht auf. »Was brauchen wir noch?«

Rasmus antwortet nicht sofort, die kurze Stille dient bei ihm als Stoßdämpfer.

»Nicht unbedingt«, fährt er dann fort. »Denkt den Fall mal von Anfang an durch. Wenn Lisa in den sozialen Medien für Kambo geworben hat und das Gespenst vermutlich für ihr Verschwinden verantwortlich ist ... Warum sollte es Jose Rodriguez erschießen?«

»Vielleicht wollte das Gespenst allem ein Ende machen?«, schlägt Hellu vor.

Rasmus wirkt verblüfft. »Das Gespenst wäre also eine Art Wohltäter? Ein Mann, der Selbstjustiz übt ...«

»Dexter. Batman. Tarzan«, lächelt Jusuf.

»Zum Teufel«, flüstert Nina und stopft sich den Rest des Eis in den Mund.

»Schluss jetzt!«, sagt Hellu bestimmt, aber ohne die Stimme zu erheben. »Das sind sinnlose Spekulationen. Wir brauchen mehr Indizien. Gibt es noch etwas Konkretes?«

Jessica nickt und räuspert sich. »Nina und Rasmus haben gestern etwas Wichtiges entdeckt.«

»Nina hat es entdeckt«, sagt Rasmus leise, und Nina lächelt.

»Akifumis Identität ist immer noch ein Rätsel, aber Nina hat die Logik erkannt, die hinter der Ziffernreihe 2511946 steht«, fährt Jessica fort und klickt die Datei an, die Rasmus ihr in der Nacht geschickt hat.

»Sie wurde in verschiedenen Varianten auf Instagram als Hashtag verwendet«, erklärt sie. »Der letzte Teil der Reihe verweist immer auf die Vorwahl eines Landes. Zum Beispiel bedeutet 2511946 Schweden, 2911947 Norwegen und 25119358 Finnland. Alle Hashtags sind mit Fotos verknüpft, die Restaurants oder Hotels zeigen.«

Hellu wirkt begeistert.

»Was ist denn mit diesen Orten?«, fragt Harjula.

»Das wissen wir noch nicht, aber irgendwie hat es mit diesem Fall zu tun. Nicht nur wegen Akifumis Instagram-Profil. Eine der zehn Stellen in Finnland ist nämlich das Fenix. Und das dürfte kein Zufall sein.«

»Verdammt«, sagt Harjula. »Dieser Restaurantchef, mit dem ihr gesprochen habt.«

»Frank Dominis«, ergänzt Jessica widerstrebend.

Irgendetwas an der Vorstellung, dass der spröde Amerikaner mit seinem eher schlechten Ruf tatsächlich der Böse in dieser Geschichte wäre, ist äußerst unbefriedigend. Und zu offensichtlich. Jessica ist nicht ohne weiteres bereit, diese Theorie zu schlucken.

Oder sie will an etwas glauben, woran sie um keinen Preis glauben dürfte. An die Unschuld einer leidgeprüften Seele. Dazu hat sie sich schon einmal verleiten lassen, in ihrem früheren Leben. Und eigentlich auch bei Mikael.

»Frank Dominis muss etwas wissen«, meint Harjula.

»Jessica und ich befragen ihn nochmal«, sagt Jusuf.

»Und diese Instagram-Accounts, auf denen die Hashtags stehen? Wem gehören die?«, fragt Hellu.

»Nina hat sofort gemerkt, dass es Fake-Accounts sind«, erklärt Rasmus. »Ich habe herausgefunden, dass sie vor Jahren in einer ukrainischen Trollfabrik geschaffen wurden. Natürlich versuche ich, den Auftraggeber aufzuspüren, aber ich fürchte, der Endverbraucher hat seine Spuren ziemlich effektiv verwischt.«

»Okay, und wie sieht es mit Facebook aus? Wann können wir mit Informationen über Akifumis Profil rechnen?«, erkundigt sich Jessica.

Rasmus zuckt die Achseln.

»Keine Ahnung. Hoffentlich bald. Die offizielle Anfrage habe ich gestern Abend gestellt. Dasselbe gilt für den Telefonanschluss des Gespenstes. Ich habe noch keine Antwort von den japanischen Behörden bekommen.«

Jessica nickt und ruft das nächste Foto auf.

»Außerdem müsstest du jetzt versuchen, von Instagram alle Fotos zu bekommen, die kürzlich von Lisas Account entfernt wurden, Rasse. Ist das machbar?«

»Soweit ich mich erinnere, ist das innerhalb von 30 Tagen möglich. Ich schick die Bitte gleich los.« Rasmus tippt auf seinem Computer.

»Und hier ist die vierte Sache, bei der wir auf Hilfe von den Behörden eines anderen Landes warten. Auch hier geht es um Japan«, sagt Jessica, als das Bild eines breitschultrigen Mannes mit Hakennase und tellergroßem Gesicht auf der Leinwand erscheint.

»Hirokazu Yamamoto, Lisas Vater«, erklärt sie. »Ursprünglich Hirokazu Kondo. Er ist 1998 mit Lisa aus Japan nach Finnland gezogen. Hat seinen Namen gewechselt. Ich habe Informationen bekommen, wonach er seiner Tochter Auftritte in den sozialen Medien verboten hat. Sehr nachdrücklich, sogar in drohendem Ton.«

»Woher hast du die Information?«, fragt Hellu.

Jessica schluckt fast unmerklich. Im Licht der neuesten Erkenntnisse ist Frank Dominis nicht unbedingt die zuverlässigste Informationsquelle, aber sie sieht keinen Grund, weshalb er die Geschichte von Lisas Vater erfunden haben sollte. Zudem wird seine Aussage durch Hirokazus Reaktion am Flughafen unterstützt. *Jetzt wird das Team sich auf mich stürzen.*

»Dominis hat es mir erzählt«, antwortet sie so selbstsicher wie möglich.

Jami Harjula prustet los, und auch Hellu wirkt nicht überzeugt.

»Lisa hatte es ihm anvertraut. Sie sind Freunde«, erklärt Jessica hastig.

»*Freunde*. Der Sugar Daddy und die attraktive Bloggerin«, sagt Harjula mit sarkastischem Unterton. Jessica sieht Jusuf an, von dem sie weiß, dass er derselben Meinung ist wie Harjula. Doch Jusuf beteiligt sich nicht an dem Spott. Nicht jetzt, wo sich die Situation gegen Jessica wendet. *Danke, Jusuf.*

»Im Moment können wir meiner Meinung nach davon ausgehen, dass Dominis die Wahrheit sagt und dass Hirokazu einen Grund für sein Verhalten hat. Ich vermute, dass Hirokazu befürchtet, von jemandem gefunden zu werden. Von jemandem, vor dem er damals aus Japan geflohen ist. Das könnte der Grund für Lisas Verschwinden sein.«

»Erzähl von der Fingersache«, meint Jusuf und trinkt von seinem Kaffee.

Jessica nickt und legt eine kurze Pause ein.

»Hirokazu fehlt ein Stück vom kleinen Finger«, erklärt sie, nachdem sie die Neugier der anderen eine Weile hat wachsen lassen.

»Yakuza«, sagt Rasmus leise, und alle scheinen zu wissen, worum es sich handelt. Das ist selbst unter Polizisten keineswegs selbstverständlich: Ein Mitglied der Polizeiführung hat bei einer lange zurückliegenden Pressekonferenz die Yakuza mit dem Jacuzzi, dem Whirlpool also, verwechselt, wofür er bis heute gehänselt wird.

»Hirokazu ist also ein ehemaliger Krimineller?«, schließt Hellu. »Vielleicht handelt es sich um Zeugenschutz?«

Jessica atmet erleichtert auf. »Genau«, nickt sie. »Das würde seine ablehnende Einstellung zu den sozialen Medien erklären. Und deshalb habe ich die Sicherheitspolizei um Hilfe gebeten, am Flughafen haben sich zwei Männer in Zivil an das Ehepaar drangehängt. Sie erstatten mir Bericht und greifen gegebenenfalls ein, wenn etwas Verdächtiges passiert.«

»Hervorragend«, sagt Hellu überraschend und steht auf.

»Die Sache geht voran. Gut so. Ich habe jetzt ein Treffen in der Chefetage. Aber haltet mich auf dem Laufenden, okay?«

Als niemand Einwand erhebt, verlässt sie den Raum.

Jessica bleibt sitzen, sie hört, wie die Stuhlbeine über den Boden scharren und die Ermittler aufstehen und sich recken. Nur Nina sitzt nachdenklich an ihrem Platz. Noch zu Beginn des Jahres hätte Jessica sie gefragt, worüber sie grübelt. Aber jetzt fällt es ihr schwer, die Initiative zu ergreifen. *Verdammt, gib dir Mühe, Jessica.*

»Was überlegst du, Nina?«, fragt Jessica mit leicht belegter Stimme.

Nina richtet ihren konzentrierten Blick auf Jessica, und eine Weile starren sie sich nur in die Augen. Wenn Blicke töten könnten, wäre Jessica vermutlich schon hinüber.

»Mir ist da was eingefallen«, sagt Nina schließlich mit kalter Stimme. »Pastor Nikolas Ponsi, der Jason Nervander als vermisst gemeldet hatte, hat mir erzählt, dass Jason zwar seines Wissens nie gewalttätig war, dass er aber, wenn er getrunken hat, oft *moralisch unzurechnungsfähig* war – an sich ein interessanter Ausdruck für jemanden, der fremdgeht.«

»Und?« Jessica ignoriert bewusst den eindeutig gegen sie gerichteten Hieb.

»Nikolas Ponsi ist nicht nur Pfarrer, sondern auch ausgebildeter Sexologe und Sexualtherapeut. Er hilft Jugendlichen, die Probleme mit ihrer Sexualität haben. Ich habe darüber nachgedacht, warum Jason und er so eng befreundet sind. Ein Pfarrer in mittleren Jahren und ein fünfzehn Jahre jüngerer atheistischer Blogger, der es mag, andere auszupeitschen oder sich auspeitschen zu lassen.«

»Das ist schon seltsam, aber …«

»Bei unserem Treffen hat Ponsi gesagt, Jason hätte aktiv an der Jugendarbeit der Gemeinde teilgenommen und dadurch hätten sie sich kennengelernt. Ich hab danach ein paar Telefonate geführt und herausgefunden, dass Jason tatsächlich in der Jugendarbeit aktiv war, aber nicht bei der Gemeinde, sondern bei der HSSW. Der *Helsinkier Stiftung für sexuelles Wohlergehen*. Die hat nichts mit der Kirche zu tun. Allem Anschein nach hat Ponsi Nervander erst später zur Jugendarbeit der Kirche geholt.«

»In der Frage, wie sie sich kennengelernt haben, hat Nikolas Ponsi also gelogen?«

»Vielleicht konnte er nicht anders, weil er nicht verraten wollte, dass sie sich im Rahmen einer Sexualtherapie kennengelernt haben. Was, wenn Jason Ponsi von seinen Neigungen oder seiner sexuellen Frustration erzählt hat? Zum Beispiel von dieser Sadomaso-Sache? Was, wenn Jason sich nicht nur für SM interessiert, sondern auch einen Schuluniformen-Fetisch hat und es dem Pfarrer gebeichtet hat?«

Jusuf, der an der Tür stehengeblieben war, kehrt interessiert an den Tisch zurück.

»Wir wissen schon aufgrund des Inhalts von Jasons Wandschrank, dass es ihm nicht gereicht hat, in einschlägigen Illustrierten Brüste anzugucken oder Tinder-Dates zu vereinbaren, oder? Vielleicht war Jason gerade deshalb in der bewussten Nacht in Aurinkolahti«, erklärt Nina. »Weil er sich die Frau gekauft hatte. Weil er nicht anders konnte. Aber Olga bekam mittendrin einen Herzinfarkt, und Jason hat versucht, sie wiederzubeleben. Das misslang. Und deshalb musste er untertauchen.«

»Interessant«, sagt Jessica anerkennend »Aber das erklärt noch nicht, wieso bei Instagram die Todesanzeige gepostet wurde.«

»Nein«, räumt Nina ein. »Aber wir sollten noch einmal mit Nikolas Ponsi sprechen. Vielleicht wollte er nicht ins Detail gehen. Als Seelsorger. Ich bin sicher, dass er etwas über Jason weiß, was er noch nicht verraten hat. Und ich wette, dass es um etwas viel Brisanteres geht als um Latexkleidung.«

»Ich fahre selbst nach Kallio. Danke, Nina«, sagt Jessica gerade in dem Moment, als das Display ihres Handys auf dem Tisch zum Leben erwacht.

*Eine Nachricht von Essi.*

# 60

Jessica und Essi steigen die kurze Treppe im Ester-Park hinunter und setzen sich auf eine Parkbank, beide am Rand, sodass mehr als ein Meter zwischen ihnen liegt. Dichter Baumbestand umgibt sie, die unbelaubten Äste bewegen sich beruhigend und geben ihrem Gespräch Schutz.

Essi trägt eine große weiße Strickmütze, die sie tief in die Stirn gezogen hat, bis an den Rand ihrer großen traurigen Augen. Sie ist stärker geschminkt als gestern und wirkt älter und reifer als die verweinte junge Frau, die auf dem Bett saß und um ihre verschwundene Mitbewohnerin trauerte.

»Ich hätte auch anrufen können«, sagt Essi und blickt sich um. Sie ist unverkennbar verlegen und schreckhaft. Das ist das Schlimmste bei Vermisstenfällen: die Ungewissheit, die der Fantasie zu viel Spielraum lässt. Die Sorge um die vermisste Person ist groß, doch gleichzeitig sieht man auch die eigene Sicherheit in Frage gestellt. Wenn meinem Nächsten etwas Schreckliches zugestoßen ist, kann es dann auch mich treffen?

»Aber mein Zug fährt sowieso über Pasila«, fährt sie fort, zieht den rechten Handschuh aus und steckt die Hand in die Tasche ihres Trenchcoats.

Jessica lehnt sich zurück und wartet geduldig darauf, dass Essi zur Sache kommt.

»So geht es auch, kein Problem«, antwortet sie. Im selben Moment zieht Essi etwas aus der Tasche.

»Das Ganze ist so verdammt seltsam«, murmelt sie, und Jessica sieht, dass sie ein viereckiges schwarzes Ding mit einem langen Kabel in der Hand hält. Bei genauer Betrachtung entpuppt es sich als Ladegerät. Als altes Ladegerät von Nokia, wie es Jessica in den letzten zehn Jahren kaum noch zu Gesicht bekommen hat. Selbst Erne, der vor allen technischen Innovationen zurückscheute, hatte sich schon vor fünf Jahren ein Smartphone zugelegt.

»Ich weiß nicht recht, womit ich anfangen soll«, sagt Essi, legt Jessica das Ladegerät in die Hand und seufzt. »Vielleicht mit dem Ton.«

»Dem Ton?«

»Ich erinnere mich, dass ich manchmal aus Lisas Zimmer so ein Piepen gehört hab. Einen Signalton, der nicht in die heutige Welt passt. Aber ich hab nicht weiter darauf geachtet. Irgendwann hab ich Lisa mal danach gefragt, aber sie hat nur gesagt, es wäre sicher eine Mail oder das Push-Signal von irgendeiner App.«

»Lisa hatte zwei Handys«, sagt Jessica leise, den Blick auf das Ladegerät gerichtet. Sie spricht eher zu sich selbst als zu Essi. *Das Gespenst hat in Lisas Zimmer nach dem zweiten Handy gesucht. Deshalb hat es da rumgewühlt.*

Sie spürt ein Stechen in den Fingerspitzen. Als sie aufblickt, sieht sie, dass Essi nickt.

»Und als der Typ gestern in Lisas Zimmer war«, fährt Essi schaudernd fort, »hat er garantiert nach dem Handy gesucht.«

»Woraus schließen Sie das?«

»Weil er es gefunden hat.«

Jessica sieht Essi fragend an.

»Ich bin heute früh in Lisas Zimmer gegangen. Es hat mir keine Ruhe gelassen, was zum Teufel der Typ da wollte. Er hatte Lisa schon mitgenommen und ihr was getan ... und trotzdem ist er zurückgekommen.«

Jessica betrachtet einen Mann, der in einiger Entfernung seinen Hund ausführt. Irgendwie erinnert er sie an den Angriff gestern Morgen, an den Schnapsatem und an ihre schmerzenden Fingerknöchel. *Heiligabend.* Jetzt fällt ihr ein, dass ein Hund gebellt hat und von seinem Besitzer gerufen wurde, als sie auf der Erde lag. Der verdammte Wirrkopf ist der Polizei bisher noch nicht in die Fänge gegangen, und die Besucher des Zentralparks sind über verschiedene Medien vor dem Angreifer gewarnt worden.

»An dem Punkt hab ich gar nicht an ein Handy gedacht. Ich hab eine Weile Lisas Sachen durchsucht, ich war ziemlich aufgeregt und in Panik, ich dachte, wenn ich rausfinde, was da fehlt, würde ich Lisa helfen und vielleicht auch mir selbst ...«

»Und Sie haben das hier gefunden.«

»Es war hinter einem Bild. Die meisten sind ja weggebracht worden, es sind nur noch ein paar übrig, die Lisa nicht selbst gemalt hat. Eins davon hing ein ganz kleines bisschen schief. Ein Bild von einer Katze, im Stil von Andy Warhol, gleich rechts neben der Tür in Augenhöhe. Ich hab es abgenommen und dahinter ein Geheimversteck gefunden«, berichtet Essi und holt eine Zigarettenschachtel aus der Tasche.

Jessica bemüht sich, ihre Frustration und ihren Ärger zu verbergen. Wie ist es möglich, dass weder sie noch Jusuf oder die technischen Ermittler das Versteck bemerkt haben?

Schweigend sieht sie zu, während Essi nach dem Feuerzeug greift und die zwischen die Lippen geklemmte Zigarette anzündet. Das Ende leuchtet rot auf, wie die Glut eines Lagerfeuers, bis Essi aufhört zu ziehen und den Atem anhält.

Der beißende Qualm vermengt sich rasch mit der frischen Luft.

»Ein Geheimversteck, in dem dieses Ladegerät lag?«, fragt Jessica, da Essi keine Anstalten macht, ihren Bericht fortzusetzen.

»Da war nichts, nur eine Aushöhlung in der Gipswand. Und dann hab ich hinter dem Bild daneben das Ladegerät gefunden und mir überlegt, dass in die leere Vertiefung ein altes Handy gepasst hätte.«

»Sie meinen also, der Mann, der in Ihre Wohnung eingedrungen ist, hat das Handy gefunden und mitgenommen? Aber nicht das Ladegerät.«

»Vielleicht hatte er Lisa gezwungen, ihm zu sagen, wo sie es versteckt hat. Er hat seine Spuren verwischt, indem er das Bild wieder an seinen Platz gehängt hat, und ist nicht auf die Idee gekommen, hinter dem nächsten Bild nach dem Ladegerät zu suchen. Und dann hat er gehört, dass wir reinkamen und … An den Rest erinnern Sie sich sicher«, sagt Essi eine Spur patzig, obwohl sie wahrscheinlich gar nicht versucht, eine schlagfertige Bemerkung zu machen.

Jessica steckt das Ladegerät in ihre Manteltasche. Eine Weile beobachten sie wortlos den Mann, der mit einem großen schwarzen Schäferhund an ihnen vorbeigeht. Jessica seufzt. Das Wichtigste ist jetzt, nicht mit Lisas Mitbewohnerin über den Fall zu spekulieren. Sie muss nur alle Fakten aus ihr herausholen, dann kann Essi in den nächsten Zug steigen.

»Okay.« Jessica legt den linken Arm auf die Rücklehne der Bank. »Vermutlich hatte Lisa ein Nokia aus den Neunzigern, auf dem sie manchmal Textnachrichten oder Anrufe bekam. Die meinten Sie wohl, als Sie von den seltsamen Signaltönen in ihrem Zimmer gesprochen haben.«

»Ja«, antwortet Essi. Der leichte Frost hat ihre Wangen gerötet. Oder die Aufregung.

»Und das ist alles? Sie haben das Handy nie gesehen?«

Essi wirkt abwesend, ihr Blick folgt einem Ahornblatt, das vom Wind getrieben über den Sandweg kriecht wie eine große gelbe Spinne. Dann rafft sie sich auf, als hätte sie die Frage mit ein paar Sekunden Verzögerung gehört.

»Gesehen nicht«, sagt sie und zieht ihr eigenes Handy hervor. »Aber ich bin mir ziemlich sicher, dass Lisa mich vor einigen Monaten damit angerufen hat.«

»Woher wissen Sie, dass der Anruf gerade von dem Anschluss kam?«

»Sie hatte ihr eigenes Handy verlegt, sie war natürlich total fertig und nervös, weil ihr ganzer Job über das Handy und Social Media läuft. Es wurde dann bei einem Bekannten gefunden, wo sie es am Abend davor vergessen hatte. Aber ich erinnere mich, dass sie mich von irgendeinem fremden Anschluss angerufen und gefragt hat, ob ich es nach der Arbeit in Katajanokka abholen könnte, weil sie selbst einen Kater hatte und krank wurde oder irgendwas. Und als ich gefragt hab, von wo sie anruft, hat sie gesagt, vom Handy eines Freundes, dabei war sie doch angeblich allein zu Hause, krank und verkatert. Das ergab keinen Sinn. Ich wusste, dass sie mich verarscht, aber ich dachte, das Handy gehört irgendeinem Typ, über den sie nicht reden wollte.«

»Und Sie haben nicht weiter nachgefragt?«

»Damals nicht. Aber die Sache ging mir nicht aus dem Kopf, schon deshalb nicht, weil ich immer noch ab und zu dieses Piepen in Lisas Zimmer hörte. Also hab ich eines Tages die Nummer angerufen. Ich hab meine eigene unterdrückt, und gleich als es anfing zu tuten, kam wieder dieser Signalton aus Lisas Zimmer. Und da wusste ich, dass sie einen zweiten Anschluss und ein zweites Handy hat, das sie aus irgendeinem Grund verheimlichen will. Dass sie mich die ganze Zeit angelogen hat.« Essi bricht auf einmal in Tränen aus.

»Was ist?«, fragt Jessica, und als Essi nicht gleich aufhört zu weinen, rückt sie näher heran und legt ihr die Hand auf die Schulter. »Sie müssen jetzt stark sein, es ist durchaus möglich, dass ...«

»Darum geht es nicht«, sagt Essi und trocknet sich die Augen am Ärmel. Die Zigarette steckt ihr noch zwischen den Fingern, an ihrem Ende hängt ein halber Zentimeter Asche. Sie wirft einen Blick darauf, schnipst mit dem Zeigefinger gegen den Filter, führt die Zigarette zum Mund und saugt sie wieder rot.

»Lisa ist an meine Zimmertür gekommen, sie sah irgendwie ganz düster aus ... überhaupt nicht wie sie selbst.«

*Hast du mich gerade angerufen?*

*Was? Nee. Wieso?*

*Zeig mir deine Anrufliste.*

»Ich war total verwirrt. Zuerst hab ich behauptet, mein Akku wäre leer. Ich weiß nicht, warum ich solche Angst hatte ... Vor der Situation und vor Lisa, sie benahm sich so komisch. Wahrscheinlich habe ich von Anfang an gedacht, dass das Handy mit irgendwas Schlimmem zu tun hat, dass ich nichts davon wissen durfte. Und dass es dumm war, aus reiner Neugier anzurufen.«

»Was ist dann passiert?«

»Lisa ist nicht dumm. Natürlich hat sie mir mein Handy nicht aus der Hand gerissen und nachgesehen, ob es Saft hat, aber sie wusste, dass ich angerufen hatte. Das hat sie an meiner Reaktion abgelesen, sie kennt mich so gut. Und dann hat sie bloß an der Tür gestanden und mich angestarrt. Zum Schluss hat sie sich auf mein Bett gesetzt und die Hand auf mein Bein gelegt ... Und gesagt, dass ich nie irgendwem von dem Anschluss erzählen darf. Dass ich die Nummer sofort löschen muss.«

»Haben Sie gefragt, warum?«

Essi schüttelt den Kopf. »Sie können sich nicht vorstellen, wie seltsam Lisa in dem Moment war. Ich hab bloß genickt und gedacht, dass ich wirklich nicht mehr wissen will. Und dann hat Lisa gelächelt und vorgeschlagen, dass wir uns was zu essen bestellen. Als wäre nichts gewesen. Und es war ja auch nichts, wenn ich länger darüber nachdenke.«

»Haben Sie die Nummer gespeichert?«, fragt Jessica und faltet in Gedanken die Hände. *Das kann eine große Sache sein.*

»Nein«, sagt Essi, »aber ich habe sie aufgeschrieben.«

Sie öffnet ihr Portemonnaie und reicht Jessica einen gelben Post-it-Zettel mit einer Handynummer.

In aller Eile schreibt Jessica eine Nachricht an Rasmus. *Finde alles über diese Nummer heraus. Höchste Priorität!!!*

Dann schaltet sie das Display aus.

»Sorry, dass ich das nicht früher erzählt hab, aber ich hatte Lisa versprochen ...«, stammelt Essi.

»Gut, dass Sie es jetzt getan haben«, antwortet Jessica. Der heftige Wind veranlasst sie, den Reißverschluss ihrer Jacke bis zum Kinn hochzuziehen. »In so einer Situation kann es schwierig sein, unter den Geheimnissen diejenigen auszuwählen, deren Enthüllung uns bei der Suche helfen kann. Lisa nimmt es Ihnen bestimmt nicht übel, wenn etwas, das Sie uns erzählen, uns hilft, sie zu finden. Vielleicht sogar«, beginnt sie und bereut sofort, dass sie Essi Hoffnung macht, »ihr das Leben zu retten.«

»Genau«, sagt Essi, lässt die Kippe auf die Erde fallen und tritt sie mit der Spitze ihres gelben Springerstiefels aus. Dann legt sie die Hände langsam auf die Knie, steht auf und zieht den Saum ihres Trenchcoats zurecht. Von ihrem Habitus her könnte sie ebenfalls eine Modebloggerin sein, ihre betont trendige Kleidung würde sich auf dem Titelblatt der Vogue-Herbstausgabe gut machen. Das heißt, eigentlich kennt Jessica sich damit gar nicht mehr aus, es ist lange her, dass sie versucht hat, trendig zu sein. Das Rollenspiel ist schwierig genug, auch ohne die angesagtesten Klamotten im überfüllten Kleiderschrank.

»Ich glaub, das war alles«, erklärt Essi.

»Ich hätte noch ein paar Fragen«, sagt Jessica und steht ebenfalls auf. Essi sieht sie ein wenig ängstlich an, als hätte sie nicht damit gerechnet, dass das Gespräch weitergeht.

»Lisas Vater. Sie haben gesagt, dass Sie gehört haben, wie Lisa mit ihrem Vater Japanisch sprach.«

»Ja.«

»Sind Sie Lisas Vater je begegnet? Kommt er manchmal zu Besuch?«

»Nie. Was vielleicht seltsam ist, wenn ich jetzt darüber nachdenke. Aber sie haben miteinander telefoniert.«

»Dass Lisa mit ihrem Vater sprach, wissen Sie also nur, weil …«

»… sie es mir gesagt hat.«

»Theoretisch hat sie also auch mit jemand anderem sprechen können.«

Essi wirkt verblüfft. »Kann sein.«

»Und hat Lisa irgendwas darüber gesagt, wie ihr Vater zu ihrem Beruf steht?«

Essi schüttelt den Kopf. »Nein. Wieso? Wie hätte er denn dazu stehen sollen?«

Jessica wirft einen Blick über die Schulter. Essi scheint von den Drohungen des Vaters nichts zu wissen. Ist es wirklich möglich, dass Lisa sich Frank Dominis anvertraut hat, nicht aber ihrer Mitbewohnerin? Wie nah haben Dominis und Lisa sich eigentlich gestanden?

»Okay, und dann noch eine andere Sache«, sagt Jessica. »Haben Sie jemals von Kambo gehört?«

»Kambo? Diese Froschgeschichte?« Zum ersten Mal verzieht Essi den Mund zu einem dünnen Lächeln.

»Genau die.«

»Lisa hat davon gesprochen. Und es auch ausprobiert.«

»Und Sie?«

»Nein. Das hörte sich total verrückt an.«

»Wie war die Behandlung nach Lisas Meinung?«

»Toll, hat sie gesagt. Reinigend und wohltuend.«

»Haben Sie eine Ahnung, warum Lisa später sowohl in ih-

rem Blog als auch auf Instagram alle Hinweise auf Kambo gelöscht hat?«, fragt Jessica.

»Vielleicht«, beginnt Essi und zupft eine Fluse von ihrem
Handschuh. »Sie hatte wohl Streit mit dem Besitzer von diesem Kambo-Studio. Mit Jose.«

»Rodriguez? Worum ging es bei dem Streit?«

»Jose hat wohl nicht bezahlt.«

»Wofür bezahlt?«

Essi sieht Jessica an, als wäre der Altersunterschied zwischen ihnen viel größer und Jessica wäre eine dumme Erwach-
sene, die nichts kapiert.

»Für kommerzielle Zusammenarbeit. Immer wenn Lisa
über irgendwas geschrieben hat, bekam sie dafür Sachen oder
Dienstleistungen und außerdem Geld. Ganz normal bei Influ-
encern«, erklärt sie.

»Also war Jose Rodriguez Lisas Kunde und nicht umgekehrt?«

»Genau, im Prinzip ja. Deshalb hat Lisa die Rechnung ein-
treiben lassen und alles entfernt, was sie über Joses Firma gepostet hatte.«

»Wissen Sie über Lisas andere Kunden auch so viel?«, fragt
Jessica.

Essi lacht freudlos auf. »Nein, wirklich nicht, aber diese
Kambo-Sache ist mir in Erinnerung geblieben. Ich fand sie ein
bisschen zu verrückt.«

Jessica blickt zum Himmel. »Lisa hat kurz vor ihrem Verschwinden noch viele andere Fotos entfernt. Rund hundert.
Haben Sie eine Ahnung, worum es da gehen könnte? Was auf
diesen Fotos zu sehen war?«

Verwundert schüttelt Essi den Kopf.

»Würden Sie mir einen Gefallen tun, Essi? Sehen Sie sich
heute Lisas Fotos an und überlegen Sie, ob Ihnen etwas einfällt, was fehlt. Ob die gelöschten Bilder vielleicht einen ge-

meinsamen Faktor haben, einen bestimmten Menschen, einen Gegenstand oder Ort. Irgendetwas, das Lisa selbst oder ein anderer aus der Erinnerung der Menschen tilgen wollte.«

»Ich kann es versuchen. Klingt allerdings ziemlich unmöglich. Irgendwas auf Fotos zu suchen, die es nicht mehr gibt.«

Jessica lacht auf, denn sie begreift, dass Essi recht hat. Die Bitte ist wirklich absurd.

»Machen Sie sich deshalb keinen Stress. Werfen Sie einfach einen Blick auf die Bilder«, sagt sie vor Kälte zitternd. Der Wind weht plötzlich heftiger.

»Und dann die letzte Frage.« Sie hält Essi ihr Handy hin. »Dieses Foto wurde Tim Taussi zufolge bei Ihnen gemacht. In Lisas Zimmer. Aber die Wände in Lisas Zimmer sind weiß.«

»Lisa hat sie kürzlich gestrichen. Letzten Monat oder so«, antwortet Essi rasch und gibt das Handy zurück.

Jessica mustert Essi und beißt sich auf die Innenseite ihrer Wange. *Jusuf hatte recht. An dem Foto ist nichts Seltsames.*

Sie steckt die Hände in die Tasche, um sie vor der klirrenden Kälte zu schützen. Dabei sieht sie Essi an und überlegt, wie erschüttert sie wäre, wenn sie wüsste, dass Jose Rodriguez gerade obduziert wird.

# 61

Anhand von Ninas Beschreibung erkennt Jessica den Mann schon von Weitem. Allerdings wirkt Nikolas Ponsi in ihren Augen nicht ganz so klein, wie Nina gesagt hat. Er trägt einen langen Talar, unter dem schwarze Schuhe mit Gummisohlen hervorschauen. Unter den Arm hat er sich einen schwarzen Mantel geklemmt.

Ponsi steht ganz oben auf der Steintreppe an der Südwand der Kirche von Kallio, von wo man anderthalb Kilometer weit über die Straßen bis zum Universitätshügel sicht.

»Jessica Niemi, Kriminalhauptmeisterin«, sagt Jessica und gibt ihm die Hand.

»Richtig, deine Kollegin habe ich ja schon kennengelernt. Ist es okay, wenn wir uns duzen?«

»Klar. Danke, dass du so kurzfristig Zeit für mich hast.«

»Kein Problem, allerdings fängt gleich der Gottesdienst an.«

»Es dauert nicht lange. Und ich muss von Anfang an eine ehrliche Antwort bekommen, auch wenn sie eventuell gegen die Schweigepflicht verstößt.«

Nikolas Ponsi wirkt peinlich berührt. Er blickt zum Himmel auf, von dem Eisregen fällt, und schlüpft in seinen Mantel.

»Worum geht es?«, fragt er und steigt die Treppe hinunter, als wolle er auf Distanz von dem heiligen Gebäude gehen. Vielleicht wird es dann nicht an die Ohren seines Herrn dringen, dass er über Jasons Angelegenheiten spricht.

»Bei der Polizei verlassen wir uns nicht auf Gerüchte, gerade darum muss ich dich direkt danach fragen«, erklärt Jessica und folgt dem Mann. »In welcher Eigenschaft hast du Jason kennengelernt, als Pfarrer oder als Sexualtherapeut?«

Ponsi beißt sich auf die Lippe.

»Wir wissen, dass Jason Atheist ist«, fügt Jessica hinzu.

»Als Sexualtherapeut«, antwortet Ponsi. »Aber in die Einzelheiten werde ich auf keinen Fall gehen.«

»Na gut«, sagt Jessica. »Gesetzt den Fall, ich würde deine Ansicht als Sexologe brauchen – nicht auf Nervander bezogen, sondern allgemein – könntest du mir dann helfen?«

Nikolas Ponsi sieht Jessica an, als hätte sie ihm gerade eine Falle gestellt.

»Außerdem dachte ich, dass Gottesdienste nur sonntags stattfinden«, fährt sie fort und nickt zur Kirche hin. »Du hättest eine bessere Ausrede erfinden sollen.«

Ponsi wirkt betroffen.

»Es tut mir leid«, sagt er schließlich mit gesenktem Kopf. »Aber ich habe das Gefühl, dass ich falsch handle, wenn ich mit der Polizei über etwas spreche, was ein junger Mensch mir anvertraut hat.«

»Das verstehe ich. Aber wenn wir auf allgemeiner Ebene über das Thema sprechen ...«, schlägt Jessica vor, während Ponsi auf eine Parkbank zeigt. Sie setzen sich.

»Über welches Thema?«

»Fetischismus«, sagt Jessica. Ponsi verzieht keine Miene. »Kennst du dich damit aus?«

Er nickt und richtet den Blick auf die Straße, wo ein langbärtiger Penner steht und lauthals den Teufel anruft.

»Fetischismus. Witzig, dass du jemanden danach fragst, der sowohl Sexologe als auch ein Mann der Kirche ist. Ich habe nämlich einen Fetisch hier unter meinem Hemd.« Ponsi lacht auf, als er Jessicas verwunderten Blick bemerkt. »Das Wort Fetisch war ursprünglich die Bezeichnung für einen Zaubergegenstand oder ein heiliges Objekt, wie dieses hier«, erklärt er und zieht ein goldenes Kreuz unter seinem Talar hervor.

»Auch bei sexuellem Fetischismus, den du sicher meinst, handelt es sich um das Interesse an einem Gegenstand, wobei das Interesse sich allerdings auch zum Beispiel auf einen Körperteil oder eine andere Eigenschaft richten kann. Das Spektrum ist sehr breit.«

»Auch auf die Kleidung?«

»Zum Beispiel.«

»In gewisser Weise sind Fetische also ein normaler Bestandteil der menschlichen Sexualität?«

»Ganz so simpel ist es nicht«, meint Ponsi und streicht sich über den Bart. »Man kann wohl von Dingen sprechen, die generell als sexuell erregend gelten. Das sind zum Beispiel bei Frauen Brüste und Beine, bei Männern Bauchmuskeln und Bizeps. Aber manchmal sind die Gegenstände des Fetischismus so speziell, dass die große Mehrheit sie als seltsam betrachtet. Und deshalb hält der Besitzer seinen Fetisch oft absolut geheim. Ein Beispiel für eine eher seltsame, wenn auch sehr häufige Spielart ist der Windelfetischismus, bei dem ein erwachsener Mensch eine Windel trägt, um sich sexuelle Befriedigung zu verschaffen.«

»Und das gibt es oft?«, fragt Jessica stirnrunzelnd.

»Du wärst überrascht, wenn du wüsstest, wie oft«, antwortet Ponsi.

»Als Sexualtherapeut bist du also vielen Menschen begegnet, deren Vorlieben vom Mainstream abweichen.«

Ponsi nickt nachdrücklich und schlägt die Beine übereinander. »Wie soll ich es ausdrücken … Abweichung ist nicht ganz das treffende Wort. Ich habe meine Ausbildung zum Sexologen 1999 abgeschlossen. Damals war die Welt anders als heute, wie du dich sicher erinnerst. Die sexuellen Minderheiten waren absolute Randgruppen, und meine Aufgabe bestand weitgehend darin, Gesprächspartner zu sein und die jungen Leute davon zu überzeugen, dass mit ihnen alles in Ordnung ist. Dass sie so sein dürfen, wie sie sind. Denk nur daran, dass gerade Fetischismus in Finnland bis 2011 als Krankheit klassifiziert wurde, ebenso wie Sadomasochismus und Transvestitismus. Es kam also vor, dass Menschen verzweifelt nach Medikamenten gegen etwas suchten, das auf keinen Fall eine Behandlung erfordert hätte. Das ist wirklich schlimm für die geistige Gesundheit und das Selbstbild.«

Jessica sieht Ponsi in die Augen, doch sie sind völlig neutral. Er hat gerade den Sadomasochismus erwähnt, doch nichts deutet darauf hin, dass ihm ungewollt etwas entschlüpft wäre. Vielleicht weiß er einfach nicht alles über Jason Nervanders Vorlieben. Vielleicht ist die ganze Sache für die laufende Ermittlung völlig irrelevant.

Aus ihrer Manteltasche holt sie ein Foto, auf dem das von Lisa Yamamoto gezeichnete Schulmädchen zu sehen ist.

»Und das hier?«, fragt sie.

Nikolas Ponsi greift nach dem Foto, und Jessica hat den Eindruck, dass irgendein Gedanke oder eine Erinnerung ihn einen Augenblick lang gefangen nimmt.

»Was … Was ist damit?« Er reicht ihr das Bild zurück.

»Bist du beruflich auf Manga-Fetischismus gestoßen?«

»Ich denke schon.«

»Ist er weit verbreitet?«

»Meines Wissens ist er in Asien üblicher als hier.«

»In der Manga-Kunst werden oft Schulmädchen dargestellt. Verbindet sich mit dem Manga-Fetischismus eine Art pädophile Nuance?«

Ponsi blickt wieder in die Ferne. Der Penner ist verschwunden, aber sein Gebrüll schallt noch gedämpft zu ihnen herauf.

»Ich würde sagen, es geht nicht um Pädophilie. Eher um

Ephebophilie, also um sexuelles Interesse an jungen Menschen an der Schwelle zur Volljährigkeit. Dafür gibt es einen gewaltigen Markt, wenn man bedenkt, wie viel Pornografie unter den Stichworten *young* und *teen* verkauft und angeschaut wird. Über das Thema gibt es viele interessante Untersuchungen.«

»Sind die auf Manga-Kunst fixierten Ephebophilen ausschließlich Männer?«

Ponsi schüttelt den Kopf. »Zum überwiegenden Teil ja, aber auch Frauen haben vielerlei Vorlieben. Manchen Schätzungen zufolge stellen Frauen auch ein Fünftel aller Pädophilen.«

Jessica denkt eine Weile über das Gehörte nach, dann steckt sie das Foto wieder in die Tasche.

»Danke, dass du dir die Zeit genommen hast«, sagt sie. »Und vergiss nicht: Wenn du etwas weißt, das im besten Fall dazu beitragen kann, ein Menschenleben zu retten, bist du gesetzlich verpflichtet, es uns mitzuteilen.«

Nikolas Ponsi sieht traurig lächelnd Jessica an und nickt. »Das weiß ich nur zu gut, glaub mir.«

Er wendet den Blick ab, was Jessica die Gelegenheit gibt, sein zerfurchtes Gesicht zu mustern. Die Narben an seinen Wangen sind klein, aber tief. Vermutlich hat er irgendwann unter schwerer Akne oder Pocken gelitten. Der Bart passt schlecht zu seinem kleinen Gesicht, was die Vermutung nahelegt, dass er ihn sich als eine Art Maske stehen lässt, um die Narben zu verdecken.

»Jetzt muss ich gehen.«

»Natürlich«, sagt Jessica. Ponsi steht auf, zieht sich die Kapuze über den Kopf und geht die Granittreppe hinauf. Als Jessica ihm nachblickt, sieht sie unter seinem Talar die Lederschuhe hervorblitzen, deren Gummisohlen auffällig dick sind. Vielleicht sollen sie dem Mann Selbstsicherheit verleihen.

Sie holt ihr Handy aus der Tasche, um Rasmus anzurufen, aber im selben Moment ruft er bei ihr an.

»Hallo, ich wollte dich gerade …«

»Wir haben Informationen über Lisas Handy.«

# 62

Jessica stützt sich auf Rasmus' Schreibtisch und klopft mit den Fingern darauf. Auf dem Tisch stehen zwei Monitore und einige Plastikfiguren, am Wandschirm ist ein gerahmtes Bild befestigt, das einen Mann in viktorianischer Kleidung zeigt, auf dessen Hals anstelle des Kopfes ein Bündel Tintenfischarme sitzt. *Was soll das, Rasse?*

»Hast du was gefunden?«, fragt sie ungeduldig und merkt, dass das Pfefferminzkaugummi seinen Geschmack verloren hat. Eigentlich mag sie kein Kaugummi, aber vor lauter Aufregung hat sie zugegriffen, als Jusuf ihr vor fünf Minuten auf dem Flur seine Packung hingehalten hat.

»Was willst du zuerst, die gute oder die schlechte Nachricht?«

»Ganz egal, Rasse. Nun schieß schon los.«

»Die schlechte Nachricht ist, dass Lisas Handy nicht eingeschaltet ist. Über den Operator erfahren wir zwar, mit welcher Funkzelle es zuletzt verbunden war, aber das dauert etwas.«

»Immer dieselbe Leier! Verdammt nochmal, wir warten jetzt schon fast zwei Tage auf Informationen von den Operatoren und von Facebook«, schimpft Jessica.

»Die gute Nachricht«, sagt Rasmus schnell, als stünde er einer impulsiven und seiner Erklärungen überdrüssigen Kleopatra gegenüber und müsse sich beeilen, um nicht den Löwen zum Fraß vorgeworfen zu werden, »ist, dass wir über das Prepaid den IMEI bekommen haben, den International Mobile Equipment Identity-Code. Es handelt sich um ein Nokia 3210 aus dem Jahr 1999. Außerdem habe ich beim Operator eine Liste der ein- und ausgegangenen Anrufe bestellt, die wir in allernächster Zeit bekommen sollten.«

»Das ist tatsächlich eine gute Nachricht«, seufzt Jessica, während Rasmus ein Bild von einem alten Nokia-Handy auf den Bildschirm holt. So eins hat sie vor langer Zeit auch besessen. Gilt das nicht für fast alle?

»Und das ist noch nicht alles«, fährt er fort und tippt irgendetwas ein. »Ich habe über Lisas masayoshi.fi-Seite nachgedacht. Und darüber, dass sie sich wirklich angestrengt hat, um den gesamten Inhalt von der Seite zu entfernen. Das wurde so gründlich getan, dass es unmöglich ist, den Inhalt wiederherzustellen, was auch immer es war. Aber dann …«

»Was?« Jessica zieht einen Bürostuhl vom benachbarten Schreibtisch heran und setzt sich.

»Ach, die Sache war so einfach. Ich hatte viel zu kompliziert gedacht. Wir brauchen nichts wiederherzustellen oder Daten zum Leben zu erwecken. Im Internet gibt es Lösungen, die gerade für solche Situationen geschaffen wurden: eine Art Zeitmaschinen«, erklärt Rasmus lächelnd.

»Zeitmaschinen?« Jessicas Knie bewegen sich unruhig, und ihre Fersen trommeln auf den Boden. Die Spannung hat ihren Körper erfasst: Die Lösung scheint ganz nah zu sein.

»Oder eher Fotoalben aus vergangenen Zeiten. Eine Seite namens archive.org scannt Webseiten und sammelt zu verschiedenen Zeitpunkten ihre Daten. Guck mal.« Als Rasmus *archive.org* eintippt, erscheint in großen Buchstaben der Text *Internet archive wayback machine* auf dem Bildschirm. Rasmus gibt www.masayoshi.fi in das Suchfeld ein.

»Das Programm hat die Seite also einige Male jährlich so gespeichert, wie sie zu dem Zeitpunkt war?«, fragt Jessica.

»Genau. Ich kann den Juni dieses Jahres wählen und mir anschauen, wie die Seite damals ausgesehen hat. Was Lisa danach entfernt hat, spielt keine Rolle, das hier ist wie das Foto von einer toten Person«, erklärt Rasmus.

»Das Internet vergisst nichts«, flüstert Jessica beeindruckt. Plötzlich wird das, wovor so viele warnen, vollkommen konkret. *Wenn du etwas ins Netz stellst, ist es für immer und ewig dort.*

»Guck mal.« Auf dem Monitor erscheinen Fotos von jungen Frauen.

»Was zum Teufel«, murmelt Jessica leise, während Rasmus mit der Maus nach unten scrollt und weitere junge Frauen sichtbar werden, die in die Kamera lächeln und alle ähnlich gekleidet sind: in Manga-Kleidung.

»Das ist ein Katalog«, sagt Rasmus und rückt seine Brille zurecht. »Und das da, die dritte von links, ist Olga Belousova.«

# 63

»Rasse hat diese Angaben gerade vom Operator bekommen«, sagt Jessica und verteilt Ausdrucke, auf denen es von Telefonnummern und Namen wimmelt.

»Was sind das für Nummern?«, fragt Harjula und zieht einen der Bögen zu sich heran.

»Lisa hatte die ganze Zeit ein geheimes Handy. Auf der Liste stehen die dort eingegangenen Anrufe. Und an eine Nummer hat sie Textnachrichten geschickt«, antwortet Jessica. »Aus den Kommunikationsdaten geht hervor, dass es sich um einen 2010 eröffneten Prepaid-Anschluss handelt, auf den im Oktober 2018 ein weiteres Guthaben aufgeladen wurde. Seitdem wurde der Anschluss aktiv benutzt, also seit gut einem Jahr.«

»Es ist immer dasselbe Schema: Lisa wurde von irgendeiner Nummer angerufen. Sie hat den Anruf nicht angenommen, dafür aber sofort eine SMS abgeschickt. Und zwar immer an ein und dieselbe Nummer«, erklärt Rasmus aufgeregt. »Es sieht also so aus, als wäre sie so eine Art Telefonzentrale gewesen.«

»Stimmt es, dass man den Inhalt einer SMS nachträglich nicht feststellen kann?«, fragt Harjula.

Jusuf nickt. »Ja, leider. Selbst Zwangsmaßnahmen helfen da nicht weiter. Wir könnten die Textnachrichten nur lesen, wenn wir irgendwie an das verfluchte Handy rankämen«, sagt er.

»Wahrscheinlich hat jetzt das Gespenst das Handy und ist

mit ihm auf der Flucht«, seufzt Jessica. »Vielleicht ist der Typ gar nicht mehr in Finnland.«

»Moment, gehen wir mal einen Schritt zurück«, mischt sich Hellu ein und blickt auf ihre Smartwatch. Sie wirkt schlecht gelaunt, obwohl der Durchbruch so nah ist. »Was soll denn aus diesen Kommunikationsdaten hervorgehen?«

»Es sind zehn Telefonnummern. Wovon gibt es sonst noch zehn?«, antwortet Jessica mit einer Gegenfrage, was die Stimmung der Hauptkommissarin nicht zu bessern scheint.

»Instagram-Fotos, deren Markierung auf 358 endet«, sagt Harjula.

Jessica nickt. »Genau.«

»Wir haben auch eine Webseite von Lisa gefunden, www.masayoshi.fi, auf der noch vor zwei Monaten ein Katalog mit Mädchen stand. Wir vermuten, dass dort Prostituierte vorgestellt wurden«, sagt Rasmus, hüstelt und fährt fort: »Aber der Inhalt wurde später entfernt.«

»So ähnlich wie die Sekretärinnenschule?«, fragt Nina. »Sex zu kaufen oder zu verkaufen, ist in Finnland nicht illegal. Nur Kuppelei«, fügt sie hinzu, obwohl man annehmen sollte, dass die Anwesenden die Gesetzgebung kennen.

»Aber hier gibt es keine Kontaktdaten«, entgegnet Rasmus und projiziert das Bild von seinem Laptop an die weiße Wand. Nun betrachten alle sechs die jungen Frauen in Manga-Kleidung, die verführerisch in die Kamera lächeln. »Nur die Namen. Oder besser gesagt, die Rollennamen. Wie ihr seht, wurde die uns allen bekannte Ukrainerin Miyamoto getauft.«

»Keine Kontaktdaten?«, fragt Hellu stirnrunzelnd.

»Nein«, antwortet Rasmus. »Wie Nina schon gesagt hat, ist es kein Verbrechen, Sex zu verkaufen, aber dann müsste man auf so einer Escort-Seite die Telefonnummern oder Mail-Adressen der Frauen finden, die ihre Dienste anbieten. Wenn auf der Seite dagegen nur eine einzige Telefonnummer stünde …«

»… würde es sich um Kuppelei handeln«, führt Hellu seinen Satz zu Ende.

»Aber nicht einmal die gibt es hier«, fährt Rasmus fort und scrollt dabei vor und zurück. »Es handelt sich also um einen Katalog ohne Kaufmöglichkeit.«

»Was bedeutet, dass die Kommunikation zwischen dem Kunden und dem Zuhälter über einen anderen Kanal ablief«, erklärt Jessica.

Rasmus starrt an die Decke, wahrscheinlich versucht er, keine Sekunde länger auf seinen Bildschirm oder auf das Bild an der Wand zu schauen als unbedingt nötig.

»Ha«, stößt Harjula fast flüsternd hervor und dehnt seine Arme. Hochgestreckt erinnern sie an die Glieder eines Orang-Utans.

Jessica wendet den Blick von seinen Armen zu Hellu und sieht, wie die Hauptkommissarin Harjula mit einem zufriedenen Lächeln bedenkt.

»Es hat also den Anschein, dass Harjula mit seiner Theorie ins Schwarze getroffen hat. Olga Belousova war tatsächlich eine Prostituierte«, erklärt Hellu. Daraufhin wird es einen Moment lang ganz still im Raum. Jessica verschränkt die Arme. An Olgas Beruf hat nie jemand gezweifelt. Uneinig war man sich nur darüber, warum und unter welchen Umständen sie ihr Leben verloren hat.

»Jedenfalls hat Rasmus vor einer Dreiviertelstunde zusammen mit der technischen Abteilung angefangen, die Telefonnummern auf dieser Liste mit Hotels und Restaurants in Verbindung zu bringen. Die Anrufe kamen nicht direkt von den eigenen Anschlüssen der Unternehmen – eine nur zu verständliche Vorsichtsmaßnahme –, aber indirekte Verbindungen wurden schon für vier Objekte gefunden. Und ich bin sicher, dass wir bis morgen Beweise dafür haben, dass im Lauf des letzten Jahres von allen zehn mit #25119358 markierten

Unternehmen aus Lisas geheimer Anschluss angerufen wurde. Von einigen öfter, von anderen nur einmal, wie die Anrufliste zeigt«, erklärt Jessica.

»Was war Lisa Yamamotos Rolle dabei?«, fragt Nina.

»Es sieht so aus, als wären die Freier über Instagram angeleitet worden, Dienstleistungen an bestimmte Orte zu bestellen, von wo dann Lisa angerufen wurde, die das Gespräch absichtlich nicht angenommen hat. Dann hat sie aus der Nummer des Anrufers geschlossen, wohin die Bestellung gehen sollte, und dem Zuhälter eine SMS geschickt«, sagt Jessica.

»Und das Escort-Mädchen wurde hingeschickt? In das Restaurant oder Hotel, wo der Freier angefragt hat?«, mischt sich Jusuf ein, der bisher mucksmäuschenstill war. »Verdammt nochmal, das macht doch keinen Sinn. Warum zum Teufel diese ganze Mühe, diese Geheimniskrämerei, wenn das Mädchen dann doch in Manga-Klamotten ins Hotel kommt. Das ist ja gerade so, als würde einer heimlich aus seiner Zelle ausbrechen und am Gefängnistor den Wächtern zurufen: *Ich geh jetzt!*«

»Na, darüber brauchen wir uns ja nicht den Kopf zu zerbrechen«, mischt sich Hellu mit bissiger Stimme ein und fährt fort: »Wenn wir doch wissen, von wo Lisa angerufen wurde. Fragen wir dort nach.«

Jessica nickt. *Verdammt nochmal, genau das habe ich vor.*

»Die Ersten werden gerade hergebracht. Wir haben mit dem Lokal angefangen, von dem mit Abstand die meisten Anrufe gekommen sind«, sagt sie.

»Und welches ist das?«

»Das Fenix.«

# 64

Jusuf betrachtet den stämmigen Mann, der vor ihm sitzt.

»Zigaretten?«, fragt er. Sahib Alem, der einen roten Trainingsanzug mit zwei Streifen trägt, nickt. Jusuf gibt ihm Feuer und zündet sich dann seine eigene Zigarette an.

»Du nimmst es mir sicher nicht übel, wenn ich dich nach deinen Wurzeln frage?«, meint Jusuf, obwohl er weiß, dass der Mann neben der finnischen die iranische Staatsbürgerschaft hat. Es ist nicht das erste Mal, dass er seinen eigenen ethnischen Hintergrund nutzt, um ein Zusammengehörigkeitsgefühl mit dem Befragten zu schaffen.

»Ich bin in Helsinki geboren«, antwortet Sahib trocken und lehnt sich entspannt zurück.

Jusuf lächelt und schiebt den Aschenbecher in die Tischmitte. Bei Befragungen darf man heute eigentlich nicht mehr rauchen, aber wer sollte sich schon darüber beschweren. Zumal es die Atmosphäre lockert und hilft, schneller zu Ergebnissen zu kommen.

»Okay, cool. Ich bin aus Söderkulla«, gibt Jusuf zurück, die Zigarette zwischen den Fingern. »Das gehört zu Sipoo.«

»Ich weiß, wo Söderkulla liegt«, sagt Sahib ausdruckslos, als würde er dem tausendsten Nachtclubbesucher einen schönen Abend wüschen.

Jusuf lacht gutmütig auf. »Okay, okay. Mein Alter ist aus Äthiopien.«

»Sicher eine schöne Gegend«, erwidert Sahib abweisend und zieht an seiner Zigarette.

Eine Weile sitzen sie stumm da und betrachten sich gegenseitig.

»Na dann, das war ja ein netter Small Talk«, sagt Jusuf und blickt auf den Papierstapel, der auf dem Tisch liegt. »Wenn du jetzt alles erzählst, kann es sein, dass du ziemlich glimpflich davonkommst. Aber tu mir und vor allem dir selbst einen Riesengefallen: Denk dir keine Märchen aus.«

Sahib Alem legt die Zigarette an den Rand des Aschenbechers und verschränkt die Arme. Jetzt beginnt ein hartes Pokerspiel, denn die Indizien verbinden ihn nur indirekt mit dem Prepaid-Anschluss. Das Handy, von dem der Anschluss angerufen wurde, läuft nicht auf Sahibs Namen, sondern gehört dem Mann seiner Schwester. Die Verbindung ist zu offensichtlich, um als Zufall durchzugehen, andererseits aber zu dünn, um eine Verhaftung zu rechtfertigen.

»Ich will wissen, warum und in welchem Zusammenhang du diese Nummer angerufen hast«, sagt Jusuf und schiebt ein Blatt Papier über den Tisch. Die vermutlich von Sahib getätigten Anrufe sind gelb markiert, während die anderen Nummern mit schwarzer Tusche unleserlich gemacht wurden. »Es sind mehr als zehn Anrufe, alle während der Öffnungszeiten des Fenix, als du als Türsteher dort warst. Das haben wir überprüft.«

Sahib betrachtet das Papier, und Jusuf weiß nicht so recht, was die Augen des großen Mannes sagen. Sie wirken vielleicht ein wenig traurig, sogar verbittert.

»Wenn du nichts von diesen Anrufen weißt, Sahib, müssen wir deinen Schwager holen. Oder es könnte ja auch sein, dass jemand anders aus demselben Haushalt …«

»Hör auf«, sagt Sahib und blickt Jusuf starr in die Augen. »Zieh meine Schwester nicht da rein.«

Jusuf lehnt sich zurück und setzt eine überraschte Miene

auf. Der Befragte darf nicht auf den Gedanken kommen, dass es sich um einen gelungenen Bluff handelt.

»Dann sprich mit mir, Sahib.«

Der Mann nimmt die Zigarette vom Aschenbecher. Da sie inzwischen ausgegangen ist, gibt Jusuf ihm Feuer. Sahib ist ganz offensichtlich hartgesotten und bedrohlich stark, aber in seinen Augen liegt Wärme. Jusuf ist sicher, dass Sahib nicht durch und durch schlecht ist, aber das sind andererseits die wenigsten. Außerdem ist es ein Kardinalfehler, bei einer Vernehmung eigene, auf Küchenpsychologie gestützte Interpretationen zu machen. In Wahrheit weiß Jusuf über Sahib Alem nur das, was dieser während der Befragung preisgibt.

»Das Dilemma des Gefangenen«, sagt Jusuf und zieht an seiner Zigarette.

Nach seinem Blick zu schließen weiß Sahib, was Jusuf meint.

»Ihr seid ziemlich viele, und einer redet garantiert. Und wenn das passiert, ist dein Schweigen für dich nur von Nachteil«, fährt Jusuf fort. »Im Ernst, wenn man das Ganze als Spiel betrachtet, hast du die besseren Chancen, wenn du jetzt alles erzählst.«

Sahib sieht Jusuf von unten herauf an, nimmt noch einen Zug und drückt die Kippe im Aschenbecher aus.

»Aus Söderkulla also?«

»Ja«, antwortet Jusuf und spürt ein warmes Gefühl im Bauch. *Satzsieg.*

Sahib seufzt schwer. »Aus Teheran. Meine Eltern, meine ich«, sagt er. »Aber ich bin von hier. Mir stinkt's, dass manche das nicht kapieren.«

Jusuf hört geradezu, wie das Eis bricht.

»Ich weiß, was du meinst«, nickt er und gießt sich aus der Kanne Wasser ein. Jetzt hat er keine Eile mehr.

»Okay«, sagt Sahib schließlich. Seine Gesichtsmuskeln entspannen sich: Er hat seine Deckung verlassen. »Viel hab ich eigentlich nicht zu erzählen. Ich hatte von nichts eine Ahnung. Ich hab Anweisungen bekommen, die ich befolgt hab. Und dafür hab ich ein bisschen was extra gekriegt.«

»Was für Anweisungen?«

»Man hat mir eine SIM-Karte gegeben. Ich sollte irgendein altes Handy benutzen, aber nicht das eigene. Und ich hab eine Nummer bekommen, die ich anrufen musste. Dreimal läuten lassen und dann auflegen. *That's it.*«

»Wann solltest du anrufen?«

»Wenn jemand an die Tür zur Bar kommt und fragt: *Ist James unterwegs?*«

»Wer ist James?«

»Das ist der, der mir die Sache vorgeschlagen hat. Anfangs wusste ich nicht, was für ein Typ das ist, aber dann hab ich gesehen, wie er einen, der gefragt hatte, aufgelesen hat, in einem schwarzen Mercedes-Jeep. Er war der Chauffeur.«

»Dieser James hat also den Frager im Fenix abgeholt«, sagt Jusuf mit einem Blick auf das Aufnahmegerät, an dem ein rotes Lämpchen leuchtet.

Sahib nickt langsam.

»Und du weißt nicht, wohin der Frager gebracht wurde?«

»Nein. Das ist die Wahrheit. Ich hab für jede Tour zweihundert gekriegt.«

»Und du hattest nur die Aufgabe, diese Nummer anzurufen, und dann kam nach einer Weile James mit dem Auto.«

Sahib nickt wieder und wischt sich über die Stirn.

»Und wie hast du das Geld bekommen?«

»Ab und zu ist James an die Tür gekommen und hat Hallo zu mir gesagt. Vielleicht zwei Mal im Monat. Und dabei hat er mir die Scheine zugesteckt.«

»Laufen im Fenix viele käufliche Frauen rum?«, fragt Jusuf und schiebt den Stuhl etwas näher an den Tisch.

Sahib wirkt verwundert.

»Da wird kein Hurengeschäft gefördert, wenn du das meinst«, sagt er. »Wenn eine Frau ordentlich angezogen ist, lassen wir sie rein, man kann ja wohl nicht an der Tür erraten, welche eine Hure ist und welche nicht.«

Jusuf weiß, dass Sahib lügt: Die Kreise sind klein, die Mädchen, die in Nachtclubs Kunden suchen, sind den Türstehern bestens bekannt. Für die Ermittlung hat das aber keine Bedeutung.

»Hatte James Frauen bei sich?«

»Nie. Er kam immer allein und hat nur den Kunden abgeholt.«

»Den Kunden? Du weißt also doch, wohin …«

Sahib wird nervös. »Scheiße, das hab ich bloß so gesagt. Klar waren das Kunden: Und die sind bestimmt nicht zur Konditorei gefahren. Ich hab keine Ahnung, ob am Ziel ein Haufen Speed, ein Hahnenkampf, ein illegales Pokerspiel oder ein Bordell wartet. Das geht mich nichts an, okay?«

»Hast du dieselben Kunden mehrmals gesehen?«, fragt Jusuf schnell, ohne Sahib eine Atempause zu lassen. *Schnell Holz nachlegen, der Bursche wird allmählich warm.*

»Ein paar Gesichter sind mir schon bekannt geworden.«

»Männer?«

»Ja.« Sahib wirft einen fragenden Blick auf die Zigarettenschachtel. Als Jusuf nickt, greift er zu. Jusuf gibt ihm Feuer, während draußen auf dem Flur Schritte vorbeigehen.

»Wie sieht dieser James aus?«

»Dunkelhaarig. Sehnig. Meiner Meinung nach ist er Russe.«

»Können wir ihn auf einer der Kameras sehen?«, fragt Jusuf. »Draußen vor dem Fenix?«

»Ihr könnt's probieren. Er war letzten Samstag unten am Eingang. Hat mir einen Umschlag gebracht.«

»Am Samstag? An dem Tag, an dem das Album veröffentlicht wurde?«

»Genau. Mittags zwischen zwölf und eins. Ich war da, um bei den Vorbereitungen zu helfen«, sagt Sahib und sieht dem Rauch nach, der zum Lüftungskanal aufsteigt.

Jusuf stülpt die Unterlippe vor und betrachtet den Mann, dessen roten Trainingsanzug und die riesigen Bizepse. Und dabei überlegt er unwillkürlich, ob ein durch Bodybuilding perfektioniertes Äußeres wirklich erstrebenswert ist. Vor allem dann, wenn es als Rüstung dienen soll und wenn die darin gefangene Seele trotz allem zur selben Unsicherheit verdammt ist wie alle anderen auch. Sahib Alem wirkt wie ein Mann, der zuerst seine furchterregende äußere Gestalt geschaffen und dann begonnen hat, entsprechend zu leben, nicht umgekehrt.

»Sahib, ich frag dich noch nach zwei Dingen, und du musst hundertprozentig ehrlich bleiben«, sagt Jusuf. Sahib überlegt ein paar Sekunden, dann nickt er.

»Du hast bestimmt darüber nachgedacht, was das Handy und James' Ankunft zu bedeuten hatten. Aber hast du darüber mehr *gewusst,* als du mir gerade erzählt hast?«

»Nein«, antwortet Sahib ohne Zögern und völlig überzeugend.

»Und wusste im Fenix oder anderswo noch jemand davon?«

Sahib schüttelt den Kopf und blickt auf seine große Armbanduhr, als könnte er jetzt noch Eile vorschützen und gehen. Doch diese Wahl hat er nicht mehr.

»Es gab nur mich und James. Ich wollte bloß was dazuverdienen. Das ist alles.«

# 65

Rasmus summt die Titelmelodie einer Fernsehserie aus seiner Kindheit vor sich hin und blättert in Jason Nervanders Instagram-Fotos. Nervander hat über tausend Bilder veröffentlicht, und Rasmus hat sie schon mehrmals durchgesehen. Trotzdem kann es sein, dass ihm etwas entgangen ist. Vor einer Stunde hat er die offizielle Bitte eingereicht, die Fotos, die von Lisa Yamamotos Instagram-Account entfernt wurden, wiederherzustellen.

Er blickt sich um, bevor er die beiden Golfbälle aus der Tasche holt und seine Füße daraufstellt. Er muss die Anweisungen, die er bekommen hat, regelmäßig befolgen, wenn er will, dass seine Verkrampfung sich löst.

*Moment mal.*

Irgendetwas auf dem Bildschirm nimmt seine Aufmerksamkeit gefangen. Er hat das Bild nur kurz gesehen und scrollt nun wieder nach oben. Das Foto, das im Juli dieses Jahres bei Sonnenschein gemacht wurde, zeigt Jason, einen Mann mit kräftigem Kinn und attraktivem Gesicht, der in Shorts und mit nackten Füßen auf einem weißen Fußboden sitzt, der bei näherer Betrachtung wie ein Bootsdeck aussieht. Rasmus erinnert sich, das Foto schon vorher gesehen zu haben, aber wegen des knappen Bildausschnitts hat er damals nicht genau darauf geachtet. Über das Boot, wenn es denn eins ist, lässt sich nichts Genaueres sagen.

*Jason hat kein Boot. Das haben wir schon überprüft.*

Rasmus öffnet die Kommentare zu dem Foto. Es sind Dutzende, und sie sind mit Smileys oder Herzen gespickt. Typische Instagram-Äußerungen, vermutlich von Menschen, die Jason nicht persönlich kennen oder ihm zumindest nicht besonders nahestehen.

Einer der Kommentare hebt sich jedoch von den anderen ab.

*War ein schöner Tag! Müssen wir mal wiederholen.*

Rasmus klickt das Profil des Kommentators an und stellt erleichtert fest, dass es nicht privat ist. Es gehört einem jungen Mann, der – nach der Menge der Fotos zu schließen – in den sozialen Medien emsig zugange ist. Rasmus scrollt nach unten, bis er die Postings vom Juli findet.

*Bitte, bitte. Sei da. Sei …*

Er kaut an seinem Daumennagel, lässt die Füße immer heftiger über die Golfbälle rollen, und da sieht er es. Ein im Bootshafen Katajanokka, mitten in Helsinki, aufgenommenes Foto von einem großen Motorboot, auf dessen Deck eine Gruppe junger Männer steht.

»Harjula!«, ruft Rasmus. Nur einige Meter entfernt streckt der Kollege den Kopf über seine Stellwand.

»Was?«

»Kannst du dir das mal ansehen? Du kennst dich doch mit Autos und Booten aus.«

Harjula baut sich mit verschränkten Armen hinter Rasmus auf. »Was für ein Boot ist das?«

Harjula blickt auf den Monitor. »Ist das das einzige Foto?«

»Bisher ja.«

Eine kurze Stille folgt. Rasmus spürt, wie sich die Enttäuschung in ihm ausbreitet. Auf dem Foto ist einfach nicht genug zu sehen.

»Ich verstehe, wenn du es aus diesem Winkel nicht …«

»Ein neun Meter langer Aquador 28C. Baujahr 2006, würde ich sagen.« Harjula drückt Rasmus' Schulter. »Ein tolles Boot.«

# 66

Jessica lässt am Automaten eiskaltes Wasser in einen Plastik-becher laufen, setzt ihn an den Mund und spürt, wie die Kälte sich in ihre Schläfen bohrt. *Brain freeze.* Sie sieht Jusuf zwischen den Stellwänden näher kommen.

»Wie sieht's aus?«, fragt sie.

»Alem gibt zu, die Nummer gewählt zu haben, wenn jemand nach einem gewissen James gefragt hat. Er wurde nur für diese Anrufe bezahlt und bestreitet, irgendetwas anderes über die Sache zu wissen.«

»Quatsch!«, sagt Harjula, der gerade von der Toilette kommt. »Wir sollten das ganze Personal des Restaurants festnehmen, wegen Zuhälterei.«

»Ich glaub dem Türsteher«, entgegnet Jusuf. »Gerade so funktionieren solche Organisationen. Die Helfer und die Krieger wissen über die Tätigkeit nur, was sie unbedingt wissen müssen. Alles andere wäre zu riskant.«

»Und die anderen im Fenix?«, fragt Jessica. Sie erschrickt selbst vor dem gleichzeitig hoffnungsvollen und ängstlichen Ton, der in ihrer Stimme mitschwingt.

»Sahib Alem sagt, außer ihm wüsste keiner davon«, antwortet Jusuf, und Jessica fühlt sich unendlich erleichtert. Nicht nur, weil es blöd gewesen wäre, wenn sich herausgestellt hätte, dass Frank Dominis, dessen Glaubwürdigkeit als Informationsquelle sie verteidigt hat, ein Teil des Musters ist. Sondern auch, weil er ihr schon bei ihrer ersten Begegnung sympathisch war, und sie hofft, dass ihre Intuition sie diesmal nicht in die Irre führt, wie früher.

»Glaubst du ihm?«, fragt sie scheinbar unbeteiligt, den Blick auf den Monitor geheftet.

»Ja. James-Wer-auch-immer braucht im Fenix nur eine einzige Kontaktperson. Eine, die immer im Dienst ist. Es wäre bestimmt ein unnötiges Risiko gewesen, den Restaurantchef in die Sache reinzuziehen, der schlimmstenfalls die ganze Geschichte gestoppt hätte«, erklärt Jusuf und setzt sich neben Jessica.

*Frank ist sauber.*

Jessica blickt zu Harjula auf, der alles andere als überzeugt zu sein scheint.

»Alem wird nach unten gebracht und wartet unter Aufsicht auf weitere Vernehmungen«, fährt Jusuf fort. »Rasse spürt mit ein paar Kollegen den anderen Nummern nach. Er sagt, bisher sind zwei weitere identifiziert worden.«

»Sechs von zehn«, flüstert Jessica.

»Und alle, die wir finden, werden sofort hergeholt. Aber irgendwie hab ich das Gefühl, dass auch von denen keiner mehr weiß als Sahib Alem.«

»Glaub ich auch«, sagt Jessica.

»Konnte der Türsteher diesen James beschreiben?«, fragt Harjula.

»Angeblich sieht er Wladimir Klitschko ähnlich. Vielleicht ein Russe.«

»Klitschko ist Ukrainer«, versetzt Harjula mit provozierendem Lächeln.

»Motherfucker«, sagt Jusuf verärgert. »Bringt das etwa die Ermittlung zum Scheitern?«

»Schluss jetzt«, faucht Jessica und steht auf. »Wurde James vor dem Fenix von irgendwelchen Kameras eingefangen?«

Jusuf nickt nachdrücklich.

»Er soll ungefähr sechs Stunden vor der Veranstaltung von Kex Mace's da aufgekreuzt sein. Ich schlage vor, dass ich die Aufnahmen überprüfe«, sagt er. »Ich glaube, ich hab die Videos vom ganzen Tag auf meinem Computer.«

»Gut.« Jessica löst ihren Dutt und lässt die Haare auf die Schultern fallen. »Und ich möchte, dass alle bei ihrer Arbeit über Folgendes nachdenken: Was sollen wir von dem Ganzen halten? Von dem kompletten Gewirr, meine ich.« Sie holt Luft, bevor sie ihre eigene Frage beantwortet. »Alles hat mit Akifumi angefangen. Der maskierte Typ hat uns sowohl den Hinweis auf den Hashtag gegeben, mit dem die Lokale auf Instagram markiert sind, als auch auf die masayoshi-Seite.«

»Worüber sollen wir denn nachdenken?«, fragt Harjula.

»Darüber, wer zum Teufel Akifumi ist und weshalb uns diese Infos in einem Kommentar zum Foto geliefert wurden«, erklärt Jessica.

Im selben Moment kommt eine junge Frau, die Rasmus als Assistentin bei der Behandlung der Daten zugeteilt worden ist, hinter der Stellwand hervor. Sie wirkt schüchtern, wie wohl jede unerfahrene Hilfskraft, die ältere Kollegen bei einer Besprechung stören muss. Ihr Anliegen ist offenbar sehr wichtig.

»Was gibt's, Riikka?«, fragt Jessica.

»Die Sicherheitspolizei hat angerufen, sie haben versucht, dich zu erreichen.«

Jessica spürt einen Stich in der Brust, als sie sich erinnert, dass ihr Handy stummgeschaltet ist. *Verdammt.* Die Männer, die Lisas Vater beschatten, haben versucht, sie zu kontaktieren.

»Hirokazu Yamamoto?«, fragt sie.

Die Ermittlungssekretärin nickt. »In Järvenpää. Er soll versucht haben, sich umzubringen.«

## 67

Jessica zieht den Mantel über und eilt mit Jusuf zum Lift, als sie Rasmus' Stimme hinter sich hört.

»Jessica«, ruft er.

»Jetzt nicht, Rasse. Wir haben es eilig.«

»Aber es ist wichtig«, sagt Rasmus resolut. »Jason hat über ein Boot verfügt. Ein großes Boot.«

Jessica und Jusuf bleiben stehen und sehen ihn fragend an.

»Ich habe beim Verkehrsamt angerufen. Das einzige in Helsinki registrierte Boot vom Typ Aquador 28C gehört einer Stiftung, in der Jason aktiv ist.«

»Welcher Stiftung?«

»Derselben, die Nina schon mal erwähnt hat. Der HSSW, der Helsinkier Stiftung für sexuelles Wohlergehen. Die hilft Menschen, die Probleme mit ihrer sexuellen Identität haben.«

»Und diese Stiftung besitzt ein Luxusboot?«, fragt Jusuf ungläubig.

»Der Gründer der Stiftung hat es ihr vor mehr als zehn Jahren geschenkt. Jedenfalls habe ich bei denen angerufen, und sie haben gesagt, dass Jason Nervander Bootsverwalter ist, das heißt, er kümmert sich um die Wartung, das Aufbocken für den Winter und so weiter.«

»Wird es in Vuosaari aufbewahrt?«, erkundigt sich Jessica. »Im Bootshafen von Aurinkolahti?«

Rasmus schüttelt den Kopf. »In Lauttasaari. Aber die Stiftung hat auch in Aurinkolahti einen Liegeplatz. Und Jason ist der Einzige, der definitiv weiß, wer mit dem Boot gefahren ist und zu welchem Zweck es benutzt wurde.«

»Kaum zu fassen, dass wir das erst jetzt erfahren«, sagt Jessica.

»Der Vorsitzende der Stiftung hat mir am Telefon erzählt, dass er sich mit Nervander gestritten hat, und zwar am Morgen vor seinem Verschwinden. Das Boot war reserviert worden, aber Jason Nervander wusste nicht, wo es war. Angeblich hatte er es irgendwem geliehen … Er hat dem Vorsitzenden versprochen, sich darum zu kümmern.«

»Wir müssen jetzt wirklich nach Järvenpää. Rasse, bring alles über dieses Boot in Erfahrung, was du nur kannst. Vor allem, wo zum Teufel es jetzt ist.«

# 68

Jessica steigt aus dem Auto und betrachtet den großen Garten. In der Mitte ist ein Gemüsebeet, dahinter steht ein großes hellgelbes Blockhaus. Ein überdachter Grillplatz, ein Gewächshaus und ein Whirlpool. Den Garten bedeckt eine dünne Schneeschicht, die aber immer noch beeindruckender ist als das bisschen Weiß im Hauptstadtgebiet.

Zwei dumpfe Töne sind zu hören, als sie die Autotüren fast synchron zuschlagen.

»Das Reinigungsgeschäft scheint einiges abzuwerfen.« Jusuf steckt sich, seinem Laster getreu, eine Zigarette an. »Für das hier schuftet man sich ab.«

»Bis man sich die Schrotflinte in den Mund steckt?« Jessica tritt zur Seite, um dem Qualm zu entfliehen.

Im Hinterland ist die Luft trockener und kälter und riecht sauberer als in Helsinki. Am Haus läutet eine Windharfe, und die Umgebung wirkt weihnachtlich. Doch der Grund für ihren Besuch drückt auf die Stimmung.

»Ihr wart schnell«, sagt eine Stimme hinter ihnen. Aus dem Streifenwagen, der am anderen Straßenrand parkt, ist jemand ausgestiegen. Etwas weiter weg sieht Jessica den Wagen der Sicherheitspolizei. Ironischerweise sind die Männer, die darin sitzen, erst auf die Situation aufmerksam geworden, als die Einsatzfahrzeuge, die die Notrufzentrale losgeschickt hat, vorfuhren.

»Hauptmeister Teppo Kajo«, sagt der leicht gekrümmt gehende, schnurrbärtige Mann in Zivilkleidung und streckt die Hand aus. Um seinen Hals hängt der Dienstausweis der Polizei von Järvenpää. »Die Frau ist im Haus«, fährt er fort und putzt sich mit einem blauen Taschentuch die Nase. Obwohl er allem Anschein nach verschnupft ist, hat er es für angebracht befunden, die Ankömmlinge mit Handschlag zu begrüßen. Jessica wischt sich verstohlen die Hand am Mantel ab. Die Haut unter der Nase des Mannes ist vom vielen Schnäuzen trocken und schorfig.

»Lebt der Mann?«

»Ja. Aber sein Zustand ist kritisch«, sagt Kajo und runzelt die Stirn, die ohnehin schon zerfurcht ist.


Jessica und Jusuf betreten das große Wohnzimmer, durch dessen riesige Fenster man den Garten und dahinter die Straße sieht, an der sie geparkt haben. Die aus langen Balken gebauten Wände sind voll von Wandteppichen, Ziergegenständen, Fellen und ausgestopften Tierköpfen. Paula Yamamoto sitzt auf einem ausladenden Sofa unter einem wütend die Zähne fletschenden Wolfskopf. Dem Anblick scheint eine seltsame Symbolik innezuwohnen.

»Hirokazu lebt«, sagt Jusuf beruhigend und tritt einen Schritt näher.

»Ich müsste bei ihm sein«, antwortet die Frau mit bebender Stimme und betrachtet ihre blau lackierten Fingernägel.

Jusuf schüttelt den Kopf und nähert sich langsam dem Sofa. Er hat Paula am Flughafen befragt, sie kennt seine weiche Stimme.

»Im Moment können Sie nichts für ihn tun«, sagt er. Traurig und verwirrt blickt die Frau auf. Aus glasigen Augen sieht sie Jusuf unsicher an, erhebt aber keinen Widerspruch.

»Entschuldigung«, sagt Jessica laut genug, dass die Frau

sie hören muss. »Ich werfe mal einen Blick in das Zimmer, in dem …« *In das Zimmer, in dem Ihr Mann sich in den Kopf geschossen hat*, denkt sie und hofft, dass sie die letzten Worte nicht auszusprechen braucht.

Die Frau nickt und deutet auf die Tür neben der Küche.

Als Jessica an der Küche vorbeigeht, steigt ihr Meeresgeruch in die Nase. Auf dem Tisch sieht sie ein Küchenbrett mit einem aufgeschnittenen Fisch, den Paula wohl gerade zubereiten wollte, als im Arbeitszimmer ein Schuss fiel. Die Wände sind voller Kunstwerke, aber anders, als man glauben würde, sind keine Gemälde von Lisa darunter.

Am Ende des Flurs steht eine Tür offen.

Jessica zieht blaue Schutzhüllen aus der Tasche, zieht sie über die Schuhe und betritt das Arbeitszimmer. Das Blut auf dem gemusterten Teppich sieht beinahe so aus, als ob es dazugehört, als ob es Teil des Musters wäre. Rechts vom Schreibtisch liegt ein Jagdgewehr auf dem Boden, auf den ersten Blick ein Sako Bespoken oder Prestige. Das Merkwürdigste an dem Ganzen ist vielleicht, dass Hirokazu, der sich als ehemaliger Krimineller garantiert mit Waffen auskennt, sich den Lauf in den Mund geschoben und abgedrückt hat, aber immer noch lebt.

Jessica geht über den blanken Fußboden neben dem Teppich, um nicht auf das Blut zu treten, das aus dem Kopf des Mannes geströmt ist. Die Sanitäter waren natürlich nicht so vorsichtig, aber das ist kein Grund, nachlässig zu sein. *Unvorsichtigkeit kann man sich nie leisten, Jessica.* Das hat Erne immer gesagt.

Auf dem Schreibtisch aus massivem Eichenholz liegt ein dicker Stapel Briefe. *Zwei Wochen in Brasilien.* Geöffnete Umschläge und Rechnungen. Obenauf ein Briefbogen und ein offener schwarzer Umschlag.

Jessica greift nach dem Bogen und entfaltet ihn.

私たちは彼女を見つけました。
私たちは彼女を使いました。
私たちは彼女を殺した。
（そして彼女のボーイフレンド）

Rasch macht sie ein Foto von dem Brief und schickt es an Rasmus. *Übersetz das sofort, please!*

Sie wartet, bis er die Nachricht bestätigt, und steckt das Handy in die Manteltasche. Sie betrachtet die Schriftzeichen, von denen sie angesichts der Umstände annimmt, dass es japanische sind. Einige der mit dunkelblauer Tinte geschriebenen Zeichen sind leicht verwischt, als hätten sie sich mit Wasser vermengt. Und da begreift sie, dass Tränen die Tinte verlaufen ließen. Hirokazus Leid hat die Schriftzeichen zum Leben erweckt.

# 69

Hellu umklammert den Hörer. Das spiralförmige Kabel spannt sich um ihre Brust. Das Gerät ist ein Relikt aus einer anderen Zeit, und das Gefühl des stabilen Plastikhörers an ihrem Ohr lässt sie an ihre Kindheit denken. An die langen Telefonate mit Freundinnen und die ständige Mahnung ihres Vaters, die Leitung freizugeben.

»*Hello*?«, sagt eine Frauenstimme auf Englisch.

»*Yes*?«

»Entschuldigung, dass Sie warten mussten. Wir haben ein sehr striktes Protokoll für die Weitergabe von Informationen. Im vorigen Monat hat es der Reporter einer großen Tageszeitung geschafft, Einzelheiten einer Ermittlung auszuspionieren, indem er sich als Assistent der Staatsanwaltschaft ausgab. Na, daraufhin gab es natürlich einen irrsinnigen Shitstorm, entschuldigen Sie den Ausdruck, Leute wurden gefeuert, und deshalb ...«

»Ich verstehe«, sagt Hellu und klopft nervös mit dem Stift auf das Mousepad. Es ist das dritte und letzte Telefonat. Während der Gespräche hat sich ihre Spannung in Entsetzen verwandelt.

»Aber kurz und gut, die Antwort auf Ihre Frage lautet Ja«, fährt die Stimme fort. »*Dienst Landelijke Operationele Samenwerking* bestätigt, dass Miep Loos in Kleidung gefunden wurde, auf die Ihre Beschreibung passt.«

Hellu schluckt, um ihre trockene Kehle anzufeuchten.

»Darf ich Sie bitten, mir Fotos vom Tatort zu schicken? Wir senden Ihnen gern auch unsere«, sagt sie.

»Natürlich.«

»Und ich würde Ihnen empfehlen, sich mit den Gewaltdezernaten der Polizei von Lwiw und Sankt Petersburg in Verbindung zu setzen. Ich schicke Ihnen die Informationen gleich in verschlüsselter Form. Wir haben den Verdacht, dass der Mörder von Miep Loos nicht zum ersten und auch nicht zum letzten Mal zugeschlagen hat.«

Nachdem das Gespräch beendet ist, blickt Hellu zum Fenster hinaus und seufzt tief. Wenn die Wände reden und sich Notizen machen könnten, würden sie irgendwann einmal erzählen, dass an einem Nachmittag im November in diesem Raum eine äußerst bedrückte Hauptkommissarin gesessen hat.

# 70

Jessica steckt den Brief in die Tasche und kehrt ins Wohnzimmer zurück. Es kommt ihr vor, als wäre der Fischgeruch in der Küche in den wenigen Minuten intensiver geworden, ihre Sinne sind aufs Äußerste gespannt. Paula Yamamoto spricht ruhig und leise, Jusuf macht sich Notizen.

»Entschuldigung«, sagt Jessica. »Wir gehen gleich. Wenn ich richtig informiert bin, kommt jemand zu Ihnen.«

»Eine Freundin.« Paula wischt sich eine Träne von der Wange. »Zuerst verschwindet Lisa, und jetzt das … Ich will nicht allein sein.«

Jessica geht langsam zum Sofa und sieht, dass der Kamin brennt. Offenbar hat Jusuf Feuer gemacht, um ein wenig Wärme in das Zimmer zu bringen. Nur jemand, der auf dem Land geboren ist, kann das Kaminholz so schnell zum Brennen bringen.

Jessica spürt den Brief in der Gesäßtasche ihrer Jeans. Sie weiß nicht, ob Paula ihn gesehen hat, als sie ihren Mann auf dem Fußboden seines Arbeitszimmers gefunden hat. Und wenn ja, ob sie ihn gelesen und verstanden hat. Es ist vielleicht besser, den Brief nicht zu erwähnen, solange sein Inhalt unbekannt ist.

»Wir wissen jetzt alles Wesentliche«, sagt Jusuf und steht auf.

»Verstehen Sie Japanisch?«, wendet Jessica sich an Paula. Jusuf sieht sie fragend an.

Paula Yamamoto richtet ihren erschrockenen Blick auf Jessica.

»Wieso?«

Jessica wiederholt ihre Frage nicht und präzisiert sie auch nicht. Nach kurzer Stille antwortet Paula mit bebender Stimme: »Nein. Ich habe es nie gelernt. Hiro spricht immer Finnisch. Anfangs natürlich etwas mehr Englisch, aber ... Nie Japanisch. Er will es nicht sprechen. Es ist ein Teil seiner Vergangenheit, an die er sich nicht erinnern möchte.«

»Wie ist das Verhältnis zwischen Hirokazu und Lisa?«, fragt Jessica. Paula Yamamoto sieht sie an, als hätte sie die Frage nicht verstanden. Sie blickt auf ihre Hände, die immer noch zittern. Doch dann geht eine Veränderung in ihr vor, als hätte sie sich plötzlich anders besonnen.

»Nicht besonders gut. Sie haben kaum etwas miteinander zu tun. Es gibt irgendwelche Meinungsverschiedenheiten zwischen ihnen, die ich nie verstanden habe«, antwortet sie.

»Sie sprechen kein Japanisch, haben Sie gesagt.« Jessica zieht den Brief aus der Tasche. »Dann verstehen Sie also nicht, was hier steht.«

Verblüfft betrachtet Paula Yamamoto die Kanji-Schriftzeichen auf dem weißen Papier. »Nein. Was ist das?«

»Diesen Brief habe ich auf dem Schreibtisch Ihres Mannes gefunden. Dem Stempel nach wurde er vorgestern abgeschickt. Hirokazu muss ihn also nach Ihrer Rückkehr gelesen haben.«

»Was steht da?«, fragt die Frau leise. Ihre gepresste Stimme klingt besorgt. Und dann beginnen ihre Hände noch heftiger an zu zittern. »Sagen Sie mir, was da steht!«

»Das wissen wir noch nicht«, antwortet Jessica. »Aber ich fürchte, dass es irgendwie mit Hirokazus Selbstmordversuch zu tun hat.«

Im selben Moment hört sie den Signalton ihres Handys im Mantel. Sie steckt die Hand in die Tasche, ohne die schluchzende Frau Yamamoto aus den Augen zu lassen, die gerade die leider allzu selbstverständliche Gleichung gelöst hat. *Hirokazu hat schlechte Nachrichten bekommen.* So schlechte, dass er in der Abenddämmerung in Järvenpää seinem Leben ein Ende setzen wollte.

Jessica öffnet die Nachricht. Sie stammt von Rasmus.

Und obwohl sie es schon seit mehreren Minuten geahnt hat, wird es erst jetzt konkret, als sie Paula Yamamotos wachsenden Schmerz sieht.

*Wir haben das Mädchen gefunden.*

*Wir haben das Mädchen benutzt.*

*Wir haben das Mädchen getötet.*

*(Und ihren Freund.)*

# 71

»Die Sache ist viel größer, als wir dachten. Viel, viel größer.« Hellus Stimme dringt aus den Lautsprechern im Wagen. Die Hauptkommissarin wirkt keineswegs aufgeregt, sondern im Gegenteil unglaublich beherrscht. »Harjula hat gestern am Fundort von Belousovas Leiche ein Notizbuch entdeckt, in dem drei Frauennamen standen. Ich bin der Sache nachgegangen, und dabei hat sich herausgestellt, dass es sich bei den Frauen um Prostituierte handelt, die in den letzten zwei Jahren in Russland, der Ukraine und den Niederlanden brutal ermordet wurden und – genau wie Olga Belousova – Manga-Kleidung trugen. Wir haben es also offensichtlich mit einem Serienmörder oder einem seltsamen Kult zu tun. Eine Verbindung zwischen den Fällen konnte nicht früher hergestellt werden, weil die Behörden der betreffenden Länder nicht ordnungsgemäß miteinander kommuniziert haben.«

Jessica und Jusuf sehen sich an.

»Was unseren Fall betrifft: Ich habe gerade mit Oranen gesprochen. Der Fall liegt ziemlich klar«, fährt Hellu fort. »Es ist offensichtlich, dass hinter der ganzen Geschichte ein internationaler Menschenhandelsring steht, der mit Hilfe der Instagram-Codes seine Fangarme nach ganz Skandinavien und offensichtlich auch nach Russland, in die Ukraine und die Niederlande ausgestreckt hat. Und die Vorfälle in Järvenpää – der Brief und der Selbstmordversuch von Lisas Vater – bestätigen ja deinen Verdacht, Niemi. Die Vergangenheit, die er abstreifen wollte, hat ihn eingeholt.«

»Aber das heißt nicht ...« Jessica versucht, zu Wort zu kommen, doch Hellu stoppt sie mit einem lauten Räuspern und setzt ihren Monolog fort.

»Ich weiß, dass vieles noch ungeklärt ist. Aber zum jetzigen Zeitpunkt lässt sich mit einiger Sicherheit sagen, dass Lisa Yamamoto gegen ihren Willen in das Treiben hineingezogen wurde und dass die Kriminellen ihre Stellung als Influencerin nutzen wollten.«

»Meiner Meinung nach sind noch zu viele Fragen offen, als dass wir ...«, beginnt Jessica erneut, aber Hellu unterbricht sie wieder, diesmal mit einem tiefen Seufzer, der in den Lautsprechern rauscht. Und in den zwei Sekunden Stille, die nun folgen, errät Jessica, was Hellu als Nächstes sagen wird. Dennoch durchbohren die Worte ihr Herz wie eine tödliche Beleidigung, die einem auf dem Schulhof ins Gesicht geschleudert wird.

»Die Zentralkripo übernimmt den Fall.«

»Was soll der Scheiß?«, schnaubt Jusuf. Jessica schlägt die Hände vors Gesicht.

»Sie schickt morgen Leute, um mit uns zu reden«, fährt Hellu fort. »Der Fall hat solche Dimensionen angenommen, dass das Gewaltdezernat der Helsinkier Polizei die Fäden nicht mehr in der Hand halten kann. Wir brauchen es gar nicht erst zu versuchen.«

»Jetzt gibst du es also zu? Dass du die Fäden nicht in der Hand halten kannst?«, faucht Jessica.

Hellu antwortet nicht, sie scheint den Kommentar ohne irgendeine Sanktion zu übergehen, was Jessica noch mehr aus der Fassung bringt. Die blöde Kuh gibt den Fall ab, ausgerechnet jetzt, wo die Basisarbeit bestens erledigt worden ist. Das ist Hellu natürlich ganz recht. Warum sollte sie kämpfen, um den Fall zu behalten? Als Ermittlungsleiterin kann sie ab jetzt nämlich nur verlieren, falls ihr Team trotz aller Anstrengungen scheitert. Hellu weiß das, sie ist im Grunde eine berechnende Politikerin, die ihren Fünfjahresplan verwirklicht. Sie hat es nicht nötig, das Gespenst zu erwischen oder herauszufinden, wo Lisa und Jason begraben sind. Ihr genügt es, dass Jens Oranen ihr seine große haarige Hand reicht und sagt, wie gut das Fundament der Ermittlung gelegt wurde.

»Ich weiß, dass ihr jetzt enttäuscht seid. Aber Europol hat die Zentralkripo schon kontaktiert. Und sehr wahrscheinlich werden sie uns irgendwie einbeziehen.«

»*Uns* einbeziehen?«, wiederholt Jessica.

»Die picken sich die Rosinen raus«, flüstert Jusuf, während Hellu ihren Monolog fortsetzt:

»Ich habe jetzt mit allen Mitgliedern des Teams gesprochen. Bis morgen früh machen wir normal weiter, dann sehen wir, ob wir irgendeine Rolle bei den weiteren Ermittlungen bekommen.«

»Hellu! Es ist doch wohl unerheblich, wie viele Leichen es in Russland oder den Niederlanden gibt! Wir haben schon vier Todesfälle, allesamt in Helsinki. Scheißegal, ob das mit irgendeinem geheimen Raumfahrtprogramm oder den Präsidentschaftswahlen in den USA zusammenhängt.«

»Wie gesagt, ich verstehe euren Ärger, aber es ist beschlossene Sache«, entgegnet Hellu kühl. Und gerade als Jessica den Blick nach draußen auf die grauen Felder richtet, gerade als sie denkt, dass die Situation nicht noch schlimmer werden kann, fügt Hellu hinzu: »Und Niemi, komm sofort in mein Büro, wenn ihr in Pasila seid.«

# 72

Jessica schließt die Tür hinter sich. Hellus kleines Büro ist heute grauer und bedrückender als je zuvor. Vielleicht liegt es daran, dass Hellu, die über dieses fünfzehn Quadratmeter große Revier herrscht, verdächtig selbstsicher wirkt. Ihr Verhalten hat sich verändert: Es fehlt die von Unsicherheit zeugende Aggressivität, die Jessica natürlich geärgert, irgendwie aber auch beruhigt hat. Stattdessen verströmt nun jede Pore in Hellus Gesicht etwas, das Jessica nicht erkennt, die braunen Augen leuchten triumphierend, und sie hat sich zum ersten Mal die Lippen rot angemalt: für die Gala zurechtgemacht.

»Du hast mich hergebeten«, sagt Jessica und setzt sich Hellu gegenüber.

Hellu blättert nicht konzentriert in ihren Papieren und lässt Jessica nicht warten. Sie sitzt bequem auf ihrem Stuhl, die gefalteten Hände vor sich auf dem Tisch, und blickt Jessica tief in die Augen.

»Wir haben ein Problem«, beginnt sie mit neutraler Stimme. Im Gegensatz zu ihrem sonstigen Auftreten verrät ihre Sprechweise weder Hohn nach Schadenfreude.

»Was für eins?«, fragt Jessica und strafft sich.

»Bei den abschließenden Untersuchungen zu den Ereignissen vom Frühjahr sind ein paar alte Geschichten ans Licht gekommen. Die Zentralkripo und die Sicherheitspolizei haben vor allem Informationen über Mikael Kaariniemi ausgegraben, um zu klären, wie es möglich war, dass jemand aus dem Gewaltdezernat unbemerkt zu einem krankhaften und mordlüsternen Kult gehört hat. Gleichzeitig wollte man sich vergewissern, dass Mikael Kaariniemi der Einzige war, und klären, ob möglicherweise jemand von seinen Neigungen und psychischen Problemen wusste«, erklärt Hellu und öffnet den gelben Verschluss einer Mineralwasserflasche.

Erst jetzt merkt Jessica, dass zwei Gläser auf dem Tisch stehen. Und erst bei Hellus einladender Geste begreift sie, dass irgendetwas gewaltig faul ist. Der Sprudel mit Zitronengeschmack ist keine Geste der Solidarität, sondern eher das letzte Steak oder die letzte Zigarre eines zum Tode Verurteilten. Hellu will Jessica unzweifelhaft auf den elektrischen Stuhl setzen.

»Nein, danke«, sagt Jessica leise.

»Und schließlich, *grande finale*, wollte die Sicherheitspolizei klären, warum die Hexenbande gerade dich aufs Korn genommen hat, *Niemi*«, fügt Hellu hinzu. Die Art, wie sie den Familiennamen ausspricht, lässt an Anführungszeichen denken, die man in die Luft malt. Jessicas Herz setzt einen Schlag aus.

»Dafür muss es ja einen Grund geben, nicht wahr? Auch wenn du ihn deinen eigenen Worten nach nicht kennst«, fährt Hellu fort.

Jessica sieht ihrer Vorgesetzten in die Augen. Der Frau, die sie nicht als Chefin gewollt hat, die sie selbst nie für diesen Posten ausgewählt hätte. Sie gibt sich alle Mühe, hinter dem arroganten Blick einen Menschen zu sehen, der unter Druck steht und selbst einen miesen Vorgesetzten hat. Einen Menschen, den sie selbst in den letzten Wochen ein wenig unfair mit Erne verglichen hat. Und dabei versteht sie trotz der Wut, die in ihr kocht, dass die Initiative nicht von Hellu ausgeht, sondern von höherer Stelle kommt. Hellu trägt einen Staffelstab in der Hand. Jessica hätte dieselben Probleme, auch wenn ihr jetzt jemand anders gegenübersäße.

Eine Weile sehen sie sich in die Augen. Hellu weiß, dass Jessica weiß, was sie weiß. Es gibt keinen Ausweg. Nur bodenlose Scham.

Hellu öffnet die Mappe, die auf dem Tisch liegt. Sie entnimmt ihr einen Stapel Papiere und schiebt sie Jessica hin.

Jessica blickt darauf, sieht das Datum, die fettgedruckte Überschrift und die gelben Markierungen. Sie spürt, wie die quälende Erwartung sich in körperliche Übelkeit verwandelt. Sie nimmt ihre ganze Willenskraft zusammen, sie will stark bleiben, so kantig sein wie immer, gleichgültig von den Papieren aufschauen und Hellu fragen: *Na und?* Doch sie kann es nicht. Die Grube, die Hellu – oder eher das Leben selbst – ihr gegraben hat, ist zu tief, und durch ihr Schweigen hat sie das Geständnis bereits unterschrieben.

Hellu führt das Glas an die Lippen, trinkt und lässt Jessica Zeit. Und das macht die Situation nahezu unerträglich. Sie geht die Sache widerlich taktvoll an. Sie hat nicht vor, jemanden zu schlagen, der am Boden liegt.

»Was würdest du an meiner Stelle tun, Niemi?«, sagt sie schließlich.

»Wer hat das zu Gesicht bekommen?«, fragt Jessica. Ihre Stimme ist heiser geworden.

Hellu schüttelt den Kopf. »So gut wie niemand«, antwortet sie und fügt hinzu: »Dabei kann es auch bleiben.«

Dann steht sie auf und macht ein paar Schritte zum Fenster hin, als wolle sie die Dramatik der Situation steigern.

»Es ist nicht persönlich gemeint«, sagt sie, und Jessica weiß, dass es eine Halbwahrheit ist. »Aber es gibt äußerst selten eine für alle Beteiligten gleichermaßen günstige Lösung, so wie sie in diesem Fall möglich ist. Und ich hoffe, dass wir diese Möglichkeit gemeinsam ergreifen können.«

# 73

Jessica wartet darauf, dass sich die Aufzugtür schließt.

Sie muss raus. In die Tiefgarage.

Im dritten Stock steigen zwei Männer aus der Verwaltung zu und bringen den frischen Duft von Duschgel in die Kabine. Der eine hält eine schwarze Sporttasche in der Hand. Seine Haare sind nass.

Das Handy klingelt in der Tasche.

*Die Entscheidung, deine Stelle aufzugeben, liegt allein bei dir. Und in dem Fall wurden diese Dokumente nie gefunden. Sie existieren nicht.*

Jessica verzieht keine Miene.

Die Männer steigen in der ersten Etage aus. Der Seifengeruch hängt noch eine Weile in der Luft. Ebenso die Feuchtigkeit, die von der frisch geduschten Haut des Mannes ausging.

Der Aufzug erreicht die Tiefgarage.

Die Tür geht auf.

Jessica durchquert die nach neuen Autoreifen riechende Halle, stößt die Glastür auf und geht zwischen den Wagen hindurch zügig zur Rampe.

Sie spürt den Puls in ihren Ohren. Kalter Schweiß tritt ihr auf die Schläfen.

*Lauf nicht weg, Jessica. Du darfst nicht fliehen.*

Wer ist sie, wenn sie keine Polizistin ist? Was soll sie anderes tun als diese Arbeit?

*Du bist bloß ein verwöhntes reiches Kind, bei dem im Kopf was nicht stimmt.*

Das Handy klingelt.

Atme.

Sie ist im Begriff, eine ganze Welt zu verlieren. Plötzlich steigen ihr alle möglichen Gerüche in die Nase: die Zimtschnecken im Besprechungsraum, der frisch gekochte Kaffee und der fruchtige Hagebuttentee, Jusufs Deo, Ninas nach Solarium duftender Hoodie, Ernes Zigarette, das süßliche Pulver auf dem Schießstand und der Metallgeruch der warmen Patronenhülsen, der sich an die Hände heftet, Rasmus' Schweiß und das Raumspray auf der Damentoilette. Auf den Boden geflossenes Blut, eine Leiche, die monatelang in einem Holzschuppen vermodert ist, vertrockneter Urin und Exkremente.

Jessica sieht das Kipptor am Ende der Rampe und das Licht, das unter ihm hereinfällt.

Sie wartet auf den Schmerz, sie ist sich sicher, dass er kommt, dass er ihren ganzen Körper überfällt und sie zwingt, sich auf den Boden der Tiefgarage zu legen, sich vor Qual zu krümmen wie ein verwundetes Reh, das darauf wartet, die Gewehrmündung des Jägers zu sehen, um das weiße Licht und den endgültigen Frieden zu finden.

Sie erwartet, die Stimme ihrer Mutter zu hören.

Doch der Schmerz kommt nicht, und ihre Mutter taucht nicht hinter ihr auf, niemand fasst sie an der Schulter.

Kein weißes Licht. Kein Friede.

Und da merkt Jessica, dass sie völlig starr ist.

Sie begreift, dass sie ganz allein ist.

Sie weint, doch die Tränen steigen ihr nicht in die Augen.

Nun hört Jessica eine Stimme, nicht die ihrer Mutter, sondern ihre eigene. Und diese Stimme sagt, dass sie gerade alles verloren hat, dass sie lieber den Schmerz entgegengenommen hätte, um wenigstens zu spüren, dass sie noch lebt.

# 74

Jusuf eilt den scheinbar endlosen grauen Flur entlang. Die im Schneeregen nass gewordenen Gummisohlen seiner Sneakers quietschen bei jedem Schritt. Gleich darauf bleibt er hinter Rasmus' Schreibtisch stehen. Rasmus, der mit Kopfhörern vor seinem Monitor sitzt, hat sein Kommen nicht bemerkt und scheint auf Strümpfen einen Golfball hin und her zu schieben. Als er Jusuf sieht, zuckt er zusammen und tritt den Ball unter den Tisch. *Komischer Kerl.*

»Wo ist Jessica?«, fragt Jusuf außer Atem. »Sie geht nicht ans Telefon.«

Rasmus zuckt verwundert mit den Schultern und schlüpft in seine Schuhe. »Wart ihr nicht gerade …«

»Ja, sie musste zu Hellu, und jetzt ist sie nirgends zu finden«, erklärt Jusuf und setzt sich halb auf die Schreibtischkante.

»Was ist los?«

»Ich hab gerade einen Anruf bekommen«, sagt Jusuf. »Wir haben eine Augenzeugin für den Mord an Rodriguez. Eine Frau aus dem Nachbarhaus hat Fernsehen geguckt und ist beim Werbespot zum Rauchen auf den Balkon gegangen, gerade als Jose Rodriguez erschossen wurde. Ihr ist aufgefallen, dass hinter dem Schaufenster etwas geflackert hat, wie ein Blitzlicht.«

»Das Mündungsfeuer der Waffe?«, murmelt Rasmus.

»An so etwas hat die Frau in dem Moment natürlich nicht gedacht, aber sie hat gesehen, dass ein schwarz gekleideter

Mann aus dem Laden kam und draußen an der Tür gerüttelt hat, ob sie auch wirklich zu ist. Er hatte zwei Tüten bei sich, in denen wahrscheinlich die Sachen waren, die wir dort vergeblich gesucht haben«, berichtet Jusuf.

Rasmus wirkt verwundert.

»Die Frau hat den Kerl nicht genau gesehen, sie konnte nur sagen, dass er nicht besonders groß war. Eher klein. Der Balkon ist im sechsten Stock, es war dunkel, und der Typ trug einen schwarzen Mantel mit Kapuze.«

»Klein … Könnte es eine Frau gewesen sein?«, fragt Rasmus.

»Die Frage habe ich auch gestellt, aber die Augenzeugin meint, es war ein Mann«, sagt Jusuf und steht auf.

Am Ende des Flurs ist Gelächter zu hören. Ein älterer Kollege, der fünfundzwanzig Jahre lang Fälle von Versicherungsbetrug untersucht hat, feiert heute seinen Abschied. Es gibt Kaffee und Kuchen, Blumen und Umarmungen.

»Ich hab auch ein paar Sachen. Die haben mit dem Brief zu tun. Der Experte für Japanisch und Kanji-Schriftzeichen, den ich kontaktiert habe, hat mich angerufen. Er hat die Zeichen genauer untersucht und gemerkt, dass sie zwar technisch ziemlich gut sind, aber mangelnde Routine verraten. Die Linien der Kanji-Zeichen werden in einer bestimmten Reihenfolge gezogen. Eine nach der anderen. Die Schreibweise wird analysiert, indem man überprüft, an welcher Stelle der Stift länger innegehalten und eine dunklere und breitere Spur auf dem Papier hinterlassen hat. In diesem Fall sind viele Zeichen in einer anderen Reihenfolge entstanden, als wären sie von einer Vorlage abgeschrieben.«

»Meinst du, der Briefschreiber kann in Wahrheit nicht japanisch schreiben?«

»Der Experte hält das für ziemlich sicher.«

»Was zum Teufel …«

»Und noch was, Jusuf«, sagt Rasmus. »Guck mal.«

Jusuf geht neben Rasmus in die Hocke und blickt auf den Bildschirm, auf dem die Aufnahme einer Überwachungskamera läuft.

»Der Brief, den Lisas Vater bekommen hat, wurde auf 220 Gramm schwerem hellblauem Spezialpapier geschrieben, das ich noch nie gesehen habe. Rechts am unteren Rand ist ein Wasserzeichen von Paper Poetry. Auch die schwarzen Briefumschläge sind ziemlich ungewöhnlich.«

»Du meinst, man kann sie zurückverfolgen?«

Rasmus nickt. »Sowohl das Papier als auch der Umschlag wurden wahrscheinlich am Dienstag früh in einem Bastelgeschäft am Tallinn-Platz gekauft und bar bezahlt.«

»Können wir den Käufer identifizieren?«

»Nein«, sagt Rasmus. Jusuf runzelt die Stirn. »Aber gleich neben dem Geschäft ist ein Briefkasten. Wir wissen, dass der Brief am selben Tag abgestempelt wurde, also können wir uns einfach die Aufnahmen der Überwachungskamera über dem Briefkasten ansehen. Ich hab gerade damit angefangen. Es könnte ja sein, dass der Absender den Brief irgendwo in der Nähe geschrieben und ihn dann gleich dort eingeworfen hat. Der Briefkasten wird werktags um 14 Uhr gelehrt, also muss der Brief davor dort eingeworfen worden sein.«

»Rasmus, selbst wenn es der richtige Briefkasten sein sollte, weißt du nicht, nach wem du suchen sollst. Wie viele werfen in dem Zeitraum dort Briefe ein? Hundert Leute?«

»Ein schwarzer Umschlag«, entgegnet Rasmus hoffnungsvoll.

Jusuf lächelt. »Stimmt. Sieht man die Farbe aus dem Winkel?«

»Ja«, sagt Rasmus und zeigt auf eine alte Frau, die einen weißen Umschlag einwirft.

Jusuf fasst Rasmus an den Schultern und drückt sie vorsichtig. »Dann such mal fleißig, Rasse. Hoffen wir, dass du recht hast. Ich versuch, Jessica zu finden.«

# 75

Mit dem Schlüssel in der Hand bleibt Jessica vor der Haustür stehen. Jahrelang ist sie durch diese Tür gegangen, hat das schmale Treppenhaus und den engen, kleinen Lift betreten, der sie zu ihrer Einzimmerwohnung im sechsten Stock gebracht hat. Die Wohnung war eine Kulisse und die Tür zum Treppenaufgang C eine Art Tor zu der Welt, an die sie die anderen glauben lassen wollte. Wäre die Illusion zerbrochen, wenn jemand sie beobachtet oder zufällig gesehen hätte, dass sie das Haus durch eine andere Tür betrat?

Ist sie selbst die Zauberkünstlerin, von der ihre Mutter gesprochen hat? Und sind die Türen zu den Treppenaufgängen zwei Karten, von denen die eine nur zur Täuschung dient?

Jessica schüttelt den Schlüsselbund und nimmt einen anderen Schlüssel in die Hand. Es ist ebenfalls ein Schlüssel mit schwarzem Griff, aber nicht mit einem blauen, sondern mit einem gelben Anhänger markiert.

Sie steigt die Stufe, die zur Tür führt, wieder herunter und geht weiter zur Kreuzung von Museokatu und Töölönkatu, zu einer anderen Tür. Sie steckt den Schlüssel ins Schloss und steht gleich darauf in dem weitläufigen Treppenhaus, das sie seit Jahren nicht mehr gesehen hat, an dessen musealen Geruch sie sich aber immer noch erinnert.

*Jetzt brauchst du nichts mehr vorzutäuschen, Jessica. Keinem mehr, mein Schatz.*

Die Tür fällt zu, und Jessica geht vorsichtig weiter, als wäre sie in einer mittelalterlichen Kirche, in der ein Unsichtbarer über jeden Schritt des Ankömmlings zu wachen scheint.

In diesem Treppenhaus würde sie niemand erkennen, obwohl sie die größte Wohnung im ganzen Gebäude und die benachbarte Einzimmerwohnung besitzt. Sie ist die mysteriöse Jessica von Hellens, die sich bei den Sitzungen der Wohnungseigentümer seit Jahren von einem Juristen vertreten lässt.

Kein Hereinschleichen durch den Treppenaufgang C mehr. Keine Einzimmerwohnung mehr.

Jessica öffnet die Aufzugtür.

Ihr Handy klingelt wieder, Jusuf hat schon vier Mal angerufen.

Sie muss sich melden, Jusuf soll es unbedingt von ihr selbst erfahren.

»Hallo, Jusuf«, sagt Jessica und merkt, dass der Kloß in ihrem Hals beim Sprechen größer wird.

»Wo bist du abgeblieben, Jessica?«

Jessica hört, wie Jusuf den Rauch seiner Zigarette auspustet.

»Ich bin nach Hause gegangen, Jusuf, weil …«

»Vor einer Stunde hat mich eine Augenzeugin angerufen, die gesehen hat, wie eine dunkel gekleidete, nicht sehr große Gestalt aus dem Kambo-Studio von Jose Rodriguez gekommen ist, genau um die vermutliche Tatzeit.«

Jessica hört den Eifer in Jusufs Stimme, sie betrachtet die Muster an den Marmorwänden, die so aussehen, als hätte man ein paar Tropfen Tinte in klares Wasser gegossen.

Sie schließt die Augen. »Jusuf …«

»Verdammt nochmal, hör mir zu, Jessi! Gerade eben hat Rasse auf einem Video jemanden entdeckt, der am Dienstag um Viertel nach zwölf an der U-Bahnstation am Tallinn-Platz einen schwarzen Briefumschlag eingeworfen hat. Schwarze Daunenjacke und Kapuze, Cargohose und Springerstiefel.«

»Jusuf …«

»Das Gesicht ist nicht zu sehen, aber die Größe stimmt überein. Circa 165 Zentimeter und ziemlich schlank.«

»Jusuf!«, fällt Jessica ihm ins Wort. Ihre Stimme hallt durch den Aufzug, der Platz für mehr als einen Menschen bietet. Und jetzt verstummt Jusuf endlich. Jessica kann sich seine verdutzte Miene lebhaft vorstellen.

»Ich bin gegangen, weil ich bei dem Fall nicht mehr dabei bin«, sagt sie nach einer kurzen Pause.

»Was redest du da, Jessi?«

»Ich erklär's dir später.«

»Wieso nicht mehr dabei? Hat Hellu dir was anderes zugeschoben?«

»Ich bin keine Polizistin mehr, Jusuf«, sagt Jessica mit zitternder Stimme.

Dann holt sie tief Luft und drückt die Aufzugtaste. Sie muss sich zusammenreißen.

»Wieso bist du …«

»Sag den anderen noch nichts davon. Ich will es ihnen morgen selbst erzählen«, sagt Jessica und legt auf.

Sie wischt sich über die Augen. Jusuf hätte eine bessere Erklärung verdient. Er hätte es verdient, die ganze Wahrheit zu erfahren. Vielleicht wird sie ihm alles erzählen, nachdem sie eine Nacht darüber geschlafen hat.

In dem Moment, als der Aufzug im sechsten Stock anhält, wird Jessica klar, dass sie, so sehr der Bruch auch schmerzt, nun endlich frei ist. Ab jetzt kann ihr niemand Befehle erteilen oder ihr Tun kontrollieren. Sie ist frei, aber einsamer als je zuvor. Und heute kann sie nicht in ihrer eigentlichen Wohnung übernachten, denn gerade jetzt erinnert sie dort zu viel an Erne und an die große Leere, die sein Tod in ihrem Inneren hinterlassen hat.

Der Aufzug ruckelt wieder nach unten. Jessica scrollt auf

ihrem Handy durch ihre Kontakte und wählt den einzigen
Menschen, der ihr aufgewühltes Gemüt vielleicht beruhigen
kann.

# 76

»Du bist heute aber elegant«, sagt Jessica, als Frank Dominis an ihrem Tisch stehenbleibt. Er trägt ein blaues Hemd mit Krawatte zum dunklen Anzug. Sie spürt ihr Herz auf eine Art schlagen, die sie seit längerer Zeit nicht mehr erlebt hat.

Frank Dominis macht eine übertrieben verdutzte Miene und zieht das Jackett aus.

»So ziehe ich mich immer an, wenn der Club geöffnet ist«, sagt er. »Das ist meine Uniform in der Nacht.«

»Natürlich. Allerdings hast du gesagt, heute wäre dein erster freier Abend seit ... seit zwei Jahren?«

»Ich hatte gerade ein Treffen mit den Besitzern des Fenix. Sie haben vor, zwei weitere Restaurants zu eröffnen, in Helsinki und in Turku. Und sie möchten, dass ich beide Projekte leite«, erklärt Dominis lächelnd, öffnet die Manschettenknöpfe und rollt die Ärmel auf. »Offenbar beherrsche ich mein Geschäft.«

»Herzlichen Glückwunsch, Frank«, sagt Jessica und winkt der Kellnerin. »Auch das muss gefeiert werden.«

»Auch das?«

Jessica sieht den Mann an, als wäre ihr etwas Peinliches entschlüpft. »Na, sagen wir es so: Mein Job nähert sich dem Ende.«

»Was heißt das? Ist der Fall geklärt? Ist Lisa ...«

»Frank. Ich bin nicht mehr an den Ermittlungen beteiligt.«

Dominis nickt und verschränkt seine Finger auf dem Tisch. Die aufgerollten Ärmel enthüllen seine dunkel behaarten, tätowierten Unterarme.

Jessica bestellt ein Glas trockenen Weißwein, Frank Dominis eine Cola. Aus den Lautsprechern kommt *My Place* von Nelly, ein Song, den Jusuf neulich als Flirtsong bezeichnet und damit für immer verdorben hat.

»Dann reden wir nicht weiter darüber. Hoffen wir, dass Lisa gefunden wird, ganz gleich, wer den Fall untersucht«, meint Dominis.

»Ich hatte heute ein paar Stunden Zeit, um über Verschiedenes nachzudenken. Dabei haben mich zwei Dinge überrascht.«

»Was denn?«

»Erstens, dass ich das seltsame Bedürfnis hatte, dich anzurufen. Und über dies und das zu plaudern.«

Dominis lächelt sanft. »Ich fühle mich geschmeichelt, *detective*.«

»Und das Zweite ... Das hat mit dem zu tun, was du gerade gesagt hast.«

»Dass ich mich geschmeichelt fühle?«

»*Detective*«, sagt Jessica und verdreht die Augen. Die Art, wie Dominis sie ansieht, verrät, dass er genau weiß, wovon sie spricht.

»Meinst du ... Das tut mir leid.«

»Egal. Ich weiß nicht, ob ich überhaupt noch Ermittlerin oder Polizistin sein möchte.«

Frank Dominis wirkt interessiert. Die Kellnerin bringt die Getränke und zündet die Kerze an, die auf dem Tisch steht. Als Jessica sich umblickt, stellt sie fest, dass auch auf den Nachbartischen Kerzen brennen. Das Kerzenlicht sagt also nichts darüber aus, wie die Bedienung das Verhältnis zwischen ihnen einschätzt.

»Warum möchtest du nicht Polizistin sein?«

»Ich habe im Frühjahr einen guten Freund verloren. Eine Art Mentor. Krebs.«

»Mein Beileid«, sagt Dominis und gießt langsam Cola über die Eiswürfel in seinem Glas, ohne Jessica aus den Augen zu lassen.

»Er war auch Polizist, für mich eine Art Anker in dieser Welt. Und nun, wo er weg ist, weiß ich nicht, ob der Job jemals eine Berufung für mich war. Oder nur eine Art, die Familie in meiner Nähe zu haben. Und mit Familie meine ich die Kollegen, weil …«, Jessica unterbricht sich, sie fürchtet, idiotisch zu klingen, und spürt plötzlich bodenloses Selbstmitleid, »… sie die einzige Familie sind, die mir noch geblieben ist.«

»Denk positiv, Jessica«, rät Dominis. »Es ist schön, dass du ein gutes Verhältnis zu deinen Kollegen hast.«

»Ich *hatte* es. Vergangenheitsform. Genau das meine ich. Und deshalb ist es wohl Zeit zu gehen.«

Fröhliches Lachen kommt von der Theke.

Frank Dominis grinst: Er hört den Lärm, schenkt ihm aber keine Beachtung. In seiner Welt ist angetrunkener Radau eine Art Hintergrundmusik, die zeigt, dass alles in Ordnung ist. Erst tiefe Stille weckt den Verdacht, dass etwas nicht stimmt.

»Okay, du bist nicht mehr Polizistin. Deshalb hast du dich getraut, mich anzurufen«, lächelt er.

»Wie meinst du das?«

»Wenn du den Fall noch untersuchen würdest, wenn du wirklich das Gefühl hättest, deinem Arbeitgeber etwas schuldig zu sein, hättest du mich nie zu einem Drink eingeladen. Du hättest es für unpassend gehalten.«

»Bilde dir nicht zu viel ein, Frank. Du bist nur als eventueller Augenzeuge befragt worden«, entgegnet Jessica. Frank Dominis lacht.

»Trotzdem. Wissen deine Kollegen – oder besser gesagt, deine ehemaligen Kollegen –, dass du mit mir hier sitzt?«

Jessica antwortet nicht sofort. Sie sieht ihrem Gegenüber eine Weile in die Augen, die Empfindsamkeit und Scharfsichtigkeit verraten. Vielleicht ist gerade Frank Dominis in der falschen Branche gelandet. Sie kann sich gut vorstellen, wie er mit einer Palette vor einer leeren Leinwand steht, in einem weißen Hemd, das Farbspritzer abbekommt, wenn auf der Leinwand ein Universum entsteht.

»Nein«, sagt sie schließlich und belohnt Frank mit einem Lächeln.

»Dann habe ich also recht.«

»Meinst du, ich hätte mich selbst für befangen erklärt? Nur, damit ich dir zusehen kann, wie du an einem Donnerstagabend Limo trinkst?«

»Der menschliche Geist ist seltsam«, sagt Dominis, wischt sich die Mundwinkel an der dunkelroten Serviette ab und fährt fort: »Ich bin sicher, dass du eine wirklich gute Polizistin bist. Aber ich glaube auch, dass du in jedem anderen Job wirklich gut sein kannst, ganz gleich, wofür du dich entscheidest, Jessica.«

Jessica hat zu viel gesehen und erlebt, um sich durch Schmeichelei blenden zu lassen. Dennoch empfindet sie Franks Worte als echt und ehrlich. Schon am Vortag ist ihr der Gedanke gekommen, dass er es nicht nötig hat, ein Spiel zu treiben: Vielleicht haben ihm Siege früher einmal Befriedigung verschafft, doch diese Zeit ist vorbei.

»Moment mal, Frank«, sagt sie und versucht, die weitere Entwicklung zu bremsen, indem sie sich gelangweilt gibt. »Ich glaube, das war das erste Mal, dass du meinen Namen aussprichst.«

Dominis lockert seine Krawatte und verschränkt die Arme. Ein Krankenwagen im Einsatz rast am Restaurant vorbei.

Beim leiser werdenden Ton der Sirene denkt Jessica, dass sie gerade hört, wie ihr früheres Leben verschwindet.

»*Gone detective.*«

Jessica betrachtet den Mund des Mannes, die rauen Bartstoppeln und das dichte schwarze, an den Schläfen leicht ergraute Haar. Frank und Erne haben tatsächlich eine gewisse Ähnlichkeit, sie sind charismatisch, spröde und ungefähr im gleichen Alter. Zwischen Erne und ihr hat es nie irgendeine romantische Spannung gegeben, aber sie erkennt in ihrem Innern etwas, das sich mit der Zeit zu echter Zuneigung entwickeln könnte. Genau wie früher bei Erne hat sie das Gefühl, dass sie Frank schon vor langer Zeit kennengelernt hat, dass sie sich immer gekannt haben.

»Ich bin mir ziemlich sicher, dass ich noch so eins brauche«, sagt sie und legt den Finger an den Rand ihres Weinglases.

## 77

Jessica öffnet die Tür zu ihrer Einzimmerwohnung, zieht ihre Schuhe aus und stellt sie unter die Mäntel an der Garderobe.

»Gemütlich«, sagt Frank Dominis. Er bleibt an der Schwelle zum einzigen Zimmer stehen und sieht sich um.

»Findest du? Ich hab schon gemütlichere Wohnungen gesehen.« Jessica geht zum Kühlschrank. »Hier müssten ein paar Flaschen Bier«, beginnt sie, begreift ihre Gedankenlosigkeit und schlägt sich vor die Stirn. »Sorry. Ich hab wieder nicht ...«

Frank Dominis lacht freundlich und winkt ab.

»Kein Problem, Jessica. Ich habe mir selbst im Lauf der Jahre immer mal einen doppelten Whisky bestellt, nur um mich dann an die Realität zu erinnern und ihn jemand anderem anzubieten.«

»Mineralwasser?«

»Danke, gern.« Frank zieht seine braunen Lederschuhe aus und stellt sie neben Jessicas.

Jessica holt zwei Gläser aus dem Schrank und füllt beide mit Mineralwasser. Sie nimmt ihr Glas und leert es in einem Zug. *Nein, ich brauche jetzt was Stärkeres.*

»Ich könnte doch was anderes trinken, wenn es dich nicht stört«, sagt sie. Frank schüttelt lächelnd den Kopf. Er ist zu Jessica gegangen und greift nach dem Wasserglas.

»Eine schöne Aussicht auf den Innenhof«, meint er scheinbar beeindruckt, nachdem er einen Schluck getrunken hat, und zeigt auf das Fenster. Jessica räuspert sich skeptisch. Dieses leere Geschwafel ist sinnlos. Frank Dominis bewirtet seit mehr als zehn Jahren die Elite von Helsinki und hat bestimmt schon alles gesehen, von den exklusivsten VIP-Lokalitäten im Zentrum bis zu den größten Lofts im Stadtteil Eiranranta und den Villen im Vorort Kulosaari. Zweifellos ist er mit Promis in Privatjets geflogen und hat auf Jachten in Monaco gefeiert, wenn auch seinen eigenen Worten nach ohne Alkohol.

Die anspruchslose Einzimmerwohnung kann ihn ganz sicher nicht beeindrucken. *Gemütlich. Schöne Aussicht auf den Innenhof. Was für ein Stuss.* Sie möchte Frank an die Hand nehmen, ihn durch die Hintertür ins Treppenhaus und von dort in die grandiose Wohnung führen, die vier Millionen wert ist. Ihm zeigen, dass man auch in Polizeikreisen das Leben zu genießen weiß. Sie würde ihn an dem riesigen Wohnzimmer mit den wertvollen Gemälden vorbei zur Treppe ziehen, ihn durch den Aufenthaltsraum im Obergeschoss in das mit schwarzem Teppichboden ausgelegte Schlafzimmer führen, in das Kingsize-Bett, und ihn vögeln, bis er nicht mehr weiß, wo ihm der Kopf steht. Wie sehr würde sie die entgeisterte Miene genießen, die der Kaiser des Nachtlebens aufsetzt, wenn er alles sieht, was Jessica Niemi besitzt und wovon niemand etwas ahnt.

Warum eigentlich nicht? Was hindert sie daran, die Wahrheit zu enthüllen, da ihre Karriere bei der Polizei ohnehin beendet ist? Wozu braucht sie die Kulisse jetzt noch?

Tief drinnen weiß Jessica jedoch, dass sie es nicht tun kann. Sie hat ihre Rolle so lange gespielt, dass eine spontane Eingebung nicht reicht, um die Kulissen zu verbrennen. Das muss stilvoll geschehen, mit genauer Abwägung, ebenso sorgsam wie die Lüge jahrelang aufgebaut und gepflegt worden ist.

Jessica wird aus ihren Gedanken gerissen, als Dominis sein Glas auf die Fensterbank stellt und seine Hand auf ihre Schulter legt.

»Jessica, ich bin nicht sicher … Ich möchte nicht, dass du denkst …«, beginnt er.

»Was meinst du?«, unterbricht Jessica ihn. Die Worte klingen unfreundlicher, als sie gemeint waren. Dominis wirkt überrascht und zieht die Augenbrauen hoch.

»Was?«

»Ja«, fährt Jessica fort, mit strenger Miene, aber in etwas ruhigerem Tonfall. »Was redest du hier von netten Innenhöfen und davon, was du möchtest oder nicht möchtest? Was soll ich nicht denken?«

Frank lacht ungläubig auf. »Wow«, sagt er und lässt seine geraden Zähne sehen.

»Ich bin kein kleines Mädchen.«

»Jessica …«

»Jessica was? Ich dachte, du würdest mir das ganze schleimige Gequassel ersparen.«

Frank lässt ihre Schulter los und tritt einen Schritt zurück. »Sorry. Ich dachte nur …«

»Sorry, sorry. Sorry! Wo zum Teufel steckt Mr. Dominis, der angeblich schlimmste Frauenheld der ganzen Stadt? Derjenige, der neun von zehn vögelt?«

Dominis steht eine Weile still da, die Hände in die Hüften gestemmt, und sieht Jessica an. Dann schnaubt er und macht einen Schritt in Richtung Diele.

»Willst du, dass ich gehe?«

»Du gehst nicht«, sagt Jessica und packt ihn am Kragen. »Du vögelst mich jetzt hier in dieser verschwitzten Bude. Du vögelst eine einsame, künftige Ex-Polizistin, die nicht um neun Uhr allein sein, sondern eine der neun sein will.« Die letzten Worte flüstert sie beinahe. Frank Dominis wirkt erschrocken: Man könnte meinen, sein Ruf als Liebhaber wäre eine aus der Luft gegriffene Geschichte, eine Fantasie, die sich selbst erfüllen soll.

»Du bist verrückt, Jessica.« Dominis legt die Arme um sie. Er hat sich in Sekundenschnelle von seiner Verblüffung erholt, in seinem Blick liegt wieder lockere Selbstsicherheit.

Jessica muss plötzlich lächeln, sie schmiegt sich an den Mann, legt ihr Gesicht an seins, öffnet den Mund und lässt ihre Zunge zwischen seine Zähne gleiten.

Und nun beginnt Dominis endlich, seine Versprechungen einzulösen. Jessica fühlt seine Finger im Nacken, dann wandern sie nach vorn, öffnen die Knöpfe und helfen ihr, die Bluse auszuziehen.

Jessica bekommt eine Gänsehaut. Sie spürt Franks Zunge über ihren Hals wandern und stöhnt erregt auf. Ihr BH wird routiniert geöffnet und landet auf dem Boden, dann hebt Dominis sie hoch und wirft sie auf das Bett.

Als er sein Hemd auszieht, werden sein tätowierter Oberkörper und eine große Narbe am Unterleib sichtbar. Die Muskeln haben schon vor langer Zeit ihre jugendliche Straffheit verloren, aber wie sein Gesicht strahlt auch sein ganzer Körper Erfahrung und jene Sicherheit aus, die nur jemand verströmen kann, der alles gesehen und seinen Anteil an den Schlägen, die die Welt austeilt, empfangen hat. Frank ist wie eine von einem anderen Planeten gekommene Verkörperung von Gerüchen, Geräuschen und Empfindungen, die sich hier und jetzt für Jessica entschieden hat. Nichts anderes zählt. Alles andere ist morgen.

Jessica spürt, wie der Kopf des Mannes über ihren Bauch gleitet und wie ihr Slip verschwindet. Seine weiche, feuchte Zunge kreist um ihre Klitoris, während seine rauen, aber zärtlichen Finger wieder und wieder tief in sie eindringen. Jessica weiß, dass ihr Körper so schnell zum Höhepunkt kommen wird wie seit Langem nicht mehr.

»O Gott«, stöhnt sie, als die Finger des Mannes sich immer schneller in ihr bewegen. »Ich komme gleich …«

»Nein, noch nicht«, sagt Dominis und hört auf, sie zu lecken. »Nicht ohne mich.«

Gewandt wie ein Panther gleitet er auf Jessica, dunkelgraue Haarsträhnen sind über seine Augen gefallen. Und bald spürt Jessica, wie Frank Dominis in sie eindringt, ihre Beine spreizt und sich in rhythmischen Stößen bewegt, von denen keiner genau so ist wie der andere. Dominis erkundet seine Grenzen, wechselt das Tempo und macht zugleich mit dem Daumen da weiter, wo kurz zuvor seine Zunge war.

»Hör nie auf«, flüstert Jessica, als sie spürt, dass der Orgasmus sich nähert. Und dann schlägt er zu, brennend, tief aus der Wirbelsäule, und erobert ihren ganzen Körper, so wie der entsetzliche Schmerz, mit dem Unterschied, dass das, was sie jetzt spürt, nie enden sollte.

# 78

Jusuf betrachtet das gerahmte Schwarzweißfoto über dem Wasserautomaten. Der schräg lächelnde Mann in der Paradeuniform der Polizei gibt auf seine ehemaligen Untergebenen – und warum nicht auch auf andere – acht. Das hat Jessica gesagt, als sie gegen Ende des Sommers Ernes Bild dort aufgehängt hat.

Jusuf und Rasmus sitzen am Computer. Jusuf rümpft die Nase, denn Rasmus verströmt einen stechenden Schweißgeruch. Sein Deo hat wieder einmal versagt.

Jusuf lehnt sich auf seinem Stuhl zurück, während Rasmus so krumm vor dem Monitor hockt, dass man glauben könnte, sein Rückgrat würde in der nächsten Sekunde entzweibrechen. Auf dem Bildschirm laufen die Videodateien der Überwachungskameras des Fenix.

»Konnte Sahib keine genauere Zeitspanne angeben? Am Vormittag?«, fragt Rasmus.

»Zwischen zwölf und eins. An der unteren Tür«, antwortet Jusuf.

Urplötzlich lässt er sich mit dem Oberkörper auf den Tisch fallen und vergräbt sein Gesicht in den Armen, als hätte er gerade jeden Bezug zum Leben verloren.

»Verdammt nochmal, Rasse«, klagt er. Die Hemdärmel dämpfen seine Stimme.

»Was ist?«, fragt Rasmus, klickt eine neue Videodatei an und begrenzt die Suche anhand der Uhrzeit.

»Wozu sollen wir noch bis spät in die Nacht hier rumsitzen? Morgen früh kommen die Knallköpfe von der Zentralkripo und jagen alles in die Luft.« Jusuf betrachtet das Video, das über den Bildschirm läuft. Kistenweise Getränke und allerlei Requisiten für die Veröffentlichungsparty werden hereingetragen.

»Ich weiß, was du meinst«, sagt Rasmus und verschränkt die Arme. »Ist schon eine schwierige Situation … Aber interessiert dich die Wahrheit nicht? Ist sie letztlich nicht der einzige Grund, warum wir das hier machen?«

»Na, das Gehalt ist jedenfalls nicht der Grund. Aber es wäre schön gewesen, die Wahrheit selbst rauszufinden, statt hinter dem Rücken des großen Bruders zu stehen.«

»Wir wissen ja noch nicht, wie morgen die Rollen verteilt werden. Kann doch sein, dass wir weitermachen dürfen«, meint Rasmus, aber nun ist Jusufs ganze Aufmerksamkeit auf den Monitor gerichtet. Er spürt, wie ihm der Atem stockt.

»Guck mal«, sagt er. Der Bildschirm ist in vier große Felder geteilt, die jeweils eine Videoaufnahme von dem Tag zeigen, an dem das Album von Kex Mace's veröffentlicht wurde. Die Uhr am oberen Rand zeigt sechs Minuten nach zwölf. Jusuf hat den Finger auf die Aufnahme gelegt, die das Gebiet vor dem Eingang beim Narinkkatori zeigt. Als er den Finger hebt, kommt darunter ein Mann in einem langen schwarzen Mantel zum Vorschein. Jusuf wirft einen Blick auf Rasmus, der völlig entgeistert aussieht.

»Ist das …«

»Das Gespenst«, sagt Jusuf leise, nimmt Rasmus die Maus weg und stoppt das Video.

Sie betrachten den asiatischen Mann, der auf den Eingang zum Fenix zugeht und ein paar Meter vor der Tür stehenbleibt, die Hände in den Taschen. Genau wie später bei der Party am selben Abend wartet er geduldig, ohne sich zu regen. Viele

Minuten vergehen, in denen nichts geschieht. Dann hebt der Mann das Kinn und sieht sich um. Schließlich trifft sein Blick die Kamera, und sekundenlang könnte man glauben, dass er Rasmus und Jusuf direkt in die Augen starrt.

»Was zum Teufel tut er?«, fragt Jusuf leise.

»Als wollte er gesehen werden«, meint Rasmus.

Nach weiteren zwei Minuten tritt eine Gestalt in einem Anorak mit Kapuze aus der Tür. Sie gibt dem Japaner die Hand, dann gehen sie ein Stück zur Seite. Unter der Kapuze ist das Gesicht nicht zu erkennen, aber Körperbau und Kleidung lassen darauf schließen, dass es sich um einen mittelgroßen Mann handelt.

Rasmus vergrößert die Aufnahme, doch dadurch wird sie grobkörnig. Es hat den Anschein, dass das Gespenst dem Mann etwas reicht, aber was es ist, lässt sich nicht erkennen.

»Wer ist das?«, murmelt Jusuf.

»Zu schmächtig für Sahib Alem.«

Die Männer scheinen sich zu unterhalten. Eine Minute vergeht, noch eine. Dann richtet das Gespenst den Blick plötzlich nach links, zur Tür des Fenix und den parkenden Autos. Er bemerkt etwas, wendet das Gesicht ab und geht schnell weg.

»Der macht die Fliege. Was hat ihn erschreckt?«, fragt Jusuf aufgeregt. »Zeig die Aufnahme von vor dem Restaurant.«

Rasmus klickt einen anderen Bildwinkel an. Anfangs zeigt die Aufnahme nur den weißen Lieferwagen des Restaurants, der schon seit einiger Zeit dort steht. Doch dann kurvt ein schwarzer Mercedes-Jeep vor.

»Schau einer an«, sagt Jusuf. *Es ist James.*

Ein kräftiger Mann in dunklem Anzug und schwarzem Mantel steigt aus. Er hat ein riesiges Kinn und eine massive Nase. *Der Mann sieht wirklich aus wie Klitschko.*

»Ich wette, gleich kommt Sahib Alem ins Bild. Himmel, was für eine Versammlung«, sagt Jusuf.

»Das Gespenst wollte nicht von James gesehen werden.«

»Geh noch mal zurück zur vorigen Aufnahme.« Jusuf zieht eine Kaugummi-Packung aus der Tasche. Die Spannung lässt sein Kinn rastlos mahlen.

Rasmus klickt das vorige Video an. Der Mann, der mit dem Gespenst gesprochen hat, steht immer noch da, die Hände in die Hüften gestemmt, und blickt dem Davoneilenden nach.

»Dreh dich um, damit wir dich sehen, du Wichser«, sagt Jusuf und steckt sich ein paar Kaugummis in den Mund. *Dreh dich schon um …*

Und im selben Moment dreht der Mann sich um und geht zum Eingang zurück. Die Kapuze wirft einen schwarzen Schatten auf sein Gesicht, auf dem trotzdem eine starke Gefühlswallung zu lesen ist.

»Verdammt nochmal«, ruft Jusuf aufgewühlt und betrachtet den Mann, der ins Restaurant geht. »Ruf sofort Jessica an!«

# 79

Es dauert eine Weile, ehe Jessica begreift, dass das Geräusch von ihrem Handy kommt, das immer noch in der Jeanstasche auf dem Fußboden neben dem Bett steckt.

»Jusuf ... Ich hab dir doch gesagt ...«

»Schläfst du schon?« Jusufs Stimme klingt erregt.

Jessica blickt auf ihre Armbanduhr, deren Ziffernblatt im dunklen Zimmer kaum zu erkennen ist. »Ja, wieso?«

»Dominis!« Der Name schallt laut aus dem Lautsprecher des Handys, und Jessica beeilt sich, es leiser zu stellen.

»Äh, warte mal«, sagt sie und steht vorsichtig auf.

Frank Dominis hebt den Kopf vom Kissen.

»Dienstlich«, flüstert Jessica ihm zu, das Handy an die Brust gedrückt.

Sie eilt ins Bad und schließt die Tür.

*Dominis weiß, dass ich nicht mehr bei der Polizei arbeite.*

Jessica betrachtet sich im Spiegel, das Handy am Ohr. Ihr Herz hämmert heftig.

»Was hast du gesagt?«, fragt sie, unsicher, ob Jusuf tatsächlich gerade den Namen *Dominis* genannt hat. Sie hofft von ganzem Herzen, dass sie sich verhört hat. Oder dass Jusuf nur anruft, um sie aufzuziehen.

»Frank Scheiß Dominis, Jessi«, wiederholt Jusuf.

Jessicas Finger schließen sich fester um das Handy. »Was ... Was ist mit ihm?«

»Er hat sich mit dem Gespenst getroffen«, sagt Jusuf. »Ich wusste, dass er in die Sache verwickelt ist. Angeblich hat er den Typ nicht erkannt, als wir ihm das Foto gezeigt haben. Obwohl er wusste, dass wir ihn dringend suchen!«

Jessica hat das Gefühl zu fallen. Jede Zelle in ihrem Körper befindet sich im Alarmzustand.

*Das kann nicht sein.* Sekundenlang ist sie wütend auf Jusuf, der sie zum Abschluss eines perfekten Abends geweckt hat, um einen Mann zu verunglimpfen, der ganz einfach nichts mit Lisas Verschwinden zu tun haben kann. Das wurde doch schon überprüft.

»Hörst du, Jessi? Sie haben sich getroffen. Letzten Samstag, am Tag der Party von Kex Mace's, um 12:06 Uhr, vor dem Fenix. Ich dachte, das solltest du trotz allem wissen …«

»Warte«, sagt Jessica und dreht den Wasserhahn auf. Sie hofft, dass ihre Stimme vom Rauschen des Wassers übertönt wird und nicht aus dem Bad dringt.

Ihr müdes Gehirn verarbeitet das, was Jusuf gerade gesagt hat. Aber es erscheint ihr so absurd, dass es einfach nicht stimmen kann. »Was redest du da, Jusuf? Wieso …«

»Wir haben eine Videoaufnahme. Das Gespenst und Dominis gemeinsam auf der Straße. Kein Zweifel. Der Mistkerl hat uns die ganze Zeit verarscht, er weiß haargenau, wer das Gespenst ist und warum es Zutritt zu der Party von Kex Mace's hatte«, sagt Jusuf. Jessicas Herz setzt einen Schlag aus. »Und Sahib Alem weiß es auch. Wir haben das Gespenst nicht auf der Gästeliste gefunden, weil es nicht draufstand! Dominis hat Sahib angewiesen, den Mann einzulassen, ohne Fragen zu stellen. Rasse und ich haben uns noch einmal die Szene angesehen, als das Gespenst an die Garderobe kommt: Sahib tut nur so, als würde er einen Namen auf der Liste abhaken. Erst beim nächsten Kunden knipst er den Kugelschreiber auf. Das ist ein Detail, das mir bisher nicht aufgefallen war.«

»Um Himmels willen«, flüstert Jessica mit bebender Stimme. Sie spürt, wie das kleine Badezimmer sich zu drehen beginnt wie ein Karussell.

»Schicken wir eine Streife zu Dominis und lassen ihn holen.«

»Jusuf«, sagt Jessica leise und legt eine Hand an die Stirn.

Die Wahrheit erscheint ihr nun gleichzeitig grauenerregend und peinlich. Die Angst ist jedoch größer als die Scham.

»Ja?«

»Er ist hier.« Jessica hält die rechte Hand unter das warme Wasser.

Jusuf schweigt, es klingt, als hielte er den Atem an. »Was?«

»Er ist hier. Bei mir in Töölö«, flüstert Jessica und verriegelt die Tür.

»Was zum Teufel, Jessica …«

Jessica hört das Blut in ihren Ohren rauschen. Sie denkt an den Mann in ihrem Bett, mit dem sie vorhin Sex hatte.

Sie denkt an tätowierte Fingerknöchel, dichtes Haar und einen Mund, der nach gelebtem Leben schmeckt. Alles geschieht erneut. Colombano liegt wieder in ihrem Bett. *Voglio fare l'amore con te, Zesika.*

Plötzlich erscheint ihr die Entscheidung, sich mit Frank zu treffen, unbegreiflich. Eigentlich erinnert sie sich gar nicht mehr an den Moment, als sie beschlossen hat, sich von ihm verführen zu lassen. Es ist, als hätte sie einen Filmriss. Einen totalen Blackout.

»Komm her, Jusuf«, sagt sie. »Bitte. Sofort.«

»Okay, Jessi.«

Jessica dreht das Wasser ab, stützt sich auf den Rand des Waschbeckens und betrachtet ihr Spiegelbild. Die Aufregung beschleunigt alles, als würde ihr Herz den Takt zu der Metamorphose schlagen, die in ihrem Kopf abläuft: Im Nu beginnt die Wimperntusche über ihre Wangen zu laufen, die schwarzen Schlieren bilden Wirbel auf ihrer glatten Haut. Die Haut wird immer blasser, die Iris verschwinden ganz, bald sind ihre Augen völlig weiß. Und da begreift sie, dass die Flüssigkeit, die aus ihren Augen läuft, keine von Tränen aufgeweichte Mascara ist, sondern etwas viel Dickeres. Und wie so oft spürt sie den Eisengeschmack von Blut auf ihrer Zunge.

*Ich habe es dir gesagt, Jessica, aber du wolltest nicht hören.*

*Was hast du gesagt?*

*Der Zauberer muss nur die Karte neben deiner kennen.*

Ihre Mutter steht nun dicht hinter ihr und tut das, was Jessica früher so gefallen hat: Sie legt die Finger auf Jessicas nackte Schultern. Energie, Wärme und Liebe strömen von Haut zu Haut.

Jessica hört, wie hinter der Tür das Parkett knarrt, da, wo das Bett steht. Frank ist aufgestanden und geht durch das Zimmer. Die Tür des Küchenschranks wird zugeschlagen.

*Die Frage ist, wer den Zauberer bestellt hat und warum.*

*Welchen verdammten Zauberer, Mama? Wovon redest du?*

*Der Zauberer ist derjenige, der dich dazu bringt, woandershin zu sehen, wenn du ihn anschauen müsstest. Seine Hände und seine Finger, das, was sie mit den Karten tun.*

Jessica schließt die Augen, und als sie sie wieder öffnet, hat ihre Mutter den Duschvorhang zugezogen.

Zwischen dem Vorhang schauen nur die dünnen, knochigen Finger und die rissigen schwarz lackierten Nägel hervor.

Jessica betrachtet ihre zitternden Hände.

Dann hebt sie den Blick wieder zum Spiegel, aus dem ihr dieselbe Jessica entgegensieht, die gerade aus dem Bett aufgestanden ist. Die Wimperntusche ist ein wenig verschmiert, und die Augen sind gerötet.

Jessica beißt sich auf die Lippe und denkt fieberhaft nach. Sie könnte im Badezimmer bleiben. Die Dusche aufdrehen und warten. Aber irgendetwas hindert sie daran, sich zu verstecken. *Es kann nicht sein.* Wenn man gewagt hat, jemandem zu vertrauen, muss man auch wagen, sich der Wahrheit zu stellen, so schmerzhaft sie sein mag.

Jessica seufzt tief und öffnet den Riegel.

Sie drückt die Klinke und verlässt vorsichtig, mit angehaltenem Atem, das Badezimmer.

Es ist, als hätte sich die Luft in der Wohnung in den Minuten, die sie im Bad verbracht hat, elektrisch aufgeladen. Jessica glaubt ein leises Summen zu hören, wie von einer riesigen Fliege oder von einem Fernseher beim Testbild. *Das alles existiert nur in deinem Kopf, Jessica.*

Frank Dominis liegt nicht mehr im Bett, sondern sitzt in Unterhose an dem kleinen Tisch beim Fenster. Das gelbe Licht, das von draußen hereinfällt, lässt sein zerfurchtes Gesicht in dem ansonsten dunklen Zimmer beinahe malerisch wirken. Seine Miene ist jedoch alles andere als gelassen.

Jessica sieht, wie er eine Hand auf Gesichtshöhe hebt und den Kopf nach hinten neigt, dann hört sie ein dumpfes Geräusch, als das hohe Glas auf den Tisch gestellt wird. Er greift nach der Flasche und gießt sich nach. Die Whiskyflasche ist schon zur Hälfte geleert. Jessica hat sie im letzten Jahr von Fubu zu Weihnachten bekommen und ungeöffnet im Küchenschrank aufbewahrt.

»Frank«, sagt sie leise.

Da bemerkt sie ihr Holster auf dem Tisch und die Waffe in der linken Hand des Mannes.

# 80

»Gestern Abend hast du mich gefragt …«, sagt Dominis und schwenkt sein Glas. »Ja. War ich.«

»Was warst du?«

»Soldat. In Alaska. Vor langer Zeit.« Er legt die Waffe auf den Tisch. Dann leert er sein Glas.

Eine Weile starrt er auf das leere Glas in seiner Hand und lächelt euphorisch, als wäre ihm ein alter Freund begegnet, den er lange aus den Augen verloren hatte. Und genau das ist wohl auch geschehen. Einige Deziliter von dem goldbraunen Gift haben gereicht, um seinen Körper schwerelos zu machen. Jessica wirft einen Blick zur Wohnungstür: Wenn sie schnell ist, schafft sie es vielleicht, ins Treppenhaus zu flüchten, bevor der Mann zielt und feuert. Oder er drückt ab, schießt aber daneben.

»*4th Brigade Combat Team, 25th Infantry Division, Ma'am*«, sagt Frank. Er ahmt den Akzent des Mittleren Westens nach, doch Jessica weiß nicht, wen oder was er imitiert.

Jessica macht einen kurzen, fast unmerklichen Schritt zur Tür, aber Dominis greift nach der Waffe und torpediert ihren Plan.

»Geh nicht, Jessica«, sagt er. Es klingt eher nach einer Bitte als nach einem Befehl.

Jessica holt Luft. Ihre Augen gewöhnen sich allmählich an das Halbdunkel; das Gesicht und der nackte Oberkörper des

Mannes sind in dem schwachen Licht, das durch das Fenster fällt, nun deutlicher zu sehen.

»Was hast du getan, Frank?«, fragt sie. »Du warst dabei.«

»Ich dachte mir schon, dass es nur eine Frage der Zeit ist, wann mir die ganze Sache ins Gesicht knallt wie eine Granate, die man für einen Blindgänger gehalten hat«, antwortet Dominis und füllt sein Glas, diesmal bis fast an den Rand. Die Waffe legt er nicht aus der Hand.

»Setz dich zu mir, Jessica«, sagt er, und als Jessica nicht gleich reagiert, wiederholt er seine Aufforderung nachdrücklicher, fügt zum Schluss aber hinzu: »Sei so lieb.«

Jessica blickt zur Tür und begreift die Aussichtslosigkeit ihrer Lage. Und gleichzeitig wird ihr klar, dass sie Jusuf ebenfalls in Lebensgefahr gebracht hat. Wenn Frank Dominis sie erschießt, wird er auch Jusuf nicht verschonen, der inzwischen schon unterwegs sein muss. Wäre es besser, dem Ganzen jetzt ein Ende zu setzen, damit niemand anders zu Schaden kommt?

»Sie sind unterwegs, stimmt's?«, sagt Dominis und verzieht das Gesicht. Er hat das Glas zu einem Drittel geleert.

Jessica nickt, dann geht sie langsam zu dem Tisch, an dem er sitzt.

»Das ist nicht das Ende, Frank«, sagt sie. »Es muss nicht das Ende sein.«

Dominis lacht ungläubig auf und mustert die Pistole in seiner Hand.

»Eine Walther P99. Eine Waffe, die ihrem Träger sozusagen vertraut: keine äußerliche Sicherung.« Er richtet den Lauf der Pistole an die Decke. Dann fordert er Jessica mit einem Nicken auf, ihm gegenüber Platz zu nehmen.

»Hast du gehört, Frank?«, fährt Jessica fort und setzt sich an den kleinen Tisch. Trotz ihrer Anspannung bewegt sie sich langsam und beherrscht. »Erzähl mir die ganze Geschichte. Ich kann dir helfen.«

»Sieh mich an, Jessica.« Dominis hebt sein Glas. »Acht Jahre, fünf Monate und drei Tage. Lebe ich lange genug, um das noch einmal sagen zu können? Wäre ich dann wieder frei … im Jahr 2028.«

»Du musst jetzt …«

»Was? Dir die Waffe geben? Am Morgen in der Zelle aufwachen, mit dem schlimmsten Kater meines Lebens? In dem Wissen, dass ich jahrelang kein Tageslicht sehen werde?« Dominis leert das Glas. Sein Gesicht verzieht sich zu einer Grimasse, die den alle Sinne betäubenden Genuss sichtbar macht. »Erinnerst du dich, wie ich gesagt habe, dass ich in Helsinki Dunkelheit gesucht habe, dieselbe Dunkelheit, in der ich in Anchorage aufgewachsen bin? Na, die habe ich wahrhaftig bekommen. Ich habe die Nacht in ihrer wahren Bedeutung gesehen. Meine Seele an den Teufel verkauft. Mich in Geschichten verwickeln lassen, mit denen ich nichts zu tun haben wollte. Und warum? Einzig und allein wegen Geld. Und das, Jessica, ist verdammt nochmal die reine Dunkelheit.«

»Erzähl es mir«, wispert Jessica und legt ihre zitternden Hände auf den Tisch.

Eine Weile sieht Frank Dominis Jessica aus tränenden Augen an. Er hat etwas Böses getan, aber im Grunde ist er nicht böse. Davon ist Jessica immer noch überzeugt. Frank ist nicht wie Colombano oder wie die kaltblütigen Soziopathen, die sie in ihrer Laufbahn dutzendweise hinter Schloss und Riegel gebracht hat. Frank Dominis' Gesicht erzählt Tausende Geschichten. Es erinnert immer mehr an Erne. An Erne, der ebenfalls eine Schatzkiste voller Geheimnisse war. An Erne, der Jessica begreiflich gemacht hat, dass ein schwarzweißes Weltbild ein Privileg ist, das nicht alle haben. Ein Luxus, den sich nur die wenigen leisten können, denen alles fertig vorgesetzt wird. Und auch sie nicht immer.

Jessica greift vorsichtig nach Franks Glas, gießt sich einen

Schluck Whisky ein und kippt ihn herunter. Sie hat lange keinen Whisky mehr getrunken, der rauchige, torfige Geschmack raubt ihr den Atem.

Frank lächelt, wahrscheinlich deutet er die Geste als Ausdruck von Solidarität. *Trinken wir gemeinsam.*

»Als ich den Japaner kennengelernt habe … Ich wusste, dass die Sache in die Hose geht, dass mein Kartenhaus einstürzt«, sagt er und leckt sich die Lippen ab. Er legt die Waffe wieder auf den Tisch, lässt sie aber nicht los.

»Hilf mir, es zu verstehen. Ich verspreche, dir zu helfen.«

»Es war wohl nicht vorgesehen, dass ich ungeschoren davonkomme. Und irgendwie ist es ja auch poetisch. Dass ich, Entschuldigung, dass wir hier in deine Wohnung gekommen sind, uns geliebt haben … Vielleicht wollte ich ja unbewusst in dieser Nacht kapitulieren. Wer weiß.« Dominis stützt sich am Tisch ab und steht langsam auf.

»Erzähl es mir, Frank«, bittet Jessica.

Er tritt zu ihr und streichelt ihre Wange mit dem Handrücken. Über sein Gesicht fliegt ein zärtliches Lächeln, verführerisch und väterlich zugleich.

»Du bist nicht neun von zehn, Jessica. Du bist die eine in einer Million«, sagt er leise, greift nach der Whiskyflasche und geht, die Walther P99 in der Hand, an Jessica vorbei zur Tür. Seine Schritte sind sicher, das goldbraune Gift hat die Wirkung, auf die er mit seinem zügigen Trinken abgezielt hat, noch nicht erreicht.

Jessica spürt einen dicken Kloß im Hals.

»Frank«, sagt sie und denkt fieberhaft über ihre Alternativen nach. Der Mann greift nach der Türklinke. Sie muss etwas tun.

Frank Dominis nimmt einen langen Schluck aus der Flasche und betritt in Unterhose das Treppenhaus. Das vertraute Rumpeln erklingt, als die dicken Drahtseile des Aufzugs sich in Bewegung setzen. Kurz darauf erscheint die Aufzugkabine im Blickfeld.

»Frank, was hast du …«, sagt Jessica, steht auf und geht langsam auf den Mann zu.

Der Aufzug hält, Dominis öffnet die Tür. Jessica folgt ihm ins Treppenhaus, aber er zieht die gusseiserne Tür zu und blickt durch die Ösen.

Jessica spürt keine Angst mehr, sondern unerklärliche Wehmut.

»Frank!«

»Ich bin schon seit Tagen verdammt glücklich. Weil ich Anfang der Woche beschlossen habe, aus dieser Welt zu gehen. Seitdem schwebe ich geradezu. Und das«, sagt Frank Dominis und zeigt mit der Waffe zuerst auf sich, dann auf Jessica. »Das war echt.«

Dann setzt er die Flasche an den Mund und drückt auf den Knopf für das Erdgeschoss.

Die Aufzugkabine setzt sich langsam in Bewegung, und bald ist Franks intensiver, trauriger Blick nicht mehr zu sehen.

»Frank! Warte!«, ruft Jessica, schnappt sich ihren Mantel von der Garderobe und rennt los.

Ihre nackten Füße laufen immer schneller die Stufen hinunter, sie spürt den kalten Marmor unter ihren Fußsohlen und hört, wie der alte Aufzug auf seiner Fahrt nach unten poltert.

»Frank!« Ihr Schrei hallt durch das Treppenhaus.

Im vierten Stock öffnet einer der Nachbarn die Tür, als Jessica vorbeiläuft. *Was in aller Welt geht hier vor?*

Jessica hört die Flasche scheppernd auf den Boden der Kabine fallen und beschleunigt ihre Schritte. Als sie die dritte Etage erreicht, kann sie kurz in den Aufzug sehen, den sie nun fast eingeholt hat.

Dann hört sie einen Schuss, der in dem düsteren Treppenhaus ohrenbetäubend nachhallt. Hinter den Türen bellen Hunde fordernd und erschrocken.

Als sie die beiden letzten Etagen hinuntergeht, kann Jessica an nichts mehr denken. Ihre Schritte werden langsamer, plötzlich gibt es keine Eile mehr.

Endlich kommt sie ins Erdgeschoss, spürt den roten Filzteppich unter ihren Füßen. Als sie die Aufzugtür öffnet, sieht sie auf dem Boden der Kabine den leblosen, halbnackten Mann, der halb an der Wand lehnt und ein zerfetztes Loch in der Schläfe hat. Der Spiegel an der hinteren Wand der Kabine ist blutbefleckt, in der Mitte Jessicas ratloses Gesicht.

Sie spürt eine Hand auf ihrer Schulter. Die Finger sind knochig und kalt.

*Schau in den Spiegel, Jessica.*

Jemand macht Licht im Treppenhaus, und die Hand verschwindet. Draußen heult die Sirene eines Streifenwagens. Jusuf hat die Kavallerie alarmiert.

Im selben Moment schlägt der Schmerz zu. Die kleinen Nadeln wandern von der Wirbelsäule durch jede Nervenbahn, dringen durch die inneren Organe in Arme und Beine vor und versuchen, bei den Fingern und Zehen hinauszukommen. Und bald darauf spürt Jessica den Fußboden unter ihrer Wange und begegnet Franks friedlichem Blick, der um Vergebung zu bitten scheint.

# 81

Eine halbe Stunde ist vergangen, seit Frank Dominis abgedrückt hat, aber in Jessicas Welt scheint die Zeit stillzustehen, sie hört immer noch den Schuss und riecht den süßlichen Geruch des Pulvers. Sie sieht zum Fenster hinaus und hält das Glas in der Hand, in dem ein paar Tropfen Whisky zurückgeblieben sind. In der Fensterscheibe sieht sie Franks Gesicht, die hellen, ein wenig melancholischen Augen, die mit der Dunkelheit des Innenhofs verschmelzen. Das Blaulicht der Einsatzfahrzeuge auf der Straße fällt durch die Einfahrt in den Hof und flackert in den Fenstern der unteren Etagen.

Jusuf sitzt auf dem Bett, die Hände auf dem Schoß.

Beide haben seit Minuten nichts gesagt. Die Wohnungstür ist zu, aber aus dem Treppenhaus dringen Geräusche: Frank Dominis' Leiche wird aus dem Aufzug in einen Wagen getragen, der sie zu Sissi Sarvilinna bringt.

Jessica spürt einen Druck auf der Brust, als läge ein großer Stein darauf, es ist, als wäre sie eine lange Strecke gelaufen, das Atmen fällt ihr schwer. Sie trauert nicht um den Mann, den sie kaum gekannt hat. Sie trauert um sich selbst, darüber, dass sie wieder in dieselbe Mine getreten ist, sich in ein Monster verguckt hat, obwohl sie Erne versprochen hat, es nie wieder zu tun. Mit ihr stimmt etwas nicht. Sie ist böse, und deshalb sucht sie die Gesellschaft böser Menschen. Es war Jessicas Bosheit, die ihre Mutter dazu getrieben hat, ihre Familie zu töten. Und dass Jessica Colombano umgebracht, ein Messer in seinen Hals gestoßen hat, beweist, dass es stimmt. Jessica ist eine giftige Spinne, in deren Netz sich die Menschen verfangen. Genau wie in dem Song von Kex Mace's.

*Nichts als Tod, Jessica.*

Jessica reagiert nicht, sie weigert sich, auf die tadelnde Stimme ihrer Mutter zu hören, doch die Mutter rückt näher an sie heran, sodass die kalte Luft aus ihrem Mund in Jessicas Ohr strömt.

*Du ziehst ihn an, Jessica …*

»Sei still!« Jessica schleudert das leere Whiskyglas an die Wand, die Scherben fallen auf den Boden. Jusuf springt vom Bett auf wie ein durchgehendes Pferd.

»Scheiße, was soll das, Jessica?«, ruft er. Er hat die Hände auf die Ohren gelegt, merkt aber offenbar, dass er lächerlich aussieht, und stemmt sie schnell in die Hüften. »Ich hab doch gar nichts gesagt!«

Jessica spürt kalten Schweiß auf der Haut, ihr Herz rast, sie schnauft.

*Ich bin verrückt, Jusuf. In meinem Kopf sind alle Schrauben locker.*

»Sorry, ich …«, beginnt sie, merkt aber, dass es ihr unmöglich ist, Jusuf alles zu erklären. Vielleicht kann sie es irgendwann einmal, aber nicht hier und nicht jetzt.

»Was hast du denn?«, fragt er und tritt ein paar Schritte näher. Eine Glasscherbe knirscht unter seinem Schuh. Jessica ist immer noch barfuß, nur der schwarze Mantel umhüllt ihren nackten Körper.

»In Pasila wissen es alle, Jusuf«, sagt sie leise. »Und jetzt halten mich alle für eine Hure.«

Jusuf bleibt stehen und schüttelt den Kopf, antwortet aber nicht gleich. Jessica dreht sich der Magen, sie möchte kotzen. Jusuf bückt sich und hebt zwei große Glassplitter auf.

»Ist doch so, oder?«, hakt Jessica müde nach. Sie weiß nicht, was ihr mehr Erleichterung bringen würde: dass Jusuf ihre Worte bestreitet oder dass er durch sein Schweigen bestätigt, was sie schon weiß.

»Niemand hält dich für eine Hure, Jessica. Natürlich nicht«, seufzt er und richtet sich auf. Er legt die Scherben auf die Spüle, macht einige Schritte zum Fenster hin und setzt sich an den Tisch. Auf den Stuhl, auf dem Frank erst vor einer Stunde die Whiskyflasche geöffnet hat. Sein letztes Gift vor dem selbst verhängten Urteil.

»Ich weiß, dass du mich gewarnt hast«, beginnt Jessica leise.

»Scheiß drauf, was ich gesagt hab, Jessi. Was weiß ich denn schon … Wer bin ich, dass ich irgendwem in diesen Dingen einen Rat geben könnte. Ich hab seit Monaten keine Frau gesehen. Außerdem bezog sich das, was ich gesagt habe, einzig und allein auf Dominis' Ruf als Frauenheld. Ich hätte auch nicht gedacht, dass er ein Teil dieser irrsinnigen Geschichte ist.«

»Ich hätte es kapieren müssen«, sagt Jessica und sieht Jusuf an.

»Du hast viele Fähigkeiten, Jessi. Aber du bist kein Orakel. Und kein Nostradamus.«

Jessica betrachtet das Bett, in dem sie sich vor einigen Stunden der Leidenschaft hingegeben hat. In dem sie im Arm des Mannes eingeschlafen und aus dem sie mit dem Handy ins Badezimmer geschlichen ist. *Dominis.* So hat Jusuf das Gespräch begonnen. Es muss das Einzige gewesen sein, was Frank in dem stillen Zimmer gehört hat. Als er von seinem eigenen Namen geweckt wurde, ist er aufgestanden, hat überlegt, ob er sich anziehen und in die dunkle Nacht fliehen oder lieber seinem Leben ein Ende setzen soll. Vielleicht hat er zuerst Jessicas Pistole entdeckt und sich Mut antrinken müssen, um sie zu benutzen. Oder er ist zuerst auf die Flasche gestoßen. Über die Reihenfolge der Ereignisse kann man nur spekulieren.

Jessica lauscht auf die Geräusche aus dem Treppenhaus. Sie sind nicht deutlich zu erkennen, aber in Gedanken hört sie das Zischen der Blitzlichter, das Gespräch der Tatortermittler und das Klingeln der Handys. Sie stellt sich vor, wie Franks Haut sich bläulich verfärbt. Die Haut des Mannes, dessen warmen Körper sie gerade noch an ihrem eigenen gespürt hat und dessen Blick sie erforscht hat, als er auf ihre Haut ejakulierte.

Jessica wirft einen Blick auf ihr Handy. Seltsam, dass Hellu noch nicht angerufen hat. Vielleicht ist es nur logisch, wenn man bedenkt, dass sie Jessica praktisch gefeuert hat. Andererseits verpasst die blöde Kuh ihre letzte Chance, Jessica zu demütigen, wenn sie nicht anruft.

Gerade in dem Moment klingelt Jessicas Handy auf dem Tisch.

Der Anruf kommt jedoch nicht von Hellu, sondern von Rasmus.

»Willst du nicht antworten?«, fragt Jusuf, als Jessica reglos auf das blinkende Telefon starrt.

Er ahnt nicht, dass er gerade eine ausgezeichnete Frage gestellt hat. Vielleicht braucht Jessica sich tatsächlich nicht zu melden. Andererseits hat sie noch keinem von ihrer Kündigung erzählt. Also muss sie ihre Arbeit wohl zu Ende führen.

»Hallo?«, sagt sie müde.

»Bist du okay, Jessica? Ich habe gehört, dass …«

»Ja, Rasse. Rufst du deshalb an?«

»Was? Nein. Es ist so: Wir haben das zweite Handy von Lisa Yamamoto gefunden«, antwortet Rasse. »Wir haben es nicht, aber wir konnten es lokalisieren.«

Jessica spürt, wie ihre Gedanken sich klären. Plötzlich steckt sie wieder mitten in dem Fall, obwohl sie gerade erst akzeptiert hat, dass sie von den Ermittlungen ausgeschlossen wird.

»Wo ist es?«

»Das ist ja das Komische«, sagt Rasmus, und Jessica hört, wie er die Tür schließt. Dann fährt er fort: »Ich habe vom Teleanbieter einen Link zur Live-Lokalisierung bekommen. Ich sehe also die ganze Zeit mit zwanzig Metern Genauigkeit, wo sich das Handy befindet. Es ist in Konala.«

»Ja?«

»Bei der Adresse von Helena Lappi.«

# 82

Hellu wählt das Spülprogramm und schließt die Spülmaschine. Sie hört, wie das Wasser durch die Rohre fließt und von der Maschine eingesogen wird. Dann beginnt das mechanische Surren, das anderthalb Stunden lang andauern wird. Zeit genug, um die Küche zu putzen, zwar nicht so gründlich, wie es ihr lieb wäre, aber für eine kleine Verschönerung reicht es allemal.

Hellu feuchtet den Putzlappen an, sprüht Putzmittel in das Spülbecken und wischt es noch einmal sauber. Sie denkt an Jessica und daran, wie sie morgen das Team auf neue Art in den Griff nehmen wird. *Teile und herrsche.* Das Timing für den taktischen Zug war perfekt: Gerade jetzt hat Jessica in der Einheit nicht allzu viele Freunde, loyale Gefolgsleute, die ihren Weggang bedauern und dumme Fragen stellen könnten oder auf den Verdacht kämen, dahinter stecke eine Verschwörung. Nein, es wird allen klar sein, dass Jessica Niemi sich selbst dazu entschlossen hat, ihre Laufbahn zu beenden. Und ja, Helena Lappi, die Leiterin der Einheit, bezeichnet diese Entscheidung als überraschend, stellt gleichzeitig aber fest, dass Finnland ein freies Land ist und niemand Jessica zwingen kann, als Polizistin zu arbeiten. So wird es nach außen aussehen. So soll es auch aussehen. Und wenn Hellu auf dem Flur Jens Oranen begegnet, wird er sie zufrieden ansehen, sie in sein Zimmer bitten und ihr die Hand schütteln. Effizientes Vorgehen,

Lappi, wird Oranen sagen, und ihre Karriere macht einen steilen Sprung nach oben.

Hellu schreckt auf, als sie eine Berührung an der Taille spürt.

»Ich geh jetzt«, sagt Hanna dicht an ihrem Ohr. Sie hat ihre Arme um Hellu gelegt.

Hellu versteht nicht gleich, was Hanna meint.

»Heute? Nachtschicht?«, fragt sie überrascht, dreht sich um und sieht Hanna in die Augen.

Hanna wirkt belustigt.

»Stehst du unter Stress? Normalerweise kommen meine Nachtschichten nicht überraschend für dich. Du kennst meine Schichtliste sonst immer auswendig«, sagt sie und drückt ihre Lippen auf Hellus. Hellu spürt, dass ihre Wangen glühen.

Hanna ist schön, viel schöner als sie selbst. Und am allerschönsten ist sie ganz aus der Nähe, wenn sie sich küssen. Wenn sie sich berühren, wenn Hannas Augen lachen und sie sich lächelnd auf die Unterlippe beißt, Hellu streichelt und ihr Genuss verschafft.

»Dann sehen wir uns morgen früh«, sagt Hellu. Hannas Finger liebkosen immer noch ihren Nacken.

»Vielleicht haben wir irgendwann mal einen gemeinsamen Abend. Oder Morgen.«

Da klingelt es an der Tür.

»Erwartest du jemanden?«, fragt Hanna lächelnd. »Hast du deine Liebhaberin eine Stunde zu früh herbestellt?«

»Unfehlbare Logik. Ich hatte doch komplett vergessen, dass du Nachtschicht hast«, lacht Hellu und wirft den Putzlappen ins Spülbecken.

»Ich lass sie rein, wenn ich rausgehe«, meint Hanna. Sie ist bis auf die Schuhe schon ausgehfertig angezogen und hängt sich einen hellblauen Stoffbeutel über die Schulter.

»Bis dann«, sagt sie augenzwinkernd, geht aus der Küche

ins Wohnzimmer und dann die Treppe zur Haustür hinunter. Hellu lehnt sich an die Kochmulde, trocknet sich die Hände ab und horcht. Als die Haustür aufgeht, hört sie einen gedämpften Wortwechsel. Auf *Englisch*.

Sie geht leise zur Treppe, sieht Hanna, die sich gerade bückt und ihre Schuhe anzieht. Vor der Tür sind zwei braune Lederschuhe und ein Stück einer dunklen Hose zu sehen.

»Hellu, Besuch für dich«, ruft Hanna.

Und da riecht Hellu ein intensives, süßliches Rasierwasser.

# 83

Jusuf nutzt die Busspur, um einen Laster zu überholen, und schert dann so knapp auf die linke Spur zurück, dass er beinahe das Rücklicht des davor fahrenden Busses streift.

Das Blaulicht auf dem Armaturenbrett signalisiert den anderen Verkehrsteilnehmern, dass es sich nicht um irgendeinen VW Golf handelt, sondern um ein unmarkiertes Polizeifahrzeug, das zu einem gefährlichen Einsatz rast.

»Meldet sie sich nicht?«, fragt Jusuf und tritt im niedrigen Gang so fest aufs Gas, dass der Motor im roten Bereich läuft.

Jessica lässt ihr Handy sinken. Nein, Hellu meldet sich nicht, aber dafür kann es viele Gründe geben.

»Gib mir dein Telefon«, sagt sie. Jusuf holt sein Handy aus der Tasche und reicht es ihr. Jessica wählt Hellus Nummer, hält sich das Handy ans Ohr und stellt bald darauf fest, dass das Resultat dasselbe ist – keine Antwort. Was zum Teufel ist da los?

»Verdammt«, flucht sie und legt beide Handys auf die Mittelkonsole.

»Warum sollte Hellu uns verheimlichen, dass sie Lisas Handy hat? Sie weiß doch genau, dass wir danach suchen wie verrückt«, meint Jusuf und rast bei Gelb über die Kreuzung.

Jessica würde durchaus verstehen, warum Hellu ihr selbst nichts davon erzählt hätte, aber irgendwer im Team müsste doch darüber informiert worden sein, da Lisas Handy für die laufenden Ermittlungen eine wesentliche Rolle spielt. Die Information hätte Jusuf längst erreichen müssen, oder wenigstens Rasmus, der wohl als eine Art neutraler Boden gelten kann.

Die Federung lässt die Karosserie hochspringen, als die Reifen auf ein Schlagloch in der Straße treffen. Jessica legt die Finger um den Türgriff. Sie sollte nicht hier sein, nicht spätabends zum Haus der Chefin mitfahren, um bei ihr zu klingeln und – ja, was eigentlich? Ihr Fragen zu stellen? Das verdammte Handy zu suchen?

Dennoch hat Jessica das Gefühl, genau am richtigen Ort zu sein, auf dem Weg zu einem neuen Rätsel, an Jusufs Seite. Ihr wird plötzlich bewusst, dass der Schmerz, der sie im Treppenhaus überfallen hat, verschwunden ist.

Gerade in diesem Moment, als Jusuf den Wagen über eine stark befahrene Kreuzung auf die Vihdintie lenkt, ist sie froh, dass sie Rasmus' Anruf angenommen hat. Sie ist sich nicht sicher, was passiert wäre, wenn sie allein in ihrer Wohnung geblieben wäre.

»Jessica?« Jusuf legt die linke Hand ans Fenster. »Glaubst du, Hellu ist irgendwie in den Fall verwickelt?«

Jessica betrachtet die leichten Schneeflocken, die auf der Windschutzscheibe landen. Die urbane Landschaft am Straßenrand verschwindet wie von Zauberhand, an ihre Stelle tritt laubloser Wald.

»Keine Ahnung, Jusuf. Vielleicht hat sie Lisas Handy gefunden. Oder Lisa. Oder das Gespenst ist bei Hellu.«

# 84

Jusuf hält am Straßenrand. Die Scheinwerfer hat er schon vorher ausgeschaltet. Zehn Meter weiter beginnt eine asphaltierte Zufahrt, die zwischen zwei roten Reihenhäusern verläuft. Vor dem Eingang zur letzten Wohnung steht ein grauer Toyota Prius, der an die Ladestation angeschlossen ist. In der oberen Etage brennt Licht.

»Das ist Hellus Hybrid«, sagt Jusuf und steckt sich ein Kaugummi in den Mund.

Jessica sieht sich um und wirft einen Blick auf ihre Uhr. Halb eins in der Nacht.

»Warum zum Teufel meldet sie sich nicht?«, murmelt sie.

»Die Sache stinkt gewaltig, Jessi.« Jusuf schaltet den Motor aus.

Eine Weile sitzen sie nur da und betrachten den Hof und die Zufahrt, die von einigen Lichtsäulen nur schwach beleuchtet werden. Keine Menschenseele ist zu sehen. In keiner der anderen Wohnungen brennt Licht. Die kahlen Hecken zittern im Wind.

Die Siedlung ist ein Idyll für junge Familien. Neben jeder zweiten Tür liegen Kinderspielzeug und Sportartikel. Laufräder, Schaufeln, Eishockeyschläger und Tore aus Plastik. Stiga-Schlitten, Rutschteller und Rodelschlitten, die in diesem Winter noch nicht allzu oft zum Einsatz gekommen sind.

»Gehen wir hin und klingeln?«, fragt Jusuf.

»Und was sagen wir dann? Hallo Hellu, entschuldige, dass wir um halb eins nachts hier aufkreuzen, zumal du mich von dem Fall abgezogen hast, aber ist Lisa Yamamotos geheimes Handy zufällig bei dir, und wenn ja, warum hast du es keinem erzählt?«

»Na verdammt, es ist doch hier! Das hat Rasse ja eben erst gesagt!« Jusuf schlägt aufs Lenkrad.

»Selbst wenn, können wir Hellu nicht zwingen, es zuzugeben.« Jessica reibt sich die Stirn.

Da sieht sie eine Bewegung am Fenster in der oberen Etage.

»Guck mal«, sagt sie, ohne sicher zu sein, ob sie Hellu oder jemand anderen gesehen hat. »Da ist sie.«

Jusuf richtet den Blick auf das Fenster. Im selben Moment geht auch im Erdgeschoss Licht an. Bald darauf öffnet sich die Haustür.

Jessica hält den Atem an.

»Jemand kommt raus. Ist das Hellu?«

»Nein«, sagt Jessica.

Die Gestalt trägt einen schwarzen Wintermantel und einen Hut.

Sie geht an dem grauen Prius vorbei und macht sich auf den Weg zur Straße und zu dem Auto, in dem Jessica und Jusuf sitzen.

»Wer zum Teufel ist das?«, flüstert Jusuf und hört auf zu kauen.

»Es ist ein Mann.«

Der Mann geht langsam, aber zielstrebig. Die Hände in den Manteltaschen, den Blick gesenkt. Die breite Hutkrempe verdeckt sein Gesicht. *Das kann nicht …*

»Runter«, sagt Jessica. Sie drücken sich tiefer in ihre Sitze, um nicht gesehen zu werden.

Der Wind weht unter den Hut, der Mann muss ihn festhalten, damit er nicht davonfliegt.

»Was zum Teufel!«

Da hebt der Mann den Blick und sieht sich um. Wie eine Gazelle in der Savanne, die die Anwesenheit eines Raubtiers spürt, scheint er zu wissen, dass etwas nicht stimmt. Er geht langsamer und bleibt schließlich stehen.

Dann lässt er die Hutkrempe los und hebt das Kinn, um besser zu sehen.

»Er sieht uns«, sagt Jusuf und greift nach dem Zündschlüssel.

Jessica hört seine Worte, ist aber zu sehr auf ihre eigene Erkenntnis konzentriert, um zu antworten. Sie sieht das von den Hoflampen beleuchtete Gesicht jetzt besser und begreift, dass sie es schon oft betrachtet hat. Die spitzen, blassen Backenknochen, den grausamen, zusammengepressten Mund.

Eine kalte Welle zieht durch ihren Körper, gerade so, als hätte ihre Mutter eine Hand auf ihre nackte Haut gelegt.

Jessica tastet nach ihrer Waffe, erinnert sich dann aber, dass ihre Pistole nach Franks Selbstmord zur kriminaltechnischen Untersuchung gebracht worden ist.

Es ist völlig still, sie hört nicht einmal Jusufs Atem.

»Das Gespenst, es ist das Gespenst«, flüstert sie.

Und in derselben Sekunde erblickt der Mann sie, sieht, dass sie ihn sehen, tritt einen Schritt zurück und macht auf dem Absatz kehrt. Der Saum des langen schwarzen Mantels verbirgt die Bewegungen seiner Beine, der Mann gleitet über den Hof wie ein Geist.

# 85

Jusuf und Jessica springen aus dem Auto, und Jusuf richtet seine Waffe auf den Rücken des Mannes, der sich immer weiter entfernt.

»Stop!«, brüllt Jusuf, doch das Gespenst dreht sich nicht um, sondern beschleunigt seine Schritte.

»Stehenbleiben!«, ruft Jessica und rennt ebenso wie Jusuf dem Mann nach. Ohne Waffe fühlt sie sich nackt, aber sie kann und will nicht zurückbleiben. Diesmal dürfen sie den Mann nicht entkommen lassen.

In Jessicas Kopf wirbeln die Gedanken durcheinander. Sie verfolgen einen Mann, der die ganze Zeit im Mittelpunkt der Ereignisse gestanden hat. Das Gespenst weiß, was mit Lisa passiert ist. Und mit Jason. Vielleicht hat dieser Mann auch Jose Rodriguez erschossen.

»Halt!«, ruft Jusuf noch fordernder als zuvor.

Das Reihenhausgebiet mit Dutzenden Wohnungen ist die allerschlechteste Umgebung für einen Waffeneinsatz, ganz gleich, ob es sich um einen Warnschuss handelt oder um den Versuch, den Flüchtigen zu verletzen. Auf der Schießbahn ist Jusuf ein Revolverheld, aber er kennt die Realität gut genug, um vorsichtig zu sein.

Der Mantel des Mannes flattert im Wind, er nähert sich Hellus Tür, wechselt dann abrupt die Richtung, springt über einen niedrigen Zaun und läuft auf die Teppichstange zu.

»Stehenbleiben«, ruft Jessica.

Im Nachbarhaus geht das Licht an.

Was zum Teufel hat das Gespenst bei Hellu getan? Hat es sie umgebracht? Warum?

Jessica beschleunigt das Tempo, sie hat beim Weggehen ihre Joggingschuhe angezogen und damit zufällig genau die richtige Wahl getroffen. Der Streusand knirscht unter den Schuhen, hier und da glitzern gefrorene Pfützen, als wollten sie vor ihrer eigenen Gefährlichkeit warnen. Ein Schritt auf die glatte Fläche könnte das Ende der Verfolgungsjagd bedeuten.

Jessica sieht, wie Jusuf den Lauf seiner Waffe nach oben richtet, offenbar will er nun doch einen Warnschuss abgeben. Da verschwindet der Mann urplötzlich aus dem Blickfeld, als hätte der Boden ihn verschluckt.

»Verdammt«, sagt Jusuf und verlangsamt sein Tempo, die Pistole immer noch zum Himmel gerichtet. Aus der Dunkelheit kommt ein leiser Klagelaut, der jedoch rasch im heulenden Wind untergeht.

»Wohin ist …«, beginnt Jessica, doch da taucht der Mann hinter der Streusandkiste auf. Er versucht aufzustehen, sackt aber wieder zu Boden und hält sich den Knöchel.

»Vorsicht, Jusuf«, warnt Jessica.

*Vielleicht ist das eine Falle. Der Mann ist garantiert bewaffnet.*

»*Freeze*«, ruft Jusuf hingebungsvoll, als hätte er sein Leben lang auf die Gelegenheit gewartet, den Befehl auf Englisch zu erteilen. Und jetzt sieht Jessica eine straff gespannte Wäscheleine neben der Teppichstange. Eine lebensgefährliche Falle, die im Dunkeln praktisch nicht zu erkennen ist. Es würde Jessica nicht wundern, wenn Hellu die Leine gespannt hätte, um lärmende Kinder zu Fall zu bringen.

»*Wait*«, sagt das Gespenst, als Jusuf sich ihm nähert. »*I can explain.*«

Jessica sieht sich um. In Hellus Obergeschoss brennt immer noch Licht. Der Mann, der auf der Erde hockt und sich das Bein hält, ist extrem gefährlich. Er hat Jusuf durch den Glastisch geworfen und Jessica einen kräftigen Schlag aufs Zwerchfell verpasst. Und ist davongelaufen. Immer wieder davongelaufen, aber jetzt haben sie ihn endlich.

»Siehst du das, du Arschloch?«, fragt Jusuf auf Englisch und hebt seine verbundene Hand hoch. »Du hast einiges zu erklären.«

Er nimmt die Handschellen vom Gürtel und wirft sie Jessica zu.

»*Let me explain … Your boss*«, sagt das Gespenst mit schmerzverzerrtem Gesicht. Offenbar hat er, als er gegen die Wäscheleine lief, einen ziemlichen Purzelbaum gemacht und ist mit seinem ganzen Gewicht auf seinem Fuß gelandet.

»Was ist mit ihr?«, fragt Jusuf.

Jessica geht an ihm vorbei, um dem Mann Handschellen anzulegen. Ihr Herz klopft wie wild.

»Vorsichtig, Jessi«, sagt Jusuf, als sie nach dem Handgelenk des Mannes greift.

Da hören sie eine bekannte Stimme hinter sich. Sie ist diesmal unerbittlich, aber vorsichtig.

»Wartet«, sagt Hellu seufzend. Sie hat ihre Haustür offengelassen und kommt auf die drei zu. Jusuf wirft einen Blick auf Hellu, lässt seine Waffe aber nicht sinken. Einen Moment lang sieht es so aus, als wolle er die Pistole auf seine Chefin richten.

»Was zum Teufel ist hier los, Hellu?«, fragt er.

»Ich weiß, dass es seltsam wirkt«, sagt Hellu und blickt sich unruhig um. »Gehen wir zu mir, dann hört ihr die ganze Geschichte.«

Jessica geht einen Schritt zur Seite. In was hat sich Hellu da verwickeln lassen? In der Nachbarschaft sind immer mehr Fenster erleuchtet.

Hellu stellt sich nun zwischen Jusuf und das Gespenst, und Jusuf tritt einen Schritt zur Seite, um das Gespenst nicht aus dem Blick zu verlieren.

»Steck die Waffe weg, bevor jemand die Polizei ruft«, faucht Hellu.

»Bevor jemand die Polizei ruft?«, wiederholt Jusuf spöttisch, die Waffe immer noch auf das Gespenst gerichtet. »Verdammt nochmal, hier sind doch schon drei Polizisten.«

»Nein, vier«, seufzt Hellu und fährt fort: »Die Waffe weg. Das ist ein Befehl.«

# 86

Jessica und Jusuf sitzen auf dem braunen Sofa in Hellus Wohnzimmer und starren misstrauisch auf den Mann, der an der anderen Seite des runden Glastisches Platz genommen hat. Um seinen geschwollenen Knöchel ist ein kalter Umschlag gewickelt, seine Stirn ist aufgeschürft.

Jessica schaudert. Das Bild des Gespenstes hängt seit Mittwoch am Flipchart im Besprechungsraum der Einheit. Das ganze Team war überzeugt, dass dieser Mann hinter Lisa Yamamotos und Jason Nervanders Verschwinden steckt und wahrscheinlich auch in die Tätigkeit der Zuhälterbande verstrickt ist.

»Ihr habt also Lisas zweites Handy verfolgt.« Hellu stellt ein Tablett mit Gläsern und Mineralwasser auf den Tisch. Im Zimmer riecht es nach dem Zitrus-Rasierwasser, das sie selbst im Schlaf wiedererkennen würden.

»Rasmus hat es verfolgt«, erwidert Jusuf lustlos. »Würdest du uns jetzt mal erzählen, wer zum Teufel dieser Typ ist?«

Hellu setzt sich hin und seufzt.

»Es ist wohl nur höflich, dass wir in einer gemeinsamen Sprache reden«, sagt sie auf Englisch und nickt dem Gespenst zu.

Das Gespenst holt Luft, und als es schließlich spricht, klingt es ganz anders, als sie erwartet hatten: Seine Stimme ist ein wenig heiser und belegt, aber überraschenderweise ist sein Akzent unverkennbar britisch.

»Mein Name ist Nathan Reddick. Ich arbeite bei Europol und untersuche internationalen Menschenhandel«, sagt der Mann. »Der Grund für mein geheimnistuerisches Verhalten ist ganz simpel, ich ermittle undercover in Helsinki.«

Jessica und Jusuf sehen sich ungläubig an.

»Es stimmt. Ich habe es heute in Den Haag überprüft«, bestätigt Hellu und gießt Wasser in die Gläser.

Nathan Reddick verschränkt die Finger und verzieht sein abweisendes Gesicht zu einem versöhnlichen Lächeln.

»Du untersuchst also die Morde an den Prostituierten?«, fragt Jusuf.

»Ja. Und deshalb musste ich undercover ermitteln und mich benehmen wie ein Verbrecher«, erklärt Reddick und zeigt der Reihe nach auf Jessica und Jusuf. »Zu Gewaltmitteln greifen. Es tut mir leid, dass ich euch Schmerzen und Ärger bereitet habe, aber für die Lösung des Falls war es extrem wichtig, dass ich nicht gefasst wurde.«

»Du hättest uns die Situation erklären können«, meint Jessica. »Es wäre nicht nötig gewesen, mich mitten in der Stadt niederzuschlagen. Und Jusuf auf den Tisch …«

»Hätte ich wirklich etwas erklären können? Wärt ihr vorhin bereit gewesen, mir zuzuhören, wenn eure Chefin nicht nebenan wohnen würde? Mit Erklärungen hätte ich auf jeden Fall wertvolle Zeit verloren.« Reddicks versöhnliche Miene verschwindet, sein Gesichtsausdruck wird strenger und ein wenig arrogant. »Wie gesagt, es tut mir leid. Ich weiß nicht, ob ihr jemals Undercover-Einsätze mitgemacht habt, aber dabei gelten ganz eigene Regeln. Wenn man glaubhaft einen Verbrecher spielen will, muss man auch denken wie ein Verbrecher, sich so verhalten und handeln wie ein Verbrecher. Bis zu einem gewissen Punkt. Selbst dann, wenn die Gefahr besteht, verletzt zu werden.«

»Okay«, sagt Jessica, schlägt die Beine übereinander und

lehnt sich zurück. »Dann erzähl uns, was du herausgefunden hast.«

Nathan Reddick beugt sich vor und sieht Jessica geheimnisvoll an.

»Europol hat sich im Hinblick auf diese Operation heute der Polizeibehörde von Helsinki offenbart. Der Dank für die Lösung des Falles gebührt vor allem deinem Team, Niemi.«

»Meine Neugier wächst.« Jessica zieht verdrossen die Augenbrauen hoch.

Nathan Reddick lacht trocken und sucht mit einem raschen Blick Unterstützung bei Hellu, die sich damit begnügt, mit den Schultern zu zucken. *So ein Miststück ist Niemi eben.*

Reddick nimmt sich ein Glas vom Tablett.

»Es ist eine lange Geschichte, aber ich versuche, mich möglichst kurz zu fassen. Hinter dem Ganzen steckt eine weißrussische Bande namens Sinija Skarpijony, die sich im Gegensatz zu vielen anderen Organisationen der Ost-Mafia bisher einzig und allein auf Prostitution konzentriert hat. Die Hintermänner der Sinija Skarpijony sind extrem einflussreich und intelligent. Die Bande nutzt die sozialen Medien und die neueste Technologie, und das Kundensegment ist exakt begrenzt«, erklärt Reddick und dreht das Glas in der Hand. »Hebephil oder ephebophil orientierte, in den skandinavischen Ländern wohnende gutsituierte Männer, die Manga-Fantasien und sadistische Neigungen haben.«

»Also Pädophile?«, fragt Jusuf.

»Nicht ganz, unter Pädophilie versteht man sexuelles Interesse an nicht geschlechtsreifen Kindern. Hebephile interessieren sich für pubertierende Kinder, Ephebophile für postpubertäre Jugendliche im Alter von 17–19 Jahren.«

Jessica hört Reddicks Worte und erinnert sich daran, wie sie selbst mit 19 war, wie sie glaubte, erwachsen zu sein, während sie in Wahrheit noch ein naives Kind war, das von einem schmeichlerischen Psychopathen in einer nach Schimmel stinkenden Wohnung an einem venezianischen Kanal vergewaltigt wurde.

»Was ist der Hauptgedanke, den das, was ich gerade berichtet habe, bei euch weckt?«, fragt Reddick.

Jessica und Jusuf sehen sich an.

»Das Segment ist wirklich genau abgegrenzt«, sagt Jessica.

Reddick lächelt breit. »Richtig, Niemi. Und wie kann man so genau aussieben?«

Jessica überlegt.

»Wie bringen Firmen generell es fertig, dir im Internet genau das anzubieten, was du dir wünschst?«, hilft Reddick ihr auf die Sprünge.

»Das Internet sammelt Informationen über mich.«

»Genau. Sinija Skarpijony ist eine gut finanzierte Organisation, in deren Hintergrund ganz legale Geschäftstätigkeit zu finden ist, kleine Läden, App-Unternehmen und sogar ein Start-up-Accelerator, der zahlreiche Hacker und Developer beschäftigt, die Plattformen nicht nur für legale, sondern auch für illegale geschäftliche Aktivitäten schaffen. Und gerade dadurch ist Europol diesem extrem schlau und vorsichtig geschaffenen Prostitutionsring auf die Spur gekommen.«

»Wie meinst du das?«

»Unsere Cyber-Kontrolleure, die guten Hacker, haben zufällig entdeckt, dass auf den Servern fast aller großen Porno-Webseiten diverse Schadprogramme installiert worden waren, die Suchwörter und Informationen darüber gesammelt haben, von welcher IP-Adresse welche Art von Porno angeschaut wurde. Stellt euch vor, dass ein Nutzer der Seite, selbst ein unregistrierter, im Lauf eines Jahres zig Stunden Porno mit den Suchwörtern *manga, young, teen, choking, punishing, petite* ansieht – soweit ich mich erinnere, sind das die häufigsten – und außerdem im Netz nach weiterem Material in diesem Bereich sucht. Die Hacker von Sinija Skarpijony haben Trigger geschaffen, die die IP-Adresse herausfischen, sobald die Bedingungen erfüllt sind. Und weil man nur wohlhabende Männer als Kunden haben will, überprüft man ihre finanzielle Situation, indem man ihre Internet-Bestellungen, Mitgliedsbeiträge und sozialen Medien verfolgt. Der Rest ist ein Kinderspiel. Die Bande hat Tausende solcher Männer lokalisiert und Kontakt zu ihnen aufgenommen, vorsichtig und sondierend, ohne zu viel preiszugeben. Und Hunderte interessierte Kunden gewonnen«, erklärt Reddick und leert sein Glas.

Jessica sieht Hellu an, die mit den Fingern auf die Armlehnen ihres Sessels trommelt.

»Anfangs wussten wir natürlich nicht, wie das Ganze abläuft. Wir hatten nur die Information, dass in Weißrussland Daten über die Porno-Vorlieben von Leuten gesammelt werden«, fährt Reddick fort.

»Wie seid ihr der Sache auf die Spur gekommen?«

»Die verdeckte Operation begann in der Sekunde, als ich eine Wohnung in Helsinki gemietet und …«

»Und angefangen hast, dir Pornos anzusehen?«, fragt Jusuf mit einem Anflug von Lächeln. »Es gibt schlimmere Jobs.«

»Offiziell war ich aus Tokio über Den Haag nach Helsinki geflogen, um bei der Fusion von zwei Datenverkehrsunternehmen als Berater zu fungieren. In Wahrheit habe ich die Zeit genutzt, um abends mit den betreffenden Suchbegriffen Pornos zu suchen. Viel und schnell. Außerdem habe ich massenhaft Aktivitäten gestartet, die auf einen prallen Geldbeutel hindeuten: Ich habe Ferienwohnungen und die PDF-Preislisten teurer Autos gesucht, einen Trading Account eröffnet, um mit Aktien zu spekulieren, ein Instagram-Account erstellt und mich dort auf teure Marken konzentriert und so weiter.« Reddick betrachtet seinen bandagierten Knöchel. »Dasselbe haben zwei weitere Europol-Ermittler getan, einer in Stockholm und einer in Göteborg.«

»Aber der Fisch hat bei dir angebissen?«, fragt Jessica.

Reddick nickt.

»Schon acht Tage später bekam ich auf Instagram eine private Nachricht, eine, die man nur einmal ansehen kann, bevor sie verschwindet. Aber ich habe einen Screenshot gemacht«, sagt er, tippt auf seinem Handy herum und reicht es Jessica.

Jessica dreht es hin und her.

»Wir haben uns alle Mühe gegeben, dieses Telefon aufzuspüren.«

»Jetzt wisst ihr, warum ihr es nicht geschafft habt«, sagt Reddick. Jessica hält das Handy so, dass auch Jusuf das Display sieht.

*Ich weiß, was du willst, großer Junge.*
*masayoshi.fi*
*#25119358*
*Komm in gepflegter Kleidung und frag, ob James unterwegs ist.*

Jessica gibt ihm das Handy zurück. »Von wem kam die Nachricht?«

»Wie man sich denken kann, von einer schönen jungen Frau in Manga-Kleidung, Username Aluna25119358«, sagt Reddick, blickt kurz durch das hohe Wohnzimmerfenster und korrigiert dann mit beiden Händen die Position seines verletzten Beins. »Und wie ihr wisst, erscheinen zehn Fotos, wenn man die Ziffernreihe auf Instagram eingibt. Zwei Hotels, einige Restaurants. Und der Nachtclub Fenix.«

Jessica nickt.

»Was ist dann passiert?«, fragt sie.

»Ich habe Anzug und Krawatte angezogen und bin in das kleine Hotel gegangen, das als Erstes auf der Liste stand. Dort habe ich gefragt, ob James unterwegs sei. Der Rezeptionist wusste ganz offensichtlich nicht, worum es ging, bat mich aber, im Hotelrestaurant zu warten. Nach einer halben Stunde hielt ein großer Mercedes-Jeep vor der Tür. Der Chauffeur, der Englisch mit osteuropäischem Akzent sprach, holte mich aus dem Restaurant. Er stellte sich als James vor. Als wir im Auto saßen, erkundigte er sich nach dem Namen meines Instagram-Profils, wie um sich zu vergewissern, dass die Initiative wirklich von ihnen ausgegangen war: Sie hatten mich gefunden und nicht umgekehrt. Dann erklärte er mir, dass ich ein Mädchen aus einem Katalog aussuchen dürfe, dessen Inhalt mit dem der masayoshi.fi-Seite identisch war.«

»Der Katalog lag also im Auto?«, fragt Jessica.

»Ja. Mit Ledereinband und allem Drum und Dran. Ein echtes High-End-Konzept, Luxus für wenige Auserwählte«, antwortet Reddick. »Alle Mädchen auf den Fotos waren ähnlich gekleidet, einige sahen asiatisch aus, aber die meisten europäisch. Ich habe zuerst ein Mädchen namens Kasumi ausgesucht, bekam aber zu hören, dass sie nicht mehr zu haben war. Schließlich habe ich mich für Miyamoto entschieden. Und die habt ihr in Vuosaari am Ufer gefunden.«

»Olga Belousova«, sagt Jusuf. »Was ist mit ihr passiert?«

Reddick hebt einen Finger, als bitte er sein Publikum um Geduld.

»James nannte mir die Preise. Die Grundpreis war tausend Euro. Dafür bekäme ich eine Stunde mit dem Mädchen. Aber für zwanzigtausend bekäme ich das Mädchen und ein Zimmer für fünf Tage. Und am fünften Tag könnte ich mit ihr machen, was ich nur wollte. Sie würden hinterher saubermachen«, sagt Reddick und wirkt aufgebracht, gerade so, als würde er die Geschichte hören, statt sie selbst zu erzählen.

»Was meinte der Fahrer damit? Dass sie saubermachen ...«, murmelt Jessica. »Willst du damit sagen ...«

Reddick blickt zum Fenster hinaus.

»Ja, dass ich sie schlagen könnte. Erwürgen. Ihr die Kehle aufschlitzen. Sie töten«, sagt er. Tiefe Stille legt sich über das Zimmer.

# 87

Jessica lässt sich kaltes Wasser über das Gesicht laufen. Von Nathan Reddicks Bericht ist ihr schlecht geworden.

Das Badezimmer ist blütenweiß und glänzt. Jede Fläche ist strahlend rein, was ganz und gar nicht überrascht, wenn man Hellu kennt. Jessica trocknet sich Gesicht und Hände ab und überlegt, ob Hellus Frau womöglich auch so ein penibler Kontrollfreak ist. Oder etwas ganz anderes? Und warum will irgendwer mit einem hinterhältigen Miststück wie Helena Lappi zusammenleben?

Jessica öffnet die Tür und kehrt ins Wohnzimmer zurück. An den Wänden hängen bunte Serigraphien, die offenbar die militärische Atmosphäre der Wohnung mildern sollen. Die berechnend genaue Aufhängung verrät allerdings, dass die Bilder nicht angeschafft wurden, weil sie der Käuferin gefallen, sondern weil es sich gehört, Bilder an der Wand zu haben.

»Sorry. Machen wir weiter.« Jessica setzt sich wieder zu Jusuf auf das Sofa.

»Ich weiß, dass es schwer ist, sich das anzuhören«, sagt Reddick.

Jessica sieht den Europol-Mann an. *Ich habe schon viele schwierigere Dinge gehört, gesehen und erlebt.*

»Erzähl weiter«, wiederholt sie ausdruckslos.

»Schon beim Einsteigen hatte ich ein Anti-Positioning-Gerät mit Antenne bemerkt, das die GPS-Signale blockt. Daher war mir klar, dass ich nicht wissen sollte, wohin wir fahren. Ich erklärte James, dass ich zwei Stunden möchte und mir alles Weitere später überlege. James reagierte gelassen auf meine Entscheidung und erklärte mir dann die Regeln. Ich musste mein Handy ausschalten und es ihm für die Dauer der Fahrt aushändigen. Dann reichte er mir eine große Sonnenbrille, die an den Seiten abgedeckt war, sodass ich nichts sehen konnte.«

Reddick öffnet seine Manschettenknöpfe und krempelt die Ärmel bis zu den Ellbogen auf.

»Die Fahrt dauerte ungefähr eine halbe Stunde. Anfangs gab es viele Stopps. Dann fuhren wir eine längere Strecke etwas schneller, und ich dachte mir, dass wir die Innenstadt verlassen. Irgendwann stellte James den Motor ab und sagte, ich könne die Sonnenbrille abnehmen. Wir waren in einer fensterlosen Tiefgarage. Sie war nicht besonders groß, vielleicht zwei- bis dreihundert Quadratmeter. Hinter dem Kipptor waren das Brummen eines großen Motors und das Geräusch von Autoreifen zu hören. James öffnete die Tür und führte mich zu einem Lastenaufzug. Im Aufzug bat er mich um Erlaubnis zu einer Leibesvisitation, und ich gab sie ihm. In der nächsten Etage stiegen wir aus und gingen durch einen kurzen Flur zu einer schwarzen Tür. James klopfte. Ein Mann öffnete die Tür, dem Aussehen und dem Akzent nach ein Finne. Er sagte, er heiße Sam. Er zeigte mir das Zimmer, es war eine geräumige, vielleicht sechzig Quadratmeter große Suite mit allem Komfort. Luxuriöse Küche, Bad, Barschrank, Fernseher, ein großes Bett, aber hinter den Vorhängen waren keine Fenster. Sam erklärte, mir stehe ein 24/7-Roomservice zur Verfügung, die Speisekarte liege neben dem Fernseher. Und wenn ich gehen wolle, müsse ich auf den Knopf neben der Tür drücken. Zum Telefonieren könne ich den Festnetzanschluss im Zimmer benutzen. Mein eigenes Handy bekäme ich erst zurück, wenn ich gehe.«

»Was passierte dann?«, erkundigt sich Jusuf.

»Sam sah mir in die Augen und fragte, ob ich die Hausregeln akzeptiere. Ich nickte. Und dann sagte er: *Genießen Sie Ihren Aufenthalt, Herr Watanabe.* Ich begriff sofort, dass die scheinbar höflichen Worte eine versteckte Botschaft enthielten: Wir kennen deinen Namen. Wir wählen unsere Kunden aus. Wir wissen alles über dich.«

»Watanabe?«, fragt Jessica.

»Ein Deckname, dessen Hintergrund Europol sorgfältig aufgebaut hat«, erklärt Reddick und streicht über den Ringfinger seiner linken Hand, an dem er unter normalen Umständen vielleicht einen Ring tragen würde. »Diese Typen akzeptieren keinen Kunden, über den sie nicht genügend Informationen finden. Sie brauchen den Namen, die Adresse, ein Foto, den Arbeitsplatz, die Namen der Kinder und die Adresse der Kita … So stellen sie sicher, dass niemand wagt, der Polizei von ihnen zu erzählen.«

»Unabhängig davon, dass die Kunden ohnehin kein Beweismaterial haben«, wirft Jessica ein.

»Genau. Unabhängig davon.« Reddick richtet sich im Sessel auf. Einen Moment lang sieht es so aus, als würde er aufstehen und sich die Beine vertreten, wenn er nur könnte.

»Du hast Miyamoto getroffen. Also Olga«, stellt Jessica fest, während Jusuf ein weiteres Kaugummi aus der Tüte angelt.

Reddick nickt.

»Ja«, sagt er, blickt Jessica in die Augen und wirkt nun zum ersten Mal irgendwie verletzlich. Ihm ist offensichtlich klar, worauf Jessica hinauswill. »Für so eine Situation gibt es keine klaren Anweisungen. Natürlich werden diese Fragen vor Beginn des Einsatzes besprochen, die verschiedenen Szenarien … Dass wir richtig handeln, zugleich aber auch das Gesamtbild im Auge behalten müssen. Den Erfolg des Einsatzes. Das Schicksal, das diesen Frauen droht, wenn der Einsatz abgebrochen wird und misslingt.«

Jessica räuspert sich skeptisch und schüttelt den Kopf. »Du hattest Sex mit Olga.«

Es folgt eine kurze Stille, während Reddick sie der Reihe nach ansieht. Hellu wirkt nicht überrascht, sie hat die Geschichte bereits gehört.

»Ich hatte gerade erst einen Fuß in die Tür bekommen und musste mich so verhalten, dass sie mich wieder gehen ließen, Niemi. Sonst hätten sie erraten, dass ich Polizist bin.«

»Hätte Olga den Zuhältern etwa erzählt, dass du keinen Sex wolltest?«, fragt Jessica schnell.

Reddick fährt mit beiden Zeigefingern durch die Luft. »Denk doch mal nach! Sie hatten die Location extra für dieses Geschäft aufgebaut. Glaubst du im Ernst, dass die Arschlöcher nicht jede meiner Bewegungen mit Kameras und Mikrofonen überwacht haben? Das wahre Ertragsmodell der Bande beruht nämlich – wie mir später aufging – gerade auf der Beobachtung.«

»Wie meinst du das?«

»Sie wollten zwanzigtausend Euro dafür, dass der Kunde die Frau, die er gekauft hat, schlagen darf, wenn er will. Oder sie im schlimmsten Fall umbringen. Zwanzigtausend ist keine besonders hohe Summe, wenn man bedenkt, wie viel Geld und Mühe es kostet, eine Prostituierte zu suchen und nach Finnland einzuschleusen, ganz abgesehen von dem Einnahmeverlust durch den Tod der Prostituierten. Wäre es da nicht vernünftiger, an dem Tausender für eine Stunde festzuhalten und alles andere zu vergessen? Wenn das Ganze tatsächlich das wäre, wonach es aussieht.«

Jessica spürt, wie ihr Herz einen Schlag auslässt. »Es sei denn …«, sagt sie leise.

»… das Hauptgeschäft ist nicht Prostitution, sondern Erpressung.«

# 88

»Es handelt sich also um eine Falle, in die man reiche Psychopathen lockt. Die Summe für eine Stunde ist hoch genug, um Kunden auszusieben, die nicht blutrünstig genug sind, um einen Schritt weiter zu gehen. Und früher oder später macht die Gelegenheit Diebe, der Druck wird zu groß. Ein Kerl, der ordentlich Kohle auf den Tisch legt, bekommt die Chance, seine krankhaftesten Fantasien zu verwirklichen, ohne geschnappt zu werden. Die ganze Geheimnistuerei, das Aushändigen des Telefons, die Fahrt, während der man nichts sieht … All das ist nicht nur eine Vorsichtsmaßnahme, sondern weckt beim Kunden auch die Illusion, dass alles, was in diesem Zimmer passiert, in diesem Zimmer bleibt.«

»Obwohl die Wahrheit das genaue Gegenteil ist«, sagt Jessica.

»Richtig«, seufzt Reddick.

Jessica sieht Jusuf an, der in Gedanken versunken neben ihr sitzt. Das Gespenst, das sich als Europol-Ermittler Nathan Reddick entpuppt hat, hat ihnen viele Antworten geliefert, doch die größten Fragen sind immer noch offen.

»Ja, ich hatte Sex mit Olga Belousova«, sagt Reddick. »Ich bin nicht stolz darauf, aber ich musste mir eine Hintertür offenlassen, um wieder dorthin zurückkehren zu können.«

»Aber irgendwie musstest du herausfinden, wohin man dich gebracht hatte, oder?«, meint Jusuf.

»Ich habe über verschiedene Alternativen nachgedacht. Unter anderem darüber, die Helsinkier Polizei zu kontaktieren und um Unterstützung zu bitten. Eure Leute hätten zum Beispiel dem Wagen folgen können, mit dem James mich zum Bordell gebracht hat.«

»Klingt ganz vernünftig. Warum hast du das nicht gemacht?«, fragt Jusuf.

»Bei genauerem Nachdenken kam ich zu dem Ergebnis, dass die Bande diese Möglichkeit bestimmt berücksichtigt hatte. Und dass ein misslungener Polizei-Einsatz das Leben der Frauen gefährden würde. Deshalb beschloss ich, es allein auszuprobieren: Ich habe ein Auto gemietet, in der Nähe des Hotels Wache gehalten und auf James und seinen schwarzen Mercedes gewartet. Einige Tage vergingen, und ich war fast schon so weit zu kapitulieren. Aber dann sah ich an einem Nachmittag, wie James vor dem Hotel parkte.«

»Um einen Kunden zu holen?«, fragt Jessica.

»Ich war weit weg und konnte den Kunden nicht genau sehen. Aber es bestand kein Zweifel daran, wohin die Fahrt gehen sollte.«

»Erzähl weiter.«

»Als ich mich gerade in den Verkehr einfädeln wollte, fuhr ein riesiger Jeep an mir vorbei. Ein Chevrolet Suburban aus dem vorigen Jahrzehnt. Ich war mir sicher, dass es derselbe Wagen war, dessen Motor ich in der Tiefgarage des Bordells gehört hatte. Da wurde mir klar, dass es zwei Autos gibt, von denen das eine die Aufgabe hat, Beschatter zu suchen und in die Irre zu führen.«

»Also hast du aufgegeben?«

»Sonst hätte man mich entdeckt und die Operation wäre vorbei gewesen.«

»Und die Kennzeichen der Wagen? Konntest du sie notieren?«, fragt Jusuf.

»Die Wagen sind in Finnland zugelassen, gehören aber einem ukrainischen Unternehmen. Europol hat Nachforschungen angestellt, ohne Erfolg. Auf diesem Weg war nichts zu finden, woran wir uns festhalten konnten.«

»Aber deine Ermittlung ging trotzdem voran?«, fragt Jessica.

Reddick nickt.

»Ich bin wieder in das Hotel gegangen. Derselbe Satz. Eine halbe Stunde Warten. Und dann kam James mich holen. Aber diesmal hatte sich etwas verändert.«

»Was?«

»Wir setzten uns in den Wagen. Ich sagte, ich wolle eine Stunde. James erinnerte mich an die verschiedenen Optionen. Er sagte, auf das *nächste Level* käme ich nur, wenn ich ein Mädchen für fünf Tage nehme.«

»Begreift ihr, worum es geht?« Hellu mischt sich zum ersten Mal in das Gespräch ein und sieht Jessica und Jusuf grimmig an. »Der Fahrer hat den Kunden aktiv das Paket für zwanzigtausend Euro verkauft. Alles andere war nur eine Kostprobe, ein Lockangebot.«

»Ich habe Interesse geheuchelt«, erklärt Reddick, »bin aber bei meiner Entscheidung geblieben. *Vielleicht später*, habe ich gesagt. Und bald darauf war ich wieder mit Olga im Zimmer.«

»Was war dein Plan?«

»Informationen zu bekommen. Fragen zu stellen, die keinen Verdacht wecken würden, wenn man uns belauschte.«

»Was für Informationen?«, hakt Jessica ungeduldig nach. Es fällt ihr immer noch schwer, dem Mann zu vertrauen, zumal er offenbar ohne vernünftigen Plan mit seinem Tausender ins Bordell zurückgekehrt ist.

»Wenn ich nichts Wichtiges herausfand, würde ich bald …«

»… die Huren aus der eigenen Tasche bezahlen müssen?«, fällt Jessica ihm ins Wort und trinkt einen Schluck Wasser.

Reddick wirkt verwundert. Hellu dagegen sieht so aus, als würde sie sich gleich auf Jessica stürzen.

»… nach Den Haag melden müssen, dass die Ermittlung nicht vorankommt. Dass es die beste unter den schlechten Alternativen wäre, James in einen Hinterhalt zu locken und zur Vernehmung zu holen. Und auch das würde kaum gelingen. Ich hatte nämlich gemerkt, dass James immer etwas ins Telefon sprach, wenn der Wagen abfuhr und wenn wir in die Tiefgarage kamen. Jede Abweichung von der Routine wäre sofort aufgefallen«, sagt Reddick, befeuchtet sich die Lippen und fährt schneller als zuvor fort: »Aber bald entdeckte ich etwas, worauf ich beim vorigen Mal überhaupt nicht geachtet hatte. Wahrscheinlich, weil sie damals noch nicht da waren.«

»Die Brandmale in der Ellbogenbeule?«, fragt Jusuf. Reddick nickt.

»Ich habe sie danach gefragt, aber Olga sagte, sie wolle nicht darüber reden. Erst dachte ich, die Male wären das Werk eines sadistischen Freiers, aber dann wurde mir klar, dass das nicht ins Bild gepasst hätte. Den Mädchen durfte man ja nur Gewalt antun, wenn man sie ganz für sich kaufte. Die Sache blieb also ein Rätsel für mich.«

»Wie bist du dann weitergekommen?«

»Ich begriff, dass ich erfahren musste, welche Nummer der Hotelangestellte anruft, um James zu kontaktieren. Das war der einzige Weg, das Ganze aufzudröseln, aber zugleich war es absolut unmöglich. Wenn ich dem Hotelmann das Handy gestohlen hätte, wäre die Bande aufgeschreckt und hätte ihre Tätigkeit unterbrochen. Ich steckte in einer Sackgasse. Kennt ihr den von Leonardo da Vinci entworfenen Kasten, der mit einem Nummerncode verschlossen ist und in dem ein wichtiges Pergament liegt? Man kann den Verschluss zwar gewaltsam aufbrechen, aber dabei zerbricht auch eine Essigröhre, die in ihm steckt, und das Pergament wird vernichtet. Hier war es ja genauso. Man musste extrem vorsichtig sein, um den Fall zu lösen.«

»Aber du hast Lisa gefunden?«, fragt Jessica.

»Masayoshi.fi«, antwortet Reddick. »Obwohl der Betreiber der Seite mit Hilfe des Tor-Netzwerks genial anonymisiert worden war, fanden unsere Techniker bald heraus, dass die Analytics-ID der Seite auch für die Analyse einer anderen Adresse verwendet worden war.«

»www.thelisayamamoto.fi«, sagt Jessica.

Reddick nickt und beugt sich vor.

»Das war eine seltsame Entdeckung. Sie wies darauf hin, dass eine der populärsten Bloggerinnen Finnlands irgendwie in die Sache verwickelt war.«

»Also hast du Verbindung zu ihr aufgenommen?«

»In den sozialen Medien hatte ich gesehen, dass sie nicht nur Bloggerin, sondern auch eine begabte Künstlerin war. Ich habe sie kontaktiert und ihr eine kommerzielle Zusammenarbeit vorgeschlagen. Angeblich war ich der Vertreter einer japanischen Kunstgalerie, in dieser Rolle habe ich ihr mitgeteilt, dass wir gut für Bilder bezahlen und dass ich ihre Werke gern sehen würde. Ich dachte mir, die Tatsache, dass wir beide japanische Wurzeln haben, könnte jedenfalls nicht schaden. Außerdem wurde in Den Haag in weniger als einem Tag eine Webseite mit Hintergrundstory geschaffen, für den Fall, dass meine Kontaktaufnahme Verdacht weckte. Ich habe über Instagram Verbindung zu ihr aufgenommen.«

»Und Lisa hat den Köder geschluckt und dich zu sich nach Hause eingeladen?«, fragt Jessica. Die Puzzlesteinchen fallen an ihren Platz, vielleicht sogar merkwürdig leicht.

»Genau. Ich habe Lisa am 20. November kurz nach fünf Uhr besucht. Wir haben vereinbart, dass sie ein Auftragsbild für mich malt. Dass ich fünftausend Euro dafür bezahle. Und dass wir unsere Zusammenarbeit später fortsetzen können.«

»Ein Leuchtturm, vor dem ein Mädchen in Schuluniform steht?«, meint Jusuf. Reddick nickt.

»Das hat Lisa selbst vorgeschlagen«, sagt er.

»Aber was war dein eigentlicher Plan?«, fragt Jessica skeptisch.

»Ich habe ein Abhörgerät unter Lisas Arbeitstisch befestigt«, antwortet Reddick und breitet versöhnlich die Arme aus. »Schon gut. Ich gebe zu, dass meine Methoden ein bisschen zwielichtig sind.«

»Die Geschichte ist erst am Anfang, aber du hast schon zweimal Sex mit einem Menschenhandelsopfer gehabt und illegal, ohne Gerichtsbeschluss, Lisa Yamamotos Wohnung abgehört. Außerdem hast du in Helsinki offiziell nicht einmal Amtsbefugnis«, stellt Jessica fest. »Aber erzähl nur weiter, ich möchte wissen, wie es ausgeht. Hat Lisa dir im Fenix auf der Toilette einen runtergeholt? War auch das für die Ermittlung relevant?«

Reddick scheint zum ersten Mal die Beherrschung zu verlieren. »Was zum Teufel ist dein Problem? Wir sind auf derselben Seite! Ohne mich hättet ihr noch viel weniger …«

»Reißt euch zusammen!«, sagt Hellu so streng, dass Reddick zusammenzuckt. Seine Augen sind so seelenlos geworden, wie Jessica sie von den Aufzeichnungen der Überwachungskamera in Erinnerung hat.

»Also habe ich in der Nähe des Hotels Posten bezogen und gehofft, dass ich das Handy in Lisas Wohnung klingeln hören würde.«

»Hast du es gehört?«

»Ja. Es war aber nicht Lisas iPhone, sondern ein älteres. Anfangs dachte ich, es wäre eine SMS, weil ich nicht gehört habe, dass Lisa sich meldete.«

»Dreimaliges Tuten«, sagt Jusuf.

Reddick nickt.

»Und dann hast du darauf gewartet, dass James beim Hotel vorfährt«, meint Jessica.

»Das geschah nicht, was natürlich nicht bewies, dass ich mich geirrt hätte. Es gibt ja zehn Abholstellen. Am Abend des zweiten Beschattungstages hielt James dann vor dem Hotel. Nur zwanzig Minuten, nachdem ich den Klingelton in Lisas Zimmer gehört hatte. Das war ein unglaublicher Moment. Die ganze Geschichte war so weit hergeholt, dass ich es kaum fassen konnte, als sich die einzelnen Teile zusammenfügten. Ich erinnere mich, dass ich vor Freude gejubelt habe. Lisa Yamamoto war tatsächlich in die Vermittlung dieser Frauen verstrickt.«

»Aber warum gerade Lisa?«

»Ich bin von der Annahme ausgegangen, dass Lisa entweder überhaupt nicht wusste, worauf sie sich eingelassen hatte, oder dass die Bande sie erpresst hat. Ich glaube, dass der Ring eine junge Influencerin einbeziehen wollte, deren Präsenz in den sozialen Medien sich auf die eine oder andere Weise nutzen ließ.«

## 89

Jessica blickt zu den Spotlampen auf, die in die Decke eingelassen sind und in zwei geraden Linien durch die Wohnung
verlaufen. Wenn auch nur eine der Birnen ausfiele, würde
Hellu sie zweifellos in Sekundenschnelle auswechseln.

»Am selben Abend, als ich die Bestätigung bekam, dass
vom Hotel aus tatsächlich bei Lisa angerufen wurde, setzte ich
mich mit ihr in Verbindung. Das war am Freitag«, berichtet
Reddick. »Am Telefon habe ich mich auf das Kunstprojekt be-
rufen und sie um ein weiteres Treffen gebeten. Ich hatte die
Absicht, die Karten auf den Tisch zu legen und sie zum Reden
zu bringen.«

»Habt ihr euch getroffen?«, fragt Jessica.

Reddick seufzt.

»In einem Café am Marktplatz von Töölö, in dem außer
uns niemand saß. Ich habe ihr meinen Dienstausweis gezeigt
und gesagt, dass ich über die masayoshi.fi-Seite informiert
bin und weiß, dass sie in die Sache verwickelt ist. Dass viele
Menschenleben gefährdet sind und dass sie selbst nichts zu
befürchten hat, wenn sie mir alles verrät.«

»Wie hat sie reagiert?«

»Sie hat sich unwissend gestellt. Dann ist sie aufgestanden
und gegangen. In dem Moment war ich überzeugt, dass ich
in eine Mine getreten war, einen entsetzlichen Fehler gemacht
hatte. Dass ich unbedingt in Helsinki um Amtshilfe hätte bit-

ten und einen Haftbefehl für Lisa Yamamoto erwirken müssen. Und dass sie sofort James anrufen und ihm erzählen würde, dass die Polizei ihnen auf der Spur ist. Dann wäre alles vorbei. Sie würden die Frauen allesamt umbringen.«

Reddick seufzt schwer und blickt Jessica in die Augen. Er sieht plötzlich müde aus.

»Ich bin ihr nachgelaufen, habe sie an der Tür eingeholt und gesagt, dass sie doch bestimmt nicht alle diese Menschenleben auf dem Gewissen haben will. Dass sie mich anrufen soll, wenn sie zur Vernunft kommt. Aber sie hat gesagt, ich wäre verrückt, und ist gegangen.«

»Deine kühne Strategie hat sich gerächt«, meint Jusuf.

»Ich war mir sicher, dass Lisa erpresst wurde. Nur hatte ich keine Ahnung, womit. Bis Hauptkommissarin Lappi mir vorhin erzählt hat, dass Lisas Vater ein ehemaliger Krimineller ist. Jetzt passt plötzlich alles zusammen. Sie haben Lisa gedroht, ihren Vater zu töten, wenn sie nicht mitmacht.«

»Aber an dem Punkt hattest du noch nicht aufgegeben«, merkt Jessica an. »Du hast dir den Einlass zur Veröffentlichung des Albums von Kex Mace's erschwindelt.«

»Ich habe Lisa weiterhin abgehört. In den paar Tagen hat sie die Veröffentlichungsparty mehrmals erwähnt, und zwar auf Englisch. Wie sich herausstellte, sprach sie mit dem Restaurantchef des Fenix.« Bei Reddicks letzten Worten spürt Jessica einen Stich in der Brust.

»Den hast du auch persönlich getroffen«, sagt sie.

»Am Samstagmorgen. Ich war zu dem Schluss gekommen, dass nur einzelne Mitarbeiter von James wussten. Alles andere wäre ein unnötiges Risiko gewesen. Deshalb ging ich davon aus, dass der Restaurantchef von der ganzen Sache nichts ahnte. Diese Annahme stützte sich auch darauf, dass Lisa in ihren Telefonaten mit Dominis meine Kontaktaufnahme mit keinem Wort erwähnt hat. Wenn Dominis zu der Bande gehört hätte, hätten sie sicher nicht über dieses und jenes geplaudert.« Jessica fühlt sich erleichtert, als wäre ihr gerade eine schwere Last von den Schultern genommen worden. Gleichzeitig überlegt sie jedoch, warum Frank sich für einen so radikalen Schritt entschieden hat, wenn er nicht in den Fall verwickelt war.

»Meinst du, dass Frank Dominis in keiner Weise an der Tätigkeit der Bande beteiligt war?«, fragt Jusuf Reddick, dreht sich zur Seite und sieht Jessica an.

Reddick schüttelt langsam den Kopf. »Ich glaube nicht, dass er dabei war.«

»Warum hast du dich dann am Samstagmorgen mit ihm getroffen?«

»Weil ich Zutritt zu der Party brauchte. Ich musste unbedingt noch einmal mit Lisa sprechen. Sie nahm meine Anrufe nicht mehr an, und ich vermutete, dass sie bald von der Bildfläche verschwinden würde.«

»Und so kam es dann ja auch«, sagt Jessica. Reddick nickt.

»Ich habe Frank Dominis kontaktiert und mich für Samstagmorgen mit ihm verabredet. Vorher habe ich die Kollegen in Den Haag gebeten, seinen Hintergrund zu überprüfen. Es stellte sich heraus, dass er ein ehemaliger Unteroffizier der Infanterie aus Alaska war. Und dass Ermittlungen über den internationalen Schmuggel und Vertrieb von Ecstasy ergeben hatten, dass die Spuren in Helsinki geradewegs zum Fenix führten. Es war klar, dass der Chef des Nachtclubs in die Sache verstrickt war. Bei dem Treffen habe ich Dominis erklärt, dass er mir Zutritt zu der Party von Kex Mace's verschaffen müsse. Nicht mehr und nicht weniger, andernfalls würde er sofort verhaftet.«

Jessica sieht Reddick aus glasigen Augen an.

Sie hätte Lust, ihm das Wasserglas ins Gesicht zu schleudern, presst ihre zitternden Finger aber um die Armlehne des

Sofas. *Frank war nicht das Monster, für das du ihn einen Moment lang gehalten hast, Jessica. Aber er war ein Drogendealer, der wusste, dass er für lange Zeit ins Gefängnis wandern würde.*

# 90

»Als ich mich gerade von Frank Dominis verabschieden wollte, parkte James seinen Wagen vor dem Restaurant. Da ich wusste, dass er mich erkennen würde, bin ich sofort verschwunden. Hinter der nächsten Ecke blieb ich allerdings stehen, um die Situation zu beobachten, und sah, wie James dem Portier etwas zusteckte. Da wurde mir klar, dass Alem der Kontaktmann im Fenix ist«, berichtet Reddick.

Jessica blickt zum Fenster hinaus. Sie hat die Aufzeichnung des Verhörs von Sahib Alem gehört, dessen Aussage Reddicks Bericht lückenlos zu bestätigen scheint.

»Und am Abend bist du zu der Party gegangen?«, fragt Jusuf.

Reddick nickt. »Als Erster.«

»Warum hast du nicht einfach bei Lisa geklingelt?«

»Kapiert ihr denn nicht? Es ging darum, sie als Denunziantin zu binden. Ich wollte Lisa unter Druck setzen, damit sie redet, aber mir war auch wichtig, dass wir zusammen gesehen wurden. Sie sollte wissen, dass unser Plauderstündchen von der Überwachungskamera aufgenommen wurde. Und dass die Führungskräfte des Menschenhandelsrings über dergleichen nicht erfreut sein würden.«

»Es war also deine Methode, Lisa zu bedrohen?«

»Ja.« Reddick setzt wieder die kühle, analytische Miene auf, die sie von der Aufnahme der Überwachungskamera kennen.

»Aber es hat nicht geklappt«, stellt Jusuf fest.

»Ich habe Lisa gesagt, dass ich ihren Anruf am nächsten Vormittag erwarte. Und ich war mir ziemlich sicher, dass sie ernsthaft darüber nachdachte.«

»Aber dann verschwand sie«, sagt Jessica. Die Luft im Zimmer ist drückend geworden. Alle Anwesenden scheinen über dieselbe Frage nachzudenken. »Dein gewagtes Spiel hat sich gerächt, Reddick.«

»Das können wir nicht mit Sicherheit wissen.«

»Wieso nicht?« Jessica lacht auf. »Du wolltest, dass Lisa in deiner Gesellschaft gesehen wird, weil du glaubtest, das würde sie davon überzeugen, dass sie den Mund aufmachen muss. Stattdessen ist genau das passiert, womit du ihr gedroht hast. Die Typen haben kapiert, dass du Polizist bist, Reddick. Und sie haben Lisa umgebracht.«

»Das ist reine Spekulation!«

»Red keinen Scheiß!« Jessica steht auf. »Was zum Teufel hast du denn geglaubt, was passieren würde? Du schleichst dich bei einer Party der Promis von Helsinki ein, wo Informationen so schnell die Runde machen wie die Leute Wangenküsse austauschen! Was hast du dir bloß dabei gedacht?«

»Niemi«, sagt Hellu leise.

»Verdammt nochmal, red mich nicht so an, Hellu«, faucht Jessica auf Finnisch. »Gibt es einen schlimmeren Dienstfehler als den, den dieser Held hier begangen hat? Und wenn man bedenkt, dass er auch noch in Lisas Zimmer zurückgekehrt ist, Beweismaterial mitgenommen und zwei Polizeikräfte attackiert hat, frag ich mich, warum zum Teufel du diesem Arschloch die Stange hältst.«

Hellu wirkt verärgert. Sie steht langsam auf und geht ans Fenster. Auf dem dunkelbraunen Fensterbrett steht ein Dutzend kleine Zimmerpflanzen – alle in weißen Übertöpfen.

»Ich bin derselben Meinung wie Hauptmeisterin Niemi«,

erklärt Hellu schließlich auf Englisch, die Hände in die Hüften gestützt. »Du hast unvorsichtig gehandelt, was wahrscheinlich sowohl Lisa Yamamoto als auch Jason Nervander das Leben gekostet hat. Die Bande hat ihren Rückzug angetreten und nebenbei auch Jose Rodriguez ermordet, um ihre Spuren zu verwischen.«

»Hinterher ist es leicht, klüger zu sein«, sagt Reddick.

»Außerdem gibt es eine wesentliche Frage, die du noch nicht beantwortet hast«, fährt Hellu fort. Jessica registriert mit Genugtuung, dass die Hauptkommissarin zum ersten Mal für sie Partei ergreift. »Wenn Lisa in der Nacht zum Sonntag verschwunden ist und du keine Ahnung hast, wo sie sich aufhält ... Wie bist du dann an ihre Hausschlüssel gekommen, mit denen du gestern die Wohnungstür aufgeschlossen hast? Ihre Mitbewohnerin hatte auch das Sicherheitsschloss verriegelt.«

Vorübergehend wird es völlig still im Zimmer, und Jessica stellt verwundert fest, dass sie darüber gar nicht nachgedacht hat.

»Ich habe sie im Fenix aus ihrer Handtasche gestohlen«, gesteht Reddick dann.

»Was? Jetzt verarschst du uns«, sagt Jusuf.

»Ich habe flinke Finger. Als Lisa sich kurz abgewandt hat, um mit jemand anderem zu reden, habe ich in ihre Handtasche gegriffen. Das müsste auch auf der Aufnahme zu sehen sein, wenn ihr genau hinschaut.«

»Hast du nicht damit gerechnet, dass Lisa das Fehlen der Schlüssel spätestens dann bemerkt, wenn sie nach Hause kommt?«

»Doch, natürlich.«

»Warum hast du dann bis Mittwoch gewartet?«

»Habe ich nicht. Ich habe versucht, in Lisas Wohnung zu gehen, sobald ich das Fenix verlassen hatte. Aber als ich die

Wohnungstür öffnete, hörte ich jemanden unter der Dusche singen. Da war mir klar, dass dort zwei Frauen wohnen.«

»Wie spät war es da?«, fragt Jessica.

»Ich weiß nicht. Zehn Uhr vielleicht.«

»Essi hat erzählt, dass sie an dem Abend Geräusche gehört hat«, sagt Jessica zu Jusuf.

»Ich habe die Tür leise wieder zugemacht und bin zu meinem Auto gegangen, das ich vorsichtshalber ein Stück entfernt geparkt hatte. Dort habe ich in den sozialen Medien nach Informationen darüber gesucht, wie die Frau, die mit Lisa zusammenwohnt, aussieht. Und ich habe tatsächlich Fotos von dieser Essi gefunden. Also habe ich darauf gewartet, dass Essi auch ausging, es war ja noch früh für einen Samstagabend.«

»Aber Essi ist zu Hause geblieben«, stellt Jessica fest.

»Ja. Es ist den ganzen Abend niemand aus dem Haus gekommen. Irgendwann bin ich wohl auch kurz eingenickt. Als ich aufwachte, sah ich eine schwarzhaarige Frau vor der Haustür stehen. Da war es sicher schon nach drei Uhr nachts.«

»War es Lisa?«

»Anfangs war ich mir nicht sicher, aber als ich sah, dass die Frau in ihrer Handtasche wühlte, ging mir auf, dass sie die Schlüssel suchte. Ich wusste, dass die Klingel kaputt war, aber ich dachte, sie würde ihre Mitbewohnerin anrufen, damit die sie reinlässt.«

»Was passierte dann?«

»Lisa hat auf ihr Handy geschaut, aber nicht angerufen. Ich wollte schon aussteigen – ich konnte sie ja nicht in ihrem Partykleid in dem eisigen Wind erfrieren lassen –, aber plötzlich ging sie zu der Treppe an der Seite des Hauses.«

»Wo du mich aufs Zwerchfell geschlagen hast«, sagt Jessica.

»Ich bin ausgestiegen und ihr nachgeeilt. Sie hatte vielleicht hundert Meter Vorsprung und ging nicht besonders schnell.

434

Aber als ich die Treppe zur nächsten Straße hinunterlief, war sie verschwunden.«

»Verschwunden?«

»Ja. Da fuhr irgendein Auto weg, deshalb nahm ich an, sie wäre dort eingestiegen.«

»Hast du das Nummernschild gesehen?«

Reddick schüttelt den Kopf. »In den Tagen danach habe ich in der Nähe der Wohnung Posten bezogen. Die Gelegenheit ergab sich erst am Mittwoch, als die Mitbewohnerin das Haus verließ.«

»Und da sind wir uns zum ersten Mal begegnet«, sagt Jessica und lehnt sich an das Fensterbrett. Sie wechselt einen verstohlenen Blick mit Hellu.

»Weißt du, was mit deinem Mädchen, Olga Belousova, passiert ist?«, fragt sie.

»Nein«, antwortet Reddick schnell.

»Wo warst du in der Nacht von Samstag auf Sonntag?«, fährt Jusuf fort, als hätte er Jessicas Gedanken gelesen.

Reddick wirkt verdattert. »Glaubt ihr etwa …«, stammelt er.

»Beantworte bitte die Frage«, weist Hellu ihn an.

»Wie ich schon sagte: Ich habe im Auto vor Lisas Haus gesessen und gewartet, dass die Mitbewohnerin herauskommt.«

»Kann das jemand bestätigen?«

»Überprüft von mir aus die Funkzellendaten«, sagt Reddick wütend.

»Das werden wir tun, verlass dich drauf«, sagt Jessica. Da dringt helles Licht ins Wohnzimmer. Jessica sieht durch das Fenster, dass ein Streifenwagen vor Hellus Haus hält.

## 91

## Freitag, 29. November

Es ist acht Uhr morgens. Jusuf beendet sein Gespräch und legt das Handy auf den Schreibtisch. Jessica, die neben ihm sitzt, blickt ausdruckslos vor sich hin.

»Das war der Hausverwalter. An der Topeliuksenkatu gibt es einen Eingang zum Fahrradkeller des Hauses. Und von da kommt man auch in die Waschküche«, berichtet Jusuf. »In die Waschküche, die der Liste nach in der letzten Woche nur von den Leuten aus der Wohnung A 23 benutzt worden ist.«

»A 23 ist Lisas Wohnung?«

»Ja. Vielleicht hatten sie viel zu waschen.«

Jessica schließt die Augen und seufzt. »Vom Fahrradkeller kommt man also in die Waschküche und von da ins Treppenhaus?«

»Genau. Dazwischen ist ein langer Gang mit ein paar schweren Türen.«

»Lisa wurde in der Nacht also nicht mit einem Auto in der Topeliuksenkatu abgeholt, sondern ist durch den Fahrradkeller ins Haus gegangen«, sagt Jessica und schüttelt belustigt den Kopf. »Reddick hat Lisas Spur verloren, obwohl sie seit den frühen Morgenstunden im Haus war.«

»Der Hausverwalter sagt, dass es für die Tür zum Fahrradkeller einen eigenen Schlüssel gibt. Den muss Lisa separat in der Tasche gehabt haben, nicht am Schlüsselbund.«

»Aber wenn sie so ins Treppenhaus gekommen ist, warum

hat sie dann nicht an ihrer Wohnung geklingelt? Essi war doch zu Hause und hätte ihr aufgemacht.«

»Vielleicht hat im Fahrradkeller jemand auf sie gewartet«, meint Jusuf.

Beide schweigen und versuchen, ihre Gedanken zu ordnen.

»Weißt du was, Jusuf«, sagt Jessica schließlich. »Es tut mir so leid.«

»Was denn?«, fragt Jusuf.

Eine winzige Träne läuft Jessica über die Wange. »Du musst das ohne mich lösen.«

»Aber …«

»Nach der Sitzung bin ich raus aus der Ermittlung«, sagt Jessica, steht auf und geht zum Besprechungszimmer.

# 92

Jessica betrachtet das wartende Ermittlerteam.

»Es ist also klar, dass der Alleingang von Europol und Reddick dazu geführt hat, dass der Menschenhandelsring seine Sachen gepackt und seine Tätigkeit eingestellt hat. Übriggeblieben sind nur ein Gesicht auf einer Videoaufnahme, ein Mercedes-Jeep, der auf den Namen einer ausländischen Holdingfirma registriert ist, einige nützliche Telefonnummern, denen die Technik gerade nachspürt, und zehn Helfer, die den ersten Vernehmungen zufolge keinen Schimmer von der tatsächlichen Art der Tätigkeit haben. Einer von ihnen ist Sahib Alem aus dem Fenix«, sagt Jessica und sieht den Anwesenden der Reihe nach in die Augen. Nur Rasmus sitzt am Tisch, während Jusuf, Nina, Harjula und Hellu sich mit verschränkten Armen an die Rückwand lehnen. Neben ihnen steht die Frau von der Zentralkripo, deren Namen Jessica nicht gehört hat und die ab Mittag die Ermittlungsleitung übernehmen wird. Jens Oranen, der vor der offenen Tür steht, hat sich heute in seine blaue Paradeuniform geworfen.

»Das gesammelte Material und die Befragung der Zeugen geben Grund zu der Annahme, dass Lisa Yamamoto gezwungen wurde, Hilfsdienste für den Ring zu leisten. Wahrscheinlich wurde auch Jason Nervander auf irgendeine Art hineingezogen. Obwohl die Leichen noch nicht gefunden wurden, gehen wir davon aus, dass beide Blogger Opfer dieser sogenannten Manga-Liga geworden sind«, fährt Jessica fort. »Als Influencer in den sozialen Medien waren beide eine Art Lockvogel und Empfehler, mit denen junge Frauen sich gut identifizieren konnten. Kambo wurde als Heilmittel gegen alles angepriesen, und wie wir von Anfang an vermuteten, hat die aufgepeppte Version die Frauen daran gehindert wegzulaufen. Sarvilinna zufolge macht schon eine einmalige Dosis dieses Cocktails erschreckend süchtig.«

»Die Frauen durften sich also in Helsinki frei bewegen?«

»Das nehmen wir an. Vermutlich wohnten sie alle im selben Quartier und wurden von dort in das Bordell geholt.«

»Haben wir irgendeine Ahnung, wo sich das Bordell befindet?«, fragt Nina.

»Das hat Reddick leider nie herausgefunden. Die Technik klärt gerade ab, ob die Holdingfirma, der das Auto gehört, irgendwo in Helsinki Räumlichkeiten gemietet hat«, erklärt Jessica.

»Wenn alle diese Frauen als Schlachtvieh nach Helsinki gebracht wurden, was ist mit …«, beginnt Harjula. Jessica schüttelt den Kopf.

»Sieht nicht besonders gut aus.«

»Und Akifumi?«, fragt Nina. »Ohne Akifumi hätten wir gar nichts. Haben wir wirklich nicht herausgefunden, wer zum Teufel hinter dem Pseudonym steckt?«

»Wie du sagst, Nina«, beginnt Jessica, »war Akifumis Kommentar sehr nützlich für uns. Wer auch immer er ist, ihm muss daran liegen, dass die Liga gefasst wird. Aufgrund der Beobachtungen von Nathan Reddick können wir auch feststellen, dass Lisa sehr wahrscheinlich gegen drei Uhr in der Nacht zum Sonntag vor ihrem Haus gewesen ist. Reddick hat sie auf der Topeliuksenkatu aus den Augen verloren, wo sie entweder in ein Auto gestiegen oder in den Fahrradkeller des Hauses gegangen ist. Der Hausverwalter hat sich heute früh dort umgeschaut und keine Kampfspuren gesehen. Lisas Mitbewohnerin ist sicher, dass in der Nacht niemand an der Wohnungstür geklingelt oder geklopft hat.«

Jessica legt ihr Papier auf den Tisch und lehnt sich an die Wand. Als niemand etwas hinzufügt oder fragt, stößt Hellu sich von der Wand ab und baut sich am Tischende vor den anderen auf.

»Nathan Reddicks Befragung wird heute fortgesetzt«, erklärt sie. »Sein Vorgesetzter und der Leiter der verdeckten Operation kommen mit der nächsten Maschine nach Helsinki, um die Sache zu erörtern. Wie ihr alle schon wisst, organisiert die Zentralkripo vorher eine gemeinsame Besprechung, bei der die Rollen derjenigen festgelegt werden, die weiterhin an der Ermittlung teilnehmen. Wenn ihr irgendwelche Kommentare oder Fragen habt, meldet euch bei mir.«

Erwartungsvolle Stille breitet sich aus. Dann setzt sich Hellu an den Tisch, als wäre das ein vereinbartes Zeichen.

Jessica räuspert sich.

»Ihr habt gehört, was gestern passiert ist. Frank Dominis …«, beginnt sie und spürt, wie sich der Schmerz in ihren Schultern ausbreitet. »Der Grund, weshalb Dominis bei mir war, ist meine Privatangelegenheit.«

»Moment mal, was meinst du? Der ist doch vernommen worden«, sagt Nina.

Jessica betrachtet ihre Kollegen, deren neugierige Blicke an ihr hängen. Jens Oranen enthüllt seine eigene Rolle in der Sache, indem er sein Handy einsteckt und zur Tür hinausgeht. Auch Jusuf weiß, was jetzt kommt, und sieht unendlich traurig aus.

»Ich habe Hauptkommissarin Lappi gestern Abend mitgeteilt, dass ich aus dem Polizeidienst ausscheide. Ich bin nur hier, um meine Informationen mit euch zu teilen«, erklärt Jessica und spürt, wie der Kloß in ihrem Hals wächst.

»Was?«, ruft Rasmus verblüfft. Auch Harjula und Nina wirken überrascht. Von der Schadenfreude, die Jessica bei beiden erwartet hat, ist nichts zu sehen.

»Die Gründe sind persönlich«, sagt Jessica und klappt den Laptop zu. Einen Moment lang sind alle still.

»Hast du davon gewusst?«, fragt Nina Jusuf, der als Antwort den Blick auf seine Schuhspitzen senkt.

»Aber Jessica … Der Fall ist doch noch offen«, stammelt Rasmus.

»Ihr schafft das schon.« Jessica wischt sich eine Träne aus dem Gesicht. »Sorry, ich dachte, das wäre leichter«, sagt sie und verlässt den Raum.

# 93

## Donnerstag, 5. Dezember

Zum ersten Mal seit vielen Wochen ist der Himmel wolkenlos, und über der Töölö-Bucht liegt ein dunkles Universum, in das der Halbmond sein gelbes Licht wirft. Jessica sitzt auf einem Felsen unmittelbar am Ufer und lässt ihren Blick auf dem schwarz plätschernden Wasser ruhen. Am gegenüberliegenden Ufer ragen die großen Holzvillen aus dem 19. Jahrhundert auf, die die Romantik vergangener Zeiten ausstrahlen. Vom Meer her fahren kurze Böen über die Bucht, wie ein Gruß aus der Dunkelheit, die die kürzesten Tage des Jahres mit sich bringt. Jessica hat schon an mehreren Abenden hier gesessen, trockenen Weißwein aus einem Thermosbecher getrunken und nachgedacht – über das vergangene Jahr und über die Menschen, die bei den Ereignissen dieses Jahres eine Rolle gespielt haben. Über Lisa Yamamoto. Über Olga Belousova. Über Jusuf, Erne, Rasmus, Nina, manchmal auch über Hellu. Und natürlich über Frank.

Frank hat sein eigenes Fach in ihren Erinnerungen bekommen, denn im Gegensatz zu allen anderen kann Jessica ihn nicht einem Kontinuum zuordnen. Oder auch nur einer bestimmten Zeit oder einem Ort. Frank hat für sie nur einen kurzen Moment im November existiert, und doch kommt es ihr vor, als wäre er immer schon dagewesen. Wenigstens in irgendeiner Form. Für sie.

*Ich habe die Nacht in ihrer wahren Bedeutung gesehen.*

Jessica sieht Franks furchiges Gesicht und spürt seine raue, behaarte Brust an ihrer eigenen.

*Das war echt.*

Sie schließt die Augen.

Ihre Gedanken verzweigen sich, führen aber regelmäßig zu ihrer letzten Ermittlung.

*Es ist vorbei, Jessica.*

Sie weiß inzwischen, dass Akifumis Instagram-Profil im vergangenen Sommer in Helsinki angelegt wurde. Das hat sich schon letzten Freitag geklärt, wie Rasmus prophezeit hatte. Jusuf hat Jessica sofort angerufen, um ihr davon zu berichten, vermutlich aus alter Gewohnheit und weil er die Entdeckung mit ihr besprechen wollte. Aber Jessica wollte es nicht wissen. Sie hat Jusuf gesagt, er solle sie nicht mehr anrufen. Einige Tage später hat er ihr per E-Mail eine Zip-Datei mit den Bildern geschickt, die von Lisas Instagram-Account entfernt worden waren, und dazugeschrieben, es handle sich hauptsächlich um Lisas Selfies und Manga-Werke.

Jessica versucht, den Fall aus ihren Gedanken zu verdrängen. Sie weiß, dass die Zentralkripo ihn übernommen hat und dass Nathan Reddick, der fahrlässig gehandelt hat und von seinen Vorgesetzten getadelt wurde, in die Niederlande zurückgeflogen ist. Das ist alles, was sie über den Fall wissen muss. Sie ist nicht mehr bei der Polizei. Sie kann künftig fast alles sein, nur keine Polizistin. Die Welt steht ihr offen, aber sie spürt die Wände ihres Käfigs dennoch näher als je zuvor.

Wenn Jessica am Ufer sitzt, verliert sie manchmal jedes Zeitgefühl. Dann geht die Dämmerung in Dunkelheit über, und auf dem Gehweg um die Bucht sind anstelle der Jogger ziellos umherstreifende Gestalten unterwegs. Jessica hört Pfiffe, obszöne Bemerkungen und das Lachen betrunkener Jugendlicher. Dennoch hat sie keine Angst. Sie weiß, dass sie sich an einem sicheren Ort befindet, dass sie ein Teil des schneefreien Parkbodens ist, der genau wie sie selbst zahllose Geheimnisse in sich birgt.

Sie atmet den Geruch des Schilfs ein, den der kalte Wind ans Ufer trägt. Die Spitzen der Schilfrohre tanzen frei über dem Wasser, aber bald werden das Eis, das sich auf der Bucht bildet, und der Schnee, der darauf fällt, sie für einige Monate gefangen nehmen. In diesem Winter ist die Töölö-Bucht noch kein einziges Mal zugefroren.

# 94

Es ist spät am Abend. Jessica liegt halb vor dem Fernseher und sieht sich die Pressekonferenz an, die früher am Tag aufgezeichnet wurde. Sie ist eine der Hauptnachrichten des Tages. Im Blitzlichtgewitter sitzen Helena Lappi, Jens Oranen und ein glatzköpfiger Boss von der Zentralkripo an einem Tisch voller Mikrofone. Sie sprechen der Reihe nach und wiederholen dieselben Worte: *ausländischer Menschenhandelsring, Manga, Morde, Serie von Gewaltverbrechen, Prostitution, Ring* und *Europol*. Jessica hört sie, hört aber nicht wirklich zu. Als sie die Manga-Zeichnungen auf dem Bildschirm sieht, schließt sie die Augen. Die Polizei hat ihre Karten auf den Tisch gelegt. Nun weiß der Zauberer, was die Polizei weiß, obwohl niemand seinen Zaubertrick versteht.

*Wach auf, mein Schatz.*

Jessica schlägt die Augen auf und spürt einen Druck auf der Brust. Als säße jemand auf ihr.

*Ich möchte dir etwas zeigen, Jessica.*

Eine knochendürre Hand bedeutet ihr, vom Sofa aufzustehen. Ihre Mutter legt die weißen Finger um die Stuhllehne, als wäre sie ein Vogel, der sich mit scharfen Krallen an eine Stange klammert.

Als Jessica sich aufsetzt, spürt sie das Gewicht eines Kleinkindes auf ihrem Schoß.

Die braunen Locken berühren Jessicas Wange. Der Junge

hat seine Arme um ihren Hals gelegt, sein Kinn ruht auf ihrer Schulter. Jessica sieht sein Gesicht nicht, weiß aber, dass sie das Kind in ihren Armen von ganzem Herzen liebt.

*Kommt her.*

Das Gefühl zu ersticken breitet sich rasend schnell in der Kehle aus. Jessica möchte weinen, sie spürt den weichen Körper des Fünfjährigen. Sie hört den Jungen schnaufen, der Geruch seiner sauberen Haare steigt ihr in die Nase. *Ich habe dich so vermisst, Toffe.*

Der schöne Toffe, dessen kleiner Körper unter Mutters Sitz zerquetscht wurde.

*So, Kinder, kommt jetzt.*

*Die Stimme gehört einem Mann. Ist es Papa? Wie klingt Vaters Stimme überhaupt?*

Jessica sieht Toffes Gesicht nicht. Aber als sie einen Blick auf das Sofa wirft, merkt sie, dass jemand darunterkriecht. Jemand, dessen Gesicht ein schwarzes Loch ist. *Akifumi …*

Jessica hört Toffe schnarchen. Ich kümmere mich um dich, Toffe.

*Schau sie an, Jessica.*

Die Mutter tritt zur Seite, und nun sieht Jessica, dass viele Menschen am Tisch sitzen. Sie alle verbergen ihr Gesicht hinter der Maske des japanischen Politikers. Hinter den Masken wird leise getuschelt. In Jessicas Ohren klingt es, als würden die kleinen Beine von Insekten über den Fußboden, in den Wänden und auf der Dachpappe schaben.

Das Wohnzimmer sieht anders aus. Die Gemälde sind von den Wänden verschwunden, und die weiße Farbe ist dunkelblau geworden.

*Ich bin es nicht,* sagt eine der Gestalten und legt die Maske ab. Franks Gesicht ist weiß, und an der linken Schläfe prangt das Loch, durch das die Kugel ausgetreten ist.

Nein, du warst es nicht.

*Ich habe die ganze Zeit auf die falsche Karte geschaut*, sagt eine Frau und nimmt ihre Maske ab. Ein dunkelblauer Hals und ein gebrochener Nacken verbinden ihre grün und blau geschlagenen Schultern mit dem aufgeschwollenen Gesicht. Jessica erkennt sie nicht gleich.

*Ein Taschenspielertrick*, sagt eine andere Frau.

*Moment mal, wer …*

Im selben Moment begreift Jessica, warum sie alle mitten in der Nacht am Esstisch in ihrem Wohnzimmer sitzen, warum ihre Mutter sie hergerufen hat. Sie richtet den Blick auf die hochgewachsene Gestalt am Tischende, deren weiße Haare über die Schultern fallen. Und nun nimmt auch diese Gestalt ihre Plastikmaske ab.

*Ich bin nicht Akifumi. Ich wurde betrogen, wie ihr anderen auch.*

Der Frau wurden büschelweise Haare ausgerissen. Ihr Gesicht wurde mit einem stumpfen Gegenstand geschlagen. Vielleicht mit der Faust.

*Siehst du es nicht, Jessica*, sagt die Mutter. Das Fleisch und der Knochen, die unter ihrer zerfetzten Haut hervorschauen, bewegen sich im Takt ihrer Worte.

*Der Zauberer ist kein Zauberer. Es ist eine Illusion.*

*Überleg dir, wohin Akifumi deinen Blick lenken will. Und dann schau in die entgegengesetzte Richtung.*

Wieder hört Jessica ein Rascheln unter dem Sofa. Und plötzlich spürt sie, wie das Kind in ihren Armen seine Rundungen verliert, das vertraute Gewicht wird todesleicht, die warmen, weichen Arme sind nur noch Knochen.

*Toffe!*

Jessica versucht zu schreien, doch die Stimme bleibt ihr im Hals stecken.

Da hört sie ein forderndes Klingeln, das sie aus dem nächtlichen Wohnzimmer zieht, einerseits ans Licht, aber andererseits in vollkommene Einsamkeit. Im Licht hat sie niemanden.

## 95

»Wie spät ist es bei euch?«, fragt Sissi Sarvilinna. Im Hintergrund hört man Gelächter und flotte Fahrstuhlmusik. Jessica gähnt und sieht auf die Uhr.

»Drei Uhr nachts«, antwortet sie und starrt auf die weißen Wände des Wohnzimmers. Ihr Kopf ruht auf einem Kissen, und sie hält sich das Handy ans Ohr. Die Bilder hängen wieder an ihrem Platz. Das nassgeschwitzte T-Shirt klebt ihr am Rücken. Immer noch hört sie das Rascheln der Käfer in ihrem Kopf.

»Aha.« Sarvilinna kaut auf irgendetwas herum. »Hier wird schon gefrühstückt. Ich muss schon sagen, wenn man allein reist, ist kundiges Personal Gold wert. Ich hatte gerade mit der Kellnerin ein entzückendes Gespräch über den hiesigen Honig …«

»Drei. In der Nacht, Sarvilinna«, wiederholt Jessica nachdrücklich und schirmt ihre Augen mit dem Ellbogen ab.

»Richtig, huch, da ist es bestimmt dunkel. Ha ha. Na jedenfalls, Niemi, ich habe dir ja schon vor meinem Urlaub gesagt, wie sehr dieser Fall an der Aurinkolahti-Bucht mich interessiert. Deshalb habe ich meine Vertretung gebeten, mir alles zu schicken, was mit Olga Belousovas Tod zusammenhängt. Ich habe hier eifrig über Kambo und seine Auswirkung auf die Gesundheit geforscht und …«

»Sarvilinna«, fällt Jessica ihr ins Wort und reibt sich die Stirn. »Du hast wohl noch nicht gehört, dass ich …«

»Sei nicht so pedantisch, Niemi. Du bist schon wach, also kannst du dir ebenso gut anhören, was ich zu berichten habe. Du erinnerst dich sicher, dass ich im Institut erwähnt habe, dass an der Haut von Belousovas Fingern und unter ihren Fingernägeln etwas gefunden wurde. Na ja, da ist irgendein Lapsus passiert, aber weil ich mitten in dem Prozess in Urlaub gegangen bin und du angeblich nicht zu erreichen warst ...«

»Dass ich nicht zu erreichen bin, liegt daran, dass ich nicht mehr ...«

»Aber jedenfalls ist das Material untersucht worden. Es handelt sich um Schaumstoff aus Polyurethan«, unterbricht Sissi Sarvilinna sie. Jessica will ihren angefangenen Satz wiederholen und klarstellen, dass sie nicht mehr an der Ermittlung beteiligt ist, beschließt dann aber, die Sache auf sich beruhen zu lassen. Der Anruf der Rechtsmedizinerin hat ihr Interesse geweckt.

»Polyurethan?«

»Polyurethan, aus dem Schaumstoff hergestellt wurde. In Anbetracht der dunklen Flecke an den Fingern und Handflächen und der Tatsache, dass das Material auch unter den Fingernägeln gefunden wurde, würde ich sagen, dass das Opfer sich am Steuer eines Fahrzeugs festgeklammert hat. Eines Fahrzeugs, das schon einige Jahre auf dem Buckel hat.«

Jessica setzt sich auf.

»Ein Autolenkrad?«

»Ich würde auf ein Boot tippen«, sagt Sarvilinna. Jessica schließt kurz die Augen, und als sie sie wieder öffnet, sieht sie plötzlich ganz klar.

Sie denkt an den Traum, den sie gerade gehabt hat. *Wie klingt Vaters Stimme überhaupt?*

Sie schleudert die Decke weg und läuft in die untere Etage.

# 96

Der Mann hat den Fernseher längst ausgeschaltet, doch die Abendnachrichten spuken immer noch in seinem Kopf herum. Er stellt das Whiskyglas ab, das zwar schon leer ist, aber immer noch rauchiges Aroma verströmt.

Als er die Augen schließt, sieht er auf seiner Netzhaut die vor Entsetzen verzerrten Gesichter junger Frauen in Schuluniform, ins Brustbein geschlagene Äxte, abgesägte Arme und Beine. In den Kopf gehämmerte Nägel und aus dem Mund gerissene Zungen. Von der Decke hängende Torsi und Unmengen Blut.

*Wie konnte ich nur …*

Er vergräbt das Gesicht in den Händen.

Dann steht er auf, wirft sich den Mantel über und zieht Schuhe mit Gummisohlen an. Und während er die Tür öffnet, wirft er einen letzten Blick auf das Schnitzwerk, auf den bärtigen Mann mit der Dornenkrone, der am Kreuz hängt.

## 97

Jessica fährt ihren Computer hoch. Sie öffnet die Mail, die Jusuf ihr vor ein paar Tagen geschickt hat, und lädt die wiederhergestellten Instagram-Fotos herunter. Sie öffnet eine Datei nach der anderen, es sind tatsächlich alles Selfies von Lisa, nicht ganz in der ursprünglichen Auflösung, aber gut genug.

Jessica kaut an ihrem Daumennagel und denkt an ihren Traum, in dem die Wohnzimmerwand die Farbe gewechselt hatte, nicht weiß war, sondern dunkelblau. Sie sucht das Selfie heraus, das Kex Mace's bei Lisa gemacht hat. Auf dem Foto ist die Wand dunkelblau, und die Manga-Zeichnungen, die noch vor zwei Wochen an den Wänden hingen, sind nirgendwo zu sehen.

Als Nächstes holt sie Fotos und Materialien auf den Bildschirm, die sie eigentlich nicht mehr haben dürfte: Lisa Yamamotos Zeichnungen, Gemälde mit Manga-Motiven und die an den Tatorten gemachten Fotos der ermordeten Prostituierten. Fotos der Frauen, die in ihrem Traum die Masken abgenommen haben.

*Medeya Lazakovich, geboren 1998, Leiche gefunden im Stadtteil Wassiljewskij-Insel in Sankt Petersburg am 12. November 2018, trug die Kleidung eines japanischen Schulmädchens.*

*Miep Loos, 1992, Amsterdam im Februar 2019.*

*Tamara Jugeli, Lwiw, Ukraine. 6. Juni 2019.*

Die blonde, bildschöne Tamara hat Jessica auch irgendwo

anders gesehen. Sie öffnet die Instagram-App auf ihrem Handy und geht Lisas Bilder durch. Das hat sie schon einmal getan, aber sie ist nicht sicher, ob sie sich richtig erinnert. Schuhe, Fingernägel, Handtaschen, Essen in Restaurants, Sonnenuntergänge und Selfies. Unzählige Selfies im Fitnesscenter, beim Joggen, auf dem Sofa, in Nachtclubs, in Aufzügen, auf Straßen, in Kinos, im Flieger … Und dann ist es plötzlich da. Ein Gruppenfoto von jungen Frauen, die auf einem Platz für die Kamera posieren, vor einem dekorativen alten Gebäude. Als Ort wird Staatsoper und Ballett von Lwiw angegeben, als Datum der 8.6.2019. *Jennys Polterabend. #Ocean's 13 #pridetobe.*

Jessica lässt den Blick langsam vom Handy zu der Datei wandern, die das Foto von Tamara Jugeli und die Angaben über sie enthält.

*Der 8. Juni. Was zum Teufel, Lisa?*

Das Datum stimmt überein, aber keine der Frauen auf dem Bild ist Tamara Jugeli. Wo hat Jessica sie dann gesehen?

Jessica blättert weiter durch die Fotos. Die bearbeiteten und mit Filtern verbesserten Aufnahmen ziehen an ihren Augen vorbei. Und dann: 5.2.2019. Anne Frank House, Amsterdam. *#neverforget #holocaust*

*Zwei von drei.*

Jessica spürt, wie ihr ein Kloß in den Hals steigt.

*Nein, das kann nicht sein.*

Auf dem Foto posiert Lisa mit fünf jungen Frauen. Am linken Rand steht Jason Nervander. Jessica bewegt den Finger, und die Bilder laufen weiter.

Und schließlich, nachdem sie noch einige Monate zurückgesprungen ist, entdeckt sie das Foto.

*Strelka Vasil'yevskogo Ostrova, St. Petersburg. 10.11.2018.*

*Drei Morde, Lisa. Genau in der Zeit deiner Reisen.*

Und da geht Jessica auf, wo sie Tamara Jugeli schon einmal gesehen hat.

# 98

Jessica hat schon dreimal bei Jusuf angerufen, und als er sich nun endlich meldet, strömen die Worte aus ihrem Mund wie das Wasser durch einen Bruch im Staudamm.

»Was ist los?«

Im Hintergrund ist eine Frauenstimme zu hören. Jusuf hat sein Leben endlich wieder aufgenommen und Gesellschaft gefunden. »Sorry, dass ich störe.«

»Es passt jetzt nicht so gut, Jessi. Außerdem ist der Akku fast leer.«

»Jusuf, hör mir zu. Die Sache ist total daneben. Erstens: Du hast mir ja selbst von der Frau erzählt, die zum Rauchen auf ihrem Balkon war und gesehen hat, wie ein nicht besonders großer Typ mit Kapuze aus dem Studio von Jose Rodriguez kam, gerade um die Zeit, als der ermordet wurde. Zweitens: Auf der Aufnahme der Überwachungskamera sieht man deutlich, wie eine Gestalt mit Mütze und Hoodie – die von der Größe her Lisa sein könnte – am 26. November einen Brief einwirft. Das Gesicht ist zwar nicht zu sehen, aber die Jacke und die Cargohose mit dem Tarnmuster gehören Lisa. Auf zwei relativ neuen Instagram-Fotos trägt sie exakt diese Sachen. Ich hab sie gerade entdeckt, als ich die Fotos nochmal durchgesehen habe.«

Einen Moment lang ist es mucksmäuschenstill in der Leitung. Dann hört Jessica, wie Jusuf eine Tür schließt.

»Du meinst also, Lisa selbst hat Rodriguez ermordet und den Brief an ihren Vater eingeworfen?«

»Genau! Denk mal nach: Lisa und Essi teilen sich seit anderthalb Jahren eine Wohnung, und Lisa hat nach Aussage ihrer Mutter in dieser Zeit nicht mit ihrem Vater geredet. Außerdem hat Lisas Mutter gesagt, dass der Vater sich geweigert hat, mit seiner Familie Japanisch zu sprechen, stimmt's? Aber als Essi gehört hat, wie Lisa am Telefon Japanisch sprach, hat Lisa behauptet, sie hätte mit ihrem Vater telefoniert.«

»Die Yakuza?«, fragt Jusuf.

»Ich glaube nicht, dass die japanische Mafia irgendwas damit zu tun hat. *Fake news!* Dadurch wollte Lisa die Sache so aussehen lassen, als wäre sie gezwungen worden mitzumachen, eine Vorsichtsmaßnahme für den Fall, dass die Polizei dem Ring auf die Spur kommt.« Jessica hört selbst, dass ihre Stimme aufgeregt klingt. Es ist Wochen her, seit sie sich zuletzt so lebendig gefühlt hat.

»Aber Akifumi …«

»Kapierst du es nicht, Jusuf? Lisa Yamamoto ist Akifumi«, sagt Jessica.

Ein paar Sekunden lang herrscht völlige Stille.

»Lisa hat also den Yakuza-Brief an ihren Vater selbst geschrieben und eingeworfen, um ihren Tod vorzutäuschen?«

»Genau! Lisa war nicht nur ein Teil der Organisation, sondern auch eine aktive Nutzerin der Sexdienste. Wenn man genauer nachdenkt, all die Gemälde an den Wänden: Lisa Yamamoto hatte einen starken Manga-Fetisch, den sie so ausleben konnte. Nikolas Ponsi hat seltsam reagiert, als ich ihn nach Manga gefragt habe. Vermutlich hatte Jason ihm von Lisas Neigungen erzählt. Jason war verwirrt und besorgt über Lisas Verhalten.«

»Das würde erklären …«

»Und hör dir das an: das Gemälde, das ich damals bei Lisa

so lange angestarrt habe. Dafür hat eine Frau namens Tamara Jugeli Modell gestanden. Jugeli war eine Prostituierte, die am 6. Juni in Lwiw in der Ukraine erwürgt aufgefunden wurde. Sie trug Manga-Kleidung.«

»Was zum Teufel?«

»Und wenn du dir Lisas Instagram-Fotos vom Juni letzten Jahres anguckst, siehst du, dass sie zur selben Zeit, als Jugeli ermordet wurde, zum Polterabend einer Freundin dort war. Glaubst du an Zufälle, Jusuf?«

»O Gott«, flüstert Jusuf.

»Ich glaube, dass jedes Manga-Bild, das Lisa gemalt hat, ein lebendes Vorbild hat oder, genauer gesagt, ein totes. Vielleicht hat Lisa alle Prostituierten gemalt, die sie getroffen hat. Mindestens Belousova, Lazakovich, Loos und Jugeli hatten die Ehre, auf der Leinwand verewigt zu werden. Du kannst die Gemälde in der Asservatenkammer bewundern.«

Das Geräusch am anderen Ende der Leitung klingt, als würde Jusuf sich heftig am Kopf kratzen. Oder sich die Zähne putzen.

»Das ergibt, verdammt nochmal, keinen Sinn. Lisa ist doch …«, sagt er dann.

»Eine junge Frau? Ponsi hat mir erzählt, dass auch unter den Pädophilen zwanzig Prozent Frauen sind. Wieso könnte also eine junge Frau wie Lisa keine Sadistin sein, die Frauen unterdrückt und verletzt? Das ist natürlich ein teures Vergnügen, also hat Lisa vielleicht für die Bande gearbeitet, um einen Bonus zu bekommen.«

»Ich weiß nicht, Jessi. Die Geschichte klingt zu verrückt, um wahr zu sein«, meint Jusuf.

»Wir waren die ganze Zeit bereit zu glauben, dass Lisa bei der kriminellen Tätigkeit nur mitgemacht hat, weil sie erpresst wurde. Weil sie keine andere Möglichkeit hatte. Aber solche Spekulationen rächen sich immer«, sagt Jessica und zieht sich den Mantel an. »Ich bin mir auch ziemlich sicher, dass Jason den Braten schon vor einem Jahr gerochen hat, so oder so. Und dass Lisa dafür sorgen musste, dass Jason in der Helsinkier Gesellschaft seine Glaubwürdigkeit verliert. Deshalb hat sie die Story erfunden, Jason würde sie verprügeln, und die hat sie allen aufgetischt. Damit ihm nur ja niemand glaubt.«

»Okay, Jessica. Nehmen wir mal an, du hättest recht«, seufzt Jusuf. »Dann hätte Lisa also Akifumis Profil geschaffen, um die ganze Sache zu enthüllen? Das Hashtag und die Masayoshi-Seite.«

»Genau. Akifumis *masayoshi*-Kommentar war ein diskreter Hinweis an uns. Er sollte uns helfen, Lisas Schicksal aufzuklären, ohne dass irgendeine der Schlüsselfiguren der Manga-Liga – inklusive James – geschnappt wird. Und selbst wenn jemand erwischt würde, könnte man es nicht Lisa ankreiden. Sie wollte also verschwinden, ohne sich neue Feinde zu machen. Und deshalb hat sie Reddick vorgeschlagen, für ihn einen Leuchtturm zu malen, vor dem ein Mädchen steht. Lisa wusste, dass Reddick Polizist ist und dass das Gemälde zusammen mit dem Instagram-Foto bestätigen würde, dass sie tatsächlich verschwunden ist, dass Jason und Lisa vielleicht bei Söderskär ins Meer geworfen wurden«, erklärt Jessica. Jusuf antwortet jedoch nicht. Im Hintergrund lacht die Frau und Jusuf murmelt etwas. *Warte einen Moment, ich muss noch kurz weiterreden.*

»Jusuf?«

»Ja, sorry«, sagt Jusuf und lässt offenbar Wasser laufen. »Und du glaubst also, dass Lisa noch lebt und ins Ausland geflohen ist.«

»Ja. Über den Leuchtturm Söderskär, mit dem Boot der Stiftung, das benutzt wurde, um die Frauen zwischen Helsinki und Söderskär hin und her zu transportieren. Jason hat Lisa das Boot geliehen, so oft sie es brauchte, und sie hatte ihn so fest im Griff, dass er sich nicht getraut hat, Fragen zu stellen. Olga hat die Mitglieder der Liga und die anderen Frauen in der Nacht zum Sonntag auf die Leuchtturminsel gebracht, und von da hat sie irgendwer nach Russland oder Estland geholt. Lisa selbst ist in Helsinki geblieben, sie hat zuerst Jason und später Rodriguez ermordet.«

»Moment mal: Warum hat Lisa Rodriguez ermordet?«

»Ich glaube, dass Olga Belousova in der Nacht zum Sonntag das Boot gesteuert hat. Sie hatte ihr Rollenkostüm angezogen, weil sie glaubte, zur Arbeit zu gehen, aber dann musste sie einen ganz anderen Job übernehmen. Sarvilinna hat mich gerade angerufen und berichtet, dass unter Belousovas Fingernägeln und an den Fingerspitzen Polyurethan gefunden wurde, das unter anderem an den Steuerrädern von Booten verwendet wird. Zum Beispiel gerade beim Aquador. Auf Olgas Facebook-Seite gibt es viele Fotos, auf denen sie in Odessa auf dem Schwarzen Meer ein Boot lenkt. Lisa kannte alle Mädchen im Bordell, sie wusste, dass Olga genug Erfahrung mit Booten hatte, um die ganze Bande nach Söderskär zu fahren. Harjula hat gesagt, dass in der fraglichen Zeit starker Seegang herrschte. Olga musste sich also ordentlich anstrengen und das Rad fest umklammern, um zuerst nach Söderskär und dann nach Vuosaari zu kommen. Fast eine Stunde pro Strecke. Und nachdem sie es in den Bootshafen an der Aurinkolahti-Bucht geschafft hatte, ist sie aus irgendeinem Grund ins Wasser gefallen. Und drei Tage später wurde sie tot aufgefunden, hundert Meter entfernt vom Badestrand.«

»Aber wer hat dann versucht, sie wiederzubeleben?«, fragt Jusuf.

»Das ist der einzige Punkt, den ich nicht ganz verstehe. Es muss aber dieselbe Person gewesen sein, die das Boot weggebracht hat, denn am Mittwochmorgen war der Bootshafen leer.«

»Vielleicht war noch ein zweiter Mensch im Boot? Jemand, der wollte, dass Olga lebt ...«

»Genau«, sagt Jessica. »Und jetzt kommen wir zu deiner Frage, warum Lisa Rodriguez umgebracht hat. Der Gedanke kam mir schon, als wir in seinen Geschäftsräumen die Regenjacke und das Reinigungsmittel gefunden haben. Rodriguez war mit im Boot, vielleicht, um Olga zu bewachen. Olga hatte einen Anfall, und Rodriguez hat versucht, sie wiederzubeleben. Als es ihm nicht gelang, hat er sie ins Meer geworfen. Dann hat er das Boot ins Zentrum zurückgebracht und seine Fingerabdrücke entfernt.«

»Aber Jason war in der Nacht ebenfalls in Vuosaari«, merkt Jusuf an.

Jessica presst Mittelfinger und Daumen an ihre Schläfe.

»Oder es war nur sein Handy, das Lisa ...«, sagt sie und schließt die Augen, um sich auf ihre Gedanken zu konzentrieren. Sie weiß nicht, welche Schlussfolgerung in ihrem Kopf gerade entsteht, aber die losen Fäden scheinen sich immer fester miteinander zu verknüpfen. Die Gedanken sind wie leere Papierbögen, die im heftiger werdenden Wind herumfliegen.

*Fahrradkeller, Waschstube, Dekoziegel. Mörtel.*

»Jusuf ...«

»Ja?«

»Erinnerst du dich, wie laut die Waschmaschine in Lisas Wohnung gerumpelt hat, als wir Essi zum ersten Mal befragt haben?«

»Ja.«

»Wenn sie eine funktionierende Waschmaschine haben, warum hat Lisa dann die Waschküche benutzt?«

Jusuf antwortet nicht.

»Überleg doch mal, Jusuf. Jason wollte sich mit Lisa treffen. Aber Lisa hat auf den richtigen Moment gewartet, sie wollte, dass Jason und sie selbst gleichzeitig verschwinden. Sie haben sich in der Nacht zum Sonntag im Fahrradkeller getroffen, und Lisa hat ihn umgebracht. Was kann man mitten in Helsinki mit einer Leiche machen, vor allem, wenn man gut mit Werkzeug umgehen kann … Hallo?«, ruft Jessica, als sie merkt, dass das Wasserrauschen nicht mehr zu hören ist. Dann piept es dreimal. *Jusufs Akku ist leer.*

Sie legt das Handy auf den Tisch.

*Lisa war handwerklich geschickt. Die herausgeschlagenen Backsteine in der Wohnung. Der Mörtel. Die Abstecher in die Waschküche. Der Lärm, den der Nachbar in der Nacht gehört hat. Lisa hat alles vorbereitet, damit Jason spurlos verschwindet. An einem Ort, wo niemand nach ihm suchen wird. Und dann ist sie selbst verschwunden.*

Jessica steht auf. Sie kann nicht länger stillsitzen und auf Jusufs Anruf warten. Sie muss sofort handeln.

# 99

Der gebückt gehende kleine Mann kommt an der beschmierten Aluminiumtür vorbei und steigt die kurze Steintreppe hinauf, die von der Topeliuksenkatu zur Ecke des blassgrünen, mehrstöckigen Hauses führt. Auf die aus großen Steinen gemauerte Wand ist das Wort *CHUCK* gesprayt, was immer das bedeuten mag. Eisiger Nieselregen peitscht die Kapuze, die der Mann über seine schütteren Haare gezogen hat.

Eine Weile betrachtet er die leere Messeniuksenkatu, deren nasser Asphalt schimmert, und die zwischen den Häusern hängenden, spärlichen Straßenlampen, die der starke Wind zum Tanzen bringt.

Er geht zur Haustür, sieht sein Spiegelbild im Türfenster. Den dünnen Bart und die gnadenlosen Pockennarben. Und plötzlich wird die gerade noch verlassene Straße von den grellen Scheinwerfern eines Autos durchschnitten, das sich von der Innenstadt her nähert.

Der Mann wartet darauf, dass der Wagen vorbeifährt, doch das geschieht nicht. Im Spiegelbild sieht er, dass es sich um ein Taxi handelt, das in zehn Metern Entfernung hält. Und als er einen Blick über die Schulter wirft, erkennt er die dunkelhaarige Frau. Verdammt. Jetzt braucht er List und Kühnheit, so wie Witold Pilecki. Er dreht der Frau den Rücken zu und holt die Zigaretten aus der Manteltasche.

# 100

Jessica springt aus dem Taxi. Die Straße ist leer, aber in der Nähe der Tür steht ein Mann mit Kapuze, der raucht und offenbar telefoniert.

Der Türsummer gibt ein knarrendes Geräusch von sich, und Jessica zieht die Tür auf. Auf dem Weg zum Aufzug begegnet ihr Essi, die im Bademantel die Marmortreppe herunterkommt, in der Hand den Vorschlaghammer, mit dem Lisa die Zwischenwand in der Wohnung entfernt hatte.

»Ich hab den mitgebracht, wie du gesagt hast, aber ...«, sagt Essi unsicher.

Jessica weiß, dass sie kein Recht hat, die Frau mitten in der Nacht zu wecken und sie zu bitten, die Tür zur Waschküche aufzuschließen. Sie ist ja keine Polizistin mehr. Aber das weiß Essi nicht, und sie muss es auch nicht unbedingt erfahren.

# 101

Eine Ratte flitzt zu einer weggeworfenen Hamburgerschachtel am Straßenrand.

Der Mann hält sich das Handy ans Ohr und tut so, als würde er telefonieren. Gleichzeitig hört er den Summer und das Geräusch der sich öffnenden Haustür. Als Jessica Niemi ins Haus geht, setzt der Mann ihr mit ein paar schnellen Sprüngen nach und schafft es, seinen Fuß zwischen die Tür zu schieben, bevor sie ins Schloss fällt. Dann duckt er sich, sodass man ihn von drinnen nicht bemerkt.

Im Treppenhaus wird gesprochen. Der Mann wirft einen Blick durch das Türfenster und sieht, dass Niemi einen großen Vorschlaghammer in der Hand hält. Ihr gegenüber steht eine junge blonde Frau. *Was zum Teufel?*

Dann steigen die beiden die Treppe zum Keller hinunter.

Der Mann holt tief Luft und öffnet die Haustür gerade so weit, dass er in das dunkle Treppenhaus schlüpfen kann.

# 102

Essi steckt eine Hand in die Tasche ihres Bademantels und sieht Jessica unsicher an.

»Was in aller Welt ist los?«, fragt sie mit leicht heiserer Stimme.

»Nichts Dramatisches. Ich muss nur schnell einen Blick in die Waschküche werfen. Schließt du sie auf?«

Jessica zeigt auf die Wendeltreppe hinter dem Liftschacht. Essi reicht ihr den überraschend schweren Vorschlaghammer.

Sie sieht Jessica aus verschlafenen Augen an. Der Schlüsselbund fällt ihr aus den schlaffen Fingern und landet klirrend auf dem Boden, das Geräusch hallt im Treppenhaus wider. Essi hebt die Schlüssel auf und geht die kurze Treppe hinunter. Dann schiebt sie den Schlüssel ins Schloss.

Jessica folgt ihr zu der massiven Eisentür. Dort lässt Essi ihr den Vortritt. Hintereinander gehen sie durch den langen, niedrigen Flur, an dessen Ende sich die Waschküche befindet. Sie hören, wie die schwere Tür zufällt. Die Neonröhren, die in regelmäßigen Abständen zwischen dem Lüftungsrohr und den Kabeln an der Decke angebracht sind, werfen ein fahles Licht in den Flur.

Jessica öffnet die Tür zur Waschküche, richtet das Licht ihres Handys an die Wand und findet den Schalter. Es riecht nicht nach frischer Farbe, aber Jessica sieht an der Rückwand eine rechteckige Fläche, deren weißer Anstrich ein wenig heller ist als am Rest der Wand. Hier hat Lisa renoviert.

»Komm nicht weiter rein, Essi«, sagt sie und geht mit dem Vorschlaghammer zu der weißen Fläche.

# 103

Jessica schwingt den Vorschlaghammer, der in der weißen Wand versinkt wie ein Messer in weicher Butter. Grauer Steinstaub breitet sich aus, als einige der Backsteine auf den Boden fallen.

»Nicht so nah!«, ruft Jessica hustend und scheucht Essi mit einer Handbewegung zurück.

Nachdem sich der Staub gelegt hat, sieht sie, dass einige Steine ins Innere der hohlen Wand gerutscht sind. Sie sind jedoch nicht auf den Boden gestürzt, sondern liegen in fast einem Meter Höhe auf irgendetwas. Und im selben Moment strömt ein Geruch in den Raum, den Jessica selbst im Schlaf erkennen würde: der Geruch des Todes.

*Da ist Jason.*

Jessica packt den Holzgriff mit beiden Händen, hebt den Vorschlaghammer erneut, diesmal vorsichtiger, damit sein Gewicht nicht die Stelle trifft, wo wahrscheinlich eine Leiche liegt, und vergrößert die Öffnung, die sie in die Wand geschlagen hat.

Sie wedelt den dichten Staub weg und sieht einen schwarzen Plastiksack, den eine gleichmäßige Schicht von feinem Schutt und Mörtelstaub bedeckt. Rasch lässt sie den Hammer fallen, wischt mit der Hand über den Sack, spürt den Staub an ihren Fingern und ertastet unter dem Plastik abwechselnd etwas Hartes und etwas Weiches.

Mit der Taschenlampe ihres Handys leuchtet sie auf den Sack, in dessen Mitte sie einen Reißverschluss entdeckt. Und je länger sie hinschaut, desto größer wird ihre Gewissheit, dass sich unter dem Reißverschluss das Gesicht eines toten Menschen abzeichnet. Scheitel, Stirn, Nase und Wangen. Jessica holt tief Luft und betrachtet die Öffnung in der Wand. Schwarze Leichensäcke sind heutzutage ein seltener Anblick: Sie wurden durch weiße ersetzt, in denen die Ermittler, die den Todesfall untersuchen, leichter Indizien finden. Die schwarze Farbe hat die Eigenschaft, alles zu schlucken. Doch diese Leiche hat keine Amtsperson eingepackt. Es war nicht vorgesehen, dass sie genauer untersucht wird.

»Komm nicht her«, sagt Jessica zu Essi, die an der Tür steht. Dann hustet sie, greift wieder nach dem Vorschlaghammer und hebt ihn noch einmal in die Luft. Diesmal trifft er tiefer und zerbricht die Wand in einem halben Meter Höhe. Ein dumpfes Dröhnen ist zu hören, kleine Steinbrocken fallen auf den Boden.

Jessica fasst den Sack mit beiden Händen und zieht ihn heraus. Sie spannt ihre Kräfte bis zum Äußersten an, bis die schwere Last ihr folgt und neben ihr auf den Boden sackt. Eine Weile sitzt Jessica auf dem Boden und schnappt nach Luft, dann wischt sie sich den Schweiß von der Stirn und greift nach dem Reißverschluss. *Der Moment der Wahrheit.*

Bald darauf sieht sie das dunkelblaue Gesicht eines jungen Mannes. Augen und Mund sind weit aufgerissen, es sieht aus, als hätte der Mann sich zu Tode erschreckt. *Es tut mir leid, Jason. Wir konnten nichts für dich tun.*

An Jason Nervanders Leiche, die zwei Wochen lang im verschlossenen Sack in einem kühlen Raum gelegen hat, hat die Verwesung eingesetzt, der Gestank ist grauenhaft. Untersuchungen zufolge verbinden sich im Geruch einer vermodernden Leiche über 400 Komponenten; er ist stechend ranzig, und wenn man ihn einmal gerochen hat, kann man ihn weder vergessen noch verwechseln. Jessica würgt und blickt mit tränenden Augen zu Essi hinüber, die immer noch mit verwirrter Miene an der Tür steht. Sie hätte die junge Frau um keinen Preis mit in die Waschküche nehmen dürfen.

»Geh ins Treppenhaus, Essi! Ruf die Polizei«, sagt Jessica, doch Essi rührt sich nicht. Sie steht unter Schock. »Du brauchst das nicht zu sehen ...«

Jessica zieht den Reißverschluss zu und steht auf. Sie muss sofort Hellu oder Jusuf anrufen, aber in dem Moment sieht sie hinter der Wand etwas Seltsames. *Was zum Teufel ...*

Sie ist einen Schritt an das Loch herangetreten, das sie in die Wand geschlagen hat, und merkt nun, dass unter den losen Backsteinen noch etwas liegt. Sie hebt ihr Handy hoch und beugt sich vor, um hinter die Wand zu schauen. *Dort ist ein zweiter Leichensack.*

Jessica tritt die vorstehenden Backsteine los, damit sie an den Sack heranreicht. Um ihn herauszuholen, muss sie die Wand ganz aufbrechen, aber vorher kann sie versuchen, den Toten zu identifizieren.

Sie sieht den Reißverschluss und fasst mit der einen Hand danach, während sie mit der anderen das Licht ihres Handys auf den Sack richtet. Der Staub blockiert den Verschluss, aber nachdem Jessica eine Weile an dem Reißverschluss gezerrt hat, öffnet er sich und legt den Blick auf ein anderes Gesicht frei. Ein Gesicht, das ganz anders aussieht als auf den zig Fotos, die sie sich angeschaut hat. Und dennoch besteht kein Zweifel daran, dass es dasselbe Gesicht ist. Jessica begreift, dass ihr ein entsetzlicher Fehler unterlaufen ist. Nie hätte sie damit gerechnet, dieses Gesicht zu sehen. Es gehört Lisa Yamamoto.

# 104

Rasmus klopft an die Tür zu Helena Lappis Dienstzimmer. Als keine Antwort kommt, drückt er probeweise die Klinke herunter, und die Tür geht auf. Hellu sitzt auf ihrem Bürostuhl, mit dem Gesicht zum Fenster. Sie macht keine Anstalten, sich zu Rasmus umzudrehen.

»Störe ich?«, fragt er schüchtern.

Hellu seufzt und schließt die Augen.

»Hellu?«

»Nein, du störst nicht«, antwortet sie schließlich, starrt aber immer noch nach draußen in die Dunkelheit. »Was tust du um diese Zeit im Präsidium, Susikoski? Geh nach Hause.«

»Die Zentralkripo hat die Gruppen umgestaltet, ich wollte dir nur mitteilen, dass ich bei dem Fall der Manga-Liga nicht mehr dabei bin. Aber das weißt du sicher schon.« Rasmus tritt näher und schließt die Tür hinter sich.

Hellu verzieht das Gesicht. Sie schüttelt den Kopf und senkt den Blick auf ihre Smartwatch. »Die erzählen mir nichts«, sagt sie leise und bedrückt.

»Aber als Ermittlungsleiterin bist du …«

»Hast du gehört, Susikoski? Die lassen mich im Dunkeln. Die ganze Sache ist in der Sekunde in die Binsen gegangen, als die verdammten Aasgeier nach Pasila gekommen sind«, sagt Hellu. Rasmus hat die Hauptkommissarin noch nie in einer solchen Verfassung erlebt. Auf dem Tisch stehen drei leere

Kaffeetassen und der gestrige Kuchenteller, was für die sonst so pedantische Hellu äußerst ungewöhnlich ist.

»Jedenfalls habe ich etwas entdeckt, auf das sofort reagiert werden muss«, erklärt Rasmus und tritt näher an Hellus Schreibtisch heran. »Aber ich weiß nicht, wem ich das melden soll. Zumal es schon so spät ist.«

»Was melden?« Hellu dreht widerstrebend ihren Stuhl zu Rasmus hin.

»Erinnerst du dich, wie ich vor gut einer Woche die Metadaten zu Lisa Yamamotos Leuchtturmfoto abgeklärt habe?«

»Ja«, sagt Hellu und reibt sich die Stirn. »OnePlus 4 oder so ähnlich.«

»OnePlus 5. Und ich habe damals berichtet, dass wir nur die technischen Daten des Handys herausfinden können, aber nicht seinen Besitzer.«

»Genau. Und das hat die ganze Meta-Analyse ziemlich nutzlos gemacht ...«

»... es sei denn, es würde uns wie durch ein Wunder gelingen, das betreffende Handy auf anderen Wegen zu lokalisieren und seine Metadaten mit den bereits vorliegenden zu vergleichen.«

Hellu wirkt plötzlich interessiert. Rasmus spürt, dass seine Handflächen feucht werden. Er weiß nicht, wie man seine Entdeckung einstufen soll und ob sie überhaupt korrekt ist. Sie ist so irrsinnig.

»Sprich Klartext, Susikoski«, sagt Hellu ohne boshaften Unterton.

»Ich habe eine Meta-Analyse von Lisa Yamamotos Fotos gemacht. Die meisten wurden mit ihrem eigenen Handy aufgenommen, aber ein Teil mit einem anderen. Es ist wohl ganz natürlich, dass jemand für eine Bloggerin fotografiert und ihr die Bilder dann zur Bearbeitung und Veröffentlichung schickt.«

»Und?«

»Ich habe mich auf die Fotos konzentriert, die in St. Petersburg, Amsterdam und Lwiw entstanden sind. Yamamoto hat von jeder dieser Reisen massenhaft Instagram-Posts gemacht. Und alle Bilder, auf denen Lisa zu sehen ist – natürlich mit Ausnahme der Selfies –, wurden mit demselben OnePlus 5-Gerät aufgenommen wie das letzte Foto auf ihrem Instagram-Account«, erklärt Rasmus. »Das Leuchtturmbild.«

»Moment mal«, fällt Hellu ihm ins Wort. »Willst du damit sagen, dass derjenige, der den Leuchtturm fotografiert hat, auch bei Lisas Reisen dabei war und Urlaubsfotos von Lisa und den anderen geknipst hat?«

»Ja«, antwortet Rasmus. »Zum Beispiel das Gruppenbild vom Polterabend in Lwiw. Es wurde mit dem fraglichen Handy gemacht. Auf dem Bild sind zwölf Frauen zu sehen, einschließlich Lisa. Aber *#ocean's 13* deutet darauf hin, dass es insgesamt dreizehn waren.«

»Eine fehlt auf dem Bild«, sagt Hellu leise. »Weil sie es gemacht hat.«

»Genau. Ich habe bei der Fluggesellschaft nachgefragt, bei der die Gruppe gebucht hatte.«

»Und? Wer ist es?«

»Das ist ja das Allerverrückteste, Hellu. Es ist eine Person, die wir aus irgendeinem Grund total übersehen haben.«

# 105

Jessica betrachtet Lisa Yamamotos bleiches Gesicht. Die schwarzen Haare liegen über den offenen Augen. Der Mund ist weit aufgerissen, und Lisa sieht aus, als versuche sie zu schreien, um sich selbst aus dem ewigen Albtraum zu wecken. Die Konfrontation mit Schönheit und Tod ist Alltag für Jessica, ihre Vergangenheit lässt sie nicht vergessen, wie die beiden zusammen aussehen. Die Kombination aus beiden begegnet ihr jeden Tag vor dem Spiegel und verfolgt sie jede Nacht in ihren Träumen.

Sie spürt einen kalten Luftzug, der durch ihren Körper zieht, und weiß, dass ihre Mutter jetzt bei ihr ist.

*Ich habe versucht, dich zu warnen, Jessica.*

Jessicas Herz klopft wie verrückt.

*Der Zauberer muss die Karte, die du wählst, nicht kennen, Jessi. Nur die Karte neben deiner.*

Und genau in diesem Moment fällt alles an seinen Platz. *Ein Taschenspielertrick.*

»Sie sollten für immer verschwinden«, sagt Essi.

Jessica hört ihr Handy in der Manteltasche klingeln.

»Was?«, fragt sie mit heiserer Stimme und richtet den Blick auf die junge Frau, deren Miene jetzt nicht mehr verwirrt, sondern entschlossen ist. Jessica spürt, wie Kälteschauder von ihren Knien über den Rücken in den Nacken ausstrahlen und ein heftiges Pochen am Hinterkopf auslösen.

»Essi …«, sagt sie leise.

»Lisa und Jason. Niemand sollte sie finden«, erklärt Essi. Und nun merkt Jessica, dass die Frau den Vorschlaghammer aufgehoben hat und ihn mit beiden Händen festhält.

Jessica braucht eine halbe Sekunde, um sich zu erinnern, dass sie nicht als Polizistin gekommen und deswegen unbewaffnet ist.

»Wie bist du auf die Idee gekommen, sie hier zu suchen?«, fragt Essi leise und tritt einen Schritt näher. Die Leuchtröhren an der Decke scheinen immer lauter zu surren.

»Lisa war nicht Akifumi …« Jessica steht langsam auf.

Essi schüttelt den Kopf. »Lisa war ein Dummkopf«, sagt sie und verzieht den Mund zu einem leichten Lächeln. »Sie hat getan, was ich ihr befohlen habe. Glaubst du, sie hätte sich für Manga-Kunst interessiert? Nein, das war ich. Ich bin die Künstlerin.«

»Aber warum?«

»Ich hab immer gewusst, dass mit mir irgendwas nicht stimmt, Jessica. Das ist ganz klar«, sagt Essi. »Die Dinge laufen so leicht aus dem Ruder. Eins führt zum anderen. Es ist wie eine Droge. Man muss die Dosis erhöhen, damit die Kicks nicht verschwinden. Und auf einmal kapiert man, dass es nicht reicht, nur zu zeichnen. Es reicht nicht einmal mehr, die Partnerin zu unterwerfen. Man will die Hände nicht vom Hals der ans Bett gefesselten Hure nehmen … Man will fester zudrücken und sehen, wie das Leben aus den Augen verschwindet.« Wieder macht Essi einen Schritt auf den Leichensack und Jessica zu. Die Fingerknöchel um den Griff des Vorschlaghammers färben sich weiß, als sie ihn fester umklammert. Es sieht so aus, als würde die Frau die ganze in ihr brodelnde Wut in die Waffe laden, deren eiserner Kopf bedrohlich in der Luft schwankt.

»Du warst das die ganze Zeit? Akifumi?«

»Du glaubst nicht, wie wichtig Anonymität in dieser Branche ist.«

»Jose Rodriguez, der Brief an Lisas Vater, die masayoshi.fi-Seite, die Telefonzentrale der Manga-Liga …«

»Natürlich. Lisa hätte ja nicht mal gewusst, wie man das Tor-Netzwerk benutzt. Ich bin ihr bei allem zur Hand gegangen, was mit IT zu tun hat. Zum Beispiel hab ich ihr geholfen zu verfolgen, wie oft ihr Blog aufgerufen wird. Und nebenbei konnte ich da ganz einfach masayoshi.fi mit demselben Analytics-ID verbinden.«

»Das hast du also absichtlich getan?«

Essi nickt. »Ist das nicht inzwischen klar? Ich finde, das war eine ziemlich schlaue Art, dafür zu sorgen, dass die Polizei Lisa verdächtigt. Aber ihr dachtet, Lisa hätte diesen kleinen Streich hinter dem Rücken der Liga entwickelt. Sie hätte einen Alleingang gemacht und wollte fliehen. Nein, die ganze Tätigkeit der Liga ist so konstruiert, dass das Material, das die Polizei gesammelt hat, für keine einzige Festnahme reicht. Sie hat im letzten halben Jahr eine Menge reiche Kunden gewonnen, die man leicht erpressen kann, weil ihre Gewaltfantasien auf einer Festplatte gespeichert sind«, erklärt Essi. Sie scheint Jessicas Reaktion zu beobachten, die keine Überraschung verrät. »Moment mal. Das habt ihr also rausgefunden? Meinen Glückwunsch, sehr beeindruckend. Aber es ändert nichts.«

Das Handy in Jessicas Tasche beginnt wieder zu läuten. »Lisa sollte also …«

»Lisa sollte der Blitzableiter sein. Die Sache sollte genau so aussehen, wie sie jetzt aussieht. Dabei muss es auch bleiben, und deshalb kannst du diesen Anruf nicht annehmen, Jessica«, sagt Essi und rückt wieder näher. Zwischen ihnen ist nur noch gut ein Meter Abstand, und Jessica denkt fieberhaft über ihren nächsten Schritt nach. Der Vorschlaghammer mit dem langen Griff sieht in Essis Händen gefährlich aus. Zumal die Frau

eine mordlüsterne Sadistin ist, die ihre beiden Freunde umgebracht hat.

Jessica schluckt. Sie muss Zeit gewinnen. Aber wie viel
kann sie herausschinden? Eine Minute, zwei? Und was dann?
Niemand weiß, dass sie hier ist. Diesmal werden weder Jusuf
noch Erne oder die Männer vom Sonderkommando in den
Raum stürmen.

»Aber was ist mit dem Handy? Der Mann von Europol hat
es in Lisas Zimmer gefunden.«

»Weil das nicht Lisas Zimmer war, sondern meins.« Essi
lächelt. »Das Versteck hab ich allerdings erst an dem Morgen
angelegt, bevor ihr gekommen seid, um mich zu befragen. Ich
habe ein Loch in die Wand gehauen. Wurde aber ziemlich eilig, ich dachte, ihr würdet es gleich finden.«

Nun erinnert Jessica sich an die Worte des alten Mannes,
dem sie an der Haustür begegnet waren.

*Sind Sie wegen dem Lärm hier? Heute früh hat jemand kräftig
gegen die Wände gedonnert.*

Jessica begreift, dass Kex Mace's nicht gelogen hat. Dass er
auf dem Foto tatsächlich in Lisas Zimmer gesessen hat. Und
dass auch Reddick nicht wusste, welches Zimmer Lisa gehörte,
sondern aus den Bildern und den Malutensilien seine Schlüsse
gezogen hat.

»Wir haben schon vor Monaten abgemacht, dass Lisa
meine Gemälde als ihre eigenen ausgibt, weil sie dank ihrer
Bekanntheit vielleicht Käufer finden würden«, fährt Essi fort.
»Ich habe vorgeschlagen, dass wir uns das Geld teilen, wenn
jemand was kauft, und Lisa war das recht. Mir ging es natürlich nur darum, dass die Polizei sich darauf konzentriert, Lisas
Manga-Schwärmerei zu untersuchen. Und anstatt nach Lisas
Tod die ganzen Requisiten aus einem Zimmer ins andere zu
schleppen, hab ich beschlossen, dass Lisas Zimmer meins ist
und umgekehrt. Natürlich hab ich Lisas persönlichen Kram,

Fotos und Make-up, in mein Zimmer gebracht und die Laken gewechselt. Ich dachte mir, bei so einer kleinen Lüge wird man kaum ertappt. Warum sollte die Mitbewohnerin denn auch über die Verteilung der Zimmer lügen.«

»Deshalb hast du alle Fotos gelöscht, die Lisa in ihrem Zimmer zeigen.«

»Ja.«

Jessica sieht, wie sich Essis Finger um den Griff krampfen.

Sie spürt eine kalte Berührung an der Schulter und den warmen Atem ihrer Mutter am Ohr.

*Spiel auf Zeit, Jessica, mein Schatz. Zögere deinen Tod Sekunde um Sekunde hinaus. Es ist erst vorbei, wenn es vorbei ist.*

»Du hast auf euren Reisen Frauen ermordet?«, fragt Jessica bemüht ruhig.

Essi lächelt, als hätte die Frage angenehme Erinnerungen heraufbeschworen.

»Ja. Und vorher auch. Gerade dadurch haben sich meine Wege mit denen der Liga gekreuzt. Ich konnte sie davon überzeugen, dass es bei dieser Geschäftstätigkeit möglich ist, bei den Kunden zweimal abzukassieren. Und dass die zweite Rechnung zehnmal so hoch ist wie die erste. Wenn wir Rahmenbedingungen schaffen, in denen der Kunde sich entspannen und er selbst sein kann.«

*Fordere sie ein bisschen heraus. Nicht zu sehr, aber genügend. Lass sie erklären. Lass sie erzählen.*

»Hast du nie daran gedacht …«

Jetzt liegt pure Wut auf Essis Gesicht, und ihre großen Augen verlieren alles Menschliche. Und Jessica begreift, dass alles andere nur Kulisse war, dass Essi wirklich eine Psychopathin ist, in deren Augen seelenlose Finsternis haust.

»Glaubst du, ich wüsste nicht, was für ein Gefühl das ist – das Opfer zu sein? Vergewaltigt und gedemütigt zu werden? Da irrst du dich, Jessica. Ich weiß es verdammt genau. Ich

hab das durchgemacht. Das hat man mir verflucht oft angetan.«

*Essi ist selbst ein Opfer, Jessica.*

Das Handy vibriert immer noch. Jessica versucht, unbemerkt ihre Hand in die Tasche zu schieben.

»Essi, du musst jetzt …«

»Ich muss gar nichts mehr!«

Mit ein paar schnellen Schritten ist Essi bei Jessica,
schwenkt den Vorschlaghammer zur Seite, zielt auf Jessicas
Kopf und schlägt mit aller Kraft zu. Jessica kann nicht aus-
weichen. Sie schreit entsetzt auf, legt die Hand schützend
über den Kopf und spürt, wie der schwere Hammerkopf ihren
Handrücken trifft und ihn zerbricht. Sie geht schwankend zu
Boden, das Handy fällt aus der Tasche und gleitet davon. Rei-
ßender Schmerz fährt in ihre Schulter. Sie schreit vor Qual
und hält sich das Handgelenk.

»Bleib, wo du bist, Jessica«, sagt Essi und lässt den Vorschlaghammer sinken.

Jessica betrachtet ihre flammend rote Hand, deren Finger
kraftlos und verdreht herunterhängen, als wäre es keine Hand,
sondern ein leerer Handschuh.

»Machen wir die Sache nicht schwieriger als nötig.«

»Hör auf, Essi!«, schreit Jessica und schleppt sich zur Seite.
»Hilfe!«

»Schreien bringt dir nichts. Hier war noch vor ein paar Jahren ein Proberaum für Bands, der Keller ist total schallisoliert.
Bis zum Morgen ist die Wand wieder zugemauert. Und dann
liegt da neben den verdammten Liebenden auch die Polizistin«, faucht Essi und macht sich bereit, den Vorschlaghammer
erneut zu schwenken, diesmal über die Schulter, sodass Jessica
nicht die kleinste Chance hat, ihren Kopf zu schützen.

*Die verdammten Liebenden …*

»Warte!«, ruft Jessica.

»Was?« Essi ahmt Jessicas verängstigten Tonfall nach.

»Warst du ... Du und Jason?«

Essi hält in ihrer Bewegung inne und sieht fast traurig aus.

»Jason sollte an dem Abend nicht dort sein.«

# 106

Die hohen Wellen schlagen heftig gegen den Bug des Aquador 28C, und Essi spürt, wie es in ihrem Magen wogt. Die Rückfahrt von Söderskär nach Aurinkolahti hat schon anderthalb Stunden gedauert. Olga hat sich vier Mal übergeben, und Essi hat das Ruder übernehmen müssen, solange Olga sich über die Reling beugte. Olgas Übelkeit kommt jedoch nicht vom Seegang, sondern von der Kambo-Behandlung, die sie früher am Tag bekommen hat. Wie verdammt blöd muss man sein, um sich Froschgift spritzen zu lassen? Allerdings ist es ein Glück, dass sie Jose Rodriguez haben, der auf die Idee gekommen ist, das Kambo mit Opiaten aufzupeppen und die Mädchen dadurch von der Behandlung abhängig zu machen – und von ihnen.

Essi blickt auf den Monitor des Navis, an dessen rechtem Rand gerade eine schwarze Masse aufgetaucht ist. Der Naturpark Uutela.

Sie nimmt das Gas zurück. Sie hat noch nie ein Boot gesteuert, aber ein paar Mal Olga dabei zugeschaut, wenn sie auf Söderskär neue Mädchen abgeholt haben. Der Bug senkt sich, als sich das Tempo verringert, und die seitlichen Wellen lassen das Boot heftig schaukeln.

Essi weiß, dass sie sie nie wiedersehen wird. Sami, James und die fünf noch atmenden Mädchen, die sie gerade nach Söderskär gebracht haben, wo sie bei Tagesanbruch abgeholt und nach Sosnovyi Bor westlich von Sankt Petersburg gefahren werden.

Mitunter überlegt Essi, wieso keines der Mädchen den Braten

riecht, wieso alle glauben, dass einige tatsächlich nach Hause zurückgekehrt sind. Vielleicht ahnen sie die Wahrheit, wollen aber nicht daran glauben.

Das Getöse des Bootsmotors ist verstummt, und Essi hört trotz des starken Windes, wie Olga sich wieder und wieder übergibt. Immer heftiger. Sie sieht die krampfartigen Bewegungen der über den Bootsrand gebeugten Frau.

Irgendetwas stimmt nicht.

Jose hat vor einigen Monaten gewarnt, das Froschgift könne zusammen mit den Opiaten schwere Komplikationen verursachen. Die Wahrscheinlichkeit sei allerdings nicht groß. Außerdem ist Erbrechen nach einer Kambo-Behandlung völlig normal. Es sollte allerdings nicht so lange andauern.

»Alles in Ordnung?«, fragt Essi, ohne Olga aus den Augen zu lassen. Sie ist unter den Mädchen die Einzige, die fast perfekt Englisch spricht.

Jetzt antwortet sie jedoch nicht, sondern würgt nur immer weiter, obwohl es sich schon seit einer Weile so anhört, als gäbe es nichts mehr zu erbrechen.

»Du musst das Boot an den Anleger lenken«, sagt Essi und lässt das Steuer los.

Das Boot gleitet auf die Lichter der Bucht zu. Die Stadt erscheint wie eine Oase, die aus der Dunkelheit aufragt.

»Scheiße, hörst du mich, Olga? Du musst das Boot anlegen.«

Olga dreht Essi das Gesicht zu. Es ist kreidebleich. Ihre Augen sind hervorgetreten.

»Es geht mir nicht gut«, sagt sie und wischt sich die Stirn ab. Vielleicht steht Schweiß darauf, vielleicht hat die Gischt sie nassgespritzt. Das spielt keine Rolle.

»Du tust, was ich dir sage«, erwidert Essi und tritt ein Stück vom Steuer zurück, um der Hure in Schuluniform Platz zu machen.

# 107

*Zehn Minuten später liegt das Boot an seinem Platz, und Olga befestigt die Bugleine am Anleger.*

*Essi steigt aus dem Boot auf den Steg und sieht sich um. Der Bootshafen ist menschenleer, wie meist um diese Zeit am Abend. Jetzt müssen sie nur noch die restlichen Sachen aus dem Bordell holen und ins Boot laden. Dann wird Olga nach Söderskär fahren, das Boot versenken und warten, bis sie am Leuchtturm abgeholt wird. Was später mit Olga passiert, ist Essi egal.*

*»Akifumi«, sagt Olga und stützt sich am Aluminiumgeländer des Bugs ab. Ihr fallen die Augen zu.*

*»Nun komm schon«, mahnt Essi ungeduldig.*

*Die Plastikmaske klebt an ihren Wangen und drückt.*

*»Essi?« Die Stimme gehört nicht Olga, sondern einem Mann.*

*Essi hat das Gefühl, dass ihr Herz stehenbleibt. Nur die Mitglieder der Liga kennen ihren wahren Namen. Für die Mädchen ist sie Akifumi, die immer ihre Maske trägt. Die Maske begleitet sie schon seit Langem, und durch die Augenschlitze hat sie viele Leben erlöschen sehen.*

*Essi dreht den Kopf und sieht, dass ein Mann den Anleger betreten hat. Es ist Jason.*

*»Essi? Was zum Teufel ...«*

*»Warte!«, ruft Essi.*

*»Du hattest versprochen, das Boot schon am Morgen zurückzubringen! Was in aller Welt ...«*

*Olga ist auf dem Anleger aufgetaucht. Ihr Blick irrt von Essi zu Jason, dann sinkt sie bewusstlos zu Boden.*

*Jason läuft auf sie zu.*

*Essi betrachtet die liegende Frau, deren Augen geöffnet sind und an den sternlosen Himmel starren.*

*Dann wendet sie das Gesicht zum Meer und nimmt Mütze und Maske ab.*

*Jason hat das Ende des Anlegers erreicht. Er starrt Essi an, dann hockt er sich neben Olga, die leblos daliegt.*

»*Wer ist das? Sie ist einfach umgekippt*«, *sagt er erschrocken und legt die Hände auf Olgas Brust.*

»*Jason!*«

»*Sie atmet nicht! Ruf den Notruf an …*«

»*Bist du allein hier, Jason?*«, *fragt Essi und hockt sich neben ihn.*

*Jason antwortet nicht, er sieht Essi ungläubig an und drückt rhythmisch auf Olgas Brust, wie vermutlich in irgendeinem beschissenen Erste-Hilfe-Lehrbuch geraten wird.*

*Er setzt seinen Wiederbelebungsversuch fort und keucht heftig. Bald darauf kracht Olgas Brust entsetzlich. Jason schreckt zurück und lässt sie los. Verängstigt sieht er die Frau an, dann holt er das Handy aus der Tasche.*

»*Jason*«, *sagt Essi leise, während Jason die Notrufnummer wählt.* »*Steck das Handy weg.*«

»*Was?*«

»*Ich erklär dir alles.*«

»*Wir müssen den Notruf …*«

*Essi schlägt Jason das Telefon aus der Hand, es fliegt in hohem Bogen ins Meer und verschwindet im dunklen Wasser.*

»*Was soll das, verdammt?*«, *brüllt Jason. Essi vergewissert sich, dass in der Dunkelheit keine anderen Augenpaare zu sehen sind.*

»*Hör mir zu, Jason. Verflucht nochmal, hör mir eine Sekunde zu. Ich erklär dir alles. Und wenn du danach immer noch die Polizei anrufen willst, nur zu*«, *sagt sie.* »*Aber im Moment kann* das warten. Die Frau ist eindeutig tot, wir können nichts für sie tun.«

»Wer ist das?«, schluchzt Jason.

»Das erklär ich dir auch gleich. Erst brauch ich noch deine Hilfe«, sagt Essi und wischt Jason eine Träne aus dem Gesicht. »Die Leiche darf nicht bei diesem Boot gefunden werden. Sonst kommst auch du ins Gefängnis.«

# 108

*Essi stemmt die Hände in die Hüften und betrachtet Olga Belousova, deren lebloser Körper am Ufer der kleinen Landzunge Suorttio liegt. Dort wird sie sicher jemand finden, aber erst am Morgen. Oder in ein paar Tagen. Die beschissene kleine Nutte ist ausgerechnet jetzt gestorben, wo Essi geplant hatte, sich mit ihr zu vergnügen.*

*Jason hockt schluchzend auf dem Boden. Essi legt ihm kurz eine Hand auf die Schulter. Dann öffnet sie Olgas Rucksack und findet darin ein Päckchen Subutex. Nun begreift sie, woran die Hure gestorben ist: an der Zusammenwirkung, vor der Jose gewarnt hat. Auch ein Notizbuch liegt im Rucksack. Essi reißt ein paar Seiten heraus, auf die Olga irgendwas auf Ukrainisch gekritzelt hat, und schreibt einige Namen in das Notizbuch, die das Interesse der Polizei wecken müssen. Eine improvisierte Ergänzung des Plans, die nach Olgas Tod aber nichts schaden kann. Alles läuft nur auf ein Ziel hinaus. Darauf, dass Lisa schuldig wirkt.*

*»Bist du okay, Jason?«, fragt Essi und lässt das Notizbuch auf die Erde fallen, an einer Stelle, wo es ganz sicher gefunden wird.*

*»Das ist Mord«, schluchzt Jason.*

*Essi schüttelt den Kopf. »Nein. Olga hat einen Anfall gehabt.«*

*»Aber wir hätten ihr helfen müssen. Ich habe ihr das Brustbein oder irgendwas gebrochen …«*

*»Also ist es besser, nicht den Notruf zu alarmieren, oder?« Essi setzt sich neben Jason.*

»*Was machst du überhaupt hier?*«, fragt sie dann. »*Warum bist du zum Boot gekommen?*«

»*Ich hätte es heute schon zurückbringen müssen … Lisa hatte versprochen, es mir schon gestern zu übergeben. Ich wusste nicht, dass sie es an dich weiterverliehen hatte.*«

»*Ganz ruhig jetzt.*«

»*Und ich wollte mit Lisa reden*«, sagt Jason und schweigt einen Moment. »*Ich möchte sie zurück*«, fährt er dann fort.

Essi blickt aufs Meer und spürt, wie ihr Zwerchfell vor Abscheu zittert. Jason ist schwach. In jeder Hinsicht. Das war er auch damals, als Essi und Jason monatelang hinter Lisas Rücken miteinander gevögelt haben. Für Essi war es von Anfang an nur eine Art Experiment. Ein Klassiker. Sie wollte ausprobieren, ob sie den Freund ihrer Mitbewohnerin dazu bringen konnte, mit ihr Sex zu haben. Jason ist der letzte Mensch, mit dem Essi ohne Maske Sex hatte. Als Essi, nicht als Akifumi. Dennoch hatte sie nie vor, Jason wehzutun. Das war nie Teil ihres Plans. Aber jetzt hat sich die Situation verändert.

»*Ich weiß, wo Lisa ist*«, sagt Essi und legt ihre Hand auf Jasons Schulter.

»*Was?*« Jason blickt auf.

Essi lässt Jason ihre Bravournummer sehen, ein sympathisches Lächeln. Es aufs Gesicht zu zaubern bereitet ihr beinahe Schmerzen.

»*Gehen wir. Ein Bekannter von mir kann das Boot nach Lauttasaari bringen, ich werf unterwegs die Schlüssel bei ihm ein. Wir fahren zu uns, und du kannst mit Lisa reden. Die Dinge klären.*«

Sie klopft Jason auf die Wange.

»*Okay*«, sagt Jason hoffnungsvoll, doch als er die im Uferwasser liegende Gestalt sieht, verdüstert sich seine Miene erneut.

Lisa soll in dieser Nacht verschwinden. Jason wiederum hat sein Schicksal besiegelt, als er in dieser dunklen Novembernacht den Anleger betrat.

# 109

Lisa Yamamoto dreht sich der Kopf. Der Mann, der auf der Party aufgetaucht ist, hat sie aus der Fassung gebracht, und erst zahlreiche Shots und einige Linien Kokain haben ihre Partylaune wieder aufleben lassen. Sie blickt sich um, die Stimmung ist gestiegen, Jacketts und Fliegen sind überflüssig geworden, und einige der Mädchen tanzen barfuß auf den Tischen. Auch Kex steigt auf einen Tisch, er hält eine Schnapsflasche, groß wie ein Feuerlöscher, im Arm und wiegt sie wie ein Baby. Laute Rufe erschallen. Dann fließt der farblose Alkohol in die offenen Münder der Leute, die um den Tisch herumstehen.

Lisa wirft einen Blick auf ihr Handy. Eine Nachricht von Essi.

Lisa, du bist in Gefahr. Schalt sofort dein Handy aus. Nimm ein Taxi nach Hause und geh in den Fahrradkeller. Pass auf, dass dir niemand folgt. Essi

# 110

Essi öffnet die schwere Stahltür einen Spaltbreit, um Lisa einzulassen.

»Was ist los?«, lallt Lisa. »Ich möchte lieber schlafen gehen …«

»Komm rein. Ich erzähl's dir«, sagt Essi und mustert die leere Straße von einem Ende zum anderen.

Lisa betritt den Fahrradkeller, die Schnürsenkel ihrer weißen Superstars haben sich gelöst. Sie ist den ganzen Weg zu Fuß gegangen. Ursprünglich hatte sie an der Metrostation Kamppi ein Taxi nehmen wollen, konnte aber das Etui mit ihrer Bankkarte nirgendwo finden. Erst auf dem Heimweg hat sie gemerkt, dass es in ihrer Manteltasche steckt. Das Schlüsselbund ist auf jeden Fall verschwunden, sodass sie die Haustür nicht benutzen konnte.

»Ist vielleicht ein bisschen wild geworden«, sagt Lisa leise und stößt den Atem aus. »Ich glaub, ich muss gleich kotzen …«

Essi geht durch den grau gestrichenen Flur, Lisa folgt ihr schwankend.

»Was zum Teufel ist los?«, fragt Lisa, als sie die letzte Tür erreichen, hinter der sich der Waschkeller befindet.

»Hast du alles genau so gemacht, wie ich gesagt habe, Lisa? Das Handy ausgeschaltet und …«

»Ja«, antwortet Lisa müde. »Hat das was mit dem japanischen Typ zu tun?«

»Vielleicht. Hauptsache, er hat nicht gesehen, dass du nach Hause gekommen bist.«

»Deshalb der Fahrradkeller? Glaubst du etwa, der steht vor unserem Haus Wache?« Lisa lacht auf und rülpst leise.

Lisa ist schwer betrunken, aber irgendwie spürt sie etwas Seltsames an Essi. Und plötzlich bereut sie es, nach Hause gegangen zu sein, sie wäre jetzt lieber in der Menschenmenge, die bei Kex Mace's weiterfeiert.

Essi öffnet die Tür zur Waschküche und drängt Lisa hinein. Und da sieht Lisa Jason, der mit trauriger Miene auf der Trockenschleuder sitzt.

»Was ...« Lisa dreht sich zu Essi um.

»Lisa, bitte«, stammelt Jason.

»Seid mal eine Sekunde still, alle beide«, befiehlt Essi streng. Lisa zuckt zusammen.

Nun holt Essi eine kleine Pistole mit Schalldämpfer aus der Tasche ihrer Steppjacke. Lisa spürt, wie ihr Herz einen Schlag aussetzt.

»Essi ...«

»Mir liegt daran, dass ihr es wisst: Die ganzen Streitigkeiten, die Gerüchte und Lügen, die euch zu Ohren gekommen sind. Das war ich«, erklärt Essi.

»Was ...«

»Ich hätte nie gedacht, dass mich sowas interessiert. Aber vielleicht war ich ein bisschen neidisch auf das, was ihr hattet. Außerdem passte das alles so gut ins Bild.«

»In was für ein Scheißbild? Was quasselst du da, Essi? Was ist das?«, ruft Lisa, doch Essi bringt sie zum Schweigen, indem sie die Waffe hebt. Lisa spürt einen Kloß im Hals, und als sie Jason ansieht, merkt sie, dass auch er nichts versteht. Dass sie beide in diesen Raum gekommen sind, ohne im Geringsten zu ahnen, was gleich geschehen wird.

»Essi?«, sagt sie, und ihre Stimme bricht.

Einen Moment lang glaubt Lisa in Essis großen Augen etwas Warmes zu sehen, vielleicht einen Anflug von Menschlichkeit. Doch *dann begreift sie, dass das Glitzern in den Augen nicht daher rührt, dass sich die Neonröhren in Tränen spiegeln. Essi sieht aus, als wäre sie erregt.*

# 111

Jessica spürt, wie die Wirkung des Schocks nachlässt und der Schmerz in ihrer zerbrochenen Hand zunimmt. Sie fühlt sich brennend heiß an, als läge sie bis zum Handgelenk in kochendem Wasser.

»Ich hätte Jason irgendwann und irgendwo umbringen können. Zum Beispiel in der Nacht in Vuosaari. Aber Lisa wollte ich genau hier begraben. Das war irgendwie schön. Ich musste lachen bei dem Gedanken, dass ganz Finnland nach ihr sucht, und dabei ist sie keine zehn Meter von ihrer Wohnung eingemauert. Dass ich sie dann schließlich beide hinter dieser Wand versteckt habe … Das hatte etwas Poetisches. Die Liebenden durften ein bisschen Quality time miteinander verbringen«, sagt Essi.

Und gerade als Jessica etwas erwidern will, wird der Vorschlaghammer wieder geschwungen. Sein Kopf streift Jessicas Oberschenkel, trifft auf den Boden und schlägt ein Loch in den Beton. Jessica schreit auf und schiebt ihre heile Hand in die Manteltasche. *Sie ist immer dabei.*

Essi lässt den Vorschlaghammer los und schiebt ihre Hand unter den Bademantel. Und in den zwei Sekunden, in denen sie die Pistole zieht, gelingt es Jessica, sich auf die Knie zu kämpfen und ihr Pfefferspray ins Gesicht zu sprühen. Die Waffe geht los, der Schuss hallt ohrenbetäubend laut in dem kleinen, kargen Raum, doch die Kugel verfehlt Jessica.

Der Pfefferspray hat Essi nicht in die Augen getroffen, sie wedelt mit der Hand und legt sie dann schützend vors Gesicht.

»Verdammte Hure! Was soll das!«

Jessica zielt mit dem Sprühkopf erneut auf Essi und drückt eine ordentliche Menge Pfefferspray aus der Dose, der jedoch größtenteils von Essis erhobener Hand abgefangen wird. Jessica lässt die Sprühdose fallen und schreit vor Schmerz – sie spürt die Knochen der zerquetschten Hand, als sie sich auf die Knie kämpft und sich auf Essi wirft. *Der letzte Angriff.*

Essi bleibt keine Zeit, erneut abzudrücken, offenbar hat ein Teil des Sprays doch sein Ziel erreicht, denn sie wischt sich mit dem Ärmel ihres Bademantels über die Augen, und es gelingt Jessica, sie zu Boden zu stoßen und sich auf sie zu setzen.

»Scheißhure, ich bring dich um!«, schreit Essi. Auf ihrem Gesicht liegt ein Ausdruck, wie ihn Jessica vor langer Zeit schon einmal gesehen hat. Er ist zutiefst unmenschlich.

Jessica rollt sich mit ihrem ganzen Gewicht auf die Hand, in der Essi die Waffe hält. Dann packt sie Essi an den Haaren und schlägt ihren Kopf mit aller Kraft auf den Beton. Und als der Arm unter ihr weiterzappelt, knallt sie Essis Kopf wieder und wieder auf den Beton. Gerade als sie glaubt, Essis Kopf könne nicht noch mehr Schläge aushalten, hört sie den Schuss und spürt, wie ihre Schulter in Stücke springt. *Es ist vorbei.*

In den Sekunden nach dem Schuss fühlt Jessica eine Müdigkeit, die sich in ihrem ganzen Körper ausbreitet, und spürt den harten Beton unter ihrem Hinterkopf. Vor sich sieht sie die vom Kampf lädierte Gestalt, die langsam aufsteht. Der weiße Bademantel ist blutdurchtränkt, und die Wunden an der Stirn bluten heftig. Jessica zuckt der Gedanke durch den Kopf, dass das zerquetschte, blutige Gesicht der Frau aus ihren Träumen stammen könnte, dass ihre Liebsten sich ihr genau so zeigen. Und dass wohl alles so enden soll.

»Guter Versuch, Bulle«, zischt Essi und spuckt Jessica Blut

ins Gesicht. Dann hebt sie die Waffe. Jessica blickt in den Lauf der Pistole und nimmt von allem Abschied.

Doch statt des Schusses ist ein dumpfer Schlag zu hören, als der Vorschlaghammer durch die Dunkelheit schwingt und Essi am Oberkörper trifft. Sie fällt neben Jessica zu Boden wie ein schwerer Sack, leises Röcheln dringt aus ihrem Mund. Dann sieht Jessica Nikolas Ponsi. Er kniet neben ihr.

»Ich habe den Notruf alarmiert. Hilfe ist unterwegs!«, sagt er und wickelt ein Stück Stoff, das er von seinem Mantel abgerissen hat, um Jessicas Schusswunde.

# 112

## Freitag, 13. Dezember

Nikolas Ponsi hat seine Hände auf dem Tisch gefaltet und den Blick gesenkt. Nina denkt unwillkürlich, dass er ein wortloses Gebet spricht.

»Wie geht es ihr?«, fragt Ponsi leise. »Es war nicht meine Absicht, sie schwer zu verletzen, aber …«

»Du hast getan, was du tun musstest. Damit hast du einer Polizistin das Leben gerettet. Und sicher auch vielen anderen«, erwidert Nina.

Nikolas Ponsi trinkt einen Schluck Kaffee und kratzt sich das Gesicht. Seine Tränensäcke lassen darauf schließen, dass er nicht eine Stunde geschlafen hat.

»Machen wir weiter?«, schlägt Nina vor. Ponsi nickt.

Nina schaltet das Aufnahmegerät ein.

»Erzähl alles noch einmal, in deinen eigenen Worten.«

Nikolas Ponsi richtet den Blick auf die weiße Wand, vielleicht stellt er sich vor, er würde das Bild von Witold Pilecki ansehen.

»Vor ungefähr vier Jahren bat Jason mich, mit seiner alten Bekannten Essi zu reden, um die er sich schon seit längerer Zeit Sorgen machte. Es ging ganz offensichtlich um eine Art existentielle Krise, um Depression. Wir haben uns zum Kaffee verabredet, und ich habe sofort gemerkt, dass diese junge Frau sozial begabt war, dass sie aber eine spezielle Gleichgültigkeit ausstrahlte.«

»Könntest du das präzisieren?«, bittet Nina.

»Ich hatte den Eindruck, dass Essi sich ihrer Probleme bewusst war, aber eigentlich kein Interesse daran hatte, sie zu beheben. Mit anderen Worten, das, was ihr Freund Jason als Depression oder als eine Art Krise interpretiert hatte, war schlicht und einfach Frustration.«

»Frustration worüber?«

»Ich habe Essi danach einmal wöchentlich im Rahmen einer Therapie getroffen. Ich wollte ihr wirklich helfen, hatte aber Schwierigkeiten, den Kern des Problems zu verstehen. Deshalb habe ich ihr schon bald vorgeschlagen, einen Psychiater zu konsultieren. Aber sowohl sie selbst als auch Jason waren fest davon überzeugt, dass ich dank meiner reichlichen Erfahrung in der Jugendarbeit die bessere Alternative wäre. Jason vertraute mir, und deshalb fühlte sich wohl auch Essi bei mir sicher. Allmählich erkannte ich jedoch, dass es sich um sexuelle Frustration handelte. Wie viele Menschen, die zum Beispiel ihre sexuelle Orientierung geheim halten, war auch Essi frustriert, weil sie ihren Trieb nicht frei ausleben konnte. Das ist, als würde man in einem Druckkessel leben.«

»Und dir wurde klar, welcher Art Essis Trieb war?«

»Ja. Einmal hat sie mir ihre Zeichnungen gezeigt.« Ponsi schüttelt den Kopf. »Essi konnte wirklich zeichnen und malen. So talentiert. Aber damals verstand ich, dass sie möglicherweise krank ist.«

Nina schlägt eine Mappe auf, die auf dem Tisch bereitliegt, und dreht sie so, dass Ponsi den Inhalt sehen kann.

»Ich zeige dem Zeugen Nikolas Ponsi Fotos von Zeichnungen, die in der Wohnung der Tatverdächtigen gefunden wurden«, spricht sie auf das Band und sieht Ponsi an. »Handelte es sich um solche Zeichnungen?«

Ponsi schlägt die Hand vor den Mund und betrachtet die Fotos. Dann nickt er.

Nina will die Fotos nicht mehr anschauen, sie hat sie schon einmal gesehen. Als sie die Mappe wieder zu sich heranzieht, fällt ihr Blick dennoch auf blutige Schuluniformen, abgesägte Glieder und abgeschlagene Köpfe, in deren Augen Nägel getrieben wurden.

»Du hast damals nicht angenommen, dass Essi ihre Fantasien verwirklichen würde?«

Eine Träne rollt Nikolas Ponsi über die Wange.

»Junge Leute. Sie kommen zu mir. Beklemmt, ängstlich, verwirrt. Vertrauen aufzubauen ist ein langwieriger und empfindlicher Prozess. Ich greife zum Telefon, um die Polizei anzurufen, und kann nicht umhin zu denken, dass Essis Zeichnungen doch nur Zeichnungen sind, ein Bewusstseinsstrom und sozusagen eine Kanalisierung der Qual ... Wenn ich mich irre, ist der Preis hoch.«

»Was geschah dann?«

»Vor zwei Jahren stellte sie ihre Besuche bei mir ein. Jason sagte, es gehe ihr besser. Er konnte nicht wissen, wie die Dinge tatsächlich lagen, und ich durfte natürlich nicht mit ihm darüber reden. Ich habe ihn aber gebeten, ein Auge auf Essi zu haben und mir Bescheid zu sagen, wenn sich die Situation verschlechtert.«

»Aber Jason ist nicht mehr auf die Sache zurückgekommen.«

»Nie mehr. Natürlich habe ich ihn ab und zu gefragt, wie es Essi geht, aber offenbar hatten sie nicht mehr so viel miteinander zu tun. Und dann ... ist Jason vor ein paar Wochen verschwunden.«

»Sprich weiter, bitte.«

»Gestern Abend habe ich in den Nachrichten die von der Polizei veröffentlichten Fotos von Manga-Kleidern gesehen. Und da wurde mir klar, dass es einen Zusammenhang zwischen Lisa Yamamotos Verschwinden und den obsessiven Gewaltfantasien ihrer Mitbewohnerin geben musste. Ich bin zum ersten Mal auf Lisa Yamamotos Instagram-Account gegangen und habe die Manga-Zeichnungen gesehen. Sie waren natürlich anders als diejenigen, die Essi vor Jahren gezeichnet hatte, aber es stand außer Zweifel, dass die Gemälde und Zeichnungen nicht von Lisa, sondern von Essi stammten.«

»Deshalb bist du zu Essi gegangen?«

»Ich war schockiert. Ich hatte keinen Plan, aber ich musste mit Essi reden, bevor …«

»Warum hast du nicht die Polizei gerufen?«

Aufgebracht senkt Nikolas Ponsi den Blick von der Decke auf Nina.

»Wie hätte ich das tun können? Vor zwei Jahren habe ich nicht bei der Polizei angerufen. Und das würde ich auch jetzt erst tun, nachdem ich es aus ihrem Mund gehört hatte. Ich wollte, dass sie es aussprach … Dass nicht ich das Vertrauen gebrochen habe, sondern sie. Ich glaubte, richtig zu handeln. Mutig zu sein. Aber als ich auf der Kellertreppe stand und hörte, wie Essi dieser Niemi alles erzählte … da bin ich erstarrt und habe leise geweint. Erst da wurde mir klar, dass ich einen großen Fehler gemacht hatte. Und dann … dann habe ich endlich die Polizei angerufen.«

# 113

## Montag, 16. Dezember

Jessicas ehemalige Vorgesetzte strahlt eine neuartige Energie aus, mit ihrem optimistischen Blick und ihrer straffen Kostümjacke wirkt sie wie neugeboren. Erst nach einer Weile fällt Jessica auf, dass Hellu obendrein ihre Haare braun gefärbt hat. Jessica muss an einen Hasen denken, der wegen des schneelosen Winters auf seine Tarnfarbe verzichtet hat. Eine weitere Veränderung ist am Handgelenk zu sehen: Die massive Smartwatch fehlt. Vielleicht konnte Hellu die Qual, die aus dem Wissen entsteht, nicht mehr ertragen.

»Die Angaben, die Essi gemacht hat, treffen zu«, sagt Hellu. »Ein Bordell in einer unterirdischen Lagerhalle. In unmittelbarer Nähe zum Golfplatz in Vuosaari, teilweise sogar darunter. Nathan Reddick hat anhand der Fotos bestätigt, dass es sich um dieselben Räumlichkeiten handelt.«

»Hat man dort jemanden gefunden?«, fragt Jessica.

Hellu schüttelt den Kopf. »Aber jetzt kennen wir die Namen der Firma, die die Halle gemietet hat, und einiger Subunternehmer, die an der Renovierung beteiligt waren. Ich weiß nicht, ob dabei letzten Endes irgendetwas herauskommt, aber der Fall liegt nicht mehr bei uns und nicht einmal mehr bei der Zentralkripo.«

»Und Essi?«

»Sie wird auf ihren Geisteszustand untersucht. Aber es ist klar, dass sie, umgangssprachlich ausgedrückt, total verrückt ist«, antwortet Hellu und blickt vom Schreibtisch zu Jessica auf. *Da wir gerade von Verrückten reden,* scheint sie zu denken, spricht es aber nicht aus.

»In Pasila verändert sich einiges, Niemi. Jens Oranen geht. Irgendein Führungsjob im privaten Sektor. Das ändert die Lage.«

»Willst du damit sagen, dass du die neue Vizepolizeichefin wirst?«

Hellu schnaubt freudlos und schüttelt heftig mit dem Kopf.

»Auf den Posten sind viele scharf, und ich hab gerade erst in der Einheit angefangen«, erwidert sie und lehnt sich vor. »Aber dass Oranen geht, verschafft mir in vielen Dingen mehr Spielraum.«

»Zum Beispiel?«, fragt Jessica, und Hellu antwortet mit einem langen, bedeutsamen Blick.

Jessica verdreht ungläubig die Augen. »Meinst du das im Ernst?«

Daraufhin stülpt Hellu die Unterlippe vor, sodass sie aussieht wie eine Figur aus einer Komödie. »Hör mal, Niemi.«

»Verdammt nochmal, nenn mich wenigstens Jessica.«

Hellu schüttelt heftig den Kopf. »Ich hab eine Weile gebraucht, um zu kapieren, dass du der Kapitän dieser Mannschaft bist.«

»Und du bist …«

»Die Trainerin, nehme ich an. Und Oranen ist der zurücktretende Geschäftsführer.«

»Okay.« Jessica verschränkt die Arme vor der Brust und sieht abwartend zu, als Hellu die Schreibtischschublade öffnet und die Mappe herausholt, die Jessica schon einmal gesehen hat.

»Ich möchte wissen, wie das alles … Das, worum es in dieser Mappe geht: Wie äußert es sich?«, fragt Hellu unsicher, als wüsste sie selbst nicht genau, wonach sie sich erkundigt.

Jessica sieht der Hauptkommissarin in die Augen und ist zunehmend davon überzeugt, dass es sich nicht um einen seltsamen Streich, einen Test oder eine Falle handelt. Hellu scheint ihr tatsächlich die Hand zu reichen, so seltsam es klingt.

»Was führst du im Schilde, Hellu?«, fragt Jessica trotzdem, denn sie kann nicht anders.

Die Hauptkommissarin behält ihre versöhnliche Miene bei.

»Nikolas Ponsi wird für den Rest seines Lebens bereuen, dass er seinen Verdacht hinsichtlich Essi nicht bei der Polizei gemeldet hat. Und wenn ich jetzt ein Risiko eingehe, das auch nur entfernt damit vergleichbar ist … Zum Teufel, Niemi! Ich will es nur verstehen. Ich finde, dazu habe ich das Recht«, sagt Hellu. »Das ist alles.«

Jessica sieht ihr tief in die Augen. Vielleicht ist jetzt die Zeit gekommen, ehrlich zu sein und auszuprobieren, wie weit sie damit kommt. Letztlich weiß sie ja nicht einmal, ob sie noch Polizistin sein will.

Das Surren des Rotors eines Hubschraubers, der irgendwo in der Nähe vorbeifliegt, durchbricht die Stille.

»Manchmal sehe ich Dinge, die nicht existieren«, sagt Jessica, nachdem sie eine Weile über ihre Wortwahl nachgedacht hat.

Hellu reagiert gelassen auf ihre Antwort und blättert langsam in dem Bericht, obwohl sie ihn wahrscheinlich schon zigmal gelesen hat.

»Hast du Schwierigkeiten, zwischen beidem zu unterscheiden? Also zwischen dem, was wirklich ist und …«

»Nein«, antwortet Jessica rasch. Sie betrachtet ihre eingegipste linke Hand in der Armschlinge. Dann schüttelt sie den Kopf und spricht langsam weiter, als wollte sie ihre übereilte Äußerung korrigieren. »Aber es kann sein, dass es eines Tages so weit kommt. Dass es schwierig wird, den Unterschied zu erkennen.«

»Versprichst du, es mir dann zu sagen?«

Jessica lacht leise auf. »Glaubst du im Ernst, dass ich es weiß, wenn es passiert?«

Hellu sieht Jessica eine Weile an, als wollte sie ihr befehlen, keine Klugschwätzerin zu sein. Doch dann bricht sie in schallendes Gelächter aus, wie Jessica es sich in ihren wildesten Träumen nicht hätte vorstellen können.

»Touché, Niemi.«

»Sag Jessica.«

»Niemi.«

# 114

Jessica wirft einen Blick durch das Fenster des Restaurants Sikala und sieht die laminierte Speisekarte.

*Erbsensuppe und Eierkuchen.*

Im Innenhof nebenan brummt ein schwerer Motor auf. Jessica geht die wenigen Schritte zu dem großen Mauerbogen, der in den Hof des sechsstöckigen Hauses vom Anfang des 20. Jahrhunderts führt.

Sie hört das gleichmäßige Dröhnen des Motors näherkommen, gleich darauf schiebt sich ein dunkelblauer Mercedes Benz G500 durch die enge Toreinfahrt.

Jessica wartet, bis die Vordertür ganz zu sehen ist, öffnet sie dann schnell und setzt sich auf den mit beigem Leder bezogenen Beifahrersitz.

»Was soll der Scheiß?«, faucht Tim Taussi, der am Steuer sitzt, und hält an, bevor der Wagen vom Bürgersteig auf das Kopfsteinpflaster der Kapteeninkatu rollt.

»Die automatische Verriegelung schaltet sich erst bei achtzig ein, oder?«, sagt Jessica und schließt die Tür. Der Signalton im Wageninneren verstummt.

Der Rapper lehnt sich an seine Tür und vergrößert den Abstand zu Jessica so weit, wie es auf dem Vordersitz des Luxuswagens möglich ist. Dann verschwindet seine verblüffte Miene schlagartig. Er hat Jessica erkannt.

»Es ist schwierig, dich zu erwischen, Tim«, stellt Jessica fest und streicht mit den Fingerspitzen über das perfekt geformte Armaturenbrett. Im Wagen riecht es nach neuem Leder und nach dem Rasierwasser des Rappers.

»Du kannst nicht einfach so reinplatzen!«

»In dein tolles Auto? Es ist toll, das muss ich zugeben. Was hat es gekostet? Dreihunderttausend?«

»So ungefähr, mit dieser Ausstattung«, sagt Taussi.

»Du hast es neu gekauft?«

»Natürlich.«

Jessica lächelt müde.

»Vielleicht schaff ich mir auch so eins an«, sagt sie, und Tim Taussi prustet los.

»Na klar. Bestimmt.«

»Glaubst du nicht, dass eine Polizistin was gespart haben könnte?«

»Was willst du? Ich hab's eilig.«

Jessica zuckt mit den Schultern. Sie könnte hundert Luxusautos kaufen und sich ansehen, was für ein Gesicht Kex Mace's dann macht. Das wäre fantastisch.

»Ich wüsste gern, warum von deinem Konto kürzlich zweihunderttausend an eine ukrainische Holdingfirma gezahlt wurden«, erklärt Jessica.

Tim Taussi wird blass, versucht aber, seine Verblüffung hinter einem übertriebenen Grinsen zu verbergen. »Was?«

»Du hast mich gehört«, sagt Jessica und holt ihren Polizeiausweis hervor, einfach nur, um den Mann daran zu erinnern, wer hier das Sagen hat.

»Das war eine Investition.«

»Toll. Du bist also jetzt Rapper und Business-Angel. Ein echter Dr. Dre. In was?«

»Was in was?«

»In was hast du die zweihunderttausend investiert?«

»Ich werd jetzt nicht …«

»Welche Branche? War es ein Start-up? Eine Brauerei? Ein neues Tschernobyl?«

Tim Taussi trommelt mit den Fingern auf das Lenkrad und blickt sich nervös um. »Ich muss jetzt los«, sagt er.

»Nur zu. Aber falls du plötzlich das Gefühl hast, dass es doch keine so gute Investition war, liegst du wahrscheinlich ganz richtig. Wir wissen nämlich, dass man dich und viele andere erpresst hat. Und jeder von euch hat brav dieselbe Summe bezahlt. Wir haben darüber nachgedacht, wofür jemand bereit sein könnte, zweihunderttausend zu zahlen«, erklärt Jessica und öffnet die Tür. »Es muss um ein richtig großes Geheimnis gehen, dessen Enthüllung dir alles nehmen würde. Karriere, Ruf und Freiheit.«

»Verpiss dich«, knurrt Tim Taussi und schiebt seine große Sonnenbrille von der Stirn vor die Augen.

»Klar. Ist ja dein Auto. Vorläufig jedenfalls.«

Jessica stellt den rechten Fuß auf den Bürgersteig, dreht sich dann aber noch einmal zu dem Mann um.

»Was ist es übrigens für ein Gefühl, zur Abwechslung mal auf dem Fahrersitz zu hocken? Es geht nämlich das Gerücht, dass du dich auf der Rückbank wohler fühlst, jedenfalls in Mercedes-Jeeps.«

Damit steigt sie aus und schlägt die Tür zu. Der SUV fädelt sich schnell in den Verkehr ein und rast in Richtung Korkeavuorenkatu davon.

»Du steckst gründlich in der Scheiße, du sadistisches Arschloch«, flüstert Jessica, als der Wagen aus ihrem Blickfeld verschwindet. Sie wirft einen Blick auf ihre Uhr, es ist Mittagszeit. Erbsensuppe und Eierkuchen wären eigentlich gar nicht schlecht.

# 115

»Jusuf«, sagt Jessica und streicht sich eine Haarsträhne aus der Stirn.

»Ja?«

»Ich möchte dir was zeigen.« Jessica stellt die leere Bierdose auf den Tisch und winkt Jusuf, der auf dem Sofa sitzt, mit sich. Sie gehen durch die Tür in der Kochnische ins Treppenhaus.

Jessica vergewissert sich, dass die Tür zu ihrer Einzimmerwohnung geschlossen ist. Dann holt sie ein Schlüsselbund aus ihrer Jeanstasche und steckt einen der Schlüssel in das Schloss der Tür nebenan.

»Wohin …«, flüstert Jusuf und betrachtet das aufzuglose Treppenhaus. Die steinerne Treppe führt nach unten in die fünfte Etage und nach oben zum Dachboden.

Jessica antwortet nicht. Sie öffnet die massive Holztür und tippt eine Ziffernreihe in die Alarmanlage ein. Das Gerät piept kurz, dann gehen automatisch die Lampen an.

In dem hellen Licht, das Dutzende von Deckenlampen in die Eingangshalle werfen, muss Jusuf blinzeln. Der Kontrast zum Halbdunkel in der Einzimmerwohnung ist gewaltig.

Jessica hat schon viele verschiedene Gefühle auf Jusufs Gesicht gesehen, aber noch nie eine solche Miene wie jetzt. Es ist vielleicht eine Mischung aus Verblüffung und Belustigung. Sogar eine Spur Angst. Jusufs Gesichtsausdruck scheint zu fragen: Wer zum Teufel bist du eigentlich, Jessica Niemi?

»Zieh die Schuhe aus«, sagt Jessica. Es ist nicht nur eine Aufforderung, die der Sauberkeit dient, sondern auch eine erschöpfende Antwort auf Jusufs unausgesprochene Frage. Ja, das alles gehört mir.

Sie legt die Schlüssel auf die Kommode und geht, gefolgt von dem verloren wirkenden Jusuf, ins Wohnzimmer, dessen zahlreiche Erkerfenster einen Panoramablick über die Töölö-Bucht und das Parlamentsgebäude auf die Helsinkier Innenstadt bieten.

Sie wirft einen Blick auf Jusuf, der sich umdreht und die Kunstwerke an der Wand betrachtet.

»Edelfelt … Ist das echt?«

»Ja«, antwortet Jessica ruhig und bleibt am Fuß der weißen Wendeltreppe stehen, die nach oben führt.

»Wahnsinn, gibt's hier ein Obergeschoss?«

»Ja. Nochmal hundertfünfzig Quadratmeter.«

»Wem … Ich meine … Das ist also deine Bude?«

»Mein Zuhause. Das ist mein Zuhause, Jusuf. Mein richtiges Zuhause«, sagt Jessica und spürt plötzlich Reue aufsteigen. Jusuf nach all diesen Jahren hierherzubringen ist vielleicht das Dümmste, was sie seit Langem getan hat. Es ist, als würde man ohne Fallschirm aus einem Flugzeug springen, sich dem freien Fall ausliefern, in der Hoffnung zu überleben. Doch Jessica hat keine Angst mehr vor dem Aufprall. Und deshalb hat sie beschlossen, Jusuf in ihre geheime Welt zu führen.

Sie gehen in die obere Etage, Jessica öffnet eine Tür nach der anderen, und Jusuf späht durch jede einzelne, lässt die Finger über die Wände und die Türrahmen gleiten, schnuppert den Geruch nach gesägtem Holz und frischer Farbe, der immer noch in den unbewohnten Räumen schwebt, verhält sich wie ein potenzieller Käufer bei einer privaten Wohnungsbesichtigung.

Wortlos gehen Jessica und Jusuf durch alle Zimmer, und

Jessica spürt ein warmes Gefühl in ihrem Innern: Die komplette Offenbarung ist der einzig richtige Weg, die jahrelange Geheimnistuerei zu beenden. Jusuf wirkt unschlüssig, ist aber auch unverkennbar beeindruckt von dem, was er sieht. In Wahrheit kann Jessica nur mutmaßen, was er über all das denkt.

Sie bleiben einen Moment an der Tür zu Jessicas Schlafzimmer stehen und gehen dann weiter in ein zweites, fast gleichgroßes Schlafzimmer, dessen Fenster zum Park des Nationalmuseums gehen. Jessica braucht nichts zu sagen, Jusuf versteht spätestens jetzt, dass Erne der Einzige war, der davon gewusst hat. In diesem Zimmer hat Jessica Erne bis zu seinem Tod umsorgt.

»Warum hast du nichts gesagt?«, fragt Jusuf nach langem Schweigen. Seine Stimme ist ein wenig heiser geworden. Jusufs Fragen sind immer begründet und intelligent, auch dann, wenn sie so einfach klingen wie jetzt.

»Was glaubst du?«, sagt Jessica.

»Aber wenn auch Erne …«

Jessica streicht über Jusufs Finger. »Sorry.«

Sie hört Jusufs bebenden Atem, sie spürt, wie der lange unterdrückte Schmerz aus ihm hervorbricht und ihm eine Träne über die Wange laufen lässt.

»Erne fehlt mir so, Jessi«, sagt er und wischt sich die Träne ab. Und da versteht Jessica, dass das, was Jusuf in den letzten zehn Minuten gesehen hat, nichts bedeutet. Weder im Guten noch im Schlechten. Erst der Anblick von Ernes Sterbebett hat ihn aus der Fassung gebracht. Was Jessica in den letzten Jahren vor den Blicken der anderen verborgen hat, ist in Wahrheit völlig gleichgültig.

»Mir auch«, antwortet sie. »Er fehlt mir wahnsinnig.«

Jusuf wendet sich ab, um seinen Gefühlsausbruch zu verbergen. Jessica verzichtet auf tröstende Worte, sie lässt ihm Zeit, sich zu sammeln.

»Es war ein hartes Jahr. Ich vermisse Anna … Und ich weiß nicht …«, stammelt Jusuf. Er trocknet sich die Augen mit dem Hemdärmel. »Sorry, ich weiß nicht, was über mich gekommen ist.«

»Das ist okay, Jusuf«, sagt Jessica.

»Und das hier …«, fährt er fort, schwenkt den Arm durch die Luft und verstummt, um seine nächsten Worte abzuwägen.

Er betrachtet das Zimmer, dann richtet er seine geröteten Augen auf Jessica, und einige Sekunden lang ist es unmöglich vorherzusagen, wie sich die Situation entwickeln wird. Vielleicht ist Jusuf irgendwie schockiert von dem Luxus, der so weit entfernt ist von der Welt blutiger Stichwunden, nach Pulver riechender Tatorte, verwesender Leichen und besoffenem Gebrabbel, mit der sie bei ihrer Arbeit täglich konfrontiert werden. Oder er ist ganz einfach enttäuscht, weil Jessica nicht genug Vertrauen zu ihm hatte, ihm ihr Geheimnis früher zu offenbaren.

»Ich geh mal davon aus, dass die Wohnung nicht alles ist«, sagt er schließlich.

»Nein. Es gibt noch mehr. Viel mehr.«

»Du bist also steinreich, wie Kirsti Paakkanen.«

»Ja«, antwortet Jessica leise. »Immer schon. Alles geerbt, bevor ich erwachsen wurde.«

»Okay.« Jusuf schüttelt den Kopf.

»Alles in Ordnung? Bist du sauer?«

»Ja, ich bin sauer. Weil wir bis jetzt in deiner schäbigen Bude gehockt haben. Dabei hätten wir hier Orgien feiern können«, sagt Jusuf und lässt sein schönes Lächeln sehen.

# 116

## Heiligabend

Helena Lappi zieht sich den Mantel an und wirft einen Blick auf ihre Armbanduhr. Keine Smartwatch mehr, keine überflüssigen Daten. Je weniger Informationen, desto weniger Stress. Sie seufzt, geht im Mantel an ihren Schreibtisch und betrachtet noch einmal das Foto der schwarz verkohlten Gestalt. Rund um den Toten, der im Zentralpark gefunden wurde, liegen kleine Steine in einem perfekten Kreis. Dem bis zur Unkenntlichkeit verbrannten Mann fehlen zwei Schneidezähne. Das ist alles, was man derzeit weiß. Gleich am nächsten Morgen wird Harjula das Team briefen müssen.

# 117

*Wach auf, Jessica.*

Jessica öffnet die Augen und merkt, dass sie keine Luft bekommt. Sie sieht nur Schwärze. Es ist, als würde sie versuchen, durch ein großes, weiches Kissen zu atmen, das irgendwer auf ihrem Gesicht festhält.

Sie versucht, um Hilfe zu rufen, doch die Stimme, die ihr aus der Kehle steigt, hallt gedämpft in ihren Ohren wider.

Es kommt ihr vor, als lägen um ihre Hand- und Fußgelenke eiskalte Fesseln, die ihre Arme und Beine fixieren.

*Du bist wach, mein Schatz.*

Und dann wird etwas von ihrem Gesicht weggezogen, und an die Stelle der totalen Finsternis tritt das Halbdunkel der Nacht. Jessica sieht, wie die kalten Hände ihrer Mutter ihre Handgelenke loslassen.

Die blutnassen Haare hängen der Mutter ins Gesicht wie schwarze Algen, die man vom Grund eines zugewucherten Teichs hochgerissen hat. Die spitzen Backenknochen sind gebrochen und lassen das Gesicht aussehen, als hätte die Mutter den Mund zu einem grotesken Grinsen verzogen. Das eine Auge ist eine blutige Masse; wo die Nase sein sollte, befindet sich ein dunkelroter Krater.

Der kalte, feuchte Hauch, der über Jessicas Gesicht zieht, scheint auf ihrer schweißnassen Haut festzufrieren. Plötzlich spürt sie, dass sie vor Kälte zittert.

Setz dich auf.

Jessica spannt ihre Bauchmuskeln nicht an und merkt auch nicht, dass sie sich aufsetzt. Dennoch sitzt sie plötzlich auf der Sofakante. Die Uhr der Digibox zeigt halb vier.

Die Mutter ist vom Sofa aufgestanden, ohne dass Jessica es gemerkt hat. Nun sitzt sie mit dem Rücken zu Jessica am langen Tisch und bürstet sich die Haare. Ihre Hände bewegen sich eckig und mechanisch.

An ihrem Ohr zischt etwas.

Jessica spürt einen Druck an ihren nackten Knöcheln. Sie beugt sich vor, um über die Sofakante zu blicken, und sieht, dass eine Gestalt, die unter dem Sofa liegt, sich an ihre Fußgelenke klammert. Die Gestalt hat kein Gesicht. Nur eine schwarze Fläche.

*Warum hast du es getan, Jessica?*

*Ich wollte, dass es jemand weiß. Weil Erne nicht mehr da ist.*

Jessica sieht Ernes Gesicht an der Küchentür vorbeihuschen. Vielleicht hat Erne sie und ihre Mutter die ganze Zeit beobachtet, doch jetzt ist da nur noch der Rücken des alten Mannes, der in der Küche verschwindet.

*Ich möchte dir helfen, Jessica. Wir sind für dich da.*

Jessica starrt auf die Gestalt unter dem Sofa. Die Finger, die sich um ihre Knöchel winden, sind lang und dünn. Wie die Krallen eines Geiers.

*Lass mich los.*

Im selben Moment spürt Jessica Panik, die in jeden Winkel ihres Körpers strömt wie eine Sturzwelle, die ein Labyrinth überflutet.

*Ich wollte euch immer beschützen. Dich und Toffe. Und jetzt verdirbst du alles.*

Die Mutter ist aufgestanden und schwebt in ihrem schwarzen Kleid auf die Küche zu.

*Sag, dass es dir leidtut.*

*Es tut mir leid.*

Da stehen alle gleichzeitig auf. Aus dem Halbdunkel taucht eine Gestalt nach der anderen auf, sie gleichen hohen Pflanzen, die aus der Erde zum Himmel sprießen.

Die Mutter bleibt an der Tür stehen und sieht Jessica an.

*Der Tag, den du am meisten fürchtest.*

*Was meinst du?*

Die Mutter lächelt zärtlich.

*Schau zum Fenster hinaus.*

Jessica geht langsam ans Fenster und legt ihre Stirn an die Scheibe. Das Glas ist kühl.

Sie sieht die im Wind schaukelnden Straßenlampen, deren Lichtkegel über den nassen Asphalt lecken. Mitten auf der leeren Straße marschieren Gestalten, die zum Fenster in der sechsten Etage aufblicken. Jessica sieht die grauen Tiergesichter und die gespaltenen Hörner auf den Köpfen.

Plötzlich steht ihre Mutter neben ihr und lächelt liebevoll.

Jessica stockt der Atem, als sie die blanken Knochen ihrer Mutter an ihrer Haut spürt.

*Heiligabend.*

# Mein Dank gilt

Pauliina, William, meinen Eltern und der ganzen Familie. Meinen Freunden, deren Bedeutung von Jahr zu Jahr wächst. Ganz besonders Joonas »Mad Dog« Pajunen, der das Manuskript gelesen und kommentiert hat.

Der Lektorin Petra Maisonen und dem Team des Verlags Tammi.

Tomi Tuominen für die Aufklärung über informationstechnische Details. Eventuelle Fehler und unrealistische Konstellationen, die sich in die Geschichte eingeschlichen haben, nehme ich voll und ganz auf meine Kappe.

Antti Sajantila, Professor für Rechtsmedizin an der Universität Helsinki, der mir Einzelheiten zur Untersuchung der Todesursache erläutert hat. Auch hier gilt dasselbe wie oben.

Mikko Ponsi, Pasi Ojapalo und Jari Vuorenpää, die mich über den Alltag der Polizei informiert haben.

Niko Lindholm und Saku Vesslin, die mir geholfen haben, Rasmus Susikoskis *Boy Cave* möglichst realistisch aufzubauen.

Das *Teufelsnetz* war bereits in vierundzwanzig Länder verkauft, als ich den letzten Satz schrieb. Dieser Erfolg ist auch der fantastischen Literaturagentur Elina Ahlbäck Literary Agency und ihrem Team Elina, Julia, Nicole und Toomas zu verdanken.